CLIVE CUSS
è un
Maestro dell'Avventura

Clive Cussler è nato nel 1931 ad Alhambra, in California, da madre americana e padre tedesco. Interrotti gli studi al Pasadena City College, si è arruolato nell'Aviazione, partecipando alla guerra di Corea. Negli anni '60 ha lavorato nella pubblicità, dapprima come *copy writer* e in seguito come direttore creativo di una delle più importanti agenzie degli Stati Uniti. Ha esordito nella narrativa nel 1973 con *Enigma*, che racconta la... seconda straordinaria avventura di Dirk Pitt, l'eroe che ha conquistato i lettori d'avventura di tutto il mondo. « C'è un pezzo di me in Dirk Pitt e un pezzo di lui in me », scrive Cussler a proposito del suo personaggio. « Siamo alti entrambi un metro e novanta. I suoi occhi sono più verdi dei miei e lui indubbiamente affascina le signore più di quanto io non abbia mai fatto. Abbiamo lo stesso gusto per l'avventura, anche se le sue imprese sono molto più estreme delle mie. »
Nel 1978 ha fondato la National Underwater and Marine Agency (NUMA), un'associazione *non-profit* specializzata nella localizzazione, identificazione e recupero di relitti marini di importanza storica. In vent'anni di attività, che lo stesso Cussler ha raccontato in *Cacciatori del mare* e in *Navi fantasma*, la sua squadra di ingegneri e sommozzatori ha portato a termine con successo oltre sessanta operazioni (la più famosa delle quali è il recupero del sottomarino confederato « Hunley »). La sua seconda passione, dopo l'avventura, sono le automobili d'epoca, di cui possiede una vasta e assai famosa collezione, comprendente oltre ottanta pezzi.
Dopo Dirk Pitt, ha dato vita ad altri eroi della narrativa avventurosa tra cui Kurt Austin e Joe Zavala, protagonisti dei « NUMA files », e il capitano Cabrillo, protagonista degli « Oregon files ».

Per maggiori informazioni su Clive Cussler si può visitare il sito Internet della NUMA (in inglese), all'indirizzo www.numa.net

Dello stesso autore in edizione TEA:

Le avventure di Dirk Pitt
Vortice
Enigma
Iceberg
Recuperate il Titanic!
Virus
Salto nel buio
Missione Eagle
Cyclops
Tesoro
Dragon
Sahara
L'oro dell'Inca
Onda d'urto
Alta marea
Atlantide
Walhalla
Odissea
Vento nero
Il tesoro di Gengis Khan
Morsa di ghiaccio
Alba di fuoco
La freccia di Poseidone
Havana Storm

« NUMA files »
Il serpente dei Maya
Oro blu
Lo zar degli oceani
Morte bianca
La città perduta
Tempesta al Polo
La stirpe di Salomone
Medusa
I cancelli dell'inferno
Uragano
Terremoto
Naufragio
Il segreto di Osiride

« OREGON files » - Le avventure del capitano Juan Cabrillo
L'oro dei Lama
La pietra sacra
I predatori
Skeleton Coast
La nave dei morti
Corsair
Oceani in fiamme
Giungla
Miraggio
Piranha

Le « avventure vere »
Cacciatori del mare
Navi fantasma

Le avventure di Sam e Remi Fargo
L'oro di Sparta
L'impero perduto
Il regno dell'oro
Sepolcro
L'enigma dei Maya

Le indagini di Isaac Bell
Il cacciatore
Sabotaggio
Intrigo
Fuga

Clive Cussler
e Dirk Cussler

Vento nero

Romanzo

Traduzione di
Paola Mirizzi Zoppi

TEA

Per informazioni sulle novità
del Gruppo editoriale Mauri Spagnol visita:
www.illibraio.it

TEA - Tascabili degli Editori Associati S.r.l., Milano
Gruppo editoriale Mauri Spagnol
www.tealibri.it

Consulenza di Riccardo Nassigh

Titolo originale
Black Wind

Prima edizione TEADUE giugno 2007
Quarta ristampa TEADUE settembre 2009
Prima edizione TEA Best Seller ottobre 2009
Terza ristampa TEA Best Seller febbraio 2013
Prima edizione Best TEA ottobre 2015
Prima edizione TEA Più agosto 2018

VENTO NERO

In memoria di mia madre, Barbara, il cui amore, comprensione, dolcezza e incoraggiamento mancano profondamente a tutti coloro che l'hanno conosciuta.

D.E.C.

MAKAZE

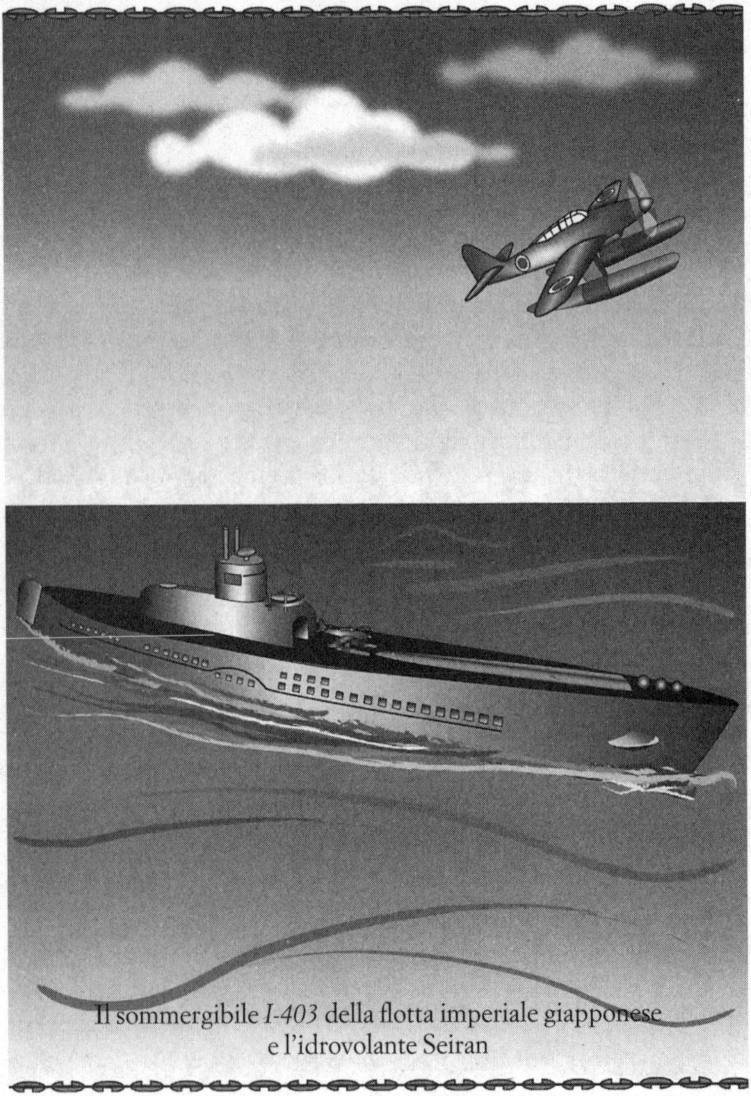

Il sommergibile *I-403* della flotta imperiale giapponese
e l'idrovolante Seiran

12 dicembre 1944
Base navale di Kure, Giappone

Dopo aver gettato un'occhiata all'orologio da polso, il capitano di corvetta Takeo Ogawa scosse il capo con aria irritata.

«Già mezzanotte e trenta», borbottò in tono ansioso. «Tre ore di ritardo, e stiamo ancora aspettando.»

Un giovane guardiamarina dallo sguardo vitreo per la mancanza di sonno annuì lievemente alla protesta del superiore, ma rimase in silenzio. In attesa in cima alla torretta del sommergibile *I-403* della marina imperiale giapponese, i due frugarono con lo sguardo la rada in cerca di qualche indizio di un arrivo imminente. Alle spalle della vasta base navale, la spettacolare città giapponese di Kure era punteggiata dallo scintillio delle luci notturne. Aveva cominciato a cadere una pioggerellina leggera che conferiva all'ora tarda un senso di quiete irreale, rotta soltanto dal rumore lontano di martelli, gru e saldatori. In altri settori del cantiere si procedeva senza sosta a riparare le navi danneggiate dal fuoco nemico e a costruirne di nuove, nella vana speranza di contribuire a uno sforzo bellico sempre meno vigoroso.

Attraverso lo specchio d'acqua echeggiò il borbottio di un motore diesel, che crebbe d'intensità via via che il camion si avvicinava al molo. Da dietro l'angolo di un magazzino in mattoni comparve un furgone Isuzu color ardesia, che sterzò rombando in direzione della banchina. L'autista prese ad avanzare con cautela verso il punto in cui era ormeggiato il sommergibile, aguzzando lo sguardo nel tentativo di distinguere nel buio i margini del molo, a malapena visibili alla luce dei fari schermati a causa dell'oscuramento. Dopo essersi accostato a una larga passerella, l'autista fermò il mezzo provocando il sonoro gemito di protesta dei freni consunti.

Dopo un attimo di silenzio, sei militari pesantemente armati balzarono dal retro e si disposero di sentinella intorno al furgone. Mentre lasciava la torretta per avviarsi verso il molo, Ogawa avvertì il movimento di una delle guardie che puntò un'arma nella sua direzione. Non si trattava di appartenenti all'esercito regolare imperiale, notò, bensì di elementi scelti della Kempei Tai, la temuta polizia militare giapponese.

Dalla cabina del furgone emersero due uomini in uniforme che si avvicinarono a Ogawa. Riconoscendo un superiore, questi scattò sull'attenti e gli rivolse il saluto militare.

«Aspettavo il suo arrivo, comandante», dichiarò con una punta di fastidio nella voce.

Il comandante Miyoshi Horinouchi ignorò l'osservazione; quale ufficiale addetto alle operazioni della sesta flotta, aveva la mente occupata da faccende assai più serie. Mentre la flotta dei sommergibili giapponesi veniva lentamente decimata nel Pacifico, la marina imperiale era priva di risposte adeguate alle tecnologie antisommergibili utilizzate dagli americani. Le disperate battaglie sostenute dai sommergibili imperiali contro le schiaccianti forze nemiche si concludevano sempre con la perdita di mezzi ed equipaggi, e pesanti ripercussioni su Horinouchi. I suoi capelli a spazzola erano diventati prematuramente bianchi, e rughe di tensione gli solcavano il volto come fiumi in secca.

«Le presento il dottor Hisaichi Tanaka, dell'Istituto medico dell'esercito. La accompagnerà durante la missione.»

«Non sono avvezzo a trasportare passeggeri nel corso di pattugliamenti», obiettò Ogawa, ignorando l'ometto con gli occhiali al fianco di Horinouchi.

«L'incarico di ricognizione nelle Filippine è stato annullato», replicò Horinouchi, tendendogli una busta marrone. «Eccole i nuovi ordini. Deve prendere a bordo il dottor Tanaka e il suo bagaglio, e procedere subito secondo le direttive per colpire il nemico sulla porta di casa.»

«Si tratta di una procedura assolutamente inusuale, comandante», protestò Ogawa, lanciando un'occhiata a una delle guardie che teneva un mitra tedesco Bergman MP34 puntato contro di lui.

Il superiore fece un cenno col capo, quindi si allontanò di qualche passo verso destra seguito da Ogawa; quando fu fuori portata dell'orecchio di Tanaka, riprese a parlare a bassa voce. « La nostra flotta di superficie è stata annientata nel golfo di Leyte, Ogawa. Contavamo di riuscire a fermare gli americani con una battaglia decisiva, e invece sono state le nostre forze a uscirne sconfitte. È solo questione di tempo, poi tutte le risorse rimaste serviranno a difendere il suolo della nostra patria. »

« Faremo pagare agli americani un pesante tributo di sangue », dichiarò con fervore Ogawa.

« Sicuro, ma non ci sono dubbi sulla loro volontà di conquista, a qualunque costo. Sarà una carneficina spaventosa, per la nostra gente. » Di fronte al possibile sacrificio della sua stessa famiglia, Horinouchi rimase in silenzio per un istante. « L'esercito ha chiesto la nostra assistenza per un'operazione coraggiosa », proseguì poi. « Il dottor Tanaka è affiliato all'Unità 731. Dovrà portare lui e il suo carico attraverso il Pacifico per lanciare un attacco in territorio americano, evitando di essere intercettato e proteggendo il suo mezzo durante la navigazione, a qualunque costo. Se avrà successo, Ogawa, gli americani saranno costretti a chiedere una tregua, e la nostra patria sarà salva. »

Il discorsetto lasciò Ogawa sconcertato. Mentre i suoi colleghi al comando dei sommergibili nipponici erano impegnati in una lotta per lo più difensiva allo scopo di proteggere ciò che restava della flotta di superficie, lui avrebbe dovuto solcare da solo il Pacifico per lanciare un attacco che avrebbe messo fine alla guerra. Se non avesse ricevuto l'ordine nel cuore della notte da un alto ufficiale senza dubbio in preda alla disperazione, avrebbe giudicato quell'idea semplicemente ridicola.

« La sua fiducia, comandante, mi lusinga moltissimo. Stia certo che i miei ufficiali e l'equipaggio terranno alto l'onore dell'imperatore. Se posso permettermi una domanda, signore, in che cosa consiste esattamente il carico del dottor Tanaka? »

Horinouchi lasciò vagare lo sguardo verso la baia per alcuni secondi. « *Makaze* », mormorò infine. « Un vento infernale. »

Sotto l'occhio attento del dottor Tanaka, le guardie della Kempei Tai caricarono con cautela nella camera di lancio di prua dell'*I-403* una mezza dozzina di casse di legno dalla forma oblunga, assicurandole saldamente. Ogawa ordinò di accendere i quattro motori diesel del sommergibile e di mollare gli ormeggi. Alle due e mezzo del mattino, lo scafo d'acciaio prese ad avanzare lentamente nell'acqua color inchiostro del porto facendosi strada fra numerosi altri sommergibili della stessa classe ormeggiati in rada. Ogawa notò incuriosito Horinouchi che, seduto in silenzio a bordo del furgone fermo a fari spenti sulla banchina, sembrava deciso a non allontanarsi fino a che non avesse definitivamente perso di vista l'*I-403*.

Scivolando oltre i bacini e i magazzini che costellavano il cantiere navale, il sommergibile si avvicinò a un'immensa sagoma che s'intravedeva nell'oscurità. Ricoverata in bacino per essere riparata, l'enorme nave da battaglia *Yamato* torreggiava sul sommergibile come una creatura mostruosa. Con i suoi potenti cannoni da 460 mm e la corazza da quattrocentosei millimetri, la *Yamato* era la nave più temuta fra quelle che solcavano i mari. Nel passare accanto alla nave da battaglia più grande del mondo, Ogawa fu colto da un senso di ammirazione per la sua linea e l'armamento, seguito da un pizzico di compassione. Temeva che, così come la *Musashi* – la nave gemella da poco affondata nelle Filippine –, la *Yamato* fosse destinata a finire in fondo al mare prima del termine della guerra.

Le luci di Kure si allontanavano sempre più a mano a mano che il sommergibile scivolava fra alcune grosse isole per inoltrarsi quindi nel mare Interno di Seto. Non appena ebbero oltrepassato le sporgenze rocciose che circondavano le isole, Ogawa ordinò di aumentare la velocità; a oriente, le prime chiazze perlacee foriere dell'alba cominciavano a tingere il cielo. Mentre era intento a tracciare il percorso con l'ufficiale di rotta dell'*I-403* in torretta, Ogawa venne avvicinato dal suo secondo, proveniente dal ponte inferiore.

«Tè bollente, signore», annunciò il tenente di vascello Yoshi Motoshita, spingendo una tazza verso il comandante. Esile, dai modi cordiali, Motoshita riusciva a sorridere persino alle cinque del mattino.

«Sì, grazie», rispose Ogawa in tono vivace prima d'ingollare una sorsata. Il liquido caldo era un vero toccasana contro la gelida aria dicembrina; la tazza venne subito vuotata.

«Il mare è insolitamente calmo, stamattina», osservò Motoshita.

«Ideale per la pesca», replicò pensieroso Ogawa. Figlio di pescatori, era cresciuto in un piccolo villaggio sull'isola meridionale di Kyushu. Avvezzo alla dura vita del mare, si era lasciato alle spalle le modeste origini superando i severissimi esami di ammissione a Etajima, l'accademia navale nipponica. Una volta ottenuta la nomina a ufficiale, era stato attratto dalla forza sommergibili in fase di forte espansione durante il periodo prebellico, e aveva prestato servizio su due navi prima di ottenere il comando dell'*I-403*, verso la fine del 1943. Sotto il suo comando, il sommergibile aveva affondato una mezza dozzina di navi mercantili, oltre a un cacciatorpediniere australiano nelle Filippine. In seno alla sempre più misera flotta sommergibili giapponese, Ogawa era considerato uno dei comandanti più validi rimasti.

«Non appena raggiunto lo stretto inizieremo a seguire una rotta a zig-zag, Yoshi, quindi c'immergeremo prima di allontanarci dalla costa. Non possiamo correre rischi, con i sommergibili nemici che pattugliano la zona.»

«Avverto l'equipaggio, signore.»

«E il dottor Tanaka. Controlla che sia sistemato in modo confortevole.»

«Gli ho offerto la mia cabina», replicò Motoshita con aria afflitta. «A giudicare dalla pila di libri che si è portato dietro, credo abbia di che tenersi occupato e fuori dai piedi.»

«Molto bene», commentò Ogawa, interrogandosi sul passeggero indesiderato.

Mentre il sole color cremisi si alzava lento all'orizzonte, l'*I-403* accostò per sud per portarsi dal mare Interno verso lo stretto di Bungo, un passaggio a nord dell'isola meridionale di Kyushu che sfociava nell'oceano Pacifico. Un cacciatorpediniere grigio arrancò accanto a loro diretto in porto. Pesantemente inclinato su un fianco, esibiva una serie di squarci sul ponte e in coperta, conseguenza di un brutto incontro con un paio di Hellcat della marina americana. A bordo del sommergibile, alcuni sottufficiali si affollarono in torretta per lanciare un'ultima occhiata alla patria chiedendosi, come tutti i marinai in partenza per la battaglia, se sarebbero mai tornati a casa.

Una volta avvistato l'accesso al Pacifico, Ogawa ordinò l'immersione. Mentre il suono della campana invadeva ogni angolo del sommergibile, i marinai corsero a occuparsi del ponte e dei portelli.

« A quarantacinque piedi », abbaiò Ogawa dalla plancia.

I capaci doppi fondi vennero allagati con acqua salata, i timoni di profondità posizionati per l'immersione. Mentre la massa d'acqua di zavorra irrompeva in avanti, la prora dell'*I-403* s'inclinò verso il basso, e l'intero scafo fu rapidamente inghiottito dalle verdi profondità del mare.

Sotto la superficie del Pacifico, al largo dello stretto di Bungo, erano in agguato aggressivi sommergibili americani a caccia di mercantili carichi di rifornimenti o di navi da battaglia provenienti dalla base navale di Kure. Gli attacchi fra un sommergibile e l'altro non erano una novità, e Ogawa non era assolutamente disposto a trasformarsi in una facile preda. Raggiunte le acque del Pacifico, puntò senza indugi a nord-est, lontano dal flusso di traffico militare diretto a sud, verso le Filippine.

Come la maggior parte dei sommergibili della sua epoca, l'*I-403* era alimentato da motori sia diesel sia elettrici. Durante le ore diurne, quando operava in immersione, si serviva di motori elettrici a batteria in grado di produrre una velocità di soli 6 nodi. Col favore delle tenebre, in emersione, poteva invece azionare i diesel e procedere a oltre 18 nodi, ricaricando nel contempo le batterie. L'*I-403*, tuttavia, non era uno scafo comune. Lungo centoventidue metri, apparteneva alla ristretta classe dei Sen-Toku, i sommergibili più imponenti costruiti a quei tempi. Con un dislocamento di oltre 5200 tonnellate, quella massiccia nave era alimentata da quattro motori diesel da settemilasettecento cavalli vapore. La sua vera particolarità, tuttavia, era rappresentata dagli aerei che aveva in dotazione: l'*I-403* era in grado di ospitare a bordo tre idrovolanti Seiran, piccoli velivoli convertiti in bombardieri in picchiata che potevano essere lanciati da una catapulta situata al centro della prua. Durante la navigazione, gli aerei smontati erano custoditi in un hangar stagno lungo oltre trentatré metri piazzato sul ponte del sommergibile. La carenza di velivoli aveva però costretto Ogawa a cedere uno dei suoi idrovolanti alla ricognizione costiera, per cui la dotazione di bordo si era ridotta a due soli Seiran.

Una volta che l'*I-403* fu entrato indenne nelle acque del Pacifico, Ogawa si ritirò nella sua cabina e si mise a rileggere i brevi ordini di servizio ricevuti da Horinouchi. Le succinte disposizioni prevedevano che percorresse una rotta settentrionale attraverso il Pacifico, con una sosta per rifornimento carburante alle Aleutine. Doveva quindi procedere fino alla costa nordoccidentale degli Stati Uniti, dove i suoi due velivoli avrebbero lanciato attacchi aerei sulle città di Tacoma, Seattle, Victoria e Vancouver.

A prima vista, si disse Ogawa, sembrava un gesto del tutto inutile. Il Giappone aveva bisogno dei propri sommergibili per difendere le patrie coste, non certo per lanciare futili attacchi con un paio di aeroplanini. Ma c'era da considerare la questione del dottor Tanaka e del suo carico misterioso.

Convocato nella cabina di Ogawa, Tanaka s'inchinò con grazia prima di varcare la soglia dell'angusto alloggio per andare a sedersi di fronte a un tavolino di legno. Esile di corporatura, lo scienziato esibiva un'espressione arcigna e poco amichevole. Gli sfuggenti occhi neri ingranditi dalle spesse lenti rendevano il suo aspetto ancor più sinistro.

Accantonate le formalità, Ogawa affrontò senza indugi il tema che gli premeva di più: la natura della presenza del dottore a bordo.

«I miei ordini scritti, dottor Tanaka, m'impongono di raggiungere la costa occidentale del Nord America per lanciare un attacco aereo su quattro città. Non vi è nessun accenno a compiti che la riguardino né alla natura del suo carico. Sono pertanto costretto a chiederle quale sia il suo ruolo in questa missione. »

« Stia certo, comandante Ogawa, che la mia presenza qui è stata avallata ai massimi livelli », replicò il dottore con voce bassa e uniforme. « Fornirò assistenza tecnica durante le operazioni. »

« Questa è una nave da guerra. Non riesco a comprendere come un ufficiale medico possa contribuire a un attacco navale », obiettò Ogawa.

« La prego di considerare, comandante, che faccio parte del Gruppo di studio della Scuola di medicina dell'esercito per la prevenzione delle malattie. Da un laboratorio di ricerche cinese ci sono pervenuti materiali che ci hanno consentito di mettere a punto una nuova, efficace arma contro il nemico. Il suo sommergibile è stato scelto quale strumento per il primo lancio contro le forze americane. Quanto a me, sono responsabile della sicurezza e dell'impiego della nuova arma nel corso della missione. »

« Questi 'materiali'... verranno lanciati dai miei aerei? »

« Esatto, in speciali contenitori adatti a essere caricati sui suoi bombardieri. Ho già preso gli accordi necessari con i suoi uomini del servizio aereo. »

« E l'equipaggio? Corre qualche pericolo, con quest'arma a bordo? »

« Assolutamente nessuno », mentì Tanaka mantenendo un'espressione imperscrutabile.

Pur non credendogli, Ogawa si disse che il rischio rappresentato dalle forze antisommergibili della marina americana era di certo maggiore per il suo scafo rispetto a qualsiasi carico stessero trasportando. Tentò di spremere a Tanaka qualche informazione in più, ma il medico militare aggiunse ben poco a quanto aveva già rivelato. Qualunque fosse il segreto legato alla nuova arma, se lo teneva ben stretto. C'era qualcosa di minaccioso in quell'uomo, concluse Ogawa, che lo faceva sentire a disagio. Dopo una veloce tazza di tè, congedò il lugubre scienziato e rimase seduto in cabina, maledicendo mentalmente il comando della flotta per aver scelto proprio il suo mezzo per quella sgradita missione.

Lo sporadico traffico di navi mercantili e barche da pesca scomparve del tutto non appena si furono lasciati alle spalle la costa giapponese per spostarsi più a nord. Nei dodici giorni successivi, l'equipaggio si adagiò nella consueta routine operativa mentre il sommergibile puntava a nord-est, emergendo di notte per procedere con velocità maggiore. Le probabilità di essere avvistati da un aereo o da una nave degli Alleati erano abbastanza remote, nel Pacifico settentrionale, ma Ogawa non intendeva correre rischi: durante le ore di luce, viaggiava rigorosamente sotto la superficie. Operando in immersione, il sommergibile sigillato si trasformava in un forno per gli uomini che dovevano manovrarlo. I motori facevano salire la temperatura interna sopra i trenta gradi, mentre l'aria stantia si faceva sempre più irrespirabile col passare delle ore. Tutti i marinai aspettavano con ansia il buio, che avrebbe consentito loro di emergere e spalancare i boccaporti per lasciar entrare la fresca brezza marina negli ambienti saturi di umidità.

A bordo dei sommergibili la disciplina era meno rigida persino nella marina nipponica, e l'*I-403* non faceva eccezione. Ufficiali e truppa si mescolavano più facilmente, dividendo lo stesso rancio e soffrendo gli stessi disagi all'interno dell'angusto scafo. In tre diverse occasioni l'*I-403* era scampato ad attacchi con bombe di profondità, e l'aver sfiorato insieme la morte aveva creato fra gli uomini vincoli molto forti. Sopravvissuti a un micidiale gioco fra gatto e topo, erano convinti che il loro fosse un sommergibile baciato dalla fortuna, capace di sfidare impunemente il nemico.

La quattordicesima sera, dopo essere emerso nei pressi di Amchitka, una delle isole Aleutine, l'*I-403* localizzò subito la nave appoggio *Morioka* ormeggiata in una piccola baia. Non appena Ogawa ebbe fatto scivolare dolcemente lo scafo accanto alla nave, furono lanciati i cavi d'ormeggio. Mentre si provvedeva a pompare carburante nei serbatoi di riserva del sommergibile, gli equipaggi dei due mezzi presero a scambiarsi battute nel gelo della notte.

« Non state un po' stretti, in quella scatola di sardine? » chiese un sottufficiale infagottato nella divisa, appoggiandosi alla battagliola della nave.

« Nient'affatto. Abbiamo spazio più che sufficiente per la nostra frutta in scatola, le castagne e il *sakè*! » gridò di rimando un sommergibilista, vantandosi per la superiorità del cibo a disposizione dei mezzi subacquei.

Le operazioni di rifornimento vennero completate in meno di tre ore. Nel frattempo, essendogli stato diagnosticato un attacco di appendicite acuta, un membro dell'equipaggio del sommergibile fu trasferito a bordo della nave per ricevere le necessarie cure mediche. Dopo aver ringraziato gli uomini della nave appoggio con una scatola di caramelle, l'*I-403* riprese la marcia in direzione est, verso il Nord America. Sotto un cielo sempre più cupo, la grigia superficie dell'oceano increspata di spuma, l'*I-403* si ritrovò ad avanzare nel bel mezzo di una tempesta d'inizio inverno. Per tre notti fu sballottato con violenza dalle onde, che investivano la coperta per frangersi contro la torretta mentre il sommergibile cercava di ricaricare le batterie. A un certo punto, una vedetta rischiò addirittura di essere spazzata fuoribordo dall'acqua gelida, e fra l'equipaggio anche i più esperti furono assaliti da attacchi di mal di mare. I venti tesi occidentali, tuttavia, favorivano la navigazione, sospingendo con forza il sommergibile fra le onde e accelerandone il tragitto verso est.

Poi, gradualmente, il vento diminuì d'intensità, il mare si fece più tranquillo. Ogawa constatò con soddisfazione come la sua nave fosse sopravvissuta alla furia di Madre Natura senza riportare nessun danno. Via via che il mare si placava e il sommergibile si avvicinava al territorio nemico, l'equipaggio riacquistò morale e combattività insieme col consueto piede marino.

« Ho qui una carta dettagliata della costa, comandante », annunciò Seiji Kakishita srotolando di fronte a lui una carta del Pacifico nordorientale. Come molti altri membri dell'equipaggio, dopo la partenza dal porto l'ufficiale di rotta aveva smesso di radersi, ed esibiva ciuffetti di peli sparsi sul mento che gli davano l'aspetto di un personaggio da cartone animato.

« Qual è la nostra posizione attuale? » s'informò Ogawa studiando la carta.

« Ci troviamo esattamente qui », rispose Kakishita indicando un punto della carta col compasso. « Cento miglia circa a ovest dell'isola di Vancouver. Ci rimangono altre due ore di buio durante le quali navigare in emersione, il che, alla media corrente, ci porterà entro l'alba a ottanta miglia dalla costa. »

Dopo aver esaminato accuratamente la carta per qualche minuto, Ogawa borbottò: « Siamo troppo a nord. Intendo lanciare l'attacco da una posizione centrale rispetto ai quattro obiettivi, così da minimizzare i tempi di volo. Se ci spostiamo più a sud, potremo avvicinarci alla costa in questo punto », proseguì, puntando il dito sulla carta. Sotto il polpastrello c'era la punta nordoccidentale dello Stato di Washington, uno spuntone di terra che si protendeva nell'oceano Pacifico come il muso di un cane affamato. Immediatamente a nord si trovava lo stretto di Juan de Fuca, un canale naturale che segnava il confine col British Columbia, e che costituiva il passaggio principale per il traffico via mare da Vancouver e Seattle verso il Pacifico.

Kakishita si affrettò a disegnare la nuova rotta sulla mappa, ricalcolando le distanze. « Secondo le mie stime, in ventidue ore potremmo arrivare otto miglia al largo del punto indicato come 'Cape Alava', signore. »

« Eccellente, Kakishita », commentò compiaciuto il comandante, gettando un'occhiata a un cronografo lì accanto. « Così avremo tutto il tempo che ci serve per lanciare l'attacco prima dell'alba. » Il tempismo era perfetto; Ogawa voleva trattenersi il meno possibile in zone di denso traffico dove avrebbero rischiato di essere avvistati prima di riuscire a sferrare il colpo. Tutti i tasselli sembravano inserirsi al posto giusto, si disse. Con un po' di fortuna, nel giro di ventiquattr'ore o poco più avrebbero potuto ritrovarsi sulla via di casa dopo una missione coronata dal successo.

Quella sera, non appena effettuata l'emersione, i preparativi per l'imminente attacco aereo scatenarono a bordo dell'*I-403* un'attività frenetica. Estratti dall'hangar fusoliere, ali e galleggianti, i meccanici presero ad assemblare i componenti come se avessero avuto davanti dei modellini giocattolo fuori misura, mentre i marinai montavano la catapulta idraulica testando quindi il congegno che sarebbe servito a lanciare i velivoli, e i piloti consultavano attentamente le carte topografiche della regione, studiando la rotta fino ai punti di lancio e ritorno. Sotto l'accorta guida del dottor Tanaka, gli uomini del servizio aereo adattavano intanto le rastrelliere portabombe dei Seiran in modo che potessero accogliere i dodici contenitori in acciaio ancora stivati in camera di lancio a prua.

Entro le tre del mattino, l'*I-403* era già scivolato silenziosamente fino al punto di stazionamento previsto, al largo della costa di Washington. Sotto una pioggerellina leggera, le sei vedette dislocate in coperta da Ogawa aguzzavano gli occhi nell'oscurità in cerca di eventuali segni che rivelassero la presenza di altre navi. Lo stesso Ogawa passeggiava nervoso su e giù per il ponte, aspettando con ansia di veder decollare gli aerei per poter immediatamente riportare il suo sommergibile al riparo sotto la coltre agitata del mare.

Trascorse così un'altra, interminabile ora. D'un tratto, un uomo corpulento, tozzo, infagottato in una tuta macchiata di grasso si avvicinò a Ogawa con aria esitante. «Spiacente di doverle riferire che abbiamo qualche difficoltà con gli aerei, signore.»

«Che razza di problemi possono mai esserci, a questo punto delle operazioni?» replicò il comandante, visibilmente seccato.

«Abbiamo scoperto che il velivolo numero uno ha un magnete difettoso. È necessario sostituirlo perché il motore possa funzionare. Il numero due mostra un timone danneggiato, sembrerebbe a causa di uno slittamento durante la tempesta. Anche in questo caso, siamo in grado di effettuare la necessaria riparazione.»

«Quanto ci vorrà, per portare a termine entrambi gli interventi?»

Il meccanico tenne lo sguardo fisso verso il cielo per un istante, meditando sulla risposta. «Approssimativamente un'ora per le riparazioni, signore, più altri venti minuti per caricare a bordo le armi.»

Il comandante annuì con aria truce. «Procedete con la massima rapidità.»

I sessanta minuti previsti si trasformarono in due ore, e ancora gli aerei non erano pronti. Avendo notato nel cielo alcune striature perlacee che preannunciavano l'arrivo dell'alba, Ogawa si fece sempre più impaziente. La pioggerellina era cessata, cedendo il passo a una leggera foschia che avvolgeva il sommergibile riducendo la visibilità a meno di cinquecento metri. Erano esposti come anatre in uno stagno, si disse il comandante, ma avevano per lo meno una cortina di protezione tutt'intorno.

D'un tratto, l'aria immobile del mattino fu squarciata dal grido dell'addetto all'ecogoniometro, sottocoperta: «Ho un'eco, comandante!»

«Stavolta ti ho beccato, fratellone!» gridò sogghignando Steve Schauer nel ricetrasmettitore, prima di spingere un paio di leve per togliere gas. Esausti e impregnati dal puzzo di pesce morto, i due adolescenti che dividevano con lui l'angusta cabina del motopeschereccio a strascico si guardarono roteando gli occhi. Schauer li ignorò e prese a manovrare con delicatezza il timone della barca da pesca, fischiettando un vecchio motivetto da osteria.

Sulla quarantina, eternamente giovani nell'animo, Steve e Doug Schauer avevano trascorso l'esistenza pescando nelle acque del Puget Sound e dintorni. Con la loro capacità e il duro lavoro, investendo tutto ciò che guadagnavano in imbarcazioni sempre più grandi, erano riusciti alla fine ad acquistare due motopescherecci in legno da sedici metri per la pesca a strascico con i quali rastrellavano con successo le coste dello Stato di Washington e di Vancouver, lavorando in squadra e dando prova di un fiuto infallibile nell'individuare grossi banchi di passere di mare. Dopo un'escursione durata tre giorni, con le stive ormai traboccanti di pesce e le ghiacciaie vuote di birra, i fratelli stavano rientrando verso il porto rincorrendosi l'un l'altro come un paio di ragazzini sugli schettini.

« Non è ancora finita: lo sarà solo quando raschieremo la pittura dello scafo contro il molo », gracchiò dalla radio la voce di Doug. Dopo la stagione eccezionalmente buona del 1941, i fratelli si erano concessi due ricetrasmittenti da installare sulle rispettive barche con lo scopo di coordinare le battute di pesca, ma in pratica i loro collegamenti servivano per lo più a stuzzicarsi a vicenda.

Mentre l'imbarcazione di Steve avanzava scoppiettando alla velocità massima di 12 nodi, il cielo trascolorò lentamente dal nero al grigio, attenuando via via l'effetto abbagliante del fanale fissato davanti alla prua. Di fronte a sé, tra la nebbia, il pescatore scorse il vago profilo di un enorme oggetto scuro acquattato nel mare. D'un tratto, al centro della massa comparve per un istante un minuscolo lampo color arancio.

« È una balena, quell'affare che abbiamo a dritta? » Aveva a malapena avuto il tempo di pronunciare la frase, quando si udì un sibilo assordante avventarsi contro la cabina, seguito da un'esplosione che scosse la superficie dell'acqua oltre il fianco sinistro, investendo la barca con una cascata d'acqua.

Schauer restò impietrito per un attimo, incapace di accettare ciò che i suoi occhi e le sue orecchie avevano appena registrato. Ci volle la visione di un secondo lampo arancione per scuoterlo e spingerlo all'azione.

« State giù! » gridò ai due ragazzi in cabina, mentre accostava tutto a sinistra. Il motopeschereccio stracarico era lento a rispondere, ma si mosse quanto bastava a evitare il secondo proietto da 140 mm del pezzo di coperta dell'*I-403*, che s'infilò sibilando nell'acqua a pochi centimetri dalla poppa. Questa volta, la forza dell'esplosione fece schizzare fuor d'acqua l'intera imbarcazione, che ripiombò poi contro la superficie con tale violenza da spezzare il timone.

Detergendosi gli occhi dal sangue che colava da un taglio alla tempia, Schauer cercò a tentoni il microfono della ricetrasmittente.

« C'è un sommergibile giapponese, qui, Doug. Ci ha appena sparato contro. No, non sto scherzando. Procedi tenendoti a nord, e va' a cercare aiuto. »

Stava ancora parlando quando il terzo colpo colse il bersaglio, fendendo la stiva anteriore della barca da pesca prima di detonare. Una furiosa esplosione di schegge, frammenti di vetro e pesce maciullato investì la cabina e inchiodò i tre occupanti alla paratia. Lottando per restare in piedi, Schauer sbirciò da uno squarcio nella paratia anteriore, e vide l'intera prua della barca disintegrarsi fra le onde sotto i suoi occhi. Aggrappatosi istintivamente al timone per sorreggersi, restò a fissare incredulo ciò che restava del motopeschereccio affondare in fretta sotto i suoi piedi.

Attraverso il binocolo, Ogawa osservò con cupa soddisfazione la barca da pesca inabissarsi fra un mare di rottami. Essendo un eventuale salvataggio dei naufraghi fuori discussione, non perse tempo a cercarne i corpi fra le onde.

« Abbiamo altri echi, Motoshita? » chiese al sottoposto.

« Negativo, signore. Prima che aprissimo il fuoco, l'idrofonista aveva riferito la possibile presenza di un bersaglio secondario, ma il segnale è svanito. Probabilmente si trattava di un suono di sottofondo, o al massimo di una barca di dimensioni modeste. »

« Ordinagli di continuare le ricerche. Con questa nebbia, dovremmo captare la presenza di un'imbarcazione molto prima dell'eventuale avvistamento. E di' al capo meccanico di presentarsi a rapporto da me. Dobbiamo assolutamente riuscire a lanciare quei benedetti aerei. »

Mentre Motoshita si allontanava in fretta, Ogawa lasciò vagare lo sguardo lungo la linea di costa antistante lo Stato di Washington. Magari saremo fortunati, si disse. Con ogni probabilità, il motopeschereccio era uscito solo e non aveva la radio a bordo; qualcuno poteva aver udito i colpi da riva, ma a quella distanza gli sarebbero giunti come tonfi attutiti, innocui. Stando alle carte, poi, lungo quel tratto di costa i residenti erano piuttosto scarsi. Forse – ma solo *forse* – potevano ancora farcela a portare a termine la missione senza essere scoperti.

Il radiotelegrafista di prima classe Gene Hampton si sentì accapponare la pelle. La voce che gli arrivava nelle cuffie aveva un tono di urgenza e sincerità tali da non lasciare spazio a dubbi. Dopo aver confermato il messaggio una seconda volta, Hampton balzò dalla sedia e si precipitò al centro della coperta.

« Ho appena raccolto una richiesta di soccorso da parte di un'imbarcazione civile, comandante », ansimò. « Un pescatore sostiene che c'è un sommergibile giapponese, al largo, intento a far fuoco contro la barca del fratello. »

« Ti è sembrato lucido? » replicò in tono scettico il barbuto, corpulento comandante della nave.

« Sì, signore. Dice di non aver visto personalmente il sommergibile a causa della nebbia, ma di aver ricevuto una chiamata via radio dal fratello, a bordo di una seconda barca da pesca. Ha udito un paio di cannonate sparate da un pezzo pesante, poi ha perduto il contatto. Inoltre mi è pervenuta una chiamata da un'altra imbarcazione che confermava il fragore delle esplosioni. »

« Ci hanno fornito la posizione? »

« Sì, signore. Nove miglia a sud-ovest di Cape Flattery. »

« Molto bene. Prendi contatto con la *Madison* e comunica loro che ci dirigiamo oltre lo stretto per indagare su una segnalazione di avvistamento nemico, quindi fornisci la posizione alla navigazione. Venga, signor Baker », proseguì poi, rivolgendosi all'alto tenente di vascello che gli stava accanto. « Andiamo in quadrato ufficiali. »

Mentre il suono della sirena si diffondeva per tutta la nave, i membri d'equipaggio dell'USS *Theodore Knight* corsero ai rispettivi posti di combattimento indossando elmetti e giubbotti di salvataggio lungo il tragitto. Non era la prima volta che il cacciatorpediniere della classe Farragut entrava in azione. Varato nel 1931 presso il cantiere Bath Iron Works del Maine, era entrato in servizio attivo come nave scorta dei convogli nel nord Atlantico, all'inizio della guerra. Dopo essere sfuggito a numerosi attacchi degli U-Boote durante la scorta a navi mercantili, il cacciatorpediniere, lungo centoquattro metri, era stato rispedito a pattugliare al largo della costa occidentale, battendo il tratto di mare da San Diego all'Alaska.

Tre miglia più indietro, nello stretto di Juan de Fuca, avanzava la Liberty Ship *Madison*, diretta a San Francisco con un carico di legname e salmone in scatola; lasciatosi alle spalle la nave da carico assegnatagli, il *Theodore Knight* s'immise nelle acque del Pacifico mentre il comandante, il capitano di corvetta Roy Baxter, ordinava l'avanti tutta. Grazie alla spinta dei due turboriduttori, la snella unità filava sulle onde come un segugio all'inseguimento di un coniglio. Abituato alla tranquilla routine dei pattugliamenti, l'equipaggio assaporava un inconsueto stato di allerta alla prospettiva di trovarsi faccia a faccia col nemico.

Persino Baxter si sentiva battere il cuore un po' più in fretta. In marina da vent'anni, dopo aver partecipato ai combattimenti in Atlantico, trovava i recenti incarichi lungo le coste di casa sempre più noiosi e non vedeva l'ora di riprovare il gusto della battaglia, pur restando scettico sulla segnalazione ricevuta via radio. Sapeva che da oltre un anno non venivano avvistati sommergibili giapponesi al largo di quella costa, e la marina imperiale era ormai chiaramente sulla difensiva.

« Radar? » chiese ad alta voce.

« Ho tre piccole navi in avvicinamento al canale, signore, due provenienti da nord e una da ovest », rispose l'addetto senza staccare lo sguardo dallo schermo. « E un altro bersaglio non identificato, apparentemente immobile, a sud-ovest. »

« Ci porti in direzione sud », abbaiò Baxter. « E dica alle batterie di prua di tenersi pronte all'azione. » Nell'impartire l'ordine, il comandante lottò per trattenere una smorfia di eccitazione. Oggi, forse, riusciremo a guadagnarci lo stipendio, si disse calzando l'elmetto.

A differenza dei loro avversari americani, nel corso della seconda guerra mondiale la maggior parte dei sommergibili giapponesi non era dotata di radar, strumento tecnologico di preallarme sperimentato sui sommergibili imperiali solo verso la metà del 1944 e installato unicamente su alcuni mezzi selezionati, mentre tutti gli altri continuavano ad accontentarsi degli idrofoni per individuare il nemico a distanza. Sebbene dotati di un raggio d'azione inferiore rispetto al radar, gli idrofoni potevano essere utilizzati sott'acqua e avevano aiutato più di un sommergibile a evitare incontri fatali con bombe di profondità.

In mancanza di un impianto radar, fu l'idrofonista dell'*I-403* ad accorgersi per primo che un cacciatorpediniere stava piombando loro addosso.

« Nave in avvicinamento di prora... eco intensità uno », riferì alla prima rilevazione dello strumento.

In coperta, i due aerei erano stati estratti dagli hangar e si era provveduto all'assemblaggio di ali e galleggianti, mentre proseguivano le riparazioni. Era la situazione che Ogawa temeva di più: con entrambi i velivoli montati ma non ancora pronti al decollo, se il sommergibile fosse stato costretto a una manovra d'immersione d'emergenza il loro sacrificio si sarebbe reso inevitabile.

« Cannone di coperta pronto al fuoco », gridò, augurandosi che lo sgradito intruso si rivelasse anch'esso una barca da pesca.

« Intensità del suono due, in aumento », riferì con tutta calma l'operatore. « Si tratta di una nave », aggiunse senza stupire nessuno.

« Assicurare i velivoli e sgomberare il ponte », ordinò Ogawa a un guardiamarina, che scattò lungo l'ampio ponte ripetendo a gran voce le disposizioni a meccanici e piloti mentre correva. Rizzati in coperta gli aerei, gli addetti afferrarono rapidamente gli attrezzi e si precipitarono verso l'hangar, affrettandosi ad accostare e sigillare i portelli stagni prima di rifugiarsi attraverso un boccaporto nelle viscere del sommergibile.

« Intensità del suono tre, di prua. Potrebbe essere un cacciatorpediniere », riferì l'idrofonista, identificando correttamente il turbinio delle due eliche.

Proprio in quell'istante, come evocata, la nave grigia si materializzò fra la nebbia a mezzo miglio di distanza, simile a un fantasma d'acciaio emergente da una spianata. Mentre colonne di candida schiuma si levavano dalla prua come torrenti impazziti e il fumaiolo eruttava nubi nere, la snella nave puntò dritta contro il sommergibile con inequivocabili intenzioni aggressive.

Nel giro di un istante, gli esperti serventi aprirono il fuoco col pezzo di coperta dell'*I-403*, nel disperato tentativo di fermare il mostro incombente. La prora affilata del cacciatorpediniere, tuttavia, non costituiva un facile bersaglio per la granata, che lo sfiorò lateralmente senza colpirlo. In modo frenetico, gli uomini ripresero la mira per un nuovo colpo.

Una volta identificata la nave come un cacciatorpediniere e valutata la futilità di un duello in superficie con una nave tanto più potente, Ogawa ordinò immediatamente la rapida immersione. Alla missione avrebbe anteposto la salvezza del sommergibile e dell'equipaggio, si disse, ammesso che non fosse già troppo tardi.

Al fischio che preannunciava l'immersione, i serventi fecero partire un ultimo, disperato colpo prima di mettersi in salvo sottocoperta. Per quanto accurata fosse stata la punteria del loro cannone, i giapponesi avevano sovrastimato la velocità di avvicinamento del cacciatorpediniere: il proietto colpì l'acqua una quindicina di metri davanti alla prua della nave americana, limitandosi a sollevare alti spruzzi che ne spazzarono il ponte.

Fu a quel punto che i due cannoni di prua del *Theodore Knight* entrarono finalmente in azione sparando una serie di colpi da 127 mm contro il sommergibile giapponese, ma gli inesperti e sovraeccitati serventi mirarono alto, scavalcando senza colpirlo il mezzo ormai in fase accelerata di immersione.

In torretta dell'*I-403* Ogawa, che aveva tardato un istante a chiudere il portello per lanciare un'ultima occhiata al nemico in avvicinamento, colse con la coda dell'occhio un movimento sul ponte di prua e, voltandosi a guardare, notò con stupore un uomo dell'equipaggio dirigersi a grandi passi verso uno degli aerei. Si trattava di un pilota che, ignorando l'ordine di prepararsi all'immersione, si accingeva a salire a bordo del suo velivolo. In perfetto spirito kamikaze, non sopportando l'idea di perdere il proprio mezzo, aveva evidentemente deciso di morire con esso. Imprecando contro quella folle prodezza, Ogawa si ritrasse per raggiungere il ponte inferiore.

Non appena aperti, i doppi fondi furono inondati dall'acqua salata che cominciò ad appesantire il sommergibile. In una situazione del genere, le ragguardevoli dimensioni dell'*I-403* costituivano un problema: era noto a tutti che i suoi tempi d'immersione erano più lunghi del consueto. Mentre aspettava che il mezzo s'inabissasse fra le onde con angosciante lentezza, Ogawa decise di giocare un'altra carta.

« Pronti per il lancio! » ordinò.

Era un azzardo, ma ben calcolato. Col cacciatorpediniere proprio di fronte a sé, Ogawa aveva la possibilità di scagliargli un siluro in piena faccia trasformando il cacciatore in preda.

« Tubi di lancio pronti », riferì il capo silurista.

« Uno e due pronti. »

A meno di duecento metri di distanza, la nave nemica vomitava proietti contro di loro e, incredibilmente, continuava a mancare il bersaglio, mentre la massa esposta del sommergibile si riduceva a mano a mano che la prora s'insinuava tra le onde e il mare ricopriva il ponte di prua.

« Tubo uno, fuori! » gridò Osawa. Poi, contati mentalmente tre secondi, ordinò: « Tubo due, fuori! »

Con un sibilo di aria compressa, i due siluri eruppero dai tubi di lancio di prua per avventarsi contro il cacciatorpediniere in avvicinamento. Lunghi sette metri ciascuno, dotati di una micidiale testata da quattrocento chili e alimentati con ossigeno puro, saettarono verso il *Theodore Knight* a una velocità di oltre 45 nodi.

Un guardiamarina del cacciatorpediniere, sull'ala di plancia, notò le due scie bianche strisciare verso la nave sotto il pelo dell'acqua.

« Siluri di prora sinistra e dritta! » riuscì a gridare, per quanto inorridito e affascinato insieme dallo spettacolo degli esplosivi in rapido avvicinamento.

In un attimo i siluri piombarono su di loro ma, per errore di calcolo, per intervento divino o per pura fortuna, entrambi i letali ordigni mancarono il bersaglio. Impietrito, il guardiamarina contemplò i siluri scivolare ai lati della prua per avventarsi lungo l'intera lunghezza della nave a non più di tre metri di distanza dalle murate prima di scomparire di poppa.

« Si sta immergendo, signore », osservò il timoniere senza staccare gli occhi dalle onde che investivano la prua del sommergibile.

« Accostare mirando alla torretta », ordinò Baxter. « Gli scenderemo dritti in gola. »

I cannoni di prua, nel frattempo, avevano cessato il fuoco, dal momento che era ormai impossibile puntare i pezzi su un bersaglio tanto più basso rispetto alla prora della nave. Il combattimento si trasformò in una gara di velocità, col cacciatorpediniere che si avventava in avanti come un ariete nel tentativo di investire l'*I-403*, il quale intanto guadagnava profondità. Per un attimo parve riuscire a scivolare sotto la nave assalitrice: transitando sopra la sua prora, la chiglia del *Theodore Knight* mancò il ponte di coperta del sommergibile in immersione per una questione di centimetri. Ma la nave proseguì la corsa, decisa a fracassare lo scafo nemico.

Gli aerei furono i primi a entrare in contatto con l'affilato cuneo della prua del cacciatorpediniere. Sommersi solo parzialmente sul ponte inclinato verso il basso, allineati l'uno dietro l'altro, furono investiti a mezz'altezza dal tagliamare della nave che li ridusse all'istante in un ammasso di metallo contorto, brandelli di tessuto e rottami. Il pilota che si era issato nell'abitacolo del primo aereo ebbe ben poco tempo per godersi il gesto temerario, prima di veder realizzato il desiderio di morire fatto a pezzi insieme col proprio mezzo.

Quanto all'*I-403*, ormai immerso fino a metà scafo, non aveva per il momento riportato nessun danno. La torretta, tuttavia, sporgeva troppo per sperare di sfuggire al furioso attacco della nave assalitrice. La prua del cacciatorpediniere penetrò con impeto devastante nella camera di manovra del sommergibile, che si aprì in due come sotto un colpo di falce. Ogawa e i suoi ufficiali rimasero uccisi sul colpo, mentre il nemico proseguiva la sua corsa attraverso il centro di controllo del sommergibile, sradicando l'intera struttura dallo scafo per poi scavare uno spaventoso solco lungo la spina dorsale dell'*I-403*. All'interno, l'equipaggio impotente udì l'assordante stridio del metallo contro metallo e, dopo un istante, il rombo dell'acqua salata che si riversava a fiumi nei compartimenti, condannando gli uomini a una morte rapida ma spaventosa. Dopo una violenta rollata, il sommergibile precipitò di colpo verso il fondo; un ventaglio di bolle d'aria e olio salì gorgogliando in superficie come a contrassegnare la tomba subacquea, poi tutto fu silenzio.

A bordo del *Theodore Knight*, equipaggio e ufficiali osservavano soddisfatti la nera chiazza untuosa che, fluttuando come una nuvola di morte sul punto dello scontro, testimoniava l'affondamento dell'avversario. Una bella fortuna, aver scovato e distrutto una nave nemica proprio nelle acque di casa, e senza subire neppure una perdita. Sebbene i giapponesi avessero combattuto in modo valoroso, la vittoria era stata facile. Gli uomini sarebbero rientrati in patria da eroi, con una fantastica storia da raccontare ai nipotini. Nessuno, fra l'equipaggio del cacciatorpediniere, poteva lontanamente sospettare o immaginare l'indicibile orrore che si sarebbe abbattuto sui compatrioti se l'*I-403* fosse riuscito a portare a termine la propria missione, né il fatto che la minaccia incombesse ancora, lanciando il suo silenzioso richiamo dal ventre del relitto sommerso.

PARTE PRIMA

VENTO DI MORTE

Il peschereccio del mistero e l'elicottero NUMA

1

22 maggio 2007
Isole Aleutine, Alaska

Un vento leggero muoveva l'aria intorno alla baracca in lamiera dipinta di uno sbiadito colore giallo, appollaiata su un piccolo promontorio sul mare. Lievi fiocchi di neve danzavano accanto alle gronde della struttura prima di cadere al suolo per sciogliersi fra la vegetazione della tundra.

Del tutto incurante del ronzio di un vicino generatore diesel, un husky dal pelo folto se ne stava sdraiato su un tratto di ghiaia, profondamente addormentato. Una candida sterna artica si abbassò in volo per lanciargli un'occhiata, quindi andò a posarsi sul tetto della baracca. Dopo aver esaminato incuriosito lo strano assortimento di antenne, luci e parabole satellitari che vi era ammassato, il minuscolo volatile approfittò di un colpo di vento per volare via, in cerca di qualcosa di commestibile.

La stazione meteorologica della guardia costiera sull'isola di Yunaska era un luogo tranquillo quanto remoto. Situata al centro della catena delle Aleutine, era stata costruita su uno dei picchi d'origine vulcanica presenti a dozzine al largo della costa dell'Alaska a formare un arco dall'aspetto tentacolare.

Non più larga di ventisette chilometri, l'isola si distingueva per le due cime vulcaniche inattive che ne contrassegnavano le estremità, separate da ondulate colline d'erba. Priva di alberi o arbusti di alto fusto, la verde isoletta sorgeva come uno smeraldo dalle acque oceaniche circostanti, gelide in quella primavera inoltrata.

Grazie alla sua posizione centrale rispetto alle correnti del Pacifico settentrionale, Yunaska costituiva un punto di osservazione ideale per il controllo del mare e delle formazioni nuvolose che, spostandosi verso est in direzione del Nord America, avrebbero determinato l'evoluzione delle condizioni atmosferiche. Oltre che alla rilevazione di dati meteorologici, la stazione della guardia costiera serviva anche come base per allertare e soccorrere, in caso di difficoltà, i pescatori al lavoro nelle ricche acque circostanti.

Per gli incaricati della sua gestione, il luogo non poteva certo considerarsi un paradiso: novanta miglia di mare aperto li separavano dal villaggio più vicino, mentre la base di Anchorage si trovava a oltre mille miglia di distanza. Isolati dal mondo, i due tecnici dovevano cavarsela da soli per tre settimane, fino all'arrivo dell'aereo che avrebbe trasportato i due volontari del turno successivo. Durante i cinque mesi invernali, le condizioni atmosferiche proibitive imponevano la chiusura della stazione tranne che per alcune attività di minimo rilievo, ma da maggio a novembre la coppia di volontari era impegnata costantemente per tutto il giorno.

Nonostante l'isolamento, il meteorologo Ed Stimson e il tecnico Mike Barnes consideravano quel lavoro una vera pacchia. Stimson era felice di poter mettere in pratica le proprie conoscenze, e Barnes non vedeva l'ora di sfruttare le ferie maturate durante il turno di servizio presso la stazione meteo per esplorare l'interno dell'Alaska.

« Dopo le prossime ferie, Ed, ti toccherà cercarti un nuovo socio, te lo dico io. Sulle Chugach Mountains ho trovato una fenditura piena di quarzo che, se la vedessi, ti farebbe schizzare gli occhi dalle orbite. Al di sotto non può che esserci una grossa, ricca vena d'oro. »

« Ma certo, come quella volta sul fiume McKinley, scommetto », lo canzonò Stimson. Più avanti con gli anni, il meteorologo era come sempre divertito di fronte all'ingenuità e all'ottimismo di Barnes.

« Aspetta di vedermi scorrazzare per Anchorage nella mia nuova Hummer, e allora mi crederai », replicò l'altro con aria indignata.

« D'accordo. Nel frattempo, ti dispiacerebbe verificare l'asta dell'anemometro? Le registrazioni si sono nuovamente interrotte. »

« Basta che, mentre sono sul tetto, tu non corra a chiedere

una concessione per il mio giacimento d'oro », ridacchiò Barnes mentre infilava il giaccone.

« Sta' tranquillo, amico. Non preoccuparti. »

Tre chilometri più a est, Sarah Matson imprecò nell'accorgersi di aver lasciato i guanti nella tenda. Benché la temperatura si aggirasse sui nove gradi, il vento che spirava dal mare accresceva la sensazione di freddo. La ragazza aveva le mani umide per essersi aggrappata ad alcuni scogli bagnati, e sentiva i polpastrelli intorpidirsi sempre più. Sforzandosi di non badare alle dita gelate, scavalcò un crepaccio per avvicinarsi alla propria preda. Dopo aver percorso senza far rumore un sentiero cosparso di ciottoli, raggiunse con cautela il punto di osservazione prescelto, al riparo di uno spuntone di roccia.

A meno di dieci metri di distanza, una chiassosa colonia di leoni marini di Steller si crogiolava sul limitare dell'acqua. Alcuni di loro, una dozzina circa, se ne stavano seduti ammassati come turisti sull'affollata spiaggia di Rio, mentre quattro o cinque dei baffuti mammiferi sguazzavano tra le onde. Due giovani maschi erano intenti a scambiarsi sonori latrati gareggiando per attirare l'attenzione di una femmina, che non mostrava il minimo interesse per nessuno dei contendenti. Nel frattempo, beatamente incuranti della disputa, numerosi cuccioli dormivano rannicchiati contro il ventre delle madri.

Estratto un blocchetto dalla tasca della giacca, Sarah cominciò a prendere appunti su ciascun animale, valutandone età, sesso e apparenti condizioni di salute, esaminandoli a uno a uno con la massima accuratezza per rilevare eventuali tracce di spasmi muscolari, secrezioni oculari o nasali, starnuti troppo frequenti. Dopo circa un'ora di osservazione, si rimise in tasca il blocco augurandosi di riuscire a decifrare, più tardi, quanto aveva scarabocchiato con le dita congelate.

Con la massima cautela, si allontanò dalla colonia tornando sui propri passi attraverso il crepaccio. Durante il cammino, ritrovò le impronte che aveva lasciato all'andata sull'erba bassa, e le seguì senza difficoltà per dirigersi verso l'interno, oltre una leggera pendenza. Mentre avanzava inalando a pieni polmoni la fresca brezza marina, non poté fare a meno di ammirare la bellezza dell'isola; era uno spettacolo che la riempiva di energia e di voglia di vivere. Malgrado la costituzione esile e i lineamenti delicati, la bionda ricercatrice adorava lavorare all'aria aperta. Cresciuta nel rurale Wyoming, Sarah aveva trascorso le proprie estati in passeggiate a piedi e a cavallo sulle Teton Mountains insieme con un paio di esuberanti fratelli. L'amore per la natura e gli spazi liberi l'aveva spinta a studiare veterinaria presso la vicina Colorado State University; dopo un breve periodo di ricerca sulla costa orientale, aveva infine seguito il suo professore preferito ai CDC, i centri federali per il controllo e la prevenzione delle malattie, con la promessa di non essere costretta a passare le proprie giornate confinata in un laboratorio. Quale epidemiologa da campo per i CDC, riusciva a conciliare la passione per gli animali selvatici con quella per l'aria aperta, collaborando alla stesura di una mappa sul diffondersi di malattie contagiose per gli animali e potenzialmente pericolose anche per gli esseri umani.

Per Sarah ritrovarsi alle Aleutine, a trent'anni, era proprio il genere di avventura che avrebbe scelto, anche se la sua presenza era motivata da un evento che faceva sanguinare il suo cuore di animalista. Lungo la costa occidentale della penisola dell'Alaska era stato segnalato il decesso di un numero imprecisato di leoni marini, pur non essendovi traccia di disastri ambientali o danni provocati dall'uomo. Sarah e due colleghi erano stati inviati da Seattle per valutare l'estensione della catastrofe e determinarne il raggio di diffusione. Iniziando dalla più esterna delle Aleutine, Attu, la squadra aveva stabilito di procedere verso est perlustrando ogni isola in cerca di tracce dell'epidemia, fino a raggiungere la terraferma. Ogni tre giorni, un minuscolo idrovolante passava a recuperare i tre per trasportarli sull'isola successiva con una scorta di provviste fresche. Era il secondo giorno che trascorrevano a Yunaska, e ancora non avevano rilevato tracce della malattia nella popolazione locale di leoni marini, il che faceva sentire Sarah leggermente sollevata.

Coperti in fretta i tre chilometri che la separavano dal campo base, la bella scienziata dagli zigomi alti e dai dolci occhi nocciola avvistò in lontananza le tre tende rosso squillante. Avvicinandosi, vide un uomo tarchiato e barbuto, con una camicia di flanella addosso e un berretto da baseball dei Seattle Mariners in testa, intento a frugare in un capiente refrigeratore.

« Ah, eccoti, Sarah. Sandy e io stavamo giusto facendo progetti per il pranzo », esclamò Irv Fowler con un sorriso. Cordiale e accomodante, sulla cinquantina, Fowler aveva l'aspetto e i modi di un uomo di dieci anni più giovane.

Una donna minuta dai capelli rossi emerse da una tenda reggendo fra le mani una pentola e un mestolo. « Irv non pensa ad altro che al cibo », commentò Sandy Johnson ridacchiando e alzando gli occhi al cielo.

« Che avete combinato, voi due, stamattina? » s'informò Sarah accomodandosi su una sedia pieghevole.

« Sandy ha registrato i dati. Abbiamo controllato una grossa colonia di leoni marini sulla costa orientale, tutti apparentemente sani e ben nutriti. Ho trovato una sola carcassa, ma l'amico aveva tutta l'aria di essere morto di vecchiaia. Comunque, per sicurezza, ho prelevato un campione di tessuto da analizzare. » Mentre parlava, Fowler aprì la valvola di un fornello da campo a propano, incendiando quindi il getto di gas che, sibilando dal bruciatore, prese fuoco con un *puff* e una fiammata azzurrognola.

« Corrisponde alle mie rilevazioni. A quanto pare, l'infezione non si è propagata ai leoni marini dell'incantevole Yunaska », commentò Sarah, contemplando il verde paesaggio circostante.

« Oggi pomeriggio potremmo dedicarci alla costa occidentale dell'isola, visto che l'idrovolante non verrà a prenderci fino a domattina. »

« È una bella camminata, ma possiamo sempre fermarci a fare due chiacchiere alla stazione meteo della guardia costiera; se ben rammento, il nostro pilota ha affermato che è presidiata, in questo periodo dell'anno. »

« Nel frattempo », dichiarò Fowler deponendo il pentolone sul fornello da campo, « ecco a voi la specialità della casa. »

« Non quell'intruglio piccante che... » tentò di protestare Sandy, subito zittita.

« Esatto. Chili cajun *du jour* », ridacchiò Fowler, raschiando col mestolo per versare il contenuto scuro e grumoso di una grossa latta nella pentola fumante.

« Come dicono a New Orleans », intervenne Sarah ridendo, « *laissez le bon temps rouler*: largo al divertimento. »

Di fronte al monitor del radar meteo, Ed Stimson osservava assorto la rappresentazione elettronica di una piccola formazione di candide nubi invadere la porzione superiore dello schermo verde. Si trattava di un fronte temporalesco di modesta entità, trecento chilometri circa a sud-ovest, che secondo le accurate previsioni di Stimson avrebbe portato il maltempo sulla loro isola per parecchi giorni. La sua concentrazione venne disturbata da un tamburellare che giungeva dall'alto. Barnes si trovava ancora sul tetto di lamiera, alle prese con l'anemometro.

D'un tratto, nella baracca risuonò un borbottio misto a scariche di energia statica, proveniente dalla radio montata in un angolo. Gran parte del traffico via radio in entrata sull'isola era composta dalle chiacchiere sul tempo che si scambiavano i comandanti delle barche da pesca al lavoro nei dintorni. Impegnato a sintonizzare l'apparecchio sull'incomprensibile conversazione, Stimson non percepì immediatamente lo strano fruscio, una sorta di bassa eco proveniente dall'esterno. Poi la radio si zittì per un attimo, consentendogli di udire in modo chiaro un sibilo in lontananza, simile al suono prodotto da un jet, che si protrasse per parecchi, interminabili secondi e parve quindi diminuire leggermente d'intensità prima di trasformarsi in un forte schianto.

Immaginando che potesse trattarsi di un tuono, Stimson regolò la scala di mappa del radar su un raggio di trenta chilometri. Il monitor mostrò soltanto alcune nubi sparse nelle immediate vicinanze, ma nulla che facesse pensare a un temporale. Doveva essere qualche diavoleria di quelli dell'aviazione, si disse rammentando il denso traffico aereo sui cieli dell'Alaska durante i giorni della guerra fredda.

D'un tratto, le sue riflessioni vennero interrotte da Max, l'husky, che prese a ululare da dietro l'uscio.

« Che ti prende, Max? » borbottò Stimson spalancando la porta della baracca.

Il cane siberiano, tremante sulla soglia, si volse verso il padrone emettendo un guaito disperato. Sbalordito, Stimson notò un'espressione spenta nei suoi occhi e una densa schiuma bianca che gli fuoriusciva dalla bocca. L'animale traballò sulle zampe per qualche istante, poi si accasciò su un fianco e cadde a terra con un tonfo.

« Gesù! Vieni giù, Mike, presto », gridò l'uomo al collega sul tetto.

Barnes stava già scendendo la scaletta, ma stentava a trovare i pioli con i piedi. Ormai quasi in fondo, mancò completamente l'ultimo gradino col piede sinistro e si ritrovò a terra vacillante, piegato in due, sorretto soltanto dalla mano ancora aggrappata alla scala.

« Mike, il cane è appena... ti senti bene? » esclamò Stimson, rendendosi conto che qualcosa non andava. Raggiunto di corsa il compagno, si accorse che respirava a fatica e aveva lo sguardo vitreo come quello dell'husky. Allarmato, circondò con un braccio le spalle del collega più giovane e, un po' sorreggendolo e un po' trascinandolo, riuscì a trasportarlo nella baracca e a sistemarlo su una sedia.

Piegandosi in avanti, Barnes ebbe un violento conato di vomito, poi si raddrizzò sulla sedia aggrappandosi al braccio di Stimson per sorreggersi e bisbigliò con voce spezzata: « C'è qualcosa nell'aria ».

Non appena ebbe pronunciato quelle parole, rovesciò gli occhi all'indietro e cadde a terra, morto stecchito.

Nel rialzarsi in preda allo shock, Stimson vide la stanza roteare come una trottola davanti ai suoi occhi, mentre una fitta lancinante gli attraversava il cranio e una morsa d'acciaio gli spremeva l'aria dai polmoni. Barcollò fino alla radio nel tentativo di chiedere aiuto, ma non era certo di riuscire a muovere le labbra, tanto si sentiva il viso intorpidito. Una vampata di calore gli invase il corpo, come se una fiamma invisibile stesse consumando i suoi organi interni. Completamente accecato, rantolante per la mancanza d'aria, vacillò e si abbatté al suolo, morto ancor prima di toccare terra.

Nel momento in cui l'invisibile ondata di morte si abbatteva sull'isola, i tre scienziati dei CDC, sei chilometri e mezzo più a est, stavano finendo di pranzare. Sarah fu l'unica ad accorgersi che qualcosa non andava. Nell'osservare una coppia di uccelli che transitava sulle loro teste, li vide bloccarsi a mezz'aria quasi avessero urtato contro un muro, per poi cadere contorcendosi al suolo. La prima vittima fu Sandy: le mani strette sullo stomaco, si piegò in due dal dolore.

« Suvvia, il mio chili non era poi così tremendo », scherzò Fowler prima di cominciare ad avvertire a sua volta nausea e capogiri.

Sarah si era appena alzata per andare a prendere una bottiglia di acqua nel refrigeratore quando sentì una vampata alle gambe e forti crampi ai muscoli delle cosce.

« Che sta succedendo? » ansimò Fowler cercando di assistere Sandy, prima di accasciarsi al suolo in preda ai dolori.

Con i sensi sempre più offuscati e la sensazione che il tempo si stesse fermando, Sarah si sentì cadere lentamente a terra, i muscoli infiacchiti che rifiutavano di obbedire agli ordini impartiti dal cervello. I polmoni sembravano essersi rattrappiti, ogni respiro le costava una fitta dolorosa come una pugnalata. Un sibilo prese a pulsarle nelle orecchie e lei cadde supina, restando a fissare il cielo grigio con occhi offuscati. Sentiva i fili d'erba ondeggiare e danzare contro il suo corpo, ma era bloccata, incapace di fare un solo movimento.

Una cappa di nebbia parve gradualmente invadere il cervello di Sarah, mentre un velo nero riduceva via via il suo campo visivo. Per un attimo, tuttavia, i suoi sensi furono scossi da una subitanea intrusione. Dal mare di grigio emerse un'apparizione, uno strano fantasma con un ciuffo di capelli neri su un volto mobile che sembrava sul punto di sciogliersi come gomma. Sarah avvertì su di sé lo sguardo della creatura aliena, i suoi enormi, terrorizzanti occhi di cristallo. Dietro il cristallo, però, sembrava celarsi un altro paio di occhi, splendidi e caldi, fissi nei suoi. Due occhi di un verde profondo, opalino. Poi tutto fu avvolto dal buio.

2

Sarah riaprì gli occhi e vide una volta grigia sopra di lei, piatta e priva di nuvole. Scotendosi di dosso il torpore, mise a fuoco lentamente lo sguardo e si rese conto che sopra di lei non c'era il cielo, bensì un soffitto. Dalla morbidezza che avvertiva sotto di sé comprese di essere distesa in un letto, con un soffice cuscino sotto la nuca. Si sfilò la maschera per l'ossigeno che le copriva il viso, lasciando però al suo posto nel braccio l'ago per endovena. Esplorando l'ambiente circostante, passò in rassegna la stanzetta ammobiliata con semplicità, il piccolo scrittoio d'angolo sormontato dall'imponente dipinto di un vecchio transatlantico, il minuscolo bagno attiguo. Il letto era fissato alla parete; oltre la porta aperta, un gradino dava accesso a un corridoio. L'intera stanza sembrava ondeggiare intorno a lei. Si chiese se fosse la sua testa a darle quella sensazione, considerato il sordo pulsare che avvertiva alle tempie.

Cogliendo un movimento con la coda dell'occhio, si girò e vide una persona ferma sulla soglia. La fissava con un lieve sorriso sulle labbra. Era un giovanotto alto, con le spalle ampie e il fisico asciutto e in forma. Era giovane, non ancora sulla trentina, valutò Sarah, ma esibiva la sicurezza di sé di un uomo più maturo. Aveva la pelle abbronzata di chi trascorre molto tempo all'aria aperta, capelli neri ondulati e il volto irregolare, molto più intrigante di quanto sarebbe stato quello di una persona bella in maniera convenzionale. Ma erano i suoi occhi a emanare un'aura particolare: di un verde intenso, iridescente, rivelavano intelligenza, senso dell'avventura e integrità allo stesso tempo. Erano gli occhi di un uomo del quale ci si poteva fidare. Ed erano gli stessi occhi verdi, rammentò Sarah, che aveva visto prima di svenire, al campo base.

« Ehi, salve, Bella Addormentata. » Le parole furono pronunciate da una voce calda, profonda.

« Lei... lei è il tizio del campo », balbettò la giovane.

« Già. Le mie scuse per non essermi presentato come si conviene, sull'isola, Sarah. Mi chiamo Dirk Pitt. » Omise di aggiungere « junior », anche se portava lo stesso nome del padre.

« Lei mi conosce? » chiese Sarah, ancora confusa.

« Be', non intimamente », replicò l'uomo con un sorriso rassicurante, « ma uno scienziato piuttosto sveglio di nome Irv mi ha raccontato qualcosa di te e del vostro progetto su Yunaska. Irv era convinto di aver avvelenato tutti col suo chili. »

« Irv e Sandy! Stanno bene? »

« Sì. Si sono fatti un bel sonnellino, proprio come te, ma ora stanno benissimo. Riposano di là », la rassicurò Dirk indicando il corridoio col pollice. Poi, avendo notato lo sguardo smarrito della ragazza, le posò una mano sulla spalla con aria rassicurante. « Non preoccuparti, siete in buone mani. Vi trovate a bordo della nave da ricerca *Deep Endeavor*, di proprietà della National Underwater and Marine Agency, la NUMA. Stavamo tornando da una perlustrazione subacquea nella fossa delle Aleutine, quando abbiamo captato una richiesta di soccorso da parte della stazione meteo della guardia costiera sull'isola di Yunaska. Ho raggiunto la stazione con l'elicottero che abbiamo a bordo e, durante il viaggio di ritorno verso la nave, ho notato per caso il vostro campo base. Così vi ho offerto un giro turistico sopra Yunaska tutto pagato, ma voi avete dormito per tutto il tempo », concluse il giovane fingendosi contrariato.

« Mi dispiace », mormorò Sarah, intimidita. « Credo di doverla veramente ringraziare, signor Pitt. »

« Ti prego, dammi del tu. »

« D'accordo, Dirk », acconsentì lei con un sorriso, avvertendo una strana palpitazione nel pronunciare il suo nome. « Come stanno i ragazzi della guardia costiera? »

Il volto dell'uomo si scurì di colpo, e un'espressione addolorata gli incupì lo sguardo. « Purtroppo siamo arrivati troppo tardi. Alla stazione meteo abbiamo trovato due uomini e un cane, tutti morti. »

Sarah sentì un brivido lungo la schiena. Due vittime, e per un pelo lei e i suoi colleghi non avevano fatto la stessa fine. Una cosa assolutamente inspiegabile.

« Che accidenti è successo? » mormorò sconvolta.

« Non lo sappiamo con certezza. Il nostro medico sta effettuando alcuni test, ma, come puoi immaginare, a bordo abbiamo a disposizione mezzi piuttosto limitati. Si direbbe una sorta di gas volatile, una tossina. Di sicuro sappiamo soltanto che quelli della guardia costiera erano convinti ci fosse qualcosa nell'aria, quindi abbiamo usato le maschere antigas e non abbiamo subito danni. Ci siamo persino portati dietro alcune cavie prelevate dal nostro laboratorio; sono sopravvissute tutte senza accusare nessun sintomo apparente. Quale che fosse la sostanza incriminata, dev'essersi dispersa prima che raggiungessimo la stazione meteo. Tu e i tuoi compagni, evidentemente, eravate più lontani dalla fonte inquinante e siete stati colpiti con minore intensità, avendone assunta una dose inferiore. »

Sarah rimase in silenzio, gli occhi chiusi. Il dolore e lo spavento provati erano tornati ad assalirla togliendole completamente le forze. Voleva solo dormire, adesso, nella speranza di scoprire che si era trattato di un brutto sogno.

« Chiederò al dottore di venire a darti un'occhiata, Sarah, e poi ti lascerò riposare. Più tardi potrei portarti un piatto di chele di granchio Alaskan King per pranzo, che ne dici? » suggerì Dirk ammiccando.

Sarah gli restituì il sorriso. « Mi farebbe piacere », bisbigliò prima di cadere addormentata.

Kermit Burch si trovava alla barra, intento a leggere un comunicato arrivato via fax, quando Dirk comparve sull'ala di plancia di dritta e, varcata la soglia della plancia di timoniera, vide il maturo comandante della *Deep Endeavor* scuotere leggermente il capo prima di girarsi verso di lui con un'espressione seccata.

« Abbiamo notificato l'accaduto alla guardia costiera e al dipartimento della Sicurezza nazionale, ma nessuno intende far nulla sino a quando le autorità locali non avranno emesso un rapporto sulla vicenda. Secondo la legge, il responsabile di zona è l'agente di pubblica sicurezza del villaggio di Atka, il quale non potrà raggiungere l'isola prima di domattina», sbuffò Burch. «Due morti, e trattano la faccenda come un incidente qualsiasi.»

«Non abbiamo molti elementi su cui lavorare», replicò Dirk. «Ho parlato con Carl Nash, il nostro analista addetto all'ambiente marino, che è anche un esperto d'inquinamento terrestre. Secondo lui, talvolta si verificano emissioni naturali, come le esalazioni sulfuree di origine vulcanica, che potrebbero essere state la causa dei decessi. Altri responsabili potrebbero essere gli inquinanti industriali, benché non mi risulti la presenza di nessun impianto chimico nelle vicinanze delle Aleutine.»

«L'agente di pubblica sicurezza mi ha confidato che gli sembra un classico caso di avvelenamento da monossido di carbonio, provocato magari dal generatore della stazione meteo. In questo caso, tuttavia, non si spiegherebbero i sintomi praticamente identici avvertiti dai nostri amici dei CDC, che si trovavano a oltre sei chilometri di distanza.»

«E neppure la faccenda del cane, che ho trovato morto all'esterno della baracca», rincarò Dirk.

«Be', forse quelli dei CDC saranno in grado di gettare un po' di luce sulla vicenda. A proposito, come stanno i nostri tre ospiti?»

«Ancora un po' storditi. Non ricordano granché, a parte il fatto che è accaduto tutto in un istante.»

«Prima riusciamo a portarli in ospedale, prima tornerò a fare sonni tranquilli. L'aeroporto più vicino si trova a Unalaska, che potremmo raggiungere in meno di quattordici ore. Chiederò via radio che predispongano un aereo attrezzato per il loro trasferimento ad Anchorage.»

«Vorrei prendere l'elicottero e tornare sull'isola per una ricognizione, comandante. Non abbiamo avuto la possibilità di guardarci intorno, durante l'ultimo volo, e potrebbe esserci sfuggito qualcosa. Qualche obiezione?»

« No... basta che ti porti dietro quel mattacchione di un texano », replicò Burch con un sorriso a denti stretti.

Mentre Dirk, dal seggiolino del pilota del Sikorsky S-76C+, l'elicottero offshore di proprietà della NUMA, effettuava i controlli previsti dalle procedure di volo, un uomo con i capelli color sabbia e un paio di baffi cespugliosi attraversò a passo misurato la piattaforma per il decollo. Con i consunti stivali da cowboy, le braccia coperte di tatuaggi e un perenne cipiglio che celava un caustico senso dell'umorismo, Jack Dahlgren sembrava un domatore di tori smarritosi lungo la strada per il rodeo. Famoso per le sue burle, era riuscito a far innervosire Burch già la prima sera di navigazione versando una bottiglia di rum a buon mercato nel bricco del caffè, in cambusa. Mago dei motori, cresciuto nel Texas occidentale, s'intendeva di cavalli, di armi e di qualunque congegno meccanico, che operasse sopra o sotto il livello del mare.

« È questo il giro panoramico dell'isola che il mio agente di viaggio mi aveva tanto raccomandato? » chiese a Dirk facendo capolino dal finestrino scorrevole dell'abitacolo.

« Salta a bordo, ragazzo mio, e non resterai deluso. Ti aspettano tutti i leoni marini, l'acqua e le rocce che i tuoi occhi saranno in grado di cogliere. »

« Magnifico! Se ce la fai a trovarmi anche un bar con una cameriera in minigonna, sono disposto a darti un quarto di dollaro di mancia. »

« Vedrò cosa riesco a fare », sogghignò Dirk, mentre Dahlgren si sistemava sul seggiolino del copilota.

I due erano diventati amici alcuni anni prima, mentre studiavano ingegneria oceanica presso la Florida Atlantic University. Entrambi amanti delle immersioni, avevano saltato regolarmente le lezioni per andare ad arpionare pesci lungo le barriere coralline di Boca Raton, usando le prede appena catturate per attirare le studentesse del luogo con barbecue sulla spiaggia. Dopo la laurea, Jack aveva completato la sua formazione entrando nei ROTC, i Reserve Officer Training Corps della marina, mentre Dirk, ottenuto un master dal New York Maritime College, aveva lavorato come addestratore in corsi per sommozzatori. I due si erano ritrovati nel momento in cui Dirk aveva affiancato il padre alla NUMA come direttore dei progetti speciali, e aveva convinto l'amico a entrare insieme con lui nella prestigiosa agenzia di ricerca.

Dopo anni d'immersioni in coppia, esisteva una sorta di legame fra loro che non aveva bisogno di parole. Sapendo di poter contare l'uno sull'altro, davano il meglio di sé proprio nelle condizioni più avverse. A Dahlgren era già capitato di vedere quell'espressione determinata nello sguardo dell'altro, e sapeva bene di quanta ostinazione fosse capace. Si rese conto che i misteriosi eventi verificatisi su Yunaska dovevano aver colpito nel profondo l'amico, che difficilmente avrebbe lasciato perdere la faccenda.

Regolato il piano di rotazione del rotore principale, Dirk fece staccare con dolcezza l'elicottero dalla piccola piattaforma situata al centro della *Deep Endeavor.* Dopo essersi sollevato di un centinaio di piedi, tenne il Sikorsky stazionario per un istante, giusto il tempo di ammirare la nave da ricerca della NUMA dall'alto. Con i suoi novanta metri di lunghezza, il largo scafo color turchese aveva un aspetto piuttosto tozzo, ma era proprio quella linea poco affusolata a consentire la presenza di una piattaforma stabile, ideale per il funzionamento della moltitudine di gru e paranchi disposti in posizione strategica lungo il vasto ponte di coperta a poppa. Al centro del ponte, rizzato a un'enorme intelaiatura di legno, un sottomarino giallo brillante scintillava come una gemma nel sole del tardo pomeriggio, mentre alcuni tecnici armeggiavano intorno ai suoi congegni elettronici. Uno di loro si alzò e agitò il berretto in direzione dell'elicottero fermo a mezz'aria. Dopo aver risposto al saluto con un rapido cenno della mano, Dirk virò in direzione nord-est, verso l'isola distante meno di sedici chilometri.

« Si torna a Yunaska? » s'informò Dahlgren.

« Alla stazione della guardia costiera che abbiamo perlustrato questa mattina. »

« Grandioso », borbottò l'amico. « Siamo stati promossi a carro funebre volante? »

« No. Tenteremo semplicemente d'individuare la fonte della sostanza, quale che sia, che ha provocato la morte dei due uomini e del cane. »

« E dobbiamo cercare nel regno animale, vegetale o minerale? » chiese Dahlgren attraverso la cuffia, masticando un grosso pezzo di gomma americana.

« In tutti e tre. Carl Nash mi ha spiegato che qualsiasi cosa può dare origine a una nube tossica: da un vulcano attivo a una fioritura di alghe, per non parlare dei vostri inquinanti industriali destinati all'agricoltura. »

« Se fai una sosta vicino al prossimo tricheco, gli chiederò d'indicarmi la fabbrica di pesticidi più vicina. »

« A proposito, dov'è Basil? » lo interruppe Dirk, guardandosi intorno.

« Proprio qui, sano e salvo », replicò Dahlgren, prelevando una gabbietta da sotto il sedile e sollevandola all'altezza del viso. All'interno, un topolino bianco gli restituì l'occhiata facendo vibrare i baffi sottili.

« Respira profondamente, piccolo amico, e non dimenticarti di noi », ordinò Dahlgren al roditore, prima di fissare la gabbia a mezz'altezza con una corda, come un canarino in una miniera, in modo che un eventuale malore della bestiola in caso di tossine nell'aria non potesse passare inosservato.

D'un tratto scorsero la verde Yunaska spiccare sulla distesa d'acqua turchese che avevano di fronte. Una spruzzata di leggere nubi danzava intorno al più alto dei due picchi vulcanici inattivi dell'isola. Dirk fece salire gradualmente di quota l'elicottero via via che si avvicinavano alla costa rocciosa, per poi virare a sinistra seguendo il bordo dell'acqua. Procedendo lungo il perimetro dell'isola in senso antiorario, nel giro di qualche minuto giunsero in vista della baracca gialla della guardia costiera. Con l'elicottero a punto fisso, Dirk e Dahlgren perlustrarono accuratamente con lo sguardo il terreno intorno alla stazione, in cerca di possibili anomalie. Nell'osservare la carcassa dell'husky, abbandonata all'esterno della soglia, a Dirk tornò in mente l'espressione sofferente e terrorizzata dipinta sul volto dei due cadaveri che lui e Dahlgren avevano rinvenuto all'interno della baracca, il mattino, durante la prima ricognizione. Accantonate le proprie emozioni, si concentrò sull'obiettivo di scoprire la sorgente della ferale nube tossica.

« I venti spirano in prevalenza da occidente », commentò indicando la propria destra con un cenno del capo, « perciò è probabile che la fonte inquinante si trovi più a monte, lungo la costa. O magari al largo. »

« Direi che il ragionamento fila. La squadra dei CDC era accampata a est, e ha evidentemente inalato una dose inferiore del misterioso gas », convenne Dahlgren continuando a scrutare il suolo attraverso un binocolo di bassa potenza.

Con una delicata spinta alla cloche, Dirk fece avanzare l'elicottero lasciandosi alle spalle la baracca gialla. Nell'ora successiva i due si consumarono gli occhi frugando la verde isola in cerca di segnali rivelatori dell'origine della tossina, naturale o creata dall'uomo che fosse. Dirk prese a sorvolare il territorio in ampi semicerchi da nord a sud, allargando il raggio d'azione verso ovest fino a raggiungere la costa occidentale, nuovamente in prossimità della stazione meteo.

« Su quest'isola non ci sono altro che erba e rocce », borbottò Dahlgren. « Le foche possono anche tenersela, per quanto mi riguarda. »

« A proposito, dai un'occhiata là sotto », replicò Dirk, indicando una minuscola spiaggia coperta di ghiaia di fronte a loro.

Alcuni leoni marini, una mezza dozzina, erano sdraiati a terra, forse intenti a godersi i raggi del sole pomeridiano.

Dopo averli osservati più da vicino, Dahlgren corrugò la fronte, perplesso. « Gesù, sono assolutamente immobili. Devono aver respirato la sostanza tossica anche loro, tutti quanti. »

« La tossina non può provenire da Yunaska, ma deve essere giunta dal mare, o da un'isola vicina. »

« Verso occidente, il prossimo mucchio di rocce è Amukta », commentò Dahlgren, facendo scorrere il dito su una carta della zona.

Dirk riusciva già a scorgere chiaramente il profilo grigio scuro dell'isola all'orizzonte. « Si direbbe a una trentina di chilometri da qui. » Lanciato uno sguardo all'indicatore del carburante, aggiunse: « Dovremmo avere il tempo per un'occhiatina, prima di restare a corto di carburante. Non ti secca saltare la seduta con la pedicure di bordo? »

« D'accordo, fisserò un nuovo appuntamento con la mia estetista per domani. »

« Informo Burch sulla nostra destinazione », mormorò Dirk regolando la frequenza della radio di bordo.

« Digli di tenerci da parte la cena in cambusa », replicò Dahlgren accarezzandosi lo stomaco. « Questo panorama mi sta mettendo un certo appetito. »

Mentre contattava via radio la nave da ricerca, Dirk diresse il Sikorsky verso l'isola di Amukta, tenendosi basso sull'acqua. Il potente elicottero, progettato per il trasporto del petrolio al largo, volava dritto come una freccia sotto la mano ferma dell'uomo. Dopo una decina di minuti, Dahlgren alzò un braccio e, senza proferire verbo, indicò un oggetto all'orizzonte. La chiazza bianca andò ingrandendosi di secondo in secondo, fino a rivelarsi per quello che era: una grossa barca con tanto di rete a rimorchio. In silenzio, Dirk premette leggermente il pedale di sinistra fino a portare il velivolo quasi in linea con l'imbarcazione. Dopo un rapido avvicinamento, videro che si trattava di un motopeschereccio con lo scafo in acciaio per la pesca a strascico che procedeva a tutta velocità in direzione sud-ovest.

« Ecco una bagnarola che avrebbe bisogno di una bella lucidata », commentò Pitt chiudendo un poco la valvola per adeguare la velocità a quella della barca.

Pur non sembrando particolarmente vecchia, l'imbarcazione mostrava evidenti segni di uso intensivo nel corso degli anni. Graffi, ammaccature e chiazze d'unto abbondavano sia sullo scafo sia lungo l'intero ponte di coperta. Lo strato di pittura bianca che la ricopriva in origine era consunto, per non parlare dei punti in cui la ruggine aveva trionfato su ogni altro materiale. A giudicare dall'apparenza, la barca sembrava sfibrata quanto i nudi, logori copertoni appesi lungo i suoi fianchi come in parata. Al pari di molte imbarcazioni da lavoro dall'aspetto trascurato, tuttavia, disponeva di due motori diesel revisionati da poco che sospingevano con vigore lo scafo tra le onde emettendo un piccolo sbuffo nero dal fumaiolo.

Dirk esaminò attentamente l'imbarcazione, notando con interesse l'assenza di bandiere sull'albero che consentissero d'identificarne la nazionalità. Né a prua né a poppa compariva il nome della barca o il porto di provenienza. Mentre scrutava il ponte a poppa, vide apparire due asiatici in tuta blu che alzarono lo sguardo verso l'elicottero con espressione truce.

« Non hanno un'aria eccessivamente cordiale, vero? » commentò Dahlgren con un sogghigno, prima di agitare la mano in segno di saluto verso di loro. Per tutta risposta, l'espressione dei due tizi in tuta si fece ancor più accigliata.

« Non l'avresti neppure tu, se lavorassi su quel relitto », obiettò Dirk stabilizzando il Sikorsky a mezz'aria di poppa all'imbarcazione. « Non hai notato niente di strano, in questa barca? » chiese mentre osservava il ponte di poppa.

« Il fatto che non si vede traccia di attrezzature da pesca, vuoi dire? »

« Esatto », confermò Dirk, avvicinandosi impercettibilmente. Aveva adocchiato una curiosa intelaiatura che si ergeva per quattro metri e mezzo circa al centro della coperta. Sulla struttura metallica non c'era un filo di ruggine, il che stava a significare che doveva essere stata montata sulla barca di recente. Alla base del traliccio si scorgeva un segno grigio polvere a forma di stella, che sembrava impresso a fuoco sulla superficie del ponte.

D'un tratto, mentre l'elicottero si accostava sempre più, i due tizi in coperta presero a discutere animatamente fra loro per poi sparire lungo una scaletta. Di lato all'imboccatura della scala, cinque carcasse di leoni marini erano allineate in coperta fianco a fianco come sardine in scatola. Alla loro sinistra, una gabbia di metallo conteneva tre animali ancora vivi.

« Da quando la richiesta di cetacei ha superato il commercio di chele di granchio? » borbottò Dahlgren.

« Non ne sono sicuro, ma credo che Nanook l'esquimese non sarebbe affatto contento di vedere questi tizi rubargli il pranzo da sotto il naso. »

Poi, improvviso, scoppiò l'inferno. Avendo colto la fiammata con la coda dell'occhio, d'istinto Dirk premette a fondo il pedale sinistro, lanciando il Sikorsky in un mezzo avvitamento. Il gesto salvò loro la vita. Mentre l'elicottero cominciava a virare, una pioggia di proiettili colse il bersaglio conficcandosi nel velivolo ma, anziché penetrare nella sezione anteriore dell'abitacolo, le pallottole passarono oltre i piloti, infilandosi nel pannello di controllo. Console, indicatori e radio finirono in pezzi, ma i due amici e la strumentazione più critica rimasero illesi.

«A quanto pare, non hanno apprezzato il tuo commento su Nanook», osservò imperturbabile Dahlgren contemplando i due in tuta che, risaliti in coperta, facevano fuoco contro l'elicottero con i fucili automatici.

Senza rispondere, Dirk portò il Sikorsky alla massima accelerazione nel tentativo di sfuggire agli aggressori. Sul lato di sinistra del motopeschereccio, i due orientali non smettevano di far fuoco contro l'elicottero con i loro AK-74 di fabbricazione russa. Senza riflettere, continuavano a sparare come pazzi in direzione dell'abitacolo anziché mirare ai ben più vulnerabili rotori. All'interno dell'elicottero, il crepitio delle raffiche si perdeva fra il rombo del motore e il sibilo delle pale. Dirk e Dahlgren riuscivano a captare soltanto un leggero tamburellare sotto di loro, contro la fusoliera.

Dirk fece compiere al velivolo un ampio arco portandosi sul fianco di dritta del motopeschereccio, in modo da mettere il ponte della barca fra sé e i due cecchini e ripararsi così dai loro colpi. Raggiunto quel rifugio temporaneo, si alzò in quota e puntò verso l'isola di Amukta che s'intravedeva in lontananza.

Il danno, però, era già stato fatto. Mentre lottava con le leve dei comandi che gli sobbalzavano con violenza fra le mani, Dirk vide la cabina riempirsi di fumo. La pioggia di piombo aveva investito gli strumenti elettronici, fatto a pezzi i condotti idraulici, crivellato i dispositivi di controllo. Sentendo un rivolo caldo sulla caviglia, Dahlgren allungò una mano e avvertì sotto le dita il foro netto di una pallottola che gli aveva trapassato il polpaccio. Parecchi colpi avevano raggiunto la turbina, ma il rotore teneva duro e continuava a funzionare tra sbuffi e scoppiettii.

« Cercherò di raggiungere l'isola, ma preparati a un ammaraggio forzato », lo avvertì Dirk alzando la voce per superare il frastuono del motore sul punto di disintegrarsi. L'abitacolo era pieno di un fumo denso e nerastro il cui puzzo si mescolava all'odore acre dei cavi bruciacchiati. In mezzo a quella nebbia, Dirk riusciva a malapena a distinguere la sagoma dell'isola, davanti a sé, e quella che gli parve una minuscola spiaggia.

La cloche gli sobbalzava fra le dita come un martello pneumatico. Usò tutta la forza che aveva per reggere il velivolo e costringerlo ad avanzare, mentre l'elicottero prendeva a vibrare come sul punto di finire in pezzi. Con la linea di costa davanti agli occhi, invitante e disperatamente vicina, Dirk sentì il Sikorsky barcollare perdendo quota ed eruttando fumo, le ruote che sfioravano l'acqua. Mancava un soffio a raggiungere la terraferma, quando la turbina danneggiata decise di non poterne più: trangugiando una manciata dei suoi stessi pezzi, emise un gemito, poi si bloccò con un sonoro schiocco.

Mentre la turbina cedeva, Dirk tirò con tutte le forze la cloche del collettore per tenere alto il muso del velivolo, dal momento che ai rotori non arrivava più potenza. Il rotore di coda finì in acqua e, come una sorta di ancora, prese a rallentare l'avanzata del velivolo. La parte anteriore del Sikorsky rimase sospesa per un istante a mezz'aria, poi la forza di gravità ebbe il sopravvento e la cabina urtò la superficie delle onde con uno schianto. Per un poco, il rotore principale continuò a vorticare nell'acqua tentando di vincere l'abbraccio del mare, ma il violento impatto aveva spezzato l'albero; l'intero rotore s'inclinò su un fianco e, dopo una quindicina di metri, sprofondò tra un ribollire di spuma.

La cabina del Sikorsky, che aveva retto egregiamente l'urto, galleggiò per un attimo prima di essere risucchiata sotto la superficie. Dal parabrezza incrinato, Dirk colse la visione di un'onda che s'infrangeva su una spiaggia sabbiosa, poi l'acqua gelida invase l'abitacolo mordendogli le carni. Mentre Dahlgren tentava di abbattere a pedate uno dei portelli laterali a pannello, il mare li avvolse salendo rapidamente verso il tetto della cabina. All'unisono, i due sollevarono il capo e respirarono un'ultima boccata d'aria prima di essere sommersi dall'acqua fredda e vischiosa. L'elicottero turchese scomparve in un turbinio di bolle, sprofondando in fretta verso il fondo roccioso.

3

Dopo aver perso il contatto radio con Dirk e Dahlgren, il comandante Burch organizzò immediatamente una missione di soccorso. Raggiunta con la *Deep Endeavor* l'ultima posizione segnalatagli da Dirk, diede inizio a una ricerca a vista puntando a ovest con una rotta a zig-zag da Yunaska ad Amukta. Tutti i marinai disponibili vennero piazzati sul ponte con l'ordine di scrutare l'orizzonte in cerca dei due uomini o dell'elicottero, mentre in sala radio l'operatore continuava instancabile a lanciare appelli al velivolo scomparso.

Tre ore di ricerche, e nessuna traccia dell'elicottero. L'equipaggio della nave era teso, preoccupato. La *Deep Endeavor* si trovava ormai molto vicina all'isola di Amukta, poco più di uno scosceso cono vulcanico che emergeva dal mare. Con l'approssimarsi del crepuscolo, il cielo a occidente si era acceso di un rosso purpureo, mentre la luce del giorno calava lentamente. Il comandante in seconda Leo Delgado stava osservando la conformazione ripida e rocciosa dell'isola, quando qualcosa attirò il suo sguardo.

« Comandante, c'è del fumo verso riva », riferì, indicando col dito un punto sulla linea di costa.

Portatosi agli occhi un binocolo, Burch scrutò attentamente la chiazza per qualche istante.

« Rottami in fiamme, signore? » chiese Delgado, temendo la risposta dell'altro.

« Forse. O un razzo da segnalazione, magari. Non si può dire, da qui. Salga sullo Zodiac con due uomini, Delgado, e veda cosa riesce a scoprire a riva. Io vi seguirò con la nave avvicinandomi il più possibile. »

« Sì, signore », replicò Delgado avviandosi lungo il ponte ancor prima che l'altro avesse terminato la frase.

Mentre lo Zodiac veniva calato in acqua, una brezza sostenuta prese ad agitare il mare. A bordo del gommone che sobbalzava sulle onde, Delgado e i due marinai puntarono ansiosamente verso la riva, investiti a più riprese dagli spruzzi gelidi. Il cielo era quasi buio, ormai, e il timoniere faticava a distinguere gli sbuffi di fumo contro lo sfondo scuro della terraferma. Notando che l'isola sembrava circondata da una linea di costa ripida e rocciosa, Delgado si chiese se sarebbero riusciti a sbarcare. D'un tratto, scorgendo il guizzo di una fiamma, puntò lo Zodiac in quella direzione e avvistò uno stretto passaggio fra i massi che dava accesso a una minuscola spiaggia ghiaiosa. Col motore al massimo per cavalcare la cresta delle onde di risacca, il gommone da tre metri e sessantacinque avanzò beccheggiando lungo il canale fino a raggiungere la riva, stridendo quando la chiglia strisciò contro alcuni piccoli scogli prima di arrestarsi.

Delgado balzò a terra e, in preda all'ansia, corse verso il punto dal quale si levava il fumo. Nella penombra, distinse due sagome che, dandogli le spalle, se ne stavano chine su un falò improvvisato nel tentativo di scaldarsi.

« Pitt? Dahlgren? State bene, ragazzi? » gridò dopo un attimo di esitazione, prima di avvicinarsi troppo.

Bagnati fradici, i due sopravvissuti si volsero con calma verso di lui come se avesse appena interrotto un meeting della massima importanza. Dahlgren stringeva fra le dita una chela di granchio parzialmente sbocconcellata; dalla tasca della sua camicia sbucava la testa di un topolino bianco intento ad annusare l'aria della sera. Dirk si raddrizzò reggendo un bastone appuntito alla cui estremità era infilzato un grosso granchio Alaskan King, che l'uomo faceva oscillare sulla fiamma per arrostirne le chele spinose.

« Be' », borbottò Dirk strappando una zampa fumante dell'enorme crostaceo, « ci servirebbero del burro e un po' di limone. »

Dopo aver fatto rapporto a Burch sul loro incontro col motopeschereccio, Dirk e Dahlgren raggiunsero zoppicando la sala medica di bordo per farsi curare le ferite prima d'indossare degli abiti asciutti. Il proiettile che aveva colpito Dahlgren si era conficcato in un punto carnoso del polpaccio sinistro senza ledere, fortunatamente, nessun tendine. Mentre il medico di bordo provvedeva a suturare la ferita, Dahlgren, sdraiato sul lettino, si accese un sigaro con aria indifferente. Non appena il fumo gli colpì le narici, il dottore sobbalzò rischiando di far saltare i punti prima di costringere il paziente a sbarazzarsi del pezzo di tabacco puzzolente. Poi, con un sogghigno, gli porse un paio di stampelle raccomandandogli di non caricare il peso sulla gamba ferita per tre giorni.

Quanto a Dirk, gli furono ripulite e bendate guancia e fronte, colpite dalle schegge di vetro nel momento in cui l'elicottero era precipitato. Incredibilmente, nessuno dei due uomini aveva riportato altre ferite dalla collisione e dal successivo affondamento del Sikorsky. Avendo notato che uno dei portelli era stato sbalzato via dall'urto, Dirk aveva salvato entrambi dall'annegamento: dopo aver atteso che l'acqua avesse invaso completamente l'abitacolo, aveva afferrato il compagno, era uscito a nuoto attraverso il varco ed era risalito in superficie. Grazie al fido Zippo di Dahlgren, erano riusciti a incendiare alcuni pezzi di legno trovati sulla spiaggia, evitando così l'ipotermia fino all'arrivo di Delgado e del suo gommone.

Nel frattempo il comandante Burch aveva riferito la perdita dell'elicottero al quartier generale della NUMA, e segnalato l'incidente alla guardia costiera nonché all'agente di pubblica sicurezza di Atka. La motovedetta della guardia costiera si trovava a centinaia di miglia di distanza, al largo dell'isola di Attu. Pur essendole state fornite dettagliate informazioni sul motopeschereccio, le probabilità di riuscire a bloccarlo erano a dir tanto scarse.

Indossati un paio di jeans e un maglione nero a collo alto, Dirk si diresse verso la timoniera dove Burch, chino sul tavolo di carteggio, stava tracciando la rotta attraverso le Aleutine.

« Non torniamo a Yunaska a recuperare i corpi degli uomini della guardia costiera? » s'informò Dirk.

Burch scosse il capo. « Non spetta a noi. Meglio non toccarli e lasciare che le autorità preposte svolgano le indagini del caso. Sto calcolando la rotta verso il porto di pesca di Unalaska dove potremo sbarcare gli scienziati dei CDC.»

«Preferirei andare a caccia di quel peschereccio», borbottò Dirk.

«Abbiamo perso l'elicottero, e hanno un vantaggio di otto ore su di noi. Anche ammesso che si sia in grado di raggiungerli, ci vorrebbe un vero colpo di fortuna per riuscire a rintracciarli. Marina, guardia costiera e autorità locali sono state tutte allertate, e gli è stata fornita la vostra descrizione; hanno maggiori probabilità di noi di trovare quella barca.»

«Può darsi, ma le risorse di cui dispongono sono assai modeste, in questo angolo di mondo. Che chance vuoi che abbiano?»

«Non possiamo fare di più. Il nostro sopralluogo è terminato, e dobbiamo assicurare un'adeguata assistenza medica ai nostri scienziati indisposti. Non avrebbe senso attardarci oltre.»

Dirk annuì. «Hai ragione, naturalmente.» Rammaricato che non ci fosse modo di mettere le mani sul motopeschereccio, imboccò la scaletta e raggiunse la cambusa per una tazza di caffè. La cena era stata servita da tempo, e una squadra di uomini stava ripulendo la cucina prima di chiudere. Nel girarsi dopo essersi versato una tazza di caffè da una grossa caraffa d'argento, Dirk scorse Sarah seduta in una sedia a rotelle, all'estremità opposta della sala da pranzo. La giovane bionda era seduta a tavola da sola e fissava attraverso un ampio oblò il riflesso della luna sull'acqua. Anche nella scialba tenuta recuperata in infermeria – pigiama di cotone, un paio di pantofole e una vestaglia azzurra – irradiava intorno a sé un alone magnetico, vibrante di vita. Mentre Dirk si avvicinava, si volse a guardarlo con un luccichio negli occhi.

«Troppo tardi per la cena?» esordì lui con aria contrita.

«Temo di sì. Ti sei perso la specialità della casa: halibut alla Oscar. Una vera delizia.»

«La mia solita sfortuna», replicò Dirk, avvicinando una sedia per accomodarsi di fronte alla ragazza.

«Che ti è successo?» s'informò Sarah con una nota di preoccupazione nella voce avendo notato le bende sul viso del giovane.

« Un piccolo incidente con l'elicottero. Non credo che il mio capo sarà entusiasta della notizia », borbottò lui con una smorfia, pensando al costoso velivolo adagiato sul fondo del mare. Proseguì con la descrizione di quanto era accaduto durante il volo, senza mai distogliere lo sguardo dagli occhi nocciola di Sarah.

« Credi che il peschereccio avesse qualcosa a che fare con la morte degli uomini della guardia costiera e il nostro malore? » lo interrogò lei.

« È una semplice supposizione, ma di sicuro non sembravano gradire che assistessimo alla caccia di frodo dei leoni marini, o a qualsiasi altra cosa stessero combinando. »

« I leoni marini », mormorò la ragazza. « Ne avete visto qualcuno, nel sorvolare l'estremità occidentale dell'isola? »

« Sì, Jack ne ha avvistati parecchi sulla riva ovest, appena oltre la stazione della guardia costiera. Sembravano tutti morti. »

« Pensi che la *Deep Endeavor* sarebbe in grado di farsi consegnare una delle carcasse da esaminare? Potrei spedire dei campioni a Washington, al laboratorio di Stato per il quale lavoriamo. »

« Il comandante Burch non è propenso a trattenersi nella zona, ma sono certo di riuscire a convincerlo a caricare uno dei leoni marini a scopo scientifico », affermò Dirk prima di bere una lunga sorsata di caffè. « Anzi, visto che stiamo tornando al porto di Seattle, perché non consegnarlo direttamente là? »

« Potremmo effettuare un'autopsia sull'animale e stabilire la causa della morte in un tempo piuttosto breve. Sono certa che le autorità di Stato dell'Alaska impiegheranno parecchio prima di rendere noto il motivo del decesso dei due uomini della guardia costiera, e potrebbero anche non gradire il fiato dei CDC sul collo. »

« Credi che possa esistere un nesso con i leoni marini trovati morti sulle altre isole della zona? »

« Non saprei. Pensiamo che i corpi rinvenuti nelle vicinanze della terraferma fossero stati colpiti dal virus del cimurro. »

« Cimurro? Quello dei cani? »

« Esatto. Probabilmente l'epidemia si è diffusa in seguito a qualche contatto occasionale fra un animale domestico infetto e uno o più leoni marini. Il cimurro è molto contagioso, e in una colonia circoscritta di cetacei potrebbe espandersi con grande rapidità. »

« Non accadde qualcosa del genere in Russia, qualche anno fa? » chiese Dirk, sforzandosi di ricordare.

« Nel Kazakistan, per la precisione. Nel 2000 morirono migliaia di foche del Caspio, a causa di un'epidemia di cimurro in prossimità del fiume Ural, lungo le coste del mar Caspio. »

« Irv mi ha detto che avete trovato leoni marini sani e non contagiati, a Yunaska. »

« Già. Il contagio sembrava non essersi spinto così a ovest. Il che rende ancor più interessante la possibilità di esaminare gli animali morti che avete avvistato dall'elicottero. »

Durante una pausa nel discorso, Sarah notò un'espressione assorta negli occhi di Dirk, evidentemente intento a far girare gli ingranaggi della propria mente. Dopo un attimo, la ragazza ruppe il silenzio.

« Gli uomini sulla barca, chi pensi che fossero? Che stavano facendo? »

Dirk lasciò vagare lo sguardo oltre l'oblò per qualche istante. « Non lo so », mormorò poi. « Ma intendo scoprirlo. »

4

La dodicesima buca del Kasumigaseki Golf Club prevedeva un percorso di duecentosessantacinque metri lungo uno stretto tratto erboso che finiva per allargarsi a sinistra in un green rialzato, fronteggiato da un profondo bunker. Edward Hamilton, l'ambasciatore americano in Giappone, fece oscillare la grossa mazza diverse volte prima di colpire con forza la palla facendola volare a duecentocinquantun metri di distanza dalla piazzola di partenza lungo il rettilineo coperto d'erba.

« Bel colpo, Ed », si congratulò David Monaco, ambasciatore britannico in Giappone e avversario di Hamilton nelle partite di golf settimanali che disputavano da tre anni a quella parte. Collocata la propria palla sul tee, l'allampanato inglese sferrò un lungo colpo arcuato che la fece rotolare diciotto metri oltre quella dell'amico prima d'infilarsi saltellando in una chiazza d'erba alta sul bordo sinistro del sentiero.

« Bella potenza, Dave, ma credo tu sia finito nel rough », commentò Hamilton cercando con lo sguardo la palla del compagno. I due avanzarono lungo il percorso mentre un paio di caddie – di sesso femminile, secondo la particolare tradizione dei più antichi country club giapponesi – trasportavano le sacche da golf tenendosi a rispettosa distanza. Annidate nelle vicinanze, quattro guardie del corpo non proprio invisibili facevano quadrato intorno alla coppia di giocatori.

L'appuntamento settimanale presso il campo da golf, situato a sud di Tokyo, era un modo informale per scambiarsi informazioni sugli avvenimenti relativi al Paese che li ospitava. I due ambasciatori alleati consideravano quel passatempo quanto mai produttivo.

« Sento che state facendo notevoli progressi nei negoziati per l'accordo economico con Tokyo», buttò lì Monaco mentre camminavano affiancati.

«È nell'interesse di tutti ridurre le restrizioni di carattere commerciale. Il prezzo del nostro acciaio potrebbe ancora costituire un intralcio alle trattative, ma l'atteggiamento generale sta senz'altro mutando. Credo che persino la Corea del Sud finirà per stipulare un accordo con i giapponesi, a breve.»

«A proposito di Corea, mi dicono che a Seoul c'è gente pronta a lanciare un nuovo appello per il ritiro delle forze armate statunitensi, nel corso dell'Assemblea nazionale coreana della settimana prossima.»

«Sì, anch'io ho sentito qualcosa al riguardo. Il Partito democratico liberale sudcoreano sta utilizzando la questione come un cuneo per dividere gli animi e assicurarsi maggior potere politico. Fortunatamente in seno all'Assemblea nazionale non rappresenta che una piccola minoranza, per il momento.»

«È un maledetto mistero come possano pensarla a quel modo, considerata la passata aggressività del Nord.»

«Vero, ma vanno a toccare un tasto molto sensibile, culturalmente parlando. Il PDL tenta di equiparare la nostra presenza alle occupazioni storiche della Corea da parte di cinesi e giapponesi, suscitando nell'uomo della strada una forte reazione emotiva.»

«Già, ma mi stupirei se i capi del partito fossero spinti da una motivazione soltanto altruistica», commentò Monaco mentre si avvicinavano alla palla di Hamilton.

«Secondo il mio collega di Seoul, pur non essendo in possesso di prove decisive, siamo praticamente sicuri che almeno qualcuno dei funzionari di partito goda di sostegni da parte del Nord», concluse Hamilton. Poi, fattosi passare un ferro del tre dal suo caddie, sistemò il pin e si produsse in un altro colpo netto che tagliò l'angolo della dogleg, la buca con una curva molto angolata, per atterrare all'altra estremità del green evitando il grosso bunker.

«Mi risulta che, nel caso specifico, i sostegni vadano ben oltre il PDL», riprese Monaco. «I benefici economici di una riunificazione stanno attirando l'attenzione di un sacco di gente.

Nel corso di un seminario a Osaka, ho udito il presidente delle industrie di trattori Hyko, la compagnia sudcoreana, sostenere che, potendo usufruire della mano d'opera del Nord, sarebbe in grado di ridurre il costo del lavoro e affrontare con successo la concorrenza internazionale.»

Dopo essersi inoltrato nell'erba alta per localizzare la propria palla, Monaco la colpì con un ferro del cinque facendola balzare fino al green, dove rotolò per una decina di metri evitando il pin.

«Il tutto, ammesso che con la riunificazione si riuscisse a mantenere un libero mercato», replicò Hamilton. «Chiaramente sarebbe il Nord ad avere di più da guadagnare da una riunione dei due Paesi, a maggior ragione con le forze americane fuori dal gioco.»

«Vedrò se i miei riescono a creare qualche collegamento», mormorò Monaco mentre si avvicinavano al green. «Per il momento, comunque, sono felice di trovarmi da questo lato del mar del Giappone.»

Annuendo in segno di approvazione, Hamilton tentò un chip verso la buca. Prima di centrare la palla la mazza raschiò il suolo, e il colpo risultò troppo corto di quasi cinque metri. Aspettò che Monaco concludesse la buca in par con due colpi di putt, quindi si chinò sulla palla con un putter per tentare a sua volta il par; stava sferrando il colpo quando un tonfo sordo parve fuoriuscirgli dalla testa, seguito da uno schianto in lontananza. Gli occhi di Hamilton si rovesciarono all'indietro, mentre dalla tempia sinistra un fiotto di sangue misto a materia cerebrale schizzava sui pantaloni e sulle scarpe di Monaco. Sotto lo sguardo inorridito del diplomatico britannico, Hamilton cadde sulle ginocchia in una pozza di sangue, le mani ancora serrate sul putter. Tentò di parlare, ma riuscì a emettere soltanto un rantolo, prima di cadere stecchito sul manto erboso perfettamente curato. Una frazione di secondo più tardi, la palla da golf macchiata del suo sangue trovò il bordo della buca e vi finì dentro con un tintinnio.

A cinquecento metri di distanza, un asiatico basso e tarchiato vestito di blu si alzò all'interno del bunker sulla diciottesima buca. Il sole si rifletté sul suo cranio calvo e gli accese uno scintillio negli occhi gelidi, neri come il carbone, resi ancor più minacciosi da un paio di baffi lunghi e sottili alla Fu Manchu. La sua corporatura tozza e possente sembrava più adatta al wrestling che al golf, ma la fluidità dei movimenti rivelava un'agilità pari alla forza fisica. Con l'aria imbronciata di un bambino costretto a separarsi dai propri giocattoli, l'uomo smontò delicatamente un M-40 a infrarossi e ne ripose i pezzi in uno scomparto segreto della borsa da golf. Dopo aver estratto una mazza da sabbia, sferrò un potentissimo colpo all'esterno del bunker sollevando una nuvola di sabbia, quindi concluse tranquillamente il percorso con tre colpi di putt prima di avviarsi, sempre in tutta calma, verso la propria auto e riporre le mazze nel bagagliaio. All'uscita dal parcheggio, dopo avere con pazienza ceduto il passo alla fila di auto della polizia e ambulanze che stavano convergendo sul golf club a sirene spiegate, imboccò una strada laterale che gli consentì di dileguarsi rapidamente mescolandosi al traffico locale.

5

Un paio di tecnici muniti di tute protettive pilotarono lo Zodiac in dotazione alla *Deep Endeavor* verso la costa occidentale di Yunaska, dove scelsero un giovane leone marino maschio fra l'assortimento di mammiferi morti accatastato sulla spiaggia. Avvolto accuratamente l'animale in un telo sintetico, lo riposero in un pesante sacco per trasportarlo a bordo. La nave da ricerca della NUMA attendeva nelle vicinanze, i proiettori scintillanti sull'acqua a illuminare la via del ritorno al gommone. Sgomberata una sezione della cambusa, la carcassa sigillata venne infilata in un freezer per il resto del viaggio, proprio accanto a un cartone di succhi di frutta surgelati.

Una volta sistemata ogni cosa, il comandante Burch diresse la nave verso l'isola di Unalaska e l'omonima città portuale, distante oltre duecento miglia. Procedendo alla velocità massima per tutta la nottata, riuscì a raggiungere il porto commerciale dell'isola poco prima delle dieci del mattino seguente. Una vecchia ambulanza era pronta sul molo per trasferire Sarah, Irv e Sandy al piccolo aeroporto cittadino, dove un charter li aspettava per accompagnarli ad Anchorage. Dopo aver insistito per spingere personalmente la sedia a rotelle di Sarah fino all'ambulanza, Dirk, caricata a bordo la ragazza, la salutò con un lungo bacio sulla guancia.

« Noi due abbiamo un appuntamento a Seattle, giusto? Ti devo ancora una cena a base di granchio », le sussurrò con un sorriso accattivante.

« Non mancherò », lo rassicurò timidamente lei. « Sandy e io andremo laggiù non appena saremo in grado di lasciare Anchorage. »

Dopo aver assistito alla partenza della squadra dei CDC, Dirk e Burch si recarono dall'agente di pubblica sicurezza del villaggio per fornirgli un rapporto completo sull'incidente. Dirk gli fece una descrizione accurata del misterioso peschereccio, convincendolo a consegnargli un elenco dei battelli che risultavano in possesso di regolare licenza di pesca. L'agente acconsentì anche a chiedere informazioni ai locali operatori del settore ittico, avvertendoli però di non nutrire eccessive speranze. Era risaputo che imbarcazioni da pesca giapponesi e russe talvolta s'introducevano illegalmente nelle acque territoriali in cerca di zone ricche di pesce, salvo sparire come per incanto non appena le autorità accennavano a inseguirle.

Lasciato il porto cittadino senza perdere altro tempo, Burch diresse la *Deep Endeavor* a sud, in direzione di Seattle. Come tutti, l'equipaggio della nave aveva in serbo una quantità di domande sugli eventi del giorno precedente, molte delle quali destinate a restare per il momento senza risposta.

Dopo un volo rumoroso e pieno di sobbalzi a bordo di uno dei locali bimotori che collegavano fra loro le varie isole, Sarah, Irv e Sandy sbarcarono all'aeroporto internazionale di Anchorage in tarda mattinata, accolti da due esuberanti studenti inviati dai CDC regionali col compito di accompagnarli all'Alaska Regional Hospital per essere sottoposti a una serie di esami e test tossicologici. Recuperate le forze, i tre non mostravano più sintomi di malessere. Stranamente, a nessuno di loro lo staff medico fu in grado di diagnosticare livelli abnormi di tossicità o altre patologie. Dopo una notte in osservazione, Sarah, Irv e Sandy vennero dimessi con una cartella clinica immacolata, come se nulla fosse loro accaduto.

Sei giorni più tardi, la *Deep Endeavor* scivolò silenziosa nel Puget Sound per accostare poi verso est nella baia di Shilshole, poco a nord di Seattle. La nave da ricerca fu temporaneamente ormeggiata alle chiuse di Ballard, dove flussi d'acqua controllati sollevarono la nave per poi riadagiarla nelle acque dolci del canale navigabile. La *Deep Endeavor* navigò quindi il Lake

Union, rallentando la sua marcia solo in prossimità della sponda nord. Burch la fece avanzare piano fino al molo privato del piccolo edificio di cristallo dalla linea moderna che ospitava gli uffici operativi della NUMA nell'area nordoccidentale. Mogli e figli degli uomini d'equipaggio, allineati lungo la banchina, agitarono freneticamente le braccia nel vederli arrivare.

« Sembra che tu abbia un comitato di accoglienza personale, Dirk », commentò Burch indicandogli due persone che si stavano sbracciando all'estremità del molo.

Lanciata un'occhiata oltre l'oblò, Dirk riconobbe Sarah e Sandy in mezzo al gruppetto che salutava festante la nave turchese. Abbigliata con un paio di pantaloni blu modello Capri e una camicetta di raso giallo che metteva in risalto la sua figura snella, Sarah aveva un aspetto radioso.

« Sembrate il ritratto della salute, voi due », commentò il giovane abbracciandole con calore.

« In gran parte grazie a lei », esclamò Sandy. « Una sola notte all'Alaska Regional Hospital, e ci siamo ritrovate come nuove. »

« Come sta Irv? »

« Bene », rispose Sarah. « Si tratterrà ad Anchorage alcune settimane per coordinare le ricerche sul nostro leone marino insieme con l'Alaska Department of Fish and Game, che ha accettato di fornirci il suo supporto logistico fino alla conclusione delle indagini. »

« Sono davvero felice che stiate tutti bene. Qual è stata la diagnosi dei medici di Anchorage? »

Le donne si scambiarono una rapida occhiata, poi si strinsero nelle spalle scotendo la testa.

« Non hanno trovato nulla », si decise a spiegare Sarah. « È un vero mistero. In tutti e tre sono state riscontrate tracce d'infiammazione alle vie respiratorie, ma niente di più. Sangue e urine sono risultati puliti. Se abbiamo effettivamente inalato una tossina, il nostro organismo deve averla eliminata nel tempo trascorso fino al nostro arrivo ad Anchorage. »

« Ecco perché siamo venute a ritirare il leone marino, nella speranza che vi sia qualche indizio ancora rilevabile nei suoi tessuti », concluse Sandy.

« Devo dedurre che non siete qui per me? » si lamentò Dirk con un cupo cipiglio.

« Spiacente di deluderti, Dirk », confermò Sarah con una risata. « Perché non vieni a trovarci al laboratorio, nel pomeriggio, dopo che avremo concluso le analisi? Potremmo approfittarne per andare a mangiare qualcosa. »

« Mi piacerebbe conoscere i risultati », dichiarò lui mentre le scortava a bordo per recuperare il leone marino congelato.

Una volta scaricato il corpo del mammifero, Dirk e Dahlgren diedero una mano a ormeggiare la nave, trasferendo a terra i delicati strumenti tecnologici di ricerca che vennero stivati in un magazzino adiacente al molo. Concluse le operazioni di sbarco, l'equipaggio della *Deep Endeavor* scese a terra per godersi qualche giorno di licenza prima della missione successiva.

Dahlgren raggiunse Dirk con uno zaino gettato sulla spalla e le stampelle sotto il braccio, zoppicando appena a causa della ferita al polpaccio.

« Vado a darmi da fare per strappare un appuntamento a una cassiera di banca molto sexy che ho conosciuto prima di salpare. Vuoi che le chieda se ha un'amica carina? »

« No, grazie. Mi do una ripulita, e poi credo che andrò a vedere cos'hanno scoperto Sarah e Sandy a proposito del nostro leone marino sotto ghiaccio. »

« Hai sempre avuto un debole, tu, per le intellettuali », ridacchiò Dahlgren.

« Che te ne fai delle stampelle? È da tre giorni che non le usi più. »

« Mai sottovalutare il senso di solidarietà di una donna », spiegò l'amico con un sogghigno, piazzandosi una stampella sotto l'ascella e fingendo di zoppicare in preda al dolore.

« Se fossi in te, non trascurerei l'abilità femminile nello smascherare un mascalzone », replicò Dirk con una risata. « Buona caccia. »

Fattosi consegnare le chiavi di una jeep Cherokee turchese della NUMA, Dirk coprì la breve distanza che lo separava dall'alloggio che aveva affittato in città, prospiciente il Lake Washington. Pur considerando Washington DC la sua vera casa, quel temporaneo incarico nel Nord-ovest non gli dispiaceva affatto: il verde rigoglioso del paesaggio, le acque fredde e cristalline, i residenti allegri e pieni di entusiasmo nonostante il tempo a volte tetro e piovoso erano l'ideale per garantire un ambiente rilassante.

Dopo essersi fatto una doccia e aver indossato un paio di calzoni sportivi neri e un pullover leggero, ingollò un panino al burro di arachidi e una birra mentre ascoltava la litania di messaggi registrata sulla segreteria telefonica. Rassicurato dalla constatazione che la terra non aveva smesso di girare durante la sua assenza, balzò a bordo della jeep e si diresse a nord, lungo l'interstatale. Imboccata l'uscita est oltre il lussureggiante campo da golf del Jackson Park, Dirk sterzò verso nord e si ritrovò di lì a poco fra il verde del Fircrest Campus, un vecchio complesso militare in seguito ceduto allo Stato che ospitava attualmente gli uffici e le sedi operative di una serie di agenzie governative. In un lotto lì accanto, Dirk individuò un complesso di bianchi edifici squadrati circondati da alberi d'alto fusto, davanti ai quali spiccava un grande cartello: LABORATORI DELLA SANITÀ PUBBLICA – STATO DI WASHINGTON.

Una energica receptionist si mise in contatto telefonico col minuscolo ufficio che i CDC dividevano con i laboratori statali, e nel giro di qualche istante Sarah e Sandy comparvero nell'atrio. Fu subito evidente che gran parte del buonumore dimostrato quel mattino aveva abbandonato i loro visi.

« Sei stato gentile a venire, Dirk. C'è un ristorante italiano molto tranquillo in fondo alla strada, se vogliamo scambiare due chiacchiere », suggerì Sarah. « La loro pasta all'Alfredo è eccezionale. »

« Sicuro. Prima le donne », replicò il giovane tenendo aperta la porta alle due ricercatrici.

Una volta che il trio ebbe raggiunto un vicino ristorante incuneandosi in un angusto salottino tappezzato di plastica rossa, Sarah lo mise al corrente delle loro scoperte.

« Un esame del leone marino ha indicato i classici segni di blocco respiratorio come causa della morte, ma i test preliminari sui livelli ematici non hanno rivelato nessuna concentrazione di sostanze tossiche.»

«Un po' com'è accaduto a voi tre, ad Anchorage», commentò Dirk fra un boccone di pane e l'altro.

«Esattamente. Al momento del nostro arrivo, mostravamo segni vitali soddisfacenti, benché avvertissimo ancora una sensazione di debolezza, cefalea e sintomi d'irritazione alle vie respiratorie», intervenne Sandy.

«Perciò abbiamo ricominciato daccapo studiando in modo accurato sangue e tessuti dell'animale, e finalmente siamo riusciti a identificare alcune tracce della tossina», proseguì Sarah. «Anche se non ne siamo certi al cento per cento, abbiamo la ragionevole convinzione che il leone marino sia morto per avvelenamento da cianuro d'idrogeno.»

«Cianuro?» ripeté Dirk inarcando un sopracciglio.

«Già. È abbastanza plausibile, trattandosi di una sostanza che il corpo umano espelle con grande rapidità. Nel caso di Sarah, Irv e me, il nostro fisico si è liberato spontaneamente di gran parte delle tossine di cianuro, se non di tutte, prima che varcassimo la soglia dell'ospedale. Ecco perché non ce n'era più traccia, al momento dei prelievi di sangue.»

«Ho contattato l'ufficio del coroner in Alaska, informandolo su quanto abbiamo rinvenuto. Anche se non hanno ancora completato il rapporto autoptico sui due uomini della guardia costiera, ora sanno che cosa cercare. Sono convinta che sia stata questa la causa della loro morte», affermò Sarah con una nota di tristezza nella voce.

«Ho sempre pensato che il cianuro dovesse essere ingerito, per risultare fatale», obiettò Dirk.

«È una convinzione piuttosto diffusa, ma inesatta. Tutti hanno sentito parlare delle capsule che le spie portavano con sé in tempo di guerra, del Kool-Aid di Jim Jones, la letale bevanda nella quale venne sciolto il cianuro che uccise centinaia di persone a Jonestown, in Guyana, e dei casi di avvelenamento da Tylenol, anch'esso a base di cianuro. Ma l'acido cianidrico è stato utilizzato anche sotto forma di gas mortale. I francesi ne sperimentarono alcune varianti nelle trincee contro i tedeschi, durante la prima guerra mondiale. E, sebbene i tedeschi non ne abbiano mai fatto uso su un campo di battaglia, lo hanno utilizzato nelle camere a gas dei lager, nel corso della seconda guerra mondiale.»

«Il famigerato Zyklon B», rammentò Dirk.

«Già, un fumigante potenziato, creato in origine come topicida», proseguì Sarah. «Più recentemente, Saddam Hussein è stato sospettato di aver usato una forma di acido cianidrico in alcuni attacchi ai villaggi curdi all'interno del suo stesso Paese, anche se il fatto non è mai stato accertato.»

«Considerato che ci eravamo portati dietro cibo e provviste d'acqua ben imballati», s'intromise Sandy, «l'avvelenamento per via aerea è il più probabile, e spiegherebbe anche la morte dei leoni marini.»

«È possibile che l'acido cianidrico provenisse da una fonte naturale?» s'informò Dirk.

«Si tratta di una sostanza presente in una quantità di piante e alimenti, da alcune varietà di fagioli alle mandorle amare, ma le più alte concentrazioni si trovano in un solvente industriale», spiegò Sarah. «Ne vengono prodotte tonnellate ogni anno per l'industria della galvanoplastica, l'estrazione di oro e argento e il settore dei fumiganti. La maggior parte della gente viene in contatto quotidianamente col cianuro in una delle sue forme. Per rispondere alla tua domanda, è improbabile che in natura ne esista allo stato gassoso un quantitativo tale da risultare letale. Che esiti ha dato, Sandy, la tua ricerca sui decessi storici provocati dal cianuro negli Stati Uniti?»

«Sono stati parecchi, ma si tratta per lo più di singoli incidenti, sospetti omicidi o suicidi da ingestione di cianuro allo stato solido.» Sandy si chinò a recuperare una busta gialla che aveva portato con sé e lanciò un'occhiata a uno dei fogli che vi erano contenuti. «L'unico episodio significativo di decessi multipli è quello relativo agli avvelenamenti da Tylenol, che ha ucciso sette individui, anche in questo caso per ingestione. Ho trovato due soli riferimenti a morti plurime per sospetta inalazione di acido cianidrico. Una famiglia composta da quattro persone decedute nel 1942 nella città di Warrenton, nell'Oregon, e tre uomini morti a Butte, nel Montana, nel 1964. Il caso del Montana è stato registrato come un incidente minerario provocato da solventi utilizzati per l'estrazione. L'episodio dell'Oregon, invece, è stato archiviato come irrisolto. Quanto a precedenti incidenti del genere in Alaska e dintorni, non ho trovato pressoché nulla.»

«Un'emissione causata da fenomeni naturali, quindi, non sembra molto probabile», commentò Dirk.

«Nel caso di una diffusione volontaria via aerea, d'altro canto, chi potrebbe averlo fatto, e perché?» mormorò Sandy infilando la forchetta in una ciotola di capelli d'angelo.

«Quanto al *chi*, propenderei per i nostri amici del motopeschereccio», replicò il giovane in tono secco.

«Non sono stati arrestati?» volle sapere Sarah.

Dirk scosse la testa con aria disgustata. «No, la barca è sparita; quando le autorità locali sono arrivate sul posto, se n'era andata da un pezzo. Secondo la dichiarazione ufficiale si trattava di presunti pescatori di frodo stranieri.»

«Suppongo sia possibile. Anche se mi sembra piuttosto pericoloso, potrebbero aver rilasciato il gas dalla barca in modo che il vento lo trasportasse fino alla colonia di leoni marini», commentò Sarah, scotendo il capo.

«Un sistema rapido per sterminare una quantità di animali», rincarò Dirk. «Anche se gli AK-74 per dei pescatori di frodo mi sembrano un po' eccessivi. Inoltre, continuo a chiedermi che mercato al dettaglio possano avere quei mammiferi.»

«È una faccenda che lascia perplessi. Mai sentito niente del genere, prima d'ora.»

«Mi auguro che non vi siano rimasti postumi a causa dell'esposizione», mormorò Dirk, lanciando un'occhiata preoccupata a Sarah.

«Grazie per la premura. È stato uno shock per il nostro organismo, ma recupereremo completamente. Non si sono mai verificate reazioni pericolose a lungo termine per un'esposizione tanto modesta.»

Allontanando da sé il piatto vuoto che aveva contenuto una

porzione di pasta all'Alfredo, Dirk si massaggiò lo stomaco con aria soddisfatta. « Eccellente scelta di ristorante. »

« Noi pranziamo sempre qui », spiegò Sarah sporgendosi per strappargli il conto dalle mani.

« In questo caso », ribatté Dirk sorridendo e fissando la giovane con intenzione, « insisto per ricambiare l'ospitalità. »

« Sandy e io dobbiamo recarci al laboratorio dei CDC di Spokane per qualche giorno, ma al ritorno sarò lieta di accogliere il tuo invito », replicò lei, lasciando Sandy intenzionalmente fuori dal discorso.

Dirk le sorrise in segno d'intesa. « Non vedo l'ora. »

6

Il carrello di atterraggio del Gulfstream V calò lentamente dalla fusoliera mentre il muso dello snello velivolo si allineava alla pista, le ali che come scalpelli fendevano l'aria umida e densa. Il lussuoso business jet da diciannove posti si abbassò con grazia sino a far gemere le ruote contro il fondo della pista, sollevando uno sbuffo di fumo azzurrognolo. Il pilota fece avanzare l'aereo fino al terminal privato della compagnia presso il moderno Narita International Airport di Tokyo, prima di spegnere i potenti motori. Mentre gli addetti provvedevano a bloccare le ruote del jet, una scintillante Lincoln nera si avvicinò silenziosa andando a fermarsi esattamente ai piedi della scaletta riservata ai passeggeri.

Socchiudendo gli occhi sotto il sole accecante, Chris Gavin scese dall'aereo e salì a bordo della limousine in attesa, seguito da uno stuolo di assistenti e vicepresidenti assortiti. Quale amministratore delegato della SemCon Industries, Gavin governava la più importante società produttrice di semiconduttori al mondo. Brillante e facoltoso, dopo aver ereditato la compagnia da un padre ricco d'immaginazione, il dirigente si era messo contro molti connazionali selezionando fabbriche redditizie per poi licenziare da un giorno all'altro migliaia di operai al fine di trasferire la produzione all'estero, in strutture più moderne ed economiche. Gli utili sarebbero stati più alti, assicurava ai propri azionisti mentre si crogiolava nella consapevolezza che il proprio tenore di vita ricercato si stava elevando a livello internazionale.

Lasciata la struttura aeroportuale che sorgeva sessantasei chilometri circa a nord-est di Tokyo, l'autista della limousine imboccò la Higashi Kanto col suo carico di dirigenti lautamente retribuiti. Venti minuti più tardi, svoltò a sud abbandonando l'autostrada a una ventina di chilometri dalla capitale giapponese per immettersi nella zona industriale di Chiba, la grande città portuale sulla riva orientale della baia di Tokyo. Aggirati parecchi capannoni dall'aspetto anonimo, l'autista arrestò la vettura di fronte a un lucente edificio a vetri prospiciente la baia. Con la sua scintillante facciata di cristallo dai riflessi dorati che s'innalzava per quattro piani, la moderna struttura sembrava adatta a contenere uffici presidenziali più che la fabbrica industriale che in realtà si trovava al suo interno. Sul tetto spiccava un enorme neon azzurro con la scritta SEMCON a lettere maiuscole, visibile a chilometri di distanza. Una folla di operai, tutti paludati in tute da laboratorio di colore azzurro, aspettava con ansia l'arrivo dell'amministratore delegato per l'inaugurazione ufficiale della nuova fabbrica.

Davanti alla folla festante e alle macchine fotografiche impazzite, Gavin smontò dall'auto e salutò con la mano i dipendenti assembrati e i rappresentanti dei media scoprendo i denti perfettamente incapsulati in un largo sorriso. Dopo aver risposto ai verbosi discorsi di benvenuto da parte del sindaco di Chiba e del nuovo direttore dell'impianto con poche frasi levigate di ringraziamento e di sprone per i lavoratori, Gavin impugnò un paio di forbici dalle dimensioni così esagerate da apparire ridicole e tagliò lo spesso nastro teso davanti all'ingresso del nuovo edificio. Mentre gli astanti applaudivano educatamente, da qualche parte nelle viscere del palazzo echeggiò uno scoppio soffocato che qualcuno scambiò per un fuoco d'artificio celebrativo, seguito da una serie di esplosioni più forti che fecero vibrare l'edificio e trattenere il fiato alla massa di dipendenti sbalordita.

Nel cuore della fabbrica di chip al silicio, una piccola carica regolata a tempo era esplosa sopra un serbatoio di gas silano, una sostanza altamente infiammabile utilizzata per lo sviluppo di cristalli di silicio. Deflagrando come una mina, il contenitore aveva scagliato frammenti metallici contro un'altra mezza dozzina di serbatoi di silano e di ossigeno immagazzinati lì intorno, provocando una serie di esplosioni a catena che generarono un enorme globo di fuoco all'interno del palazzo. A causa dello sbalzo di temperatura, le finestre esterne saltarono in un vortice di aria incandescente, irrorando la folla incredula con una pioggia di vetri e rottami.

Mentre dal tetto dell'edificio scosso dalle esplosioni ruggivano alte le fiamme, gli operai in preda al panico cominciarono a correre in tutte le direzioni. Le enormi forbici ancora strette in pugno, un'espressione confusa ed esterrefatta dipinta sul volto, Gavin avvertì d'un tratto un'acuta fitta al collo che lo fece sobbalzare. Portando istintivamente le dita sul punto dolente, scoprì con raccapriccio una pallina di acciaio grande quanto un fagiolo e coperta di aculei conficcata nella pelle; mentre tentava di staccarla provocando la fuoriuscita di un rivolo di sangue, una donna gli corse accanto urlante con una grossa scheggia di vetro caduta da una finestra conficcata nella spalla. Una coppia di assistenti terrorizzati afferrarono rapidamente Gavin e lo condussero verso la limousine, nascondendolo all'obiettivo di un fotografo ficcanaso ansioso d'immortalare il magnate dell'industria di fronte alla sua fabbrica in fiamme.

Mentre veniva spinto verso l'auto, Gavin sentì che le gambe gli stavano cedendo. Si rivolse a uno degli assistenti per chiedere aiuto, ma non riuscì a emettere nessun suono. Non appena gli aprirono la portiera, si accasciò all'interno della vettura cadendo faccia in avanti sul fondo coperto di moquette. Quando uno dei collaboratori, confuso, lo girò sulla schiena rimase sconvolto nel notare che il suo amministratore delegato non respirava più. Tentarono freneticamente di rianimarlo mentre la limousine sfrecciava verso l'ospedale più vicino, ma fu tutto inutile. L'energico, egocentrico capo della multinazionale era morto.

Pochi avevano fatto caso all'uomo calvo, con gli occhi neri e i baffi cascanti, che si era spinto tra la folla sino al podio degli oratori in tuta da laboratorio azzurra con tanto di cartellino plastificato d'identificazione, come uno dei tanti impiegati della SemCon, e ancor meno avevano notato il bicchiere di plastica che teneva fra le dita, dal quale spuntava una strana cannuccia di bambù. Nella confusione delle esplosioni, poi, neppure uno dei presenti lo aveva visto portarsi alle labbra la cannuccia e scagliare una minuscola sfera avvelenata contro il presidente della potente corporazione.

Mescolandosi tra la folla, l'assassino dal cranio rasato si era portato ai margini del terreno di proprietà della compagnia, dove aveva gettato bicchiere e tuta in un bidone della spazzatura. Balzato in sella a una bicicletta, aveva atteso il passaggio di un camion dei vigili del fuoco che si dirigeva a sirene spiegate verso l'edificio in fiamme, poi si era allontanato pedalando senza mai guardarsi indietro.

Nella mente di Dahlgren echeggiò un suono insistente, come il fischio lontano di un treno a un passaggio a livello. La febbrile speranza che il rumore facesse parte di un sogno si spense non appena, ripresa coscienza di sé, si rese conto che si trattava dello squillo del telefono. Dopo aver cercato a tentoni l'apparecchio sul comodino, riuscì a farfugliare un assonnato: « Pronto ».

Dal ricevitore gli giunse la voce ridente di Dirk. « Stai ancora segando tronchi d'albero, Jack? »

« Già. Grazie per la sveglia. »

« Credevo che gli impiegati di banca non amassero far tardi, la sera. »

« Questa sì. E le piace anche la vodka. Mi sento come se, nottetempo, un dinosauro avesse scelto la mia bocca per fare i suoi bisogni », borbottò Dahlgren con un rutto.

« Mi dispiace. Senti, sto pensando di fare un salto a Portland per sgranchirmi le gambe e visitare una mostra d'auto. Ti andrebbe un giretto veloce? »

« No, grazie. Devo portare la bancaria in kayak, oggi. Sempre che ce la faccia a reggermi in piedi, beninteso. »

« D'accordo. Ti mando un martini Bombay per aiutarti ad affrontare la giornata. »

« Ricevuto », replicò Dahlgren con una smorfia.

Lasciata Seattle, Dirk si diresse a sud lungo l'interstatale 5 a bordo della jeep della NUMA, godendosi lo spettacolo delle lussureggianti foreste dello Stato di Washington occidentale. Trovava piacevole la guida in mezzo alla campagna, con la mente libera di spaziare fra il verde circostante. Si sentiva talmente rilassato che decise di deviare a ovest lungo la costa percorrendo una strada secondaria fino alla baia di Willapa, prima di proseguire verso sud costeggiando l'ampia insenatura sul Pacifico. Dopo aver raggiunto l'imboccatura del grande fiume Columbia, scorrazzò lungo la costa su cui Lewis e Clark avevano trionfalmente posato il piede nel lontano 1805.

Percorsi gli oltre sei chilometri del ponte Astoria-Megler per oltrepassare il possente corso d'acqua, decise di fare tappa presso lo storico porto di Astoria. Era fermo a un segnale rosso sulla rampa di uscita dal ponte, quando il suo sguardo venne attratto da un cartello stradale verde con una scritta bianca: WARRENTON 8 MIGLIA, preceduta da una freccia puntata verso ovest. Spinto dalla curiosità, seguì il segnale e, lasciata perdere Portland, percorse i pochi chilometri che lo separavano da Warrenton.

Edificata in origine su una palude di marea quale sbocco sul Pacifico per barche da pesca e da diporto, la cittadina ai confini nordoccidentali dell'Oregon ospitava quattromila residenti. Dirk gironzolava per le sue vie da pochi minuti soltanto quando avvistò ciò che cercava lungo Main Street. Dopo aver parcheggiato la jeep accanto a un'auto di servizio della contea di Clatsop, percorse il marciapiede di cemento fino al portone d'ingresso della locale biblioteca comunale.

Per quanto minuscola, sembrava in funzione da almeno sei o sette decenni. Nell'aria aleggiava un odore stantio di polvere e vecchi libri. Dirk si diresse con passo deciso verso un'imponente scrivania di metallo, dietro la quale una donna sulla cinquantina, con un paio di occhiali che dovevano avere più o meno gli stessi anni e corti capelli biondi, lo fissò con aria sospettosa. Una targhetta di plastica verde appuntata alla camicetta ne rivelava il nome: MARGARET.

«Buongiorno, Margaret. Mi chiamo Dirk», si presentò il giovane con un sorriso. «Mi chiedevo se aveste qualche copia del giornale locale risalente agli anni '40.»

La bibliotecaria parve rabbonirsi un poco. « Il *Warrenton News* ha cessato la pubblicazione nel 1964. Abbiamo i numeri originali che vanno dagli anni '30 agli anni '60. Da questa parte. »

La donna lo guidò in un angolo del locale dove aprì parecchi cassetti di uno schedario, prima di scoprire dove erano conservate le edizioni degli anni '40.

« Che cosa cerca, esattamente? » gli chiese, spinta più dalla curiosità che da un reale desiderio di essergli d'aiuto.

« M'interessa la storia di una famiglia del posto, scomparsa nel 1942 a causa di un avvelenamento. »

« Ah, sì, deve trattarsi di Leigh Hunt », esclamò la donna con aria saputa. « Era un amico di mio padre. A quanto pare, è stato un vero trauma per la gente di qui. Vediamo, credo sia successo durante l'estate », proseguì, sfogliando lo schedario. « Ha interessi personali? » chiese senza sollevare lo sguardo.

« No, sono semplicemente un appassionato di cronaca, incuriosito dal mistero della loro morte. »

« Ecco qui », esclamò la donna estraendo una copia del quotidiano locale datata 21 giugno 1942, una domenica. Si trattava di una pubblicazione scarna, contenente per lo più dati relativi al tempo, alla marea e alla pesca del salmone, accompagnati da alcune notizie locali e qualche inserzione pubblicitaria. Margaret appoggiò i fogli in cima allo schedario in modo che Dirk potesse leggere l'articolo.

QUATTRO VITTIME SULLA DELAURA BEACH

Leigh Hunt, un abitante del posto, i suoi due figli, Tad di tredici anni e Tom di undici, e un nipote conosciuto semplicemente come Skip sono stati trovati morti sabato 20 giugno sulla DeLaura Beach. Secondo quanto dichiarato dalla moglie di Hunt, Marie, i quattro erano usciti nel pomeriggio in cerca di molluschi, e non sono rientrati per cena. I corpi, rinvenuti dallo sceriffo della contea Kit Edwards, non mostrano ferite né segni di colluttazione. « Considerata l'assenza di ferite, abbiamo immediatamente pensato all'inalazione di una sostanza tossica o a un avvelenamento. Leigh teneva in officina una grossa scorta di un prodotto a base di cianuro che utilizzava per la concia del pellame », ha dichiarato Edwards. « Lui e i ragazzi devono averne assorbita una forte quantità prima di recarsi alla spiaggia, dove il veleno ha avuto la meglio su di loro. » La data delle esequie verrà fissata in subordine all'esame dei corpi da parte del coroner.

« C'è qualche articolo successivo che riporti i risultati dell'autopsia? »

Dopo aver sfogliato un'altra dozzina di numeri del *News*, Margaret scovò un trafiletto relativo all'evento. Leggendo ad alta voce, gli riferì come l'ufficio del coroner avesse confermato l'inalazione accidentale di cianuro quale probabile causa del decesso.

« Mio padre non ha mai creduto che si sia trattato di un incidente », aggiunse la donna, con sorpresa di Dirk.

« Se avevano realmente inalato i fumi tossici nell'officina di Hunt, non si spiega come mai siano morti sulla spiaggia, con tanto ritardo », rifletté Dirk a voce alta.

« Proprio ciò che ha detto papà », confermò Margaret, abbassando leggermente la guardia. « A parte il fatto che le autorità non hanno mai preso in considerazione gli uccelli. »

« Uccelli? »

« Già. Dei gabbiani, un centinaio, furono trovati morti sulla spiaggia intorno alla zona in cui erano stati rinvenuti i cadaveri di Hunt e dei ragazzi, proprio vicino alla base dell'esercito di Fort Stevens. Mio padre ha sempre sospettato che siano rimasti uccisi accidentalmente a causa di qualche esperimento fatto dall'esercito. Suppongo che non si saprà mai cos'è successo in realtà. »

« I segreti del tempo di guerra sono difficili da sviscerare, a volte », replicò Dirk. « Grazie per il suo aiuto, Margaret. »

Tornato alla jeep, il giovane attraversò la cittadina fino alla strada costiera per poi dirigersi a sud. Dopo un breve tratto di strada lastricata, scovò una stradina laterale che conduceva alla DeLaura Beach. Oltrepassato un cancello spalancato con la scritta FORT STEVENS STATE PARK, il sentiero si restringeva inoltrandosi nel fitto sottobosco. Dirk inserì una marcia bassa e s'inerpicò su un ponticello sgangherato, per poi scendere verso un ampio campo di tiro affacciato sull'oceano. La Battery Russell era stata una delle molte postazioni difensive costiere a guardia della foce del fiume Columbia: sorta ai tempi della guerra civile, era stata poi potenziata con armi a lunga gittata durante la seconda guerra mondiale. Dallo spiazzo, Dirk aveva una nitida visuale delle acque scintillanti all'imboccatura del Columbia e della sottostante DeLaura Beach, affollata dai bagnanti pomeridiani. Dopo essersi riempito i polmoni di fragrante aria salmastra, ripercorse il sentiero fermandosi a un certo punto a ridosso della vegetazione per lasciar passare una Cadillac nera che arrivava in senso inverso. Dopo un'altra quarantina di metri, arrestò la vettura accanto a una lapide che aveva attratto la sua attenzione, a lato della strada. Incisa in una grossa lastra di granito grigio, c'era l'immagine dettagliata di un sommergibile e, sotto, l'iscrizione:

> IN QUESTO PUNTO, IL 21 GIUGNO 1942, ESPLOSE UNA GRANATA DA 140 MM, UNA DELLE DICIASSETTE SPARATE DAL SOMMERGIBILE GIAPPONESE 25 CONTRO L'INSTALLAZIONE DIFENSIVA PORTUALE SUL FIUME COLUMBIA. L'UNICO BOMBARDAMENTO NEMICO DI UNA BASE MILITARE IN TERRITORIO AMERICANO NEL CORSO DELLA SECONDA GUERRA MONDIALE, E IL PRIMO DAI TEMPI DELLA GUERRA DEL 1812.

Mentre era intento a leggere l'iscrizione, si spostò d'istinto dal sentiero udendo la Cadillac tornare indietro e passargli accanto lentamente per evitare di sollevare la polvere. Dopo aver studiato l'incisione del sommergibile per qualche istante, stava per allontanarsi quando qualcosa attirò la sua attenzione spingendolo a guardare di nuovo. Si trattava della data, il 21 giugno, solo un giorno dopo il ritrovamento dei corpi di Hunt e dei ragazzi sulla spiaggia.

Aperto il vano portaoggetti della jeep, ne estrasse un cellulare e, appoggiandosi al cofano, compose un numero. Dopo quattro squilli, una voce profonda e cordiale echeggiò dall'apparecchio.

« Qui Perlmutter. »

« Salve, Julien. Sono Dirk. Come sta il mio esperto di storia navale preferito? »

« Dirk, ragazzo mio, che piacere sentirti! Stavo giusto gustando uno dei manghi verdi in salamoia che tuo padre mi ha spedito dalle Filippine. Coraggio, raccontami come te la passi nel grande e bianco Nord. »

« Abbiamo portato a termine le ricerche nelle Aleutine, perciò mi trovo di nuovo nel Nord-ovest, sul Pacifico, ora. Le isole erano splendide, ma faceva un po' troppo freddo per i miei gusti. »

« Cielo, lo immagino. Dunque, che ti frulla per la testa, Dirk? »

« Seconda guerra mondiale, sommergibili giapponesi, per l'esattezza. Cerco informazioni sul loro record di attacchi contro il territorio americano, e su qualsiasi arma insolita presente nei loro arsenali. »

« Sommergibili imperiali, eh? Rammento che effettuarono alcuni attacchi abbastanza inoffensivi sulla costa occidentale, ma è da parecchio che non consulto il mio archivio sui giapponesi in tempo di guerra. Bisognerà che svolga qualche ricerca. »

« La ringrazio, Julien. Ah, ancora una cosa: mi faccia sapere se trova un qualunque accenno all'uso di cianuro come arma. »

« Cianuro. Be', una gran brutta faccenda, se fosse, giusto? » fu la domanda retorica di Perlmutter, prima di riappendere.

Di fronte all'enorme raccolta di rari volumi e carteggi sulla storia marittima stipati nella sua casa di Georgetown, ricavata da un'antica rimessa per le carrozze, a St. Julien Perlmutter bastò una riflessione di pochi secondi per localizzare il materiale che stava cercando. Simile a una sorta di Babbo Natale troppo pasciuto, Perlmutter aveva scintillanti occhi azzurri, una folta barba grigia e un ventre enorme che contribuiva a far salire il suo peso intorno ai centottanta chili. Oltre che per il suo debole per i cibi da gourmet, era noto come uno dei più brillanti esperti di storia marittima del mondo, grazie anche alla sua collezione di effemeridi sull'argomento.

In pigiama di seta e veste da camera a motivi cachemire, avanzò ciabattando su un folto tappeto persiano fino a una libreria di mogano e si mise a esaminare parecchi titoli prima di allungare le mani paffute verso uno dei volumi e due gonfie cartelle. Soddisfatto per aver trovato quel che cercava, l'omone tornò verso una poltrona imbottita di pelle rossa, dove lo attendevano un vassoio di tartufi al cioccolato e un bricco di tè bollente.

Dirk, intanto, aveva raggiunto Portland e scovato l'esposizione di auto antiche che cercava ai margini della città, presso una vasta area erbosa riservata alla mostra. Decine di visitatori si aggiravano fra le vetture scintillanti, risalenti per lo più agli anni '40, '50 e '60, ordinatamente allineate sull'enorme prato. Dirk prese a gironzolare fra le auto, ammirando gli interventi di verniciatura e i restauri delle parti meccaniche, per poi dirigersi verso un grosso tendone bianco dove si stava svolgendo l'asta.

All'interno, gli altoparlanti diffondevano a tutto volume la voce roca e cadenzata del banditore che sparava come una mitragliatrice gli importi delle offerte. Dopo essersi seduto il più lontano possibile dal frastuono, Dirk restò a osservare divertito la squadra di venditori che, con indosso buffi smoking anni '70 e cappelli da cowboy a buon mercato, saltellavano qui e là nel futile tentativo di far lievitare l'interesse – e il relativo prezzo – verso le varie vetture. Dopo aver visto sfilare parecchie Corvette e una Thunderbird vecchio modello, Dirk si raddrizzò sulla sedia nel veder avanzare lungo la passerella una Chrysler 300-D del 1958. Di un turchese atzeco originale, impreziosita da una quantità di lucenti cromature, la maestosa auto esibiva un paio di alette posteriori protese verso l'alto come la pinna caudale di un pescecane. In preda a un'emozione che solo un vero fanatico di auto avrebbe potuto comprendere, Dirk sentì il cuore accelerare i battiti alla semplice vista di quel capolavoro di acciaio e cristallo.

« Perfettamente restaurata dalla Pastime Restorations di Golden, in Colorado », strepitò il banditore abbandonandosi alle consuete convulsioni vocali; ma le contrattazioni, in modo sorprendente, si bloccarono prima del previsto. Dirk sollevò la mano e si ritrovò a lottare per la vettura contro un tizio obeso che sfoggiava un paio di bretelle gialle. Decise di replicare alle offerte dell'avversario con rapidi rilanci per fargli capire che aveva intenzioni serie, e la tattica si rivelò vincente: dopo tre tentativi, Bretelle Gialle scosse la testa e si allontanò in direzione del bar.

« Aggiudicata al signore col cappello della NUMA! » abbaiò il banditore mentre la folla circostante applaudiva educatamente. Pur essendogli costata parecchi mesi di stipendio, Dirk era consapevole di aver concluso un ottimo affare, sapendo che nel 1958 erano state prodotte meno di duecento Crysler 300-D convertibili.

Stava prendendo accordi affinché la vettura gli fosse spedita a Seattle, quando il cellulare prese a squillare.

« Sono Julien, Dirk. Ho qualche informazione per te. »

« Quel che si può definire un servizio rapido. »

« Be', ci tenevo a richiamarti prima di pranzo », replicò Perlmutter contemplando il pasto che lo aspettava.

« Che cosa può dirmi, Julien? »

« Dopo Pearl Harbor, i giapponesi dislocarono lungo la costa occidentale nove o dieci sommergibili, che furono progressivamente ritirati a mano a mano che i combattimenti si spostavano nel Pacifico meridionale. I sommergibili nipponici avevano per lo più compiti di ricognizione, di osservazione dei principali porti e baie allo scopo di studiare i movimenti navali nemici. Verso l'inizio della guerra riuscirono ad affondare un pugno di navi mercantili creando nella gente comune una certa dose di timore psicologico; quanto a veri e propri attacchi di terra, il primo si verificò all'inizio del 1942, quando l'*I-17* sparò qualche granata nei pressi di Santa Barbara, danneggiando un molo e un impianto petrolifero. Nel giugno 1942, l'*I-25* fece fuoco contro Fort Stevens, nei pressi di Astoria, Oregon, mentre l'*I-26* bombardava una stazione radio sull'isola di Vancouver, Canada. In entrambi i casi, non si registrarono perdite di vite umane. Nell'agosto 1942, l'*I-25* tornò dalle parti di Cape Blanco, in Oregon, e lanciò un idrovolante armato di bombe incendiarie nel tentativo di appiccare il fuoco ai boschi circostanti. L'attacco si rivelò un fallimento, visto che nella regione si sviluppò un solo, modesto principio d'incendio.»

«Si direbbero più che altro attacchi di disturbo», commentò Dirk.

«Già. Niente di altamente strategico, nelle loro azioni, che rallentarono dopo l'attacco incendiario poiché i mezzi vennero trasferiti a nord per sostenere la campagna delle Aleutine. I sommergibili imperiali furono impiegati in modo intensivo nella conquista e successiva evacuazione di Attu e Kiska, durante i combattimenti del 1943. Quando, grazie alla nostra tecnologia sonar, cominciammo a snidarli, i giapponesi persero cinque delle loro unità; successivamente alla caduta di Kiska, solo alcune di esse continuarono a operare nel Pacifico settentrionale e occidentale. L'*I-180* fu attaccato e colato a picco nei pressi di Kodiak, in Alaska, nell'aprile del 1944, dopo di che la situazione rimase tranquilla sul fronte domestico fino al gennaio 1945, quando al largo di Cape Flattery, nello Stato di Washington, venne affondato l'*I-403*.»

«Curioso, farsi acchiappare lungo la costa occidentale proprio nel momento in cui la loro marina faceva di tutto per non essere costretta a capitolare.»

«Ancor più singolare se consideri che l'*I-403* era uno dei loro mezzi più potenti. A quanto pare, fu sorpreso da un cacciatorpediniere americano mentre progettava un attacco aereo.»

«Difficile credere che, a quei tempi, riuscissero già a costruire sommergibili in grado di trasportare un velivolo a bordo», osservò Dirk.

«I loro mezzi più grandi ne potevano ospitare non uno, ma addirittura tre. Erano dei bestioni enormi.»

«Ha trovato qualche indicazione sull'uso di armi al cianuro da parte delle forze navali?»

« Non in combattimento, ma è certo che esistevano. Furono proprio l'esercito imperiale, credo, e la sua unità scientifica di stanza in Cina a sperimentare le prime armi chimiche e biologiche gingillandosi, fra le altre cose, con proietti d'artiglieria al cianuro, perciò è plausibile che la marina ne abbia tentato l'utilizzo, sebbene non risultino dati ufficiali sul loro impiego. »

« Temo non ci sia modo di provarlo, ma ho il sospetto che una granata al cianuro lanciata dall'*I-25* abbia ucciso quattro persone, il giorno precedente l'attacco a Fort Stevens. »

« Possibile, anche se difficile da dimostrare, dal momento che l'*I-25* scomparve in seguito nel Pacifico meridionale, presumibilmente affondato nei pressi dell'isola di Espiritu Santo nel 1943. Tuttavia, con un'unica possibile eccezione, tutti i rapporti da me letti sostengono che le navi giapponesi avessero in dotazione soltanto armi convenzionali. »

« Mi parli dell'eccezione. »

« L'*I-403*, di nuovo lui. Su una rivista militare postbellica ho scovato un riferimento a un certo quantitativo di *Makaze* fornito alla marina e trasferito a bordo del sommergibile a Kure, prima del suo ultimo viaggio. Non avevo mai sentito nominare il *Makaze*, in precedenza, e non sono riuscito a trovarne traccia nei miei trattati su armi e munizioni. »

« Qualche idea sul significato del termine? »

« La traduzione migliore che sono in grado di fornirti è 'vento nero'. »

Dopo una breve telefonata a Leo Delgado, Dirk raggiunse Dahlgren che stava bevendo una birra in un locale prospiciente il Lake Washington, al termine della corsa mattutina in kayak con la sua bancaria.

« Che ne diresti di un'immersione, Jack, domattina? »

« Sicuro. Pesca con l'arpione nel Sound? »

« Veramente avevo in mente qualcosa di più impegnativo. »

« I salmoni sono uno scherzo da ragazzi, per me. »

« Il pesce che m'interessa », puntualizzò Dirk, « non nuota da oltre sessant'anni. »

7

Irv Fowler si svegliò con un feroce mal di testa. Troppe birre la sera prima, si disse lo scienziato trascinandosi giù dal letto. Dopo aver trangugiato una tazza di caffè e una ciambella si convinse di sentirsi meglio. Col trascorrere della giornata, tuttavia, il dolore sembrò aumentare d'intensità nonostante l'assunzione di aspirina. Alla fine anche la schiena prese a dolergli, infliggendogli fitte acute al minimo movimento. Verso metà pomeriggio, spossato e indebolito, decise di lasciare in anticipo l'ufficio messogli provvisoriamente a disposizione presso i servizi sociosanitari dello Stato dell'Alaska per correre a casa a riposare un po'.

Non appena ebbe ingerito una ciotola di brodo di pollo, cominciò ad avvertire fitte lancinanti all'addome. Al diavolo i rimedi della nonna, pensò abbandonandosi a un sonno agitato e irregolare. Al risveglio, barcollò fino al bagno in cerca di un'altra aspirina per lenire il dolore; nel contemplare lo specchio che gli restituiva l'immagine di un volto distrutto, sfinito, notò che un'eruzione rosso fuoco gli era fiorita sulle guance.

« Mai avuta, una maledetta influenza come questa », borbottò a voce alta, prima di accasciarsi nuovamente sul letto.

Presso l'hotel Hilton di Tokyo, la sorveglianza era strettissima e gli ospiti del banchetto privato dovevano superare tre differenti punti di controllo prima di guadagnare l'entrata dell'opulenta sala da pranzo. La cena annuale dell'Associazione giapponese di esportazioni era un evento eccezionale, durante il quale i migliori chef e intrattenitori locali si esibivano a beneficio di eminenti dignitari e capi d'azienda del Paese. I dirigenti delle maggiori società esportatrici giapponesi collaboravano a sponsorizzare la manifestazione per conto dei principali soci in affari. Oltre ai clienti chiave, fra gli ospiti speciali figuravano diplomatici provenienti da tutti i Paesi occidentali e asiatici, primi per importanza quali partner commerciali del Giappone.

Il recente assassinio dell'ambasciatore americano Hamilton e il pandemonio scoppiato all'inaugurazione della fabbrica della SemCon avevano creato una certa agitazione nella folla; molte teste si girarono quando Robert Bridges, vicecapo missione dell'ambasciata americana, varcò la soglia del salone accompagnato da due addetti della sicurezza in borghese.

Pur essendo un diplomatico di carriera, Bridges era più a suo agio nell'elaborare strategie politiche o nel condurre riunioni d'affari che non nel socializzare con le grandi masse. Hamilton era stato di gran lunga più abile a stringere mani, si disse Bridges mentre scambiava qualche parola con un rappresentante d'affari giapponese. Di lì a poco, un addetto lo scortò a un tavolo dove venne fatto accomodare accanto ad alcuni diplomatici europei.

Mentre venivano serviti piatti tradizionali quali il *sashimi*, un antipasto a base di pesce crudo, e i *soba noodles*, una sorta di sottili spaghetti giapponesi, un gruppo di danzatrici si muoveva con grazia su un palco sopraelevato; vestite con kimono sgargianti, piroettavano facendo roteare ventagli di bambù. Mentre osservava la loro esibizione, Bridges bevve una sorsata di *sakè* caldo nel tentativo di alleviare la sofferenza di ascoltare il sermone dell'ambasciatore francese sulla cattiva qualità dei vini asiatici.

Al termine della prima portata, quando una sequela di funzionari s'impadronì del palco per autoincensarsi con discorsi pomposi, Bridges colse l'occasione per fare un salto in bagno. Preceduto da una corpulenta guardia del corpo, percorse un corridoio laterale che conduceva alla toilette degli uomini.

L'agente perlustrò con lo sguardo la stanza piastrellata e, notando come unica presenza un cameriere intento a lavarsi le mani all'altra estremità del locale, lasciò procedere Bridges verso l'orinatoio, chiuse la porta e restò di sentinella all'interno del locale.

Dopo aver terminato con calma ciò che stava facendo, il cameriere calvo gli volse la schiena per utilizzare un rotolo di carta asciugamani, poi si girò di scatto verso la porta e la guardia del corpo vide con orrore che impugnava una calibro 25 semiautomatica. Alla bocca della piccola pistola, puntata direttamente al suo volto, era montato un silenziatore. La mano della guardia del corpo corse d'istinto alla propria arma, ma il movimento fu bloccato sul nascere dallo sparo soffocato della calibro 25. Un foro rossastro dai contorni netti comparve appena sopra il sopracciglio sinistro del robusto agente, che parve sollevarsi sulla punta dei piedi per un istante, prima di crollare al suolo con un tonfo, un rivolo di sangue che gli fuoriusciva dalla testa.

Pur essendogli sfuggito il suono attutito dello sparo, Bridges udì il rumore del corpo che cadeva e si volse a guardare. Di fronte alla pistola spianata contro di lui, riuscì soltanto a mormorare: « Che diavolo succede? »

L'uomo calvo in divisa da cameriere gli restituì lo sguardo, gli occhi neri gelidi come la morte, poi scoppiò in una risata scoprendo una fila di denti storti e ingialliti. Senza una parola, l'uomo premette il grilletto due volte e rimase a contemplare Bridges che si portava le mani al petto e crollava a terra. Estratto di tasca un foglietto battuto a macchina, l'assassino lo arrotolò strettamente e, chinatosi, lo infilò nella bocca del diplomatico morto come l'asta di una bandierina. Dopo aver svitato con cura il silenziatore e averlo riposto in tasca, scavalcò con circospezione i due corpi e raggiunse la porta, scomparendo lungo un corridoio in direzione delle cucine.

8

Lo scafo in fibra di vetro del Parker da otto metri fendeva le onde alte e lunghe, tracciando una scia di candida schiuma lungo gli avvallamenti fra una cresta e l'altra. Per quanto di dimensioni modeste se paragonata alla maggior parte delle imbarcazioni che componevano la flotta della NUMA, la piccola, affidabile barca contrassegnata a poppa dalla scritta GRUNION era l'ideale per sorvegliare le vie d'acqua interne e costiere, e come barca appoggio in operazioni d'immersione in acque basse.

Leo Delgado ruotò il timone a destra, e subito la *Grunion* puntò a dritta togliendosi dalla rotta di una grossa nave da carico rossa che avanzava verso di loro vicino all'imboccatura dello stretto di Juan de Fuca.

« Quanto siamo distanti dallo stretto? » chiese Delgado accostando con decisione a sinistra, un attimo più tardi, per guadagnare la scia della nave in transito.

Contro una paratia dell'angusta cabina, Dirk e Dahlgren, chini su un tavolino, stavano studiando su una carta nautica la loro attuale posizione in prossimità dell'accesso all'oceano Pacifico, centoventicinque miglia circa a ovest di Seattle.

« Ci troviamo più o meno dodici miglia a sud-ovest di Cape Flattery », replicò Dirk da sopra la spalla, dettandogli le relative coordinate. Il primo ufficiale della *Deep Endeavor* si mise alla tastiera e inserì la posizione nel sistema di navigazione computerizzato della nave. Dopo pochi istanti, un quadratino bianco comparve nell'angolo superiore di un monitor a cristalli liquidi che pendeva dal soffitto. Sul bordo inferiore dello schermo prese a lampeggiare un minuscolo triangolo, raffigurante la *Grunion* che s'immetteva nelle acque del Pacifico. Con l'aiuto del GPS satellitare, Delgado era in grado d'impostare la rotta più diretta verso la posizione prestabilita.

« Ora, voi ragazzi siete assolutamente sicuri che il comandante Burch non si accorgerà che stiamo usando la sua barca appoggio e il relativo carburante per un'immersione di piacere? » domandò Delgado con aria un po' impacciata.

« Intendi dire che questa è la barca privata di Burch? » replicò Dirk fingendosi terrorizzato.

« Se viene a ficcare il naso, gli diremo semplicemente che Bill Gates passava da queste parti e ci ha offerto qualche milione in azioni per un giretto con la *Grunion* », suggerì Dahlgren.

« Grazie, ragazzi, sapevo di poter contare su di voi », borbottò Delgado scotendo la testa. « Comunque, quanto sono affidabili i vostri dati sull'ubicazione del sommergibile? »

« Provengono direttamente dal rapporto ufficiale della marina relativo all'affondamento inviatomi da Perlmutter via fax », spiegò Dirk, reggendosi allo stipite della porta per non perdere l'equilibrio mentre la barca rollava a causa di una grossa ondata. « Cominceremo dalla posizione registrata dal cacciatorpediniere dopo l'affondamento dell'*I-403.* »

« Peccato che, nel 1944, la marina non avesse ancora in dotazione il GPS », si lamentò Delgado.

« Già, i rapporti sulle azioni di guerra non erano sempre accurati, specialmente per quanto riguarda i siti. Ma il cacciatorpediniere non si era allontanato molto dalla costa quando si è imbattuto nel sommergibile, quindi la posizione riferita dovrebbe metterci sulla buona strada. »

Una volta raggiunto il punto prestabilito, Delgado mise il motore in folle e cominciò a digitare sulla tastiera del computer i dati per una griglia di ricerca. Sul ponte di poppa, Dirk e Dahlgren estrassero il Klein Model 3000, un sonar a scansione laterale, da una gabbia in plastica rinforzata. Mentre Dirk collegava l'impianto al sistema operativo, Dahlgren srotolò il cavo di un sensore giallo a strascico di forma cilindrica oltre la battagliola di poppa sino a che non finì sott'acqua.

« Il sensore è fuori », gridò Dahlgren dal ponte di poppa, al che Delgado manovrò i comandi facendo avanzare la barca. Di lì a qualche minuto, dopo che Dirk ebbe portato a termine la regolazione degli strumenti, su un monitor a colori presero a scorrere senza sosta immagini sfumate a forti contrasti: gli echi delle onde sonore emesse dal sensore, che rimbalzavano sul fondo per essere ricatturati e trasformati in proiezioni visuali delle sporgenze e delle cavità del fondo marino.

« Ho pronta una griglia di un miglio quadrato intorno alla posizione segnalata dal *Theodore Knight* al momento dell'attacco al sommergibile », comunicò Delgado.

« Ottimo, direi, per cominciare », commentò Dirk. « La possiamo sempre espandere, in caso di necessità. »

Delgado fece accostare l'imbarcazione seguendo una linea bianca sul monitor fino a portarsi all'estremità della griglia, quindi ruotò il timone per imboccare la linea successiva nella direzione opposta. Procedendo avanti e indietro lungo stretti percorsi di duecento metri circa, la *Grunion* continuò a macinare tratti di griglia mentre Dirk, gli occhi incollati al monitor del sonar, cercava l'ombra scura e allungata che gli avrebbe rivelato la posizione del sommergibile classe I sul fondo.

Dopo un'ora circa, l'unica immagine riconoscibile comparsa sullo schermo era stata quella di un paio di barili da cinquantacinque galloni. Dopo due ore, estratti dalla ghiacciaia dei panini al tonno, Dahlgren cercò di combattere la noia mettendosi a raccontare una serie di barzellette neppure troppo divertenti. Infine, dopo tre ore di ricerche, un grido di Dirk fendette l'aria resa pesante dall'umidità.

« Ci siamo! Prendete nota della posizione. »

Gradualmente, sullo schermo comparve l'immagine confusa di un oggetto oblungo, affiancata da due protrusioni più piccole su un lato, e da una sagoma più imponente adagiata a metà scafo.

« Dio misericordioso! » esclamò Dahlgren scrutando il video. « Sembra proprio un sommergibile. »

Dirk, intanto, stava controllando una linea graduata ai piedi dello schermo. « È lungo centoventi metri circa, proprio come indicato sulle carte di Perlmutter. Fai un altro passaggio per verificare la posizione, Leo, dopo di che vedi se ti riesce di parcheggiarci esattamente sopra quell'affare. »

« Si può fare », replicò l'altro con un sogghigno, prima di accostare per un nuovo giro sul bersaglio. L'immagine ricavata dal secondo passaggio rivelò un sommergibile intatto, che sembrava appoggiato sul fondo in posizione diritta. Mentre Delgado inseriva il sito esatto nel sistema GPS, Dirk e Dahlgren ritirarono il trasduttore del sonar e prepararono un paio di sacche voluminose.

«Che profondità abbiamo, in questo punto, Leo?» s'informò Dahlgren infilando i piedi nei fori per le gambe di una tuta da sub in neoprene nero.

«Circa centosettanta piedi», rispose Delgado dopo aver lanciato un'occhiata a un ecoscandaglio che ronzava lì accanto.

«Questo ci lascia solo venti minuti di permanenza sul fondo, con una sosta di decompressione in risalita di venticinque minuti», borbottò Dirk dopo aver richiamato alla mente i tempi raccomandati dalle tavole d'immersione della marina.

«Non è molto, considerato quanto è grosso quel pesce laggiù», obiettò l'amico.

«Ciò che più m'interessa è l'armamento in dotazione agli aerei. Secondo il rapporto della marina, al momento dell'attacco entrambi i velivoli si trovavano sul ponte. Scommetto che i due oggetti rilevati dal sonar ai lati della prua sono proprio i bombardieri Seiran.»

«Non può che farmi piacere, non dover entrare in quella tomba.» Dahlgren scosse la testa immaginando la scena, poi riprese a fissare le cinghie di una consunta cintura con i pesi.

Non appena Dirk e Dahlgren ebbero terminato i preparativi per l'immersione, Delgado riportò la *Grunion* sull'obiettivo e lanciò fuoribordo una minuscola boa assicurata a una cima lunga una sessantina di metri. Lasciata la piattaforma di poppa con un'ampia falcata, i due sub in muta nera s'immersero pinne in avanti nell'oceano.

Scendendo sotto la superficie, Dirk sentì le gelide acque del Pacifico mordergli la pelle e fece una sosta nel liquido verde, in attesa che il sottile strato d'acqua intrappolato nella muta si scaldasse fino a raggiungere la sua temperatura corporea.

D'un tratto sentì la voce di Dahlgren gracchiargli nelle orecchie. «Dannazione, lo sapevo che avremmo dovuto portare le mute stagne.» Entrambi indossavano maschere granfacciali AGA Divator MK II dotate di un sistema di comunicazione integrato senza cavo che consentiva loro di conversare sott'acqua.

«Perché mai? Sembra di stare alle Keys», lo prese in giro Dirk, riferendosi alle calde acque delle isole all'estremità meridionale della Florida.

«Secondo me, stai mangiando troppo salmone affumicato», borbottò Dahlgren per tutta risposta.

Dopo aver espulso l'aria dal GAV – il giubbetto ad assetto variabile – e aver compensato, ruotò su se stesso e prese a pinneggiare verso il fondo lungo la cima che collegava la boa all'ancora, seguito a breve distanza da Dahlgren. Una leggera corrente li sospingeva verso est, costringendo Dirk ad avanzare piegato contro il flusso nel tentativo di correggere l'andatura e mantenere la posizione approssimativa sul bersaglio. Durante la discesa, nell'attraversare un termoclino sentirono l'acqua farsi notevolmente più fredda nel giro di un istante. A centodieci piedi, il verde dell'acqua divenne più intenso e muschioso, cominciando a schermare la luce proveniente dalla superficie. A centoventi piedi, Dirk accese una minuscola torcia subacquea, fissata al cappuccio della muta come quella di un minatore. D'un tratto, dopo essere scesi qualche piede ancora, videro emergere dalle profondità la scura sagoma allungata della nave giapponese.

L'enorme sommergibile nero giaceva tranquillo sul fondo, muto mausoleo d'acciaio per i marinai che vi avevano trovato la morte. Nell'affondare si era adagiato sulla chiglia, e se ne stava orgogliosamente eretto sul fondo, come pronto a riprendere il mare. Avvicinandosi, Dirk e Dahlgren rimasero sbalorditi dalle sue dimensioni; dal punto in cui si trovavano, in prossimità della prua, riuscivano a malapena a scorgere un quarto del suo scafo, mentre il resto si perdeva nell'oscurità. Impressionato dalla sua circonferenza, Dirk rimase per un attimo a fluttuare sopra la prua prima di spostarsi per esaminare la rampa della catapulta montata sul ponte centrale.

«Vedo uno degli aerei, Dirk, da questa parte», esclamò Dahlgren indicando col braccio un mucchio di rottami abbandonati oltre la prua, sul lato di sinistra. «Vado a dare un'occhiata.»

«Il secondo aereo dovrebbe trovarsi più indietro, secondo la lettura sonar. Io vado da quella parte», rispose Dirk, spostandosi a nuoto per la lunghezza del ponte.

Dahlgren scattò verso i rottami, facilmente identificabili come pezzi di un idrovolante monomotore, coperti da una spessa coltre di sedimenti. L'Aichi M6A1 Seiran era un monoplano dalla linea affusolata, un bombardiere progettato apposta per poter essere trasportato e catapultato nell'aria dai grossi sommergibili classe I. La sua forma slanciata, simile a quella del caccia Messerschmitt, era ridicolizzata dall'aggiunta di due voluminosi galleggianti che, fissati parecchio più in basso rispetto alle ali, sporgevano sotto la fusoliera come le enormi scarpe di un clown. Dahlgren, tuttavia, riusciva a scorgere soltanto una porzione del galleggiante destro, poiché il sinistro era stato strappato via insieme con la semiala dalla carica del cacciatorpediniere americano. Fusoliera e ala destra, intatte, erano tenute sollevate in un'angolazione anomala dal galleggiante danneggiato. Dahlgren si avvicinò al tratto di fondo di fronte al bombardiere, per esaminare ciò che era rimasto del carrello d'atterraggio e della parte inferiore dell'ala. Portatosi ancor più accosto, sventagliò le mani fino a rimuovere i sedimenti che coprivano alcune sporgenze, portando alla luce gli attacchi di una serie di bombe. I «piloni» per il carico di bombe erano vuoti.

Scivolando lentamente lungo il fianco della fusoliera, spostò con un colpo di pinna il tettuccio semidistrutto del cockpit e ripulì il vetro dal limo. Illuminato l'interno con la torcia, sentì il cuore accelerare i battiti di fronte allo spettacolo impressionante che gli si parò davanti: un teschio umano che lo fissava dal seggiolino del pilota, i denti scoperti che sembravano rivolgergli un macabro sorriso. Spostando il fascio di luce attraverso l'abitacolo, riuscì a distinguere sul pavimento un paio di vecchi stivali da pilota, da uno dei quali sporgeva un osso corroso. Dahlgren si rese conto che all'interno del velivolo si trovava tuttora l'intero scheletro smembrato dell'aviatore, colato a picco insieme col suo mezzo.

Dopo essersi allontanato lentamente dall'aereo, chiamò Dirk al radiotelefono. «Ascolta, vecchio amico: ho qui accanto quello che resta di uno degli idrovolanti, ma si direbbe che non avesse a bordo nessun armamento, al momento dell'affondamento. A proposito, il pilota Teschio Che Ride ti manda i suoi omaggi.»

«Io ho trovato i resti del secondo aereo, e anche questo è pulito», replicò Dirk. «Troviamoci alla torretta.»

Dirk aveva avvistato il secondo bombardiere a una trentina di metri di distanza dal sommergibile, capovolto. Il Seiran aveva perduto i due grossi galleggianti durante l'affondamento, mentre la fusoliera del velivolo, con le ali ancora attaccate, era fluttuata sul fondo. Non aveva avuto difficoltà a scoprire l'assenza di armamento, né aveva trovato traccia di bombe o siluri staccatisi al momento dell'incidente.

Dopo essere tornato pinneggiando verso il ponte superiore del sommergibile, seguì la rampa di ventisei metri della catapulta fino a raggiungere un grosso boccaporto circolare. Il portello verticale chiudeva l'estremità di un enorme tubo del diametro di oltre tre metri e mezzo che, montato alla base della torretta, si stendeva all'indietro per più di trenta metri. Quel cilindro ermetico era l'hangar riservato ai bombardieri Seiran, dove venivano stivate le parti staccate degli aerei fino al momento del lancio. In posizione arretrata rispetto alla sezione tubolare si trovava una minuscola piattaforma contenente nove mitragliatrici antiaeree da 25 mm ancora puntate contro il cielo in attesa di un nemico invisibile.

Invece della grossa pinna metallica rizzata verso l'alto che si aspettava di vedere, al centro dell'*I-403* Dirk trovò un profondo foro, una voragine spalancata al posto della torretta strappata via durante la collisione. Una piccola colonia di ofiodonti nuotava intorno al frastagliato orlo del cratere, cibandosi di pesci più piccoli e donando un tocco di colore alla monotonia della scena.

«Accidenti, potresti farci passare la tua Chrysler, attraverso quel buco», fu il commento di Dahlgren mentre, affiancatosi a Dirk, contemplava il cratere.

« E avanzerebbe ancora dello spazio. Dev'essersi inabissato in un baleno, dopo aver perso la torretta. » In silenzio, visualizzarono la violenta collisione di tanti anni prima fra le due navi da guerra, immaginando l'agonia dell'equipaggio impotente dell'*I-403* mentre il sommergibile precipitava verso il fondo.

« Perché non vai a fare un giretto lì dentro, Jack, e vedi se riesci a scovare qualche armamento? » propose Dirk, indicando con la mano guantata uno squarcio sul tetto dell'hangar. « Io farò altrettanto sottocoperta. » Lanciò un'occhiata allo schermo arancione del suo Doxa subacqueo, un dono del padre per il suo ultimo compleanno. « Ci restano solo otto minuti di permanenza sul fondo. Sbrighiamoci. »

« Ci ritroviamo qui fra sei minuti », confermò Dahlgren prima di scomparire con un colpo di pinna attraverso la fenditura sulla parete dell'hangar.

Dirk s'infilò nel buio crepaccio lì accanto, oltrepassando il frastagliato, contorto bordo d'acciaio. Durante la discesa, riuscì a distinguere l'insolita forma biloba dello scafo, con i due scafi resistenti pressurizzati che correvano affiancati per tutta la lunghezza della chiglia. Giunto in una cavità aperta, la identificò rapidamente come ciò che restava della camera di manovra grazie alla grande ruota del timone, ormai coperta dai cirripedi. Su una paratia del vano era montata una serie di attrezzature radio, mentre un assortimento di leve e strumenti meccanici sporgeva da un'altra paratia e dal cielo del locale. Puntando la torcia su una serie di valvole, riuscì a leggere la scritta BARASUTO TANKU a lettere bianche; doveva trattarsi, dedusse, dei comandi per usare i doppi fondi.

Agitando leggermente le pinne, avanzò deciso badando a non sollevare i sedimenti dal ponte. Mentre passava da un compartimento all'altro, nel sommergibile parve aleggiare la presenza dei marinai giapponesi: piatti e stoviglie erano sparsi sul pagliolato della minuscola cambusa, le mensole della cabina reggevano ancora le ciotole per il *sakè*. Scivolando in un ampio quadrato su un lato del quale erano allineate le cabine degli ufficiali, Dirk si fermò ad ammirare un tempietto scintoista fissato alla paratia.

Proseguì, consapevole che il tempo a disposizione era quasi scaduto ma attento a non lasciarsi sfuggire il minimo particolare. Superata una serie di tubi, cavi e tubolature, raggiunse l'alloggio del comandante, accanto alla sezione di prora della nave. Si stava finalmente avvicinando al suo obiettivo: la camera di lancio prodiera, che si stagliava proprio di fronte a lui. Spingendosi in avanti con una potente sforbiciata, si accostò alla soglia e stava per oltrepassarla quando s'immobilizzò di botto.

Sbatté le palpebre con forza, chiedendosi se gli occhi gli stessero giocando qualche tiro. Poi, spenta la torcia, tornò a guardare oltre il portello senza riuscire a trovare una spiegazione.

Nelle buie viscere del sommergibile arrugginito, sepolto sul fondo del mare da oltre sessant'anni, Dirk era stato accolto da una debole ma distinta luce verde lampeggiante.

9

Dirk scivolò oltre il portello introducendosi in camera di lancio, immersa nell'oscurità più profonda a parte quell'unico, penetrante raggio di luce, sempre più netto a mano a mano che i suoi occhi si abituavano al buio. Le lucine sembravano in realtà essere due, piazzate ad altezza d'occhio sulla paratia opposta.

Dirk riaccese la torcia e prese a ispezionare il locale. A prua dell'*I-403* c'erano due camere di lancio sovrapposte, e lui si trovava in quella superiore. Vicino alla paratia anteriore riuscì a distinguere i fondi circolari dei quattro tubi lanciasiluri da 533 mm di diametro. Adagiati su selle lungo i due lati del locale c'erano sei enormi siluri del tipo 95, i possenti ordigni che, nel corso della guerra, si erano dimostrati più affidabili e dotati di maggiore potenza esplosiva rispetto a quelli degli americani. A terra, la torcia di Dirk illuminò altri due siluri, evidentemente sbalzati dalle selle nel momento in cui il sommergibile aveva urtato il fondo. Uno di essi giaceva in posizione orizzontale, il muso un po' angolato rispetto al punto in cui era rotolato dopo aver colpito il pagliolato. Il secondo, con la parte anteriore appoggiata a un mucchio di rottami, puntava pigramente il muso verso l'alto, e proprio sopra di esso lampeggiava l'irreale luce verde.

Dirk fluttuò verso l'intermittenza avvicinando la maschera al raggio misterioso, e vide che si trattava soltanto di un timer digitale adesivo, attaccato all'estremità della sella del siluro. Le verdi cifre fluorescenti mostravano una serie di zeri, a indicare che dalla scadenza prestabilita erano trascorse oltre ventiquattr'ore. Giorni, settimane o mesi prima, non era possibile stabilirlo, ma di sicuro il congegno non poteva trovarsi lì da sessant'anni.

Dopo aver prelevato il timer e averlo riposto in una tasca del suo GAV, Dirk sollevò lo sguardo sopra di sé. Anziché raccogliersi contro il cielo del locale come sarebbe stato prevedibile, le bollicine d'aria esausta fuggivano verso l'alto attraverso una pallida lama di luce. Qualche colpo di pinna gli permise di scoprire che uno dei boccaporti del ponte di coperta era stato forzato e lasciato aperto di parecchi centimetri, tanto da consentire a un sub di entrare e uscire dalla camera di lancio.

D'un tratto, dalla cuffia gli giunse un suono gracchiante. « Dove sei, Dirk? È ora di risalire », abbaiò la voce di Dahlgren.

« Sono nella camera di lancio prodiera. Vienimi incontro a prua; ho bisogno di un altro minuto. »

Dopo aver verificato con un'occhiata all'orologio che i loro otto minuti di permanenza sul fondo erano scaduti, tornò verso la sella e vide due gabbie di legno incastrate sotto uno dei siluri caduti. Costruite in robusto mogano, le gabbie erano incredibilmente sopravvissute all'attacco di microrganismi e acqua marina, riportando danni minimi. Notò incuriosito che, a differenza di tutti gli altri oggetti presenti all'interno del sommergibile, le casse non erano coperte da sedimenti; qualcuno doveva averle ripulite di recente per riuscire a vederne il contenuto.

Avvicinatosi alla gabbia più vicina, sbirciò all'interno. In un alloggiamento appositamente predisposto, sei bombe da aereo argentee erano allineate come uova nel loro involucro di cartone. Gli ordigni erano a forma di salsiccia, lunghi circa novanta centimetri, dotati di alettoni sulla coda. Tre erano ancora incuneati sotto il siluro, che nella caduta li aveva danneggiati tutti. Dirk ebbe l'impressione che si fossero non semplicemente schiacciati, ma, cosa strana, anche crepati. Facendo scorrere la mano su una parte intatta di una delle bombe, rimase sorpreso nel constatare come la superficie fosse liscia e scorrevole al tatto, come vetro.

Agitando lievemente le pinne, scivolò sopra la seconda gabbia dove trovò una situazione simile: anche lì, il siluro, cadendo, aveva schiacciato tutti gli involucri di bomba. Stavolta, tuttavia, contò cinque bombe anziché sei. Uno degli alloggiamenti era vuoto, senza neppure traccia di frammenti. Facendo ruotare la torcia, esaminò la zona circostante. Il ponte era sgombro in tutte le direzioni. Mancava uno degli ordigni.

«Ascensore pronto per la salita», si fece udire la voce di Dahlgren.

«Tieni aperta la porta. Arrivo subito», rispose Dirk. Uno sguardo all'orologio gli confermò che avevano oltrepassato il tempo a disposizione di quasi cinque minuti. Dopo un'ultima occhiata alle gabbie sfondate, tirò verso di sé la meno danneggiata delle bombe, che scivolò fuori del contenitore spezzandosi in tre parti fra le sue mani. Con cautela, sistemò i pezzi alla meglio in una voluminosa sacca a rete da immersione e poi, reggendola saldamente, prese a pinneggiare verso il boccaporto semiaperto sopra di lui. Superato l'ostacolo con la sacca al traino, trovò Dahlgren che fluttuava sopra la prua del sommergibile, pochi metri più avanti. Una volta riunitisi, i due compagni d'immersione si affrettarono a risalire verso il punto previsto per la prima sosta di decompressione.

Senza tralasciare di verificare la profondità, Dirk protese braccia e gambe come un paracadutista sui dodici metri per rallentare l'ascesa ed emise un getto d'aria dal GAV, subito imitato da Dahlgren. I due si stabilizzarono a una profondità di venti piedi per consentire al loro sangue di smaltire l'elevato tasso di azoto.

«Quei cinque minuti extra sul fondo ce ne costeranno tredici in più di decompressione. Farò in tempo a succhiare tutto l'ossigeno della bombola, prima che siano trascorsi trentotto minuti», borbottò Dahlgren con un'occhiata all'indicatore della riserva d'aria. Dirk stava per replicare, quando udirono uno smorzato suono metallico in lontananza.

«Niente paura, ecco Leo alla riscossa», esclamò Dirk, indicando qualcosa di fianco a loro, una dozzina di metri più in là.

Un paio di bombole argentee complete di erogatori oscillavano a venti piedi esatti di profondità, fissate a una cima che saliva verso la superficie. All'altra estremità del cavo, mangiucchiando una banana sul ponte di poppa della *Grunion*, Delgado teneva d'occhio le bollicine d'aria emesse dai due uomini per controllare che non si allontanassero troppo dalla barca.

Dopo la sosta di decompressione di un quarto d'ora a venti piedi, i due amici afferrarono gli erogatori delle nuove bombole e si portarono a dieci piedi di profondità per un altro stop di venticinque minuti. Quando li vide finalmente affiorare e risalire in barca, Delgado li accolse con un semplice cenno della mano e accostò per tornare a terra.

Mentre la *Grunion* avanzava nelle più tranquille acque dello stretto di Juan de Fuca, Dirk recuperò dalla sacca i frammenti di bomba e li depose sul ponte. « Nessuna traccia di una di queste sull'aereo, o nell'hangar? » chiese a Dahlgren.

« Assolutamente no. C'erano un sacco di attrezzi, parti staccate e altre cianfrusaglie, là dentro, ma niente del genere. Per quale motivo un involucro di bomba dovrebbe riempirsi di crepe in questo modo? »

« Perché è fatto di porcellana », spiegò Dirk, sollevando un frammento per consentirgli di esaminarlo meglio.

Dahlgren fece scorrere un dito sulla superficie, poi scosse il capo. « Una bomba di porcellana. Comodissima per gli assalti alle sale da tè, suppongo. »

« Deve avere qualcosa a che fare con la carica esplosiva. » Dirk spostò i pezzi fino a ricostruire l'oggetto come in un puzzle. Il mare aveva spazzato via la carica da tempo, ma all'interno dell'ordigno era ancora evidente una suddivisione in numerose cellette.

« Come se combustibili diversi dovessero reagire all'unisono solo al momento della detonazione. »

« Una bomba incendiaria? » suggerì Dahlgren.

« Forse », mormorò Dirk, chinandosi a recuperare dal taschino laterale del GAV il timer digitale. « Qualcuno si è dato un gran daffare per recuperare una di queste bombe », soggiunse, gettando il timer all'amico.

Dahlgren si rigirò il congegno fra le mani, studiandolo con attenzione. « Il proprietario originale, magari », commentò alla fine con aria cupa. Dopo aver sollevato l'oggetto tenendolo sul palmo della mano, ne mostrò a Dirk la parte posteriore. Sulla cassa di plastica, in rilievo, spiccava indecifrabile una riga di caratteri orientali.

10

Simili a un branco di iene che si azzuffano su una zebra appena uccisa, i consiglieri per la sicurezza del presidente ringhiavano e si sbranavano l'un l'altro nell'egoistico tentativo di sottrarsi a qualsiasi responsabilità in merito a quanto accaduto in Giappone. Nella Cabinet Room, situata nell'Ala Ovest della Casa Bianca, gli animi si andavano infiammando sempre più.

« Inefficienza dei servizi segreti, pura e semplice inefficienza. I nostri consolati non ricevono il supporto necessario da parte dell'intelligence, e la conseguenza è che due dei miei uomini sono morti », proclamò il segretario di Stato in tono duro.

« Non eravamo al corrente di un inasprimento delle attività terroristiche in Giappone. Le fonti diplomatiche riferiscono che anche le forze di sicurezza nipponiche ne erano all'oscuro », ritorse il vicedirettore della CIA.

« Signori, ciò che è fatto è fatto », intervenne il presidente mentre tentava di accendere una grossa pipa di foggia antiquata. Con l'aspetto fisico di Teddy Roosevelt e i modi sbrigativi di Harry Truman, il presidente Garner Ward era molto ammirato dall'opinione pubblica per il suo buonsenso e lo stile pragmatico. Originario del Montana, al suo primo mandato, Ward vedeva di buon occhio le discussioni anche animate fra i membri del suo staff e del gabinetto, ma mal tollerava gli scaricabarile e le chiacchiere interessate.

« Dobbiamo comprendere la natura della minaccia e le motivazioni del nostro avversario, quindi elaborare un piano d'azione », dichiarò conciso il presidente. « Raccomanderei anche alla Sicurezza nazionale di valutare un eventuale innalzamento della soglia di allarme », aggiunse con un cenno del capo in direzione di Dennis Jiménez, il segretario della Sicurezza nazionale, seduto all'altro lato del tavolo delle riunioni della Cabinet

Room. « Prima, però, bisogna scoprire con chi abbiamo a che fare. Martin, perché non ci riassumi i dati in nostro possesso fino a questo momento? » disse rivolgendosi a Martin Finch, il direttore dell'FBI.

Ex appartenente al corpo dei marine, Finch aveva conservato i capelli a spazzola e il tono brusco di un sergente istruttore.

« Gli omicidi dell'ambasciatore Hamilton e del vicecapo missione Bridges sembrano essere stati eseguiti dallo stesso individuo. Le telecamere di sorveglianza dell'albergo nel quale è stato ucciso Bridges mostrano un sospetto vestito da cameriere che non risulta far parte del personale dell'hotel. Fotografie tratte dal video sono state confrontate con le descrizioni fornite da alcuni testimoni su un tizio avvistato nel campo da golf di Tokyo, poco prima che sparassero all'ambasciatore Hamilton. »

« Qualche possibile legame con l'assassinio di Chris Gavin e l'esplosione all'impianto della SemCon? » volle sapere il presidente.

« Nessuno che sia stato possibile accertare, sebbene la nota lasciata sul corpo di Bridges potrebbe rivelarsi illuminante. Naturalmente, stiamo trattando il caso come un incidente collegato agli altri. »

« Quali notizie abbiamo sul sospetto? » s'intromise il segretario di Stato.

« Le autorità giapponesi non sono riuscite a trovarlo fra i criminali schedati, e neppure a fornire una possibile identificazione. Per quanto si sa, non appartiene a nessuna cellula dell'Armata Rossa nipponica. Si direbbe un perfetto sconosciuto. Le agenzie governative giapponesi stanno collaborando appieno alla caccia all'uomo, e hanno allertato tutti i punti di controllo dell'immigrazione. »

« Pur non risultando nessun precedente collegamento, ci sono ben pochi dubbi sul fatto che stia operando per ordine dell'Armata Rossa giapponese », aggiunse il vicedirettore della CIA.

« Il biglietto lasciato sul corpo di Bridges. Che cosa c'era scritto? » chiese Jiménez.

Finch sfogliò un fascicolo, estraendone un foglio battuto a

macchina. « Tradotto dal giapponese, dice: 'Arrendetevi, imperialisti americani che lordate il Giappone con la cupidigia, o il gelido, dolce respiro della morte spirerà sulle rive dell'America. Armata Rossa giapponese'. Classica iperbole da esaltato estremista. »

« Qual è la situazione dell'Armata Rossa? Pensavo si fosse praticamente sciolta parecchi anni fa », interloquì il presidente Ward. In attesa della risposta di Finch, spinse la testa all'indietro ed emise una boccata di fumo dall'aroma di ciliegia verso il soffitto a pannelli.

« Come probabilmente saprà, si tratta di un gruppo terrorista nato in Giappone negli anni '70 e formato da membri provenienti da varie fazioni comuniste. Sbandierando ideali antimperialistici, tentarono il rovesciamento del governo e della monarchia, con mezzi sia leciti sia illeciti. Sospettata di connessioni col Medio Oriente e con la Corea del Nord, l'Armata Rossa giapponese fu all'origine di una quantità di attentati e rapimenti, che culminarono nella tentata occupazione dell'ambasciata americana a Kuala Lumpur, nel 1975. Parvero perdere consensi negli anni '90, ed entro il 2000 gran parte dei capi riconosciuti dell'armata era stata acciuffata. Sebbene molti avessero dato per morta l'organizzazione, negli ultimi due anni ci sono stati alcuni segnali di risveglio. Le loro teorie, pubblicate e diffuse attivamente dai media nipponici, hanno funzionato da cassa di risonanza ottenendo maggior favore grazie al clima di declino economico del Paese. Il loro messaggio fa leva sul dogma antiamericano e anticapitalista piuttosto che sul rovesciamento del governo da parte anarchica, il che ha incontrato le simpatie di una fetta della popolazione giovanile. Curiosamente, il gruppo non sembra avere un leader palese, né un personaggio di facciata. »

« Posso confermare le asserzioni di Marty, signor presidente », intervenne il vicedirettore della CIA. « Prima degli attacchi contro la nostra gente, da anni non avevamo manifesti segnali di attività da parte dell'Armata Rossa, e i suoi capi storici si trovano dietro le sbarre. Francamente non sappiamo chi stia tirando le fila della faccenda. »

« Siamo sicuri che non ci siano collegamenti con Al-Qaeda? »

« Possibile, ma improbabile », rispose Finch. « Il metodo con cui sono stati eseguiti gli omicidi non corrisponde di sicuro al loro stile, e non si nota una concreta presenza di radicali islamici, in Giappone. Al momento non ci sono indizi che avvalorino questa tesi. »

« Come siamo messi con i giapponesi, su questa faccenda? » s'informò il presidente.

« Abbiamo in loco una squadra antiterrorismo dell'FBI che lavora a stretto contatto con l'Agenzia nipponica della polizia nazionale. Consapevoli del nefando effetto di questi omicidi nel loro Paese, le autorità nipponiche hanno assegnato alle indagini una nutrita task force. In fatto di assistenza, c'è ben poco di quanto potremmo chiedere che non ci sia già stato offerto spontaneamente. »

« Tramite i canali governativi, ho inoltrato una richiesta al ministero degli Esteri giapponese per un aggiornamento sul profilo dei Paesi stranieri a maggior rischio », s'intromise Jiménez. « Ordineremo lo stato di allerta alle frontiere, in coordinamento con l'FBI. »

« E all'estero, a parte il Giappone, che stiamo facendo per prevenire altri tiri al bersaglio? » fece il presidente, rivolto al segretario di Stato.

« Abbiamo diramato avvisi di allerta a tutte le nostre ambasciate, aumentato la protezione ai nostri diplomatici più anziani e messo in atto temporanee restrizioni sugli spostamenti di tutto il personale del dipartimento di Stato all'interno del Paese ospite. In questo momento, i nostri ambasciatori all'estero sono praticamente sotto chiave. »

« Qualche avvisaglia di eventuali, imminenti minacce sul territorio nazionale, Dennis? »

« Non al momento, signor presidente », replicò il segretario della Sicurezza nazionale. « Abbiamo intensificato le ispezioni sul traffico in entrata dal Giappone e sull'immigrazione, ma non riteniamo necessario innalzare la soglia di attenzione per quanto riguarda la sicurezza interna. »

« Tu concordi, Marty? »

« Sì, signore. Come dice Dennis, tutti i dati in nostro possesso fanno ritenere che gli incidenti siano circoscritti al Giappone. »

« Molto bene. Ora, che notizie abbiamo sul decesso dei due meteorologi della guardia costiera in Alaska? » borbottò il presidente emettendo un altro sbuffo di fumo.

Finch sfogliò alcuni documenti prima di rispondere. « Isola di Yunaska, nelle Aleutine. Al momento abbiamo sul posto una squadra investigativa che collabora con le autorità locali. Stanno anche verificando se esiste un collegamento con la distruzione di un elicottero della NUMA. Stando alle indagini preliminari, i due eventi sembrano attribuibili a pescatori di frodo senza scrupoli che avrebbero utilizzato gas di cianuro per impadronirsi di un branco di leoni marini. Stiamo tentando di rintracciare un peschereccio russo che sappiamo essersi soffermato a pescare illegalmente in quelle acque. Gli agenti locali sembrano fiduciosi di riuscire a catturarlo. »

« Gas di cianuro per cacciare i leoni marini? Il nostro pianeta è davvero pieno di pazzi. D'accordo, signori, mettiamocela tutta e vediamo di scovare questi assassini. Permettere che i nostri rappresentanti diplomatici vengano impunemente presi a fucilate non è certo il messaggio che intendo dare al mondo. Conoscevo sia Hamilton sia Bridges; erano due brave persone. »

« Li troveremo », promise Finch.

« Ci conto », replicò il presidente, battendo la pipa capovolta contro un portacenere d'acciaio per dare maggior enfasi alle sue parole. « Temo che questa gente abbia in serbo per noi più di quanto ci aspettiamo, e non ho intenzione di comprare niente di ciò che vorrebbero rifilarci. » Mentre parlava, un grumo di tabacco bruciato si staccò dal fornello della pipa e cadde poco elegantemente nel posacenere. Nessuno fece commenti.

11

Benché si trovasse in Corea del Sud da soli tre mesi, Keith Catana aveva già scovato il suo abbeveratoio preferito all'esterno della base. Il Chang's Saloon aveva un aspetto leggermente diverso dalle dozzine di bar sparsi per A-Town, uno squallido quartiere all'estremità di Kunsan City dove i militari americani di stanza alla base aerea di Kunsan cercavano un po' di svago durante la libera uscita. Il Chang's non propinava la musica a tutto volume prediletta da gran parte degli altri locali, e ci si poteva trovare una birra OB, una delle marche locali, a un prezzo decente. Inoltre, particolare ancor più importante agli occhi di Catana, il locale attraeva le più belle fra le ragazze che lavoravano in A-Town.

Abbandonato da due compagni che avevano preferito seguire un gruppo di soldatesse americane dirette a un locale da ballo dietro l'angolo, Catana se ne stava seduto in silenzio a cullare fra le mani la quarta birra, godendosi le prime avvisaglie di quella sensazione d'euforia che dà una bella sbronza. Il ventitreenne sergente maggiore prestava servizio alla base come tecnico di avionica, occupandosi degli aviogetti d'attacco F-16 dell'8° stormo. A pochi minuti di volo dalla zona smilitarizzata, la sua squadriglia doveva tenersi costantemente pronta per un contrattacco nell'evenienza che la Corea del Nord avesse deciso d'invadere quella del Sud.

I dolci ricordi della famiglia lasciata in Arkansas svanirono di botto dalla sua mente quando la porta del locale si spalancò per lasciar entrare la coreana più sensazionale su cui Catana avesse mai posato gli occhi. Non erano state le quattro birre a confondergli le idee: si trattava di una vera bellezza. I lunghi, lisci capelli corvini accentuavano lo splendore del visino di porcellana dai lineamenti delicati, il naso e la bocca minuscoli, gli incredibili occhi neri dallo sguardo sfrontato. Una gonna attillata di pelle e un top in seta le fasciavano il corpo sottolineando il contrasto fra la corporatura minuta e i seni opulenti, gonfiati chirurgicamente.

Come una tigre in cerca di preda, la ragazza perlustrò con lo sguardo l'intero, affollato locale prima di soffermarsi sull'aviatore solitario, seduto in un angolo. Gli occhi incatenati ai suoi, avanzò ancheggiando fino al tavolo di Catana e si lasciò cadere dolcemente sulla sedia di fronte a lui.

«Ciao, Joe. Mi offri qualcosa da bere, amico?» mormorò con voce sensuale.

«Con piacere», balbettò Catana per tutta risposta. Era di una pasta decisamente diversa dalle normali adescatrici di A-Town, si disse, non certo il tipo disponibile per chiunque. Ma chi era lui, per mettersi a discutere? Se il cielo aveva deciso di fargli piovere in grembo quella creatura proprio nel suo giorno di paga, poteva solo significare che la fortuna era dalla sua.

Dopo una sola, veloce birra, la prostituta lo invitò nella sua stanza d'albergo. Catana rimase piacevolmente sorpreso dal fatto che la donna non si fosse messa a contrattare sul prezzo. Anzi, rifletté stupito, a dire il vero non aveva neppure accennato ai soldi.

Lo condusse in un motel a buon mercato nelle vicinanze, dove attraversarono a braccetto uno squallido atrio con tanto di luci rosse. In fondo a un corridoio, la donna aprì la porta di una cameretta d'angolo surriscaldata. Dormire non doveva essere lo scopo principale per cui veniva utilizzata la stanza, si disse Catana, a giudicare dal distributore di profilattici montato accanto al letto.

Dopo aver richiuso la porta, la donna si sfilò rapidamente il top e strinse in un bacio appassionato Catana che, immerso nel calore dell'abbraccio, stordito dal fascino esotico della compagna, dal suo profumo costoso e dall'alcol ingerito, non fece caso a un lieve rumore proveniente dalla direzione del bagno. Il suo piacevole delirio fu interrotto d'un tratto da un'acuta fitta alle natiche, seguita da un dolore intenso, cocente. Giratosi sulle gambe malferme, scoprì con sgomento la presenza di un altro uomo nella stanza. Lo sconosciuto, calvo e corpulento, sogghignò fra i lunghi baffi mentre i gelidi occhi neri sembravano perforare il cranio di Catana. Fra le mani reggeva una siringa ipodermica vuota.

Confuso e sopraffatto dal dolore, Catana sentì il proprio corpo intorpidirsi. Tentò di sollevare le mani, ma le braccia non rispondevano. Persino le labbra rifiutavano di collaborare col cervello emettendo un grido di protesta. Nel giro di qualche istante, un'onda nera lo sommerse facendogli perdere i sensi.

Quando, alcune ore più tardi, un martellio incessante lo strappò allo stato d'incoscienza, si rese conto che il battito non proveniva dalla sua testa come aveva dapprima immaginato, bensì dall'esterno, dalla porta della stanza di motel. Mentre lottava per sbarazzarsi della foschia che gli annebbiava la vista, si sentì addosso qualcosa di caldo e appiccicoso. Cos'era, quel tamburellare? E la sensazione di bagnato? La penombra della stanza e lo stato confusionale nel quale si trovava non gli consentivano di chiarire il mistero.

D'un tratto, il martellio cessò e, dopo un istante, un poderoso colpo si abbatté contro la porta che si spalancò lasciando penetrare un fascio di luce. Strizzando le palpebre a quel bagliore improvviso, vide una squadra di poliziotti invadere la stanza, seguiti da due tizi muniti di telecamere. Non appena i suoi occhi si furono abituati alla luce, comprese la causa della sensazione di umido che avvertiva intorno a sé.

Sangue. Era ovunque: sulle lenzuola, sui cuscini, su tutto il suo corpo. Ma la quantità maggiore era raccolta in una pozza intorno al corpo nudo della donna, che giaceva morta in posizione supina accanto a lui.

Sconvolto alla vista del cadavere, Catana si ritrasse istintivamente con un grido di raccapriccio, mentre due agenti lo tiravano fuori del letto a forza per ammanettarlo.

« Che è successo? Chi è stato? » ansimò, stordito.

Sotto shock, guardò un terzo poliziotto sollevare il lenzuolo che copriva in parte la donna, esponendone per intero il corpo orrendamente mutilato. Sempre più sbalordito, si rese conto che il cadavere non era quello della splendida donna incontrata la sera precedente, bensì quello di una ragazzina mai vista prima.

Annichilito, fu trascinato fuori della stanza tra una frotta di fotografi. Entro quel mezzogiorno stesso, la storia dello stupro e dell'efferato assassinio di una tredicenne coreana per mano di un militare americano aveva fatto il giro del Paese e dintorni. La sera, era già diventato un caso nazionale. E due giorni più tardi, al momento dei funerali della ragazzina, aveva assunto le dimensioni di un incidente internazionale in piena regola.

12

Il sole del mezzogiorno scintillava sulle acque color zaffiro del mare di Bohol, costringendo Raul Biazon a strizzare gli occhi mentre osservava la grossa nave da ricerca ormeggiata a una certa distanza. Per un istante, il biologo del governo filippino pensò di essere stato ingannato dal riverbero del sole. Nessuna nave da ricerca che si rispetti, si disse, sfoggerebbe una tinta così sfacciata. Via via che si avvicinava a bordo di una minuscola lancia malandata, tuttavia, si rese conto che la sua vista funzionava benissimo. La nave era effettivamente pitturata da prua a poppa in un brillante color turchese, e sembrava sorgere dalle profondità marine piuttosto che beccheggiare in superficie. Gli americani sono unici, pensò, in fatto di originalità.

Il pilota della lancia accostò la consunta imbarcazione di legno a una biscaglina sospesa lungo la murata della nave, e Biazon si apprestò a salire a bordo. Dopo aver scambiato qualche parola in dialetto tagalog col timoniere, salì lungo la biscaglina fino a raggiungere il ponte con un balzo, finendo quasi addosso a un tizio alto e muscoloso fermo accanto alla battagliola. Con i biondi capelli che si andavano diradando, il fisico possente e un'aria da vichingo, l'uomo indossava un'immacolata uniforme estiva da comandante.

« Dottor Biazon? Sono Bill Stenseth, il comandante. Benvenuto a bordo della *Mariana Explorer* », lo accolse l'uomo, mentre un caldo sorriso gli illuminava gli occhi grigi.

« Grazie per avermi accolto a bordo nonostante il breve preavviso, comandante », rispose l'altro riguadagnando l'equilibrio e la compostezza. « Quando ho saputo da un pescatore del posto che era stato visto un battello da ricerca della NUMA nella zona, ho pensato che forse potevate darci una mano. »

« Spostiamoci in plancia, al fresco », suggerì Stenseth, « così potrà metterci al corrente del disastro ambientale del quale accennava via radio. »

« Spero di non interferire col vostro lavoro di ricerca », commentò Biazon mentre i due si avviavano lungo una scaletta.

« Affatto. Abbiamo appena portato a termine un progetto di mappatura sismica al largo di Mindanao, e stiamo approfittando della pausa per effettuare alcuni test sull'attrezzatura prima di dirigere su Manila. Inoltre », aggiunse il comandante con un sorriso, « quando il mio capo ordina: 'Ferma le macchine', io obbedisco. »

« Il suo capo? » ripeté Biazon con un'occhiata perplessa.

« Già », confermò Stenseth mentre, raggiunta l'ala di plancia, spalancava il portello laterale. « Si trova a bordo con noi. »

Biazon varcò la soglia della plancia, rabbrividendo involontariamente non appena un soffio di aria condizionata investì il suo corpo coperto di sudore. In fondo al locale, notò un tizio alto dall'aria distinta, in polo e pantaloncini corti, chino su un tavolo da carteggio e intento a studiare una carta.

« Dottor Biazon, posso presentarle Dirk Pitt, il direttore della NUMA? » fece il comandante. « Dirk, questo è il dottor Raul Biazon, responsabile della sezione rifiuti pericolosi dell'Environmental Management Bureau delle Filippine. »

Biazon era sbalordito dalla presenza del capo di una grande agenzia governativa al lavoro per mare, a tanta distanza da Washington, ma gli fu sufficiente una sola occhiata a Pitt per comprendere che non si trattava del classico dirigente burocrate. Alto una trentina di centimetri più del suo metro e sessantadue, il capo della NUMA possedeva un fisico abbronzato, snello e muscoloso che testimoniava come non fosse avvezzo a passare troppo tempo dietro una scrivania. Benché non potesse saperlo, Pitt senior era l'immagine sputata del figlio, che portava il suo stesso nome. Aveva il volto vissuto, e i capelli color ebano mostravano qualche spruzzata di grigio alle tempie, ma gli occhi verde opale scintillavano pieni di entusiasmo. Erano gli occhi di chi aveva molto vissuto, giudicò Biazon, e riflettevano un misto d'intelligenza, ironia e tenacia.

« Benvenuto a bordo », esclamò con calore Pitt, accogliendolo con una salda stretta di mano. «Al Giordino, il mio esperto di tecnologia subacquea», aggiunse, puntando il pollice oltre la spalla verso l'altra estremità della timoniera. Acciambellato su una panca, un tizio basso e robusto dai capelli scuri e riccioluti dormiva profondamente. A ogni respiro esalato dall'ampio torace, gli sfuggiva dalle labbra un leggero russare. Il suo fisico possente ricordò a Biazon quello di un rinoceronte.

«Al, unisciti alla compagnia», gridò Pitt.

Giordino socchiuse gli occhi e, svegliatosi di botto, si alzò in fretta e andò a raggiungere gli altri accanto al tavolino, già perfettamente lucido.

«Come dicevo al comandante, apprezzo molto la vostra offerta di assistenza», dichiarò Biazon.

«Il governo filippino ha sempre appoggiato il nostro lavoro di ricerca nelle acque del suo Paese», replicò Pitt. «Abbiamo captato via radio la vostra richiesta di aiuto per identificare un inquinante marino di origine tossica, e siamo lieti di poter collaborare. Può fornirci qualche dettaglio in più sulla natura del problema?»

«Qualche settimana fa, il nostro ufficio è stato contattato da un albergo sull'isola di Panglao. La direzione dell'hotel era preoccupata a causa di una gran quantità di pesci morti trasportati dalla corrente sulla spiaggia riservata agli ospiti.»

«Capisco che una faccenda del genere possa avere ripercussioni negative sul morale dei villeggianti», ridacchiò Giordino.

«Infatti», confermò Biazon in tono severo. «Abbiamo cominciato a monitorare la costa, e abbiamo dovuto constatare che la moria di pesci stava aumentando a un ritmo allarmante. Attualmente, il fenomeno interessa un tratto di spiaggia di dieci chilometri circa, e si fa ogni giorno più rilevante. I proprietari dei resort sono sul piede di guerra, e noi siamo ovviamente preoccupati per le eventuali ripercussioni sulla barriera corallina.»

«Siete riusciti a stabilire le cause della moria di pesci?» domandò Stenseth.

«Non ancora. Possiamo solo desumere un avvelenamento da sostanza tossica. Abbiamo inviato campioni da analizzare al nostro laboratorio di Cebu, ma siamo ancora in attesa dei risultati.» Lo sguardo dell'uomo rivelava la sua irritazione per la lentezza del laboratorio governativo.

«Qualche ipotesi sull'origine dell'inquinamento?» s'informò Pitt.

Biazon scosse il capo. «Inizialmente abbiamo sospettato la presenza d'inquinanti industriali, una causa di danni ambientali fin troppo frequente, purtroppo, nel Paese. Ma la mia squadra operativa e io abbiamo perlustrato l'intera zona interessata senza localizzare nessun insediamento industriale di una qualche rilevanza operante nell'area. Abbiamo inoltre ispezionato la linea costiera in cerca di canali di scolo o discariche abusive visibili, ma ne siamo usciti a mani vuote. Secondo me, la fonte della moria ha origine in mare.»

«Una marea rossa, magari?» suggerì Giordino.

«Ci capita d'imbatterci in casi di inquinamento da fitoplancton tossico, nelle Filippine, ma è un fenomeno tipico dei mesi più caldi, verso la fine dell'estate.»

«Potrebbe trattarsi di scorie industriali scaricate al largo, clandestinamente», osservò Pitt. «Qual è l'area interessata, con esattezza, dottor Biazon?»

L'uomo lanciò un'occhiata alla carta, che raffigurava Mindanao e l'arcipelago delle Filippine meridionali. «Dalle parti della provincia di Bohol», rispose, indicando una grossa isola tondeggiante a nord di Mindanao. «Panglao, un'isoletta che vive sul turismo, si trova in questo punto, adiacente alla costa di sud-ovest, più o meno a venticinque miglia dalla nostra posizione attuale.»

«Potremmo raggiungerla in meno di due ore», commentò Stenseth osservando la distanza.

Pitt annuì e indicò la carta con un cenno del capo. «Abbiamo una nave carica di scienziati in grado di trovare tutte le risposte. Calcola la rotta per l'isola di Panglao, Bill. Andiamo a dare un'occhiata.»

«Grazie», mormorò Biazon, visibilmente sollevato.

«Le andrebbe di visitare la nave, intanto, dottore?» propose Pitt.

« Con enorme piacere. »

« Vuoi unirti a noi, Al? »

Giordino lanciò un'occhiata all'orologio con aria meditabonda. « No, grazie. Due ore sono appena sufficienti per portare a termine il mio progetto », borbottò poi, tornando a sdraiarsi sulla panca per riprendere il sonno interrotto.

Solcando il mare piatto come una tavola, la *Mariana Explorer* raggiunse l'isola di Panglao in poco più di novanta minuti. Pitt era intento a esaminare una carta nautica elettronica del posto su un monitor a colori, mentre Biazon gli indicava l'area nella quale si stava verificando la moria di pesci.

« In questo punto la corrente tira da est verso ovest, Bill, il che fa pensare che la zona calda si trovi all'estremità orientale del rettangolo segnalato dal dottor Biazon. Potremmo partire da ovest e avanzare verso est contro corrente, prelevando campioni d'acqua a intervalli di un quarto di miglio. »

Stenseth annuì. « Seguirò una rotta a zig-zag, per vedere se si riesce a determinare fino a che distanza dalla riva si è concentrata la tossina. »

« E useremo il sonar a scansione laterale, che ci consentirà di scoprire l'eventuale presenza di oggetti prodotti dall'uomo. »

Dopo aver filato di poppa il sensore del sonar rimorchiato sotto lo sguardo interessato del dottor Biazon, presero a seguire la rotta punteggiata sullo schermo del computer di bordo. A intervalli regolari, una squadra di biologi marini raccoglieva campioni d'acqua di mare a profondità variabili. Mentre la nave avanzava fino alla posizione successiva, i campioni prelevati venivano inviati al laboratorio di bordo per essere immediatamente analizzati.

Sul ponte, intanto, Giordino seguiva i segnali forniti dal sonar a scansione laterale. Mentre la nave transitava sulle frange di un banco corallino, l'immagine elettronica del fondo marino rivelava un alternarsi di piatte distese sabbiose e ripidi picchi frastagliati. I suoi occhi allenati avevano ben presto riconosciuto l'ancora di una nave e un motore fuoribordo, adagiati sul fondo di quella transitata zona di mare. A mano a mano che sullo schermo comparivano i vari oggetti, Giordino si sporgeva verso la tastiera per premere il tasto MARK, che contrassegnava il punto esatto di ogni rilevamento.

Lì accanto, Pitt e Biazon ammiravano le spiagge tropicali di Panglao, distanti meno di mezzo miglio. Lanciando un'occhiata all'acqua lungo il fianco della nave, Pitt scorse una tartaruga marina e alcuni pesci morti che galleggiavano a pancia in su. « Siamo entrati nella zona contaminata », annunciò. « A breve dovremmo avere i risultati delle analisi. »

A mano a mano che la nave da ricerca avanzava in direzione ovest, la concentrazione di animali deceduti si fece più alta, per poi calare gradualmente fino a scomparire del tutto.

« Ci troviamo mezzo miglio oltre la griglia indicata dal dottor Biazon », riferì Stenseth. « A giudicare dall'acqua, dovremmo aver superato abbondantemente la zona incriminata. »

« Sono d'accordo », convenne Pitt. « Fermiamoci qui in attesa degli esiti di laboratorio. »

Mentre venivano fermate le macchine e recuperato il sensore del sonar, Pitt condusse Biazon al ponte inferiore, in una sala riunioni dalle paratie rivestite di tek dove vennero raggiunti da Giordino e Stenseth. Il dottore prese a esaminare i numerosi ritratti di famosi esploratori subacquei appesi a una delle paratie, riconoscendo fra loro William Beebe, Sylvia Earle e Don Walsh. Si erano appena seduti, quando videro entrare nella stanza due biologi marini paludati nei camici bianchi di rigore. Una giovane donna, bassa di statura e dall'aspetto attraente, i capelli castani raccolti in una coda di cavallo, avanzò verso uno schermo sospeso mentre l'assistente maschio cominciava a digitare comandi sulla tastiera del computer che azionava il proiettore.

« Abbiamo esaminato quarantaquattro diversi campioni, analizzandoli mediante scomposizione delle molecole tossiche presenti », esordì la donna con voce limpida. Intanto, un'immagine era comparsa sullo schermo alle sue spalle, simile a quello riservato alla navigazione visto in precedenza da Biazon. Una linea spezzata collegava quarantaquattro grossi pallini che correvano paralleli alla costa dell'isola di Panglao. I punti erano colorati, e Biazon notò che erano in gran parte di un verde brillante.

« Il contenuto tossico dei campioni è stato calcolato in parti per bilione, con risultati positivi su quindici di essi », proseguì la biologa indicando una fila di pallini gialli. « Come potete vedere dalla mappa, la concentrazione aumenta via via che si procede verso est, e raggiunge il picco massimo qui », spiegò seguendo alcuni punti arancioni fino a un solitario pallino rosso quasi in cima alla mappa.

« Dunque, la sorgente è localizzata in una posizione ben precisa », commentò Pitt.

« Superato il contrassegno rosso, i campioni risultano negativi, il che lascia supporre l'esistenza di una fonte inquinante concentrata in un unico punto e propagatasi in seguito verso est a causa della corrente. »

« Questo escluderebbe la teoria della marea rossa. I risultati coincidono con qualcuno dei nostri rilevamenti sonar, Al? »

Giordino si avvicinò alla tastiera e, chinatosi sulla spalla dell'operatore, prese a digitare una rapida serie di comandi. D'un tratto, sullo schermo comparvero una dozzina di *X* sparse lungo la linea a zig-zag che rappresentava la rotta percorsa. Ogni *X* era contrassegnata da una lettera, partendo dal basso con una *A* per proseguire fino alla *L*, in prossimità del bordo superiore dello schermo.

« La 'sporca dozzina' di Al », dichiarò con un sogghigno mentre tornava a sedersi. « Siamo transitati sopra dodici oggetti apparentemente fabbricati dall'uomo: pezzi di tubo, ancore arrugginite e roba del genere. Soltanto tre avevano l'aria di potenziali colpevoli », continuò lanciando un'occhiata alle proprie note scribacchiate a mano. « Al contrassegno *C* corrispondono tre fusti da cinquantacinque galloni adagiati nella sabbia. »

Gli occhi di tutti i presenti si puntarono sulla *X* incriminata. I prelievi d'acqua su entrambi i lati del contrassegno avevano generato pallini luminosi verdi, che stavano a indicare test dal risultato negativo.

« Nessuna tossina rilevata nelle vicinanze », commentò Pitt. « Passiamo al prossimo. »

« Quanto all'oggetto marcato con la *F*, sembra trattarsi di una barca a vela in legno, probabilmente un'imbarcazione da pesca locale. È appoggiata sul fondo diritta, con l'albero ancora in posizione. »

Notando che la *X* corrispondente si trovava vicino al primo pallino arancione, Pitt la giudicò comunque distante dalla zona risultata inquinata. « E due. Stai migliorando. »

« Il terzo e ultimo oggetto sospetto è un po' curioso, visto che si trovava proprio all'altezza del sonar », bofonchiò Giordino in tono incerto.

« Be', che aspetto aveva? » lo sollecitò Stenseth.

« Quello di un'elica. Sembrava sporgere dalla barriera corallina, ma non sono riuscito a trovare traccia della relativa nave. Potrebbe trattarsi di un'elica staccata, sbattuta dalla corrente contro i coralli. L'ho contrassegnata con una *K*. »

Tutti ammutolirono e si affrettarono a cercare il contrassegno sullo schermo sospeso. Si trovava esattamente al di sopra del punto rosso.

« Sembrerebbe qualcosa di più di una semplice elica », osservò infine Pitt. « Una perdita di combustibile da qualche nave sommersa, o magari dal suo carico? »

« Non abbiamo rilevato presenze abnormi di composti petroliferi nei campioni », fece notare la biologa della NUMA.

« Non ci ha ancora detto che cosa avete trovato », ritorse Giordino, fissando la donna con aria accigliata.

« Giusto », confermò Biazon in tono ansioso. « Ha affermato di aver identificato qualcosa di tossico nell'acqua, no? Di che si tratta? »

« Di qualcosa che non avevo mai riscontrato prima nell'acqua di mare », rispose la biologa scotendo lentamente il capo. « Arsenico. »

13

La barriera corallina scintillava in un'esplosione di colori disposti a formare una serena bellezza tale da oscurare un paesaggio di Monet. Anemoni di mare rosso fuoco agitavano pigramente i tentacoli nella corrente fra una distesa di spugne color magenta. I verdi ventagli delle delicate gorgonie si protendevano con grazia verso la superficie accanto a tondeggianti masse di corallo cervello dalle sfumature violette. Lucenti stelle di mare azzurre spiccavano sul reef come insegne al neon, mentre dozzine di ricci coprivano il fondo in un tappeto di rosei puntaspilli.

Poche cose, in natura, erano in grado di rivaleggiare con lo splendore di una barriera corallina in buona salute, rifletté Pitt mentre beveva con gli occhi quell'arcobaleno di colori. Fluttuando a poca distanza dal fondo, osservò divertito attraverso la maschera un paio di pesci pagliaccio saettare all'interno di un crepaccio, mentre una razza maculata si aggirava nei dintorni in cerca di uno spuntino. Tra i luoghi più famosi al mondo per le immersioni, aveva sempre pensato che nelle calde acque del Pacifico occidentale vi fosse la barriera corallina più spettacolare, bella da mozzare il fiato.

«Il relitto dovrebbe trovarsi leggermente più avanti e poco più a nord, rispetto a noi», gli gracchiò nelle orecchie la voce di Giordino, infrangendo la pace circostante. Ormeggiata la *Mariana Explorer* sopra il sito presso il quale era stata rilevata la maggior presenza di tossine, Pitt e Giordino avevano indossato mute stagne e maschere granfacciali capaci di proteggerli da un'eventuale contaminazione chimica o biologica e, scavalcata la murata, si erano lasciati cadere nelle calde acque cristalline profonde centoventi piedi.

Il rinvenimento di arsenico nei campioni aveva sbalordito

tutti. Il dottor Biazon aveva spiegato che si conoscevano casi d'infiltrazioni della sostanza nel corso di operazioni minerarie nel Paese e che sull'isola di Bohol erano attive parecchie miniere di manganese, ma aveva aggiunto che nessuna di esse si trovava dalle parti di Panglao. L'arsenico, aveva aggiunto la biologa della NUMA, veniva anche utilizzato per la produzione d'insetticidi. Un contenitore d'insetticida poteva essere caduto fuoribordo da qualche nave, o forse era stato gettato in acqua intenzionalmente? C'era un solo modo per scoprirlo, dichiarò Pitt: dare un'occhiata di persona.

Con Giordino accanto, Pitt verificò la bussola, quindi avvicinò le pinne e con un colpo deciso si portò in posizione angolata rispetto alla corrente. Con una visibilità intorno ai ventitré metri, mentre scivolava seguendo il profilo del fondo riusciva a scorgere il reef che saliva gradualmente riducendo la profondità dell'acqua. Cominciò ben presto a sudare nella muta stagna, il cui strato protettivo gli forniva un isolamento esagerato in quelle calde acque tropicali.

«Qualcuno accenda l'aria condizionata», borbottò Giordino, dando voce ai suoi pensieri.

Continuava a non scorgere traccia di relitti di fronte a sé, ma notò che lo strato corallino che rivestiva il fondo a un certo punto s'inerpicava bruscamente verso l'alto. Alla sua destra, il reef era investito da sventagliate di sabbia provenienti da un'enorme duna sommersa, la cui superficie ondulata si estendeva oltre il campo visivo di Pitt. Raggiunto il rilievo corallino, sollevò la parte superiore del corpo verso la superficie e con un'ampia sforbiciata si spinse oltre il bordo frastagliato della collinetta, scoprendo con stupore che la parete del reef s'inabissava verticalmente sul lato opposto, creando un ampio crepaccio. Ancor più sorprendente fu ciò che vide sul fondo dell'avvallamento: la metà anteriore di una nave.

«Che diavolo...?» bofonchiò Giordino scorgendo il pezzo di relitto.

Pitt si soffermò a esaminare per un momento i resti, quindi gli rispose con una risata attraverso il sistema di comunicazione subacquea. « Ci sono cascato anch'io. È un'illusione ottica. Il resto della nave si trova qui, sepolto sotto la duna di sabbia. »

Dopo un'osservazione più attenta, Giordino si rese conto che l'amico aveva ragione. La vasta duna che affiancava il reef si era in parte riversata nel crepaccio coprendo perfettamente la metà posteriore della nave. Il vorticare della corrente all'interno dell'avvallamento aveva poi bloccato l'assalto della sabbia a metà relitto, creando una linea di demarcazione quasi perfetta e l'impressione che in quel punto esistesse solo mezza nave.

Allontanatosi dalla porzione di nave esposta, Pitt prese a nuotare sopra la duna e percorse parecchi metri prima di vederla sprofondare a picco sotto di sé.

« Ecco la tua elica, Al », annunciò puntando un dito verso il basso.

Sotto le sue pinne, c'era una minuscola porzione di poppa scoperta. Lo scafo, coperto da incrostazioni brune, si curvava verso il basso fino a una grossa elica in ottone, che sbucava dalla sabbia come la ruota di un mulino a vento. Raggiunto l'amico, Giordino ispezionò il reperto per spostarsi poi al dritto di poppa, qualche metro più in là, dove cominciò a rimuovere uno strato di sabbia. La curvatura della poppa faceva pensare che la nave giacesse bruscamente inclinata sul fianco sinistro, deduzione confermata dalla posizione della sezione di prua esposta alla vista. Pitt gli si accostò e rimase a osservarlo mentre faceva emergere dalla sabbia le ultime lettere del nome che decorava la poppa.

« *Maru* preceduto da qualcosa, è tutto quello che riesco a leggere », commentò, lottando contro la sabbia che tendeva a depositarsi di nuovo sulla scritta.

« È giapponese », osservò Pitt, « e a giudicare dal grado di corrosione si trova qui da un pezzo. Ammesso che stia liberando sostanze tossiche, dovrebbe farlo dalla sezione di prua. »

Giordino smise di scavare nella sabbia e seguì Pitt verso la prora della nave, che emergeva spettrale dalla duna all'altezza del fumaiolo principale, inclinata quasi di novanta gradi, la sommità imprigionata nella parete di corallo. Dalle dimensioni ridotte della plancia e dalla notevole estensione del ponte di prua, Pitt dedusse che si trattava di una comune nave da carico transoceanica lunga, giudicò, all'incirca settanta metri. Fluttuando sopra il relitto, vide che il ponte di coperta non esisteva più: il tavolato si era da lungo tempo disintegrato nelle calde acque filippine.

« Quei paranchi hanno l'aria di essere piuttosto vecchi », commentò Giordino osservando un paio di piccole gru arrugginite che si protendevano attraverso il ponte come braccia tese.

« Se dovessi tirare a indovinare, direi che sono stati fabbricati con tutta probabilità negli anni '20 », replicò Pitt, pinneggiando lungo una battagliola apparentemente fatta in ottone per proseguire lungo il ponte fino a raggiungere un paio di grossi portelli quadrati che davano accesso alle stive di prua. Considerata la forte inclinazione subita dalla nave, Pitt si era aspettato di trovare gli oblò delle stive riservate al carico divelti dalle loro sedi, ma non era così. Insieme, i due uomini esaminarono il perimetro di entrambi i boccaporti, in cerca di eventuali danni o segni di dispersione.

« Chiusi e perfettamente sigillati », dichiarò Giordino dopo essere tornato con l'amico al punto di partenza.

« Dev'esserci una perdita da qualche altra parte. »

Concludendo mentalmente la propria riflessione, Pitt risalì con la lentezza necessaria per osservare dall'alto il fianco di dritta e la parte di scafo esposta. Intorno alla nave, la barriera corallina s'inerpicava ripida su entrambi i lati. Seguendo l'istinto, nuotò lungo lo scafo sino alla porzione di chiglia scoperta per poi procedere lentamente in direzione della prua. Aveva coperto una breve distanza, quando si fermò di colpo. Davanti a lui, uno squarcio dagli orli frastagliati largo oltre un metro e lungo sei correva lungo il fianco di dritta fino alla punta estrema della prua. Il fischio di Giordino gli perforò le orecchie, mentre l'amico si avvicinava per osservare la ferita aperta.

« Proprio come il *Titanic* », esclamò. « Solo che questa è finita contro un banco di coralli, anziché addosso a un iceberg. »

« Deve aver tentato di arenarsi volontariamente », ipotizzò Pitt.

« Forse per sfuggire a un tifone. »

«O magari un Corsair della marina. Il golfo di Leyte, dove fu decimata la flotta giapponese nel 1944, si trova proprio dietro l'angolo.»

Durante la seconda guerra mondiale, ricordò Pitt, i territori delle Filippine erano stati oggetto di aspre battaglie. Anche se molti lo avevano dimenticato, oltre sessantamila americani erano morti nel tentativo fallito di difendere le isole e poi nella loro riconquista, pagando un tributo in vite umane più alto di quello del Vietnam. Sulla scia dell'attacco a sorpresa di Pearl Harbor, i giapponesi erano sbarcati nei pressi di Manila sgominando rapidamente le forze americane e filippine di stanza a Luzon, Bataan e Corregidor. Alla rapida ritirata del generale MacArthur erano seguiti tre anni di oppressivo dominio nipponico, fino all'avanzata americana attraverso il Pacifico e alla successiva invasione dell'isola meridionale di Leyte, nell'ottobre 1944.

Situati a oltre cento miglia da Panglao, la provincia di Leyte e il golfo adiacente erano stati teatro della più grande battaglia aeronavale della storia. Qualche giorno dopo lo sbarco a Leyte di MacArthur e delle sue forze d'invasione, era comparsa la marina imperiale giapponese a scompaginare i mezzi d'appoggio statunitensi. Dopo essere stati a un pelo dal distruggere la settima flotta, i nipponici avevano finito per subire una devastante sconfitta perdendo quattro portaerei e tre navi da battaglia, compresa la supercorazzata *Musashi*. Gli irreparabili danni subiti misero fine al breve dominio della marina imperiale sulle acque del Pacifico, e nel giro di un anno portarono al collasso militare del Paese.

I canali circostanti le isole meridionali di Leyte, Samar, Mindanao e Bohol erano cosparsi di navi da carico, da trasporto e da guerra affondate durante il conflitto. Pitt non sarebbe rimasto sorpreso nello scoprire che le tossine erano da collegarsi a qualcuno di quei relitti. Osservando lo squarcio nello scafo sommerso, era facile dedurre che la nave fosse una vittima del tempo di guerra.

Pitt vide con gli occhi della mente la nave da carico battente bandiera giapponese attaccata dal cielo, il comandante disperato che sceglieva di arenarsi nell'azzardato tentativo di salvare equipaggio e carico, la prua perforata dalla barriera corallina che si riempiva rapidamente d'acqua mentre la nave rimbalzava contro i fianchi del crepaccio e si scagliava a tutto vapore verso l'ostacolo sommerso, inclinandosi a sinistra. Qualunque fosse il carico che il comandante aveva tentato di salvare, sarebbe rimasto a giacere nascosto per decine di anni.

« Direi che ci siamo », dichiarò Giordino in tono cupo.

Pitt seguì con lo sguardo la mano guantata dell'amico che indicava un punto lontano dallo scafo, sull'adiacente barriera corallina. I rossi vibranti, gli azzurri e i verdi luminosi ammirati poco prima erano scomparsi: per un tratto a ventaglio tutt'intorno alla prua della nave, il corallo era di un bianco spento, uniforme. Pitt notò con rammarico che nella zona non si vedeva neppure un pesce.

« Scolorito a morte dall'arsenico », commentò.

Giratosi di nuovo verso il relitto, afferrò la minuscola torcia agganciata al suo GAV e s'infilò nello squarcio sullo scafo. Mentre avanzava con cautela nel ventre della nave, accese la torcia e puntò il fascio di luce nell'oscurità. La sezione inferiore della prua era vuota, a parte una spessa catena d'ancora arrotolata su se stessa come un gigantesco serpente metallico. Strisciando all'indietro, Pitt si spostò verso la paratia posteriore seguito da Giordino, penetrato a sua volta nel varco. Pitt fece scorrere il fascio di luce della torcia lungo la parete d'acciaio che li separava dalla stiva prodiera. Trovò ciò che cercava in basso, nell'angolo di congiunzione con la paratia di dritta. La pressione causata dalla collisione dello scafo esterno contro il reef aveva deformato una delle lamiere che componevano la paratia; piegandosi, il metallo aveva originato una sorta di larga finestra orizzontale sulla stiva riservata al carico.

Pitt si avvicinò all'apertura badando a non smuovere la sabbia con le pinne, quindi infilò la testa nel foro e, accesa la torcia, scorse a pochi centimetri di distanza un grosso occhio privo di vita che lo fissava. Sul punto di battere in ritirata, si rese conto che si trattava di una cernia. Il corpo verdastro del pesce di oltre venti chili fluttuava lentamente avanti e indietro per il compartimento, il ventre grigio inclinato verso l'alto come a seguire la scia di bollicine emesse da Pitt. Sbirciando oltre il pesce morto per perlustrare con lo sguardo la sua tomba oscura, Pitt si sentì gelare il sangue. Sparse in mucchietti come uova in un pollaio, c'erano centinaia di granate d'artiglieria. I proietti da venti chili erano munizioni per i pezzi da 105 mm, una letale arma da campo utilizzata dall'esercito imperiale durante la guerra.

« Un dono di benvenuto nelle Filippine per il generale MacArthur? » commentò Giordino sbirciando all'interno della stiva.

Pitt annuì in silenzio, quindi estrasse una sacca da sub mentre l'amico si avvicinava e, afferrata una delle granate, la infilò dentro richiudendo poi ermeticamente. Giordino si chinò a raccogliere un'altra granata corrosa dall'acqua di mare, sollevandola di pochi centimetri dal fondo. Entrambi gli uomini osservarono incuriositi una sostanza scura e oleosa colare dal proietto.

« Mai vista una carica di alto esplosivo del genere », borbottò Giordino affrettandosi a deporre l'ordigno.

« Non credo siano normali granate d'artiglieria », rispose Pitt, che aveva adocchiato una pozza di melma brunastra ai piedi di uno dei mucchi di proietti. « Portiamo questa al laboratorio di bordo, e vediamo di che si tratta », propose infilandosi la sacca sotto il braccio come un pallone da calcio. Avanzando lungo la sezione di prua, scivolò attraverso il varco nello scafo per riemergere nelle acque illuminate dal sole.

Nutriva ben pochi dubbi sul fatto che gli ordigni fossero residuati bellici risalenti alla seconda guerra mondiale. Quanto all'arsenico, non se lo sapeva spiegare. Ma i giapponesi erano piuttosto innovativi in fatto di armamenti, e le granate composte con l'arsenico potevano rappresentare una delle tante trovate nel loro arsenale di morte. Per i nipponici, la perdita delle Filippine aveva segnato la fine della guerra, ed era possibile che si fossero preparati a usare gli ordigni nell'ambito di una strategia volta a infliggere un ultimo colpo a un nemico determinato a vincere.

Mentre riemergevano con la misteriosa granata, Pitt provò un curioso senso di sollievo. Il carico letale trasportato dalla nave tanti anni prima non era mai arrivato a destinazione. Era felice che fosse colato a picco grazie alla barriera corallina, senza poter essere impiegato in battaglia.

PARTE SECONDA

CHIMERA

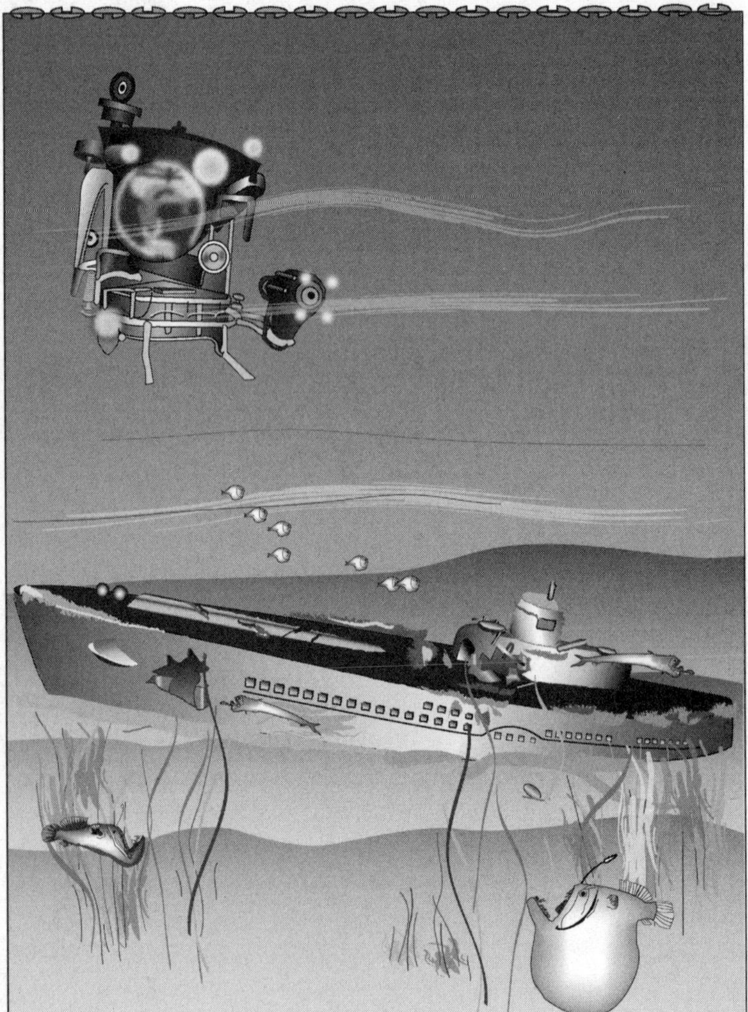

Il sommergibile *I-413* della flotta imperiale giapponese
e il sottomarino *Starfish* della NUMA

14

4 giugno
Isola di Kyodongdo, Corea del Sud

Col suo scafo d'acciaio lungo cinquantacinque metri, lo yacht Benetti era imponente anche per gli alti standard di Monte Carlo. Il lussuoso interno dello yacht italiano costruito su ordinazione era un trionfo di pavimenti in marmo, tappeti persiani e preziosi pezzi d'antiquariato cinese, che donavano alle cabine e ai saloni un'aria elegante e accogliente. Una collezione di dipinti a olio del maestro fiammingo Hans Memling risalenti al XV secolo adornava le pareti, contribuendo ad accrescere l'impressione di opulenza generale. Lo scintillante scafo bianco e marrone rossiccio, sui cui fianchi spiccava una larga fascia di finestrini incorniciati pitturati in nero, mostrava un aspetto più tradizionale grazie ai ponti in tek intarsiato e alla ferramenta in ottone sulle verande esterne. L'effetto d'insieme era una raffinata fusione tra il fascino dell'antico, e la velocità e la funzionalità garantite dalla tecnologia e dal design più moderno. Avvezzo a far girare le teste al suo passaggio, lo yacht era una presenza ammirata e costante lungo il fiume Han, nei dintorni di Seoul. Per la società locale, un invito a bordo rappresentava un riconoscimento molto ambito e la possibilità di avvicinare l'enigmatico proprietario della nave.

Personaggio di spicco dell'industria sudcoreana, Dae-jong Kang sembrava avere le mani in pasta ovunque. Dei trascorsi dell'eclettico leader si sapeva ben poco, a parte la sua repentina comparsa sulla scena durante il boom economico degli anni '90 a capo di un'impresa di costruzioni locale. Una volta che ebbe preso in mano le redini dell'attività, comunque, l'azienda scarsamente tecnologica si era trasformata nella società Pac-Man e aveva inglobato ditte operanti nel campo dei trasporti, dell'elettronica, dei semiconduttori e delle telecomunicazioni grazie a una serie di manovre acquisitive e rilevamenti forzosi. Tutte le attività facevano capo alla Kang Enterprises, un impero privato interamente controllato e gestito da Kang in persona. Incurante dell'attenzione pubblica, Kang si mescolava senza distinzione con politici e uomini d'affari, esercitando un'influenza sempre maggiore nei consigli d'amministrazione delle principali società sudcoreane.

Un velo di mistero, tuttavia, avvolgeva la vita privata dello scapolo cinquantenne, che trascorreva gran parte del suo tempo segregato nell'enorme tenuta che possedeva in una zona isolata dell'isola di Kyodongdo, un lussureggiante avamposto montagnoso vicino alla foce del fiume Han, sulla costa occidentale coreana. Là, secondo quei pochi che avevano avuto la fortuna di essere invitati nel suo rifugio privato, si rilassava nella scuderia di cavalli da esposizione austriaci o sul campo da golf personale. Ma c'era un oscuro segreto, tenuto accuratamente celato da quell'uomo importante, che avrebbe sconvolto soci in affari e mecenati politici. All'insaputa perfino dei suoi collaboratori più stretti, Kang aveva operato per oltre venticinque anni quale agente dormiente della Repubblica democratica popolare di Corea, meglio conosciuta dal resto del mondo come Corea del Nord.

Kang era nato nella provincia di Hwanghae, nella Corea del Nord, poco dopo la guerra di Corea. All'età di tre anni aveva perso entrambi i genitori in un deragliamento ferroviario attribuito agli insorti sudcoreani, ed era stato adottato dallo zio materno. Questi, membro fondatore nel 1945 del Partito coreano dei lavoratori, aveva combattuto con Kim Il Sung e le sue forze rivoluzionarie antigiapponesi di stanza in Unione Sovietica durante la seconda guerra mondiale. In seguito, quando Kim Il Sung era salito al potere nella Corea del Nord, lo zio era stato lautamente ricompensato con una serie di incarichi in seno al governo provinciale ed era riuscito a introdursi in sfere d'influenza sempre più importanti fino a ottenere un seggio quale dirigente di spicco del comitato centrale del Partito dei lavoratori, la massima espressione del potere esecutivo e decisionale nella Corea del Nord.

Durante l'ascesa dello zio, Kang aveva ricevuto un accurato

indottrinamento ai dogmi del partito, unitamente alla migliore istruzione a carico dello Stato che la giovane nazione fosse in grado di offrire. Subito segnalatosi come rapido nell'apprendere e portato allo studio, sotto la sponsorizzazione dello zio Kang era stato avviato alla carriera di agente destinato a operare all'estero.

Dotato di mente acuta in campo finanziario, di attitudine al comando e di animo spietato, all'età di ventidue anni Kang era stato introdotto nella Corea del Sud dove aveva trovato lavoro come operaio in una piccola impresa edile. Dopo essersi fatto strada con brutale efficienza sino alla posizione di capomastro, aveva organizzato una serie di morti « accidentali » in cantiere, sbarazzandosi così del presidente e dei dirigenti della società. Falsificati gli atti di proprietà, nel giro di due anni dal suo arrivo era riuscito ad assumere il controllo assoluto dell'attività. Grazie alle direttive segrete e alle infusioni di capitale da parte di Pyongyang, con gli anni il giovane imprenditore comunista aveva lentamente allargato la propria rete societaria focalizzandosi sui prodotti e servizi di maggiore interesse per il Nord. Le scorrerie di Kang nel settore delle telecomunicazioni gli consentivano di accedere al relativo hardware di produzione occidentale, di grande utilità per la gestione delle forze militari e dei sistemi di controllo. Le sue fabbriche di semiconduttori producevano segretamente chip per i missili a corto raggio; la flotta di navi mercantili consentiva di trasferire all'insaputa di tutti materiale tecnologico per la difesa al governo del suo Paese. Quando non venivano contrabbandati al Nord sotto forma di prodotti e tecnologie occidentali, gli utili derivanti da quell'impero commerciale erano impiegati per foraggiare politici in posizioni chiave per l'assegnazione di contratti governativi o spesi per mettere le mani su nuove società. Malgrado ciò, la zelante rincorsa di Kang al potere e alla tecnologia era in qualche modo secondaria rispetto al suo obiettivo principale, istillatogli nella mente dai suoi istruttori, tanti anni prima. La missione di Kang, in parole povere, era promuovere la riunificazione delle due Coree alle condizioni dettate dal Nord.

Lo snello Benetti ridusse la velocità imboccando un angusto

passaggio che dal fiume Han si snodava serpeggiando fino a una baia protetta. Superata la strettoia, il pilota tornò a dare gas facendo volare lo yacht sulle tranquille acque della laguna interna. Sul lato opposto della baia galleggiava dolcemente una boa d'ormeggio gialla, che parve ingrandirsi a mano a mano che il Benetti si approssimava. La grossa imbarcazione si avvicinò ruggendo alla banchina, accostando all'ultimo minuto per mettersi in posizione parallela mentre venivano spenti i motori. Un paio di uomini in uniforme nera afferrarono le cime di prua e di poppa e ormeggiarono la barca. Intanto, il pilota perfezionava la manovra nei pochi metri che lo separavano dal molo. Il personale di terra si affrettò ad appoggiare una passerella contro la murata dello yacht, badando che il gradino superiore combaciasse perfettamente con il tavolato del ponte.

La porta di una cabina si spalancò, e tre tizi dall'aria anonima in completo blu si avviarono lungo il ponte sollevando d'istinto lo sguardo verso l'imponente struttura in pietra che li sovrastava. In cima a una scogliera che s'innalzava quasi verticalmente dal molo, si annidava un'immensa costruzione di pietra, in parte scavata nella sommità della roccia. Spesse mura circondavano il palazzo conferendo all'insieme un'aria medievale, pur essendo la casa costruita in stile orientale, il tetto fortemente inclinato sulle pareti di arenaria. La struttura sorgeva a oltre sessanta metri dall'acqua, e vi si accedeva grazie a un ripida scala intagliata nel fianco della parete rocciosa. I tre uomini notarono che lastroni di pietra alti tre metri e mezzo scendevano dalla sommità fino al pelo dell'acqua, garantendo la massima riservatezza. Alla fine della banchina, una guardia dall'aria arcigna con un fucile automatico a tracolla completava l'opera.

Mentre gli uomini in completo blu si avviavano lungo il pontile, dalla porta di una minuscola costruzione vicina uscì il loro ospite, sceso ad accoglierli. Indiscutibilmente, Dae-jong Kang emanava un'aura di forte autorità. Alto un metro e ottantadue, oltre novanta chili di peso, possedeva una massa corporea superiore agli standard coreani. Ma erano gli occhi penetranti, i lineamenti duri del volto a rivelare la sua natura ostinata. Nelle circostanze adatte, il suo sguardo sembrava tanto tagliente da poter dividere un uomo in due. Pur ricorrendo al sorriso – ben rodato quanto falso – per abbattere gli ostacoli in caso di bisogno, viveva costantemente avvolto da un alone di gelido riserbo. Era un uomo che trasudava potere, e che non aveva timore di servirsene.

« Benvenuti, signori », disse ai nuovi arrivati con voce vellutata. « Spero che il vostro viaggio da Seoul sia stato piacevole. »

I tre, eminenti membri dell'Assemblea nazionale sudcoreana, annuirono all'unisono. Il rappresentante più anziano del trio di politici, il calvo Youngnok Rhee, rispose a nome di tutti: « Una corsa lungo il fiume Han è una vera delizia, a bordo di un'imbarcazione tanto bella ».

« È il mezzo che prediligo per gli spostamenti a Seoul », replicò Kang, con un implicito riferimento alla noia che gli procurava il viaggiare a bordo del suo elicottero privato. « Da questa parte », li invitò, dirigendosi verso la piccola costruzione ai piedi della scogliera.

I politici lo seguirono obbedienti oltre un piccolo posto di controllo e lungo uno stretto passaggio fino a un ascensore in attesa, il cui pozzo era stato scavato direttamente nella roccia. Mentre salivano rapidi verso l'edificio principale, i visitatori poterono ammirare un antico dipinto raffigurante una tigre, appeso sulla parete posteriore della cabina. Non appena le porte si aprirono, i tre si ritrovarono in un'ampia sala da pranzo riccamente decorata. Oltre l'elegante tavolo in mogano, pareti in cristallo dal pavimento al soffitto offrivano una vista mozzafiato del delta dell'Han, nel punto in cui le acque del vasto fiume si riversavano nel mar Giallo. Vecchi sampan e piccole imbarcazioni da carico punteggiavano l'orizzonte, arrancando contro corrente verso Seoul con le loro merci. Gran parte delle barche procedeva a ridosso della sponda meridionale del fiume, ben lontana dalla linea di demarcazione immaginaria con la Corea del Nord che correva al centro dell'Han.

« Un panorama incredibile, signor Kang », si congratulò Won Ho, il più alto dei tre uomini politici.

« Mi piace molto, anche perché comprende entrambi i nostri Paesi », replicò Kang con intenzione. « Accomodatevi, prego», invitò agitando la mano, prima di sedersi a capotavola. Mentre una squadra di domestici in uniforme si affaccendava intorno al tavolo servendo un assortimento di ottimi vini e piatti d'alta cucina, la conversazione dei commensali scivolò sul tema della politica. Avvolti da una mescolanza di fragranze speziate, gustarono *daiji-bulgogi*, ovvero maiale marinato in salsa piccante all'aglio, accompagnato da *yachae gui*, un assortimento di verdure grigliate. Kang giocò al perfetto ospite fino a che i commensali non ebbero bevuto a sufficienza, quindi passò all'attacco.

«Signori, è arrivato il momento di affrontare con serietà il compito di unificare i nostri due Paesi», annunciò lentamente per dare maggiore enfasi alle proprie parole. «Da buon coreano, so che siamo un'unica nazione come linguaggio, cultura e sentimenti. Da uomo d'affari, mi rendo conto della maggiore forza economica che potremmo esercitare sul mercato globale. La minaccia cinoamericana, che ha per lungo tempo giustificato la strumentalizzazione dei nostri Paesi come pedine delle superpotenze, non esiste più. È ora di sbarazzarci delle pastoie della dominazione straniera e di fare ciò che è giusto per la Corea. I nostri destini sono uniti, e l'occasione va colta immediatamente.»

«Nel cuore di tutti noi è più forte che mai il desiderio di unificazione, ma la spregiudicata supremazia politica e militare della Corea del Nord ci impone di procedere con cautela», replicò il terzo politico, un tizio dagli occhi piccoli e lucidi di nome Kim.

Kang spazzò via il commento con un gesto della mano. «Come sapete, ho recentemente girato la Corea del Nord nel corso di una missione cognitiva sponsorizzata dal ministero dell'Unificazione. Abbiamo potuto constatare che la loro economia versa in uno stato comatoso, e vi è una carenza diffusa e incontrollata di generi alimentari. La precaria situazione economica ha influito anche sulle condizioni dell'esercito. Le forze militari da noi osservate ci sono apparse mal equipaggiate e col morale a terra», mentì il padrone di casa.

«Già, posso confermare che attraversano un momento difficile», s'intromise Won Ho. «Ma crede davvero che la riunificazione rappresenterebbe un vantaggio per la nostra economia?»

«Le province occidentali offrono un'abbondanza di mano d'opera a buon mercato e immediatamente disponibile. Diventeremmo subito più competitivi sui mercati mondiali, mentre i costi medi della mano d'opera calerebbero in modo sensibile. Ho valutato l'impatto di una simile strategia sulle mie imprese, e non vi nascondo che gli utili potrebbero salire vertiginosamente. Inoltre, una situazione economica migliore nelle province occidentali incrementerebbe i consumi in un mercato ancora vergine, alimentando una richiesta di prodotti che l'industria sudcoreana è in grado di soddisfare. No, signori, non ci sono dubbi: economicamente parlando, l'unificazione rappresenta per il Sud un'occasione da cogliere al volo.»

«Rimane il problema della linea dura adottata dal Nord sulla questione», fece notare Won Ho. «Non possiamo realizzare la riunificazione in modo unilaterale.»

«Già», rincarò Kim. «Hanno più volte ribadito la necessità di porre fine alla presenza militare statunitense nel nostro territorio, prima di poter prendere in esame la riunificazione.»

«Ecco perché», riprese Kang in tono pacato, «sto chiedendo a voi tre di sostenere la mozione recentemente presentata all'Assemblea nazionale per il ritiro di tutte le forze militari americane dalla Corea del Sud.»

Un silenzio sbalordito cadde nella stanza, mentre i tre uomini politici assimilavano le sue parole. Sapevano che Kang doveva avere una ragione per averli invitati là, ma avevano supposto che il magnate dell'industria fosse in cerca di riduzioni sulle tasse o di qualche altra agevolazione in favore del suo impero commerciale. Nessuno di loro si aspettava una richiesta tanto pregiudizievole per la loro carriera politica.

Infine, l'anziano statista Rhee si schiarì la gola e prese a parlare in tono deciso. «Quella specifica risoluzione è stata presentata da elementi radicali; le probabilità che riesca a passare sono decisamente scarse.»

«No, se voi tre la sosterrete.»

«Questo è impensabile», balbettò Kim. «Non posso caldeggiare un indebolimento delle nostre difese militari, quando la Corea del Nord non fa che investire risorse nel potenziamento della propria forza militare.»

«Può, e lo farà. Il recente assassinio di quella ragazza di Kunsan City per mano di un soldato americano ha scatenato un diluvio di ostilità verso le forze statunitensi da parte dell'opinione pubblica. È imperativo che esercitiate la massima pressione sul nostro presidente affinché agisca, e agisca subito.»

«Ma le forze americane sono fondamentali per la nostra sicurezza. Ci sono più di trentacinquemila militari assegnati alla nostra difesa», protestò Kim prima di essere messo a tacere.

«Posso rammentarvi», sibilò Kang, il volto contorto in una smorfia feroce, «che ho complottato e sborsato quattrini perché poteste occupare le vostre posizioni attuali?» La rabbia trattenuta ardeva nei suoi occhi come brace incandescente.

Rhee e Won Ho si accasciarono sulle rispettive sedie annuendo con aria grave, consapevoli di non avere futuro, in politica, se la stampa fosse stata messa a conoscenza del fatto che da anni si lasciavano corrompere. «Va bene», si arrese Won Ho. «Sarà fatto.»

Kim, invece, sembrava non essersi reso conto della collera di Kang. Scotendo la testa, replicò con fermezza: «Mi dispiace, ma non posso accettare di esporre il nostro Paese al rischio di una sconfitta militare. Non voterò in favore della petizione». Detto ciò, si girò verso i colleghi rivolgendo loro un'occhiata carica di disprezzo.

La stanza ripiombò in un silenzio che si protrasse per parecchi minuti, fino a che i camerieri non si presentarono a ritirare i piatti. Kang si chinò a bisbigliare qualcosa all'orecchio di uno dei domestici, che si affrettò a tornare verso la cucina. Pochi istanti più tardi, da una porta laterale entrarono due corpulenti addetti alla sicurezza vestiti di nero da capo a piedi che, senza una parola, si portarono ai lati della sedia di Kim, lo afferrarono per le braccia e lo tirarono bruscamente in piedi.

«Che significa tutto questo, Kang?» gridò l'uomo.

«Che non sopporterò oltre la sua stupidità», rispose il padrone di casa, gelido. A un suo cenno, i due energumeni trascinarono Kim fino a una porta finestra che dava accesso a un terrazzo esterno. Mentre si contorceva e lottava disperatamente contro avversari molto più forti di lui, Kim venne trasportato di peso fino al bordo estremo del balcone, a strapiombo sulla parete rocciosa. Dalla bocca gli uscivano imprecazioni miste a suppliche, ma le sue preghiere vennero ignorate. Davanti agli occhi terrorizzati di Rhee e Won Ho, i due uomini in nero sollevarono Kim e lo scagliarono oltre la balaustra.

Per alcuni secondi udirono l'urlo sempre più flebile del poveretto che precipitava lungo la scarpata, poi il grido si spense all'improvviso, mentre un debole tonfo annunciava agli astanti che il corpo si era sfracellato sulla spiaggia sottostante. Sotto lo sguardo di Rhee e Won Ho, cerei per lo shock, i due gorilla tornarono tranquillamente nella sala da pranzo.

Dopo aver bevuto una sorsata di vino, Kang si rivolse loro in tono noncurante. « Recuperate il corpo e trasportatelo a Seoul. Piazzatelo in qualche strada nelle vicinanze di casa sua, e sistemate le cose in modo che sembri opera di un pirata della strada », ordinò.

Mentre i due lasciavano la stanza, Kang si rivolse ai politici terrorizzati e domandò con gelida cortesia: « Vi trattenete per il dessert, vero? »

Di fronte alla vetrata della sala da pranzo, Kang osservò Rhee e Won Ho salire ansiosamente a bordo del suo yacht. Il corpo di Kim, avvolto in un telo scuro, era stato gettato con noncuranza sul ponte di poppa e coperto da una cerata, ma venne lo stesso individuato dai due politici sconvolti non appena furono saliti a bordo. Dopo aver osservato lo yacht staccarsi dal molo e iniziare il viaggio di cinquanta miglia verso Seoul, Kang si girò sentendo avvicinarsi qualcuno. Il nuovo arrivato era di corporatura scarna, i capelli neri impomatati e pettinati all'indietro, la pelle pallida di chi vede di rado la luce del sole. Indossava un abito blu piuttosto liso e una cravatta fuori moda, ma la camicia era candida e inamidata. La mancanza di presenza dell'assistente amministrativo di Kang era ampiamente compensata dalla sua frugalità ed efficienza.

« La sua riunione è stata proficua? » s'informò ostentando una buona dose di servilismo.

« Sì, Kwan. Rhee e Won Ho promuoveranno la nostra iniziativa per il ritiro delle forze statunitensi presso l'Assemblea nazionale. Sfortunatamente abbiamo dovuto eliminare Kim, ma era evidente che aveva perduto il senso della lealtà nei nostri confronti. La sua morte sarà un efficace monito per gli altri due. »

« Decisione sensata, signore. Questa sera, arriverà via fiume da Yonan un corriere per ritirare il chip set destinato al prototipo di missile che ha passato il test definitivo presso la nostra fabbrica di semiconduttori. Ha anche qualche rapporto informativo da trasmettere? »

Come un'ambasciata estera in una nazione ostile, Kang e i suoi capi residenti nella Corea del Nord si affidavano ai corrieri per scambiarsi informazioni, tecnologia e merci di contrabbando. Benché Internet fosse diventato il miglior amico delle spie quanto a scambio di dati, rimaneva sempre la necessità di un contatto diretto per il trasferimento di materiale concreto. Un vecchio pescatore a bordo di un malconcio sampan passava facilmente inosservato alle pattuglie della marina, ed era diventato il mezzo preferito per attraversare la zona smilitarizzata fino alla tenuta di Kang.

« Sì, possiamo riferire che entro le prossime settimane l'Assemblea nazionale voterà una risoluzione per l'espulsione, e che ci stiamo muovendo perché venga approvata. Le proteste studentesche da noi organizzate stanno guadagnando consensi, e i media che foraggiamo ci garantiranno la costante attenzione da parte della stampa e dei servizi di cronaca sul caso di omicidio del militare americano. » Kang fece un sorriso ironico. « La nostra azione disgregativa dall'esterno si sta dimostrando decisamente efficace. Rimane da vedere se riusciremo a portare avanti il progetto Chimera abbastanza in fretta da sfruttare al massimo il conflitto con gli americani. Che notizie abbiamo dal laboratorio biochimico? »

« Molto promettenti. La squadra di tecnici ha completato l'esame dei risultati dei test relativi alle isole Aleutine, verificando che il virus si è felicemente risvegliato durante il lancio aereo. Inoltre, nel corso della simulazione di rilascio da missile, la dispersione del virus attraverso il diffusore di vapore ha coperto un'area maggiore del previsto. I tecnici confidano che il sistema di emissione già realizzato sarà operativamente soddisfacente. »

« Ammesso che riusciamo a produrre sufficienti quantità di virus. Un vero peccato che tutti gli involucri a bordo dell'*I-403* siano andati distrutti tranne uno. »

« Una circostanza sfortunata. Avendo utilizzato gran parte dell'agente recuperato per i test alle Aleutine, ai tecnici è rimasto ben poco su cui lavorare. Il dottor Sarghov del laboratorio biochimico informa che ci vorranno più di tre mesi per coltivare i quantitativi richiesti dal programma. Per questa ragione, come da lei proposto, abbiamo dato il via al tentativo di recupero dell'altro lotto di armamenti giapponesi. »

« Un secondo sommergibile nipponico », borbottò Kang, immaginandosi il sommergibile della marina imperiale adagiato sul fondo dell'oceano. « Grazie all'eccezionale scoperta della nostra intelligence, sappiamo che i mezzi affondati durante il trasporto di un carico di tanta virulenza erano due, e non uno. Quanto manca all'inizio delle operazioni di recupero? »

« Prima è necessario localizzare il sommergibile. Abbiamo la *Baekje* in viaggio per Yokohama con l'incarico di ritirare un mezzo subacqueo preso a nolo, indispensabile per le operazioni in acque profonde. Una volta sul posto, stimiamo che il sopralluogo richiederà un paio di giornate, mentre il recupero vero e proprio verrà portato a termine entro dieci giorni. »

« E Tongju? »

« Raggiungerà la nave appoggio a Yokohama e resterà a bordo per sovrintendere alle procedure di sicurezza. »

« Molto bene », approvò Kang, fregandosi le mani soddisfatto. « Le cose stanno procedendo egregiamente, Kwan. Le pressioni interne sugli americani si vanno facendo sempre più forti, e il progetto Chimera sarà un bel calcio nello stomaco, per loro.

Dobbiamo prepararci all'imminente offensiva e alla successiva ricostruzione del Paese sotto la nostra bandiera. »

« Lei avrà una posizione di alto prestigio nella nuova Corea », lo blandì Kwan.

Kang tornò a contemplare il vasto panorama che aveva di fronte. Appena al di là dell'Han poteva vedere le ondulate colline della Corea del Nord, il suo Paese natale, che si stendevano fino all'orizzonte.

« È ora di riappropriarci della nostra terra », mormorò.

Kwan stava per lasciare la stanza, quando si bloccò e si volse verso di lui. « È emerso un altro dettaglio, signore, relativo al progetto Chimera. »

Kang lo invitò a procedere con un cenno del capo.

« L'elicottero abbattuto alle Aleutine era in dotazione a una nave da ricerca di proprietà della National Underwater and Marine Agency, che opera per il governo americano. I nostri uomini erano convinti che pilota ed equipaggio fossero rimasti uccisi, dato originariamente confermato dall'articolo di un giornale locale che riportava la notizia definendo l'accaduto un incidente 'fatale'. La nostra squadra operativa sul suolo statunitense, tuttavia, nel verificare le reazioni degli americani al test, riferisce che il pilota – un certo Pitt, direttore dei progetti speciali – e il suo copilota sono in realtà sopravvissuti al disastro. »

« Un contrattempo di scarsa importanza », commentò Kang, irritato.

Kwan si schiarì la voce nervosamente. « Be', signore, ho fatto pedinare il pilota dopo il suo rientro in porto, a Seattle. Due giorni dopo il loro ritorno, gli uomini della NUMA sono stati avvistati a bordo di un piccolo battello da ricerca diretto nella zona in cui si trova l'*I-403.* »

« Che cosa? Non è possibile », esplose Kang, la sua collera sottolineata da una grossa vena che gli pulsava sulla fronte. « Come avrebbero fatto a venire a conoscenza delle nostre attività? »

« Non lo capisco neppure io. Sono sommozzatori professionisti. Forse la nostra operazione di recupero è stata notata da qualcuno che teneva semplicemente d'occhio l'*I-403* con l'intenzione di saccheggiarlo. O magari si è trattato di una pura coincidenza. Potrebbero aver effettuato un accertamento a fini tecnici o archeologici. »

« Possibile, ma in questo momento non possiamo rischiare di compromettere il progetto. Occupatevi di quei due. »

« Sì, signore », replicò Kwan, camminando all'indietro per lasciare al più presto la stanza. « Provvederò immediatamente. »

15

Fra gli antichi aztechi del Messico centrale era nota come la « grande lebbra ». Lo spaventoso flagello era comparso qualche tempo dopo l'arrivo di Hernán Cortés e le sue truppe, nel 1518. Alcuni ritengono che la pestilenza fosse stata portata a terra da un conquistatore rivale di nome Narváez, salpato da Cuba. Chiunque fosse il responsabile, i risultati si rivelarono catastrofici. Quando Cortés entrò a Città di Messico dopo un assedio di quattro mesi contro l'armata di Montezuma, nel 1521, rimase sconvolto da quello che vide. Mucchi e mucchi di cadaveri in putrefazione abbandonati nelle case, lungo le strade, ovunque si posasse l'occhio in città. Tutti morti di malattia, non in battaglia.

Nessuno conosce le origini del *Variola major*, ma il ferale virus, meglio noto come « vaiolo », ha seminato un'immensa scia di sofferenza attraverso il globo. Pur risultando epidemie di vaiolo ai danni di civiltà risalenti ai tempi degli antichi egizi, il malanno è passato alla storia come il « flagello americano », lasciando il suo marchio di morte sui predisposti indigeni dei continenti occidentali. Portato nel Nuovo Mondo dagli equipaggi di Cristoforo Colombo, il vaiolo aveva scatenato l'inferno in tutte le Indie occidentali decimando gli indiani originari dei Caraibi che erano accorsi ad accogliere il navigatore al termine del suo primo viaggio verso le loro terre.

Si calcola che l'introduzione del vaiolo in Messico da parte di Cortés/Narváez abbia ucciso, nel 1521, quasi la metà dei trecentomila abitanti di Città di Messico. Complessivamente, si contarono a milioni i decessi causati in tutto il Paese dal contagiosissimo virus, che trasmigrò poi in Sud America causando altrettanta devastazione. Quando Pizarro sbarcò in Perú nel 1531 in cerca d'oro, il vaiolo aveva già sterminato la popolazione inca. Col suo esercito di meno di duecento uomini, Pizarro non sarebbe mai riuscito a impadronirsi dell'impero se quel popolo non fosse stato impegnato in una lotta disperata contro il morbo dilagante. Oltre cinque milioni di indigeni sarebbero deceduti a causa del vaiolo, che distrusse in pratica l'intera civiltà inca.

In Nord America, gli indigeni non rimasero immuni dal contagio. Numerose tribù residenti nella valle dei costruttori di tumuli funebri, nell'Ohio, scomparvero letteralmente dalla faccia della terra per colpa del vaiolo, mentre le comunità indigene del Massachusetts e di Narragansett furono spazzate via quasi del tutto. Secondo i calcoli eseguiti in seguito, la popolazione del Nuovo Mondo si ridusse del 95 per cento, durante il secolo successivo all'arrivo di Colombo, preminentemente a causa del vaiolo.

Lungi dal fermarsi lì, nei due secoli successivi il virus letale continuò a colpire con epidemie sporadiche, mietendo migliaia di vittime anche in Europa. In seguito, militari dalla mente distorta lo utilizzarono quale strumento di battaglia, per infettare intenzionalmente le forze nemiche. Secondo alcune testimonianze storiche, i britannici usarono coperte infette per piegare le tribù degli indigeni americani verso il 1760, e si servirono di tattiche analoghe contro le truppe americane durante la battaglia di Quebec, nella guerra d'indipendenza.

All'inizio del XIX secolo, utilizzando il virus del vaiolo bovino, si scoprì finalmente un rudimentale vaccino che permise di controllare in qualche misura la malattia. Isolati episodi di recrudescenza e i timori creati dalla guerra fredda spinsero gli Stati Uniti a promuovere regolari campagne di vaccinazione contro il vaiolo, che si protrassero fino agli anni '70 del XX secolo. Grazie soprattutto alla vittoriosa lotta su scala globale condotta dall'Organizzazione mondiale della sanità, il vaiolo venne dichiarato ufficialmente estinto nel 1977. A parte qualche campione destinato alla ricerca presso i centri per il controllo delle malattie americani, e un quantitativo non meglio identificato elaborato a scopi militari dall'ex Unione Sovietica, gli stock di virus ancora presenti nel mondo furono completamente distrutti. L'esistenza del vaiolo fu in pratica dimenticata, fino al momento in cui gli attacchi terroristici all'inizio del secolo successivo non fecero insorgere il timore che epidemie contagiose di varia natura potessero nuovamente rappresentare una minaccia dalla quale guardarsi.

Le storiche devastazioni compiute dal vaiolo preoccupavano ben poco Irv Fowler, in quel momento. Dopo aver raccolto le forze per raggiungere in auto il pronto soccorso dell'Alaska Regional Hospital, tutto ciò che desiderava era una stanza tranquilla e una bella infermiera che lo aiutasse a rimettersi dalla micidiale influenza che lo stava distruggendo. Anche quando una serie di medici dall'aria preoccupata sfilò davanti a lui per esaminarlo insistendo quindi perché venisse ricoverato in isolamento, si sentiva troppo debole per allarmarsi. Solo nel momento in cui un paio di dottori con tanto di mascherina lo informarono che era risultato positivo al test del vaiolo, la sua mente prese a vacillare. Prima di cadere in preda al delirio, fu assalito da due pensieri: sarebbe riuscito a sconfiggere il tasso di mortalità del 30 per cento? E, poi, chi altri poteva avere infettato?

16

« Ho una notizia terribile da darti, Dirk. » Anche al telefono si percepiva la nota di spavento nella voce di Sarah.

« Che succede? »

« Si tratta di Irv. È ricoverato all'ospedale di Anchorage. I medici dicono che ha contratto il vaiolo. Non riesco ancora a crederci. »

« Vaiolo? Credevo fosse stato debellato. »

« In pratica, è così. Ammesso che i dottori abbiano azzeccato la diagnosi, sarebbe il primo caso documentato in trent'anni, negli Stati Uniti. Le autorità sanitarie tengono tutto sotto silenzio, ma i CDC stanno inviando provviste di vaccino in Alaska nel caso dovesse scoppiare un'epidemia. »

« Come sta? »

« Sta attraversando un momento critico », rispose Sarah con voce strozzata. « I prossimi due o tre giorni saranno determinanti. Si trova in quarantena presso l'Alaska Regional Hospital di Anchorage, insieme con altre tre persone con le quali è stato a stretto contatto. »

« Mi dispiace », commentò Dirk, sinceramente preoccupato. « Irv ha la pelle dura, sono sicuro che se la caverà alla grande. Hai una vaga idea su come diavolo abbia potuto contrarre la malattia? »

« Be' », mormorò la giovane dopo aver deglutito, « il periodo d'incubazione è più o meno di quattordici giorni. Ciò significa che dovrebbe essersi infettato all'incirca durante il nostro soggiorno a Yunaska... o a bordo della *Deep Endeavor.* »

« Potrebbe aver contratto il virus sulla nostra nave? » ripeté Dirk, incredulo.

« Non lo so. O lì, o sull'isola, ma questo ha poca importanza, ora. Il vaiolo è altamente contagioso. Bisogna affrettarsi, controllare tutti quelli che si trovavano a bordo della *Deep Endeavor* e isolare le persone infette. Il fattore tempo è decisivo.»

«E tu e Sandy? Avete lavorato e vissuto accanto a Irv. State bene, voi due?»

«Quali dipendenti dei CDC, siamo state entrambe vaccinate due anni fa, dopo l'insorgere dei primi timori sul vaiolo come potenziale minaccia bioterroristica. Irv, invece, ci era stato 'prestato' dal dipartimento epidemiologico statale dell'Alaska, e non era ancora stato vaccinato.»

«Siamo ancora in tempo a somministrare il vaccino all'equipaggio della *Deep Endeavor*?»

«Purtroppo non servirebbe a nulla. Può risultare efficace entro un paio di giorni dall'esposizione al contagio, ma poi diventa del tutto inutile. È una malattia terribile, e una volta contratta non c'è nulla da fare per combatterla se non lasciarle seguire il suo corso.»

«Contatterò il comandante Burch e controlleremo tutto il personale di bordo al più presto.»

«Io torno da Spokane questa sera. Se riesci a riunire l'equipaggio, domattina potrei aiutare il medico nella ricerca di sintomi sospetti.»

«Consideralo già fatto. Avrei bisogno di un altro favore da te, Sarah. Va bene se passo a prenderti in mattinata?»

«Sicuro. E, Dirk... prego Dio che tu non ti sia infettato.»

«Non preoccuparti», replicò lui in tono fiducioso. «C'è troppo rum nel mio sangue perché i virus riescano a sopravvivere.»

Dirk chiamò subito il comandante Burch e, con l'aiuto di Leo Delgado, si mise rapidamente in contatto con ogni membro dell'equipaggio che aveva navigato a bordo della *Deep Endeavor*, scoprendo con sollievo che nessuno di loro riferiva sintomi di malessere, e che tutti si sarebbero presentati il mattino seguente agli uffici della NUMA.

Come promesso, Dirk passò a prendere Sarah al suo appartamento il mattino di buon'ora, al volante dell'imponente Chrysler del '58.

« Parola mia, è davvero un'auto gigantesca », dichiarò Sarah salendo a bordo del mostro pinnato.

« La definizione 'heavy metal' deve aver preso spunto da lei », ridacchiò Dirk uscendo dal parcheggio per dirigersi verso l'edificio della NUMA.

Molti, fra il personale di bordo della *Deep Endeavor*, accolsero con calore Sarah al suo arrivo davanti al gruppetto riunito. Si comportavano tutti, rifletté la giovane, più come membri di una stessa famiglia che come colleghi.

« Che gioia, rivedere i miei amici della NUMA », esclamò rivolta all'equipaggio. « Come forse saprete, al mio collaboratore Irv Fowler, che si trovava a bordo con noi, è stato diagnosticato il vaiolo. Si tratta di un virus altamente contagioso, ed è essenziale che chi l'abbia contratto venga posto subito in isolamento. Ho bisogno di sapere se, dal momento in cui Irv, Sandy e io siamo sbarcati dalla *Deep Endeavor*, qualcuno di voi ha accusato i seguenti sintomi: febbre, mal di testa, mal di schiena, forti dolori addominali, malessere, perdita di lucidità, esantemi su volto o arti. »

Uno per uno, esaminò i preoccupati presenti misurando a tutti la temperatura e interrogando ciascuno, uomo o donna che fosse, su eventuali tracce del ferale morbo. Dopo che Dirk e il comandante Burch furono sottoposti anch'essi a una visita accurata, Sarah emise un profondo sospiro di sollievo.

« Solo tre membri del suo equipaggio, comandante, mostrano segni di leggero malessere di tipo influenzale, che potrebbero celare i sintomi preliminari del morbo oppure no. Devo chiederle di tenerli in isolamento fino a quando non avremo completato i loro esami del sangue. Quanto agli altri, dovrebbero evitare i luoghi affollati almeno per qualche giorno. Mi piacerebbe fare un ulteriore controllo verso fine settimana, ma sembra probabile che non vi sia nessun caso di contagio in atto. »

« Buona notizia », commentò Burch, visibilmente sollevato. « Mi sembra curioso, tuttavia, che il virus non si sia propagato nonostante gli spazi ristretti di una nave. »

« Il paziente diventa altamente contagioso dopo la comparsa dell'esantema, il che in genere accade fra i dodici e i quattordici giorni dall'esposizione. Quando ha raggiunto questo stadio, Irv stava lavorando ad Anchorage, ben lontano ormai dalla nave, dunque è plausibile che il virus non si sia sparso a bordo. Vorrei assicurarmi che la sua cabina sulla *Deep Endeavor* venga sterilizzata con cura, così come tutta la biancheria e il vasellame della nave, tanto per stare tranquilli. »

« Vedrò che sia fatto immediatamente. »

« A questo punto, sembrerebbe che l'origine del contagio fosse a Yunaska », suggerì Dirk.

« Lo credo anch'io », convenne Sarah. « È un miracolo che tu e Jack siate rimasti indenni, quando siete venuti sull'isola a prenderci. »

« Probabilmente ci siamo salvati grazie all'equipaggiamento protettivo che avevamo addosso. »

« Grazie a Dio. »

« Si direbbe che i nostri misteriosi amici della barca da pesca stessero giocando con qualcosa di ancor più pericoloso del cianuro. Il che mi riporta alla mente... ricordi il favore che ti avevo chiesto? »

Accompagnata Sarah alla Chrysler, Dirk aprì il cofano dell'enorme vano portabagagli. All'interno si trovava l'involucro di porcellana prelevato dall'*I-403*, riposto con cura in un cartone per il latte. La giovane esaminò l'oggetto con aria incuriosita.

« D'accordo, mi arrendo. Che roba è? »

Dirk le riferì brevemente il suo viaggio a Fort Stevens e l'immersione nel sommergibile giapponese. « Riusciresti a far identificare eventuali residui dal tuo laboratorio? Ho la sensazione che potrebbe saltar fuori qualcosa. »

Sarah rimase in silenzio per un istante. « Sì, si può fare », replicò poi in tono grave. « Ma ti costerà un pranzo », terminò con un sorrisetto ironico.

17

Dirk accompagnò Sarah al laboratorio di Stato per la salute pubblica presso il Fircrest Campus, dove trasferirono con cautela i frammenti di bomba in una minuscola aula. Dopo averli rimproverati per aver introdotto un ordigno nell'edificio, un ricercatore di nome Hal, dall'aria gioviale e con i capelli che tendevano a diradarsi, si dichiarò disposto a esaminare il frammento al termine della riunione del personale in corso.

« A quanto pare, ci aspetta un pranzo piuttosto lungo », commentò Sarah. « Dove vogliamo andare? »

« Conosco un posticino tranquillo con un bel panorama sull'acqua », replicò Dirk con un sorriso malizioso.

« Portami via sulla tua auto verde, allora », rise lei facendo il verso a una famosa canzone di Lene Marlin, mentre saliva a bordo della Chrysler.

Nell'uscire dal piccolo parcheggio del laboratorio, Dirk passò accanto a una Cadillac CTS nera dall'aria familiare, ferma col motore acceso. Lasciato il campus, si diresse a sud oltre l'affollato centro di Seattle, quindi svoltò a ovest seguendo i segnali stradali per Fauntleroy. Raggiunta la riva del Puget Sound, entrò nel locale terminal ferroviario e guidò la Chrysler lungo una rampa di carico fino al ponte auto di un traghetto in attesa, dove si fermò in mezzo a file di vetture di pendolari parcheggiate l'una contro l'altra. Sarah si sporse verso di lui per afferrargli la mano.

« Il bar del traghetto? Gas dei tubi di scappamento e caffè? » indagò.

« Possiamo fare di meglio, direi. Andiamo di sopra ad ammirare il panorama. »

La ragazza lo seguì lungo una scala che conduceva al ponte superiore scoperto, dove trovarono una panchina libera di fronte alla distesa del Puget Sound. Un fischio di sirena e una lieve vibrazione sotto i piedi li informarono che erano in movimento, mentre due motori diesel da duemilacinquecento cavalli sospingevano dolcemente la nave lunga quasi cento metri lontano dalla banchina.

Sul Sound l'aria era tersa come cristallo, il genere di giornata che ricordava ai residenti il motivo per cui sopportavano i lunghi, gelidi inverni del Nord-ovest, sul Pacifico, scegliendo quei luoghi per abitarvi. Si vedevano la catena delle Cascate e il monte Olympus scintillare in lontananza, quasi traslucidi contro il cielo di un azzurro tanto intenso da dare l'impressione di poterlo toccare. Con accecanti riflessi di vetro e acciaio si stagliavano contro la linea dell'orizzonte gli edifici del centro di Seattle, con lo Space Needle che spiccava sullo sfondo come il futuristico monolite di un cartone dei *Pronipoti.* Dirk osservò un'altra mezza dozzina di traghetti transitare in porto col loro carico umano, schivando le grandi navi da carico che avanzavano lungo le rotte riservate ai traffici internazionali.

La traversata fino alla loro meta, Vashon Island, durò un quarto d'ora appena; il comandante aveva appena dato il via alle manovre di allineamento alla banchina, quando Dirk e Sarah decisero di tornare verso la Chrysler. Nel tenere aperto lo sportello perché la ragazza potesse accomodarsi sul sedile del passeggero, Dirk lanciò un'occhiata alla fila di auto parcheggiate alle sue spalle e lo sguardo gli cadde su una berlina nera in sosta quattro posti dietro di loro. La stessa Cadillac nera che aveva notato ferma col motore acceso nel parcheggio del laboratorio. Uguale, realizzò di colpo, a quella già vista durante il giro in auto dalle parti di Fort Stevens.

« Mi sembra di aver riconosciuto un amico parcheggiato alle nostre spalle », comunicò a Sarah con calma. « Credo che andrò a salutarlo. Torno subito. »

Avviandosi con aria indifferente lungo la fila di vetture, scorse sui sedili della Cadillac due asiatici con gli occhi puntati su di lui. Mentre transitava accanto alla portiera dal lato del guidatore, si chinò di colpo e infilò la testa nel finestrino aperto.

« Scusate, amici, sapete per caso dove si trova la toilette? » chiese con voce strascicata.

Il guidatore, un tizio corpulento dall'aria rozza e con i capelli tagliati malamente a spazzola, fissò dritto davanti a sé evitando il suo sguardo e scosse piano la testa. Dirk cercò con gli occhi, e trovò, una leggera protuberanza sotto il cappotto dell'uomo all'altezza dell'ascella sinistra, segno rivelatore della presenza di un'arma riposta nella fondina. Sull'altro lato della vettura, l'uomo sul sedile del passeggero non sembrava affatto restio come il compagno: asciutto di corporatura, con i capelli lunghi e un'ispida barbetta a punta, restituì l'occhiata a Dirk con un ghigno minaccioso, una sigaretta fumata a metà che gli penzolava dalle labbra. Sul tappetino ai suoi piedi c'era una grossa borsa di pelle, che Dirk immaginò contenere qualcosa di più di una calcolatrice e un cellulare.

« Trovato il tuo amico? » s'informò Sarah vedendolo tornare alla Chrysler.

« No. Mi ero sbagliato. »

Un lungo fischio seguito da due brevi annunciò che il traghetto stava ormeggiando. Qualche minuto dopo, Dirk lasciò con la Chrysler il ponte auto coperto per uscire alla vivida luce del sole. Oltrepassata la rampa di discesa, percorse una lunga banchina, quindi svoltò abbandonando la stazione marittima per dirigersi verso Vashon Island.

Situata all'estremità inferiore del Puget Sound, Vashon Island è un paradiso naturale di quasi sessanta chilometri quadrati a pochi minuti dal caos e dalla confusione di Seattle e Tacoma. Raggiungibile soltanto in barca, l'isoletta ha conservato un'atmosfera di pace rurale ormai introvabile nelle metropoli vicine. Campi di fragole e lamponi punteggiano il paesaggio lussureggiante, abitato da un pittoresco miscuglio di agricoltori e intellettuali dell'era del computer in cerca di un ritmo di vita più tranquillo rispetto a quello frenetico della città.

Abbassato il tettuccio della decappottabile per potersi godere meglio gli scorci di panorama e i profumi circostanti, Dirk si diresse a sud lungo l'autostrada Vashon, lontano dal terminal marittimo situato sulla punta settentrionale dell'isola. Osservando lo specchietto retrovisore, aveva visto la Cadillac nera lasciare il terminal e mettersi sulla sua scia, tenendosi a qualche centinaio di metri di distanza dalla vecchia auto. Proseguirono in direzione sud per parecchi chilometri, oltrepassando caratteristiche baracche e fattorie sparpagliate in mezzo a folte macchie di pini.

« Meraviglioso », mormorò Sarah estasiata, allungando le braccia sopra la testa per sentir scorrere l'aria fresca tra le dita. Dirk sorrise fra sé, pensando a quante donne di sua conoscenza avrebbero detestato viaggiare in una decappottabile per paura di spettinarsi. Per lui, correre a bordo di un'auto scoperta era come cavalcare una tempesta in mare aperto o immergersi accanto a un relitto inesplorato. Quel pizzico di avventura, insomma, che dava più sapore alla vita.

Avendo scorto un segnale stradale con l'indicazione BURTON, rallentò e svoltò a est per uscire dall'autostrada e, dopo un breve percorso a ritroso lungo una stradina secondaria, raggiungere il minuscolo borgo. Superato un gruppetto di case, la strada terminava all'altezza del viale di accesso di una pittoresca locanda in stile vittoriano proprio sul bordo dell'acqua. Costruito come tenuta estiva per un pezzo grosso dell'editoria di Seattle al volgere del secolo, l'edificio a tre piani era un tripudio di sfumature lavanda e verde pastello. Ovunque erano sparsi grossi vasi e cassette pieni di fiori che catturavano lo sguardo in un arcobaleno di colori.

« È stupendo qui, Dirk », ansimò la ragazza mentre parcheggiavano l'auto accanto a un gazebo in ferro battuto. « Come hai scoperto questo posto? »

« Uno dei nostri scienziati ha una casa estiva sull'isola. Sostiene che da queste parti si trovano i migliori salmoni reali del Paese, e sono curioso di vedere se è vero. »

Dirk la accompagnò fino all'estremità della locanda, dove un piccolo ristorante dall'aria accogliente proseguiva il tema del decoro vittoriano. Trovandolo quasi vuoto, scelsero un tavolo accanto a una finestra panoramica affacciata sulla riva est del Sound. Dopo aver ordinato uno Chardonnay locale, rimasero ad ammirare il panorama che si stendeva dal Quartermaster Harbor a un'isoletta minore chiamata Maury. A sud-est, potevano scorgere il monte Rainier stagliarsi maestoso in lontananza.

« Mi ricorda un po' i Grand Tetons », commentò Sarah, ripensando con affetto alle cime frastagliate del Wyoming nordoccidentale. « Ero solita cavalcare per chilometri e chilometri intorno a Lake Jackson, ai piedi dei Tetons. »

« Scommetto che te la cavi bene anche sugli sci. »

« Ne ho fatto a pezzi più di un paio, da piccola », rise lei. « Come hai fatto a indovinare? »

« Jackson Hole è proprio dietro l'angolo. Ci sono andato a sciare qualche anno fa. Una neve fantastica. »

« Adoro quei posti », gli confidò Sarah con uno scintillio negli occhi nocciola. « Ma mi stupisce sentire che sei stato a Jackson. Non credevo che al direttore dei progetti speciali della NUMA fosse consentito distogliere lo sguardo dall'oceano. »

Fu il turno di Dirk di scoppiare a ridere. « Soltanto durante le ferie. Quell'anno, per combinazione, il deserto del Gobi era tutto prenotato. Allora, raccontami come mai una bella ragazza del Wyoming è finita a lavorare ai CDC. »

« Proprio perché sono una bella ragazza del Wyoming », tubò lei. « Crescendo nel ranch dei miei genitori, mi sono ritrovata a curare vitellini malati e cavalli zoppicanti. Mio padre diceva sempre che avevo il cuore troppo tenero, ma mi piaceva stare accanto agli animali, semplicemente, e tentare di aiutarli. Perciò ho studiato veterinaria e, dopo essere passata da un lavoro all'altro, per un fortunato caso sono stata assunta dai CDC nel settore dell'epidemiologia ambientale. Viaggio per il mondo, ora, cercando di prevenire epidemie e di dare una mano agli animali che ne hanno bisogno, e vengo addirittura pagata per farlo », concluse con un sorriso.

Dirk sentì che il suo trasporto era autentico. Sarah aveva un cuore caldo che sembrava illuminarla tutta. Se non fosse stata assunta dai CDC, si sarebbe probabilmente messa a gestire un ricovero per cani o a collaborare con qualche organizzazione naturalista, con o senza stipendio. Era felice che fosse lì con lui, in quel momento, a fissarlo con uno sguardo carico di dolcezza.

Un cameriere giunse a turbare la loro intimità, ma servì loro un pranzo eccellente. Dirk gustò un filetto di salmone reale grigliato su legno di mesquite, mentre Sarah preferì dei pettini dell'Alaska che trovò talmente teneri da sciogliersi in bocca. Dopo aver diviso una torta al formaggio con lamponi freschi come dolce, si avviarono a fare una passeggiata mano nella mano lungo la riva. Dirk non smise di guardarsi intorno in cerca della Cadillac, che avvistò infine parcheggiata qualche isolato più in là, a Burton.

« È fantastico, qui, ma temo sia ora di rientrare », annunciò Sarah con rammarico. « Dovrebbero essere ormai arrivati i risultati delle analisi del sangue prelevato agli uomini del vostro equipaggio, e Hal avrà probabilmente finito di analizzare il contenitore della tua bomba. »

Mentre si avvicinavano all'auto, si girò ad abbracciare Dirk.

« Grazie per lo splendido pranzo », disse a fior di labbra.

« Rapire belle ragazze di pomeriggio è una delle mie specialità », rispose lui con un sorriso, prima di prenderla a sua volta fra le braccia per un lungo bacio appassionato, al quale la giovane rispose con entusiasmo.

Dopo essere uscito dal parcheggio, Dirk percorse lentamente la via principale di Burton, a corsia unica, azionando gli abbaglianti nell'avvicinarsi alla Cadillac parcheggiata in un vialetto laterale, con a bordo i soliti due tizi in attesa. Lanciata un'occhiata allo specchietto retrovisore, rimase leggermente sorpreso nel vedere la berlina nera sterzare e cominciare a seguirli dappresso. Neppure il tentativo di passare inosservati, si disse. Brutto segno.

La Cadillac gli rimase dietro fino all'intersezione dell'autostrada Vashon. Frenando per affrontare la curva, Dirk tornò a guardare il retrovisore e vide il passeggero con la barbetta chinarsi a estrarre qualcosa dalla borsa di pelle.

Avvertendo un'improvvisa morsa allo stomaco, non esitò un istante a premere l'acceleratore a tavoletta. Con un acuto stridio di gomme, la Chrysler schizzò sull'autostrada in direzione nord.

« Che stai facendo, Dirk? » chiese sconcertata Sarah, inchiodata contro lo schienale.

Un attimo dopo, la Cadillac imboccò rombando l'autostrada dietro di loro sollevando una spruzzata di ghiaia. Questa volta, anziché tenersi alle spalle della vecchia Chrysler, approfittò dell'assenza di traffico sulla corsia opposta per portarsi al suo fianco.

« Buttati a terra! » gridò Dirk a Sarah mentre guardava avvicinarsi l'auto nera dallo specchietto laterale. Per quanto confusa, la ragazza colse al volo il tono di urgenza nella sua voce e si lasciò scivolare sull'ampio tappetino della vettura rannicchiandosi a palla. Sollevato il piede dall'acceleratore, Dirk lanciò un'occhiata a sinistra e vide la Cadillac rallentare immediatamente accanto a lui. Attraverso il finestrino abbassato del passeggero, il ceffo più giovane e barbuto gli rivolse un sorriso sardonico. Poi afferrò la pistola mitragliatrice Ingram Mac-10 che teneva in grembo e gliela puntò alla testa.

Il cecchino poteva essere più giovane, ma Dirk possedeva riflessi migliori. Nel momento in cui il dito del killer arrivò a premere il grilletto, lui aveva già il freno schiacciato al massimo; una breve raffica rimbalzò senza fare troppi danni sul cofano della Chrysler, ormai arretrata rispetto alla Cadillac e avvolta dal puzzo di gomma bruciata. Gli stretti pneumatici della vecchia auto stridettero in segno di protesta e le ruote si bloccarono per un attimo, fino a che Dirk non rilasciò il pedale del freno. Attese per un istante la reazione dell'altra vettura, che fece esattamente ciò che si aspettava. Non appena vide illuminarsi i fanalini dei freni della Cadillac, inserì la seconda e premette l'acceleratore a tavoletta.

Un fiotto di carburante inondò la gola dei due carburatori a doppio corpo della Chrysler, andando ad alimentare l'affamato motore Hemi 392. Con i suoi trecentottanta cavalli, la Chrysler 300-D era stata l'auto di serie più veloce e potente disponibile sul mercato nazionale nel 1958. Incurante degli anni, la grossa vettura balzò in avanti come un rinoceronte in carica. Spiazzati dall'improvvisa accelerazione della Chrysler, i due ceffi rimasero a guardare imprecando la maestosa auto verde saettare via come una freccia. Il cecchino tentò di sparare un'altra raffica, ma la distanza era ormai tale che i colpi si persero fra gli alberi circostanti. Approfittando dell'assenza di traffico in entrata, dopo aver sorpassato la Cadillac Dirk si era portato sulla corsia opposta per rendere più difficile la mira al killer piazzato sul sedile del passeggero.

« Che sta succedendo? Perché ci sparano addosso? » gridò Sarah da terra.

« Qualche parente dei nostri vecchi amici dell'Alaska, scommetto », urlò Dirk per sovrastare il rumore del motore, inserendo la terza. « Ci stavano seguendo da un po'. »

« Ce la faremo a scappare? » lo interrogò la giovane, spaventata.

« Sui rettilinei ce la caviamo bene, ma loro recuperano in curva. Se riusciamo a raggiungere l'attracco del traghetto e un po' di gente, potrebbero rinunciare », rispose lui, sperando che la sua deduzione si sarebbe rivelata azzeccata.

La Chrysler era riuscita ad assicurarsi un bel vantaggio sull'auto inseguitrice, ma la Cadillac stava recuperando terreno. Una curva a gomito costrinse Dirk a rallentare leggermente per tenere in strada il bolide da due tonnellate, consentendo alla più leggera e maneggevole avversaria di guadagnare metri preziosi. Il cecchino, furioso e poco incline alla disciplina, prese a vuotare rabbiosamente il secondo caricatore sparando a casaccio in direzione della decappottabile. Molti dei proiettili colpirono il bagagliaio della Chrysler, limitandosi a bucherellarlo come un colabrodo. Rannicchiato sul sedile di guida, Dirk procedeva sbandando da una parte all'altra della strada per evitare di trasformarsi in un bersaglio troppo facile.

« Quanto manca ancora? » volle sapere Sarah, sempre rannicchiata sul pavimento della vettura.

« Due o tre chilometri. Ce la faremo », replicò Dirk con un sorriso incoraggiante.

Dentro di sé, invece, si stava maledicendo per aver esposto Sarah a una situazione tanto rischiosa e non aver chiesto aiuto non appena si era accorto di essere seguito; per essere disarmato, senza nulla a disposizione per difendersi se non un'auto vecchia di quasi cinquant'anni.

Simile a un avvoltoio che insegue la preda, la Cadillac nera imitava ogni movimento della Chrysler, tentando disperatamente di azzerare la distanza fra le due vetture lanciate ad alta velocità. Nell'imboccare un lungo tratto rettilineo della Vashon, Dirk abbassò lo sguardo e vide l'ago del tachimetro sfiorare i duecento all'ora. Notando un furgone azzurro avvicinarsi in direzione opposta, Dirk tornò a occupare la corsia regolare senza togliere il piede dall'acceleratore. Assorto nell'inseguimento, l'autista della Cadillac non vide subito il furgone in rapido avvicinamento e fu costretto a sterzare verso destra all'ultimo istante, premendo istintivamente il freno come reazione al lieve spavento. La manovra consentì alla Chrysler di guadagnare qualche altro metro prezioso di asfalto, sollevando una sequela d'imprecazioni da parte del cecchino in preda alla frustrazione.

Ma il temporaneo vantaggio di Dirk era sul punto di svanire. All'estremità settentrionale dell'isola, prima di raggiungere il terminal dei traghetti, l'autostrada Vashon si snodava in una serie di laboriose curve e controcurve che lo avrebbero costretto a rallentare sensibilmente. Uscendo a tutto gas dal rettilineo, Dirk dovette pigiare sui freni per imboccare un'ampia curva a sinistra e lottare con vigore per tenere in carreggiata la grossa decappottabile, mentre la più agile Cadillac riguadagnava il terreno perduto portandosi rapidamente a pochi metri dal suo paraurti. Ancora una volta, udendo il crepitio della mitragliatrice, si lasciò scivolare il più possibile sul sedile badando a tenere bassa la testa. D'un tratto, una sventagliata di colpi s'infranse contro il parabrezza anteriore, trasformando il cristallo in una butterata distesa di crepe e forellini. Dirk sentì uno dei proiettili, più basso degli altri, sibilargli accanto alla guancia prima di andare a conficcarsi nel cruscotto.

« Per oggi mi sono già rasato, bastardi », bofonchiò, furibondo al punto da non sentire neppure la paura. Mentre lanciava la Chrysler nella curva successiva, i vecchi pneumatici a struttura diagonale stridettero disperatamente, lasciando una fumante traccia nera lungo l'asfalto. Esauriti due caricatori, il killer prese a sparare con maggiore attenzione per conservare le munizioni rimaste. Aspettò che la Chrysler imboccasse una curva a destra, quindi bersagliò la vettura con rapide raffiche a bruciapelo. Anziché mirare alle gomme, continuava stupidamente ad accanirsi contro l'abitacolo dell'auto.

All'interno, Dirk e Sarah erano investiti da un incessante diluvio di schegge di vetro, plastica e metallo, via via che i proiettili laceravano le pareti della Chrysler. Dirk faceva del suo meglio per tenersi al centro della carreggiata, lanciando continue occhiate agli specchietti laterali per assicurarsi che la Cadillac non si accostasse troppo in cerca di un migliore colpo letale. Grazie a ripetute sterzate, col rischio di andare a cozzare contro il muso della Cadillac, era riuscito a farla rallentare costringendo il guidatore a mantenersi a un paio di metri dalla sua coda.

Come un pugile sul ring, non faceva che chinare e spostare testa e corpo, su e giù, da una parte e dall'altra, per riuscire a vedere la strada e schivare nel contempo la pioggia di piombo. Tenendosi rannicchiato, lanciò l'auto in una curva a destra e vide aprirsi una fila di fori lungo il cofano. La raffica colpì il radiatore, dal quale si levò sibilando un candido sbuffo di vapore. Il tempo stringeva, ormai, si disse. Senza liquido di raffreddamento, il motore si sarebbe surriscaldato grippando e lasciando lui e Sarah alla mercé degli inseguitori.

Mentre si avvicinavano alla punta settentrionale dell'isola, tentò un ultimo espediente. Prima d'imboccare la stretta curva a sinistra che aveva di fronte a sé, si portò al centro della carreggiata e rallentò leggermente per far avvicinare gli avversari. Poi, piantando entrambi i piedi sul freno, premette con tutta la forza che aveva. Fra uno stridore di pneumatici e una nube di gomma bruciata, la Cadillac urtò violentemente il retro della Chrysler prima che il guidatore riuscisse ad azionare a sua volta il freno. Il tentativo di mettere fuori uso il muso della Cadillac, tuttavia, fallì. I vecchi freni a tamburo della decappottabile non potevano competere con quattro freni a disco e l'ABS: l'auto più moderna si fermò senza una piega, mentre la voluminosa Chrysler stava ancora slittando sull'asfalto. Afferrato il concetto, l'autista della Cadillac riprese l'inseguimento tenendosi a distanza di sicurezza, mentre Dirk premeva sull'acceleratore nella speranza di guadagnare un po' di tempo. Non c'era molto altro da fare, ormai.

Le due auto si trovavano in cima all'ultima salita: da quel punto in poi, la strada si snodava scendendo verso il pelo dell'acqua oltrepassando alcune file di negozi e abitazioni prima di raggiungere il terminal dei traghetti. Notando una breve teoria di auto in avvicinamento sulla corsia opposta, Dirk suppose che fossero appena sbarcate da uno dei battelli.

Nonostante il traffico più intenso, la grandine di piombo alle loro spalle non accennava a diminuire d'intensità. Abbandonata ogni cautela, gli assassini erano decisi a far fuori Dirk e Sarah senza curarsi di chi potevano coinvolgere. Dirk lanciò una rapida occhiata alla ragazza sforzandosi di sorriderle. I suoi dolci occhi avevano un'espressione di paura mista a fiducia. Fiducia che, in qualche modo, lui sarebbe riuscito a trovare una via d'uscita. Il giovane strinse il volante con forza, più determinato che mai a portarla in salvo.

Ma non restavano che pochi istanti per agire. La vecchia Chrysler, ormai ridotta a una carcassa come dopo l'attacco di un bombardiere B-2, era visibilmente allo stremo. Dal cofano scaturiva del fumo, insieme con un concerto di schianti e grugniti provenienti dal motore ormai distrutto. Da sotto il telaio si levavano scintille, nel punto in cui un tubo di scarico rotto strisciava contro l'asfalto con uno stridio da far accapponare la pelle. Persino le gomme, a causa delle brusche frenate, si erano lise in più punti perdendo la sfericità. Quanto all'indicatore della temperatura dell'acqua, notò Dirk, si era saldamente attestato sul rosso già da qualche minuto.

Nell'avvicinarsi all'acqua, udì al di sopra del frastuono il fischio di un traghetto di fronte a sé, mentre da dietro gli giungeva alle orecchie il gemito degli pneumatici della Cadillac e il crepitio della pistola mitragliatrice. D'un tratto, la voluminosa Chrysler parve vacillare sotto la spinta del motore surriscaldato. Dirk si guardò intorno freneticamente in cerca di un'auto della polizia, di qualche banca dotata di una guardia armata, di qualunque aiuto al quale ricorrere come ultima speranza. Ma tutto ciò che vide furono le pittoresche casette sulla baia con minuscoli giardini pieni di fiori.

Poi, abbassando lo sguardo verso il terminal dei traghetti sempre più vicino, ebbe un'idea. Decisamente assurda, ne conveniva, ma a quel punto non aveva niente da perdere.

Sollevando gli occhi, Sarah vide comparire sul suo volto un'espressione di fiduciosa determinazione.

« Che succede, Dirk? » gridò per superare il rumore.

« Sarah, mia adorata », replicò lui con aria rassicurante, « credo che il nostro traghetto stia arrivando. »

18

Larry Hatala osservò l'ultimo veicolo della fila, un minibus Volkswagen verde pisello del 1968, arrancare lungo la rampa e salire a bordo. Da trent'anni al servizio del dipartimento dei Trasporti dello Stato di Washington, l'addetto alla stazione marittima di Vashon Island scosse la testa brizzolata e sorrise all'autista della vecchia auto hippy, un tizio con barba, bandana in testa e occhiali dalla montatura fuori moda. Una volta che il Volkswagen fu salito senza problemi sul traghetto, Hatala abbassò una sbarra di legno bianca e arancione per segnalare che eventuali altre vetture dovevano fermarsi alla fine della banchina. Concluso il proprio lavoro fino all'arrivo del traghetto successivo, mezz'ora più tardi, si tolse il vecchio berretto da baseball e, dopo essersi deterso il sudore dalla fronte con la manica, lo sventolò per salutare un collega a bordo del battello in partenza. Il giovane in tuta grigia finì di sistemare una transenna a poppa del traghetto, quindi rispose ad Hatala con l'imitazione di un saluto militare. Non appena il timoniere ebbe dato l'ultimo colpo di sirena, Hatala mollò la cima d'ormeggio di sicurezza lanciandone a bordo l'estremità, dove il collega la dugliò ordinatamente in vista dell'attracco successivo.

L'eco del segnale di partenza si era appena spenta sull'acqua quando ad Hatala giunse all'orecchio un suono insolito: un violento stridore di copertoni sull'asfalto. Girando lo sguardo verso la strada, vide soltanto la sagoma di due auto apparire e scomparire fra gli alberi lungo la discesa sul fianco della collina. Il rombo dei motori e lo scricchiolio degli pneumatici si andavano facendo più forti, punteggiati da un crepitio che, grazie ai giorni trascorsi in marina, riconobbe come colpi di arma da fuoco. Finalmente le auto lasciarono il tratto alberato e si avvicinarono al terminal, sotto lo sguardo sbalordito di Hatala.

La grossa Chrysler verde sembrava un drago inferocito, con tanto di fumo e vapore dalle fauci. Rannicchiato sul sedile, un uomo dai capelli neri manteneva abilmente in strada il mostro fumante a una velocità davvero eccessiva per il mezzo che aveva a disposizione. A meno di una decina di metri, una snella berlina nera era lanciata all'inseguimento, con un giovane asiatico che si sporgeva dal finestrino e sparava all'impazzata con un'arma automatica, facendo più danni agli alberi circostanti che al bersaglio prescelto. Sotto gli occhi terrorizzati di Hatala, la decappottabile verde imboccò a velocità folle l'ingresso del terminal dirigendosi verso il molo.

A pieno diritto, la vecchia Chrysler avrebbe dovuto da tempo smettere di funzionare: l'incessante pioggia di colpi di cui era stata fatta segno aveva reciso cavi, tubi e cinghie, oltre ad aver ridotto la carrozzeria e l'abitacolo a un colabrodo. Dal motore incandescente, che girava ormai praticamente a secco, fuoriusciva olio bollente misto al fluido del radiatore. Eppure, come dotata di un cuore impavido, la vetusta Chrysler non si arrendeva ancora, pronta a donare un ultimo guizzo di potenza.

« Dove siamo, ora, Dirk? » chiese Sarah la quale, pur non riuscendo a vedere nulla dal suo nascondiglio sul fondo della vettura, dallo scricchiolio delle ruote contro il legno aveva dedotto che avevano abbandonato l'asfalto.

« Abbiamo un traghetto da prendere », replicò lui a denti stretti. « Reggiti forte. »

Una cinquantina di metri più avanti, scorse un tizio che agitava freneticamente le braccia in fondo alla banchina, oltre il bordo della quale l'acqua ribolliva frustata dalle eliche del traghetto che si stava staccando dal molo. Sarebbe stata una questione di millimetri.

Alle sue spalle, la Cadillac aveva al momento perso un po' di terreno avendo rischiato di mancare la curva nell'istante in cui Dirk si era lanciato sulla banchina. Caparbiamente deciso a restare attaccato alla coda di Dirk, il guidatore aveva accelerato in modo brusco senza preoccuparsi della lunghezza della banchina e del traghetto in partenza. Quanto al compare armato, era tutto assorbito dalla caccia all'uomo, più che mai assorto nel compito d'infilare un proiettile in corpo all'ostinato tizio che era in qualche modo riuscito a schivare tutti i suoi colpi precedenti.

Anche Dirk teneva il piede premuto sull'acceleratore, ma per un motivo diverso. Trattenendo il respiro, si augurava che la Chrysler avrebbe retto per qualche altro secondo. I pochi metri che lo separavano dall'estremità del molo parevano non finire mai; intanto, il traghetto si stava staccando lentamente dalla banchina.

Un paio di ragazzi in procinto d'imbarcarsi per una battuta di pesca si rifugiarono di corsa dietro una catasta di cavi alla vista delle due auto lanciate verso di loro, abbandonando le canne da pesca alle ruote di quei bolidi pur di mettersi in salvo. Con sorpresa di Dirk, il tizio fermo all'estremità del molo smise di agitare le braccia per affrettarsi a rialzare la sbarra di legno bianca e arancio, evidentemente consapevole dell'inutilità di qualsiasi tentativo di arrestare l'imponente massa di acciaio di Detroit che gli stava piombando addosso. Nello sfrecciargli accanto, Dirk lo ringraziò con un cenno del capo e un allegro saluto con la mano, lasciandolo a fissarlo sbalordito, senza parole.

Il gagliardo motore V8 della Chrysler batteva in testa come il martello di un fabbro sull'incudine, eppure l'anziana belva teneva duro, donando a Dirk ogni briciola di energia che ancora riusciva a raggranellare. Superata sferragliando la rampa all'estremità del pontile, si proiettò nell'aria come una palla di cannone. Dirk strinse con forza il volante preparandosi all'impatto, mentre guardava scorrere sotto l'auto un nastro di una dozzina di metri d'acqua azzurra. Nell'aria risuonavano le grida dei passeggeri terrorizzati che, a poppa del traghetto, si accalcavano nel tentativo di sfuggire al mostro verde che stava per schiantarsi su di loro. Lo slancio della vettura e l'inclinazione della rampa fecero sì che la Chrysler si librasse nell'aria in un arco quasi perfetto, prima che la forza di gravità riprendesse il sopravvento facendola precipitare col muso in avanti. Ma avevano ormai superato il tratto d'acqua, e sarebbero ricaduti sul traghetto.

Non appena oltrepassato il bordo del ponte di coperta a

poppa, le ruote anteriori ripiombarono violentemente contro il pagliolato e scoppiarono all'unisono, imitate dopo un istante dalle ruote posteriori, che divelsero nella discesa una battagliola a pochi centimetri dal bordo. Un tratto rimase impigliato in uno dei passaruota e vi restò conficcato, spinto dal peso dell'intera vettura, rivelandosi una vera benedizione. Anziché slittare all'impazzata contro le file di auto parcheggiate sul ponte, il pezzo di metallo si conficcò nel tavolato di legno agendo come un'ancora. Dopo un paio di sobbalzi, la massiccia auto scivolò piano in avanti sino a fermarsi a soli cinque o sei metri dal punto in cui era atterrata, ammaccando lievemente il furgone Volkswagen verde pisello.

La Cadillac nera non se la cavò altrettanto bene: arretrato di qualche secondo, il guidatore si rese conto in ritardo che il traghetto si era staccato dalla banchina. Troppo spaventato per tentare una frenata, tenne il piede sull'acceleratore e si lanciò dal molo in tandem con la Chrysler. Non aveva calcolato però che, nel frattempo, il traghetto si era spostato fuori dalla sua portata.

Mentre il killer lanciava un urlo da gelare il sangue, la Cadillac si sollevò con grazia nell'aria prima di andare a cozzare contro la murata di poppa del traghetto con uno schianto terrificante. Il paraurti anteriore andò a baciare le lettere che componevano il nome della nave – ISSAQUAH – appena sopra la linea di galleggiamento, poi l'intera carrozzeria si accartocciò come una fisarmonica e cadde in acqua sollevando enormi spruzzi di schiuma, andando a depositarsi sul fondo a una profondità di quaranta piedi con ciò che restava dei suoi occupanti.

A bordo della Chrysler, intanto, Dirk si era ripreso dallo shock dell'impatto e stava controllando i danni riportati. Detergendosi un fiotto di sangue dal labbro inferiore spaccato contro il volante, constatò di avere un ginocchio slogato e un'anca dolorante. Tutto il resto sembrava funzionare a dovere. Levando lo sguardo dal pavimento dell'auto dove giaceva in posizione contorta, Sarah si sforzò di sorridergli tra una smorfia di dolore e l'altra.

« Credo di essermi rotta la gamba destra », annunciò con voce calma. « Quanto al resto, tutto bene. »

Dirk la estrasse dalla vettura e l'adagiò con cautela sul ponte, mentre una folla di passeggeri si faceva avanti per offrire il proprio aiuto. Di fronte a loro, dalla portiera del furgone Volkswagen emerse l'anziano guidatore hippy, con tanto di coda di cavallo e stomaco dilatato dalla birra seminascosto da una maglietta mimetica dei Grateful Dead, che contemplava la scena a occhi sbarrati. Il fumo che si levava dalla carcassa surriscaldata della Chrysler stava appestando l'aria col puzzo di olio e gomma bruciati. La carrozzeria era costellata dal muso alla coda di fori di proiettile, mentre l'abitacolo era cosparso di pezzi di vetro e brandelli di pelle staccatisi dai rivestimenti. Gli pneumatici anteriori erano appiattiti dopo essere esplosi nell'impatto, e da uno dei passaruote posteriori faceva capolino un pezzo di battagliola. Sul ponte, un profondo squarcio sembrava dipartirsi dalla carcassa come una sorta di buffa coda. Dirk rivolse uno stanco sorriso all'uomo che si stava avvicinando per osservare meglio la scena.

Scotendo la testa, il vecchio hippy si decise a commentare: « Incredibile, ragazzo. Spero proprio che sia assicurato ».

Alle autorità bastarono poche ore per requisire una chiatta al lavoro nelle vicinanze e piazzarla davanti al molo del terminal. La sua gru da venti tonnellate sollevò agevolmente dal fondo la Cadillac accartocciata deponendola sul ponte imbrattato d'olio, dove una squadra di paramedici liberò con delicatezza i corpi maciullati dal veicolo per trasferirli all'obitorio della contea. Come causa del decesso, furono indicate semplicemente lesioni gravi da incidente automobilistico.

Su richiesta della NUMA, l'FBI intervenne avviando un'indagine federale sull'accaduto. I primi tentativi di identificare i killer fallirono non essendo stati rinvenuti documenti d'identità sui cadaveri, mentre la Cadillac risultò essere stata sottratta a un autonoleggio. Infine l'immigrazione accertò che i tizi erano di nazionalità giapponese e si erano introdotti illegalmente nel Paese attraverso il Canada.

Presso l'obitorio della contea di King, a Seattle, il coroner scosse il capo irritato mentre riceveva l'ennesimo investigatore incaricato di esaminare i corpi.

« Impossibile mandare avanti il lavoro, qui, finché ci saranno questi due cosiddetti 'gangster' giapponesi », borbottò a un subalterno, mentre un altro paio di federali si allontanavano dall'edificio.

L'ispettore medico che lo assisteva, un ex dottore dell'esercito che una volta era rimasto di stanza a Seoul per un intero anno, annuì in segno di accordo. « Tanto varrebbe installare una porta girevole nella ghiacciaia », scherzò.

« Non vedo l'ora che arrivino i documenti per poterli rispedire in Giappone. »

« Ammesso che sia il posto giusto », commentò l'aiuto patologo, facendo scivolare lentamente i corpi nella cella frigorifera. « Se vuole il mio parere, continuo a pensare che hanno l'aria di due coreani. »

19

Dopo dodici ore al capezzale di Sarah, Dirk riuscì finalmente a convincere i medici dello Swedish Providence Medical Center di Seattle a dimettere la ragazza il mattino seguente. Una gamba rotta di solito non richiedeva il ricovero, ma il prudente staff dell'ospedale era preoccupato per un possibile trauma in seguito all'incidente, e l'aveva trattenuta in osservazione. La frattura alla tibia era netta e non aveva fortunatamente richiesto perni o placche per ricomporla. Perciò, dopo averle imprigionato la gamba in una pesante armatura di gesso e averla imbottita di antidolorifici, i dottori firmarono la lettera di dimissione.

« Suppongo di non poterti portare a ballare, per ora », scherzò Dirk mentre spingeva la sedia a rotelle oltre la soglia dell'ospedale.

« Direi di no, a meno che tu non voglia un piede ammaccato », replicò lei, osservando con una smorfia il voluminoso gesso che le avvolgeva la parte inferiore della gamba.

Anche se insisteva di sentirsi abbastanza bene da poter andare al lavoro, Dirk la accompagnò a casa, nel suo elegante appartamento nel distretto di Capitol Hill. Dopo averla delicatamente deposta su un divano di pelle, le appoggiò la gamba su un grosso cuscino per tenerla sollevata.

« Temo di essere atteso a Washington », disse, accarezzandole i morbidi capelli mentre lei si sistemava alcuni cuscini dietro la schiena. « Devo partire stasera. Mi assicurerò che Sandy passi a vedere come stai. »

« Non riuscirei a tenerla alla larga in ogni caso », ridacchiò la ragazza. « A proposito, che novità ci sono sui marinai della *Deep Endeavor* con sintomi di malessere? Bisogna verificare se stanno tutti bene », aggiunse, accennando ad alzarsi dal divano. I sedativi la facevano sentire come se mente e corpo fossero avvolti in uno strato di ovatta, e lottava per rimanere lucida malgrado l'irresistibile voglia di cedere al sonno.

« Va bene. » Dirk la spinse dolcemente all'indietro e le mise fra le mani un telefono portatile. « Fai questa telefonata, poi ti metti a dormire. »

Mentre Sarah chiamava il laboratorio, Dirk controllò che in cucina ci fossero provviste sufficienti. Sbirciando nel frigorifero semivuoto, si chiese pigramente come mai tutte le donne nubili sembrassero avere in casa meno cibo di tutti gli uomini single che conosceva.

« Grandi notizie », gli gridò lei con voce impastata dopo aver riappeso. « I test sui marinai ammalati sono risultati tutti negativi. Nessun segno del virus del vaiolo. »

« Fantastico », esultò Dirk tornando al suo fianco. « Lo farò sapere al comandante Burch prima di andare in aeroporto. »

« Quando ti rivedrò? » gli chiese la ragazza, stringendogli la mano.

« Un salto veloce in sede, e sarò di ritorno prima che te ne accorga. »

« Sarà meglio », borbottò lei con le palpebre che si chiudevano. Dirk si chinò a ravviarle i capelli e le baciò con delicatezza la fronte. Rialzandosi, notò che si era già addormentata.

Dopo aver dormito profondamente durante il volo notturno, Dirk si svegliò fresco e riposato nel momento in cui le ruote del jet della NUMA toccarono il suolo del Ronald Reagan Washington National Airport, poco dopo le otto del mattino. Recuperata la vettura aziendale che era stata lasciata a sua disposizione presso il terminal riservato al personale governativo, la guidò fuori del parcheggio sotto una pioggerella leggera. Mentre lasciava l'aeroporto, lanciò una lunga occhiata verso un hangar dall'aria malconcia situato nelle vicinanze di una delle piste. Sapeva che il padre si trovava all'estero, ma provò l'impulso di fare una capatina nel suo covo per armeggiare intorno a una delle molte auto antiche ricoverate là dentro. Prima gli affari, si disse imboccando l'autostrada.

Si diresse a nord seguendo la George Washington Memorial Parkway, oltrepassando a sinistra il Pentagono per proseguire lungo gli argini del Potomac. Dopo un breve tratto abbandonò l'autostrada svoltando in direzione di un garage sotterraneo dove parcheggiò la vettura. Aperto il bagagliaio, ne estrasse una grossa sacca che si mise a tracolla, quindi salì con l'ascensore dei dipendenti fino al nono piano, dove le porte si spalancarono sul sommesso ronzio di un'intricata selva di computer.

Realizzato con un budget che avrebbe fatto scoppiare in lacrime un dittatore del Terzo Mondo, il centro elaborazione dati della NUMA era una meraviglia dell'informatica. Sepolta fra l'enorme massa di dati archiviati, c'era la migliore raccolta di tecnologia oceanografica del mondo. Aggiornamenti in tempo reale su condizioni meteorologiche, correnti, temperature e rilevazioni in tema di biodiversità venivano raccolti via satellite da centinaia di località marine nei punti più remoti del pianeta, fornendo in qualsiasi momento un'istantanea globale sullo stato dei mari e sulle condizioni previste. Link con le principali università fornivano dati sulle più aggiornate indagini nel campo della geologia, della biologia marina e della ricerca su flora e fauna sottomarina. La stessa biblioteca di riferimento della NUMA conteneva letteralmente milioni di dati, ed era una costante riserva d'informazioni per gli istituti di ricerca di tutto il mondo.

Dirk scovò il « maestro » dietro lo schieramento di computer: seduto a una console a ferro di cavallo, reggeva uno snack in una mano e armeggiava su una tastiera con l'altra. A un estraneo, Hiram Yaeger avrebbe fatto l'impressione di uno hippy reduce da un concerto di Bob Dylan. Il corpo asciutto era fasciato da un paio di Levi's sbiaditi e un giubbino in tinta su una maglietta bianca, il tutto completato da un paio di consunti stivali da cowboy ai piedi. A giudicare dall'aspetto trasandato e dai lunghi capelli grigi raccolti a coda di cavallo, nessuno avrebbe detto che viveva in una zona esclusiva del Maryland con una ex modella per moglie e una BMW Serie 7 come auto. Avvistato Dirk da sopra gli occhialini fuori moda, lo accolse con un sorriso. « Bene, ecco il signor Pitt junior », esclamò con calore.

« Hiram, come stai? »

« Non avendo distrutto l'auto e neppure un elicottero dell'agenzia, direi che me la cavo abbastanza bene », scherzò l'uomo. « A proposito, è stato avvertito, il nostro esimio direttore, della perdita di uno dei mezzi di volo della NUMA? »

« Sì. Fortunatamente, con papà e Al ancora nelle Filippine, la reazione è stata in qualche modo meno cruenta. »

« Erano alle prese con un inquinamento da sostanze tossiche dalle parti di Mindanao, perciò il tuo tempismo è stato perfetto. Allora, dimmi, a che devo il piacere della tua visita? »

« Be' », esordì Dirk dopo un momento di esitazione. « Si tratta delle tue figlie. Vorrei uscire con loro. »

Per un attimo il viso da ragazzino di Yaeger sbiancò, avendo preso sul serio la richiesta dell'amico. Alla fine dell'ultimo anno in un liceo privato, le due gemelle erano il suo orgoglio e la sua gioia. Per diciassette anni era riuscito a tenere alla larga tutti i corteggiatori che avevano mostrato la benché minima inclinazione a sfiorare le sue ragazze. Dio solo sapeva con quanta euforia avrebbero accolto il ruvido e carismatico Dirk.

« Se solo ti azzardi a pronunciare il loro nome di fronte a me, ti faccio sparire dal tabulato degli stipendi e ti appioppo sul conto corrente un tasso talmente rovinoso che ti ci vorranno cinque vite per ripianarlo. »

Fu il turno di Dirk di scoppiare a ridere, facendosi beffe del punto debole di Yaeger. Chiarito che si trattava di uno scherzo, il genio del computer si ammorbidì di colpo riguadagnando il buonumore.

« D'accordo, le ragazze sono off-limits. Quello che vorrei, in realtà, è qualche minuto con te e Max prima del mio incontro con Rudi, in tarda mattinata. »

« Su questo posso essere d'accordo », replicò Yaeger con un cenno deciso del capo. Avendo ormai demolito lo snack, appoggiò entrambe le mani sulla tastiera muovendo le dita in una sorta di balletto per convocare Max, la sua confidente bionica.

Unica nel suo genere, Max era una forma d'intelligenza artificiale dotata d'interfaccia virtuale sotto forma di ologramma. Yaeger l'aveva creata perché lo aiutasse nelle ricerche fra i database più voluminosi, e ne aveva modellato la figura tridimensionale sulla falsariga della moglie, Elsie, dotandola di una voce sensuale e di una personalità piuttosto impertinente. Su una piattaforma posta di fronte alla console a ferro di cavallo, comparve d'un tratto l'immagine di una donna attraente dai capelli biondo rame e dagli occhi color topazio, coperta da un ridotto top che le lasciava scoperto l'ombelico e una minigonna di pelle.

« Buongiorno, signori », mormorò la figura tridimensionale.

« Ciao, Max. Ti rammenti di Dirk Pitt junior? »

« Naturalmente. Piacere di rivederti, Dirk. »

« Hai un ottimo aspetto, Max. »

« Sarei più carina se Hiram la smettesse di vestirmi come Britney Spears », replicò lei in tono sdegnoso, facendosi scorrere le mani lungo il corpo.

« Va bene, domani useremo Prada », promise Yaeger.

« Grazie. »

« Cosa volevi chiedere a Max, Dirk? »

« Che puoi dirmi, Max, sugli sforzi giapponesi nel campo delle armi chimiche e biologiche durante la seconda guerra mondiale? » fece Dirk, tornando serio.

Max esitò un istante mentre la domanda generava una massiccia ricerca fra migliaia di database. Anziché limitarsi ai dati oceanografici, Yaeger aveva collegato il sistema della NUMA a una moltitudine di fonti pubbliche e governative, spaziando dalla biblioteca del Congresso alla Securities and Exchange Commission. Frugando tra la massa di dati, Max concretizzò i risultati raccolti in una risposta concisa ed esauriente.

« I militari giapponesi condussero vasti studi e sperimentazioni sulle armi chimiche e biologiche, sia anteriormente sia durante la seconda guerra mondiale. Le prime ricerche e applicazioni in materia vennero effettuate in Manciuria sotto la direzione dell'esercito imperialista nipponico d'occupazione, dopo che ebbe assunto il controllo della parte nordorientale della Cina, nel 1931. In tutta la regione furono costruiti numerosi centri sperimentali, camuffati da segherie o altro. All'interno delle strutture, prigionieri cinesi erano sottoposti a una varietà di esperimenti con germi e composti chimici. Il centro di Qiqihar, sotto il comando dell'unità 516 dell'esercito, era il più grande centro giapponese di ricerca e sperimentazione di armamenti chimici, benché la fabbricazione vera e propria venisse effettuata in territorio nipponico. Changchun, alle dipendenze dell'unità 100, e l'enorme impianto di Ping Fan, sotto il comando dell'unità 731, erano le strutture più importanti in fatto di ricerche e test biologici. Gli impianti erano in realtà delle enormi prigioni, dove derelitti e criminali locali venivano raccolti e utilizzati quali cavie umane, anche se alcuni di loro sono riusciti a sopravvivere.»

«Ho letto qualcosa sull'unità 731», commentò Dirk. «Alcuni dei loro esperimenti fanno sembrare i nazisti dei boy scout.»

«Vi sono innumerevoli testimonianze di esperimenti disumani da parte dei giapponesi, e in particolare dell'unità 731. A prigionieri cinesi e persino a qualche prigioniero di guerra alleato venne iniettato un assortimento di agenti patogeni letali, allo scopo di stabilirne il dosaggio più appropriato. Bombe biologiche furono sganciate su file di persone sdraiate a terra per verificare i congegni di lancio. Molti degli esperimenti avvenivano oltre le pareti degli impianti. Bacilli del tifo, dispersi di proposito nei pozzi dei villaggi, causarono vaste epidemie di febbre e una quantità di vittime. In zone urbane densamente popolate furono liberati ratti con pulci infette, per testare la velocità e la virulenza del contagio. Persino i bambini erano considerati un obiettivo accettabile. Nel corso di un esperimento, ad alcuni piccoli abitanti di un villaggio fu distribuito del cioccolato imbottito di antrace, che venne divorato dai bambini grati con effetti collaterali raccapriccianti.»

«Rivoltante», mormorò Yaeger scotendo il capo. «Spero che quei criminali abbiano pagato per i loro delitti.»

«La maggior parte no», proseguì Max. «Quasi tutti i responsabili delle unità militari coinvolte hanno evitato il processo per crimini di guerra. Prima della resa, i giapponesi distrussero gran parte della documentazione e degli stessi impianti. Quanto all'intelligence americana, all'oscuro dell'entità dell'orrore o, in qualche caso, nel tentativo d'impossessarsi dei risultati dei terrificanti esperimenti, ha preferito distogliere lo sguardo da quelle atrocità. Molti dei medici professionisti appartenenti all'esercito imperiale che avevano operato nei campi della morte finirono per diventare rispettati uomini d'affari nell'industria farmaceutica nipponica del dopoguerra.»

«Con le mani lorde di sangue», mormorò Dirk.

«Nessuno lo sa per certo, ma gli esperti valutano che negli anni '30 e '40, a causa dell'attività bellica giapponese in campo chimico e biologico, siano morti almeno duecentomila cinesi, in larga percentuale civili innocenti. Un vero e proprio olocausto, al quale solo di recente storici e studenti hanno dedicato una certa attenzione.»

«La crudeltà dell'uomo verso i suoi simili non finisce mai di sbalordire», dichiarò Yaeger in tono solenne.

«Quali tipi di agenti patogeni e chimici furono usati dai giapponesi, Max?» volle sapere Dirk.

«Si farebbe prima a citare quelli che non utilizzarono. Per quanto si sa, le loro ricerche nel campo dei batteri e dei virus spaziavano dall'antrace al colera, senza tralasciare peste bubbonica, morva, vaiolo e tifo: in pratica, tutto o quasi. Fra gli agenti chimici impiegati a scopo bellico c'erano fosgene, acido cianidrico, iprite e lewisite. Non sono noti i quantitativi impiegati sul campo, sempre a causa del fatto che i giapponesi distrussero la maggior parte dei documenti al momento della ritirata dalla Cina, alla fine del conflitto.»

«In che modo sarebbero stati utilizzati in combattimento, questi agenti?»

«Resistenti come sono alle aggressioni del tempo, gli agenti chimici rappresentano delle munizioni ideali; i giapponesi ne produssero quantità impressionanti, per lo più sotto forma di granate, bombe da mortaio e una vasta gamma di munizioni d'artiglieria. Ne furono lasciate migliaia anche in Manciuria, alla fine della guerra. Quanto alle armi biologiche, invece, i sistemi di diffusione nipponici erano meno efficaci a causa della natura instabile degli agenti utilizzati. La realizzazione pratica di una granata a potenziale biologico si dimostrò ardua, tanto che gli sforzi produttivi in questo settore si concentrarono sulle bombe per aereo. I dati noti sembrano indicare che gli scienziati giapponesi non furono mai completamente soddisfatti dell'efficacia degli armamenti biologici prodotti. »

« Hai qualche indicazione sulla porcellana quale materiale utilizzato per l'involucro di bombe contenenti agenti chimici o biologici? »

« Be', effettivamente sì. In seguito all'esplosione, gli ordigni in acciaio generavano un calore eccessivo che avrebbe distrutto il potenziale patogeno, perciò i giapponesi passarono alla ceramica. È risaputo che in Cina venne testato un tipo di guscio in porcellana per lo sganciamento via aerea di agenti biologici. »

Subito Dirk sentì un nodo allo stomaco. Dunque, nel lontano 1944, l'*I-403* stava davvero portando a termine una missione di morte con le sue bombe biologiche. Il sommergibile era poi casualmente finito in fondo al mare, ma era stato davvero l'unico con un símile incarico?

Yaeger intervenne, strappandolo alle sue riflessioni. « Questa storia mi è del tutto nuova, Max. Non avevo idea che i giapponesi avessero effettivamente impiegato armi chimiche e biologiche durante i combattimenti. Sono mai state utilizzate fuori della Cina, contro forze dell'esercito americano? »

« Il ricorso a questo tipo di armamenti venne in un primo tempo limitato al teatro di guerra in territorio cinese. Furono riferiti sporadici casi in Birmania, Thailandia e Malaysia. Secondo le mie fonti, non si registra l'uso bellico di agenti biologici o chimici contro le forze alleate occidentali, forse per timore di rappresaglie. Qualora si fosse resa necessaria l'invasione del Giappone, però, si presume che ne avrebbero fatto uso per difendere la propria patria. Naturalmente la scoperta di tuo padre dimostra che si volevano creare depositi di armi chimiche nelle Filippine per un possibile impiego a difesa delle isole. »

« La scoperta di mio padre? » esclamò Dirk. « Non capisco. »

« Scusa, Dirk, ora ti spiego. Dalla *Mariana Explorer* mi è pervenuto un esame tossicologico positivo effettuato su un campione di munizione recuperata da tuo padre e Al Giordino.»

«Hai già completato la ricerca nel database sul campione con presenza di arsenico? Credevo avessi detto che non sarebbe stata pronta prima dell'ora di pranzo», chiese Yaeger a Max.

«Talvolta riesco a essere spaventosamente efficiente», lo zittì Max con aria di sufficienza.

«Non vedo il collegamento», osservò Dirk, ancora confuso.

«Tuo padre e Al hanno localizzato una perdita di materiale tossico a bordo di una vecchia nave da carico, pare affondata sulla barriera corallina nei pressi di Mindanao durante la seconda guerra mondiale. L'arsenico colava da una partita di granate ricoverate nella stiva», spiegò Yaeger.

«Granate da 105 mm, per l'esattezza», aggiunse Max. «Munizioni per i pezzi d'artiglieria comunemente utilizzati dall'esercito imperiale giapponese. Solo che, di norma, non contenevano arsenico.»

«Che hai scoperto?» volle sapere Yaeger.

«Il contenuto è una mistura di iprite e lewisite, un concentrato piuttosto conosciuto a partire dagli anni '30, che provoca vesciche dall'esito fatale se rilasciato sotto forma di gas. La lewisite è un derivato dell'arsenico, il che spiega il risultato dei test sul ritrovamento nelle Filippine. In Manciuria, i giapponesi produssero migliaia di granate a base di iprite/lewisite, alcune delle quali vennero usate contro i cinesi. Ancora oggi capita di dissotterrare qualcuno di questi vecchi ordigni.»

«Fu coinvolta anche la marina giapponese, nell'impiego di questo tipo di armamento?» s'informò Dirk.

«La marina imperiale nipponica prese parte attiva nella produzione di armi chimiche presso i suoi cantieri navali di Sagami, e si ritiene che avessero altri quattro arsenali riservati allo stoccaggio a Kure, Yokosuka, Hiroshima e Sasebo. Ma la marina possedeva soltanto una parte del milione e settecentomila ordigni a potenziale chimico che si valuta siano stati prodotti durante il conflitto, e non risulta ne abbia mai utilizzati durante uno scontro navale. Le ricerche sulle armi biologiche, come detto, vennero finanziate attraverso l'esercito imperiale e accentrate nella Cina occupata. Uno dei principali canali per l'attività di ricerca era l'Istituto di medicina dell'esercito di Tokyo; non è noto se avesse qualche collegamento con la marina, poiché l'istituto fu distrutto da un bombardamento nel 1945.»

«Perciò non esistono documenti risalenti al tempo di guerra che provino la presenza di armi chimiche o biologiche a bordo di mezzi della marina?»

«Nessuno a disposizione del pubblico», rispose Max, scotendo la sua testolina virtuale. «Il grosso delle carte di quel periodo requisite ai giapponesi, incluse quelle del ministero della Marina, fu consegnato agli archivi nazionali. In seguito, molti di quei documenti vennero restituiti al governo nipponico come segno di buona volontà. Solo una parte delle carte fu riprodotta, di cui ben poco è stato tradotto.»

«Mi piacerebbe dare un'occhiata agli archivi del ministero della Marina sulla missione di un determinato sommergibile giapponese, l'*I-403*. Saresti in grado di stabilire se questi dati esistono ancora oppure no?»

«Mi dispiace, Dirk, ma non ho accesso a quella sezione dei loro archivi.»

Il giovane si rivolse allora a Yaeger e sollevò un sopracciglio lanciandogli una lunga occhiata d'intesa.

«Gli archivi nazionali, eh? Be', dovrebbe essere molto meno rischioso che cercare di violare Langley», bofonchiò l'uomo con una scrollata di spalle.

«Adesso ravviso il vecchio hacker di Silicon Valley che conosco e adoro», approvò Dirk con una risata.

«Concedimi un paio d'ore e vedrò che posso fare.»

«Max», fece Dirk fissando negli occhi l'ologramma, «ti ringrazio per le informazioni.»

«È stato un piacere, Dirk», mormorò lei con aria provocante. «Sempre lieta di poterti essere d'aiuto.»

Poi, in un attimo, svanì. Yaeger aveva già il naso incollato al monitor di un computer, le dita che volavano sulla tastiera, completamente assorto nella sua missione da sovversivo.

Alle dieci in punto, Dirk varcò la soglia di una lussuosa sala da conferenze con la grossa sacca ancora a tracolla. La folta moquette azzurra s'intonava perfettamente allo scuro tavolo per le riunioni in ciliegio e ai pannelli nello stesso legno che rivestivano le pareti, punteggiate da antichi dipinti a olio di navi da guerra dei tempi della rivoluzione americana. Una delle pareti era formata da una spessa lastra di cristallo che offriva una vista mozzafiato del fiume Potomac e del Washington Mall. Seduti al tavolo, due signori in abito scuro dal volto impassibile ascoltavano attentamente un ometto dagli occhiali con la montatura di corno dissertare sui recenti avvenimenti che avevano coinvolto la *Deep Endeavor* nelle Aleutine. Bloccandosi a metà di una frase, Rudi Gunn scattò in piedi non appena scorse Dirk entrare nella stanza.

« Dirk, che gioia rivederti così presto a Washington », lo accolse cordialmente, i vivaci occhi azzurri che scintillavano dietro le spesse lenti. « Mi fa piacere constatare che l'atterraggio sul traghetto non ti ha causato ferite gravi », aggiunse, osservando il labbro tumefatto e la guancia incerottata di Dirk.

« La mia compagna di viaggio si è fratturata una gamba, mentre io me la sono cavata con un semplice labbro gonfio. È andata molto peggio agli altri, chiunque fossero. È bello rivederti, Rudi », aggiunse, stringendo la mano a colui che da lungo tempo rivestiva la carica di vicedirettore della NUMA.

Gunn lo scortò verso gli altri due. « Ti presento Jim Webster, Dirk, assistente speciale della Sicurezza nazionale, che si occupa di informazione, analisi e protezione delle infrastrutture », annunciò agitando la mano in direzione di un tizio pallido dalla testa rasata. « E questo è Rob Jost, vicedirettore della Maritime and Land Security, Transportation Security Administration, che dipende dalla Sicurezza nazionale. » Un signore paffuto dall'aria introversa e col naso arrossato fece un cenno al nuovo arrivato senza sorridere.

« Stavamo discutendo sul rapporto del comandante Burch in merito al salvataggio della squadra dei CDC che avete portato a termine sull'isola di Yunaska », proseguì Gunn.

« È stata una vera fortuna che ci trovassimo da quelle parti.

Mi dispiace soltanto di non aver potuto raggiungere in tempo i due uomini della guardia costiera. »

« Considerati gli alti livelli di tossine riscontrati nelle adiacenze della stazione meteorologica, non avrebbero comunque avuto scampo », dichiarò Webster.

« Mi confermate che sono deceduti per avvelenamento da cianuro? » lo interrogò Dirk.

« Esatto. Come fa a saperlo? L'informazione non è stata resa pubblica. »

« Abbiamo recuperato dall'isola la carcassa di un leone marino, che al nostro ritorno è stata esaminata da una squadra dei CDC di Seattle. Hanno appurato che la morte è stata causata da inalazione di cianuro. »

« Coincide con i referti autoptici relativi ai due uomini della guardia costiera. »

« Avete raccolto qualche notizia sull'imbarcazione che ci ha sparato contro, e che ha presumibilmente causato l'inquinamento? »

Dopo una pausa imbarazzata, Webster si decise a rispondere: « Niente di nuovo. Purtroppo la descrizione fornita si attaglia a migliaia di altre barche da pesca del genere. Riteniamo non si trattasse di un'imbarcazione locale, e stiamo ora collaborando con le autorità giapponesi per svolgere indagini nel loro Paese ».

« Dunque pensate vi sia un collegamento con i nipponici. Qualche idea sul motivo per cui qualcuno dovrebbe voler sferrare un attacco chimico contro una remota stazione meteorologica nelle Aleutine? »

« Scusi, signor Pitt », intervenne Jost, « conosceva gli uomini che hanno cercato di ucciderla a Seattle? »

« Mai visti prima. Sembravano dei semiprofessionisti, non due semplici teppisti arruolati per strada. »

Aperta una cartelletta che aveva sul tavolo di fronte a sé, Webster fece scivolare verso di lui una fotografia stropicciata formato cartolina. Dirk osservò in silenzio l'immagine in bianco e nero di un giapponese dall'aria battagliera sulla cinquantina che fissava con ferocia l'obiettivo.

« Una foto omaggio di Fusako Shigenobu, ex capo rivoluzionario dell'Armata Rossa giapponese », spiegò Webster. « Trovata nel portafogli di uno dei suoi aspiranti killer dopo che li abbiamo ripescati dall'acqua. »

« Che cos'è l'Armata Rossa giapponese? »

« Una cellula terroristica internazionale che risale agli anni '70. Si riteneva disciolta con l'arresto di Shigenobu, nel 2000, ma a quanto pare stanno progettando un'efferata ripresa dell'attività. »

« Ho letto da qualche parte che la prolungata crisi dell'economia nipponica ha alimentato nella gioventù giapponese un rinnovato interesse verso le sette estremiste », osservò Gunn.

« L'Armata Rossa ha attirato molti giovani scontenti. Hanno rivendicato la paternità dell'assassinio del nostro ambasciatore in Giappone e dell'esplosione all'impianto della SemCon di Chiba: due azioni condotte in modo molto professionale. La reazione dell'opinione pubblica, come certo saprete, sta provocando tensioni nei nostri rapporti con Tokyo. »

« Temiamo possa esserci l'Armata Rossa, dietro l'attacco al cianuro di Yunaska, come preludio a un'azione più cruenta in qualche importante centro urbano », rincarò Jost.

« E, magari, anche dietro il contagio da vaiolo ai danni di Irv Fowler, lo scienziato di Yunaska », mormorò Dirk.

« Non siamo riusciti a stabilire una connessione », lo contraddisse Webster. « I nostri analisti sospettano che Fowler abbia potuto contrarre la malattia a Unalaska, da un abitante del luogo. Le autorità giapponesi non ritengono l'Armata Rossa organizzata al punto da riuscire a procurarsi e diffondere il virus del vaiolo. »

« Non ne sarei così sicuro », obiettò Dirk.

« Non siamo qui per ascoltare le sue teorie cospiratorie, signor Pitt », sentenziò Jost in tono sprezzante. « C'interessa semplicemente appurare che cosa ci facevano nel Paese due agenti dell'Armata Rossa, e perché hanno tentato di uccidere un autista della NUMA. »

« Il direttore dei progetti speciali », lo corresse Dirk. Poi, appoggiata la sacca sul tavolo, con una spinta decisa la fece scivolare attraverso il tavolo in direzione di Jost. L'arrogante responsabile della sicurezza nei trasporti si affrettò ad alzarsi per andare a prendere una tazza di caffè, prima di essere colpito in pieno petto dalla sacca.

« La vostra risposta è lì dentro », dichiarò secco Dirk.

Webster si alzò e aprì la borsa sotto lo sguardo attento di Jost e Gunn. Accuratamente avvolta in uno strato di polistirolo, c'era una grossa porzione dell'involucro recuperato da Dirk a bordo dell'*I-403*. L'involucro di porcellana rivelava un interno ad alveare, con parecchi comparti vuoti posizionati sotto un minuscolo componente appuntito.

« Che roba è? » chiese Gunn.

« Una maledetta bomba di sessant'anni fa », rispose Dirk, prima di ripetere il racconto dell'attacco a Fort Stevens, durante la seconda guerra mondiale, del sommergibile da lui rinvenuto e del recupero dell'ogiva.

« Un'arma ingegnosa », proseguì Dirk. « Ho chiesto al laboratorio di Washington di cercare eventuali tracce del contenuto, per stabilire di che tipo di carica fosse dotata. »

« È fatta di porcellana », osservò Webster.

« Viene usata per preservare gli agenti biologici. L'imboccatura dell'involucro possedeva un semplice dispositivo a tempo, progettato per esplodere a una determinata altitudine liberando l'elemento nocivo vero e proprio. Come potete vedere, la carica doveva essere di modesta potenza, appena sufficiente a rompere l'involucro di porcellana senza danneggiare l'agente all'interno con un calore o una pressione eccessivi. »

Dirk indicò i comparti interni, a forma di sigaro, allineati con ordine vicino alle pinne stabilizzatrici.

« Non è chiaro se i componenti venissero miscelati durante il volo o dopo la detonazione. In ogni caso, la bomba doveva evidentemente contenerne più di uno: uno o più agenti biologici, oppure una combinazione di agenti chimici e agenti biologici. Il laboratorio dei CDC è riuscito soltanto a trovare traccia di un agente chimico in uno dei comparti di questa particolare bomba. »

« Cianuro? » suggerì Gunn.

« Nient'altro. »

« Ma perché utilizzare agenti diversi? » borbottò Webster.

« Per coprire una specifica zona in modo sicuro, e magari distogliere l'attenzione. Poniamo che il cianuro fosse mischiato a un agente biologico. Mentre il solo gas di cianuro sarebbe risultato altamente letale in un'area circoscritta, l'agente biologico avrebbe causato problemi in modo graduale in una zona assai più vasta. Inoltre, dal momento che il gas si dissolve in fretta, i sopravvissuti all'attacco avrebbero rioccupato il territorio colpito senza rendersi conto di un secondo pericolo incombente. Queste, tuttavia, non sono che semplici ipotesi. È possibile che la forma dell'involucro avesse altri scopi, come quello di utilizzare agenti chimici e biologici che, combinati, risultassero maggiormente letali. »

« Per concludere, quali altri agenti erano contenuti in questa bomba? » lo interrogò Gunn.

Dirk scosse piano il capo. « Questo lo ignoriamo. I tecnici del laboratorio non sono riusciti a identificare nessuna traccia residua negli altri comparti. Sappiamo solo che la porcellana veniva usata per accogliere agenti biologici, ma i giapponesi hanno condotto esperimenti su tutta una gamma di sostanze; potrebbe trattarsi di qualsiasi cosa, dalla peste bubbonica alla febbre gialla. »

« O vaiolo? » ipotizzò Gunn.

« O vaiolo. »

Il viso di Jost si fece rosso come una barbabietola. « Queste sono fantasie assurde », bofonchiò. « La lezione di storia è interessante, ma di scarsa rilevanza. Un gruppo terroristico moderno che sottrae armamenti da un sommergibile della seconda guerra mondiale? Bella storia, ma come avrebbero fatto i suoi virus biologici a sopravvivere sott'acqua per sessant'anni, signor Pitt? E, poi, conosciamo l'Armata Rossa giapponese. Si tratta di una piccola organizzazione ristretta e poco sofisticata. Assassinio politico ed esplosivi possono rientrare nella loro sfera d'azione; recuperi in acque profonde e microbiologia, no. »

« Devo concordare con Rob », aggiunse Webster in tono diverso. « Per quanto l'ogiva al cianuro sia una coincidenza interessante considerato l'attacco di Yunaska, rimane il fatto che il cianuro è una sostanza facilmente ottenibile da numerose fonti. Ha ammesso che non esistono prove che dimostrino l'origine del contagio da vaiolo. E, poi, non sappiamo per certo se l'involucro di bomba mancante sul sommergibile sia finito da qualche altra parte, o addirittura caricato a bordo. »

Chinatosi sulla sacca, Dirk aprì la lampo di una tasca laterale e ne estrasse il timer digitale ancora funzionante che aveva trovato in camera di lancio. « Magari potreste scoprire da dove proviene questo », disse porgendolo a Webster.

« Potrebbe averlo lasciato un sub sportivo », osservò Jost.

« Un sub con uno spiccato senso della proprietà, a quanto pare », ribatté seccamente Dirk. « Mi hanno sparato addosso per ben due volte, fino a ora. Non so chi sia questa gente, ma di sicuro fa sul serio. »

« Le assicuro che stiamo effettuando indagini a tutto campo », intervenne Webster. « Farò analizzare di nuovo l'involucro ed esaminare il timer dal nostro laboratorio di Quantico. Troveremo i delinquenti che hanno causato la morte dei due uomini della guardia costiera. » Le parole erano rassicuranti, ma una certa esitazione nella voce lasciava trasparire che non nutriva eccessive speranze nei risultati. « Possiamo offrirle un alloggio sicuro, signor Pitt, fino a quando non avremo effettuato un arresto. »

« No, grazie. Se questa gente è quella che dite, non dovrei avere più nulla da temere. Dopotutto, quanti agenti operativi può avere l'Armata Rossa nel nostro Paese? » concluse, fissando il suo interlocutore con uno sguardo penetrante.

Mentre Webster e Jost si scambiavano un'occhiata imbarazzata senza proferire verbo, Gunn intervenne in maniera diplomatica. « Vi ringraziamo per le indagini sulla perdita del nostro elicottero », dichiarò, accompagnando in modo cortese i due alla porta. « Teneteci al corrente sugli eventuali sviluppi, per favore. Ovviamente, la NUMA sarà lieta di collaborare in ogni modo possibile. »

Una volta che ebbero lasciato la stanza, Dirk se ne restò seduto in silenzio scotendo la testa.

« Dopo le feroci critiche subite per i casi di assassinio irrisolti in Giappone, hanno deciso di passare sotto silenzio l'incidente di Yunaska », osservò Gunn. « La Sicurezza nazionale e l'FBI sono in difficoltà, e contano sulle autorità giapponesi per aprire uno spiraglio sulla questione. L'ultima cosa che vogliono, a questo punto, è ammettere un collegamento col caso di vaiolo, con un'unica vittima e nessun terrorista implicato. »

« La prova può essere debole, ma sarebbe stupido ignorare un attacco sul nostro stesso territorio », protestò Dirk.

« Ne parlerò all'ammiraglio. Il direttore dell'FBI è un suo vecchio compagno di tennis. Si assicurerà che non nascondano questa storia sotto il tappeto. »

Un colpetto alla porta li interruppe, seguito dalla smunta faccia di Yaeger che faceva capolino.

« Spiacente di disturbarvi. Ho qualcosa per te, Dirk. »

« Vieni, Hiram. Rudi e io stavamo solo complottando per rovesciare il governo. Max è riuscita ad accedere ai file riservati degli archivi nazionali? »

« L'insegna di McDonald's ha degli archi dorati? » replicò Yaeger fingendosi risentito.

Gunn lanciò a Dirk un'occhiata in tralice, poi scosse la testa divertito. « Nel caso voi ragazzi foste colti sul fatto mentre violate le norme di sicurezza, fammi un favore: dai la colpa a tuo padre, d'accordo? »

Dirk scoppiò in una risata. « Sicuro, Rudi. Che hai trovato, Hiram? »

« I dati del ministero della Marina sull'argomento sono limitati. È un peccato che la maggior parte dei documenti originali sia stata restituita al governo giapponese negli anni '50. I file disponibili negli archivi sono, ovviamente, scritti in giapponese utilizzando una varietà di dialetti, perciò ho dovuto installare vari programmi di traduzione prima di poter avviare la ricerca. » Yaeger fece una pausa per versarsi una tazza di caffè da una capiente brocca d'argento, poi riprese: « Tutto considerato, sei fortunato: ho scovato un registro di ordini operativi della sesta flotta nipponica che copre gli ultimi sei mesi del 1944 ».

« Incluso l'*I-403*? »

« Già. Evidentemente la sua missione del dicembre 1944 doveva rivestire una grande importanza: è stata approvata dall'ammiraglio comandante in capo in persona. Le istruzioni per la partenza erano concise e davvero edificanti. »

Yaeger estrasse un foglio da una sottile cartelletta e lesse ad alta voce: « 'Rotta a nord fino alla costa occidentale del Pacifico, con rifornimento ad Amchitka (*Morioka*). Lanciare attacco aereo con armamento *Makaze* il più presto possibile. Bersagli primari: Tacoma, Seattle, Vancouver, Victoria. Bersagli alternativi: Alameda, Oakland, San Francisco. Con la benedizione dell'imperatore' ».

« Un elenco di obiettivi piuttosto ambizioso, per due soli aerei », fece notare Gunn.

« Riflettiamoci un momento », intervenne Dirk. « Le città sono tutte concentrate in un'area raggiungibile con un unico volo. Due o tre bombe biologiche su ciascuna, se è di questo che si trattava, sarebbero bastate a provocare una carneficina. Hai detto che l'armamento veniva chiamato *Makaze*, giusto, Hiram? St. Julien Perlmutter ha trovato una citazione dello stesso termine. Qualche notizia sulla sua natura? »

« Ha incuriosito anche me. Ho scoperto che la traduzione letterale è 'vento infernale' o 'vento nero', ma non c'erano altre informazioni fra i dati ufficiali della marina. » Yaeger fece una pausa, appoggiandosi alla spalliera della sedia con l'aria di uno che la sa lunga.

« Be', hai trovato altro? » lo spronò alla fine Gunn.

« È stata Max, a dire il vero », precisò Yaeger con orgoglio. « Esauriti i dati degli archivi nazionali, le ho chiesto di cercare fra i database disponibili al pubblico, sia negli Stati Uniti sia in Giappone. Mentre frugava in un archivio genealogico nipponico, ha fatto centro grazie all'oscuro diario di un marinaio che aveva prestato servizio a bordo dell'*I-403* durante il conflitto. » Sollevato un foglio stampato dal computer, proseguì: « Il macchinista di prima classe Hiroshi Sakora, corpo aereo della marina imperiale, ha avuto una fortuna del diavolo. Fu colto da un attacco di appendicite proprio mentre il sommergibile solcava il Pacifico nel fatale viaggio del dicembre 1944, e venne trasferito a bordo della nave rifornitrice, nelle isole Aleutine. Tutti i suoi compagni, ovviamente, perirono durante l'affondamento del sommergibile al largo dello Stato di Washington ».

« E ha menzionato la missione dell'*I-403*? »

« Con dovizia di particolari. Risulta che il giovane signor Sakora, oltre ai suoi compiti di manutenzione, fosse anche addetto all'armamento degli aerei ricoverati a bordo del sommergibile. Scrive che, prima di salpare per l'ultimo viaggio, un ufficiale dell'esercito di nome Tanaka aveva portato a bordo un insolito tipo di bomba per aereo da utilizzare nel corso della missione. Il morale dell'equipaggio salì alle stelle, aggiunge, non appena gli uomini appresero di essere destinati a sferrare un attacco nel territorio degli Stati Uniti, ma girava una quantità d'interrogativi e di ipotesi sull'arma sconosciuta. »

« Riuscì a scoprire di cosa si trattava? » lo sollecitò Gunn.

« Ci provò, ma i rapporti col compagno Tanaka non erano facili. 'Un tipo arrogante, introverso e ostinato', scrive di lui. La tipica rivalità fra esercito e marina, suppongo. Inoltre i marinai non gradirono il suo inserimento nell'equipaggio all'ultimo minuto. In ogni caso, i suoi tentativi di far parlare Tanaka si rivelarono vani. Alla fine, poco prima di ammalarsi e di essere sbarcato alle Aleutine, riuscì a strappare l'informazione a uno dei piloti il quale, dopo aver bevuto qualche tazza di *sakè* con Tanaka, sosteneva di avergli estorto il segreto: si trattava di vaiolo. »

« Buon Dio, allora è vero! » esclamò Gunn.

« Così sembra. Scrive che l'armamento era stato realizzato con virus liofilizzato, da disperdere in quota sui punti con la maggiore concentrazione di abitanti delle varie città. Nel giro di due settimane era previsto lo scoppio di un'epidemia di vaiolo lungo l'intera costa occidentale. Al tasso di mortalità del 30 per cento, si sarebbe avuto un numero di decessi impressionante. I giapponesi erano convinti che, una volta che si fosse diffuso il panico, sarebbero stati in grado di negoziare un accordo di pace alle loro condizioni. »

« La minaccia di ulteriori bombe al vaiolo sul suolo di casa nostra avrebbe potuto piuttosto convincere un sacco di gente a cambiare idea sull'opportunità di mettere fine al conflitto», osservò Gunn.

Un brivido attraversò la stanza mentre i tre uomini riflettevano su come sarebbe potuta cambiare la storia, se solo l'*I-403* avesse portato a termine con successo la propria missione. Immediatamente dopo, i loro pensieri si focalizzarono su una minaccia ben più attuale.

«Hai detto che il virus era liofilizzato. Pertanto dovevano essere in grado di stoccarlo per lunghi periodi e richiamarlo in vita successivamente», osservò Dirk.

«Un fattore essenziale, in vista di un lungo viaggio per mare», confermò Yaeger. «Secondo Max, i giapponesi avevano incontrato grosse difficoltà in questo campo, fino al momento in cui non hanno messo a punto un metodo per la liofilizzazione dei virus che consentiva loro di maneggiarli con maggiore facilità e di conservarli più a lungo, in attesa di riattivarli al momento dell'impiego. Aggiungi un po' di H_2O, e il gioco è fatto.»

«Dunque il virus potrebbe ancora rappresentare un pericolo, anche dopo essere rimasto per sessant'anni in fondo al mare», sottolineò Gunn. «Suppongo che questo risponda alla domanda di Jost.»

«Non c'è motivo perché il virus non si sia conservato sotto forma liofilizzata, ammesso che l'involucro non si fosse spezzato durante l'affondamento. Essendo fatte di porcellana, le ogive erano in grado di mantenersi intatte per secoli sott'acqua», affermò Dirk. «Ciò potrebbe anche spiegare i vari segmenti interni presenti nella bomba. Un comparto contenente dell'acqua era essenziale per la rivitalizzazione del virus.»

«Forse siamo stati più fortunati di quanto pensiamo, se tutti gli involucri tranne uno sono andati distrutti insieme col sommergibile», mormorò Gunn.

«Ne manca sempre uno all'appello», obiettò Dirk.

«Già, senza contare l'armamento per l'altra missione», rincarò Yaeger.

Dirk e Gunn si scambiarono un'occhiata perplessa. «Quale altra missione?» chiese infine Gunn con espressione incredula.

«L'*I-411*.»

Non appena pronunciate quelle parole, Yaeger si sentì trafiggere da due paia d'occhi sbarrati.

« Non lo sapevate? » esclamò. « C'era un secondo sommergibile, l'*I-411*, anch'esso con l'armamento *Makaze* a bordo, inviato ad attaccare la costa orientale degli Stati Uniti », proseguì a bassa voce, rendendosi conto di aver appena sganciato una bomba a sua volta.

20

Era stata una lunga giornata, per Takeo Yoshida. Operatore di una delle gru della Yokohama Port Development Corporation, stava sgobbando dalle sei del mattino per caricare a bordo di una vecchia nave iberica una serie di container con materiale elettronico di consumo di fabbricazione giapponese destinato all'esportazione. Aveva appena fissato l'ultimo dei container metallici sul ponte della nave, quando udì gracchiare la radio nella cabina di controllo della gru.

« Sono Takagi, Yoshida », bofonchiò la voce profonda del suo caposquadra. « Completata la *San Sebastian*, presentati al molo D-5. Un carico singolo per la *Baekje*. Passo. »

« Affermativo, Takagi-san », rispose Yoshida celando il disappunto. A soli venti minuti dalla fine del turno, Takagi gli affibbiava un lavoro dall'altra parte del porto. Assicurata la gru, camminò per oltre settecento metri attraverso il terminal Honmoku in direzione del molo D-5, lanciando una maledizione a Takagi a ogni passo. Raggiunta l'estremità della banchina, gettò un'occhiata alle acque dell'affollato porto di Yokohama, dove un costante flusso di navi commerciali manovrava per prepararsi al carico o allo scarico.

Con i suoi trecento metri fronte mare, il molo container D-5 era abbastanza ampio da servire le navi da carico più capaci in circolazione. Yoshida fu sorpreso nello scoprire che quella ormeggiata lì non era la solita gigantesca portacontainer in attesa di carico industriale, bensì una speciale posacavi nella quale riconobbe la *Baekje*, costruita nei vicini cantieri dell'industria pesante Hyundai. Lunga centotrentacinque metri, con quaranta metri e mezzo di baglio, la robusta nave era stata progettata per deporre cavi di fibra ottica sul fondo oceanico nelle turbolente acque del Pacifico settentrionale. Guardando le sovrastrutture dall'aria moderna e lo scafo di un bianco ancora abbagliante, Yoshida dedusse che non dovevano essere trascorsi molti anni dal giorno in cui la supertecnologica nave era stata fatta scivolare nella baia di Yokohama per la prima volta. Esibiva una bandiera coreana all'albero e un fregio azzurro a forma di folgore sul fumaiolo, che il tecnico addetto alla gru riconobbe come il simbolo della Kang Enterprises. Poco informato sulla storia della Corea, l'uomo ignorava che il suo nome, *Baekje*, risaliva a una delle prime dinastie tribali coreane che avevano dominato la penisola nel III secolo dopo Cristo.

Un paio di scaricatori stavano assicurando dei cavi sotto un oggetto oblungo adagiato sul pianale di un grosso camion senza sponde; vedendolo avvicinarsi, uno dei due si girò a salutarlo.

« Ehi, Takeo, hai mai sollevato un sommergibile, prima d'ora? » gli gridò.

Yoshida gli rivolse uno sguardo perplesso, ma subito dopo si rese conto che l'oggetto sul camion era un piccolo sommergibile bianco.

« Takagi ha detto che il nostro turno di lavoro finirà non appena lo avremo caricato », proseguì l'uomo, scoprendo le gengive sdentate in un sorriso. « Depositalo a bordo, e andiamo a farci una birra. »

« È assicurato bene? » chiese Yoshida agitando una mano verso il carico.

« Tutto pronto », rispose zelante il secondo scaricatore, un diciannovenne che Yoshida sapeva aver cominciato a lavorare alle banchine qualche settimana prima.

Qualche metro più in là, il gruista notò un tizio calvo e corpulento con gli occhi scuri che sorvegliava la scena tenendosi accanto alla passerella della nave. L'uomo sembrava circondato da un'aura minacciosa, rifletté Yoshida. Dopo tutte le zuffe cui aveva assistito nei bar intorno al porto, era perfettamente in grado di distinguere uno che si dava arie da duro da uno che lo era davvero. Quel tizio non fingeva, si disse.

Scivolando col pensiero sul sapore di una bella birra gelata, si arrampicò sulla lunga scaletta fino alla cabina della vicina gru per il sollevamento dei container e avviò il motore diesel. Manovrando con abilità le leve come un concertista che sfiora i tasti del pianoforte, regolò il braccio mobile e il bilancino sino a che non fu soddisfatto, poi calò rapidamente bilancino e gancio verso terra, bloccandoli pochi centimetri al di sopra del sommergibile. I due portuali fecero subito scivolare un paio di cinghie sul gancio e alzarono il pollice per dare l'OK a Yoshida. Con la massima delicatezza, il gruista azionò il cavo di sollevamento, che si tese cominciando ad avvolgersi intorno a un cilindro posto alle spalle della cabina. Dopo aver issato lentamente il sommergibile da ventiquattro tonnellate a un'altezza di quindici metri, Yoshida esitò un istante nell'attesa che il carico oscillante si stabilizzasse, prima di spostarlo sopra la sella che lo aspettava sul ponte di poppa della *Baekje*. Ma non ne ebbe mai la possibilità.

Prima che fosse visibile, quasi prima che avesse materialmente inizio, le mani esperte di Yoshida sentirono qualcosa che non andava attraverso i comandi. Una delle cinghie non era stata assicurata a dovere al sommergibile, la cui estrema poppa si liberò dal cappio che avrebbe dovuto reggerla e scivolò di colpo verso il basso. L'istante successivo, la parte posteriore del mezzo penzolava puntata verso terra, mentre la capsula di metallo bianco oscillava con un'angolazione grottesca, appesa precariamente all'unica cinghia ancora avvolta intorno al suo muso. Trattenendo il respiro, Yoshida rimase a contemplare il sommergibile che per un attimo parve sul punto di stabilizzarsi. Prima che potesse fare qualsiasi cosa, tuttavia, l'aria fu percorsa dall'acuto sibilo dell'unica cinghia di fissaggio rimasta che si spezzava. Il carico piombò come una tonnellata di mattoni sulla banchina sottostante e atterrò sulla poppa che si accartocciò a fisarmonica, prima di scivolare con un tonfo sul fianco.

Con una smorfia, Yoshida pensò ai guai che lo aspettavano per mano di Takagi e alla valanga di scartoffie che avrebbe dovuto compilare per l'assicurazione. Per fortuna sul molo nessuno era rimasto ferito. Mentre scendeva dalla cabina della gru per andare a verificare il danno, lanciò un'occhiata al tizio calvo accanto alla passerella della nave, aspettandosi di vederlo dare in escandescenze. Invece il misterioso spettatore gli restituì lo sguardo con un'espressione gelida sul volto di pietra. Gli occhi scuri, però, sembravano volerlo trapassare da parte a parte.

Il veicolo subacqueo a tre posti Shinkai recava seri danni a poppa ed era chiaramente inutilizzabile. Sarebbe stato rispedito al Centro giapponese di scienza e tecnologia marina e avrebbe richiesto tre mesi di riparazioni prima di poter riprendere il mare. I due portuali non se la cavarono altrettanto bene: il giorno seguente, scampato al licenziamento, Yoshida notò che i due operai non si erano presentati al lavoro, dopo di che nessuno ne ebbe più notizie.

Venti ore più tardi, a trecentottanta chilometri di distanza in direzione sud-ovest, un aereo di linea a reazione di proprietà di una società americana atterrò presso il moderno Kansai International Airport di Osaka e si avvicinò rullando al gate dei voli internazionali. Sbarcando dall'aereo, Dirk si stiracchiò in tutto il suo metro e novanta abbondante, sollevato per aver potuto abbandonare lo stretto sedile d'aereo che solo un fantino avrebbe trovato confortevole. Oltrepassato rapidamente il controllo della dogana, entrò nel terminal principale affollato da uomini d'affari che si affrettavano verso i propri aerei. Fermatosi un istante, gli bastò una veloce occhiata circolare al salone per individuare nella massa la donna che cercava.

Alta un metro e ottanta, capelli rosso fiamma lunghi fino alle spalle, Summer, la sorella gemella di Dirk, torreggiava come un faro sulla marea di giapponesi dai capelli corvini. Gli occhi grigio perla scintillarono e la morbida bocca si aprì in un sorriso non appena la ragazza scorse il fratello, che invitò con un cenno della mano a raggiungerla.

« Benvenuto in Giappone », esclamò abbracciandolo. « Hai viaggiato comodamente? »

« Come in una scatola di sardine con le ali. »

« Bene, allora ti sentirai proprio come a casa, nella cuccetta che sono riuscita a procurarti a bordo della *Sea Rover* », rise lei.

« Temevo non fossi ancora arrivata », osservò Dirk mentre, ritirati i bagagli, si dirigevano verso il parcheggio.

« Quando il comandante Morgan ha saputo da Rudi che dovevamo sospendere lo studio sugli inquinanti lungo la costa orientale del Giappone per partecipare a un'urgente missione di ricerca e recupero, non ha perso tempo a rispondere. Per fortuna, quando è arrivata la comunicazione stavamo lavorando non lontano da Shikoku, così ho potuto raggiungere Osaka in mattinata. »

Come il fratello, Summer aveva nutrito fin da bambina un profondo amore per il mare. Presa la laurea in biologia oceanografica presso lo Scripps Institute, era entrata nella NUMA al fianco del fratello dopo il ricongiungimento col padre, che dirigeva l'organizzazione. Testarda e piena di risorse quanto il gemello, si era guadagnata il rispetto degli addetti ai lavori grazie alla propria preparazione, capacità e intraprendenza, mentre la sua avvenenza non passava mai inosservata.

Oltrepassata con Dirk una fila di auto, Summer si bloccò di fronte a una piccola monovolume Suzuki color arancio parcheggiata in un angolo.

« Oh, no, non un'altra spezzaginocchia », rise Dirk esaminando il minuscolo veicolo.

« Un prestito da parte delle autorità portuali. Ti sorprenderà, vedrai. »

Dopo aver riposto con cura l'equipaggiamento nell'angusto vano bagagli, Dirk spalancò la portiera di sinistra preparandosi a rannicchiarsi nel posto del passeggero. Con sua sorpresa, l'interno della vetturetta con guida a destra si rivelò invece spazioso, dotato di sedili bassi che lasciavano ampio spazio alla testa dei due spilungoni. Balzata al posto di guida, Summer lasciò il parcheggio per imboccare la superstrada Hanshin. Mentre si dirigeva a nord verso il centro di Osaka, spinse sull'acceleratore della piccola Suzuki zigzagando nel traffico per tutti i dodici chilometri che li separavano dal terminal portuale cittadino. Abbandonata la superstrada, varcò l'ingresso del terminal portuale sud di Osaka e raggiunse uno dei moli laterali prima di arrestare l'auto di fronte alla *Sea Rover*.

La nave da ricerca della NUMA era una versione leggermente più grande e moderna della *Deep Endeavor*, con tanto di scafo della stessa tonalità di turchese. Lo sguardo di Dirk venne attirato dal ponte di poppa, sul quale scintillava come un sole sorgente lo *Starfish*, un mezzo subacqueo di un vivido color arancio.

« Benvenuto a bordo, Dirk », tuonò la voce profonda di Robert Morgan, lo skipper della *Sea Rover*. Barbuto, goffo come un orso, Morgan sembrava la versione muscolosa di Burl Ives, il famoso attore e cantante folk. Avendo comandato praticamente tutto ciò che galleggiava, dai rimorchiatori del Mississippi alle petroliere saudite, il gioviale comandante possedeva un bagaglio di esperienza marinaresca d'incredibile vastità. Dopo aver messo da parte la cospicua liquidazione maturata nel periodo di attività come comandante di navi commerciali, Morgan era entrato nella NUMA per puro spirito di avventura e per la voglia di navigare in acque uniche al mondo. Profondamente stimato dal proprio equipaggio, lo skipper della *Sea Rover* era un capo in possesso di un'eccellente capacità organizzativa e di una meticolosa attenzione per i dettagli.

Dopo aver sistemato il bagaglio di Dirk, il terzetto si trasferì in una sala riunioni sul lato di dritta i cui oblò offrivano una rasserenante panoramica del porto di Osaka. Di lì a poco, vennero raggiunti dal primo ufficiale, Tim Ryan, un tipo allampanato dagli occhi blu ghiaccio. Mentre Dirk afferrava una tazza di caffè per scuotersi di dosso il torpore del lungo volo, Morgan attaccò l'argomento lavoro senza perdere altro tempo.

« Diteci qualcosa su questa urgente missione di ricerca e recupero. Gunn è stato piuttosto avaro di particolari, durante la telefonata via satellite. »

Dirk gli riassunse l'incidente di Yunaska e il recupero dell'involucro di bomba dall'*I-403*, oltre a ciò che avevano appreso sulla missione fallita del sommergibile.

« Frugando tra i documenti navali giapponesi contenuti negli archivi nazionali, Hiram Yaeger ha scoperto un ordine di servizio praticamente identico riguardante un secondo sommergibile, l'*I-411*. Gli era stata assegnata la stessa missione, solo che avrebbe dovuto attraversare l'Atlantico e colpire New York e Philadelphia anziché la costa occidentale. »

« Che fine ha fatto, questo *I-411*? » chiese Summer.

« Siamo qui per scoprirlo. Yaeger non è riuscito a raccogliere notizie certe sulla sua sorte, eccetto che non si presentò a un rifornimento programmato dalle parti di Singapore, e fu dato per disperso nel mar della Cina Meridionale. Ho contattato St. Julien Perlmutter, il quale ha compiuto un ulteriore passo avanti scoprendo che un'inchiesta ufficiale della marina giapponese ne faceva risalire la scomparsa alle prime settimane del 1945, al centro del mar della Cina *Orientale*. Perlmutter ha appurato che questi dati coincidevano con un rapporto del sommergibile americano *Swordfish*, il quale riferiva di aver attaccato e affondato un grosso sommergibile nemico in quella zona e in quel periodo. Sfortunatamente il *Swordfish* finì distrutto prima del termine della missione, perciò non fu possibile documentare in modo esauriente la vicenda. Il loro rapporto via radio, tuttavia, forniva le approssimative coordinate dell'affondamento. »

« Dunque tocca a noi trovare l'*I-411* », concluse in tono sbrigativo Morgan.

Dirk annuì. « Dobbiamo accertarci che le bombe biologiche siano andate distrutte al momento dell'affondamento, o recuperarle nel caso siano ancora intatte. »

Summer lasciò vagare lo sguardo oltre gli oblò, verso un grattacielo che si stagliava nel cielo di Osaka. « Rudi Gunn ci ha aggiornato sull'Armata Rossa giapponese. Non potrebbero aver già recuperato loro le armi biologiche dal sommergibile, Dirk? »

« Sì, è una delle possibilità. La Sicurezza nazionale e l'FBI sembrano ritenere che l'Armata Rossa non sia in grado di portare a termine un'operazione di recupero in acque profonde, e probabilmente hanno ragione. Ma in fondo tutto ciò che serve è il denaro, e chi può sapere di quanti fondi disponga l'Armata Rossa o uno dei gruppi terroristici suoi associati? Rudi conviene che è meglio scoprire come stanno le cose, in un caso o nell'altro. »

Mentre il silenzio piombava sulla stanza, nella mente di tutti si materializzò la visione di un grappolo di ferali congegni biologici acquattati in fondo al mare, e delle conseguenze qualora fossero caduti nelle mani sbagliate.

« Avete a disposizione la nave e l'equipaggio migliori della NUMA », dichiarò infine Morgan. « Ce la faremo. »

« Ci aspetta un'area di ricerche molto vasta, comandante », replicò Dirk. « Fra quanto potremo metterci in viaggio? »

« Dobbiamo completare il rifornimento di carburante e aspettare due o tre membri dell'equipaggio che sono sbarcati a fare provviste. Prevedo che si potrà salpare nel giro di sei ore », stabilì lanciando un'occhiata a un orologio appeso alla parete.

« Bene. Recupero le coordinate per la ricerca e le porto subito al timoniere. »

Mentre lasciavano la stanza, Summer colpì Dirk con una leggera spallata. « Dimmi, quanto ti sono costate le informazioni di Perlmutter? » lo canzonò, ben conoscendo la propensione dello storico dal palato fine per i ricatti di natura gastronomica.

« Non molto. Un barattolo di ricci di mare in salamoia e una bottiglia di *sakè* di ottant'anni. »

« Sei riuscito a scovarli a Washington? »

Dirk le rispose con un'occhiata supplice e un'espressione disperata dipinta sul volto.

« Be' », disse lei ridendo, « ci restano sei ore in porto. Diamoci da fare. »

21

«Ma, Dae-jong, aprire le porte al Nord non mi assicurerà una fonte di mano d'opera specializzata cui attingere», obiettò l'amministratore delegato della maggiore fabbrica di auto della Corea del Sud, prima di tirare una boccata dal grosso sigaro cubano.

All'altro lato di un tavolino da cocktail in mogano, Dae-jong Kang scosse educatamente la testa mentre una cameriera dalle gambe lunghissime si avvicinava con un secondo giro di drink. La loro conversazione s'interruppe fino a che la giovane dipendente del Chaebel Club non ebbe posato i bicchieri davanti ai due. Il club era un rifugio privato per i coreani più potenti e facoltosi, un luogo d'incontro neutrale e sicuro dove si combinavano grossi affari davanti a *kimchi* e martini. L'aristocratico circolo era adeguatamente situato al centesimo piano dell'edificio più alto del mondo, la Torre degli affari internazionali, edificata di recente nella zona occidentale di Seoul.

«Devi tener presente il minor costo del personale. Le spese per i corsi d'aggiornamento saranno minime, e recuperabili nel giro di pochissimo tempo. Dopo aver analizzato i dati, il mio staff mi ha confermato che potrei risparmiare venti milioni di dollari l'anno sui soli costi della mano d'opera, se riuscissimo ad attingere lavoratori dalla Corea del Nord ai livelli retributivi correnti. Posso solo immaginare a quanto ammonterebbe il potenziale risparmio nel settore automobilistico. Supponi che, invece di ampliare il tuo impianto di Ulsan, potessi costruirne uno completamente nuovo nella provincia settentrionale di Yanggang. Di quanto aumenterebbe la tua competitività sui mercati mondiali, per non parlare dell'entratura che ti garantirebbe verso i consumatori del Nord?»

«D'accordo, ma non è così facile, per me. Devo fare i conti

con i sindacati, con le limitazioni sul budget. Di sicuro non potrei buttare in mezzo alla strada i dipendenti di Ulsan per assumere lavoratori del Nord a metà salario. Inoltre, utilizzando un lavoratore del Nord, dovremmo fare i conti con una mentalità completamente diversa dalla nostra. Dopotutto gli Stati socialisti non sono mai stati famosi per la qualità dei loro prodotti. »

« Niente che un po' di rieducazione e un assaggio dei vantaggi del capitalismo non possano risolvere in brevissimo tempo », obiettò Kang.

« Forse. Ma bisogna accettare il fatto che non c'è mercato per le automobili, al Nord. Il Paese si trova in condizioni economiche disastrose, e la prima preoccupazione dell'uomo della strada è come mettere qualcosa nel piatto. Col reddito medio attuale, non ci sono prospettive favorevoli per il mio settore di attività. »

« È vero, ma stai parlando del presente; bisogna guardare al futuro. I nostri due Paesi si trovano su un'inevitabile rotta di collisione lungo la strada dell'unificazione, e solo chi si prepara oggi mieterà le messi di domani. Hai avuto l'intuizione di espandere la vostra presenza sul mercato indiano e statunitense, e ora sei uno dei principali operatori nell'industria automobilistica. Prendi ispirazione da una Corea unificata, e aiutami a elevare la nostra patria fino ai vertici della scena mondiale. »

Il magnate dell'industria soffiò una nuvola di fumo verso il soffitto, mentre rifletteva sulle parole di Kang. « C'è della logica nel tuo ragionamento. Chiederò al mio ufficio progetti di esaminare la cosa, preparando magari uno studio di fattibilità, ma non sono sicuro di avere lo stomaco abbastanza forte da districarmi fra le pratiche burocratiche e i permessi, da parte dei governi di entrambi i Paesi, per stabilire una nostra presenza al Nord in questo momento », dichiarò, mettendo le mani avanti.

Kang depose la sua vodka Gimlet e sorrise. « Posso contare su una certa influenza in entrambi i governi, e su amici che ci verranno in aiuto al momento giusto », rispose con finta modestia.

« Davvero gentile da parte tua. E c'è qualcosa che posso fare per te, mio buon amico, per contraccambiare?» gli chiese ammiccando il suo interlocutore.

«La mozione in seno all'Assemblea nazionale per espellere i militari americani dal nostro suolo sta guadagnando consensi. Il tuo sostegno influenzerebbe l'opinione di un buon numero di personaggi politici.»

«Effettivamente, dopo le imbarazzanti notizie sugli incidenti col personale militare americano, la situazione in alcuni settori della nostra attività si sta facendo delicata. Tuttavia non sono convinto che i timori in fatto di sicurezza, in vista di un eventuale ritiro delle forze americane, siano del tutto infondati.»

«Ma certo che lo sono», mentì Kang. «La presenza degli americani non fa che accrescere il pericolo di un'aggressione dal Nord. Il loro allontanamento servirà a stabilizzare i rapporti fra i nostri Paesi, consentendo una definitiva riunificazione.»

«Credi davvero che sia la cosa giusta da fare?»

«Potrebbe rendere enormemente ricchi entrambi, Songwoo», fu la risposta di Kang.

«Lo siamo già», replicò con una risata il magnate delle auto spegnendo il sigaro in un posacenere di porcellana. «Lo siamo già.»

Dopo aver salutato con la mano l'amico industriale, Kang scese per cento piani a bordo di un ascensore superveloce che lo scaricò nell'atrio dell'affollato centro d'affari. Una guardia del corpo vestita di nero che lo accompagnava disse qualche parola in una ricetrasmittente, e pochi istanti più tardi una limousine Bentley Arnage RL venne a fermarsi lungo il marciapiede per accoglierli a bordo. Abbandonato in silenzio sui sedili posteriori in pelle della vettura, Kang lasciò che una sensazione di autocompiacimento calasse su di lui.

Il progetto stava funzionando meglio di quanto non si fosse aspettato. L'omicidio simulato di una ragazza da parte dell'aviatore americano aveva sollevato forti risentimenti in tutto il Paese. Madri inscenavano frequenti proteste all'esterno delle basi militari americane; una folla di bellicosi studenti aveva marciato vociando fino all'ambasciata statunitense. Il reparto amministrativo della società di Kang aveva orchestrato un'intensa campagna epistolare, bombardando una ventina di politici locali con richieste di espulsione ai danni delle forze armate straniere. Infine, i ricatti esercitati da Kang su numerosi membri dell'Assemblea nazionale avevano fatto decollare la mozione con la quale il presidente sudcoreano si sarebbe ben presto trovato a fare i conti. Attualmente Kang stava lavorando sulla classe dirigente nel settore degli affari, gente in grado di esercitare forti pressioni nei confronti sia dei media sia dei membri dell'Assemblea nazionale.

A Pyongyang, intanto, la leadership nordcoreana stava facendo la propria parte promuovendo il tema della riunificazione a ogni occasione pubblica. Come gesto di buona volontà a dimostrazione del miglioramento nei rapporti fra i due Paesi, avevano temporaneamente eliminato gran parte delle norme che limitavano gli spostamenti al Nord e annunciato con grande clamore il ritiro di una divisione corazzata dalla zona smilitarizzata quale gesto di pace, omettendo di precisare che era stata semplicemente spostata poco più lontano. Insomma, stravolgendo del tutto i fatti, si stava portando avanti una campagna all'insegna della pace e della fratellanza tanto efficace da far invidia a un pubblicitario di Madison Avenue.

Attraversato il centro di Seoul, la Bentley varcò i cancelli di un anonimo edificio a vetri di pochi piani. Un cartello indicava semplicemente: KANG ENTERPRISES – DIVISIONE SEMICONDUTTORI. La lussuosa auto superò un affollato parcheggio imboccando uno stretto passaggio che conduceva sul retro della costruzione, lungo l'argine del fiume Han. L'autista fermò la vettura di fronte a un molo privato dov'era ormeggiato lo yacht italiano di Kang. Un domestico accolse a bordo il magnate e la sua guardia del corpo mentre venivano avviati i motori e, prima che il proprietario avesse raggiunto la sua cabina, l'imbarcazione era già in viaggio verso la residenza del coreano.

Vedendo entrare il magnate nella minuscola cabina interna che gli serviva da ufficio quando si trovava a bordo, l'assistente di Kang, Kwan, gli rivolse un profondo inchino. Com'era tradizione, Kwan redigeva per il proprio capo resoconti quotidiani, che si trovasse sullo yacht o nella residenza, al termine di ogni giornata lavorativa. Sul tavolo spiccava una pila di rapporti a due pagine da far invidia a quelli dei servizi segreti al soldo di molti leader occidentali. Kang scorse rapidamente i documenti assortiti, che riportavano in dettaglio ogni dato significativo, dagli utili trimestrali previsti per la sua filiale che operava nel campo delle telecomunicazioni, alle esercitazioni militari dell'esercito sudcoreano, al profilo personale di un determinato politico che stava mettendo le corna alla moglie. Le informazioni relative ad attività sovversive o provenienti da fonti protette erano stampate su una particolare carta color arancio che si dissolveva se immersa nell'acqua, così da poter essere immediatamente distrutte dopo lo scrutinio di Kang.

Terminato di redigere una serie di comunicazioni di lavoro, Kang si strofinò gli occhi e chiese: «Che notizie ci sono da Tongju, a proposito della *Baekje*?»

Kwan impallidì visibilmente. «Abbiamo un problema con l'attrezzatura subacquea per le operazioni di recupero», rispose in tono esitante. «Il sommergibile giapponese che avevamo noleggiato è rimasto danneggiato durante il carico a bordo della *Baekje* a causa della sbadataggine di alcuni operai del porto.»

Kwan osservò intimorito una vena gonfiarsi sulla tempia di Kang e cominciare a pulsare con violenza. Benché la collera si fosse rapidamente impadronita di lui, l'uomo si limitò a un controllato sibilo di rabbia.

«È ora di smetterla con questi pasticci! Prima perdiamo due dei nostri agenti in America in un banale tentativo di omicidio, e ora questo. Quanto ci vorrà per riparare il danno?»

«Almeno tre mesi. Lo Shinkai è fuori uso», mormorò Kwan.

«Abbiamo una tabella di marcia da rispettare», replicò nervosamente Kang. «Stiamo parlando di giorni, non di mesi.»

«Abbiamo avviato una ricerca a tappeto sui sommergibili disponibili nella regione. L'altro potenziale mezzo giapponese per le ricerche in acque profonde è in fase di riconfigurazione, e tutti i battelli russi sono attualmente impegnati in operazioni nelle acque occidentali. Il sommergibile disponibile più vicino e adatto alle nostre esigenze è un battello ucraino che sta operando nell'oceano Indiano, ma ci vorranno tre settimane per farlo arrivare sul posto.»

«Troppo tardi», borbottò Kang. «L'ondata di consensi che abbiamo suscitato ad arte in seno all'Assemblea nazionale in vista del referendum è al suo apice. Si terrà una votazione pilotata nel giro di tre settimane; dobbiamo agire prima di allora. Non c'è bisogno che ti rammenti che ci siamo impegnati a colpire durante la riunione del G8», aggiunse, gli occhi scintillanti di collera.

Un silenzio angosciato cadde nella stanza. Poi Kwan si azzardò a parlare. «Ci sarebbe un'altra possibilità, signore. Ci hanno informato che una nave americana per la ricerca scientifica stava operando in acque giapponesi con un sommergibile per le alte profondità. Sono riuscito a rintracciare la nave poco fa, mentre faceva rifornimento a Osaka. È una nave della NUMA, perfettamente in grado di effettuare recuperi in acque profonde.»

«Ancora la NUMA?» obiettò Kang, riflettendo. Il suo volto s'indurì all'idea della cura con la quale aveva gettato le basi per il progetto e dei rischi che un ritardo poteva provocare. Alla fine sollevò lo sguardo su Kwan e gli fece un cenno affermativo con la testa. «È imperativo che si dia inizio al recupero nel più breve tempo possibile. Procurati il sommergibile americano, ma fallo in silenzio e senza incidenti.»

«Tongju si trova già sul posto per condurre le operazioni, pronto a procedere non appena riceverà nostre istruzioni al riguardo», rispose Kwan in tono fiducioso. «Non ci deluderà.»

«Assicuratene», scattò Kang, trapassandolo con uno sguardo rabbioso ed esasperato.

22

Onde alte un paio di metri e incappucciate di schiuma bianca s'infrangevano contro la *Sea Rover*, facendone rollare dolcemente i ponti in sintonia col movimento del mare. Un fronte di alta pressione stava avanzando piano dal mar della Cina Orientale, e il comandante Morgan notò con soddisfazione che i forti venti meridionali si erano andati via via attenuando dalla notte precedente, quando erano entrati nelle acque a sud-est della costa giapponese. Mentre osservava il mare dal ponte, un'alba grigia prese ad avvolgere lentamente la nave da ricerca in un bagno di luce cangiante. Vicino alla prua che si alzava e si abbassava sulle onde, scorse una figura solitaria che, ritta accanto alla battagliola, scrutava l'orizzonte. Un ciuffo di capelli corvini agitato dal vento spuntava dal colletto rivoltato del pesante giaccone blu.

Dirk respirò a pieni polmoni, avvertendo sulla lingua il gusto salmastro dell'aria densa di umidità. L'oceano aveva sempre il potere di rinvigorirlo, sia fisicamente sia mentalmente; l'immensa distesa azzurra agiva su di lui come un blando tonico, consentendogli di pensare e agire con maggiore incisività. Incapace di resistere dietro una scrivania e patito dell'aria aperta, rifioriva a contatto con i doni che Madre Natura aveva da offrire.

Dopo aver osservato un paio di gabbiani sorvolare pigramente la nave in cerca della colazione mattutina, tornò sui propri passi e salì sul ponte di comando. Non appena ebbe varcato la soglia della plancia, Morgan gli mise fra le mani una tazza di caffè fumante.

«Ti sei alzato presto», tuonò il comandante, un'espressione gioviale dipinta sul volto nonostante l'ora mattutina.

«Non volevo perdermi neppure un istante del divertimento», replicò Dirk, bevendo una lunga sorsata di caffè. «Ho calcolato che ci saremmo avvicinati alla zona delle ricerche poco dopo l'alba.»

«Esatto. Ci troviamo a una quarantina di minuti dal punto in cui il *Swordfish* segnalò di aver affondato il sommergibile giapponese.»

«Che profondità abbiamo, qui?»

Un giovane timoniere in tuta blu lanciò un'occhiata all'indicatore e annunciò con voce squillante: «Profondità novecentoventi piedi, signore».

«L'ambiente ideale per una ricerca di profondità con l'AUV», sentenziò Dirk.

«Chiederò a Summer di svegliare Audry e di prepararla a iniziare il lavoro», fece Morgan ridacchiando.

Audry era una variante dell'AUV, Autonomous Underwater Vehicle, denominata dagli scienziati della NUMA che l'avevano costruita AUDRV, ovvero Autonomous Underwater Data Recovery Vehicle. Capolavoro della tecnica, l'unità semovente Audry conteneva un sonar a scansione laterale, un magnetometro e un profilatore per il rilievo automatico del fondo, il tutto racchiuso in un involucro a forma di siluro fissato al fianco della nave. Il suo apparato sensoriale consentiva di effettuare una mappatura del fondo marino per evidenziare oggetti sia di origine naturale sia costruiti dall'uomo, perlustrando altresì lo strato sottostante per scoprire anomalie o masse sepolte dalla sabbia. Il trasduttore a forma di pesce poteva scivolare al di sopra del fondo marino a una profondità di cinquemila piedi, alimentato da una potente batteria, eliminando così la necessità di lunghi cavi ingombranti.

Mentre la *Sea Rover* si avvicinava all'area delle ricerche, Dirk aiutò Summer a scaricare i parametri nel sistema di navigazione di Audry.

«Useremo soltanto il sonar a scansione laterale, così potremo tracciare corsie di ricerca più ampie», ordinò Dirk. «Se l'*I-411* si trova laggiù, dovremmo riuscire a vederlo spuntare dal fondo.»

«Che larghezza deve avere, la griglia?» chiese Summer mentre digitava le istruzioni su un portatile.

«Avendo a disposizione solo la posizione approssimativa fornita dal *Swordfish*, dovremo coprire un'area piuttosto vasta. Cominciamo con una griglia da cinque miglia per cinque.»

«Sì, dovrebbe rientrare nella portata del ripetitore. Faccio un rapido controllo della strumentazione, poi dovremmo essere pronti a partire.»

Mentre il software di Audry veniva riconfigurato, la *Sea Rover* calò in acqua un paio di trasduttori autoposizionanti alle due estremità della griglia di ricerca. Grazie a ricevitori satellitari GPS interni, i trasduttori avrebbero fornito a Audry le coordinate per la navigazione subacquea consentendo al veicolo di percorrere con la massima precisione corsie di ricerca ben definite in entrambi i sensi di marcia, tenendosi sospesa ad alcune dozzine di piedi dal fondo marino. Audry, in cambio, avrebbe trasmesso ai trasduttori pacchetti di dati a intervalli regolari, specificando i risultati della ricerca sonar.

«Pronti col verricello», gridò uno dei marinai.

Dirk diede il segnale di OK, poi lui e Summer rimasero a osservare il veicolo da ricerca color limone lungo meno di due metri e mezzo che veniva sollevato dalla sella sul ponte di poppa e calato oltre la murata della nave. Uno spruzzo di candida schiuma sulla coda segnalò loro che la minuscola elica di Audry era entrata in funzione, poi i bracci del verricello furono ritirati. Scalpitando come un purosangue al cancelletto di partenza dell'ippodromo di Santa Anita, il veicolo a forma di siluro si lanciò in avanti per tutta la lunghezza della *Sea Rover* prima di immergersi in un'onda e scomparire nelle profondità marine.

«Audry ha davvero un bel paio di gambe», commentò Dirk.

«Dopo le recenti modifiche, è in grado di effettuare le sue ricerche a una velocità di 9 nodi.»

«A quel ritmo, potrebbe non lasciarmi il tempo di godere la parte del lavoro che preferisco.»

«Ovvero?» lo interrogò Summer, incuriosita.

«Be', gustarmi una birra e un panino al burro di arachidi mentre aspetto i risultati», spiegò lui sogghignando.

Mentre Audry procedeva avanti e indietro lungo ben delineate corsie virtuali a un centinaio di piedi dal fondo, Summer monitorava i progressi del veicolo sullo schermo di uno dei computer di bordo. A intervalli di venti minuti, i trasduttori fornivano una massa d'informazioni alla nave, che acquisiva ed elaborava elettronicamente i dati espressi in cifre binarie convertendoli in un'immagine grafica delle rilevazioni sonar. A turno, Dirk e Summer studiavano le immagini del fondo cercando sagome lineari o angolate che potessero indicare la presenza di un relitto.

« Mi ricorda una pizza ai peperoni », mormorò Dirk mentre esaminava il fondo cosparso di rocce e massi dalle forme bizzarre che proiettavano ombre tondeggianti contro la piatta distesa dello sfondo.

« Non dirmi che hai ancora fame », esclamò Summer scotendo la testa.

« No, ma scommetto che Audry ne ha. Che distanza riesce a coprire, con un serbatoio di acido per batterie? »

« Le batterie per le operazioni che richiedono velocità elevate sono progettate appositamente per durare otto ore, ma noi non superiamo mai le sette, in modo da essere certi che abbia sufficiente autonomia per risalire in superficie. Si trova in acqua da sei ore circa, ormai », commentò Summer, lanciando un'occhiata all'orologio. « Perciò, entro la prossima ora bisognerà richiamarla per il cambio di batterie. »

Una finestrella comparve all'improvviso sullo schermo, segnalando la ricezione di un ulteriore pacchetto di dati aggiornati.

« Un altro file, e avremo esaurito la prima griglia di ricerca », osservò Dirk, alzandosi e stirando le braccia. « Sarà meglio cominciare a calcolare i confini della griglia successiva. Puoi dare tu un'occhiata alla prossima trasmissione di dati? »

« Sicuro, ci penso io a trovarti il sommergibile », scherzò la sorella prendendo il suo posto e digitando una stringa di comandi sulla tastiera. Sullo schermo apparve una nuova serie d'immagini che riproducevano una fascia di fondo di cinquecento metri circa, simile alla veduta aerea di una strada sterrata attraverso il deserto. Summer aveva regolato il colore su una sfumatura dorata, in modo che gli occasionali spuntoni o rocce proiettassero sul fondo un'ombra marrone. Studiò il monitor da vicino, osservando il monotono scenario scivolare sotto i suoi occhi. D'un tratto, sull'angolo in alto a destra dello schermo comparve una chiazza scura, che andò crescendo via via che scorrevano i dati. Si trattava di un'ombra, si rese ben presto conto, creata da una lunga forma tubolare che spiccava nettamente su un fondo color ruggine.

« Parola mia, eccolo qui! » gracchiò, sorprendendosi per la nota stridula nella propria voce.

Una piccola folla le si raccolse intorno mentre faceva scorrere l'oggetto più e più volte, lentamente. La distinta sagoma di un sommergibile era più che evidente, adesso, con tanto di torretta puntata verso l'alto a proiettare una lunga ombra su un fianco. L'immagine si faceva più sfumata verso una delle estremità, ma Summer valutò che la nave superasse di gran lunga i novanta metri.

« Sicuro come l'oro che sembra un sommergibile, e grosso per giunta », esclamò, non sapendo se fidarsi o no dei propri occhi.

« È il nostro bambino », affermò Dirk in tono sicuro. « Tale e quale all'immagine che abbiamo ricavato dall'*I-403*. »

« Ottimo lavoro, Summer », si congratulò Morgan avvicinandosi al gruppetto.

« Grazie, comandante, ma è stata Audry a fare tutto il lavoro. Meglio tirarla a bordo, prima che arrivi fino in Cina. »

A una nuova serie di comandi impartiti da Summer, i trasduttori inviarono un segnale al mezzo subacqueo. Nel giro di qualche secondo Audry sospese le ricerche e si sollevò riemergendo in superficie a un quarto di miglio di distanza dalla *Sea Rover*. Summer, Dirk e Morgan osservarono la squadra di recupero raggiungere il veicolo giallo a bordo di uno Zodiac e incocciarlo al capo di banda. Gli uomini tornarono lentamente accanto alla nave da ricerca, dove Audry venne sollevata dall'acqua e sistemata di nuovo sulla sua sella, sul ponte di poppa.

Mentre il secondo dei due trasduttori veniva issato a bordo,

Dirk ammirò una grande nave che procedeva lentamente a circa un miglio dalla *Sea Rover*, con la bandiera giapponese che sventolava su un'alta piattaforma a prora.

« Una posacavi », commentò Morgan, cogliendo l'occhiata di Dirk. « Ci sta dietro da quando siamo entrati nel mare Interno. »

« Una vera bellezza. Non sembra avere fretta », commentò Dirk, notando che avanzava a una velocità molto bassa.

« Probabilmente lavora con un contratto a giornata », rise Morgan, prima di rivolgere la propria attenzione ai trasduttori per assicurarsi che venissero messi al sicuro a bordo.

« Può darsi », replicò Dirk con un sorriso, ma sentiva un vago campanello d'allarme squillare nei recessi della sua mente. Allontanata la sensazione sgradevole, si concentrò sui compiti che lo attendevano. Era ora di scendere personalmente a dare un'occhiata da vicino all'*I-411*.

23

Senza perdere tempo, l'equipaggio della *Sea Rover* si apprestò a ispezionare l'oggetto sommerso. Il comandante Morgan fece accostare la nave e andò a posizionarsi dritto sopra il bersaglio utilizzando le coordinate GPS fornite da Audry. Una volta azionati i propulsori laterali computerizzati della nave, la *Sea Rover* avrebbe aggiornato costantemente la propria posizione a seconda del vento e della corrente in modo da non spostarsi neppure di pochi centimetri dal punto prefissato.

Sul ponte di poppa, Dirk, Summer e il primo ufficiale Ryan stavano effettuando in modo scrupoloso tutta la serie di controlli preliminari previsti per lo *Starfish*. Appositamente progettato per le esplorazioni scientifiche in acque profonde, il sottomarino era un gioiello di alta tecnologia in grado di operare fino a seimila piedi di profondità. Simile a una grossa palla di un giallo translucido appoggiata su un carro a forcella, ospitava due operatori in una bolla acrilica rinforzata spessa quindici centimetri che offriva una veduta panoramica del mare circostante. Fissata a una struttura di supporto dipinta in un arancio squillante, la sfera trasparente era dotata di una miriade di sensori, videocamere fisse e mobili, attrezzature per il prelievo di campioni. Dietro e sotto la bolla erano montate quattro serie di propulsori regolabili, che assicuravano al mezzo un alto grado di manovrabilità. Ad aumentarne ulteriormente la funzionalità, due bracci d'acciaio snodati montati sui due lati della sfera consentivano di raccogliere campioni e manovrare i molteplici strumenti per l'analisi dei dati. Essendo il braccio meccanico di dritta più grande di quello di sinistra, durante le operazioni sul fondo l'intero veicolo assumeva l'aspetto di un enorme granchio.

«Direi che ci siamo», borbottò Summer lanciando un'ultima occhiata al blocco che aveva fra le mani. « Pronto a bagnarti? »

« Solo se posso guidare io », replicò Dirk con un sorriso.

Paludati nelle mute color turchese della NUMA, i due fratelli s'introdussero nell'angusto abitacolo attraverso un portello posteriore. Essendovi pochissimo spazio disponibile, si sistemarono direttamente nei due comodi sedili di guida imbottiti girati verso il davanti della bolla acrilica. Infilata una cuffia, Dirk aprì la comunicazione col primo ufficiale Ryan.

« Qui *Starfish* », esordì, verificando il collegamento. « Quando volete, Tim. »

« Prepararsi a calare », risuonò la risposta di Ryan.

Un argano prese ad avvolgere uno spesso cavo collegato al sottomarino tramite un paio di occhielli, sollevando il veicolo di un metro dal tavolato. Mentre oscillava a mezz'aria, Ryan premette un comando su una console laterale: sotto lo *Starfish* una sezione dello scafo si spalancò mediante paratie scorrevoli, formando un bacino interno direttamente collegato alle verdi acque del mar della Cina Orientale. Azionando un altro interruttore, Ryan accese una fascia circolare di faretti sommersi così da delineare il perimetro dell'ampia piscina ricavata dalla sezione poppiera dello scafo. L'improvviso fascio di luce colse di sorpresa una grossa cernia, che si affrettò a guizzare via da quello strano foro immergendosi in profondità. Il sommergibile arancione fu lentamente calato in acqua attraverso il bacino interno e, non appena Dirk ebbe confermato che tutti i sistemi a bordo dello *Starfish* erano operativi, si provvide a recuperare il cavo portante.

Nella cuffia di Dirk risuonò la voce di Ryan. « Cima sganciata. Siete liberi di farvi una nuotata. Buona caccia, ragazzi. »

« Grazie per il passaggio. Suonerò il campanello, al ritorno dalla spesa. »

Dirk verificò un'ultima volta i propulsori, mentre Summer apriva le valvole di allagamento consentendo all'acqua salata d'invadere l'abitacolo. Vinta rapidamente la spinta idrostatica, il veicolo cominciò a calarsi piano nelle profondità marine.

Il verde pallido dell'acqua cedette via via il passo a un colore più scuro per tingersi di un cupo nero inchiostro a mano a mano che lo *Starfish* guadagnava profondità. Non appena Summer ebbe azionato un pulsante, un potente fascio di luci allo xeno illuminò loro il cammino, anche se c'era ben poco da vedere in quella liquida distesa melmosa. Dovendo sfruttare la forza di gravità per la discesa, avrebbero impiegato un quarto d'ora per coprire i mille piedi circa che li separavano dal fondo. Nonostante le gelide temperature esterne, gli occupanti della navicella cominciarono presto ad avvertire il calore delle attrezzature elettroniche che ronzavano intorno a loro nella sfera acrilica isolata ermeticamente; alla fine Summer si decise ad accendere l'aria condizionata per rinfrescare l'abitacolo. Nel tentativo di ammazzare il tempo, Dirk rispolverò qualcuna delle barzellette sporche di Jack Dahlgren, mentre la sorella lo aggiornava sui sopralluoghi effettuati al largo della costa orientale giapponese alla caccia di fonti inquinanti.

A novecento piedi di profondità, Summer cominciò a regolare la zavorra per rallentare la loro discesa ed evitare di urtare con troppa violenza contro il fondo. Dirk notò che la visibilità era leggermente migliorata, anche se a quelle profondità la vita marina era assai scarsa. D'un tratto, in mezzo al limo, distinse una familiare sagoma bruna stagliarsi sotto di loro.

« Eccolo. Ci siamo proprio sopra. »

Mentre lo *Starfish* si abbassava sempre più verso il centro del gigantesco sommergibile, osservarono la nera sovrastruttura della torretta dell'*I-411* protendersi verso di loro come un esile grattacielo. Così come era accaduto con l'*I-403*, Dirk vide che anche l'*I-411* era appoggiato sul fondo in posizione diritta, con una lieve inclinazione di una quindicina di gradi. Con lo scafo coperto da incrostazioni molto meno evidenti, l'enorme nave sembrava sott'acqua da qualche mese, non certo da anni. Dirk attivò i propulsori dello *Starfish* e si spostò leggermente di lato rispetto alla massa in avvicinamento, mentre Summer regolava la zavorra in modo da mantenere la navicella parallela alla coperta del sommergibile a una profondità stabile di novecentosessanta piedi.

« È enorme! » esclamò la ragazza misurandone con gli occhi

la circonferenza. Nonostante i vividi fari di cui era dotato lo *Starfish*, riusciva a scorgere soltanto una porzione del gigantesco scafo.

«Decisamente, niente a che vedere con i classici U-Boote della seconda guerra mondiale», commentò il fratello. «Vediamo dov'è stato colpito.»

Manovrando i propulsori, fece avanzare lo *Starfish* lungo il fianco di dritta dell'*I-411*, fluttuando a poche decine di centimetri dalle sue sovrastrutture. Mentre giravano intorno alla poppa, Summer indicò le pale delle due enormi eliche in bronzo del sommergibile che spuntavano dal fondo melmoso. Proseguendo lungo il fianco sinistro, percorsero una quindicina di metri prima di avvistare un largo squarcio all'altezza della linea di galleggiamento.

«Siluro numero uno», esclamò Dirk, immaginando l'impatto fatale con uno degli ordigni lanciati dal *Swordfish* mentre si posizionava in modo da illuminare il bordo frastagliato della voragine. All'interno, una tondeggiante massa di metallo contorto e irto di spuntoni luccicò davanti ai loro occhi, simile alle fauci spalancate di uno squalo. Dopo aver accostato per proseguire l'ispezione, scivolarono lungo il ponte silenzioso per un'altra decina di metri prima di avvistare un secondo squarcio.

«Siluro numero due», annunciò Dirk.

Al contrario del primo colpo, il secondo aveva centrato un punto insolitamente elevato dello scafo, lungo il bordo superiore del ponte, quasi che la carica esplosiva avesse agito dall'alto.

«Hai ragione, questo dev'essere il risultato del secondo siluro», osservò Summer, pensierosa. «La poppa doveva già essersi abbassata per effetto del primo, e mentre il sommergibile si appoppava è arrivato il secondo siluro che si è infilato quassù.»

«Ottima mira, da parte del *Swordfish*. Devono averlo sorpreso di notte, mentre navigava in superficie.»

«Quello è l'hangar degli aerei?» lo interrogò Summer, indicando una grossa struttura tubolare che si stendeva in senso longitudinale sul ponte poppiero fino alla torretta.

«Sì. Si direbbe che sia stato squarciato dall'esplosione», osservò Dirk, avvicinandosi. Una porzione dell'hangar lunga circa sei metri sembrava essersi praticamente dissolta nel corso dell'assalto. Accostando di più per sbirciare all'interno, riuscirono a scorgere alla luce dei fari un'elica a tre pale montata sulla parete posteriore dell'enorme vano. Dopo aver dato maggiore potenza ai propulsori, Dirk accostò e fece fare al veicolo un balzo in avanti, scivolando oltre la torretta dell'*I-411* con le varie postazioni armate ancora intatte. Oltrepassato il ponte prodiero, lo *Starfish* invertì la marcia e si allontanò dalla prua fluttuando accanto a uno dei timoni di profondità che spuntava dal sommergibile come una gigantesca ala.

« Con questo, abbiamo concluso la fase panoramica del nostro giro », dichiarò Dirk. « Vediamo se riusciamo ad allungare le mani sul carico. »

« Meglio metterci in contatto con i ragazzi del piano di sopra, prima », obiettò Summer. Indossata la cuffia, premette il pulsante con la scritta TRANSMIT. « *Sea Rover*, qui *Starfish*. Abbiamo trovato il coniglio pasquale, ora procediamo in cerca delle uova. »

« Ricevuto », gracchiò la voce di Ryan. « Attenti al cestino. »

« Secondo me è più preoccupato per il suo sottomarino che per noi », commentò Dirk con aria impassibile.

« Tipico di voi uomini », replicò Summer scotendo il capo, « riversare le vostre emozioni su oggetti meccanici inanimati. »

« Giuro che non so a cosa tu ti riferisca », si difese lui in tono faceto, mentre guidava dolcemente lo *Starfish* sopra la sezione prodiera del sommergibile per studiarne il ponte anteriore. Dopo alcuni minuti, avvistò ciò che stava cercando. « Ecco il portello della camera di lancio superiore. Se hanno seguito l'esempio dell'*I-403*, le armi biologiche dovrebbero essere state immagazzinate là dentro. »

Dopo aver manovrato per portare lo *Starfish* di fronte al portello, Dirk fece appoggiare il sottomarino sul ponte e spense i propulsori.

« Come te la cavi, nell'arte dello scasso? » chiese a Summer.

Contrariamente a quanto era accaduto con l'*I-403*, il portello anteriore era chiuso e sigillato da una corona incassata. Agendo su un joystick celato nel bracciolo del sedile, Summer azionò i comandi idraulici del braccio destro retraibile dello *Starfish.* Al suo ordine, l'appendice metallica si allungò sul fianco del veicolo subacqueo tendendosi goffamente in avanti. Con calma, la ragazza la diresse verso il boccaporto, regolando la manopola con leggeri colpetti. Con la precisione di un chirurgo, dischiuse la mano ad artiglio abbassandola in direzione del portello, quindi infilò le dita metalliche nelle scanalature della corona al primo tentativo.

« Ben fatto », si congratulò il fratello.

« Già, sempre che si apra. » Utilizzando un secondo comando, fece compiere agli artigli mobili un movimento rotatorio. Il volto premuto contro la parete dell'abitacolo, i due giovani osservarono col fiato sospeso la corona girare su se stessa. Ma l'ingranaggio, bloccato da sessant'anni, non voleva saperne di cedere. Dopo una mezza dozzina di tentativi falliti, Summer si arrese. « Al diavolo il mio braccio idraulico », borbottò.

« Mantieni la presa sulla corona », le ordinò Dirk. « Cerchiamo di smuoverla un po'. »

In un istante, riattivò i propulsori staccando lo *Starfish* di qualche centimetro dal ponte. Mentre Summer teneva l'arto meccanico saldamente aggrappato alla corona, Dirk diede l'indietro tutta nel tentativo di vincerne la resistenza sfruttando lo spunto dell'intero mezzo subacqueo. Dal momento che la manovra non sembrava aver risolto il problema, Dirk cominciò a muovere lo *Starfish* avanti e indietro cercando di far saltare il portello.

« Finirai per strappare il braccio meccanico », lo ammonì Summer.

Ma lui, con muta ostinazione, non si fermò. Allo strattone successivo, vide la corona spostarsi in maniera quasi impercettibile. Un altro colpo, e l'ingranaggio finalmente cedette, consentendo alla corona di compiere un quarto di giro su se stessa.

« Giusto per farle capire chi è che comanda », fu il commento della sorella.

« Solo, non dire a Ryan che il suo bambino ha il braccio destro qualche centimetro più lungo rispetto al solito. »

Fluttuando sopra il boccaporto, Summer riuscì rapidamente

a girare la corona sino a fine corsa con l'arto meccanico, che utilizzò per tener fermo l'ingranaggio mentre Dirk faceva indietreggiare un'ultima volta lo *Starfish* vedendo finalmente spalancarsi il boccaporto. Riportato il mezzo subacqueo di fronte all'apertura, sbirciarono all'interno senza scorgere altro che vuoto e buio.

« Secondo me, questo è un lavoro per *Snoopy* », osservò Summer. « Prendi tu i comandi. »

Afferrato un modulo di comando portatile, Dirk premette il pulsante dell'accensione. Una serie di lucine verdi s'illuminò mentre il piccolo computer veniva attivato. « Pronto per il recupero », mormorò manovrando un interruttore a ginocchiera che azionava un minuscolo propulsore.

Da una nicchia esterna ricavata nella parte inferiore della bolla acrilica comparve un ROV, Remote Operated Vehicle, collegato alla navetta per mezzo di una sorta di cordone ombelicale. Non più grande di una valigetta diplomatica, il dispositivo era poco più di una videocamera dotata di illuminazione autonoma e fissata a una serie di piccoli propulsori elettronici. In grado di introdursi e sondare spazi molto ristretti, lo *Snoopy* era lo strumento ideale per esplorare i profondi, pericolosi cunicoli di un relitto sommerso.

Summer osservò lo *Snoopy* entrare nel loro campo visivo e infilarsi svelto nel portello aperto fra una miriade di bollicine. Non appena Dirk premette un altro tasto sulla console, su un monitor a colori apparve l'immagine in diretta di ciò che il ROV stava riprendendo. Controllandone i movimenti sullo schermo, Dirk guidò il veicolo lungo l'ormai familiare camera di lancio. Quando lo *Snoopy* oltrepassò una fila di ordigni, la telecamera mostrò loro una rastrelliera a cinque posti interamente occupata dai rispettivi siluri argentei, scena che si ripresentò identica ai loro occhi quando, dopo un'accostata, l'obiettivo inquadrò la parete opposta. Era chiaro che l'*I-411* era stato colto del tutto impreparato dall'attacco del *Swordfish*.

Ma a Dirk non interessavano i siluri. Metodicamente, fece avanzare lo *Snoopy* fino all'estremità anteriore della camera di lancio, e prese a manovrarlo avanti e indietro attraverso il vano in modo sistematico, arretrando verso poppa di pochi centimetri a ogni passaggio, fino a che non fu certo di aver ispezionato ogni centimetro quadrato.

« Nessuna traccia degli involucri o delle loro gabbie. Ma esiste una seconda camera di lancio, sul ponte inferiore, dove potrebbero essere state ricoverate. »

« Puoi far scendere lo *Snoopy* là sotto? » lo interrogò Summer.

« Ho visto un portello a pagliolo per il caricamento dei siluri, ma non credo che lo *Snoopy* sia in grado di sollevarlo. Vediamo se riesco a trovare un'altra strada. »

Perlustrando il locale con l'occhio della telecamera, individuò la porta stagna posteriore che conduceva all'alloggio del comandante. Notando che il passaggio era rimasto aperto, nel giro di qualche istante Dirk riuscì a farvi passare attraverso il ROV.

« Da quella parte », esclamò Summer, indicando un angolo del monitor. « C'è una scaletta che potrebbe portare al ponte inferiore. »

Dirk fece danzare il ROV oltre una massa di rottami fino a una botola spalancata sul pagliolato. Piombando sul ponte sottostante, lo *Snoopy* individuò l'entrata della camera di lancio inferiore e si avvicinò al secondo deposito di armi. Benché leggermente più angusto a causa dei fianchi più affusolati in quel punto dello scafo, il vano era un perfetto duplicato della camera di lancio superiore. E, proprio come poco prima, la telecamera inquadrò tutti e dieci i siluri tipo 95 pigramente allineati nei loro alloggiamenti. Quasi a fine corsa del cavo autoavvolgente che alimentava lo *Snoopy*, Dirk fece comunque compiere al veicolo il giro completo del locale. La telecamera mostrò un'intera dotazione di siluri, ma nient'altro. Il locale vuoto pareva fissarli a sua volta attraverso l'obiettivo con aria assente.

« Si direbbe che non ci siano uova da prendere », commentò Summer scotendo la testa delusa.

24

Guidando con cautela il piccolo ROV per riportarlo verso lo *Starfish*, Dirk prese a fischiettare *Swanee River*, il vecchio classico di Stephen Foster. Sconcertata, Summer gli lanciò un'occhiata piena di curiosità.

« Tutta questa allegria mi sembra fuori luogo, visto che le bombe biologiche risultano disperse in azione », commentò.

« Non sapremo dove sono, sorella, ma almeno sappiamo per certo dove non si trovano. Ora, se stesse in me, terrei quelle uova vicine al pollaio. »

Summer ci mise un istante a digerire quelle parole, poi il suo viso s'illuminò. « L'hangar sul ponte? Dove sono parcheggiati gli aerei? »

« Esatto. E il *Swordfish* è stato così gentile da farci trovare la porta aperta. »

Una volta riposto lo *Snoopy* nella sua nicchia, Dirk attivò i propulsori principali e fece guizzare lo *Starfish* lungo il ponte del sommergibile, verso il foro provocato dal secondo siluro. Il varco era talmente ampio da consentire allo *Starfish* di penetrare all'interno, ma ai tre metri e mezzo di diametro dell'hangar mancava qualche centimetro appena per poter manovrare e spingersi oltre. Dirk esaminò lo squarcio nella parete della rimessa prima di far avvicinare pian piano lo *Starfish*. L'esplosione aveva fatto saltare il pagliolato in parecchi punti, lasciando profondi buchi che collegavano il ponte alle viscere del sommergibile sommerso. Dirk fece abbassare lentamente la navicella fino a che non individuò vicino al bordo anteriore dello squarcio un tratto di pagliolato dall'aria solida, in grado di sostenere il peso del mezzo subacqueo. Con la coda dell'occhio, scorse sospesa alla sua destra l'elica d'aereo avvistata poco prima. Manovrando con la massima delicatezza, fece abbassare ulteriormente lo *Starfish* fino ad appoggiare i pattini di sostegno sul solido « suolo ».

Non appena ebbe spento i propulsori, un silenzio sospeso invase l'abitacolo. Insieme, i due fratelli sbirciarono nell'angusto hangar che si allungava di fronte a loro come un interminabile tunnel. Poi, la quiete venne rotta da un soffocato tonfo metallico che risuonò attraverso l'acqua.

« Dirk, l'elica! » gridò Summer, indicando un punto sulla dritta della parete della bolla.

Sebbene corrosa da tempo dalla salsedine, la staffa che reggeva l'elica tripala di scorta del Seiran si era chissà come mantenuta integra quanto bastava per sostenere il pesante oggetto da sessant'anni appeso alla parete. Solo nel momento in cui era stata schiaffeggiata dai mulinelli provocati dai propulsori dello *Starfish*, aveva deciso di rinunciare alla propria missione staccandosi dalla parete in una nuvola di polvere ferruginosa, seguita subito dalla pesante elica che atterrò rumorosamente sulle sue due pale inferiori.

Ma lo spettacolo non era finito: affascinati e impotenti, videro l'elica rimbalzare, la pala superiore che sfiorava la parete trasparente dello *Starfish* a pochi centimetri dal volto di Summer. La forza dell'acqua ostacolava la corsa delle pale metalliche, che sembravano muoversi al rallentatore. Un secondo tonfo echeggiò mentre lama e mozzo colpivano lo scafo, strisciavano contro il braccio robotizzato destro del sottomarino e ricadevano sulla parte anteriore dei pattini. Una nube di sedimenti brunastri oscurò loro la visuale per un momento, poi, mentre l'acqua tornava a farsi più limpida, Summer notò una sottile scia di fluido scuro sollevarsi davanti a loro, come se lo *Starfish* stesse sanguinando.

« Siamo inchiodati », ansimò, osservando la pesante elica adagiata di traverso sui pattini anteriori.

« Vedi se riesci a sollevarla azionando il braccio destro. Io intanto cerco di togliermi di qui », le suggerì Dirk accendendo i propulsori.

Afferrato il joystick, la sorella prese ad armeggiare per sollevare il braccio meccanico. L'appendice si mosse leggermente, poi ricadde inerte. I ripetuti tentativi di Summer non approdarono a nulla.

« Niente da fare », dichiarò con calma. « La pala deve aver reciso i comandi idraulici. Il braccio destro è praticamente amputato. »

« Ecco spiegato il fluido che abbiamo visto prima. Prova col sinistro. »

Collegato un secondo joystick, Summer azionò l'altro arto meccanico di cui era dotato il sottomarino e, lavorando sui comandi, tentò di fargli oltrepassare la parete trasparente della bolla per raggiungere l'elica. Essendo più piccolo e più corto del destro, il braccio sinistro consentiva una manovrabilità inferiore. Dopo aver provato per parecchi minuti a piegarlo e tenderlo in varie direzioni, riuscì finalmente a posizionare l'artiglio in modo da poter afferrare il bordo di una delle pale dell'elica.

« L'ho presa, ma da un'angolazione assurda. Non credo di riuscire a esercitare sufficiente pressione. »

Un primo tentativo dimostrò che aveva ragione. Il braccio cercò di sollevare l'elica, ma non riuscì a smuoverla, e i tentativi seguenti non ebbero miglior successo.

« Temo che dovremo usare le maniere forti », commentò Dirk a denti stretti.

Dopo aver dato la massima potenza ai propulsori, cercò di sollevare lo *Starfish* quanto bastava per liberarsi dalla pressione dell'elica. I congegni elettronici ronzavano e vibravano con violenza artigliando l'acqua con tutta la loro forza, ma il peso dell'elica era eccessivo. La navicella rimase immobile come una roccia mentre le turbine percuotevano rabbiosamente l'acqua, sollevando una nube di sedimenti tutt'intorno. Dirk azionò i comandi più volte avanti e indietro nella speranza di liberarsi, ma invano. Dopo parecchi tentativi a vuoto, spense i propulsori e aspettò che la nuvola brunastra si depositasse sul fondo.

« Se insistiamo, consumeremo inutilmente le batterie », sentenziò in tono abbattuto. « Non abbiamo potenza sufficiente per tirarci fuori di qui. »

Summer riusciva quasi a vedere gli ingranaggi della mente

del fratello in piena attività. Non era la prima volta che si trovava intrappolata sott'acqua con Dirk, e si sentiva rassicurata dalla sua presenza. Solo pochi mesi prima, avevano sfiorato insieme la morte al largo del Banco de la Navidad quando la loro stazione di ricerca subacquea era stata scagliata in un crepaccio dalla forza di un micidiale uragano. Solo l'arrivo di suo padre e di Al Giordino li aveva salvati all'ultimo minuto da una lenta morte per asfissia. Questa volta, però, i due uomini si trovavano a migliaia di miglia di distanza.

Dalle tenebre circostanti presero a bisbigliare voci dal passato. Il defunto equipaggio dell'*I-411* sembrava invitare Dirk e Summer a raggiungerlo nella sua gelida tomba d'acqua sul fondo del mare. Il silenzioso sommergibile nero emanava un fascino morboso che fece correre un brivido lungo la spina dorsale di Summer. Non appena le agitate acque circostanti si furono placate, i due giovani riuscirono a sbirciare di nuovo nel ventre dell'hangar. Summer non riusciva a distogliere la mente dal pensiero che si trovavano bloccati in una tomba d'acciaio insieme con dozzine di coraggiosi marinai della marina imperiale. Sforzandosi di allontanare la macabra visione, cercò di concentrarsi nuovamente sull'emergenza che dovevano fronteggiare.

« Quanto tempo ci rimane? » chiese, cominciando a prendere atto della situazione disperata in cui si trovavano.

Dirk lanciò un'occhiata a una serie di valvole accanto a lui. « Fino a quando le batterie non perdono potenza, possiamo stare tranquilli. Entro tre ore si spegneranno le luci, un'altra ora circa e non avremo più aria. Meglio contattare la *Sea Rover.* » La sua voce era turbata ma decisa.

Summer attivò il sistema di comunicazione e chiamò Ryan sulla nave appoggio; le rispose soltanto il silenzio. Dopo numerosi tentativi, l'auricolare le trasmise un suono gracchiante.

« *Starfish*, qui *Sea Rover*. Non riusciamo a ricevere. Prego ripetere, passo », le giunse la voce di Ryan, debole e confusa.

« Il nostro segnale di chiamata dev'essere bloccato dalle paratie del sommergibile », commentò Dirk. « Noi riusciamo a ricevere, ma loro non ci sentono. »

« Continuo a provare, sperando che riescano a captare qualcosa. »

Summer proseguì i tentativi per altri dieci minuti, parlando con voce alta e chiara, senza ricevere altro che la solita, frustrante risposta da parte di Ryan.

« Inutile, non possono sentirci. Dobbiamo cavarcela da soli », si arrese infine la ragazza.

Dirk prese a girare una serie d'interruttori sulla console spegnendo tutti i congegni elettronici non indispensabili per preservare la carica della batteria. Quando la sua mano raggiunse il tasto che azionava lo *Snoopy*, ebbe un'esitazione.

« Qualche obiezione se faccio fare una passeggiata a *Snoopy*? »

« Visto che siamo venuti fin qui per esplorare l'hangar, tanto vale finire il lavoro. Dobbiamo ancora stabilire se le armi biologiche si trovano a bordo, o se c'è qualche indizio che siano state rimosse. »

« Esattamente quel che avevo in mente », commentò Dirk avviando il minuscolo ROV. Afferrati i comandi, lo estrasse dalla nicchia e, scavalcata l'elica caduta, lo sollevò ad altezza d'occhio di fronte allo *Starfish*, davanti al quale la scura sagoma dell'hangar si protendeva nelle tenebre in direzione della torretta. Azionando rapidamente i propulsori del ROV, lo fece penetrare nella cavità immersa nel buio.

Abbandonata la sagoma illuminata del ROV all'esterno della bolla panoramica, gli occhi di entrambi si volsero a seguire il campo visivo dello *Snoopy* sul monitor a colori. La prima sezione dell'hangar sembrava vuota, ma via via che lo *Snoopy* s'inoltrava più in profondità cominciarono a materializzarsi oggetti coperti dai sedimenti. Le lenti della telecamera scivolarono su un voluminoso monticello rivestito dalle concrezioni e adagiato su una piattaforma laterale, oltre la quale numerose cellette sporgevano dalle pareti dell'hangar.

« Un motore di scorta », sentenziò Dirk, puntando gli occhi di *Snoopy* sul lungo blocco metallico.

« Scommetto che quelli sono ripostigli per gli attrezzi e altre parti di ricambio», gli fece eco Summer, indicando le cellette sullo schermo.

«Ci sarà di sicuro un martinetto a pagliolo, da qualche parte», si lamentò Dirk, consapevole che non c'era modo di recuperare nessun attrezzo che potesse aiutarli a liberarsi.

Mentre guidava lentamente lo *Snoopy* lungo il cavernoso corridoio, rischiò di urtare col ROV un fascio di sottili lamiere metalliche appese in posizione verticale. Dopo aver fatto indietreggiare la telecamera, riconobbe nella struttura il complesso di coda di un aereo, con le estremità della deriva e dei piani stabilizzatori piegate verso il basso. Facendo avanzare lateralmente lo *Snoopy*, videro in modo chiaro che si trattava di una sezione della fusoliera di un idrovolante Aichi M6A1 Seiran.

«Uau», mormorò Summer, impressionata sia dalle dimensioni sia dallo stato di conservazione del bombardiere biposto. «Incredibile, come riuscissero a ripiegare un aereo sino a farlo entrare lì dentro.»

Dirk, intanto, aveva fatto avanzare lo *Snoopy* fino ad avere una visione laterale del velivolo. La telecamera mostrò loro le ali, ancora attaccate alla fusoliera ma ripiegate verso la coda come quelle di un'anatra. Sotto lo strato di sedimenti si scorgeva a malapena la familiare «polpetta» rossa nipponica dipinta all'estremità delle ali.

«Sono tuttora sbalordita all'idea che riuscissero a stivare, lanciare e recuperare un velivolo da un sommergibile», osservò Summer, pensierosa.

«Bastava far scivolare la fusoliera all'esterno, sul ponte prodiero, sollevare i piani stabilizzatori, imbullonare ali e galleggianti e azionare la catapulta. Una squadra di quattro uomini ben addestrati era in grado di assemblare e far decollare un aereo in meno di trenta minuti.»

«Suppongo sia stata una vera fortuna che questi grossi Sen-Toku siano saltati fuori solo verso la fine del conflitto», borbottò Summer, mentre Dirk continuava a spingere in avanti lo *Snoopy*. Scivolando oltre la fusoliera, le telecamere inquadrarono un paio di giganteschi galleggianti fissati a una paletta di legno. Un getto dei propulsori del ROV fu sufficiente a sollevare uno strato di sabbia e fanghiglia da uno degli «scarponi», scoprendone la vernice a chiazze sui toni del verde foresta alle estremità, mentre al centro predominava un grigio pescecane: lo stesso schema mimetico utilizzato su ali e fusoliera.

Oltrepassati i galleggianti, l'hangar appariva vuoto per parecchi metri, fino a una sezione aperta ma separata. Come avrebbe fatto il bracchetto evocato dal suo nome, lo *Snoopy* annusò tutt'intorno ed esaminò con circospezione i vari oggetti e rottami ricoperti di sedimenti, obbediente agli ordini impartiti dalle dita di Dirk. Lentamente, nell'oscurità che avvolgeva entrambe le pareti del vano, cominciarono a delinearsi delle basse rastrelliere, il cui contenuto Dirk riconobbe subito per siluri. In ogni rastrelliera erano adagiati quattro siluri da aereo da cinquecentonovanta chili ciascuno, di dimensioni assai modeste rispetto agli enormi siluri da sommergibile trovati sottocoperta.

Incollati al video, Dirk e Summer cercavano eventuali tracce di ulteriori armamenti, ma invano. Nel girarsi dalla sua parte, Dirk sorprese la sorella a sbirciare l'orologio, tristemente consapevole di ogni minuto che passava.

«Andiamo avanti. Dovrebbe esserci almeno un altro aereo, lì dentro», propose, nel tentativo di distoglierla dal pensiero dell'inevitabile. Il ROV attraversò di nuovo un compartimento vuoto, prima di emergere nella porzione di hangar successiva. Nel giro di qualche istante, videro comparire coda e fusoliera di un secondo bombardiere Seiran, completo di ali ripiegate. Lì accanto, scorsero i due galleggianti, fissati al pagliolato per mezzo di cime. Seguiva un assortimento di stipetti a parete per gli attrezzi, altri sei metri di spazio vuoto, e finalmente lo *Snoopy* andò a urtare contro il gigantesco portellone circolare che dava accesso al ponte prodiero.

«Be', ecco fatto», dichiarò Dirk in tono solenne. «Abbiamo percorso l'hangar in tutta la sua lunghezza e, a parte i siluri, non c'è traccia di bombe da aereo.»

Summer rimase in silenzio per un istante, mordendosi senza rendersene conto il labbro inferiore in segno di frustrazione. «Be'... non abbiamo trovato segni di effrazione da nessuna parte, e i sedimenti non sembrano essere stati smossi di recente.

Non potrebbero essere andate semplicemente distrutte nell'esplosione?»

«Possibile. In ogni caso, è rimasto un piccolo settore dell'hangar alle nostre spalle, al quale potremmo dare un'occhiata.»

Invertita la marcia dello *Snoopy*, Dirk lo fece tornare nella loro direzione, riavvolgendo a mano a mano il cavo di alimentazione. Un cupo silenzio invase l'abitacolo, mentre i due fratelli esaminavano la situazione critica in cui si erano venuti a trovare. Dirk maledisse in silenzio la cattiva sorte e il fatto di non essere riuscito a localizzare le bombe da aereo. Mentre il ROV oltrepassava la fusoliera del secondo aereo per avvicinarsi ai galleggianti del primo, un'espressione perplessa si dipinse sul viso di Summer.

«Tienilo lì ancora un istante, Dirk», mormorò, lo sguardo puntato sullo schermo.

«Che c'è?»

«Osserva i galleggianti. Non noti niente di diverso?»

Dirk studiò il monitor per un attimo, poi scosse la testa.

«Il paio in fondo all'hangar era fissato direttamente al pagliolato. Questi due, invece, sono appoggiati su una specie di pedana.»

Le sopracciglia aggrottate, Dirk tornò a osservare le immagini. Ciascuno degli scarponi era posato su una piattaforma quadrata spessa una sessantina di centimetri.

Dopo aver diretto il ROV lungo la base di uno dei galleggianti, lo posizionò accanto alla pedana e azionò i propulsori a tutta velocità per qualche secondo, nel tentativo di soffiare via la mucillagine che ne rivestiva la superficie. Riportato lo *Snoopy* in posizione, attese che la nube di sedimenti si depositasse sul fondo. Sbirciando attraverso la foschia, riuscirono a distinguere con chiarezza una porzione di pedana scoperta. Si trattava di una gabbia di legno: mogano, a prima vista. Dirk esaminò accuratamente l'intera struttura.

«Per Dio, devono essere loro.»

«Ne sei certo?»

«Be', non ne vedo il contenuto, ma all'esterno sono identiche per foggia e dimensioni alle gabbie schiacciate che ho rinvenuto a bordo dell'*I-403.*»

Dopo aver ispezionato la gabbia da tutte le angolazioni, Dirk appurò che c'era un secondo contenitore incuneato sotto l'altro galleggiante. Summer fece un'annotazione sui file video, segnando l'esatto punto del ritrovamento all'interno dell'hangar. Pitt le fece osservare come le due gabbie sembrassero ancorate a pagliolo dal peso degli scarponi, sicuramente fissati al pagliolato mediante la mezza dozzina di spessi cavi d'acciaio che avvolgevano ciascun galleggiante.

«Ottimo spirito d'osservazione, Summer. Ricordami che ti devo una birra.»

«Preferirei una bottiglia di Chardonnay Martin Ray», replicò la ragazza con un sorrisetto, «ma mi accontento di aver scoperto dove si trovano.»

«Ci vorrà l'intervento di qualcuno per tirarle fuori di lì.»

«Anche per tirare fuori noi», fece lei con aria cupa.

Mentre il ROV intraprendeva la via del ritorno, le rotelle nella mente di Dirk continuavano a girare a pieno ritmo in cerca di una via di fuga. Si deconcentrò leggermente solo quando le vivide luci dello *Snoopy* invasero l'abitacolo dello *Starfish.* Accecato dal bagliore, nell'attirarlo verso di sé azionò d'istinto un comando facendo abbassare il ROV verso il ponte che ospitava l'hangar; nel bel mezzo della fase di avvicinamento, lo *Snoopy* s'immobilizzò a mezz'aria rifiutandosi di percorrere i pochi metri che lo separavano dalla sua nicchia.

«Il cordone ombelicale dello *Snoopy* si è bloccato contro qualcosa, Dirk», lo avvertì Summer, puntando il dito verso l'esterno dell'abitacolo.

Seguendo la sua indicazione, Dirk scorse nell'acqua melmosa il cavo del ROV impigliato in un rottame abbandonato sul ponte a cinque o sei metri di distanza, proprio davanti ai loro occhi.

«Mi sorprende che sia riuscito a spingersi tanto lontano, lungo questo percorso a ostacoli», borbottò.

Invertita la direzione di marcia, fece arretrare il ROV fino a liberare il cavo da quello che sembrava un piccolo motore appoggiato a una struttura tubolare che lo teneva sollevato a una novantina di centimetri dal pagliolato.

« Un compressore a gas, scommetto », commentò, notando un paio di logori manicotti collegati a un'estremità dell'attrezzo.

« E quella grossa maniglia? » chiese Summer, osservando una barra metallica che sporgeva da un fianco del blocco, alla quale era attaccata un'impugnatura tondeggiante come quella di un badile.

« Deve avere un vecchio starter di tipo meccanico. Hai presente i tosaerba che si accendono tirando una cordicella? In questo caso, la maniglia ti consente di avviare il motore. Una volta mi è capitato di vedere un compressore di fabbricazione svizzera, su una barca per immersioni, dotato dello stesso congegno. » Dirk rimase a fissare l'aggeggio per un istante, senza muovere il ROV.

« Allora, fai rientrare lo *Snoopy*? » lo sollecitò Summer alla fine.

« Sì », confermò lui con un improvviso scintillio nello sguardo. « Ma prima ci aiuterà a tirarci fuori di qui. »

A bordo della *Sea Rover*, comandante ed equipaggio erano in preda a un crescente nervosismo. Erano trascorsi quasi novanta minuti dall'ultima comunicazione con lo *Starfish*, e Morgan si preparava ansiosamente a lanciare una richiesta di soccorso. La *Sea Rover* non aveva a bordo un veicolo subacqueo di scorta, e il sottomarino della NUMA più vicino si trovava ad almeno dodici ore di distanza.

« Mettiamoci in contatto con la Deep Submergence Unit della marina, Ryan. Spiega loro la situazione in cui ci troviamo, e fatti comunicare i tempi di attesa per l'intervento di un mezzo di recupero in acque profonde », abbaiò il comandante, tremando all'idea della possibile risposta.

Se Dirk e Summer erano realmente in difficoltà, sapeva che era una questione di minuti, non certo di ore. Le loro possibilità di salvezza erano ridotte al lumicino.

25

« D'accordo, Summer, blocca la bobina. »

Prima di impartire l'ordine alla sorella, Dirk aveva posizionato lo *Snoopy* vicino al cielo dell'hangar, a poca distanza dal compressore. La ragazza premette un tasto della console che arrestava il riavvolgimento automatico del cavo di alimentazione del ROV. Dirk, intanto, fece arretrare con cautela lo *Snoopy* verso il compressore, tenendo d'occhio il cavo allentato ai piedi del mezzo. Come un'anaconda che avvolge la preda, fece compiere al ROV un movimento circolare al di sopra del compressore, in modo che il cavo si arrotolasse intorno al manico sporgente. Dopo aver accompagnato il ROV in parecchi giri di danza, riuscì ad avvolgere l'impugnatura con cinque anelli, che si affrettò a stringere facendo risalire e spostare leggermente lo *Snoopy*.

« Bene, tu riattiva la bobina di recupero, ora, mentre io provo a tirare un po'. »

« Quel compressore peserà centotrenta, centoquaranta chili. Anche sott'acqua, non ce la farai mai a sollevarlo », obiettò Summer, chiedendosi se il fratello avesse perso la ragione.

« Non è il compressore che voglio, è il manico. »

Azionando i comandi del ROV, diede maggior potenza allo *Snoopy*, puntato adesso in direzione del sommergibile. Il piccolo mezzo fece un balzo in avanti tendendo il cavo di alimentazione intorno all'impugnatura del compressore. I minuscoli propulsori facevano ribollire l'acqua circostante mentre il veicolo lottava per avanzare ancora, ma non possedeva forza sufficiente a smuovere la barra. Fu a quel punto che intervenne Summer, recuperando l'altro capo del cavo con l'avvolgitore automatico fino a tenderlo intorno alla base del manico. Entrambe le estremità erano sottoposte a trazione, adesso, ma fu quella inferiore, aggredita da Summer, a cedere. La parte terminale incassata scivolò via dall'ingranaggio che azionava il volano, e l'intero manico si sganciò dal compressore fendendo l'acqua in direzione dello *Starfish.* Con una lieve trazione, Dirk lo fece scivolare in posizione orizzontale in modo da mantenere il cavo arrotolato e non perdere la presa, trainandolo dolcemente sino ad averlo di fronte a sé.

« Non credo che Ryan apprezzerà il modo in cui stai trattando il suo ROV », commentò Summer fingendosi preoccupata.

« Se il trucco funziona, gliene comprerò uno nuovo. »

« Posso sapere cos'hai in mente di preciso? » volle sapere lei, ancora incerta sulle sue intenzioni.

« Be', lo userò come una leva, sorellina cara, niente di più. Se sei così cortese da afferrare il mio piede di porco nuovo di zecca col braccio meccanico di sinistra, ti faccio vedere subito cosa intendo. »

Così dicendo, Dirk avvicinò al fianco sinistro dello *Starfish* il ROV col manico al traino. Attivato il braccio meccanico, Summer aveva intanto provveduto ad aprirne la mano ad artiglio. Lavorando all'unisono, i due fratelli avvicinarono l'uno all'altro i due strumenti fino a che Summer non riuscì ad afferrare saldamente un'estremità del manico con l'arto meccanico stretto a morsa. A quel punto, Dirk provvide ad allentare il cavo del ROV e a far arretrare piano il mezzo, srotolandone il cordone ombelicale dall'estremità libera della sbarra. Una volta eseguita l'operazione, attivò l'avvolgitore automatico e guidò lo *Snoopy* verso lo *Starfish*, riponendolo al sicuro nella sua nicchia.

« Per essere un bracchetto, *Snoopy* è veramente bravo come cane da riporto », commentò Summer.

« E, adesso, vediamo se il nostro braccio meccanico riesce a trasformarsi in un buon martinetto », replicò Dirk.

I suoi occhi erano puntati su una serie di manometri e galvanometri montati sul pannello di controllo del mezzo subacqueo. Avendo fatto funzionare il ROV per oltre un'ora, il livello delle batterie era sceso a un 30 per cento scarso. Se esisteva la minima speranza di riuscire a tornare in superficie con i propri mezzi, non c'era tempo da perdere.

« Concentriamo gli sforzi su un unico tentativo. Comincio a

spurgare i serbatoi», annunciò, premendo un paio di pulsanti che azionavano le pompe per vuotare i serbatoi di zavorra aumentando così la galleggiabilità dello *Starfish*. Subito dopo, avviò i propulsori principali del mezzo subacqueo. Summer, che nel frattempo aveva spostato il braccio meccanico completamente sulla dritta della navicella, stava studiando la posizione dell'elica che li teneva prigionieri. Per potersi sfilare dalla sua morsa, bisognava riuscire a sollevarla spingendola leggermente in avanti, ma c'era pochissimo spazio per manovrare quella leva improvvisata. Deposto il manico contro uno dei pattini, accorciò la presa riuscendo a infilare la barra di metallo per una ventina di centimetri sotto la pala dell'elica.

«Pronta», annunciò in tono esitante, asciugandosi il palmo sudato della mano sulla gamba dei pantaloni. Anche Dirk stava sudando abbondantemente, nell'angusto abitacolo ormai surriscaldato dopo che avevano spento l'aria condizionata per risparmiare energia.

«Coraggio, strappaci fuori di qui», mormorò Dirk, la mano pronta sui controlli dei propulsori. Irrigidita dall'ansia, Summer azionò delicatamente i comandi che sollevavano il braccio meccanico. Quando la sola potenza del congegno idraulico si rivelava insufficiente ad alzare l'arto meccanico, la forza aggiuntiva esercitata dalla barra metallica che faceva leva contro il pagliolato del ponte gli consentiva di continuare a muoversi. Con estrema lentezza, la pala dell'elica prese a sollevarsi di un paio di centimetri, quattro, poi qualcuno di più. Dirk sentiva la parte posteriore del veicolo subacqueo staccarsi leggermente dal ponte per la pressione. Non appena la sorella ebbe portato la pala oltre lo spessore dei pattini anteriori, spinse i propulsori al massimo inserendo la retromarcia.

Anziché rispondere con uno scatto repentino o un'accelerazione a razzo, lo *Starfish* si limitò a un lieve sobbalzo indietreggiando lungo il ponte dell'hangar. Mentre il veicolo si sottraeva alla morsa dell'elica, la pala scivolò lungo la maniglia del compressore e tornò a conficcarsi con un tonfo sul ponte a pochi centimetri dai pattini dello *Starfish*.

«Ben fatto, sorellina. Che te ne pare, se andiamo a respirare una boccata d'aria fresca? » esclamò Dirk, regolando i propulsori in modo da allontanare lo *Starfish* dall'hangar dell'*I-411*.

« Sono con te », rispose Summer con evidente sollievo.

Praticamente nell'istante in cui si sollevarono oltre le paratie del ponte, udirono la voce profonda di Ryan rimbombare nelle loro cuffie.

« *Starfish*, qui *Sea Rover*. Mi ricevete, passo », scandiva in tono monotono, dopo aver evidentemente ripetuto la stessa frase un migliaio di volte nelle ultime ore.

« Qui *Starfish* », rispose Summer. « Vi riceviamo forte e chiaro. Abbiamo iniziato la risalita, tenersi pronti al recupero. »

« Ricevuto, *Starfish* », esclamò Ryan con voce arrochita dall'emozione. « C'è parecchia gente preoccupata che vi aspetta, quassù. Vi serve assistenza? »

« Negativo. Ci si era semplicemente impigliato un tacco. Tutto bene; emergeremo tra poco. »

« Pronti al recupero. Passo e chiudo. »

La risalita, agevolata da una spinta di galleggiamento controllata, fu leggermente più veloce rispetto alla discesa; nel giro di soli dieci minuti riuscirono a scorgere le accecanti luci della *moon pool*, il pozzo verticale attraverso il quale sarebbero stati recuperati a bordo della *Sea Rover*. Il vago profilo della nave si andava facendo più visibile, a mano a mano che si avvicinavano sfruttando la poca potenza rimasta per portarsi al centro dell'anello illuminato dai fari subacquei. Con un silenzioso sospiro di sollievo, i due fratelli s'infilarono nell'imboccatura del pozzo sul fondo della nave per riemergere all'altra estremità, sulla superficie della *moon pool*. Raccolti intorno alla piscina, Morgan, Ryan e una mezza dozzina di uomini dell'equipaggio rimasero a contemplare lo *Starfish* che veniva sollevato dall'acqua per mezzo di un paranco e adagiato dolcemente sul ponte. Summer spalancò il portello posteriore mentre Dirk spegneva i motori, quindi i due fratelli uscirono dal veicolo per concedersi una meritata boccata d'aria fresca.

« Temevamo vi foste persi, là sotto », li accolse Morgan sorridendo, prima di fissare con aria perplessa il manico di compressore ancora stretto nella morsa del braccio meccanico di sinistra.

« È il nostro bastone da passeggio », gli spiegò Summer. « Abbiamo fatto un giretto dove non avremmo dovuto, e abbiamo incontrato qualche difficoltà nel tornare sui nostri passi. »

« Dunque », li esortò Morgan, incapace di nascondere l'altro pensiero fisso che gli occupava la mente, « che avete trovato? »

« Due cartoni di uova in attesa di consegna », replicò Dirk con un sogghigno.

L'equipaggio della *Sea Rover* si mise febbrilmente al lavoro per riparare il braccio meccanico dello *Starfish* e ricaricare le batterie esaurite del veicolo subacqueo, mentre Dirk, Summer e Morgan mettevano a punto un piano strategico per il recupero. Riesaminando le riprese video effettuate dallo *Snoopy*, calcolarono il punto esatto dell'hangar in cui erano collocate le gabbie con le bombe. Studiando i video con maggior attenzione, determinarono che le paratie dell'hangar erano formate da pannelli di tre metri.

« Incidendo le saldature originali, dovremmo riuscire ad asportare una porzione di paratia di tre metri all'altezza dei galleggianti », dichiarò Dirk, tamburellando con la matita su un'immagine congelata sul monitor. « Lo *Starfish* è largo due metri e quarantaquattro, il che dovrebbe concederci spazio di manovra sufficiente per avvicinarci e prelevare le bombe con i bracci meccanici. »

« Fortunatamente, la velocità delle correnti intorno al relitto si mantiene intorno a 1 o 2 nodi, perciò potremo lavorare senza essere ostacolati dalla forza del mare, ma ci vorranno comunque un paio di immersioni », aggiunse Summer.

« Ryan può sostituire a turno uno di voi », suggerì Morgan. « Perché non recuperate qualche ora di sonno, mentre sistemiamo lo *Starfish* e ci organizziamo per le operazioni di taglio? »

« Non me lo faccio dire due volte », replicò Summer con un profondo sbadiglio.

Ma fu un sonno di breve durata: il fratello la svegliò tre ore più tardi, e insieme si prepararono per un'altra immersione. Con un set di batterie nuove, lo *Starfish* venne rimesso in mare e cominciò la lenta discesa verso il sommergibile. Il veicolo subacqueo si calò sino al fianco dell'hangar dilaniato dall'esplosione per poi spostarsi con cautela di lato in direzione della torretta. A intervalli di un metro e ottanta centimetri, misurati sfruttando l'ampiezza dei bracci meccanici semiaperti, Dirk manovrava in modo da avvicinarsi fino a incidere con l'artiglio sinistro una tacca sulla superficie coperta d'incrostazioni. Alla decima tacca, ovvero a diciotto metri di distanza dallo squarcio provocato dal siluro, scribacchiò una rudimentale *X* sul fianco dell'hangar.

« Questo è il punto da incidere », dichiarò, rivolto alla sorella. « Vediamo se ci riesce di trovare le saldature dei pannelli. »

Raschiando con una delle mani artigliate la parete dell'hangar, fece avanzare lo *Starfish* disegnando una lunga striatura lungo la fiancata. Tornati al punto di partenza, esaminarono da vicino la sezione graffiata, che aveva preso a secernere una poltiglia color ruggine e oro, localizzando rapidamente una crepa verticale esposta nel punto in cui erano stati saldati due dei pannelli che componevano il rivestimento stagno. Come previsto, avvistarono un'altra striatura verticale a tre metri di distanza dalla prima. Tenendo lo *Starfish* sul punto interessato, Summer raschiò le giunture usando l'artiglio meccanico come un coltello fino a esporre completamente le linee di congiunzione. A operazione conclusa, sulla parete dell'hangar spiccava un quadrato che ricordava come dimensioni la porta di un garage.

« La parte facile è fatta », commentò Dirk. « Pronta a tagliare? »

« Infilati questi, e mettiamoci al lavoro », gli ordinò Summer per tutta risposta, porgendogli un paio di occhiali protettivi da saldatore e indossandone un paio a sua volta. Afferrati i comandi di entrambi i bracci meccanici, li avvicinò a un contenitore fissato a uno dei pattini anteriori, recuperando con la destra una pinza portaelettrodi collegata, mediante un cavo rinforzato, a un generatore di corrente continua da duecentotrenta ampère situato all'interno dello *Starfish*. Con l'arto artificiale di sinistra inserì un elettrodo da taglio all'ossido di ferro non esotermico nella pinza, e diede tensione. Contrariamente al classico elettrodo da taglio subacqueo che necessita dell'ossigeno per alimentare la combustione, l'elettrodo all'ossido di ferro richiede soltanto una fonte di corrente per generare un arco voltaico incandescente, senza contare che la forma più maneggevole della pinza la rende più adatta all'utilizzo a grandi profondità. Il flusso elettrico fuoriesce dall'estremità dell'elettrodo creando un arco di vivida luce gialla che raggiunge temperature elevatissime.

« Cominciamo dall'angolo in alto a destra, procedendo verso il basso », propose Summer. Con una rapida manovra, Dirk avvicinò lo *Starfish* al punto indicato dalla sorella e mantenne in posizione il sottomarino, mentre Summer protendeva il braccio meccanico destro verso la parete dell'hangar fino a proiettare il fascio incandescente contro la superficie metallica. Dall'interno del veicolo subacqueo sospeso nella leggera corrente, la ragazza utilizzò il calore dell'arco voltaico per incidere il rivestimento vecchio di sessant'anni. Con l'oscillazione dello *Starfish* che diminuiva l'efficienza dello strumento, i progressi si potevano misurare in ragione di centimetri, ma lentamente una sottile linea chirurgica prese a delinearsi lungo la parete dell'hangar, allungandosi via via che Dirk assecondava il movimento della pinza spostando in modo graduale la navicella verso il basso. Dopo una quindicina di minuti, videro che l'elettrodo era completamente consumato; spento l'interruttore, Summer sostituì l'elettrodo e si rimise al lavoro. La tediosa operazione si protrasse fino a che non ebbero praticato una sottile incisione lungo l'intero perimetro del pannello prescelto; quando non mancavano che pochi centimetri, Summer infilò la mano meccanica libera in una fessura e afferrò saldamente il pezzo di metallo, quindi completò il taglio e diede uno strattone deciso. Il riquadro si staccò di netto cadendo sulla coperta del sommergibile fra un turbinio di sedimenti.

Dirk fece arretrare lo *Starfish* e aspettò che l'acqua tornasse limpida prima di riavvicinarsi al varco che avevano appena creato. Mentre procedeva alla manovra, vide che la loro valutazione delle misure era stata perfetta. Il paio di galleggianti si trovava esattamente di fronte all'apertura, appoggiato sulle casse di legno. Si accostò il più possibile, urtando un paio di volte il cielo dell'hangar prima di far adagiare il veicolo subacqueo sul ponte, accanto a un grosso anello metallico sporgente. Attraverso l'occhiello circolare passavano alcuni cavi, evidentemente utilizzati per assicurare il galleggiante più vicino al pagliolato mentre il sommergibile era in movimento.

« Tranciamo questi cavi, poi cercheremo un sistema per spostare i galleggianti », suggerì.

Dopo aver riattivato la pinza da taglio, Summer recise velocemente il primo dei tre cavi. Corrosa dal mare, la treccia d'acciaio si disintegrò al calore sprigionato dall'elettrodo, consentendo alla ragazza di attaccare il secondo cavo, che cedette con altrettanta rapidità; mentre lo osservava scivolare via, fu sorpresa nel sentire il galleggiante oscillare in modo lieve. Una volta spezzata anche la terza rizza, rimase sbalordita nel vedere lo scarpone che si staccava dolcemente dal ponte per fluttuare verso il cielo dell'hangar, alto più di tre metri e mezzo.

« Contiene ancora dell'aria », esclamò.

« Complimenti ai tecnici che lo hanno costruito. Questo renderà il nostro lavoro un po' più facile », replicò Dirk accostando lo *Starfish* alle casse di legno. Afferrati i comandi di entrambi i bracci meccanici, Summer ne diresse le mani verso uno dei contenitori e, manovrando le dita d'acciaio, afferrò il coperchio dai due lati tirando verso l'alto. Il legno, un tempo assai robusto, si sollevò come una fetta di torta inzuppata nel latte, prima di spaccarsi in due mentre la ragazza tentava di deporlo in un angolo.

« Alla faccia dell'imballo resistente », commentò seccamente Dirk.

All'interno, il tesoro che cercavano: sei bombe da aereo in argentea porcellana, intatte, allineate in una fila ordinata. I due fratelli si scambiarono un'occhiata, pervasi da un'ondata di sollievo.

« Dopotutto, sembrerebbe proprio il nostro giorno fortunato», dichiarò Summer in tono esultante. «Eccole ancora qui, sane e salve.»

Con la massima cautela, Dirk accostò il più possibile lo *Starfish* alla cassa, mentre la sorella si preparava alla snervante prospettiva di prelevare le fragili bombe dal contenitore mezzo sbriciolato.

«Procedi con dolcezza, sorellina. Ricordati che sono fatte di vetro», la ammonì Dirk.

Consiglio inutile per Summer, che prese a manovrare gli arti meccanici con la massima cautela. Lavorando sulla bomba più vicina, allontanò pian piano l'involucro dagli altri, per poi far scivolare con circospezione le mani d'acciaio sotto le due estremità. Procedendo con paziente determinazione, sollevò la bomba e la depose in un sacco a rete imbottito che avevano provveduto a fissare sul davanti del mezzo subacqueo. Assicuratasi che l'involucro fosse sistemato in posizione stabile, passò a recuperare la seconda bomba. Dopo averla sollevata e deposta accanto all'altra nel sacco, ne afferrò l'aletta con una delle mani meccaniche, agguantò la coda del primo ordigno con l'altra mano e lasciò entrambi i bracci in quella posizione, per maggior sicurezza.

«Bombardiere a pilota. Pronti al decollo», mormorò. Per timore di danneggiare un carico tanto pericoloso, avevano valutato che due ordigni rappresentassero il massimo che lo *Starfish* poteva trasportare in sicurezza per ogni viaggio.

Il veicolo subacqueo prese lentamente a risalire verso la superficie, dove le bombe vennero scaricate con cautela e stivate in un contenitore di fortuna costruito in fretta e furia dal carpentiere di bordo.

«Fuori due. Ne restano dieci», riferì Dirk a Morgan e Ryan. «Entrambe le casse sono facilmente accessibili ai bracci meccanici; se anche la seconda infornata è in buono stato, dovremmo riuscire a recuperare tutti e dodici gli involucri.»

«Il tempo sembra reggere», replicò Morgan. «Se procediamo a questo ritmo per tutta la nottata, entro domattina dovremmo aver concluso le operazioni di recupero.»

« Io ci sto », gli confermò Dirk con un sogghigno. « Con tutte queste immersioni, comincio a sentirmi come uno yo-yo. »

A meno di un miglio di distanza, Tongju sbirciò in direzione della nave della NUMA attraverso un potente binocolo. Il boia personale di Kang stava osservando la *Sea Rover* da una quarantina di minuti, prendendo mentalmente nota dei vari passaggi, scale, boccaporti e altri elementi della nave che riusciva a distinguere da quella distanza. Quando fu soddisfatto, l'assassino salì in plancia ed entrò in un piccolo locale laterale. Seduto su una poltroncina di legno, un uomo con la faccia da pugile e i capelli a spazzola era intento a esaminare una serie di schemi. All'ingresso di Tongju, l'uomo s'irrigidì leggermente.

« La squadra d'assalto ha studiato le sezioni della nave della NUMA forniteci dagli uffici della Kang Shipping, signore. Abbiamo messo a punto un piano d'attacco, e siamo pronti all'azione non appena ce ne darà l'ordine. » Ki-Ri Kim si esprimeva nel tono brusco e conciso che era logico aspettarsi da un ex addetto alle operazioni speciali dell'esercito popolare coreano.

« Dai frammenti di comunicazioni subacquee che siamo riusciti a intercettare, sembra abbiano localizzato le armi e siano in procinto di recuperarle dal fondo », lo informò Tongju in tono pacato. « Ho già informato il comandante che daremo il via all'operazione questa notte. »

Un largo sorriso illuminò il volto del militare, che commentò la notizia con una sola parola: « Eccellente ».

« Come previsto », riprese Tongju, « io guiderò la squadra A all'assalto dei settori di dritta e di prua, mentre tu ti occuperai con la squadra B del lato di sinistra e della zona di poppa. Riunisci gli uomini alle ore 01.00 per un ultimo briefing. Inizieremo l'attacco alle 02.00. »

« I miei saranno pronti. Sarebbero curiosi di sapere, tuttavia, se prevediamo qualche resistenza. »

« Assolutamente nessuna », ringhiò Tongju con arroganza.

Poco dopo la mezzanotte, lo *Starfish* galleggiava sulla superficie della *moon pool*, lo scafo arancione che rifletteva attraverso l'acqua i fasci dorati dei fari sommersi. Sul ponte, Dirk e Summer rimasero a osservare il sottomarino che veniva sollevato dall'acqua e delicatamente deposto su una piattaforma. Un paio di tecnici addetti al turno di notte spinsero un paranco portatile fino ai pattini anteriori del veicolo e diedero inizio alla delicata operazione di rimozione delle due bombe di porcellana dal sacco a rete.

Dirk si avvicinò per aprire il portello posteriore dello *Starfish* e dare una mano ai due uomini, mentre Ryan e Mike Farley, un altro dei tecnici di bordo, strisciavano fuori dell'angusto abitacolo.

« Bel lavoro, Tim. Con queste, siamo a un totale di otto. Ne deduco che sei riuscito ad accedere alla seconda cassa senza problemi. »

« Un gioco da ragazzi. Abbiamo reciso i cavi del secondo galleggiante, che è scivolato via proprio come il primo. Il merito, però, va tutto a Mike: ha azionato quei bracci meccanici come un chirurgo. »

Attraente, affabile e col sorriso sempre pronto, Farley si schermì con modestia. « La seconda cassa si è spappolata come una patata lessa, ma tutt'e sei le bombe, dentro, erano intatte. Abbiamo prelevato le prime due, e le altre quattro rimaste sono facilmente accessibili. Tenete d'occhio la corrente, però; ho l'impressione che sia aumentata, rispetto all'ultima immersione. »

« Grazie, Mike, ci staremo attenti. »

Dopo aver dato una mano agli uomini che stavano sostituendo le batterie dello *Starfish*, Dirk eseguì metodicamente la procedura di preparazione all'immersione, verificando che tutta la strumentazione di bordo funzionasse a dovere. Poco dopo l'una di notte, lui e Summer s'infilarono di nuovo nel sottomarino e furono calati nella *moon pool* per un'ennesima incursione a bordo dell'*I-411*. Durante la lenta discesa parlarono poco, badando solo a rilassarsi. Le immersioni ripetute nell'arco della stessa giornata stavano cominciando a farsi sentire, stendendo su entrambi un velo di stanchezza. Ma Dirk si sentiva rinvigorire all'idea che stavano recuperando le bombe intatte, e presto avrebbero scoperto che tipo di agente biologico contenevano.

Summer si abbandonò a un enorme sbadiglio. « Vorrei essere in branda a dormire come il resto dell'equipaggio », borbottò. « Avremo completato gli ultimi due viaggi, prima che qualcuno di loro si svegli. »

« Guarda l'aspetto positivo della faccenda », suggerì Dirk con un sorriso. « All'ora della prima colazione, saremo i primi della fila. »

26

Emersero dall'oscurità come demoni silenziosi, scivolando sull'acqua senza far rumore. Uomini vestiti di nero, con stivali di gomma scura, in un mare color inchiostro. Tongju guidava l'assalto dalla prima imbarcazione, accompagnato da un commando di cinque uomini dall'aria aggressiva pesantemente armati, mentre Kim seguiva sulla seconda imbarcazione con un eguale contingente. Procedevano verso la *Sea Rover* a bordo di due gommoni Zodiac alimentati da potenti motori elettrici, versioni potenziate di quelli usati dai pescatori d'altura per navigare in modo silenzioso. Solo, quelli potevano raggiungere i 30 nodi emettendo un ronzio che si udiva a malapena. Mentre correvano nel cuore della notte, l'unica traccia percettibile della loro presenza erano le onde che s'infrangevano contro gli scafi semirigidi.

A bordo della *Sea Rover*, il timoniere di guardia lanciò un'occhiata allo schermo fluorescente del radar fissando la grossa macchia di una nave al largo di prora a dritta. L'imponente posacavi ferma a un miglio dalla *Sea Rover* fin dal loro arrivo era ancora immobile nella stessa posizione. L'uomo osservò un paio di leggere ombre chiare delinearsi di quando in quando contro lo sfondo verde del monitor, in un punto intermedio fra le due navi. I segnali erano troppo deboli perché potesse trattarsi di battelli, si disse, a tanta distanza dalla riva. Più probabile che fosse qualche onda crestata che veniva registrata dagli strumenti.

Le due onde crestate di gomma tolsero potenza ai motori non appena giunsero a un centinaio di metri dalla *Sea Rover*, coprendo il resto della distanza al minimo. Dopo aver portato il suo gommone sotto la murata di dritta, Tongju attese che l'imbarcazione di Kim aggirasse la poppa per andare a fermarsi sotto il fianco opposto. Contemporaneamente, seppure alla cieca, due ramponi rivestiti di gomma volarono verso l'alto ai due lati della nave, incocciandosi con presa sicura sulle battagliole del ponte inferiore. Sottili scalette di corda penzolanti dai ganci consentivano di accedere alla nave. All'unisono, nel massimo ordine, gli uomini dei due commando presero a sgattaiolare veloci lungo le cime ondeggianti.

Sul ponte di sinistra, un biologo marino in preda all'insonnia stava contemplando il cielo notturno quando udì qualcosa colpire la nave e, subito dopo, vide un gancio uncinato materializzarsi sul corrimano pochi metri più in là. Incuriosito, si sporse oltre la murata per osservare il cavo oscillante proprio nell'attimo in cui dal basso emergeva una testa incappucciata di nero. Ne seguì una violenta testata e un tonfo sordo. Lo sbalordito scienziato cadde all'indietro, lottando per recuperare il fiato e dare l'allarme, ma nel giro di un istante l'aggressore raggiunse il ponte brandendo un fucile d'assalto. Il calcio si abbatté sulla mascella dello sfortunato biologo, che si accasciò a terra privo di sensi.

Dopo essersi riunite spostandosi ciascuna in modo indipendente, le due squadre presero a muoversi lungo il ponte, decise a impadronirsi della plancia e della sala radio prima che potesse essere lanciato un qualunque segnale d'aiuto. Avanzando silenziosamente attraverso la nave addormentata, le due squadre d'assalto, alle due di notte, trovarono la nave immersa in un silenzio spettrale.

In plancia, il timoniere e il secondo ufficiale della *Sea Rover* stavano discutendo di football davanti a una tazza di caffè. Senza preavviso, Tongju e due dei suoi fecero irruzione attraverso la porta a doppio battente di dritta, le armi puntate ai loro volti.

« A terra! » gridò Tongju in un inglese impeccabile. Mentre il secondo ufficiale si lasciava immediatamente cadere sulle ginocchia, il timoniere venne assalito dal panico: mollata la tazza, si lanciò verso la porta in un vano tentativo di fuga. Prima che Tongju o qualcuno dei suoi potesse fermarlo, uno degli uomini di Kim comparve sulla soglia e lo colpì al petto col fucile d'assalto, assestandogli quindi un colpo alla gola per buona misura. Il timoniere si accasciò al suolo gemendo per il dolore.

Perlustrando la plancia con lo sguardo, Tongju notò che l'adiacente sala radio era deserta. Con un cenno del capo, ordinò a uno dei suoi di montare la guardia alle apparecchiature, poi si diresse verso l'alloggio del comandante situato nella parte posteriore della plancia. Al suo muto comando, uno degli uomini sfondò la porta.

Morgan stava dormendo in cuccetta quando il commando fece irruzione nella cabina, accese la luce e gli puntò un AK-74 alla testa. Svegliatosi di colpo, l'energico comandante balzò dal letto in boxer e maglietta, sfidando l'uomo armato di fucile.

« Che diavolo succede? » abbaiò, precipitandosi come una furia verso la plancia. Lo sbalordito aggressore rimase per un attimo indeciso sulla soglia, mentre il corpulento marinaio avanzava verso di lui. Con un impercettibile movimento della mano, Morgan allontanò la bocca dell'arma dal proprio petto dirigendola verso il soffitto, quindi, con la mano destra libera, afferrò l'uomo e lo spinse fuori della cabina con l'impeto di un treno in corsa. Proiettato attraverso il ponte, il malcapitato cadde di schiena con un tonfo e andò a sbattere contro la paratia di fronte.

Il tizio stava ancora volando attraverso il ponte quando Tongju abbassò la sua Glock 22 semiautomatica ed esplose un colpo singolo contro Morgan. Il proiettile calibro 40 penetrò nella coscia sinistra del comandante, lanciando uno spruzzo di sangue sulla paratia alle sue spalle. Con un'imprecazione, Morgan si afferrò la gamba prima di accasciarsi al suolo.

« Questa è una nave del governo degli Stati Uniti », sibilò con aria di sfida.

« È mia, adesso », replicò freddamente Tongju. « Un'altra insolenza, comandante, e il prossimo proiettile glielo infilo in testa. » Per dare maggior peso alle proprie parole, fece qualche passo avanti, allungò la gamba destra verso l'uomo inginocchiato e lo colpì sullo zigomo col tacco dello stivale, spedendolo lungo disteso sul ponte. Dopo essersi rimesso lentamente in ginocchio, l'orgoglioso comandante fissò in silenzio il suo aggressore con gli occhi infiammati dall'odio.

Nell'impossibilità di avvertire i compagni, a Morgan non rimase che osservare impotente il manipolo di invasori che prendeva possesso della nave. Mentre, armi in pugno, circondavano l'equipaggio addormentato, gli uomini di Tongju incontrarono ben poca resistenza. Soltanto in sala macchine un nerboruto aiuto macchinista riuscì a cogliere di sorpresa uno degli aggressori, colpendolo alla testa con un giratubi. Il marinaio venne rapidamente neutralizzato dai colpi di un altro aggressore, ma le ferite non si sarebbero rivelate mortali. Da vari punti della nave presero a levarsi sporadiche raffiche di armi da fuoco, via via che i due commando si facevano strada attraverso la *Sea Rover*. In meno di venti minuti, le squadre d'assalto raggiunsero il proprio obiettivo assumendo il controllo della nave da ricerca da centoventi metri.

Tim Ryan e Mike Farley si trovavano nella sala di controllo delle operazioni subacquee, intenti a monitorare l'ultima immersione dello *Starfish*, quando furono aggrediti da due degli uomini di Tongju. Ryan riuscì solo a borbottare un « Ma che diavolo? » nel sistema di comunicazione subacquea prima di essere strappato dalla console insieme con Farley sotto la minaccia delle armi.

Come pecore al macello, i membri dell'equipaggio vennero condotti in gruppetti di tre o quattro sul ponte di poppa della *Sea Rover*. Alle spalle della *moon pool* era situata una stiva isolata nella quale venivano riposti il veicolo subacqueo e il relativo equipaggiamento, quando non utilizzati. A un ordine di Kim, il pesante portello d'acciaio che chiudeva la parte superiore della stiva venne rimosso utilizzando una delle gru di bordo. I terrorizzati prigionieri furono quindi costretti a calarsi lungo una scaletta nel cavernoso locale immerso nell'oscurità.

Tongju raggiunse Kim sul ponte di poppa tirandosi dietro uno zoppicante Morgan con le mani legate, pungolato alle spalle da uno degli aggressori che lo spingeva col calcio del fucile.

« Situazione? » s'informò Tongju in tono secco.

« Tutti gli obiettivi raggiunti », comunicò orgogliosamente

Kim. « Una perdita in sala macchine, Ta-kong, ma tutti i settori della nave sono sotto controllo. Abbiamo trasferito i prigionieri nella stiva di poppa. Jin-chul riferisce che otto bombe sono state rinvenute intatte nel laboratorio ausiliario della nave », aggiunse, indicando col capo un individuo nerboruto ritto accanto a una struttura prefabbricata all'altro lato del ponte. « Il sottomarino è attualmente impegnato nel recupero di altri ordigni. »

« Molto bene », rispose Tongju con uno dei suoi rari sorrisi che rivelò una fila di denti ingialliti. « Contatti la *Baekje*. Ordini loro di venire a ormeggiarsi sottobordo e di prepararsi a trasferire le bombe. »

« Non andrete lontano », grugnì Morgan, sputando una boccata di sangue.

« Ma come, comandante », replicò Tongju con un sorriso carico di malignità, « lo abbiamo già fatto. »

Un migliaio di piedi sotto la *Sea Rover*, Summer stava delicatamente riponendo la decima bomba nel contenitore improvvisato accanto alla nona, recuperata qualche minuto prima dal fondo. Puntellati anche questa volta i due ordigni per mezzo dei bracci meccanici, si girò verso Dirk. « Dieci sistemate, nc restano solo due. Puoi portarci a casa, ora, Jeeves. »

« Sì, milady », rispose il fratello con voce strascicata, attivando i propulsori per allontanarsi dalle anguste pareti dell'hangar. Mentre si staccavano dal ponte dell'*I-411*, Summer chiamò la sala controllo della *Sea Rover*.

« *Sea Rover*, qui *Starfish*. Carico sistemato, ci prepariamo a risalire con la merce, passo. »

Le rispose soltanto il silenzio. Durante l'ascesa provò parecchie volte a collegarsi, senza mai ricevere nessun riscontro dalla superficie.

« Ryan dev'essersi addormentato al volante », commentò Dirk.

« Non posso biasimarlo », replicò Summer soffocando uno sbadiglio. « Sono le due e mezzo del mattino. »

« Speriamo che almeno l'addetto alla gru sia sveglio. »

Avvicinandosi alla superficie, distinsero il familiare bagliore dei fari della *moon pool* e manovrarono in modo da portare lo *Starfish* al centro dell'anello, emergendo dolcemente all'altra estremità del varco. Venne calato e agganciato alla navicella il gancio del paranco principale, mentre i due fratelli provvedevano a spegnere i congegni elettronici di bordo senza prestare particolare attenzione alle sagome scure che si muovevano sul ponte. Fu solo nel momento in cui furono strappati brutalmente dall'acqua per essere scagliati con violenza verso il ponte di poppa, rischiando di andare a sbattere contro la paratia di sinistra, che si resero conto che qualcosa non andava per il giusto verso.

« Chi diavolo sta manovrando il paranco? » imprecò Summer mentre venivano bruscamente deposti sul ponte. « Non sanno che abbiamo due bombe a bordo? »

« Questo non ha certo l'aria di un comitato di benvenuto », borbottò Dirk in tono secco guardando oltre la parete trasparente della navicella.

Proprio di fronte a loro, un asiatico in tuta paramilitare teneva una pistola semiautomatica puntata allo stomaco del comandante Morgan. Senza soffermarsi sui lunghi mustacchi e sui denti storti e giallastri scoperti in un sogghigno crudele, Dirk concentrò l'attenzione sugli occhi dell'uomo: gelidi occhi neri che esprimevano un'allarmante espressione di suprema indifferenza. Dirk riconobbe lo sguardo di un killer professionista.

Alla vista di Morgan, Summer trattenne il fiato. La fasciatura improvvisata che gli avvolgeva la coscia sinistra non riusciva a celare i rivoli di sangue rappreso che gli imbrattavano la gamba. Aveva uno zigomo contuso e gonfio come un pompelmo, e un occhio che stava cominciando a diventare nero. Altro sangue secco gli era colato dalla bocca sul davanti della maglietta. Eppure il coriaceo comandante se ne stava là senza battere ciglio, con aria talmente impavida che Summer non notò neppure il fatto che indossava un paio di boxer.

D'un tratto, due uomini del commando balzarono davanti alla bolla acrilica dello *Starfish* roteando come ossessi i loro AK-

74 per far capire ai due fratelli di abbandonare il veicolo. Non appena furono usciti, le bocche dei fucili si spostarono verso i loro volti per spingerli a marciare verso il punto in cui si trovavano Morgan e Tongju.

« Signor Pitt », esordì Tongju con voce controllata, « è stato gentile a unirsi a noi. »

« Non credo di avere il piacere di conoscerla », replicò il giovane in tono sarcastico.

« Un umile servitore dell'Armata Rossa giapponese il cui nome non ha nessuna importanza », spiegò l'altro con finta cortesia, reclinando leggermente il capo.

« Non sapevo ci fossero ancora in circolazione individui della sua risma; pensavo foste tutti in galera. »

Il sorriso inalterato, Tongju non mosse neppure un muscolo del volto. « Lei e sua sorella avete quindici minuti per sostituire le batterie del sottomarino e prepararvi a recuperare gli ultimi due ordigni », annunciò in tono pacato.

« Sono entrambi danneggiati, ridotti a pezzi », mentì Dirk, la mente che lavorava febbrilmente per elaborare un piano d'azione.

Tongju si limitò ad allontanare la Glock dal fianco di Morgan per spostarla verso la tempia destra del comandante. « Avete quindici minuti, dopo di che ucciderò il vostro comandante. Poi sarà la volta di sua sorella. E infine farò fuori lei », annunciò freddamente, le labbra socchiuse in una smorfia compiaciuta.

Dirk lo fissò rabbioso, sentendo il sangue ribollirgli nelle vene. Poi il tocco leggero della mano di Summer sulla spalla fece svanire in lui ogni tentazione di reagire in modo azzardato. « Vieni, Dirk, non abbiamo molto tempo », disse la ragazza, guidandolo verso un carrello su ruote con le batterie di ricambio che era stato avvicinato allo *Starfish.* Morgan guardò il ragazzo annuendo con aria d'incoraggiamento. Lottando contro una sensazione di totale sconforto, Dirk cominciò con riluttanza a trasferire le batterie allo *Starfish,* senza mai perdere d'occhio il capo del commando.

Mentre preparavano il veicolo per l'ultima immersione, i restanti membri dell'equipaggio vennero condotti sul ponte e costretti sotto la minaccia delle armi a raggiungere gli altri nella stiva di poppa.

Summer notò cupamente lo sguardo terrorizzato dei due analisti del laboratorio mentre venivano spinti in modo rude oltre il boccaporto.

Lavorando in fretta, Dirk e Summer sostituirono le batterie del sottomarino in poco più di dodici minuti. Non c'era tempo per le normali operazioni di verifica della strumentazione abitualmente effettuate prima di ogni immersione. Non potevano far altro che sperare che lo *Starfish* funzionasse a dovere un'ultima volta.

Dopo essersi avvicinato a passi misurati, Tongju fissò i due americani che torreggiavano su di lui. « Recupererete rapidamente gli ordigni rimasti e tornerete alla nave senza fare sciocchezze. Avete novanta minuti per portare a termine con successo l'immersione; in caso contrario, ci saranno gravi ripercussioni. »

« Se fossi in lei, mi preoccuperei piuttosto delle reazioni delle nostre forze armate di fronte a un atto di pirateria contro una nave governativa », scattò rabbiosamente Summer.

« Non ci sarà nessuna conseguenza », ribatté Tongju, « se la nave in questione non esiste più. »

Prima che Summer potesse replicare, l'uomo girò sui tacchi e si allontanò, rimpiazzato da due dei suoi scagnozzi che si fecero avanti tenendoli sotto il tiro dei fucili d'assalto.

« Vieni, sorellina », borbottò Dirk. « Non serve a nulla discutere con uno psicopatico. »

Introdottisi di nuovo nello *Starfish*, Dirk e Summer furono rudemente sollevati in aria dal manovratore della gru. Mentre si preparavano a essere sganciati in acqua, dall'interno del mezzo Dirk vide Morgan che veniva trascinato verso la stiva di poppa e costretto a infilarvisi. Azionando una delle gru, uno degli aggressori sollevò il massiccio portello d'acciaio e lo posizionò sopra la stiva prima di calarlo nella sua sede imprigionando l'intero equipaggio della nave nell'oscurità sottostante.

Un attimo più tardi, lo *Starfish* venne fatto cadere con violenza nella *moon pool* e sganciato dal cavo portante.

« Ha intenzione di affondare la *Sea Rover* », mormorò Dirk alla sorella mentre iniziavano la lenta discesa verso il fondo.

« Con tutto l'equipaggio rinchiuso nella stiva? » esclamò lei, scotendo la testa con aria incredula.

« Temo di sì. Sfortunatamente non c'è molto che possiamo fare per cercare aiuto. »

« Il nostro sistema di comunicazione subacqueo non è di nessuna utilità, e qualunque chiamata di superficie riuscissimo a effettuare non avrebbe la portata necessaria per raggiungere nessuno, in questa regione, tranne forse qualche pescatore cinese. »

« O la posacavi che evidentemente fa da nave appoggio a questa gentaglia », rincarò Dirk scotendo il capo.

« I nostri servizi segreti devono aver sottovalutato quest'Armata Rossa giapponese. Quegli individui non hanno affatto l'aria di una scalcinata banda di estremisti con la dinamite attaccata alla schiena. »

« No, è evidente che si tratta di professionisti ben addestrati sul piano militare. Chiunque abbia organizzato quest'operazione è ovviamente un individuo abile con fondi a disposizione. »

« Mi chiedo cosa vogliano fare delle bombe. »

« Un attacco in Giappone sembrerebbe la cosa più probabile. Ma c'è più di quanto non appaia a prima vista, sotto questa faccenda dell'Armata Rossa giapponese, perciò non me la sentirei di scommettere sui loro obiettivi. »

« Direi che non è il caso di preoccuparsene, per ora. Dobbiamo escogitare un sistema per salvare l'equipaggio. »

« Ho contato otto uomini, e senza dubbio ce ne saranno altri sul ponte e in giro per la nave. Troppi, per sbarazzarcene con un paio di colpi di cacciavite », borbottò Dirk, esaminando il contenuto di una piccola cassetta per gli attrezzi montata dietro il suo sedile.

« Bisognerebbe riuscire a estrarre qualcuno dei nostri dalla stiva senza farci notare, in modo che possano darci una mano. Se fossimo più numerosi, potremmo riuscire a sopraffarli. »

« Non mi entusiasma l'idea di affrontare un AK-74 a mani nude, ma in gruppo potremmo avere qualche possibilità in più. Il problema è riuscire a scoperchiare la stiva. Mi servirebbero un paio di minuti sulla gru di poppa, ma non credo che i nostri amici in nero me li concederanno. »

« Dev'esserci un altro modo per uscire da lì. »

« No, purtroppo non c'è. Sono sicuro che è uguale a quella che c'è a bordo della *Deep Endeavor*, realizzata esclusivamente come area di stivaggio del materiale, e isolata da ogni via d'accesso della nave dalla *moon pool.* »

« Mi sembrava che Ryan avesse introdotto un cavo elettrico là dentro, una volta, senza passare attraverso il portello. »

Dirk rifletté per un istante, sforzandosi di ricordare. Poi, d'un tratto, una lampadina si accese nella sua mente. « Hai ragione. C'è una piccola botola per la ventilazione, sulla paratia alle spalle della *moon pool.* Qualcosa di più di un semplice sfiatatoio, in realtà, studiato per disperdere eventuali gas nocivi, nel caso vi fossero stivate delle sostanze chimiche. Sono abbastanza sicuro che un uomo riuscirebbe a passarvi attraverso. Il problema, per Morgan e gli altri, è che la botola è chiusa e bloccata dall'esterno. »

« Dobbiamo trovare un modo per aprirla. »

Insieme, passarono in rassegna parecchi possibili piani d'emergenza, finendo per accordarsi su una linea d'azione basata sulle poche opportunità che avrebbero avuto a disposizione una volta a bordo della *Sea Rover.* Il piano richiedeva tempismo, abilità e audacia. Ma, soprattutto, avrebbero avuto bisogno di una buona dose di fortuna.

27

I due fratelli rimasero in silenzio, mentre la loro mente gli proponeva raccapriccianti immagini della *Sea Rover* che affondava con l'equipaggio, con tutti i loro amici e colleghi intrappolati nella stiva soffocante. Poi, d'un tratto, lo spettro dell'*I-411* si parò loro davanti nell'oscurità spazzando via ogni altro pensiero. Mentre le lancette dell'orologio correvano, si dedicarono al recupero degli ultimi due ordigni di morte.

Come in precedenza, Dirk manovrò il sottomarino verso l'hangar, facendo abbassare lo *Starfish* fino ad assicurarsi una buona presa sulle bombe residue. Mentre Summer cominciava ad azionare i bracci meccanici a vista dall'interno dell'abitacolo, Dirk controllava sullo schermo le immagini fornite dalla telecamera, che registrava ogni istante del recupero. Stava osservando Summer sollevare delicatamente la prima bomba per piazzarla nel sacco di recupero, quando all'improvviso decise di accendere lo *Snoopy* e afferrò i comandi. In un attimo fece uscire il ROV di qualche centimetro dalla sua nicchia, quindi lo fece girare su se stesso fino a che il muso non fu premuto contro i pattini del veicolo, e infine diede potenza ai propulsori. Il minuscolo ROV non aveva lo spazio per avanzare, ma i suoi getti d'acqua sollevarono una densa nuvola di limo e sedimenti davanti allo *Starfish.* Nel giro di un istante, la visibilità scese a zero e il sottomarino fu avvolto da una nuvola brunastra.

« Che stai facendo? » chiese Summer, bloccando il meccanismo dei bracci meccanici.

« Sta' a guardare », rispose lui, anche se non si vedeva assolutamente nulla. Dopo essersi proteso verso la sorella e aver armeggiato per un momento con i suoi comandi, spense i propulsori del ROV. Ci vollero un paio di minuti perché l'acqua si schiarisse quanto bastava per consentire a Summer di concludere il recupero dell'ultimo ordigno.

« Vuoi ripetere il giochetto? » chiese lei dopo aver deposto la bomba nel sacco.

« Perché no? » fece lui per tutta risposta, accendendo di nuovo i propulsori del ROV e sollevando un'altra nuvola di fanghiglia a beneficio della telecamera.

Una volta recuperata la visibilità e sistemati i due ordigni, Dirk allontanò lo *Starfish* dal sommergibile per iniziare la lenta risalita. A metà tragitto, strizzandosi l'uno contro l'altro, si scambiarono i posti in modo che Summer potesse controllare i movimenti del veicolo subacqueo, mentre Dirk aveva a portata di mano i controlli di entrambi i bracci meccanici.

« D'accordo, portaci su », le ordinò Dirk. « Non appena ci depositano sul ponte, avrò bisogno che tu crei un piccolo diversivo. » Mentre parlava, azionò il braccio meccanico di sinistra allontanandolo dal sacco delle bombe per allungarlo fino alla massima estensione, così che si protendesse davanti allo *Starfish* come una lancia.

Summer si fidava ciecamente dell'istinto del fratello, e in ogni caso non c'era tempo per le discussioni. L'anello luminoso della *moon pool* era già in vista. La ragazza portò lo *Starfish* al centro dell'apertura, quindi emersero in superficie fra un gorgogliare di schiuma e di bolle. Si udì un rumore metallico quando il gancio di sollevamento venne fissato al veicolo subacqueo, poi il sottomarino fu issato dall'acqua. Sospesa a mezz'aria, Summer lanciò un'occhiata in direzione di Tongju e di una mezza dozzina dei suoi. Dirk, notò la ragazza, stava osservando con la massima concentrazione la manovra regolando la posizione del braccio meccanico. Dopo essere stati rudemente deposti sul ponte dall'inesperto gruista, Summer vide il fratello spingere in avanti al massimo i controlli del braccio meccanico. L'artiglio metallico rimbalzò contro il pagliolato, fermandosi vicino alla paratia posteriore; di fianco a lui, a un metro e venti centimetri di distanza, c'era la botola di ventilazione chiusa che dava accesso alla stiva.

« Il nostro amico gruista ci ha dato una mano », bisbigliò Dirk. « Siamo più o meno in posizione. »

« Suppongo sia arrivato il momento dello show », replicò Summer con un'occhiata nervosa.

Muovendosi rapidamente, si sfilò la tuta della NUMA rivelando un corpo snello coperto da un ridotto bikini e da un'abbondante T-shirt. Infilata la mano sotto la maglia, sganciò la parte superiore del costume lasciandola cadere al suolo, quindi strinse l'orlo della maglietta in un nodo che le lasciava scoperto l'ombelico. Così tesa, la T-shirt metteva in evidenza la rotondità dei seni pieni e lo stomaco piatto. Dopo averla aiutata a spalancare il portello, Dirk tornò di corsa ai comandi dei bracci meccanici mentre la sorella abbandonava il sottomarino.

Nel momento in cui Summer scivolava fuori dello *Starfish*, Tongju era impegnato in un colloquio con l'addetto alla gru e dava la schiena al veicolo subacqueo. Vedendo che era sul punto di girarsi, la ragazza corse verso l'uomo più vicino del commando, che fissava con concupiscenza il suo corpo seminudo. L'espressione di lussuria si trasformò in spavento non appena Summer prese a gridare con quanto fiato aveva in gola: « Tieni giù le mani, maiale! »

All'urlo seguì un manrovescio sul volto dell'uomo che per poco non lo fece finire a gambe all'aria. Ammesso che il bikini e la maglietta aderente non avessero già attirato l'attenzione generale, l'atterramento di uno di loro fece convergere lo sguardo di tutti i presenti su di lei.

Di tutti, tranne Dirk. Sfruttando la confusione, azionò lateralmente il braccio meccanico e, stendendolo al massimo, riuscì a raggiungere la botola di ventilazione. Afferrata la maniglia, la fece ruotare in posizione di aperto ed esercitò una trazione minima, giusto per assicurarsi che il boccaporto non fosse bloccato. Poi, mollata in fretta la presa, riportò il braccio meccanico lungo il fianco dello *Starfish* e spense il congegno. Dopo aver varcato il portello d'uscita, rimase fermo con aria indifferente sul retro del veicolo, come se fosse stato lì per tutto il tempo.

« Che sta succedendo? » sibilò Tongju avvicinandosi a Summer con la Glock spianata e puntata contro il suo torace.

« Questo pervertito ha cercato di aggredirmi », strillò la ragazza, puntando un dito verso l'uomo che la fissava a bocca aperta per la sorpresa. Tongju si abbandonò a una sequela di oscenità, fino a che l'individuo non si accasciò su se stesso come una viola appassita. Il capo del commando si girò quindi verso Summer e Dirk, che nel frattempo si era portato alle spalle della sorella.

« Voi due, tornate nel sottomarino », ordinò in inglese, indicando loro la via con la bocca della pistola.

« Gesù, un pover'uomo non può neppure sgranchirsi le gambe, da queste parti », protestò Dirk come se quella, al momento, fosse la sua preoccupazione maggiore. Nel tornare a bordo, notarono per la prima volta che la posacavi giapponese stava accostando per portarsi sottobordo alla *Sea Rover*. Pur essendo di poco più lunga della nave della NUMA, la nipponica era dotata di sovrastrutture assai più imponenti, e sembrava torreggiare su di lei. La *Baekje* si era accostata da meno di un minuto, quando il braccio di un'enorme gru si sollevò dal ponte di poppa protendendosi oltre la battagliola della *Sea Rover*; un cavo agganciato al braccio reggeva un pallet vuoto, che oscillava pigramente mosso dalla brezza. Dall'interno del loro veicolo, osservarono il pallet che veniva calato sul ponte accanto a loro. Un terzetto di uomini vestiti di nero fece rotolare sino al pallet alcuni contenitori prelevati dal laboratorio ausiliario della *Sea Rover*. Ognuno di loro, come ben sapevano, conteneva una delle bombe biologiche rivestita da una guaina protettiva imbottita.

Il gruista della *Baekje* trasferì rapidamente il pallet da una nave all'altra per parecchie volte nell'oscurità che precedeva l'alba, fino a che tutti i contenitori non furono spostati a bordo della nave giapponese. Infine il pallet vuoto venne utilizzato a mo' di autobus per trasferire gli uomini del commando dall'altra parte, un po' alla volta. Dal ponte inferiore, a un certo punto, comparve un uomo armato vestito di nero che prese a conversare brevemente con Tongju. Dirk vide quest'ultimo abbandonarsi a un sorrisetto, poi puntare un dito verso il mezzo subacqueo e abbaiare un ordine. Il gancio della gru fu liberato dal pallet e collegato allo *Starfish*.

« Mi sa che stiamo cambiando cavallo », commentò Dirk mentre il cavo si tendeva sopra di loro.

Questa volta, lo *Starfish* venne sollevato con dolcezza. Estratto in fretta e furia il braccio meccanico, Dirk raschiò tre volte contro la paratia posteriore prima di essere allontanato dal ponte. Lui e Summer osservarono la *Sea Rover* rimpicciolirsi sotto di loro mentre venivano trasportati sull'acqua e depositati su un alto ponte a poppa della *Baekje*. All'uscita dal sottomarino, furono ricevuti da un paio di energumeni armati che li spinsero con i fucili verso la battagliola.

« Ne ho abbastanza di queste accoglienze a base di fucili d'assalto », bofonchiò Dirk.

« Scommetto che si sentono nudi, quando non hanno un'arma fra le mani », rincarò Summer.

Dal loro punto d'osservazione sopraelevato, guardarono gli ultimi membri del commando che venivano traghettati per mezzo del pallet, e Tongju unirsi a loro.

« Sono i miei occhi, Dirk, o la *Sea Rover* è più bassa sull'acqua? » esclamò, allarmata.

« Hai ragione », convenne lui, scrutando la nave. « Devono aver aperto i kingston. È anche leggermente sbandata a dritta. »

Il pallet che trasportava Tongju calò sul ponte e il capo del commando balzò giù, atterrando con leggerezza, e si avvicinò subito ai due prigionieri.

« Vi consiglio di dire addio alla vostra nave », dichiarò in tono impassibile.

« L'equipaggio è intrappolato nella stiva, porco assassino! » gridò Summer.

Trasportata dall'emozione e dalla collera, scattò in avanti facendo un passo verso l'uomo. Il killer ben addestrato reagì istintivamente sferrandole un calcio allo stomaco che la mandò a gambe all'aria. I suoi riflessi allenati, tuttavia, non bastarono a neutralizzare l'inattesa rapidità di Dirk, che con un balzo gli assestò un potente gancio sinistro proprio mentre Tongju riappoggiava il piede. Il micidiale pugno atterrò sulla tempia destra dell'uomo facendolo cadere su un ginocchio, dove rimase stordito, sul punto di perdere i sensi. Subito alcuni uomini balzarono su Dirk: due gli immobilizzarono le braccia, un altro lo colpì allo stomaco col fucile.

Dopo aver ripreso gradualmente i sensi, Tongju si rialzò e si avvicinò al prigioniero con aria determinata. Accostato il viso al mento di Dirk, parlò con voce bassa e minacciosa. « Sarà un piacere, per me, guardarla morire mentre farà la fine dei suoi compagni », dichiarò, girandogli bruscamente le spalle e allontanandosi.

Gli altri uomini spinsero in modo rude i gemelli lungo una scaletta laterale e uno stretto corridoio, fino a un'angusta cabina. La porta venne sbattuta alle loro spalle e chiusa a chiave dall'esterno, dove rimasero due sentinelle.

Dirk e Summer si scrollarono rapidamente di dosso il dolore per i colpi ricevuti. Scavalcate barcollando le due brande incuneate nella minuscola stanza, premettero il viso contro il piccolo oblò sulla paratia esterna.

« È sempre più bassa sull'acqua », osservò Summer con voce spaventata.

Attraverso l'oblò, accanto alla *Baekje* riuscivano a vedere la *Sea Rover* mentre l'acqua di mare saliva inesorabilmente, sempre più vicina alle falchette. Sui ponti non c'era traccia di vita, e la grossa nave da ricerca aveva tutta l'aria di un vascello fantasma alla deriva. Dirk e Summer aguzzarono gli occhi nella speranza di scorgere del movimento alle spalle della *moon pool*, ma non videro nulla.

« Devono aver richiuso la botola di ventilazione, oppure Morgan non riesce ad arrivarci », imprecò Dirk.

« Oppure non sa della sua esistenza », bisbigliò Summer.

D'un tratto udirono e poi avvertirono sotto i piedi un tremore sempre più forte: i motori della *Baekje* erano stati accesi, e la grossa posacavi si stava allontanando lentamente dalla nave della NUMA in fase di affondamento. Il chiarore precedente l'alba non aveva ancora squarciato le tenebre della notte; nel giro di pochi minuti, la *Sea Rover* scomparve ai loro occhi in un confuso baluginio di luci intermittenti.

Dirk e Summer allungarono il collo per non perderla di vista, mentre la *Baekje* aumentava la velocità allontanandosi sempre più. Le luci scomparvero pian piano oltre l'orizzonte, fino a che non rimase più traccia della nave con i loro compagni a bordo.

28

« A quanto pare, signore, abbiamo perso ogni contatto con la *Sea Rover.* »

Rudi Gunn sollevò lentamente lo sguardo dalla scrivania. Dietro gli occhiali, i suoi occhi azzurri si puntarono sull'aiuto analista della NUMA, in piedi davanti a lui con l'aria piuttosto nervosa.

« Da quanto tempo? »

« Il collegamento si è interrotto poco più di tre ore fa. Abbiamo continuato a ricevere gli aggiornamenti del segnale digitale GPS, che confermavano la loro presenza nel punto previsto del mar della Cina Orientale. Abbiamo perso il segnale venti minuti fa circa. »

« Hanno lanciato segnali di soccorso? »

« No, signore, non che ci siano pervenuti. » Nonostante i dieci anni di servizio con l'agenzia, l'analista mostrava un evidente imbarazzo nel dover essere latore di cattive notizie verso la direzione.

« E la nave della marina? Era stata assegnata loro una scorta. »

« La marina ha ritirato la scorta prima che la *Sea Rover* salpasse da Osaka, signore, a causa di un'esercitazione programmata con la marina di Taiwan. »

« Fantastico », esclamò Gunn in tono ironico.

« Abbiamo richiesto all'NRO, il National Reconnaissance Office, l'invio di immagini satellitari, signore. Dovremmo ricevere qualcosa nel giro di un'ora. »

« Voglio immediatamente un aereo da ricognizione », abbaiò Gunn. « Contatti l'Air Force e la marina. Scopra chi di loro ha risorse vicino alla zona che c'interessa, e li faccia muovere. Subito! »

« Sì, signore », rispose il giovane, lasciando l'ufficio di Gunn a precipizio.

Gunn rifletté sulla situazione. Le navi da ricerca della NUMA erano dotate dei più moderni impianti satellitari per le trasmissioni. Non era possibile che scomparissero così, senza preavviso. La *Sea Rover*, poi, possedeva uno degli equipaggi più esperti e competenti dell'intera flotta della NUMA. Dirk aveva ragione, si disse preoccupato. Doveva essere in corso un'importante operazione da parte di qualcuno che voleva mettere le mani sulle bombe biologiche a bordo dell'*I-411*.

In preda a un cupo presentimento, Gunn sollevò il telefono e chiamò la segretaria. « Darla, mi passi il vicepresidente. »

Il comandante Robert Morgan non era uomo da abbattersi facilmente. Ignorando il femore a pezzi e lo zigomo fratturato come se si trattassero di una slogatura e di un graffio, riprese rapido il controllo dei propri uomini, ancora scossi dopo essere stati scaraventati senza troppi complimenti nell'angusta stiva. Qualche istante dopo il loro arrivo, il pesante portello d'acciaio era stato abbassato con violenza sopra le loro teste, gettando il locale nell'oscurità più totale. Mormorii spaventati avevano cominciato a echeggiare fra le pareti metalliche, dove l'aria viziata puzzava di carburante.

« Niente panico », tuonò Morgan in risposta ai bisbigli. « Sei qui, Ryan? »

« Da questa parte », si levò da un angolo la voce dell'interpellato.

« Dovrebbe esserci un ROV leggero di scorta, fissato da qualche parte sul retro. Trova delle batterie e vedi se riesci a far funzionare le luci. »

Un tenue fascio luminoso comparve d'un tratto sul retro della stiva, la debole scia di una lampada portatile stretta fra le mani del direttore di macchina della *Sea Rover*.

« Ci pensiamo noi, comandante », bofonchiò la voce dall'accento irlandese dell'uomo, un lupo di mare dai capelli rossi di nome McIntosh.

Ryan e McIntosh scovarono il ROV di scorta in una gabbia da imballo, e ulteriori ricerche alla luce della pila produssero una scorta di batterie. Ryan provvide a tagliare un'estremità del cavo di alimentazione del ROV collegando diversi cavetti interni ai poli di alcune batterie. Una volta configurato un circuito completo, le vivide luci allo xeno del ROV si accesero in un'accecante luminescenza azzurrina. I membri dell'equipaggio più vicini strizzarono gli occhi all'improvviso bagliore nell'oscurità della stiva. In quel bagno di luce, Morgan riuscì a esaminare equipaggio e tecnici di laboratorio che, notò, si erano riuniti in gruppetti in vari punti della stiva. Sul volto di tutti, uomini e donne, lesse un misto di confusione e paura.

« Bel lavoro, Ryan. McIntosh, fai un giro della stiva con quella luce, per favore. Ora, vediamo, qualcuno è ferito? » s'informò il comandante, ignorando i propri, gravi problemi fisici. « Ci tireremo fuori di qui », dichiarò in tono fiducioso. « Questi imbecilli vogliono il materiale che stavamo recuperando dal sommergibile giapponese. Con ogni probabilità, ci lasceranno uscire non appena avranno trasferito il tutto a bordo della loro nave », proseguì, senza credere a una sola parola. « In ogni caso, nell'eventualità che le cose non andassero così, cercheremo un sistema per sollevare il portello con le nostre forze. La mano d'opera di sicuro non ci manca. McIntosh, fai un altro giro con quella luce, così vediamo che strumenti abbiamo a disposizione qui intorno per lavorare. »

McIntosh e Ryan sollevarono il ROV portatile, lo trasportarono al centro della stiva e gli fecero compiere un arco di trecentosessanta gradi, così da inondare di luce le persone e gli oggetti circostanti. Quale luogo di ricovero dello *Starfish*, la stiva sembrava una grossa scatola piena di parti elettroniche. Rotoli di cavi pendevano dalle paratie, componenti elettronici di ricambio erano riposti in stipetti modulari montati sulla parete posteriore. Su alcune rastrelliere laterali erano allineati vari strumenti di controllo, mentre all'estremità anteriore del vano c'era un canotto gonfiabile Zodiac da cinque metri appoggiato su un'invasatura di legno. In un angolo, una mezza dozzina di fusti di gasolio da cinquantacinque galloni era incuneata contro due motori fuoribordo. Ryan tenne il fascio di luce puntato sui fusti per qualche minuto, illuminando una serie di listelli metallici che correvano lungo la paratia e sotto una tettoia alle spalle dei contenitori di carburante.

« Comandante, c'è una botola di ventilazione sopra quei listelli, che si apre sul ponte alle spalle della *moon pool* », annunciò Ryan. « Si chiude dall'esterno, ma c'è una possibilità che sia stata lasciata aperta. »

« Uno di voi venga qui », abbaiò Morgan a un terzetto di tecnici rintanati accanto ai fusti, « salga su quella scala e controlli se la botola è libera. »

All'ordine del comandante, un oceanografo scalzo in pigiama blu balzò in avanti e si precipitò lungo la scaletta, scomparendo oltre uno stretto condotto di ventilazione ricavato nella tettoia. Pochi istanti più tardi ricomparve, i piedi adesso sensibili al contatto con i ruvidi tarozzi di metallo.

« È serrata, comandante », riferì in tono deluso.

Dal centro della stiva, intervenne McIntosh. « Penso di poter costruire un paio di pertiche, comandante, utilizzando i supporti di legno dell'intelaiatura dello Zodiac », borbottò, puntando un braccio verso il canotto di gomma. « Con sei, otto uomini per palo, dovremmo riuscire a sollevare un angolo del boccaporto. »

« Spingerlo via con un paio di grossi stuzzicadenti, dici? Be', in effetti potrebbe funzionare. Procedi, McIntosh. Voi, laggiù, aiutatelo a spostare lo Zodiac dall'invasatura », grugnì rivolto a un gruppetto radunato vicino al gommone.

Zoppicando, si avvicinò e afferrò la prua dell'imbarcazione, aiutando gli altri a sollevare lo Zodiac per appoggiarlo poi al pagliolato. Parecchi uomini diedero una mano a McIntosh a sezionare l'invasatura per recuperarne i vari pezzi, mentre il carpentiere di bordo studiava il modo migliore per riunirli a formare delle leve.

Mentre lavoravano, udivano le voci smorzate degli aggressori sul ponte, il ronzio e i cigolii della gru della *Baekje* che caricava e portava via gli ordigni dell'*I-411*. A un certo momento, da un punto lontano della nave, giunse loro la debole eco di una raffica di arma automatica. Poco dopo, Morgan distinse il rumore dello *Starfish* che veniva estratto dalla *moon pool* e depositato sul ponte, seguito dalle urla laceranti di una voce femminile che riconobbe per quella di Summer. Dopo qualche colpo contro la paratia sopra le loro teste, l'attività sul ponte sovrastante parve rallentare. Alla fine anche il ronzio dei paranchi e le voci sporadiche si spensero. Resosi conto che il commando aveva abbandonato la nave, Morgan s'interrogò sulla sorte di Dirk e di Summer. Le sue riflessioni vennero troncate di botto dal rombo dei motori della *Baekje* che fece vibrare le pareti della stiva mentre la posacavi si staccava dalla *Sea Rover.*

« Come ce la stiamo cavando, McIntosh? » chiese a voce alta per coprire il rumore dell'abbandono, pur avendo davanti agli occhi il risultato dei loro sforzi.

« Abbiamo messo insieme due leve, e stiamo per completarne una terza », grugnì il direttore di macchina. Ai suoi piedi giacevano tre pali di legno dall'aria non troppo affidabile, lunghi circa tre metri. Ciascuno era formato da tre diversi pezzi di legno, incisi rozzamente alle estremità con cacciavite e martello e poi fatti combaciare in un tentativo di incastro. Alcune piastre metalliche smontate da una rastrelliera erano state inchiodate intorno alle giunture per renderle più stabili, e il tutto era stato rivestito da uno strato del nastro adesivo preferito da McIntosh.

Mentre l'irlandese frugava tra i pezzi di legno rimasti, dalle viscere della nave si levò un improvviso fruscio. Nel giro di qualche minuto, il rumore raddoppiò d'intensità, sempre più simile allo scroscio delle acque di un torrente in piena. McIntosh si alzò e si rivolse al comandante in tono pratico: « Hanno aperto le valvole dei kingston, signore. Hanno intenzione di affondarla ».

A quelle parole, nell'oscurità echeggiarono numerose esclamazioni di panico, una serie di « No! » gridati da voci terrorizzate.

Morgan le ignorò in blocco. « A quanto pare, dovremo accontentarci di questi tre pali », replicò con calma. « Mi servono sette uomini a ogni leva. Solleviamole, ora. »

Un gruppo si fece avanti e afferrò i tre legni, mentre le prime gocce d'acqua salata cominciavano a filtrare nel locale attraverso una mezza dozzina di canaletti di sentina che si aprivano rasente il fondo della stiva. Nel giro di qualche minuto si ritrovarono a sguazzare con l'acqua alle caviglie. Gli uomini posizionarono le punte delle leve contro l'angolo anteriore del coperchio, vicino alla scaletta d'entrata. Uno degli uomini si piazzò sull'ultimo gradino reggendo un pezzo di legno triangolare alto una sessantina di centimetri, col compito d'incastrarlo sotto il boccaporto nel momento in cui fossero riusciti a sollevarlo, così da impedirgli di richiudersi.

« Pronti... spingete! » gridò Morgan.

All'unisono, le tre squadre puntarono la cima dei pali contro il boccaporto, due metri e mezzo sopra le loro teste, e spinsero con tutta la loro forza. Tra la sorpresa generale, il portello si sollevò di parecchi centimetri, lasciando penetrare il riflesso delle luci del ponte, prima di sbilanciarsi e ricadere pesantemente nella sua sede.

Il solitario individuo in cima alla scala era rimasto impietrito per un istante, e quando tentò d'inserire il cuneo era ormai troppo tardi. Il portello si abbatté sulla sua testa, e nel tentativo di spingere il pezzo di legno nel varco rischiò di vedersi tranciare le dita della mano destra. Tremante, il poveretto trasse un profondo sospiro, poi annuì in direzione di Morgan per segnalargli che era pronto per un altro tentativo.

« D'accordo, riproviamoci », ordinò il comandante con l'acqua salata che gli turbinava ormai all'altezza delle ginocchia, infiammando la ferita aperta sulla gamba. « Uno... due... tre! »

Uno schianto risuonò nella stiva mentre la porzione finale di uno dei pali si spezzava in due, ricadendo nell'acqua con un tonfo. McIntosh gli arrancò vicino per esaminare lo spezzone danneggiato, e scoprì che la tacca incisa per consentire la giunzione dei pezzi era ormai inservibile.

« Brutte notizie, comandante », riferì. « Ci vorrà un po' di tempo per ripararlo. »

« Fai quello che puoi. Noi, intanto, procediamo con i due pali rimasti... Spingere! »

Gli altri obbedirono prontamente, ma era una causa persa. Non c'era modo di disporre dietro due soli pali gente sufficiente a esercitare la forza della quale avevano bisogno. Altri si affollarono loro intorno nel tentativo di rendersi utili; semplicemente, mancava lo spazio materiale per appoggiare ulteriori mani contro le leve. Due volte riuscirono tutti insieme a sollevare il portello di qualche centimetro, ma non abbastanza da essere in grado di bloccarlo in modo da poter scivolare fuori. L'acqua arrivava al petto di Morgan, ormai; leggendo l'espressione dipinta sul volto dei suoi uomini, il comandante si rese conto che il terrore di finire annegati stava per scatenare il panico all'interno della stiva.

«Ancora un tentativo, gente», li spronò, mentre in qualche recesso della mente calcolava morbosamente quanto tempo ci si mettesse, in media, per annegare.

Carichi di adrenalina, gli uomini spinsero un'ultima volta le due aste di legno contro il portello con tutta la forza che avevano. Questa volta sembrò che le cose andassero meglio: la piastra di metallo prese a sollevarsi con uno scricchiolio. Mentre aumentavano la pressione, tuttavia, un secondo schianto echeggiò nella stiva. Un altro palo si era spezzato alla giuntura, e il portello si era chiuso di nuovo.

Da un angolo buio si levò una voce rabbiosa: «Ecco fatto, siamo spacciati».

Non ci volle altro per far saltare i nervi al cuoco che se ne stava tremante accanto ai fusti di carburante. «Non so nuotare, non sono capace di nuotare!» prese a urlare, mentre il livello dell'acqua saliva contro il suo petto.

Terrorizzato, in preda al panico, afferrò uno dei listelli metallici che salivano verso la botola e s'infilò contorcendosi nel condotto di ventilazione. Dopo aver raggiunto al buio l'ultimo appiglio, nella sua frenesia cominciò a prendere a pugni il piccolo portello rotondo, urlando che lo tirassero fuori di lì. Completamente sconvolto com'era, sentì d'un tratto il portello cedere sotto le sue mani e spalancarsi verso l'esterno. Incredulo, col cuore in gola, strisciò attraverso l'oblò e si ritrovò in piedi sul ponte accanto alla *moon pool.* Trascorse quasi un intero minuto prima che i battiti rallentassero consentendogli di riprendere il controllo dei sensi. Resosi conto che, dopotutto, non sarebbe morto di lì a poco, scivolò di nuovo attraverso il portello e, dopo essere sceso di qualche gradino, si mise a urlare con quanto fiato aveva in gola: « Il portello è aperto! È aperto, vi dico! Da questa parte, tutti quanti! »

Come un esercito di feroci formiche rosse, i terrorizzati uomini dell'equipaggio sciamarono verso la scala, spintonandosi a vicenda per riuscire a fuggire. La maggior parte di loro si muoveva ormai nuotando nell'acqua o tenendosi aggrappata allo Zodiac che galleggiava libero nella stiva. Anche il piccolo ROV fluttuava di qua e di là, proiettando le sue vivide luci sulle pareti in uno scenario surreale.

« Prima le signore », gridò Morgan, attenendosi alla migliore tradizione marinaresca.

Ryan, in piedi accanto alla scaletta col mento proteso per tenere il viso fuori dell'acqua, tentava di ristabilire l'ordine nel caos più totale. « Avete sentito il comandante. Solo le donne. State indietro, voi », grugnì rivolto a un paio di biologi che vociavano tentando di arrampicarsi sulla scaletta. Mentre i membri dell'equipaggio di sesso femminile si affrettavano oltre il condotto d'aerazione verso il portello, Ryan riuscì a ripristinare una parvenza di disciplina fra i reclusi in attesa del proprio turno. All'altro lato della stiva, Morgan si rese conto che il livello dell'acqua stava salendo troppo rapidamente. Anche ammesso che la nave non colasse a picco da un momento all'altro sotto i loro piedi, non ce l'avrebbero mai fatta a uscire tutti quanti.

« Sali su quella scala, Ryan, e guarda se riesci a sollevare il boccaporto », ordinò.

Senza perder tempo a rispondere, l'uomo infilò la scaletta alle spalle di un'infermiera di bordo e prese a salire con tutta la velocità che le gambe gli consentivano. Strisciando oltre il portello di ventilazione, si lasciò cadere sul ponte e rimase sconvolto dallo spettacolo che si presentò ai suoi occhi. Alla prima luce dell'alba, contemplò la *Sea Rover* che sprofondava rapidamente di poppa. L'acqua salata stava già spazzando il dritto di poppa; la prua si protendeva verso il cielo con un'angolazione di oltre venti gradi. Mentre a fatica si rimetteva in piedi, vide una giovane assistente alle telecomunicazioni impegnata ad aiutare alcuni compagni a spostarsi in un punto più sopraelevato della nave.

«Melissa», la chiamò, correndo nella sua direzione. «Raggiungi la sala radio e lancia un mayday.»

Imboccando una corta scaletta per raggiungere il cielo della stiva, colse con la coda dell'occhio un bagliore lontano in direzione nord: la posacavi che si allontanava lungo la linea dell'orizzonte. Balzato sul portello d'acciaio, si concesse il tempo per tirare un breve sospiro di sollievo. Le acque che affluivano da poppa non avevano ancora lambito le mastre del boccaporto, e neppure inondato la gru di poppa. Nella fretta, gli aggressori avevano addirittura lasciato il portello incocciato al dispositivo di sollevamento.

Scattando verso la gru, balzò in cabina e avviò i motori diesel, afferrando intanto i comandi manuali per sollevare il braccio. Con lentezza insopportabile, il braccio si alzò gradualmente nell'aria portando con sé il boccaporto della stiva. Senza perdere un istante, Ryan fece ruotare il braccio di qualche metro verso dritta, prima di balzare sul ponte lasciando il suo carico a oscillare nel vuoto.

Raggiunto di corsa il bordo della stiva, trovò più di trenta uomini che si dibattevano lottando per non soccombere. L'acqua era arrivata a una trentina di centimetri dal portello. Altri due minuti, calcolò, e tutta quella gente sarebbe annegata. A braccia protese, cominciò ad afferrare e tirare verso di sé i compagni uno per volta, trascinandoli all'asciutto. Con l'aiuto di chi già si trovava sul ponte, riuscì a recuperare tutti quanti nel giro di pochi secondi. Fece in modo di estrarre dall'acqua personalmente l'ultimo uomo: il comandante Morgan.

«Bel lavoro, Tim», mormorò Morgan con una smorfia, rimettendosi in piedi a fatica.

«Spiacente di non aver subito verificato di persona il portello di ventilazione, signore. Avremmo potuto tirare fuori tutti molto più rapidamente, se ci fossimo accorti che era aperto.»

«Ma non lo era. Non hai capito? È stato Dirk a sbloccarlo.

Ci ha persino avvertito con un colpetto contro l'oblò, al quale abbiamo dimenticato di rispondere.»

Una nuova consapevolezza illuminò il volto di Ryan. «Dio benedica lui e Summer, poveri ragazzi. Ma ho paura che non siamo ancora fuori dei pasticci, signore. Sta affondando a una velocità spaventosa.»

«Avvisa tutti di prepararsi ad abbandonare la nave. Buttiamo in acqua qualche imbarcazione di salvataggio, presto», replicò Morgan, zoppicando lungo il ponte inclinato in direzione della prua. «Io vedrò se si riesce a inviare una richiesta di soccorso.»

Come a una battuta d'attacco, videro l'addetta alle telecomunicazioni, Melissa, avanzare verso di loro praticamente senza fiato.

«Signore», ansimò, «hanno messo fuori uso l'impianto radio... e le attrezzature satellitari. Non c'è modo d'inviare un mayday.»

«Va bene», rispose Morgan, rassegnato. «Useremo i segnali d'emergenza, e aspetteremo che qualcuno venga a cercarci. Raggiunga la sua lancia di salvataggio, ora. Vediamo di far scendere tutti da questa nave.»

Mentre si avviava verso le lance per dare una mano, Ryan notò all'improvviso l'assenza dello *Starfish.* Scivolato nel laboratorio ausiliario, scoprì che le bombe recuperate erano state tutte prelevate, dissipando così ogni dubbio sullo scopo dell'aggressione.

Dopo la terribile prova all'interno della stiva, un'insolita calma scese sull'equipaggio in procinto di abbandonare la nave. In silenzio, ordinatamente, uomini e donne si diressero veloci verso i rispettivi punti di raccolta, felici di avere una seconda possibilità di sopravvivenza benché la nave stesse colando a picco sotto i loro piedi. L'acqua avanzava sempre più in fretta divorando il ponte. Le due lance più prossime alla poppa si allagarono prima che riuscissero a scocciarle dalle invasature; i passeggeri a esse destinati vennero distribuiti sulle altre imbarcazioni che si stava freneticamente provvedendo a calare in acqua.

Morgan risalì zoppicando il ponte, che aveva ormai raggiunto un'inclinazione di trenta gradi, fino alla sua lancia, già carica e in attesa. Il comandante si soffermò a ispezionare i ponti della nave con lo sguardo per un'ultima volta, come un giocatore che avesse scommesso e perso la propria fattoria. La nave scricchiolava e gemeva mentre l'acqua salata riempiva i compartimenti inferiori compromettendo l'integrità delle sue strutture. La nave da ricerca era avvolta da un'aura di tristezza, come se si rendesse conto che la sua fine tra le onde era prematura.

Finalmente persuaso che tutto l'equipaggio era in salvo, Morgan indirizzò un brusco saluto militare alla sua nave e salì per ultimo a bordo della lancia di salvataggio. L'imbarcazione fu subito calata nel mare agitato e fatta allontanare dalla nave morente. Il sole, appena sorto all'orizzonte, illuminò con un raggio dorato la nave da ricerca negli ultimi istanti di lotta per non soccombere. La lancia di Morgan si era staccata di pochi metri dalla *Sea Rover* quando la prua s'innalzò bruscamente verso il cielo, poi la nave turchese s'inabissò di poppa con grazia fra le onde in mezzo a un ribollire di schiuma.

Mentre la *Sea Rover* scompariva alla vista, l'equipaggio traumatizzato venne sopraffatto da un'unica sensazione: la solitudine.

29

« C'è del marcio in Danimarca. »

Ignorando la citazione del fratello, Summer si portò al naso una ciotola di zuppa di pesce. Dopo un'ininterrotta segregazione per la maggior parte della giornata, la pesante porta della loro cabina era stata spalancata da un addetto alle cucine in grembiule bianco che reggeva fra le mani un vassoio con la zuppa, un po' di riso e un bricco di tè. Sotto lo sguardo attento di un uomo armato di guardia al corridoio, il nervoso cuoco aveva deposto le vivande e si era affrettato a lasciare il locale senza spiccicare parola. Mentre la porta veniva richiusa a chiave dall'esterno, l'affamata Summer si lanciò avidamente sul cibo.

Dopo un'annusata alla zuppa di pesce, arricciò il naso. « Direi che c'è qualcosa di marcio anche qui dentro », borbottò.

Passando al riso, ne versò un po' nella ciotola servendosi delle bacchette e prese a mangiucchiare i chicchi passati al vapore. Avendo finalmente alleviato i morsi della fame, riportò la propria attenzione sul fratello, che sedeva con lo sguardo incollato all'oblò.

« A parte questo schifo di cabina d'infima classe, che cosa ti assilla, al momento? » chiese.

« Non prendermi alla lettera, ma dubito che si sia diretti in Giappone. »

« Come puoi dirlo? » indagò Summer, infilandosi in bocca un mucchietto di riso.

« Osservando il sole e le ombre proiettate dalla nave. Se fossimo in viaggio verso il Giappone, dovremmo procedere in direzione nord-nordovest, mentre direi che stiamo facendo piuttosto rotta a nord-est. »

« Non è una distinzione facile da fare, a occhio nudo. »

« Vero, ma mi limito a riferirti la mia impressione. Se ci ritroviamo ormeggiati a Nagasaki, sei autorizzata a rispedirmi al corso di navigazione astronomica. »

« Se hai ragione, significa che siamo diretti nel mar Giallo », commentò lei, richiamando alla mente un'immaginaria carta della regione. « Pensi che la destinazione finale sia la Cina? »

« È possibile. Di sicuro sappiamo che Cina e Giappone si detestano. L'Armata Rossa giapponese potrebbe avere una base operativa in territorio cinese. Questo potrebbe spiegare come mai le autorità non siano riuscite a identificare nessun personaggio sospetto in Giappone. »

« Forse. In questo caso, tuttavia, il governo dovrebbe essere a conoscenza delle loro attività, se non addirittura averle sponsorizzate, e confido che ci penserebbe due volte prima di colare a picco una nave da ricerca americana. »

« Vero. Ma esiste un'altra possibilità. »

Summer annuì, in attesa che il fratello continuasse.

« I due sicari giapponesi che hanno giocato al tiro al bersaglio con la mia Chrysler. Un medico legale, all'obitorio della contea, era convinto che quei due tizi fossero coreani. »

Terminato il riso, Summer depose la ciotola e i bastoncini. « Coreani? » ripeté, aggrottando le sopracciglia.

« Esatto. »

Gli occhi di Ed Coyle erano stanchi di scrutare la piatta distesa grigia del mare in cerca di qualche particolare diverso dall'ordinario. Quasi non ci credette, quando colse finalmente qualcosa con la coda dell'occhio. Puntando lo sguardo verso l'orizzonte, distinse a fatica nel cielo una lucina con una sorta di sottile coda bianca. Era proprio quello che il copilota del velivolo da ricognizione e soccorso Lockheed HC-130 Hercules aveva sperato di vedere.

« Charlie, ho avvistato un bagliore a ore due », annunciò Coyle al microfono con la voce impostata di un telecronista sportivo. Istintivamente puntò una mano guantata verso il punto sul parabrezza dove aveva scorto il candido segnale.

« Visto », confermò il maggiore Charles Wight con voce strascicata, lo sguardo puntato nella direzione indicatagli. Allampanato texano dall'atteggiamento freddo e distaccato, il pilota dell'HC-130 virò dolcemente in direzione della striscia di fumo sempre più debole, riducendo un po' la velocità.

I piloti del velivolo SAR (Search and Rescue), che dopo sei ore dal decollo dalla base aerea di Kadena, a Okinawa, avevano cominciato a chiedersi se la loro missione non fosse in realtà una caccia ai fantasmi, sedevano adesso sull'orlo dei seggiolini domandandosi cosa avrebbero trovato nelle acque sottostanti. Lontano all'orizzonte andavano lentamente delineandosi alcune chiazze chiare, che aumentarono di volume via via che l'aereo si avvicinava.

«A quanto pare, abbiamo scovato delle lance di salvataggio», commentò Wight non appena le macchie si trasformarono in sagome riconoscibili.

«Sono sette», confermò Coyle dopo aver contato le piccole imbarcazioni che procedevano in linea di fila. Morgan aveva radunato le barche e le aveva assicurate l'una all'altra con delle cime, prua con poppa, in modo da tenere uniti i superstiti. Mentre l'Hercules si abbassava su di loro, l'equipaggio della *Sea Rover* prese ad agitare freneticamente le braccia con un sospiro di sollievo collettivo.

«Una sessantina di persone», valutò Coyle mentre Wight faceva compiere un lento cerchio al velivolo. «Sembrano in buone condizioni.»

«Aspettiamo a far intervenire i PJ. Lanciamo in mare un kit di primo soccorso, e vediamo se si può iniziare il recupero.»

I Pararescue Jumpers erano tre paracadutisti addestrati in campo sanitario i quali, nella parte posteriore della fusoliera, erano pronti a lanciarsi dall'HC-130 con un minimo preavviso. Poiché l'equipaggio della *Sea Rover* non sembrava in situazione di pericolo imminente, Wight aveva preferito per il momento non ricorrere al loro impiego. Un addetto al carico abbassò un portello idraulico sotto la coda dell'Hercules e, a un ordine di Coyle, lanciò fuoribordo numerose confezioni di medicinali di pronto impiego e razioni di cibo, che scesero fluttuando verso il mare attaccate a minuscoli paracadute.

Lo specialista delle telecomunicazioni aveva nel frattempo inviato una richiesta di soccorso sulla frequenza riservata agli utenti del mare; nel giro di pochi secondi risposero all'appello parecchie navi che transitavano in zona, la più vicina delle quali risultò essere una portacontainer che da Osaka si stava dirigendo a Hong Kong. Wight e Coyle continuarono a girare in cerchio sulle lance per altre due ore, fino a che la portacontainer, arrivata sul posto, non ebbe iniziato le operazioni di recupero dei sopravvissuti dalla prima lancia di salvataggio. Sicuri che i loro protetti fossero ormai in salvo, i due piloti effettuarono un ultimo passaggio a bassa quota sopra i naufraghi, facendo oscillare le ali in segno di saluto. Anche se Wight e Coyle non potevano udirlo, dagli esausti e stravolti superstiti si levò un coro di ringraziamenti che echeggiò a lungo sull'acqua.

« Maledettamente fortunati », commentò Coyle in tono soddisfatto.

Annuendo in silenzio, Wight puntò l'Hercules in direzione sud-est, verso la base di Okinawa.

Mentre avanzava verso il gruppetto di barche, la grande nave da carico azionò il suo corno Kahlenberg in un segnale di benvenuto. Venne calata in mare una baleniera per guidare le lance dei naufraghi a poppa, fino a una scaletta abbassata per consentire alla maggior parte dell'equipaggio della *Sea Rover* di raggiungere l'alto ponte di coperta. Morgan e qualche altro ferito furono trasbordati sulla baleniera, che venne quindi issata in coperta della portacontainer. Dopo un rapido benvenuto e qualche domanda da parte del comandante malese della nave, Morgan fu subito trasferito in infermeria.

Ryan lo raggiunse dopo che il medico di bordo gli ebbe medicato la gamba, per confinarlo poi in branda accanto al marinaio con la gamba fratturata.

« Qual è la prognosi, signore? »

« Il ginocchio è un disastro, ma sopravvivrò. »

« Fanno miracoli con le protesi, oggigiorno », lo consolò Ryan.

« A quanto pare avrò occasione di constatarlo personalmente. Sempre meglio che una gamba di legno, suppongo. In che stato sono, gli altri? »

« Di ottimo umore, ora. Con l'eccezione di Dirk e Summer, l'equipaggio della *Sea Rover* è presente al completo. Mi sono fatto prestare il telefono satellitare dal comandante Malaka e ho chiamato Washington. Sono riuscito a parlare direttamente con Rudi Gunn, al quale ho comunicato la perdita della nave spiegandogli la nostra situazione. L'ho informato che presumiamo che il carico recuperato si trovi al momento a bordo della posacavi giapponese, insieme con Dirk, Summer e lo *Starfish.* Mi ha pregato di trasmetterle i suoi ringraziamenti per aver salvato l'equipaggio, e si è impegnato ad attivare le alte sfere governative per acciuffare i responsabili. »

Lo sguardo fisso sulla paratia bianca, Morgan ripercorse mentalmente gli eventi delle ultime ore. Chi erano i pirati che avevano attaccato e colato a picco la sua nave? Che intendevano fare delle armi biologiche? Che ne era stato di Dirk e Summer? Nell'impossibilità di ottenere una qualsiasi risposta, si limitò a scuotere la testa lentamente.

« Spero solo che non sia troppo tardi. »

30

Dopo un giorno e mezzo di navigazione in direzione nord, la *Baekje* accostò gradualmente procedendo verso oriente. Avvistato il punto di approdo all'imbrunire, attese l'oscurità prima di scivolare all'interno di un ampio porto avvolto da una densa foschia. Dando per scontato di aver davvero puntato verso la Corea, e basandosi sulla quantità di navi da carico battenti bandiera internazionale che avevano superato nell'entrare in rada, Dirk e Summer supposero correttamente di trovarsi nella grande città portuale di Inchon, nel Sud.

La posacavi superò con calma le vaste banchine riservate al traffico commerciale, impegnate giorno e notte nel carico e scarico delle gigantesche portacontainer. Accostando per nord, la *Baekje* oltrepassò il terminal di una raffineria, aggirando una nave cisterna coperta di ruggine prima d'inoltrarsi in un angolo più appartato del porto. Dopo essere passata accanto a un cantiere dall'aria decrepita che ospitava decine di scafi in demolizione, la nave rallentò in prossimità di uno stretto canale laterale che scorreva in direzione nord-ovest. All'imboccatura del canale sorgeva una garitta con un piccolo motoscafo ormeggiato accanto, sotto un'insegna arrugginita che proclamava in coreano: SERVIZI MARITTIMI KANG – PRIVATO.

Il comandante guidò dolcemente la nave lungo il canale procedendo a bassa velocità per parecchie centinaia di metri prima di superare una stretta ansa, oltre la quale la via d'acqua sfociava in una piccola laguna che appariva ancor più minuscola a causa di un paio di smisurati dock coperti situati all'estremità opposta della baia. Con la facilità con cui s'infila un'auto in un garage, il comandante della *Baekje* guidò la nave all'interno di uno degli enormi hangar che torreggiavano una buona quindicina di metri al di sopra del castello di prua. La nave venne ormeggiata alla luce di accecanti lampade alogene appese al soffitto, mentre una grossa porta idraulica scivolava silenziosa alle loro spalle nascondendo completamente la posacavi a occhi estranei.

Subito fu avvicinata una gru, e una mezza dozzina di operai prese a scaricare i contenitori nei quali erano custoditi gli ordigni, deponendoli sul molo sotto la supervisione di Tongju. Una volta impilate le bombe in un'ordinata piramide, un grosso furgone bianco si avvicinò in retromarcia al carico lungo la banchina. Un altro gruppo di uomini in tuta color turchino caricò le armi nel retro del mezzo, allontanandosi quindi dalla nave. Mentre svoltava l'angolo all'estremità del molo, Tongju riuscì a scorgere il familiare lampo blu dipinto sulla fiancata del camion, sotto la scritta KANG SATELLITE TELECOMMUNICATIONS CORP.

Tongju era intento a osservare il furgone che lasciava l'hangar attraverso un corridoio sorvegliato, quando venne avvicinato da Kim. « Il signor Kang sarà lieto di sapere che abbiamo recuperato tutte le armi. »

« Già, sebbene due su dodici siano inutilizzabili. I piloti del veicolo subacqueo hanno spezzato gli involucri disperdendo l'agente nell'acqua. Un incidente, sostengono, dovuto alla mancanza di visibilità in acqua. »

« Una perdita trascurabile. Nel complesso, la missione si è conclusa in modo molto soddisfacente. »

« Vero, ma ci rimane ancora un compito arduo da assolvere. Sto portando da Kang i prigionieri in modo che possa interrogarli. Confido che porterà a termine i preparativi relativi alla nave in modo soddisfacente. » Era un'affermazione, non una domanda.

« La riconfigurazione della nave verrà iniziata immediatamente, insieme col rifornimento di provviste e carburante. Mi accerterò che sia pronta a partire nell'istante stesso in cui il carico verrà riportato a bordo. »

« Molto bene. Prima riprendiamo il mare, maggiori saranno le nostre possibilità di successo. »

«Abbiamo dalla nostra il fattore sorpresa; impossibile fallire», dichiarò fiducioso Kim.

Più cauto, Tongju rifletté sull'elemento sorpresa tirando una boccata dalla sigaretta accesa. Effettivamente poteva fare la differenza tra la vita e la morte.

«Auguriamoci che il nostro trucco regga», concluse poi con aria pensierosa.

Sottocoperta, Dirk e Summer furono strappati con violenza dalla loro cella da una guardia dal collo taurino che, dopo avergli ammanettato i polsi dietro la schiena, li sospinse nel corridoio. Sotto la minaccia delle armi, furono fatti sbarcare dalla nave lungo una passerella e condotti nel punto in cui Tongju li attendeva con una smorfia crudele dipinta sul volto.

«Piacevole traversata, anche se non ci ha mai mostrato il settore riservato alle attività sportive», disse Dirk all'assassino.

«Be'», s'intromise Summer, «se vogliamo essere onesti, bisogna riconoscere che il cibo non era all'altezza di un ristorante a cinque stelle.»

«Il senso dell'umorismo degli americani non mi ha mai fatto ridere», grugnì Tongju, gli occhi gelidi che lasciavano chiaramente intendere come non fosse affatto divertito.

«A proposito, che cosa sta combinando di preciso l'Armata Rossa giapponese a Inchon, in Corea?» fece Dirk di punto in bianco.

Tongju aggrottò impercettibilmente le sopracciglia. «Ottimo spirito d'osservazione, signor Pitt.» Poi, senza più badare ai prigionieri, l'uomo si rivolse a Collo Tozzo, che per tutto il tempo aveva tenuto un AK-74 puntato contro la coppia. «Portali al motoscafo e rinchiudili nella cabina di prua sotto sorveglianza», abbaiò, prima di girare sui tacchi per allontanarsi lungo il molo a passo di marcia.

Dirk e Summer vennero condotti lungo la passerella fino all'altra estremità del molo e a una rampa laterale, accanto alla quale era ormeggiato uno yacht dalla linea filante. Si trattava di un catamarano di trentun metri da alta velocità, pitturato di un blu brillante. Progettato e costruito per il trasporto di passeggeri, era stato trasformato in una veloce imbarcazione di lusso per uso personale. Dotato di motori diesel da quattromila cavalli vapore, l'elegante catamarano raggiungeva una velocità di crociera di oltre 35 nodi.

« Oh, questo incontra di più il mio gusto », commentò Summer mentre venivano spinti a bordo e rinchiusi in una minuscola ma lussuosa cabina centrale. « Niente oblò, questa volta. Suppongo che Mr Ospitalità non abbia gradito la tua battuta su Inchon », proseguì la ragazza acciambellandosi in una poltroncina, le mani sempre legate dietro la schiena.

« Accidenti a me e alla mia boccaccia », borbottò Dirk. « Per lo meno adesso abbiamo una vaga idea di dove ci troviamo. »

« Sì... esattamente al centro di un grosso pasticcio. Be', se proprio dobbiamo andarcene, almeno lo faremo in prima classe », concluse, ammirando i pannelli di noce e i quadri dall'aria costosa che adornavano le pareti. « Bisogna riconoscere che questa gente ha le tasche ben fornite, per essere un'organizzazione terroristica di seconda categoria. »

« A quanto pare, hanno degli amici presso la Kang Enterprises. »

« La compagnia di navigazione? »

« Una grossa corporazione. Le loro navi da carico sono in circolazione da anni. So che sono impegnati anche nel campo dell'alta tecnologia, sebbene io conosca soltanto la loro divisione trasporti. Ho conosciuto un tizio in un bar, una volta, che lavorava come meccanico su una delle loro navi. Mi ha accennato all'impianto di Inchon, utilizzato per le riparazioni e lo stoccaggio: roba mai vista, con un bacino di carenaggio a un'estremità e una quantità impressionante di attrezzature modernissime. La posacavi aveva un lampo blu, il marchio di Kang, sul fumaiolo. Dev'essere questo, il posto di cui parlava. »

« Lieta di scoprire che tutto il tempo trascorso a trascinarti da un bar all'altro sta finalmente dando i suoi frutti », lo prese in giro la sorella.

« Ricerca. Pura e semplice attività di ricerca », ribatté lui con un sorriso.

« Perché mai una ditta sudcoreana dovrebbe volersi invischiare con l'Armata Rossa giapponese? » sbottò Summer, tornando di colpo seria. « E cosa vogliono da noi? »

Le sue parole furono interrotte dal ruggito dei motori diesel del catamarano, che fece un balzo in avanti proiettandoli contro la parete.

« Immagino che lo scopriremo presto. »

Salito a bordo nel momento in cui venivano ritirati i cavi d'ormeggio, Tongju osservò la veloce imbarcazione avanzare piano lungo la banchina. Il pesante portone dell'hangar scivolò nuovamente di lato, consentendo alla barca di lasciare l'edificio. Mentre s'insinuavano attraverso il varco, Tongju lanciò un'occhiata alla grande posacavi che torreggiava alle loro spalle.

Un esercito di tecnici si stava già dando da fare intorno alla *Baekje* come uno sciame di api. Una possente gru stava rimuovendo il gigantesco rullo posacavi dal ponte di poppa, mentre squadre di operai ripitturavano i ponti superiori. In alcuni punti si stava provvedendo a tagliare parti delle sovrastrutture, in altri si aggiungevano nuovi compartimenti e paratie. Su una piattaforma mobile sospesa sulla pala dell'elica, alcuni uomini erano intenti a ridipingere il nome della nave, mentre un altro gruppetto tingeva il fumaiolo di uno squillante giallo oro. Nel giro di qualche ora, l'intera nave sarebbe stata trasformata al punto che anche l'occhio più esercitato avrebbe faticato a riconoscerla. Come se, in pratica, la posacavi *Baekje* non fosse mai esistita.

31

L'ometto dall'aria aggressiva marciò lungo i corridoi dirigenziali della sede della NUMA come se fosse il proprietario dell'intero edificio, cosa sostanzialmente vera. Noto per aver fondato l'agenzia, parecchie decine di anni prima, insieme con una manciata di scienziati e di tecnici, l'ammiraglio James Sandecker era un personaggio riverito in tutti gli uffici, laboratori e strutture della società. Per quanto di corporatura minuta, gli scintillanti occhi azzurri e i fiammeggianti capelli rossi abbinati a un pizzo alla Van Dyck erano la dimostrazione visiva dell'ardente intensità con cui affrontava il lavoro, ventiquattr'ore su ventiquattro.

« Ciao, Darla. Sei splendida, oggi », si complimentò con la segretaria ultraquarantenne intenta a battere sulla tastiera di un computer. « Rudi è nella sala riunioni dei dirigenti? »

« Lieta di rivederla, ammiraglio », lo accolse raggiante la donna, girando poi lo sguardo verso i due agenti del servizio segreto che arrancavano per riuscire a tenere il passo di Sandecker. « Sì, il signor Gunn la sta aspettando dentro. Si accomodi, prego. »

Da sempre chiamato semplicemente « l'ammiraglio » da tutti i colleghi della NUMA, per il resto dell'umanità era il vicepresidente Sandecker. Malgrado una permanente avversione nei confronti dell'infido mondo della politica di Washington, era stato persuaso dal presidente Ward ad assumere la carica di vicepresidente quando il suo predecessore era inaspettatamente deceduto alla scrivania del suo ufficio. Sandecker conosceva il presidente come un uomo d'onore, di grande integrità morale, che non avrebbe mai relegato il proprio vice a fare da tappezzeria. L'impetuoso ammiraglio aveva infranto immediatamente gli schemi dei precedenti colleghi. Lungi dal trasformarsi in una testa di legno, una figura di rappresentanza in occasione dei funerali di Stato, Sandecker aveva assunto una posizione di rilievo in seno all'amministrazione, facendosi promotore di riforme in tema di difesa e sicurezza, incrementando i fondi e puntando sulla ricerca scientifica sponsorizzata dal governo, appoggiando iniziative volte alla conservazione dell'ambiente e delle risorse marine. A fronte delle sue insistenze, l'amministrazione aveva ottenuto la messa al bando a livello mondiale della caccia alle balene con l'appoggio di tutti i Paesi industrializzati, e l'applicazione di sanzioni contro gli inquinatori del mare.

Il suo ingresso precipitoso nella sala riunioni ridusse immediatamente al silenzio il gruppo di dirigenti della NUMA che stavano discutendo sulla perdita della *Sea Rover*.

« Grazie per essere venuto, ammiraglio », lo accolse Gunn, balzando in piedi per accompagnarlo al posto d'onore in cima al tavolo per le riunioni.

« Quali sono le ultime informazioni? » chiese Sandecker, saltando a piè pari i soliti convenevoli.

« Ci è giunta conferma che la *Sea Rover* è effettivamente affondata dopo essere stata attaccata nel mar della Cina Orientale da un manipolo di uomini armati che si sono infiltrati a bordo. L'equipaggio è miracolosamente riuscito a fuggire da una stiva chiusa a chiave pochi minuti prima che la nave colasse a picco. Si sono allontanati a bordo delle lance di salvataggio, avvistate in seguito da un aereo SAR della Air Force, il quale ha allertato una nave da carico che si trovava nelle vicinanze e che ha provveduto al recupero dei naufraghi. In questo momento, nave ed equipaggio sono in viaggio per Nagasaki. Tutti gli uomini risultano presenti all'appello tranne due. »

« La *Sea Rover* è stata abbordata con la forza? »

« Una squadra d'assalto di nazionalità non identificata è salita a bordo di soppiatto durante la notte, impadronendosi della nave senza incontrare la minima resistenza. »

« Si tratta della nave di Bob Morgan, giusto? »

« Esatto. A quanto pare, quel vecchio testone ha reagito, rimediando una ferita d'arma da fuoco alla gamba. Ho parlato con Ryan, il secondo ufficiale: a parer suo, dovrebbe cavarsela senza troppi problemi. Mi ha riferito che gli aggressori si sono dichiarati membri dell'Armata Rossa giapponese, e sono fuggiti a bordo di una posacavi battente bandiera nipponica.»

«Curiosa scelta di mezzo di trasporto, per un'operazione del genere», commentò Sandecker, riflettendo. «Suppongo abbiano tagliato la corda portandosi dietro le bombe biologiche ripescate dall'*I-411.*»

«Ryan ce lo ha confermato. Avevano quasi completato le operazioni di recupero quando sono stati attaccati. Non appena fuggiti dalla stiva, si sono accorti che lo *Starfish* non c'era più; Ryan è convinto che sia stato trasbordato sulla nave assalitrice, probabilmente insieme con i piloti del veicolo subacqueo, che risultano mancanti all'appello.»

«Chiamerò il dipartimento di Stato richiedendo un'immediata mappatura delle risorse navali giapponesi.» Estratto dal taschino un enorme sigaro della Repubblica Dominicana, Sandecker lo accese e spedì un denso sbuffo di fumo verso il soffitto. «Non dovrebbe essere troppo difficile individuare una posacavi, non appena raggiunge un porto qualsiasi.»

«Ho allertato la Sicurezza nazionale, che sta procedendo in questa direzione. Sembrano convinti che l'Armata Rossa giapponese non possegga capacità e tecnologia sufficienti per utilizzare le armi creando una minaccia interna, ma stanno verificando possibili collegamenti con Al-Qaeda e altri gruppi terroristici.»

«Non lo escluderei», replicò in tono secco Sandecker, facendo rollare il sigaro fra pollice e indice. «Informerò il presidente oggi pomeriggio. Qualcuno pagherà salata la distruzione di una nave governativa americana», sibilò con occhi fiammeggianti.

Tutti i presenti annuirono in segno di approvazione. Pur appartenendo a una grossa organizzazione, i membri della NUMA erano legati fra loro come i componenti di una stessa famiglia, e un atto di terrorismo contro i colleghi impegnati dall'altra parte del globo veniva vissuto da tutti con grande partecipazione.

«Condividiamo i suoi sentimenti, ammiraglio», rispose a bassa voce Gunn.

«A proposito, chi sono i due membri dell'equipaggio mancanti?»

Gunn deglutì a fatica. «Summer e Dirk Pitt. Presumibilmente prelevati insieme con lo *Starfish.*»

Sandecker s'irrigidì di colpo. «Santo cielo, non loro. Il padre è stato informato?»

«Sì. Si trova nelle Filippine con Al Giordino; stanno cercando di contenere un rischio ambientale sottomarino. Ho parlato con lui attraverso il telefono satellitare, e sa che stiamo facendo tutto il possibile.»

L'ammiraglio si lasciò andare contro lo schienale della poltrona di pelle, fissando la nuvola di fumo azzurrino che aleggiava sopra la sua testa. Dio abbia pietà del pazzo che osasse fare del male alla prole di quell'uomo, si disse.

A oltre diecimila chilometri di distanza, il catamarano blu fendeva le acque della costa occidentale coreana come un'auto da corsa lanciata a tutta velocità. Summer e Dirk oscillavano e sobbalzavano all'interno della lussuosa cabina, mentre lo yacht volava sulle onde a quasi 40 nodi. Due pescatori coreani imprecarono con veemenza contro il catamarano che transitò rombando pericolosamente vicino al loro sgangherato sampan, investendo i fianchi della minuscola barca da pesca con le scie sollevate dai possenti motori.

Dopo due ore di viaggio a forte andatura, il catamarano si avvicinò alla costa e s'inoltrò a velocità ridotta fra la miriade di isolette che punteggiavano l'imboccatura dell'Han. Il timoniere risalì il fiume per un'ora circa, fino a che non avvistò il canale seminascosto che conduceva all'isola di Kyodongdo, il covo di Kang. Oltrepassata un'insenatura che sapeva sorvegliata da telecamere nascoste, guidò il catamarano attraverso la baia fino a un bacino galleggiante ai piedi della scogliera a strapiombo. Spenti i motori, l'imbarcazione venne ormeggiata a poppa dello scintillante, candido yacht Benetti di Kang.

Mentre Dirk e Summer venivano lasciati in cabina, Tongju scese a terra e si diresse verso l'ascensore che s'inerpicava lungo la scogliera fino al rifugio privato di Kang. Seduto insieme con Kwan nel suo ufficio rivestito da pannelli di ciliegio, Kang stava esaminando la situazione finanziaria di un'azienda produttrice di componenti radio della quale aveva intenzione di impossessarsi con un'acquisizione ostile. All'ingresso di Tongju, sollevò lentamente il capo e lo osservò prodursi in un profondo inchino.

« Il comandante Lee della *Baekje* ha riferito che la vostra missione ha avuto successo », dichiarò Kang a labbra strette, senza lasciar trasparire la minima soddisfazione.

Tongju annuì. « Ci siamo impossessati delle armi dopo che erano state recuperate dalla nave americana. Dieci degli ordigni erano ancora intatti, e sono risultati utilizzabili », riferì, evitando di menzionare il fatto che Dirk aveva sabotato gli altri due.

« Un quantitativo più che sufficiente per procedere nell'operazione », replicò Kang.

« Gli scienziati a bordo della *Baekje* erano entusiasti. Al nostro arrivo a Inchon, i congegni sono stati immediatamente trasferiti al laboratorio di ricerche biologiche. Il direttore del laboratorio mi ha assicurato che lavorazione e imballo sarebbero stati portati a termine entro quarantott'ore. »

« Confido che anche la riconfigurazione della *Baekje* sarà conclusa, per allora. »

Tongju annuì. « Sarà pronta a salpare. »

« La programmazione è fondamentale », proseguì Kang. « La missione dev'essere compiuta prima del voto referendario dell'Assemblea nazionale. »

« Se non ci saranno ritardi con le bombe, saremo pronti », lo rassicurò Tongju. « Quando abbiamo lasciato il cantiere, gli operai avevano già fatto progressi incredibili. »

« Non ci possiamo permettere altri errori di calcolo », replicò Kang, gelido.

Tongju gli lanciò un'occhiata furtiva, incerto sul significato della frase. Poi, decidendo d'ignorare il commento, riprese la parola. « Ho portato con me due prigionieri prelevati dalla nave americana: i piloti del veicolo subacqueo. Uno di loro è l'uomo responsabile della morte dei nostri due agenti, in America. Ho pensato che forse le avrebbe fatto piacere intrattenerlo personalmente», dichiarò, conferendo un'enfasi sinistra al verbo «intrattenere».

«Ah, sì, i due membri dell'equipaggio mancanti.»

«Mancanti? Non capisco.»

Fu a quel punto che intervenne Kwan. Facendo un passo avanti, ficcò tra le mani di Tongju un articolo di giornale scaricato da Internet. «È su tutti i giornali. 'Nave da ricerca affondata nel mar della Cina Orientale. Tutti salvi, tranne due dispersi'.» Era un titolo del *Chosun Ilbo*, il più diffuso quotidiano coreano.

Tongju impallidì di colpo, ma non mosse un muscolo. «È impossibile. Abbiamo colato a picco la nave con l'equipaggio intrappolato in una stiva. Non possono essere scappati tutti.»

«Eppure lo hanno fatto», scattò Kang. «Una nave da carico di passaggio li ha raccolti e portati in Giappone. Non hai aspettato di veder affondare la nave?»

Tongju scosse la testa. «Eravamo ansiosi di tornare al più presto col materiale recuperato», rispose a bassa voce.

«Hanno parlato di un incendio scoppiato accidentalmente a bordo. A quanto pare, gli americani non ci tengono a pubblicizzare un ennesimo attacco terroristico», fece osservare Kwan.

«Né a rivelare il vero motivo della loro presenza del mar della Cina Orientale», rincarò Kang. «Il fatto che la notizia non sia stata diffusa dai media potrebbe spingerli a effettuare indagini più superficiali.»

«Sono convinto di essere riuscito a mantenere segreta la nostra vera identità. La mia squadra d'assalto era composta da elementi appartenenti a etnie diverse, e a bordo si è parlato esclusivamente in inglese o in giapponese.»

«È possibile che il tuo errore nel non aver eliminato l'equipaggio si riveli un fatto positivo, dopotutto», aggiunse Kang con un lampo nello sguardo. «Metterà in imbarazzo i nipponici, e terrà l'attenzione dell'intelligence americana puntata sul

Giappone. Di sicuro staranno cercando la *Baekje*. Prima si riesce a farle riprendere il mare, meglio sarà. »

« La terrò costantemente aggiornato sulle notizie che arrivano dal cantiere. E i due americani? »

Kang scorse con gli occhi un'agenda rivestita in pelle. « Sto partendo per Seoul per un incontro col ministro sul tema dell'unificazione, questa sera. Sarò di ritorno domani. Li mantenga in vita fino allora. »

« Farò servire loro un'ultima cena », replicò Tongju senza traccia di umorismo.

Ignorando il commento, Kang tornò a infilare il naso in una pila di documenti contabili. Recepito il messaggio, il killer girò sui tacchi e lasciò l'ufficio senza fiatare.

32

A meno di un chilometro dalla banchina di Inchon dove la *Baekje* veniva sottoposta a lavori di manutenzione che l'avrebbero resa irriconoscibile, due uomini a bordo di un sudicio furgone stavano girando intorno a un anonimo edificio all'interno del complesso portuale. Pallet vuoti e pianali arrugginiti costellavano il terreno circostante la struttura priva di finestre, contrassegnata da un cartello con la scritta sbiadita KANG SHIPPING COMPANY appeso sopra l'ingresso principale. Con addosso tute logore e cappellini da baseball unti di grasso, i due appartenevano alla squadra di sorveglianza sotto copertura, pesantemente armata e composta da due dozzine di uomini, che pattugliava la fabbrica supersegreta ventiquattr'ore su ventiquattro. Il diroccato esterno della costruzione celava un centro di sviluppo ad alta tecnologia supercomputerizzato e fornito degli strumenti più aggiornati a disposizione. Il piano terra e quelli superiori erano dedicati allo sviluppo di payload satellitari per la società di telecomunicazioni di proprietà di Kang. Una piccola squadra di tecnici d'assalto lavorava all'inserimento di congegni spia e dispositivi di rilevazione dati all'interno di convenzionali satelliti per le telecomunicazioni destinati all'esportazione e alla vendita ad altri governi o società commerciali che ne avrebbero curato la messa in orbita. Celato nel seminterrato, e sorvegliato a vista, era situato un piccolo laboratorio di microbiologia la cui esistenza era nota soltanto a un pugno di collaboratori di Kang. Il ristretto team di scienziati impegnati nel laboratorio era stato per lo più prelevato illegalmente dalla Corea del Nord. Con le famiglie ancora residenti nelle province settentrionali e la forte pressione patriottica cui venivano sottoposti, i microbiologi e immunologi non avevano altra scelta che accettare la natura del loro lavoro con pericolosi agenti biologici.

Le ferali bombe dell'*I-411* erano state segretamente trasferite nel laboratorio, dove un esperto di armi aveva assistito i biologi nel prelevare il virus liofilizzato del vaiolo dalle bombe aeree a frammentazione. I virus erano stati liofilizzati dai giapponesi per consentire agli agenti patogeni di conservarsi inerti in fase di stivaggio e manipolazione. Gli ordigni al vaiolo erano stati progettati per mantenere la loro micidiale efficacia durante il viaggio del sommergibile, fino al momento dell'idrogenazione e successiva diffusione. A oltre sessant'anni di distanza, gli involucri di porcellana avevano resistito a ogni attacco del tempo e dell'acqua marina. Le vecchie cariche erano ancora potenti proprio come al momento dell'assemblaggio.

Dopo aver sistemato campioni della polvere color crema in un contenitore a tenuta stagna, i biologi diedero cautamente inizio a una ricostruzione controllata dei virus utilizzando un diluente a base di acqua sterile. Al microscopio, era possibile vedere i dormienti microrganismi di forma cubica risvegliarsi dal sonno urtandosi a vicenda, simili alle vetturette di un autoscontro, mentre riassumevano il loro stato originario. Nonostante il lungo letargo, soltanto una piccola percentuale dei virus rimase inerte.

Il laboratorio di ricerca era diretto da un microbiologo ucraino lautamente pagato di nome Sarghov. Dopo aver lavorato per la Biopreparat, il vecchio istituto di ricerche sovietico che si era occupato del programma sugli armamenti biologici per conto dell'esercito, Sarghov aveva messo a frutto le proprie conoscenze nel campo della manipolazione genetica proponendosi sul mercato al miglior offerente. Pur non avendo mai desiderato lasciare il Paese, la sua reputazione di eminente scienziato aveva subito un duro colpo quando era stato sorpreso a letto con la moglie di un membro del Politburo. Temendo per la propria vita, era fuggito attraverso l'Ucraina fino alla Romania, e si era imbarcato su una nave da carico di Kang nel mar Nero. Una lauta mancia al comandante della nave gli aveva aperto la strada verso i gradini più alti della società, dove le sue capacità erano state riconosciute e subito sfruttate per scopi illeciti.

Con ampie risorse a disposizione, Sarghov aveva messo in

piedi senza clamore un laboratorio altamente tecnologico per le ricerche sul DNA, completo di tutte le attrezzature e tutti i materiali necessari a un esperto biologo per sezionare, dividere, isolare o ricomporre il materiale genetico da un microrganismo all'altro. Entro i confini del laboratorio segreto di Sarghov erano raccolti campioni di pericolosi agenti batterici e virali, semi che l'uomo coltivava per creare il proprio giardino di morte. Eppure continuava a sentirsi insoddisfatto. La sua raccolta era composta da agenti comuni, reperibili senza difficoltà, come il virus dell'epatite B o il micobatterio tubercolare. Per quanto potenzialmente letali, erano inezie in confronto al terribile Ebola, al vaiolo o al virus di Marburg con i quali aveva lavorato ai tempi dell'istituto di Obolensk, in Russia. I febbrili sforzi di Sarghov per creare un agente killer davvero potente con le risorse disponibili erano falliti miseramente. Si sentiva come un pugile con una mano immobilizzata dietro la schiena. Quel che gli serviva, ciò che desiderava di più, era un patogeno davvero micidiale, uno di categoria A.

Il suo contributo alla scienza del male ebbe origini del tutto inaspettate. Un agente nordcoreano distaccato a Tokyo si era infiltrato in un centro dati governativo ed era riuscito a mettere le mani su un dossier di documenti giapponesi classificati come riservati. Aspettandosi di trovarvi una ricca messe di segreti sui più aggiornati sistemi di sicurezza nipponici, i capi dell'agente a Pyongyang scoprirono con rabbia che si trattava di vecchie carte risalenti ai tempi della seconda guerra mondiale. Fra il materiale sottratto, c'erano alcune relazioni sugli esperimenti effettuati dall'esercito imperiale con le armi biologiche, documenti destinati a essere distrutti in quanto potenzialmente imbarazzanti per il governo. L'attenzione di un acuto analista dei servizi segreti, però, cadde sul coinvolgimento dell'esercito imperiale nelle missioni finali dell'*I-403* e dell'*I-411*, e fu così che Sarghov si ritrovò in procinto di ricevere la sua provvista di *Variola major*.

Nell'alienato mondo dell'ingegneria genetica, i biologi avrebbero giudicato svilente il compito di ricavare un organismo completamente nuovo da rimasugli. Manipolare microrganismi già esistenti attraverso deliberate mutazioni, invece, sollecitandone la riproduzione fino a raggiungere quantitativi prefissati, era considerato fin dagli anni '70 una vera e propria arte. Colture agricole studiate in laboratorio e capaci di resistere a pestilenze e siccità rappresentano uno dei maggiori successi ottenuti dalla bioingegneria in favore della collettività, così come la più controversa creazione di animali da allevamento supersviluppati. Il lato oscuro di tale scienza, tuttavia, rimane quello della possibile realizzazione di un nuovo ceppo di virus o batteri con conseguenze imponderabili, e potenzialmente catastrofiche.

Considerate le sue inclinazioni, Sarghov non si sarebbe accontentato soltanto di rigenerare la fornitura di vaiolo, aveva ben altri assi nella manica, lui. Con l'aiuto di un assistente ricercatore finlandese, aveva acquistato un campione del virus dell'HIV-1, la fonte più comune della sindrome da immunodeficienza acquisita. Manipolando il patrimonio a sua disposizione, Sarghov riuscì a sintetizzare uno degli elementi genetici chiave del terrificante virus dell'AIDS e, attingendo dall'appena ricostituita scorta di virus del vaiolo, provò a coltivare un nuovo germe mutato integrando l'instabile HIV-1. Utilizzando l'elemento sintetico che serviva da agente per stimolarne la ricostituzione, si dedicò immediatamente alla coltivazione e quindi alla riproduzione di massa dei virus mutanti. Il risultato fu un nuovo microrganismo contenente gli attributi di entrambi i patogeni. Talvolta i microbiologi si riferiscono a tale processo col termine «chimera». La chimera di Sarghov univa la letale contagiosità del vaiolo e le capacità immunodistruttive dell'HIV-1 in un unico, micidiale supervirus.

Nonostante l'aggressività del germe patogeno, la sua riproduzione in grandi quantità era un processo che richiedeva tempo. Limitato dalla tabella di marcia di Kang, Sarghov ottimizzò al massimo l'operazione, quindi liofilizzò i virus mutanti ottenuti, così come avevano fatto i giapponesi tanti anni prima. Il supervirus cristallizzato venne quindi mescolato con le più abbondanti scorte di virus liofilizzato del vaiolo recuperate dalle bombe aeree, creando un composto tossico diversificato che venne trattato e raffinato una seconda volta con interventi di richiamo che ne avrebbero accelerato il processo di rigenerazione.

Ormai altamente volatile, la mistura fu riposta con la massima cautela in una serie di leggeri contenitori tubolari simili come forma all'anima di un rotolo di carta da cucina, i quali vennero impilati su un carrello e portati via dal laboratorio. Il composto virale ben imballato fu trasportato ai piani superiori, dove si effettuava l'assemblaggio dei payload satellitari. Lì, una squadra di tecnici li prese in carico inserendoli in più grandi cilindri d'acciaio inossidabile completi di un serbatoio per l'idrogenazione e relativi accessori. Il processo fu ripetuto più volte sotto potenti fasci luminosi, fino a ricavare cinque cilindri che furono sistemati in grosse casse da spedizione. A quel punto, un carrello elevatore sollevò le casse caricandole sullo stesso furgone bianco di Kang che aveva effettuato la consegna degli ordigni, e che adesso avrebbe compiuto il tragitto inverso fino alla banchina coperta con a bordo una versione rivitalizzata e potenziata della terribile arma.

Sarghov si concesse un ampio sorriso, consapevole che era in arrivo una lauta ricompensa. La sua squadra di scienziati era esausta ma aveva raggiunto l'obiettivo, verificando che il vecchio virus del vaiolo avesse conservato il suo potenziale di morte e incrementandone la forza a livelli micidiali. In meno di quarantott'ore, i biologi di Sarghov avevano trasformato un virus vecchio di sessant'anni in un agente killer completamente nuovo e sconosciuto al resto del mondo.

33

« Che cosa intende, dicendo che la nave non si è ancora materializzata? » gracchiò Gunn, costernato.

Il caposezione dell'antiterrorismo internazionale dell'FBI, un tizio di poche parole di nome Tyler, aprì una cartelletta che aveva sulla scrivania e lanciò un'occhiata al contenuto prima di rispondere.

« Non abbiamo ricevuto informazioni sulla posizione della posacavi *Baekje*. L'Agenzia nipponica della polizia nazionale sta monitorando il traffico marittimo in tutti i porti del Paese, controllando ogni nave che possa anche lontanamente richiamare la descrizione fornita dal vostro equipaggio. Finora non hanno trovato nulla. »

« Avete controllato i porti al di fuori del Giappone? »

« È stato diramato un bollettino internazionale tramite la Interpol, e mi risulta che la CIA sia stata invitata a collaborare su richiesta del vicepresidente. Finora non abbiamo ricevuto nessuna conferma utile. Ci sono milioni di posti dove può essersi nascosta, Rudi; potrebbe addirittura essersi autoaffondata. »

« E le immagini satellitari del sito dove si è inabissata la *Sea Rover*? »

« Pessimo tempismo, purtroppo. Col riaccendersi della tensione politica in Iran, il National Reconnaissance Office ha recentemente riposizionato parecchi dei suoi strumenti ad alta risoluzione puntandoli sul Medio Oriente. Il mar della Cina Orientale, al momento, è soltanto una delle tante zone morte coperte da periodici passaggi di satelliti non geosincroni. Il che significa che la *Baekje* aveva a disposizione cinquecento miglia buone, fra un passaggio e l'altro, per muoversi indisturbata. Sto aspettando le riprese degli ultimi giorni, ma mi è stato detto di non sperarci troppo. »

Gunn si sforzò di controllare la collera, ben sapendo che l'agente investigativo federale con la camicia bianca inamidata e un'incipiente calvizie era un professionista competente, impegnato a fare del suo meglio con le risorse che aveva a disposizione. «Abbiamo scoperto qualcosa sulla storia di questa nave?» chiese.

«Il vostro uomo, Hiram Yaeger, ci ha fornito un ottimo spunto, a questo proposito. È stato Yaeger a effettuare una prima identificazione della posacavi, basandosi su un database dei registri marittimi tramite la banca dati della NUMA. A quanto si sa, esistono meno di quaranta posacavi corrispondenti per dimensione e caratteristiche alla descrizione fornita dal vostro equipaggio. Prendendo in considerazione solo quelle acquistate o noleggiate nella zona del Pacifico asiatico, ha ristretto l'elenco a dodici, fra le quali solo la *Baekje* risultava sparita dalla circolazione.» L'uomo dell'FBI s'interruppe per sfogliare il fascicolo, quindi estrasse un foglio bianco con l'intestazione sbiadita di un messaggio spedito via fax. «Eccole qui, le caratteristiche della nave. Posacavi *Baekje*, lunga centotrentacinque metri, stazza lorda novemilacinquecento tonnellate. Costruita dalla Hyundai Mipo Dockyard Company, Ltd. di Ulsan, Corea del Sud, nel 1998. Di proprietà della Kang Shipping Enterprises di Inchon, Corea del Sud, che l'ha utilizzata dal 1998 al 2000. A partire dall'anno 2000, la nave è stata noleggiata alla Nippon Telegraph and Telephone Corporation di Tokyo, Giappone, per la posa di cavi nell'area del mar del Giappone.»

Deposta la cartelletta, fissò Gunn dritto negli occhi.

«Il contratto di noleggio della NTT è scaduto sei mesi fa, e da quel momento la *Baekje* è rimasta inutilizzata in un bacino portuale di Yokohama. Due mesi fa, alcuni rappresentanti della NTT hanno rinegoziato un contratto di noleggio della durata di un anno e hanno preso possesso della nave con un loro equipaggio. I registri portuali ne segnalano l'assenza per un periodo di cinque settimane, dopo di che ha fatto una breve ricomparsa nel porto di Yokohama, tre settimane fa circa. Risulta essere stata avvistata a Osaka, porto dal quale ha evidentemente seguito la *Sea Rover* fino al mar della Cina Orientale.»

« Era stata sottratta alla NTT? »

« No. I dirigenti della società sono rimasti sbalorditi nell'apprendere che il nome della NTT figurava sul rinnovo di contratto, dal momento che la loro rete di cablaggio in fibra ottica era stata completata. I rappresentanti della presunta associata NTT che hanno rinnovato il noleggio erano, in realtà, impostori che hanno imbrogliato gli agenti della Kang Shipping. La gente della Kang che ha prodotto la documentazione necessaria sostiene che l'intera operazione sembrava perfettamente legittima, benché uno dei loro rappresentanti si fosse meravigliato che la NTT utilizzasse un proprio equipaggio, visto che in passato non lo aveva fatto. Sembra che quelli della Kang Shipping stiano cercando di presentare un reclamo all'assicurazione per la nave, ora. »

« Si direbbe che ci sia stata una fuga di notizie, da qualche parte. Si conosce qualche legame fra l'Armata Rossa giapponese e la Nippon Telegraph and Telephone? »

« Niente di concreto, per ora, ma stiamo indagando. I funzionari della NTT sono molto collaborativi e sembrano ansiosi di sgomberare ogni dubbio su possibili collegamenti. Un sostegno ufficiale da parte della dirigenza sembra improbabile, perciò le autorità giapponesi stanno concentrando la propria attenzione su una possibile fazione a livello impiegatizio, all'interno della compagnia. »

Gunn scosse la testa con aria depressa. « Concludendo, abbiamo una nave da più di centotrenta metri svanita nell'aria, una nave governativa americana colata a picco, e una lista di sospetti senza neppure un nome. Due dei miei sono stati rapiti, forse uccisi, e non abbiamo la minima idea sul luogo dove cominciare a cercarli. »

« Anche noi siamo demoralizzati, Rudi, ma alla fine li prenderemo. A volte, queste cose richiedono del tempo. »

Tempo, si disse Gunn.

Quanto tempo rimaneva, a Dirk e Summer, ammesso che ne avessero ancora?

La doccia bollente era deliziosa. Summer lasciò scorrere l'acqua fumante sul proprio corpo per oltre venti minuti, prima di decidersi a chiudere i rubinetti e ad afferrare un asciugamani. Dalla sua ultima esperienza in fatto di pulizia erano trascorsi quasi quattro giorni, calcolò mentalmente ripercorrendo gli eventi di cui era stata protagonista. Lasciata la cabina piastrellata, si asciugò con un morbido telo di spugna che si avvolse poi intorno al corpo infilandone una cocca sotto l'ascella. Di fronte a lei si allungava un immenso piano di marmo con doppi lavandini e scintillanti rubinetterie d'oro, sovrastato da un enorme specchio molato che si protendeva fino all'alto soffitto. Persino a quegli assassini bisognava riconoscere qualche merito, si disse. C'era qualcuno dotato di buon gusto, lì intorno.

Dopo una scomoda nottata a bordo dello yacht, dove lei e il fratello avevano dormito a turno sulla branda con le mani sempre legate dietro la schiena, un terzetto di guardie armate li aveva fatti sbarcare in mattinata. Sbirciando verso l'imponente palazzo appollaiato sul promontorio sovrastante, Dirk aveva commentato: « Non ti ricorda il Berghof? » La struttura di pietra con la maestosa vista sull'Han presentava effettivamente una certa somiglianza col covo di Hitler sulle Alpi bavaresi, e la suggestione era accresciuta dallo spiegamento di scagnozzi vestiti di nero che li circondava.

Dopo essere stati spinti fino all'ascensore incastonato nella roccia, erano saliti al livello di un corridoio interno situato sotto gli appartamenti residenziali ed erano stati scortati fino a due camere per gli ospiti. In un inglese stentato, una delle guardie aveva abbaiato: « Prepararsi per cena con signor Kang. Due ore ».

Mentre Summer si faceva la doccia, Dirk esplorò le lussuose camere contigue in cerca di possibili vie di fuga. Prive di finestre e scavate nella parete di roccia, le due stanze avevano come unico sbocco il corridoio, dove due guardie armate stazionavano accanto alle porte spalancate. Se dovevano tentare la fuga, era impensabile farlo in quel punto della casa, si disse.

Asciugandosi i capelli, Summer si abbandonò brevemente a una sensazione di beatitudine concedendosi di gustare il lusso che la circondava. Dopo aver annusato una quantità di profumi e lozioni esotiche allineati sulla mensola di marmo, scelse una crema per il corpo all'aloe vera e un profumo alla fragranza di giglio. In un angolo, a disposizione delle ospiti di sesso femminile, scorse una rastrelliera carica di vestiti in seta. Facendo scorrere le dita sulla variopinta collezione di abiti e vestaglie dalle taglie improponibili, vide un tubino rosso fiammante dalla linea scivolata, abbinato a un corto giacchino, nel quale giudicò che forse sarebbe riuscita a infilarsi. Una volta strizzatasi nell'abito di seta, si osservò allo specchio per ammirare il risultato. Leggermente tirato sul seno, nonostante l'altezza e i capelli rossi le dava l'aspetto di una bambola di porcellana, pensò sorridendo alla propria immagine riflessa. Adocchiato un assortimento di calzature ai piedi della rastrelliera, frugò tra una dozzina di scarpe prima di scovarne un paio nero col tacco basso della propria misura. Nell'infilarle, imprecò sentendo un'unghia spezzarsi. D'istinto ispezionò l'armadietto del bagno scartando spazzole e pettini fino a che non trovò uno degli oggetti di cui nessuna donna può fare a meno: una limetta per le unghie. Non una di quelle economiche di cartone, ma di robusto metallo, con una piccola impugnatura piatta in ceramica. Ammirando l'attrezzo, lo infilò distrattamente in tasca dopo aver regolato l'unghia del pollice. Un attimo più tardi, un colpo alla porta le comunicava che la parentesi di ovattato benessere era terminata.

Uscendo dalla stanza sotto il tiro di una pistola, Summer trovò Dirk fermo in mezzo al corridoio con aria disinvolta, due canne di fucile puntate alla schiena. Dopo aver osservato la sorella nello splendido completo di seta, emise un fischio di ammirazione.

« Temo che abbiamo solo questi topi a disposizione per tirare la tua carrozza, stasera, Cenerentola », scherzò, indicando col pollice le due guardie alle sue spalle.

« Vedo che tu hai deciso di non abbandonare il look da meccanico », ribatté lei, avendo notato che il fratello portava ancora la stessa tuta della NUMA macchiata di grasso e di sudore che indossava dal momento del loro rapimento.

« I capi a mia disposizione mi stavano leggermente stretti », spiegò lui, sollevando i risvolti della tuta fino a metà polpaccio per sottolineare il concetto. « D'altro canto, il look da alta sartoria non mi è mai piaciuto troppo. »

Irritate da tutte quelle chiacchiere, le quattro guardie li spinsero verso l'ascensore, a bordo del quale raggiunsero in silenzio il piano superiore. Le porte si spalancarono sull'imponente sala da pranzo di Kang, con un panorama spettacolare oltre le vetrate delle finestre. Seduto a capotavola, Kang stava esaminando il contenuto di una cartelletta in pelle, mentre Tongju era in piedi sull'attenti alla sua sinistra. Per il ruolo del capitano d'industria, il magnate coreano aveva scelto un completo blu confezionatogli su misura da un costoso sarto di Hong Kong, completato da una cravatta di seta color vinaccia. I gelidi occhi ardesia saettarono per un attimo verso l'ascensore per tornare immediatamente ai documenti che aveva davanti a sé. Il suo volto era una maschera fredda e austera.

Scortati al tavolo, Dirk e Summer si soffermarono per un istante ad ammirare il pittoresco spettacolo del fiume oltre le vetrate, prima di spostare lo sguardo su colui che li teneva prigionieri. Avevano entrambi preso mentalmente nota del particolare che la baia sottostante era alimentata da un canale stretto e tortuoso, che la collegava al grande fiume. In piedi davanti al tavolo, Summer sentì un brivido correrle lungo la schiena notando l'occhiata lasciva scoccatale da Tongju, mentre Kang sollevava lentamente lo sguardo verso di lei. La piccola gioia provata nel potersi lavare e vestire in modo decente scomparve di botto di fronte alla palpabile presenza del male. Sentendosi all'improvviso ridicola nel completo di seta, intrecciò senza rendersene conto le mani davanti al petto come a volersi proteggere. La sua ansia, tuttavia, diminuì sensibilmente non appena ebbe lanciato un'occhiata al fratello.

Se Dirk era spaventato, non lo dava a vedere. Ritto, col mento proteso in avanti in atteggiamento di sfida e con un'espressione annoiata dipinta sul volto, sembrava divertirsi a fissare con aria di derisione Tongju, più basso di almeno venticinque centimetri rispetto a lui. Senza badargli, l'assassino si rivolse direttamente al proprio capo. « Gli operatori del veicolo subacqueo in dotazione alla nave della NUMA », annunciò con una sfumatura di disprezzo nella voce.

« Dae-jong Kang », ritorse Dirk, ignorando Tongju, « direttore generale della Kang Enterprises. »

Kang annuì lievemente, invitandoli a sedere con un cenno. Le guardie si ritirarono contro una parete dalla quale continuarono a sorvegliare i due prigionieri, mentre Tongju si lasciava cadere in una sedia di fronte a Dirk.

« Il signor Pitt è responsabile della morte di due dei nostri uomini, in America », riprese Tongju, gli occhi stretti a fessura puntati su Dirk.

Il giovane annuì in silenzio con aria soddisfatta. Proprio come aveva sospettato, ciò provava l'evidente collegamento tra gli sforzi per recuperare il carico dei due sommergibili giapponesi e il tentato omicidio sull'isola di Vashon.

« Il mondo è piccolo », fu il commento di Kang.

« Troppo piccolo, per assassini di massa come voi », sibilò Summer a bassa voce, sentendo montare la collera.

Kang ignorò il suo commento. « Un vero peccato. Quelli di Seattle erano due dei migliori agenti di Tongju. »

« Davvero un tragico incidente », replicò Dirk. « Dovete imparare ad assumere gente dotata di maggiore abilità nella guida », aggiunse lanciando un'occhiata di ghiaccio a Tongju, che lo ricambiò con eguale moneta.

« Provvidenziale, fra l'altro, altrimenti avremmo dovuto fare a meno del suo generoso aiuto nel recupero del carico dall'*I-411* », riprese Kang. « Sono terribilmente curioso di sapere cosa vi abbia condotto ai sommergibili. »

« Fortuna, per lo più. Ho scoperto che un sommergibile giapponese aveva in precedenza sparato alcune granate al cianuro contro la costa dell'Oregon, e mi sono chiesto se qualcuno avesse recuperato armi simili per utilizzarle nelle Aleutine. Soltanto dopo l'immersione sull'*I-403* e la scoperta dei resti delle bombe biologiche per aereo è apparso evidente che doveva esserci sotto dell'altro. »

« Peccato che le bombe siano rimaste danneggiate durante

l'affondamento. Sarebbe stato molto più facile recuperare quelle che non gli ordigni a bordo dell'*I-411.* »

« Un involucro, però, l'avete recuperato intatto, dal momento che l'avete utilizzato nelle Aleutine. »

Kang sembrò sorpreso dall'osservazione di Dirk. « Naturalmente », replicò. « Piuttosto interessante, come i giapponesi siano riusciti a combinare agenti chimici e biologici in una stessa arma. Il nostro test ha rivelato come l'efficacia dell'agente biologico venisse intaccata dal rilascio abbinato, sebbene il componente chimico fosse più potente di quanto avessimo previsto. »

« Abbastanza potente da uccidere due uomini della guardia costiera americana », commentò Summer.

Kang si strinse nelle spalle. « Come mai vi siete trovati coinvolti nella morte di quei due uomini sulle Aleutine? Vi trovavate sul posto? »

Summer scosse il capo senza parlare.

Fu Dirk a rispondere. « Ero ai comandi dell'elicottero abbattuto dal suo *motopeschereccio.* »

Kang e Tongju si scambiarono un'occhiata perplessa. « Lei è un uomo molto versatile, signor Pitt », dichiarò alla fine Kang.

Prima che potesse replicare, due camerieri in giacca bianca entrarono da una porta laterale e deposero sul tavolo grandi vassoi d'argento. Davanti a ogni postazione fu sistemato un assortimento multicolore di piatti di pesce, accompagnato da una coppa di champagne Veuve Clicquot. Dirk e Summer, che da giorni non potevano permettersi un pasto completo, attaccarono con calma il cibo mentre il loro ospite continuava a sondarli con le sue domande.

« Il vostro governo... sarà piuttosto irritato nei confronti dei giapponesi, suppongo. »

« Portare avanti le sue attività illegali sfruttando il nome dell'Armata Rossa giapponese è stata una mossa astuta, ma riconosciuta dal nostro governo per quello che era in realtà. I vostri due scagnozzi defunti sono stati subito identificati come coreani », mentì Dirk, fissando Tongju con un sogghigno. « Sospetto che le autorità verranno a bussare alla sua porta da un momento all'altro, Kang. »

Un accenno di preoccupazione fece aggrottare le sopracciglia di Kang, ma durò solo un istante. « Tentativo encomiabile, ma la verità è che quei due tizi non avevano la minima idea sull'identità del loro datore di lavoro. No, mi sembra evidente che non sappiate nulla sul nostro reale intento. »

« L'ostilità di lunga data della Corea verso il Giappone in seguito ai numerosi anni di brutale colonizzazione è ben nota », replicò Dirk, continuando a fingere. « Non ci sarebbe da meravigliarsi se menti malate in possesso di questo genere di armi decidessero di utilizzarle contro un avversario storico, nel vostro caso i giapponesi. »

Un sottile sorriso increspò le labbra di Kang mentre si appoggiava allo schienale della sedia con aria soddisfatta, non tanto dal cibo quanto dalle parole di Dirk. « Ottimo bluff, signor Pitt, ma il fatto che la vostra nave della NUMA viaggiasse senza armamenti e senza scorta durante le operazioni di recupero mi fa ritenere che il vostro Paese non abbia attribuito nessuna importanza a ciò che avete scoperto a bordo dell'*I-403*. E la sua ipotesi sull'uso pratico delle armi biologiche è completamente fuori bersaglio. »

« Dove... dove avete intenzione di usarle, per l'esattezza? » balbettò Summer.

« Magari nel vostro stesso Paese », la prese in giro Kang, osservandola impallidire, « o magari no. Chissà. »

« Negli Stati Uniti, il vaccino per il vaiolo è prontamente disponibile in quantitativi sufficienti a coprire l'intera popolazione », obiettò Dirk. « È già stato inoculato a decine di migliaia di lavoratori del settore sanitario. La diffusione di questo virus potrebbe al massimo creare un po' di panico, niente di più. Di sicuro, il rischio di provocare un'epidemia è trascurabile. »

« Certo, un rilascio di *Variola major*, o comune vaiolo, provocherebbe danni di modesta entità. I vostri vaccini, invece, sarebbero completamente inutili contro una chimera. »

« Una 'chimera'? Come nella mitologia greca? Un mostro in parte leone, in parte capra e in parte serpente? »

« Infatti. Oppure, se preferite, un ibrido formato da agenti virali combinati in un singolo organismo capace di conservare i componenti letali di ciascun elemento. Un'arma biologica contro la quale le vostre vaccinazioni sarebbero impotenti, addirittura ridicole.»

«Ma perché, in nome di Dio?» gridò Summer, sconvolta.

Kang finì di mangiare con calma e appoggiò il tovagliolo sul tavolo piegandolo ordinatamente in tre parti, prima di rispondere. «Vedete, dai tempi della vostra incursione, negli anni '50, il mio Paese è stato diviso in due. Ciò che voi americani non riuscite a comprendere è che tutti i coreani sognano il giorno in cui la nostra penisola sarà nuovamente unita in un'unica nazione. Le continue interferenze di mestatori esterni c'impediscono di realizzare questo sogno, così come la presenza di forze militari straniere sul nostro suolo non fa che rimandare il giorno in cui l'unificazione diventerà una realtà.»

«La presenza militare americana nella Corea del Sud garantisce che il sogno dell'unificazione non venga realizzato con la punta di una baionetta nordcoreana», obiettò Dirk.

«La Corea del Sud non ha più lo stomaco per combattere, e il potere militare del Nord offre la leadership e la forza stabilizzatrice necessarie per restaurare l'ordine durante la riunificazione.»

«Non ci posso credere», mormorò Summer al fratello. «Stiamo pranzando con un incrocio fra Mary Mallon e Josif Stalin.»

Senza afferrare l'allusione alla cuoca che all'inizio del Novecento causò in America una terribile epidemia di tifo, Kang proseguì: «I giovani sudcoreani ne hanno avuto abbastanza della vostra occupazione militare e degli abusi sulla cittadinanza. Non temono l'unificazione, e contribuiranno a lastricare la via per una soluzione rapida».

«In altre parole, una volta allontanati i militari americani, le forze nordcoreane marceranno a sud e unificheranno il Paese con la forza.»

«Senza la presenza delle forze difensive statunitensi, i militari valutano che l'80 per cento della penisola sudcoreana possa essere invasa nel giro di settantadue ore. Delle perdite saranno inevitabili, ma il Paese verrà unificato sotto la guida del Partito dei lavoratori prima che Stati Uniti, Giappone o altri Paesi in vena d'interferire abbiano il tempo di reagire. »

Dirk e Summer si chiusero in un silenzio sbalordito. I loro timori di un complotto terroristico che sfruttasse il virus del vaiolo giapponese si stavano dimostrando fondati, ma non avevano certo sospettato un'azione di tale portata: niente meno che il rovesciamento della Repubblica di Corea, unitamente allo sterminio in massa di milioni di americani.

« Credo lei abbia sottovalutato la fermezza degli Stati Uniti, in particolare di fronte a un attacco terroristico. Il nostro presidente non ha mostrato nessuna esitazione a reagire in modo rapido e terribile », osservò Dirk.

« Può darsi, ma una reazione contro chi? Nello schema degli eventi, tutto conduce ai giapponesi... »

« L'Armata Rossa giapponese, di nuovo. »

« Esatto. Vede, mancano altre ipotesi verosimili. Le vostre risorse militari, politiche e d'intelligence saranno tutte concentrate sul Giappone, mentre noi conferiremo al nostro governo il mandato per l'allontanamento dalla penisola coreana di tutto il personale militare americano entro trenta giorni. I vostri media, impulsivi come sempre, si scateneranno sulle morti provocate dall'epidemia e saranno così occupati a cercare un colpevole in Giappone che l'espulsione dei militari americani dalla Corea passerà praticamente inosservata fino a che non sarà diventata un dato di fatto. »

« La nostra intelligence finirà per guardare oltre la facciata dell'Armata Rossa, risalendo a lei e ai suoi amici comunisti del Nord. »

« Può darsi. Ma quanto ci vorrà? Quanto ci hanno messo a chiarire i casi di morte per antrace del 2001, nella vostra stessa capitale? Se e quando verrà quel giorno, gli animi si saranno ormai placati. Sarà una questione controversa, come dite voi, ma niente di più. »

« Sterminare milioni di persone lo definisce una 'controversia'? » intervenne Summer. « Lei è pazzo. »

« Quanti dei miei compatrioti avete ucciso voi, negli anni '50? » ritorse Kang con un lampo di collera negli occhi.

« Abbiamo lasciato molto del nostro sangue sul vostro suolo », replicò Summer restituendogli l'occhiata di fuoco.

Dirk, intanto, lanciò uno sguardo oltre il tavolo a Tongju, i cui occhi scuri erano puntati su Summer. L'assassino non era avvezzo a sentir trattare Kang in modo aggressivo, e di sicuro non da una donna. Mentre il viso rimaneva privo di espressione, lo sguardo lasciava trapelare irritazione e insofferenza.

« Non sta trascurando i suoi interessi personali? » chiese Dirk a Kang, attirando l'attenzione su di sé. « Le sue entrate non continueranno a crescere, se l'onnipotente Partito dei lavoratori prenderà in mano di colpo le redini del Paese. »

Kang si lasciò sfuggire un sorrisetto. « Voi americani, i soliti capitalisti. Deve sapere che ho già disposto la vendita del 50 per cento delle mie proprietà a una corporazione francese, con pagamento in franchi svizzeri. E, quando la mia patria sarà unificata, chi meglio di me potrebbe collaborare a una gestione governativa delle risorse industriali sudcoreane? » concluse in tono arrogante.

« Bella pensata. Peccato che non troverà una sola nazione disposta ad acquistare i prodotti illeciti di un regime totalitario. »

« Dimentica la Cina, signor Pitt. Già enorme come potenziale interno, può rappresentare un canale privilegiato per far arrivare i prodotti sui mercati mondiali. Ci sarà, ovviamente, un'interruzione nei rapporti d'affari durante il trasferimento di poteri, ma la produzione riprenderà in fretta. C'è sempre richiesta di prodotti di qualità a basso prezzo. »

« Sicuro », esclamò Dirk in tono sarcastico. « Mi nomini un prodotto di qualità proveniente da un Paese a regime totalitario. Si rassegni, Kang: lei è dalla parte sbagliata, nel nuovo ordine globale. Non c'è più posto per biechi despoti disposti a fregare la propria gente per ottenere ricchezza, potere militare o illusioni di grandezza. Lei e i suoi compari del Nord potrete forse farvi qualche risata lungo la via, ma alla fine del viaggio vi ritroverete tutti travolti da un concetto a voi sconosciuto, chiamato 'libertà'. »

Kang s'irrigidì per un attimo, lanciandogli una lunga occhiata infastidita. « Grazie per la lezione di educazione civica. È stato un pranzo davvero illuminante. Addio, signorina Pitt. Addio, signor Pitt. »

A un'occhiata di Kang, le guardie si staccarono dalla parete per precipitarsi su di loro, trascinandoli in piedi. Dirk ebbe la tentazione di afferrare un coltello dal tavolo e aggredire gli energumeni, ma venne dissuaso dalla vista di Tongju che gli teneva una pistola Glock puntata contro il petto.

« Portateli alla grotta sul fiume », abbaiò Kang.

« Grazie per la calorosa ospitalità », bofonchiò Dirk. « Aspetto con ansia di poterla contraccambiare. »

Senza aggiungere altro, Kang annuì in direzione delle guardie, che spinsero rudemente i due verso l'ascensore. Dirk e Summer si scambiarono un'occhiata densa di significato: era rimasto poco tempo, ormai. Se volevano cercare di uscire vivi dalla morsa di Kang, bisognava agire subito.

Il problema più immediato era Tongju con la sua Glock calibro 22. Qualunque resistenza sarebbe stata inutile, fin tanto che l'assassino li teneva sotto mira, e non c'erano dubbi che avrebbe sparato senza la minima esitazione. Tongju seguì le quattro guardie fino all'ascensore tenendo la pistola spianata. Non appena le porte si aprirono, due paia di mani li spinsero bruscamente verso il retro della cabina. Tongju abbaiò qualcosa in coreano e poi, con grande sollievo di Dirk, si trattenne nel salone con una delle guardie, restando a fissare le porte scorrevoli che si richiudevano con un allarmante sorriso di soddisfazione.

Con cinque corpi stipati all'interno, la cabina era sovraffollata, il che poteva rappresentare un vantaggio. Dirk annuì impercettibilmente in direzione di Summer, che confermò di aver recepito il muto messaggio con una rapida strizzatina d'occhi. Di colpo, si afferrò lo stomaco con le mani e cominciò a gemere, protendendosi in avanti come sul punto di vomitare. La guardia più vicina, un tizio corpulento dalla testa rasata, abboccò e si chinò leggermente in avanti verso di lei. Come un gatto balzato per sbaglio su una stufa incandescente, la ragazza si raddrizzò di scatto e lo colpì all'inguine col ginocchio, con tutta la forza che aveva. Con gli occhi che sembravano volergli uscire dalle orbite, l'uomo si piegò in due per il dolore mentre un acuto lamento gli sfuggiva dalle labbra.

La mossa di Summer era tutto ciò di cui Dirk aveva bisogno per neutralizzare la guardia numero due: mentre l'attenzione di tutti e tre gli agenti era rivolta a Summer, fece partire un montante che colpì l'uomo alla mascella con una potenza tale da fargli quasi schizzare i piedi dalle scarpe. A pochi centimetri di distanza, Dirk osservò il tizio roteare gli occhi all'indietro e scivolare a terra privo di sensi.

Durante la zuffa, la guardia numero tre aveva fatto un passo indietro tentando di sollevare la canna del fucile verso Dirk. Summer reagì afferrando per le spalle la vittima della sua ginocchiata e spingendone il corpo rattrappito verso di lui. Ancora gemendo per il male, l'uomo calvo urtò il collega più alto con forza sufficiente a fargli perdere l'equilibrio, dando il tempo a Dirk di avvicinarsi e di sferrare un sinistro che colpì di striscio la tempia dell'avversario. Stordita, la guardia tentò di reagire con un colpo di karate, ma il destro di Dirk era già lì, pronto a infilarsi con forza nella sua laringe; il volto bluastro mentre lottava per recuperare il respiro, l'uomo cadde in ginocchio portandosi entrambe le mani alla gola. Afferrato il suo fucile d'assalto, Dirk lo fece roteare con violenza percuotendo col calcio il volto dell'agente intento a lottare con Summer. Il colpo scagliò l'uomo contro la parete posteriore dell'ascensore, dove scivolò al suolo esanime.

« Ottimo lavoro, Joe Frazier », si complimentò Summer.

« Vediamo di filarcela prima del secondo round », ansimò il fratello, mentre l'ascensore rallentava la sua corsa. Dopo aver verificato che la sicura del fucile non fosse inserita, si preparò a scivolare fuori della cabina. Solo che non c'era un posto dove rifugiarsi.

Non appena si furono aperte le porte scorrevoli, tre AK-74 vennero spinti all'interno, i compensatori fissati all'estremità delle canne puntati verso le loro teste. Un agente di sicurezza di servizio davanti ai monitor dell'impianto a circuito chiuso aveva assistito alla rissa attraverso le telecamere e aveva spedito sul posto la squadra più vicina.

« *Saw!* » gridarono le guardie in coreano; il tono non lasciava dubbi sul significato del vocabolo. Dirk e Summer s'immobilizzarono, chiedendosi quanto fosse sensibile il grilletto di quei fucili puntati a distanza tanto ravvicinata. Mentre lasciava scivolare lentamente la sua arma al suolo, Dirk sentì un tramestio alle sue spalle. Si girò troppo tardi, e vide la terza guardia che, avanzando per uscire dall'ascensore, faceva roteare il calcio del fucile contro la sua testa. Cercò di schivarlo, ma l'impugnatura era ormai troppo vicina alla sommità del suo cranio, dove andò a sbattere con un tonfo.

Per un istante, vide un lampo accecante, tutte le stelle del firmamento e, attraverso la foschia, una fugace visione dei piedi di Summer. Ma subito calò su di lui una nebbia grigiastra, che si tinse di nero non appena si abbandonò a terra privo di sensi.

34

Una fitta lancinante dalla sommità del capo alla punta dei piedi fu il primo messaggio che il cervello gli inviò per comunicargli che era ancora vivo. Mentre riprendeva lentamente coscienza, la sua mente portò a termine una sorta di inventario volto a stabilire, sfruttando i segnali forniti dalle terminazioni nervose, quali parti del corpo si trovavano in condizioni anomale rispetto alla norma. I dolori che cominciò a registrare ai polsi, alle braccia e alle spalle, come in seguito a una forte trazione, non erano nulla in confronto alle terribili fitte alla testa. A confondergli i sensi, le gambe gli trasmettevano la strana impressione di trovarsi in piedi in un secchio pieno d'acqua. Sentendo la nebbia dissolversi gradualmente, aprì gli occhi per ritrovarsi in una grotta buia, tetra e umida.

« Ben tornato nel mondo dei vivi », echeggiò la voce di Summer contro le pareti di roccia.

« Per caso, non hai preso il numero di targa del camion che mi ha investito? » replicò, stordito.

« Sì, ma sono praticamente certa che non era assicurato. »

« Dove accidenti siamo? » borbottò Dirk, riacquistando pian piano la cognizione del tempo e dello spazio.

« Una caverna laterale, poco lontana dal bacino galleggiante di Kang. L'acqua gelata che ti solletica l'ombelico è quella dell'Han. »

Il secchio nel quale pensava di essere immerso era in realtà una caverna piena d'acqua di fiume, il cui livello andava crescendo. Di nuovo in grado di vedere chiaramente, riuscì a distinguere nella semioscurità Summer con le braccia divaricate e ammanettate a due grosse ancore da chiatta. Più corpi morti che vere e proprie ancore, erano in pratica dei blocchi di cemento quadrati di una novantina di centimetri di lato. Ricoperti da uno strato di alghe verdastre che sembravano essersi depositate nel corso di una decina d'anni almeno, i cubi bianchi avevano un anello da ormeggio di ferro arrugginito che sporgeva dalla sommità. Dirk vide che c'era almeno una dozzina di quei pesi allineati lungo il pavimento della caverna. Lui e Summer erano l'uno accanto all'altra, con le braccia tese verso l'esterno e i polsi ammanettati a blocchi adiacenti.

Dirk lasciò vagare lo sguardo per la buia caverna. Nella luce calante che filtrava dall'imboccatura della grotta, riuscì a distinguere la linea che cercava lungo la parete. Si trattava del segno lasciato dall'alta marea, e notò con preoccupazione che correva una sessantina di centimetri sopra le loro teste.

« Morte lenta per annegamento », mormorò.

« Il nostro amico alla Fu Manchu ha insistito molto su questo punto », replicò Summer in tono cupo. « Ha persino impedito a una delle guardie di spararti, in modo che potessimo annegare insieme qua sotto. »

« Devo ricordarmi di mandargli un biglietto di ringraziamento. » Abbassando lo sguardo, Dirk vide che l'acqua gli era arrivata alla cassa toracica. « Sta salendo in fretta. »

« Essendo vicini all'imboccatura dell'Han, siamo esposti a una quantità di correnti. » Summer guardò il fratello con aria spaventata. « Secondo i miei conti, il livello dell'acqua è cresciuto di oltre trenta centimetri, nell'ultima ora. »

Leggendo la disperazione nei suoi occhi, Dirk mise sotto pressione il cervello in cerca di una via di fuga. « Abbiamo ancora un'ora e mezzo, al massimo », calcolò.

« Mi sono appena ricordata una cosa », esclamò Summer, aggrottando le sopracciglia. « Ho una limetta per le unghie nella tasca laterale. Sarà probabilmente come cercare di uccidere uno pterodattilo con una paletta per le mosche, ma tanto vale provarci. »

« Sicuro, passamela. »

« Questo anello di ferro ha l'aria piuttosto corrosa. Se solo riuscissi a liberare una mano... »

« Magari riesco ad aiutarti io. » Dirk spostò le gambe verso Summer, arcuando il torace contro i blocchi di cemento per sostenersi. Alzando una gamba, fece scivolare il piede fino a toccare il metallo sporgente con la suola della scarpa. Esercitando la massima pressione possibile, spinse con tutte le forze contro la parte superiore dell'anello metallico.

Non accadde nulla.

Spostato il piede in modo da appoggiare il tacco contro l'anello, tornò a spingere. Questa volta il metallo si piegò in modo impercettibile verso Summer. Continuando ad attaccare lo spuntone, riuscì gradualmente a piegarlo di circa novanta gradi.

« D'accordo, ho bisogno del tuo aiuto per rimetterlo a posto », annunciò. « Al mio tre. »

Fatto scivolare il piede oltre l'anello, contò fino a tre e tirò verso di sé la scarpa, mentre Summer spingeva con la mano ammanettata fino a che non riuscirono a riportare il cerchio metallico alla posizione verticale originaria.

« Divertente », osservò Dirk mentre faceva riposare la gamba. « Proviamoci ancora. »

Per venti minuti fecero oscillare l'anello avanti e indietro, incontrando una resistenza sempre minore via via che il vecchio pezzo di ferro s'indeboliva; dopo un ultimo, violento colpo da parte di Dirk, si staccò finalmente dalla base di cemento, liberando il braccio sinistro di Summer. La ragazza fece ruotare la mano e la infilò subito nel taschino laterale della giacca di seta, estraendone la limetta da unghie con l'impugnatura in ceramica.

« Eccola qui. La uso direttamente sulla manetta o sull'anello da ormeggio? »

« Meglio l'anello. Anche se ha uno spessore maggiore, sarà di sicuro più morbido da incidere dell'acciaio inossidabile di cui sono fatte le manette. »

Utilizzando la minuscola lima come un seghetto, Summer prese a raschiare la base dell'anello da ormeggio. Lavorare con precisione nell'acqua buia del fiume, con la luce che andava abbandonando la grotta, sarebbe stato per molti un compito proibitivo, ma la lunga esperienza della ragazza nel campo delle immersioni le dava una marcia in più. Anni di esplorazioni e scavi a bordo di vecchi relitti con una visibilità pessima avevano acuito il suo senso del tatto al punto che riusciva quasi a carpire più informazioni a un reperto usando le mani che non gli occhi.

Animata da una lieve speranza, sentì la limetta penetrare rapidamente nello strato esterno del ferro arrugginito. L'ottimismo svanì non appena la lama incontrò l'anima dell'anello che, opponendo una maggiore resistenza, ridusse i progressi a un passo di lumaca. L'acqua le arrivava ormai al petto; di fronte al pericolo incombente, si sentì investire da una scarica di adrenalina. Lavorando sott'acqua più in fretta che poteva, incominciò a guadagnare terreno, millimetro dopo millimetro. Durante le brevi pause con la limetta, appoggiava entrambe le mani sull'anello di ferro spingendo e tirando nel tentativo d'indebolire il metallo. Dopo aver alternato più volte il lavoro di lima agli strattoni con l'occasionale aggiunta di una boccata d'acqua di fiume, riuscì finalmente a spezzare l'anello e si ritrovò libera.

« Fatto », esclamò esultante.

« Ti dispiacerebbe prestarmi la limetta? » chiese Dirk con calma, ma la sorella si era già avvicinata a nuoto e stava cominciando a incidere l'anello che gli bloccava la mano destra. Mentre lavorava, calcolò mentalmente che aveva impiegato più o meno trenta minuti per recidere il primo anello; avevano ormai l'acqua quasi alle spalle. Il livello stava salendo più rapidamente di quanto avesse previsto, e avrebbe coperto la testa di Dirk in meno di un'ora. Nonostante il dolore alle braccia e alle dita, aggredì il ferro con maggior ferocia.

In paziente attesa che Summer completasse il lavoro, Dirk prese a fischiettare un famoso motivetto dei tempi andati, *While Strolling Through the Park One Day.*

« Non vale », ansimò Summer, sorridendo tra sé nell'udire la melodia. « Non riuscirò più a togliermela dalla testa, ora. »

Il fratello smise di fischiare, ma le note continuarono a risuonarle nella mente. Con sorpresa, scoprì che poteva usarle come una sorta di mantra per scandire il ritmo del lavoro.

While strolling through the park one day...

Abbinando a ogni sillaba un colpo di lima contro il ferro, riusciva a darsi una cadenza che sembrava agevolarle il compito.

... in the merry merry month of May,
I was taken by surprise by a pair of roguish eyes.
In a moment my poor heart was stole away.

Il livello dell'acqua le era salito al mento, ormai, costringendola a emergere per inspirare profonde boccate d'aria prima di tornare sotto per continuare il lavoro di lima. Dirk cominciava a far fatica a tenere il viso fuori dell'acqua. Mentre alternava spinte e strattoni all'anello che Summer stava aggredendo instancabilmente con la limetta, sotto di loro echeggiò un soffocato tintinnio metallico: grazie al loro attacco combinato, l'anello aveva infine ceduto.

« Tre sistemati, ne manca uno », ansimò Summer, inspirando una boccata d'aria dopo essere rimasta in apnea per parecchi secondi.

« Prenditi un po' di respiro », la invitò Dirk, afferrando la limetta dalle dita della sorella con la mano ormai libera. Aver sganciato la destra dal blocco di cemento gli aveva concesso qualche centimetro in più per respirare, ma non abbastanza per attaccare l'ultimo anello senza immergersi. Tratto un profondo respiro, il giovane si tuffò sotto la superficie e prese a limare rapidamente l'anello che gli tratteneva il polso sinistro. Dopo trenta secondi, emerse, inspirò un po' d'aria fresca e si rituffò sott'acqua. Dopo essersi sgranchita le dita contratte, Summer si spostò nuotando a sinistra del fratello e attese che riemergesse. Come una coppia di lottatori di wrestling che tentino di atterrare Hulk Hogan, presero a passarsi la limetta e, immergendosi a turno, attaccarono freneticamente l'ultimo anello.

Col passare dei minuti, il livello dell'acqua nella caverna si alzava sempre più. Ogni volta che Dirk riemergeva per respirare, doveva protendersi con maggior sforzo per riuscire a sollevare bocca e naso oltre il pelo dell'acqua. La manetta che gli imprigionava il polso sinistro gli penetrava nelle carni ogni volta che, istintivamente, dava uno strattone nel tentativo di liberarsi dalla morsa del massiccio blocco di cemento.

«Conserva le forze per uscire di qui», ordinò alla sorella, mentre su entrambi calava la consapevolezza che non rimaneva più tempo. Senza rispondere, Summer gli strappò di mano la limetta e scomparve sotto di lui, mentre Dirk rimaneva a fluttuare con la testa piegata all'indietro, il viso appena al di sopra del pelo dell'acqua, traendo profondi respiri. Sentendo l'acqua scorrere in rivoli sul suo viso, prese un'ultima boccata d'aria e s'immerse. Afferrato il polso di Summer, le sfilò di mano la limetta e la strofinò contro il metallo in un ultimo, furioso tentativo di spezzarlo. Tastando l'anello col pollice, si rese conto che ne avevano intaccato più o meno un terzo. Troppo poco.

I secondi parvero trasformarsi in ore mentre Dirk faceva un estremo sforzo per liberarsi. Sentiva il cuore battergli in petto come un tamburo nel tentativo di pompare ossigeno nel sangue impoverito. Nell'oscurità, sentì che Summer non era più al suo fianco. Forse si era decisa a seguire il suo consiglio e a tentare la fuga. O magari non sopportava l'idea di assistere al suo ultimo respiro.

Smise di usare la limetta per un istante, tentando di proiettare tutto il suo peso sull'anello, ma la pressione si rivelò insufficiente a smuovere il pezzo di ferro. Passò di nuovo alla limetta, menando furiosi fendenti con la sottile lama di metallo. A ogni battito cardiaco, le orecchie presero a pulsargli. Da quanto tempo stava trattenendo il respiro? Un minuto, due? Non riusciva a ricordare.

Cominciò a sentirsi girare la testa, mentre delle macchie gli offuscavano la vista. Dopo aver esalato tutta l'aria che gli era rimasta nei polmoni, combatté contro la tentazione di aprire la bocca per inspirare. Col cuore che pulsava sempre più forte, ingaggiò una lotta mentale contro il panico che minacciava di sommergerlo. Una leggera corrente sembrò d'un tratto volerlo allontanare dall'anello d'ormeggio, ma la sua mano si strinse sulla limetta in una morsa mortale. Un velo bianco stava calando davanti ai suoi occhi e una voce interna gli suggeriva di abbandonarsi. Mentre lottava per non cedere, gli giunse all'orecchio un cupo tonfo seguito da una strana vibrazione che gli si propagò lungo il braccio e attraverso il corpo, prima che la mente scivolasse in un abisso buio e senza fondo.

35

Summer sapeva che ci sarebbero voluti almeno venti minuti ancora per spezzare l'anello metallico; doveva esserci un altro modo per liberare il fratello. Allontanatasi da Dirk, s'immerse sul fondo della caverna e prese a tastare il terreno in cerca di un attrezzo, un pezzo di ferro, qualsiasi cosa potesse servire allo scopo. Il fondo piatto e sabbioso, tuttavia, era completamente vuoto; c'erano soltanto i blocchi da ormeggio, in fila, l'uno accanto all'altro. Spingendosi con la mano per avanzare lungo i corpi morti, sfiorò un grosso pezzo di cemento staccatosi da uno dei blocchi quando era stato fatto cadere troppo vicino a quello successivo. Scivolando oltre il detrito, arrivò all'ultimo blocco, dove sentì qualcosa di piatto e viscido come cuoio bagnato scivolarle contro la mano. La parte bassa era più consistente, stretta e arrotondata, e la riconobbe per una suola di stivale. Nella suola era infilato un bastone; Summer fece per afferrarlo, poi lo lasciò andare di colpo, inorridita, rendendosi conto che non si trattava di un pezzo di legno, bensì del femore di uno scheletro che indossava ancora lo stivale. Ennesima vittima della brutalità di Kang, il cadavere era stato lasciato incatenato al peso morto.

Ritraendosi, la ragazza si girò per tornare verso Dirk e sbatté la testa contro il frammento di cemento staccatosi dal blocco. Di forma più o meno squadrata, pesava una quarantina di chili. Lo tastò con le mani per aggirarlo, poi si fermò esitante. Poteva rappresentare la risposta ai loro problemi, si disse, ed era il meglio che potesse fare in quelle circostanze.

Dopo essere risalita a prendere una rapida boccata d'aria, tornò giù e, a forza di muscoli, riuscì a sollevare il blocco di cemento appoggiandoselo contro il petto. All'asciutto avrebbe dovuto lottare con tutte le sue forze per alzare un peso del genere, ma sott'acqua il masso era più arrendevole. Con mosse rapide, passò accanto ai pesi morti per raggiungere il fratello, lottando per tenere in equilibrio il pezzo di cemento. Avvertendone la presenza più che vedendolo, si volse e gli si fece accanto, allontanandone il corpo dal peso morto che gli imprigionava il polso sinistro. Notò con apprensione che il suo corpo sembrava abbandonato, non tonico e muscoloso come di consueto.

Dopo essersi piazzata di fronte al masso, si mosse in avanti scagliandosi contro l'anello col pezzo di cemento stretto al petto. Come in una ripresa al rallentatore, Summer fluttuò nell'acqua leggermente increspata prima che gli effetti della forza di gravità diventassero visibili. Il suo tempismo era stato perfetto. Nella frazione di secondo precedente l'attimo in cui la sua proiezione in avanti veniva sostituita dalla spinta verso il basso esercitata dalla forza di gravità, il blocco di cemento era andato a colpire l'anello metallico. Un clangore soffocato dall'acqua le fece capire che era sull'obiettivo, spingendola a mollare il blocco. L'arrugginito anello di ferro, già indebolito dal frenetico lavoro di lima, cedette al peso del colpo e si staccò di netto dal peso morto.

Immediatamente, Summer afferrò il braccio del fratello cercandone il polso, che adesso fluttuava libero. Dopo averlo trascinato in superficie e aver inspirato una gran boccata d'aria, trasportò il corpo inerte fino a una piccola sporgenza rocciosa sulla quale lo issò estraendolo dall'acqua. Inginocchiatasi al suo fianco, prese a praticargli la respirazione bocca a bocca fino a che non lo sentì muoversi e girare la testa di lato. Con un grugnito, Dirk sputacchiò una sorsata d'acqua per rimpiazzarla con una meravigliosa boccata d'aria. Sollevandosi a fatica sui gomiti, si volse verso la sorella e ansimò: « Mi sento come se avessi ingurgitato mezzo fiume. Ricordami di limitarmi all'acqua minerale, la prossima volta ».

Non appena pronunciata la battuta, dovette piegarsi in due per liberarsi nuovamente lo stomaco, poi si mise seduto strofinandosi il polso sinistro. Lanciata un'occhiata alla sorella, fu lieto di constatare che sembrava illesa e di ottimo umore.

« Grazie per avermi ripescato. Come sei riuscita a far cedere l'anello? »

« Ho trovato un pezzo di cemento che si era staccato dal corpo morto, e l'ho colpito con quello. Grazie a Dio, non ti ho spappolato la mano nell'operazione. »

« Molto obbligato », bofonchiò lui, scotendo la testa.

Dopo aver ripreso fiato, si riposarono un'oretta per recuperare le forze. Nel frattempo Dirk si liberò dell'acqua che ancora aveva nei polmoni, inalata negli attimi precedenti l'intervento di Summer sull'anello di ferro che per poco non lo aveva annegato. La scarsa luce che avevano visto penetrare dall'ingresso della grotta era scomparsa col calare della notte, lasciandoli immersi in un'oscurità quasi totale.

« Hai idea di come possiamo uscire di qui? » chiese Dirk non appena si sentì pronto a muoversi.

« L'imboccatura della grotta è a meno di cinquanta metri di distanza », replicò la sorella. « Poco più in là, in direzione est, c'è il bacino galleggiante di Kang. »

« Come siamo arrivati qui dentro, tanto per cominciare? »

« A bordo di un piccolo skiff. Dimenticavo che stavi dormendo, durante la fase più spettacolare del viaggio. »

« Spiacente di essermela persa », replicò Dirk, tastandosi un minuscolo bernoccolo in cima alla testa. « Dovremo prendere in prestito una barca da Kang, se vogliamo lasciare questo spuntone di roccia. Al nostro arrivo, dietro il suo palazzo galleggiante era ormeggiato un piccolo motoscafo da corsa. Magari si trova ancora là. »

« Se riuscissimo a mollare gli ormeggi e a spingerlo di nascosto fino alla baia prima di avviare il motore, potrebbe farci guadagnare un po' di tempo », affermò Summer rabbrividendo. Il suo corpo cominciava a sentire gli effetti della lunga permanenza nel fiume gelido.

« Di nuovo in acqua, temo. Visto che conosci la strada, guida tu. »

Dopo aver strappato la cucitura sul fianco dell'abito di seta fino all'anca per avere maggiore libertà di movimento, si lasciò cadere nuovamente nell'acqua fredda e scura. Seguita da Dirk, nuotò a tentoni verso l'uscita della stretta, sinuosa caverna avanzando verso una pallida chiazza di luce perlacea che si distingueva appena contro l'oscurità circostante. Il mormorio di alcune voci, in lontananza, li spinse a fare una pausa a ridosso dell'uscita. Oltrepassata una brusca ansa, la bocca ovale della caverna si spalancò davanti ai loro occhi rivelando lo scintillio del cielo notturno e il riflesso dei fari del molo di Kang che danzava sull'acqua. Lasciata alle spalle l'imboccatura della grotta, Dirk e Summer nuotarono silenziosamente fino a un gruppetto di rocce affioranti, pochi metri più in là. I massi ricoperti di alghe fornivano loro un punto d'osservazione riparato dal quale tenere d'occhio il molo e il terreno circostante.

Per parecchi minuti rimasero aggrappati alle rocce senza parlare, studiando le imbarcazioni e la linea di costa per individuare il minimo cenno di movimento. C'erano tre barche ormeggiate al bacino galleggiante che correva parallelo alla riva. Proprio come ricordava Dirk, fra il lussuoso yacht italiano di Kang e il catamarano a bordo del quale erano arrivati era incuneato un piccolo pattugliatore da corsa verde. Non si scorgeva segno di vita su nessuna delle tre barche, legate in fila prua contro poppa. Dirk sapeva che sul mezzo più grande doveva esserci una piccola squadra di marinai residenti a bordo.

Finalmente, nella distanza si profilò la sagoma di una solitaria sentinella che camminava piano lungo la riva. Quando passò accanto a un lampione, Dirk riuscì a distinguere con chiarezza il luccichio di un fucile d'assalto contro la spalla dell'uomo. Gironzolando a caso, l'uomo si avviò lungo il molo fino alle tre barche, fermandosi per alcuni minuti accanto allo yacht. Poi, con aria annoiata, ripercorse il molo in senso inverso e avanzò sulla spiaggia lungo un camminamento di pietra che conduceva all'ascensore, finendo per sistemarsi in una minuscola postazione di guardia ai piedi del promontorio.

« Quello è il nostro uomo », bisbigliò. « Finché rimane in quella baracca, le barche più grandi gli copriranno la visuale sul motoscafo. »

« È il momento di impadronirsene, prima del prossimo giro di ronda. »

Dirk annuì, e i due si allontanarono con una spinta dalle rocce per dirigersi silenziosi verso il molo. Con un occhio incollato alla postazione di guardia, Dirk calcolò mentalmente quanto tempo ci sarebbe voluto per avviare il motore del motoscafo al buio, se non avessero avuto la fortuna di trovare le chiavi a bordo.

Per non sollevare sospetti, si mantennero ben distanti dal molo sino a che non furono in linea col motoscafo, dopo di che presero a nuotare piano verso l'imbarcazione. Le manette ancora agganciate ai polsi rendevano goffi i loro movimenti, costringendoli a tenere le mani sotto il pelo dell'acqua per non fare rumore.

Nell'avvicinarsi furtivamente al molo, persero di vista la postazione di guardia fino a che non ebbero raggiunto la poppa della barca, riguadagnando la visuale di un tratto di spiaggia. Scorsero la sentinella seduta su uno sgabello all'interno della baracca, immersa nella lettura di una rivista.

A gesti, Dirk segnalò alla sorella di liberare la cima di poppa mentre lui sarebbe scivolato a prua per occuparsi del cavo prodiero. Avanzando lungo lo scafo della barca, avvertì la minacciosa presenza dello yacht di Kang che torreggiava su di lui. Mentre si protendeva oltre la prua per aggrapparsi alla cima d'ormeggio nel tentativo di avvicinarsi al molo, un secco rumore metallico sopra la sua testa lo fece immobilizzare di colpo nell'acqua. Per qualche istante l'oscurità fu infranta da una scintilla di luce giallognola, al cui riflesso Dirk intravide il viso rubicondo di una guardia intenta ad accendersi una sigaretta a poppa dello yacht di Kang, a meno di tre metri di distanza.

Senza muovere un muscolo, attaccato con una sola mano alla cima prodiera del motoscafo e attento a non ostacolare il leggero sciabordio delle onde, rimase a osservare pazientemente la punta incandescente della sigaretta infiammarsi come un piccolo razzo di segnalazione ogni volta che la guardia tirava una boccata. Dirk si ritrovò a trattenere il fiato non per se stesso ma per Summer, nel timore che fosse scoperta la sua presenza a poppa. La guardia si gustò il tabacco sino in fondo, attardandosi per parecchi minuti prima di far volare il mozzicone oltre il corrimano. Il tizzone ardente piombò in acqua a meno di un metro dalla testa di Dirk, spegnendosi con un sibilo.

Dopo aver atteso fino a che non ebbe udito i passi attutiti della sentinella allontanarsi dalla battagliola, Dirk s'immerse spostandosi verso l'estremità posteriore della barca. Emergendo appena dietro l'elica, trovò Summer che lo aspettava con un'espressione interrogativa dipinta sul volto. Bloccatala con un cenno di diniego della testa, si issò silenzioso sullo specchio di poppa del motoscafo e sbirciò verso il posto di guida, dove distinse a malapena nell'oscurità il quadro d'accensione desolatamente privo di chiave. Dopo essersi lasciato di nuovo scivolare in acqua, lanciò un'occhiata a Summer e s'impossessò del cavo d'ormeggio che la ragazza stringeva ancora fra le dita. Sorpresa, la sorella lo osservò immergersi per un istante e riaffiorare a mani vuote. Si era aspettata di vederlo puntare verso il molo per riagganciare la cima e non certo verso il mare aperto; sconcertata, seguì la direzione indicata dal suo dito e prese ad allontanarsi silenziosamente dall'imbarcazione. Una volta al riparo da orecchie indiscrete, si fermarono a riposare.

« Che sta succedendo? » chiese Summer con una nota d'irritazione nella voce.

Dirk le accennò alla guardia appostata a poppa dello yacht di Kang. « Non avevamo grandi possibilità di successo, senza la chiave di avviamento. Vicine come sono le barche, mi avrebbe sicuramente visto o udito armeggiare con i cavi dell'accensione. Con ogni probabilità ci sono un paio di sentinelle anche a bordo del catamarano. Secondo me non resta che ripiegare sullo skiff. »

La barchetta utilizzata dagli scagnozzi di Kang per trasportare Dirk e Summer nella caverna era stata tirata in secca sulla spiaggia, accanto al molo.

« È terribilmente vicina al posto di guardia », osservò Summer.

Lanciata un'occhiata verso riva, Dirk scorse la sentinella seduta nella baracca, a una ventina di metri dalla barca. « Dovremo ricorrere a un furto con destrezza », ribatté con aria sicura di sé.

Si riavviarono verso terra compiendo un largo giro intorno alle barche ormeggiate per accostarsi alla spiaggia rocciosa dal lato est. Non appena toccato il fondo con i piedi, Dirk ordinò alla sorella di attenderlo in acqua e prese ad arrancare lentamente verso la riva.

Centimetro dopo centimetro, strisciò sul torace come un serpente verso la barchetta, incuneata fra due massi a cinque o sei metri dall'acqua. Sfruttando lo scafo come uno scudo fra sé e la guardiola, si trascinò lungo il fianco di legno sino a che non riuscì a sbirciare oltre il bordo. Il suo sguardo fu attratto da un pezzo di cima arrotolato sul banco di prua, un'estremità fissata a una minuscola galloccia. Dopo essersi sporto oltre il bordo, mollò la cima stringendosi al petto la matassa, quindi strisciò a ritroso sulla sabbia cosparsa di ciottoli fino alla poppa della barca, girata in direzione della battigia. Facendo scorrere la mano lungo lo specchio poppiero, sentì sotto le dita un foro passante predisposto per il montaggio di un motore fuoribordo; subito vi fece passare attraverso un'estremità della cima, che assicurò quindi con solidi nodi.

Tornato strisciando sul ventre fino alla riva, srotolò la cima per tutti i suoi quindici metri di lunghezza mentre Summer, raggiuntolo, si accovacciava accanto a lui in quattro piedi d'acqua, dalla quale sporgevano soltanto le loro due teste.

« Ce la tireremo dietro come un tonno », bisbigliò Dirk. « Se qualcuno dovesse accorgersene, possiamo sempre ripararci dietro quelle rocce accanto alla caverna », proseguì, indicando con un cenno del capo i massi affioranti nelle vicinanze. Dopo aver fatto appoggiare le mani della sorella sulla cima, si allungò nell'acqua cominciando gradualmente ad aumentare la pressione, mentre Summer rafforzava la presa per poi proiettare tutto il proprio peso sulla cima sempre più tesa.

Senza opporre resistenza, la barchetta avanzò verso di loro con un acuto stridio mentre lo scafo strisciava contro la ghiaia della riva. Allentata la cima, si girarono a osservare il posto di guardia. All'interno, insensibile al rumore provocato dallo scafo, la sentinella aveva ancora il naso infilato nel giornale. Riafferrata la cima, i due fratelli ripresero in silenzio a tirare verso di sé l'imbarcazione, centimetro per centimetro, concedendosi qualche sosta di tanto in tanto per verificare di non aver attirato l'attenzione di nessuno. Dopo aver trattenuto il fiato osservando lo scafo che si avvicinava al bordo dell'acqua, Summer emise un profondo sospiro non appena la barca, staccatasi finalmente dal suolo, smise di provocare l'allarmante scricchiolio.

« Trasciniamola ancora un po' », mormorò Dirk facendosi passare la cima sopra la spalla e nuotando verso il centro della baia. Giunto a un centinaio di metri dalla riva, lanciò il cavo all'interno della barca e, sollevatosi oltre la falchetta, afferrò la mano di Summer per tirarla a bordo.

« Non sarà un motoscafo da competizione, ma dovrebbe servire allo scopo », commentò osservando l'interno della minuscola imbarcazione. Adocchiato un paio di remi sotto il banco, li infilò negli scalmi laterali e lasciò scivolare le pale in acqua; poi, girato verso poppa con le spalle alla residenza illuminata di Kang che spiccava sullo sfondo, si piegò con forza sui remi spingendo agilmente la barchetta verso il centro della baia.

« Il canale di sbocco principale dovrebbe distare un miglio circa », valutò Summer. « Magari lungo il fiume troviamo una nave amica della marina sudcoreana o della guardia costiera. »

« Preferirei una nave da carico di passaggio. »

« Sicuro. Basta che non abbia la saetta della Kang Enterprises disegnata sul fumaiolo. »

Lanciando un'occhiata verso riva, Dirk scorse d'un tratto un movimento in lontananza che lo spinse ad aguzzare lo sguardo in quella direzione. Non appena messa a fuoco l'immagine, la sua espressione s'incupì leggermente.

« Temo che non sarà una nave da carico a offrirci il primo passaggio », commentò rafforzando la presa sui remi.

Stanco di sfogliare il giornale, l'agente di guardia presso il molo decise di fare un nuovo giro di controllo fino alle barche ormeggiate. Il collega di servizio sullo yacht di Kang proveniva da una provincia vicina, e lui si divertiva un mondo a tormentarlo sulla penuria di belle ragazze nella sua terra d'origine. In un primo tempo, dirigendosi verso il molo, non notò nulla d'insolito lungo la riva, ma mentre imboccava la rampa d'accesso inciampò e, nell'aggrapparsi al corrimano per sorreggersi, lo sguardo gli cadde sul terreno circostante dove spiccava la scia irregolare lasciata da uno scafo trascinato sulla spiaggia ciottolosa. Solo che la barca non c'era più.

Sconcertato, l'uomo si affrettò a riferire la scoperta via radio alla postazione centrale, e nel giro di un istante due agenti armati di tutto punto sbucarono correndo dalle tenebre. Dopo un breve ma accalorato scambio di battute, furono accese alcune torce i cui fasci di luce giallognola presero a danzare a casaccio sul pelo dell'acqua, contro le rocce e verso il cielo alla frenetica ricerca dell'imbarcazione mancante. Fu il tizio di sentinella a poppa dello yacht di Kang a localizzare i due fuggitivi. Puntato un potente proiettore verso il centro della baia, illuminò la barchetta bianca che sobbalzava sulle onde.

« Gran brutto momento per trovarsi al centro della ribalta », imprecò Summer mentre venivano inondati dalla luce del proiettore. D'un tratto, attraverso l'acqua udirono il tamburellare di un fucile d'assalto, accompagnato dal sibilo dei proiettili che sfrecciarono sopra le loro teste senza fare danni.

« Tieniti bassa », ordinò Dirk piegandosi con più vigore sui remi. « Siamo troppo lontani perché possano mirare con precisione, ma una raffica azzeccata può sempre capitare. »

Nella minuscola imbarcazione al centro dell'insenatura, Dirk e Summer rappresentavano un bersaglio perfetto per un tiratore che, a bordo della veloce barca di Kang, avrebbe potuto piombargli addosso nel giro di pochi istanti. Mentre gli inseguitori si preparavano a dare loro la caccia, Dirk pregò mentalmente che nessuno si accorgesse della cima a poppa dell'imbarcazione.

A riva, una delle guardie era già balzata sul motoscafo verde avviandone il motore. Svegliato dai colpi d'arma da fuoco, Tongju lasciò di corsa la sua cabina a bordo del catamarano e cominciò a interrogare abbaiando uno degli agenti. « Prendete il motoscafo. Uccideteli, se necessario », sibilò.

Gli altri due uomini salirono sul motoscafo e, nel balzare a bordo, uno di loro mollò la cima d'ormeggio di prua. Nella fretta del momento, nessuno notò la cima di poppa penzolare all'esterno della murata. Il pilota si limitò a controllare che la bitta sul molo fosse libera da cavi. Non appena la barca si fu scostata dalla banchina, inserì la marcia e diede tutto gas.

Misteriosamente, dopo un violento balzo in avanti, il motoscafo verde si bloccò di botto. Il motore continuava a ruggire al massimo dei giri, ma la barca se ne stava immobile, oscillando pigra sull'acqua. Confuso, il pilota tornò a spingere la leva del gas senza riuscire a spiegarsi che cosa impedisse alla barca di avanzare.

« Idiota! » sbraitò Tongju dal ponte del catamarano con insolita veemenza. « Hai la cima di poppa impigliata nell'elica. Manda qualcuno a liberarla. »

Il lavoretto di Dirk aveva funzionato. Dopo essersi immerso sotto la carena, aveva avvolto ben stretta la cima intorno all'elica e alla porzione d'albero esposta per impedirle di ruotare liberamente. La mano pesante del pilota sull'acceleratore non aveva fatto che tendere ancor più la cima sulla trasmissione in un groviglio inestricabile. Un sub avrebbe impiegato almeno una ventina di minuti per recidere e rimuovere la matassa di cima avvolta sulla linea d'asse.

Rendendosi conto della difficile situazione in cui si trovava il motoscafo, Tongju si precipitò nella cabina di pilotaggio del catamarano. « Avvia i motori. Pronto a partire immediatamente », abbaiò.

Avvolto in un pigiama di seta rossa, l'assonnato timoniere si affrettò ad assentire prima di dirigersi in fretta verso il posto di manovra.

A tre quarti di miglio di distanza, Dirk spinse di nuovo sui remi con un grugnito, il cuore che gli martellava in petto. I muscoli delle spalle e delle braccia cominciavano a dolergli per lo sforzo prolungato al quale li stava sottoponendo nel tentativo di far avanzare la barca sempre più velocemente. Le cosce erano indolenzite a furia di sfregare contro i remi. Il suo corpo esausto gli gridava di rallentare il ritmo, mentre la volontà lo spingeva a continuare a vogare con tutta la forza che aveva. Grazie al sabotaggio del motoscafo avevano guadagnato qualche minuto prezioso, ma gli uomini di Kang avevano altre due imbarcazioni a disposizione.

In lontananza udirono il rombo soffocato dei motori del catamarano che venivano avviati e fatti salire di giri. Mentre Dirk continuava a vogare a ritmo cadenzato, Summer lo guidò verso il canale al quale avevano puntato, all'altra estremità della baia. Nel momento in cui imboccarono il passaggio serpeggiante, sia la residenza di Kang sia le altre imbarcazioni scomparvero dalla loro vista.

« Abbiamo forse cinque minuti di vantaggio », ansimò Dirk fra un colpo di remo e l'altro. « Pronta per un'altra nuotata? »

« Non riuscirò a scivolare fra le onde come Esther Williams, con queste », borbottò lei sollevando le manette che le penzolavano dai polsi, « ma posso fare benissimo a meno di un'altra dose dell'ospitalità di Kang. » Conoscendolo, evitò d'interrogare a sua volta il fratello: nonostante lo stato di sfinimento in cui si trovava, sapeva che Dirk si muoveva come un pesce, nell'acqua. Cresciuti alle Hawaii, erano abituati alle lunghe nuotate nel caldo mare locale; il fratello eccelleva nella maratona di nuoto, e percorreva sistematicamente tratti di cinque miglia nell'oceano per puro divertimento.

« Se riusciamo a raggiungere il canale principale, abbiamo qualche probabilità di cavarcela », commentò il giovane.

Mentre superavano la prima curva, anche il riflesso delle luci provenienti dalla residenza di Kang fu schermato dalle colline circostanti lasciando il passaggio immerso nell'oscurità. Il silenzio della sera era rotto soltanto dal lontano rombo dei quattro motori diesel del catamarano, adesso a pieni giri. Con la regolarità di una macchina, Dirk continuò a spingere i remi sollevando e immergendo le pale nell'acqua con lunghi, fluidi movimenti pieni di vigore. Nella sua veste di timoniere, Summer gli suggeriva intanto leggere correzioni di rotta per superare il canale lungo il percorso più breve possibile, offrendogli di tanto in tanto qualche parola d'incoraggiamento.

« Ci stiamo avvicinando alla seconda ansa », annunciò. « Se ti tieni sulla destra, fra una trentina di metri dovremmo arrivare al termine del passaggio.»

Dirk continuò a vogare con regolarità, tenendo sollevato il remo sinistro ogni tre colpi per orientare la prua lungo la curva. Alle loro spalle, il ronzio pulsante dei motori del catamarano si faceva più forte via via che la veloce imbarcazione sfrecciava attraverso la baia. Malgrado gli arti indolenziti, l'avvicinarsi degli avversari sembrò decuplicare la forza con cui Dirk faceva volare la barchetta sulla superficie piatta del fiume.

La profonda oscurità circostante si attenuò non appena, superata l'ultima ansa del canale, presero ad avanzare lungo le ampie sponde dell'Han. Chiazze di luce tremolavano all'orizzonte, dai piccoli villaggi sparsi lungo il fiume e i fianchi delle colline. Quei deboli luccichii rappresentavano l'unico indizio disponibile per calcolare l'ampiezza del corso d'acqua, la cui riva opposta distava quasi cinque miglia. A quell'ora tarda, il traffico fluviale era in pratica inesistente. Parecchie miglia più avanti sostavano alcune piccole navi da carico, ormeggiate per la notte in attesa di raggiungere Seoul alle prime luci dell'alba. Una nave draga illuminata a giorno stava lentamente risalendo la corrente quasi di fronte a Dirk e Summer, ma si trovava ancora a quattro o cinque miglia di distanza. Più a monte, una minuscola imbarcazione con uno spiegamento di luci multicolori sembrava dirigersi a passo lento verso il centro del fiume.

«Nessun taxi fluviale di passaggio, temo», osservò Summer scrutando il buio circostante.

Mentre cercava di portarsi verso il centro del fiume, Dirk si sentiva trascinare a valle. Alla corrente si aggiungeva una marea in uscita, che agitava l'Han nel punto in cui si fondeva con le cupe acque del mar Giallo. Sollevò per un istante i remi per valutare la situazione. Anche se la nave draga aveva un aspetto allettante, per raggiungerla avrebbero dovuto lottare contro la corrente: un'impresa praticamente impossibile. Sbirciando a valle, scorse sulla riva opposta il debole luccichio di una manciata di luci giallognole attraverso l'aria umida.

«Proviamo con quel villaggio laggiù», esclamò puntando un remo in direzione delle luci, un paio di miglia più a valle. «Attraversando il fiume, la corrente dovrebbe trascinarci abbastanza vicini. »

« Qualunque cosa, pur di nuotare il meno possibile. »

Entrambi ignoravano il fatto che la linea di demarcazione fra le due Coree corresse proprio lungo quel tratto di delta dell'Han. Le luci ammiccanti non erano quelle di un villaggio, bensì di una ben presidiata base militare nordcoreana destinata al pattugliamento delle coste.

Ulteriori piani d'emergenza furono bloccati sul nascere dal ruggito del veloce catamarano che sbucò all'improvviso dal canale. Da un punto accanto alla timoniera lampeggiarono un paio di potenti fari che presero a spazzare la superficie circostante. Di lì a qualche secondo, uno dei fasci di luce avrebbe inevitabilmente investito la barchetta bianca in procinto di attraversare il fiume.

« È ora di uscire di scena », annunciò Dirk, facendo ruotare la barca in modo che la prua fosse puntata controcorrente. Summer si lasciò scivolare in fretta oltre il bordo seguita dal fratello, che si attardò giusto il tempo per lanciare in acqua un paio di giubbotti di salvataggio. « Procediamo leggermente di traverso, così da porre la massima distanza possibile fra noi e la traiettoria della barca », propose Dirk.

« D'accordo. Contiamo fino a trenta, poi emergiamo a prendere aria. »

D'un tratto, il silenzio della notte venne infranto dal crepitare di una mitragliatrice, mentre una pioggia di proiettili colpiva l'acqua a pochi metri dal punto in cui si trovavano. Uno dei fari aveva localizzato la barchetta, e un agente aveva aperto il fuoco mentre il catamarano si scagliava sulla preda.

All'unisono, Dirk e Summer s'immersero portandosi a una profondità di quattro piedi prima di immettersi nella corrente. Mentre procedevano faticosamente verso il centro del fiume, la forza dell'acqua era tale che avevano l'impressione di essere inchiodati sul posto. Risalire il corso d'acqua era impensabile, in quelle condizioni, ma contrastare la corrente consentiva loro di scendere a valle molto più lentamente rispetto alla barchetta abbandonata all'impeto del fiume.

Dall'eco dei motori diesel che pulsavano cupi nell'acqua, si resero conto che il catamarano si stava avvicinando alla barca bianca. Contando ogni bracciata, Dirk si augurò di non perdere il contatto con la sorella nell'oscurità. Costretti com'erano a nuotare di notte nell'acqua nera come l'inchiostro, l'unico riferimento che avevano a disposizione per orientarsi era la spinta della corrente. Arrivato a trenta, risalì lentamente verso la superficie ed emerse senza sollevare neppure uno spruzzo.

Tre metri più in là, la testa di Summer spuntò dall'acqua e Dirk la udì trarre un profondo respiro. Dopo essersi scambiati una rapida occhiata e aver lanciato uno sguardo alla barchetta, i due fratelli presero una boccata d'aria fresca e tornarono a immergersi nella corrente per una nuova serie di trenta bracciate.

La sbirciatina alla barca aveva avuto un effetto rassicurante. Dopo aver sparato all'impazzata contro la minuscola imbarcazione tenendosi a monte del fiume, il catamarano di Kang si stava adesso avvicinando per constatare i danni inferti. Nella convinzione che Dirk e Summer si trovassero ancora a bordo, nessuno si era dato la pena di lanciare un'occhiata verso l'altro lato del fiume. Nel breve lasso di tempo trascorso da quando si erano gettati in acqua, i due fratelli erano già riusciti a stabilire una distanza di un centinaio di metri circa dalla barchetta.

Durante la manovra di avvicinamento del catamarano, Tongju ordinò di cessare il fuoco. Dei due fuggiaschi che l'uomo si era aspettato di trovare stecchiti sul fondo dell'imbarcazione crivellata dai colpi nessuna traccia. Guardando in basso dal ponte superiore del catamarano, Tongju imprecò fra sé mentre si affiancavano alla barca illuminandone l'interno con una torcia: completamente vuoto.

« Perlustrate il tratto di fiume qui intorno e la riva », ordinò secco. Il catamarano aggirò la barchetta bianca con i fari che fendevano la superficie e gli occhi di tutti puntati nell'oscurità.

D'un tratto, uno degli uomini a prua lanciò un grido. « Là, nell'acqua... due oggetti! » urlò puntando un braccio.

A quelle parole, Tongju annuì con forza. Questa volta sono spacciati, si disse con feroce soddisfazione.

36

Dopo il quarto intervallo in immersione, i due fratelli si ritrovarono in superficie per concedersi un istante di riposo. Nella lotta contro la corrente, erano riusciti ad allontanarsi dalla barca di quasi quattrocento metri.

« Potremmo nuotare per un po' in superficie », propose Dirk fra un profondo respiro e l'altro, « così vediamo cosa stanno combinando i nostri amici. »

Seguendo il consiglio del fratello, Summer si girò sulla schiena e i due presero a nuotare a dorso in modo da tenere d'occhio il catamarano. L'imbarcazione di Kang si aggirava con i motori al minimo nei pressi della barchetta bianca, i fari che illuminavano l'area immediatamente circostante. All'improvviso si levarono delle grida e il catamarano accelerò spostandosi un po' più a valle. Si udirono altri spari, che cessarono non appena la barca si fu arrestata di nuovo.

Dopo aver lanciato il catamarano verso i due oggetti visti galleggiare in superficie, Tongju rimase a fissare con aria truce i suoi uomini che bersagliavano di colpi i giubbotti di salvataggio vuoti lanciati in acqua da Dirk. Si trattennero per qualche minuto nei dintorni in attesa che i due fuggitivi affiorassero, nel caso si fossero nascosti immergendosi lì intorno, quindi ripresero la caccia. Lottando per avanzare verso il centro del fiume, Dirk e Summer osservarono il catamarano compiere un ampio cerchio intorno alla barchetta e ai giubbotti di salvataggio. A ogni passaggio, il pilota allargava il raggio delle ricerche in una spirale sempre più ampia.

« Ancora qualche minuto, e ci saranno addosso », borbottò Summer.

Dirk scrutò l'orizzonte. Pur essendosi spinti per circa un miglio nel fiume, avevano coperto a malapena un quarto della distanza che li separava dall'altra riva dell'ampio corso d'acqua. Potevano invertire la direzione e tentare di raggiungere la riva più vicina, ma ciò li avrebbe portati sulla traiettoria del catamarano in avvicinamento. Oppure potevano procedere col piano originario attraversando il fiume sino a raggiungere le luci sulla sponda opposta. La stanchezza, però, stava cominciando ad avere la meglio su di loro, resa più logorante dalla lunga permanenza nell'acqua gelida. Altre tre miglia a nuoto avrebbero rappresentato un'impresa quasi impossibile, senza considerare le ripetute immersioni necessarie per sfuggire alla barca di Kang. Sopravvivere a quel gioco del gatto e del topo con Tongju e i suoi sarebbe stato a dir poco problematico.

Ma esisteva una terza possibilità. Il piccolo battello dalle luci colorate che avevano notato poco prima a monte del fiume si stava avvicinando lungo una rotta distante mezzo miglio circa da loro. Dirk aveva qualche difficoltà a identificarlo nell'oscurità, ma si sarebbe detta una barca a vela in legno. Pur avendo issata a prua una minuscola vela rossa, della quale il fanale bianco in testa d'albero rivelava la forma quadrata, la barca sembrava avanzare senza superare la velocità della corrente.

Dopo aver valutato la rotta seguita dall'imbarcazione, Dirk nuotò per un altro centinaio di metri verso il centro del fiume prima di fermarsi, superato da Summer che non si era accorta della sua sosta.

« Che succede? Dobbiamo continuare a muoverci », bisbigliò la ragazza tornando indietro verso il fratello.

Dirk le indicò con un cenno del capo lo snello catamarano, in quel momento impegnato a compiere un ampio arco a favore di corrente, calcolandone la traiettoria se avesse mantenuto quell'andatura rotatoria.

« Al prossimo passaggio ci avvisteranno », commentò a bassa voce.

Summer si rese conto che aveva ragione. Durante il giro successivo, i potenti fasci di luce dei fari avrebbero spazzato il punto in cui si trovavano. Sarebbero stati costretti a restare immersi per parecchi minuti, se volevano essere certi di non essere scoperti.

Dirk lanciò una rapida occhiata a monte del fiume. « Credo sia ora di ricorrere al piano B, sorellina », annunciò.

« Il piano B? »

« Proprio così. Tira fuori il pollice e preparati a fare l'autostop. »

La grande barca a vela di legno scendeva pigramente lungo il fiume, sospinta dalla randa e da un piccolo motore ausiliario a soli tre nodi in più rispetto alla corrente. Quando fu più vicina, Dirk vide che si trattava di una giunca cinese, un tre alberi da venticinque metri circa. A differenza delle imbarcazioni fatiscenti che circolavano in quella parte di mondo, la giunca sembrava tenuta in perfetto stato. Una fila di lanterne cinesi multicolori penzolava con allegria da prua a poppa, donando un'aria festosa alla barca che, tutta costruita in prezioso tek, esibiva superfici perfettamente tirate a lucido, scintillanti al riflesso dei lampioncini sospesi. Da qualche parte sottocoperta, un paio di altoparlanti diffondevano della musica che Dirk riconobbe come un pezzo di Gershwin. Malgrado l'atmosfera allegra, tuttavia, sul ponte non si vedeva anima viva.

« Ehi! Siamo qui, in acqua. Potete darci una mano? »

La giunca continuò ad avvicinarsi senza che giungesse nessuna risposta all'appello in sordina. Dirk ripeté la richiesta d'aiuto badando a non attirare l'attenzione degli uomini a bordo del catamarano, che aveva nel frattempo completato il giro d'ispezione verso valle e stava risalendo la corrente. Mentre si accostava a nuoto alla giunca, a Dirk parve di scorgere un movimento a poppa ma, anche questa volta, nessuno rispose alla sua chiamata. Fece un terzo tentativo, senza notare che il sommesso ronzio del motore era salito di un tono.

Lo scafo di tek dorato prese a scorrere davanti agli occhi di Dirk e Summer, un dragone intagliato sulla prua che li fissava con espressione maliziosa dall'acqua a meno di tre metri di distanza, sul lato di dritta. Simile a un fantasma nella notte, la giunca scivolava via stranamente indifferente ai richiami che si levavano dal basso. Vistosi oltrepassare dalla poppa e dal diritto del timone, Dirk abbandonò ogni speranza di essere soccorso e si chiese con rabbia se il pilota fosse addormentato, ubriaco o entrambe le cose.

Mentre sbirciava verso il catamarano in lento avvicinamento, sobbalzò udendo un improvviso tonfo nell'acqua accanto alla sua testa. Era un galleggiante di plastica arancione, assicurato a una cima che penzolava dallo specchio di poppa della giunca.

« Prendi questa e reggiti forte », ordinò alla sorella, assicurandosi che Summer avesse una salda presa sulla cima prima di afferrarla a sua volta. Non appena essa si tese, la velocità della barca li spinse per qualche istante sotto la superficie. Il viso schiaffeggiato dalle onde, vennero trascinati lungo il fiume come due sciatori sullo skilift che, dopo una caduta, avessero dimenticato di mollare la presa sul cavo di traino. Lasciando oscillare le gambe dietro di sé, Dirk cominciò lentamente a issarsi lungo la cima, una mano dietro l'altra. Per raggiungere la poppa alta e smussata della giunca dovette avanzare quasi in verticale lungo la cima fino al giardinetto, dove un paio di mani emerso dall'oscurità lo afferrò sollevandolo oltre la battagliola, sul ponte di coperta.

« Grazie », bofonchiò Dirk, senza prestare attenzione all'alta figura che si celava nell'ombra. « Mia sorella è ancora attaccata alla cima », ansimò mentre, raddrizzatosi, afferrava il cavo e cominciava ad alare. L'uomo alle sue spalle si avvicinò e si affrettò a imitarlo, aggiungendo la propria forza a quella di Dirk. Insieme, issarono Summer a bordo come una platessa appesa all'amo fino a che la ragazza non si lasciò cadere sul ponte in un mucchietto gocciolante. D'un tratto, all'altra estremità del ponte, si levò un acuto ululato; un attimo più tardi, un minuscolo bassotto nero e rossiccio corse verso Summer e prese a leccarle la faccia.

« Nottataccia buia, per una nuotata, non credete? » commentò in inglese lo sconosciuto.

« Lei è americano », constatò Dirk, sorpreso.

« Da sempre, essendo nato nella terra di Lincoln », fu la risposta.

Per la prima volta, Dirk scrutò attentamente l'uomo che aveva accanto. Alto più o meno quanto lui, sul metro e novanta, lo superava di una decina di chili. A giudicare dall'incolta criniera di capelli bianchi e dal candido pizzetto, sembrava avere almeno una quarantina d'anni di più. Gli occhi verdeazzurri, che sembravano scintillare maliziosi alla luce delle lanterne appese, fecero scattare qualcosa nella mente di Dirk, che finalmente comprese: era come fissare una versione più anziana di suo padre.

« Ci troviamo in grave pericolo », s'intromise Summer balzando in piedi col cagnolino fra le braccia; un'energica grattatina sulle orecchie scatenò un immediato scodinzolio di gioia. « Quegli assassini hanno affondato la nostra nave da ricerca », proseguì la ragazza, indicando con un cenno del capo il catamarano che accostava lentamente nella loro direzione, « e sono intenzionati a ucciderci. »

« Ho udito le raffiche di mitragliatrice », commentò l'uomo.

« Vogliono sferrare un altro attacco micidiale. Dobbiamo avvertire le autorità. »

« Ci sono migliaia di vite in pericolo », rincarò con aria cupa Dirk.

L'uomo dai capelli bianchi esaminò la strana coppia dalla testa ai piedi. Summer, inzuppata ma elegante persino nell'abitino da cocktail in seta strappato, sembrava del tutto inadatta come compagna di Dirk, lacero e malconcio nella sbrindellata tuta blu. Nessuno dei due fece il minimo tentativo di nascondere le manette che penzolavano dai loro polsi.

Le labbra dello sconosciuto si distesero in un lieve sorriso. « Vi voglio credere. Meglio che vi nascondiate sottocoperta, fino a che non ci saremo allontanati da quel catamarano. Potete sistemarvi nella cabina di Mauser. »

« Mauser? Quante persone ci sono, a bordo? » volle sapere Dirk.

« Soltanto io e il tipo che sta baciando sua sorella. » Voltatosi di scatto, il giovane vide il bassotto beatamente intento a leccar via l'acqua dalla faccia di Summer.

Il proprietario della giunca li guidò in fretta oltre un boccaporto, lungo i gradini che conducevano a una lussuosa cabina arredata con raffinatezza.

« In bagno ci sono degli asciugamani, e nell'armadio degli indumenti asciutti. Tenete, questo vi scalderà. » Afferrata una bottiglia da un tavolino laterale, versò due bicchieri di liquido incolore. Trangugiandone una sorsata, Dirk avvertì un gusto pungente, chiaro indizio di un contenuto fortemente alcolico.

« *Soju* », spiegò l'uomo. « Una birra locale a base di riso. Servitevi pure, mentre cerco di sbarazzarmi dei vostri amici sul catamarano. »

« Grazie per l'aiuto », rispose Summer in tono riconoscente. « A proposito, io sono Summer Pitt, e questo è Dirk, mio fratello. »

« Piacere di conoscervi. Il mio nome è Clive Cussler. »

Tornato al timone, Cussler inserì la marcia e fece salire leggermente di giri il motore puntando la prua verso il centro del fiume. Di lì a pochi minuti, il catamarano si avvicinò risalendo la corrente e si accostò alla giunca inondandola con la luce dei fari. Calzato un cappello di paglia a cono da contadino, Cussler s'ingobbì sul timone per camuffare l'alta statura.

Al bagliore dei fari, riuscì a distinguere alcuni uomini che puntavano su di lui delle armi automatiche. Dopo che il catamarano si fu portato a pochi centimetri dalla murata di sinistra, un tizio nascosto nell'ombra sul ponte abbaiò una domanda attraverso l'altoparlante. Cussler rispose limitandosi a scuotere la testa. Mentre le luci frugavano l'oscurità intorno alla giunca, dal catamarano giunse una nuova richiesta, seguita da un altro cenno di diniego da parte di Cussler, il quale si stava intanto chiedendo se i nuovi venuti si sarebbero accorti del rotolo di cima bagnata e delle impronte di piedi che spiccavano sul ponte. Per parecchi, interminabili minuti il catamarano si tenne al fianco della giunca come preparandosi a un abbordaggio, poi, con un improvviso rombo dei motori, si allontanò ruggendo per riprendere le ricerche nel fiume più accosto alla riva.

Cussler guidò la giunca lungo l'ultimo tratto dell'Han fino

al punto in cui le sue acque venivano inghiottite dal mar Giallo. Raggiunto il mare aperto e lasciatosi alle spalle il potenziale traffico locale, l'uomo premette una serie di pulsanti sul quadro di comando. Subito si levò il ronzio dei verricelli idraulici, che presero a tendere le cime così da issare le tradizionali vele trapezoidali rosse fino alla testa d'albero di maestra e di trinchetto. Una volta tesate manualmente le drizze, Cussler spense il piccolo motore diesel. La vecchia giunca scivolava adesso con grazia sulle onde sospinta soltanto dalla forza delle sue vele.

« Possiede una splendida imbarcazione », commentò Dirk, emergendo dalla cabina con addosso una polo e un paio di jeans. Summer lo seguì sul ponte, ingolfata in una tuta enorme e una maglietta da uomo.

« La classica barca cinese per il trasporto delle merci, risalente a quasi duemila anni fa », replicò l'uomo. « Questa fu costruita a Shanghai nel 1907 per un facoltoso commerciante di tè. Fatta interamente di un tek stagionato chiamato 'Takien Tong', è di estrema solidità e tiene il mare in modo incredibile. »

« Dove l'ha scovata? »

« Un amico l'ha trovata abbandonata in un cantiere malese e ha deciso di rimetterla in sesto; gli ci sono voluti sei anni per completare l'opera. Dopo che si è stancato di navigare a vela, gli ho ceduto alcune auto d'epoca in cambio della giunca. Ho intenzione di effettuare la traversata del Pacifico asiatico, con lei: sono salpato dal Giappone, e sto procedendo in direzione di Wellington. »

« La conduce da solo? » lo interrogò Summer.

« È dotata di un potente motore diesel e di congegni idraulici per la gestione delle vele, collegati a un pilota automatico computerizzato. È leggera da manovrare come una piuma, e si guida praticamente da sola. »

« Ha un telefono satellitare, a bordo? » s'intromise Dirk.

« Temo di no. Tutto ciò che posso offrirvi è una radiotrasmittente in grado di collegarsi con la terraferma. Non volevo essere disturbato da telefonate o messaggi via Internet, durante questa crociera. »

« Comprensibile. Dov'è diretto? E dove ci troviamo attualmente, per quel che conta? »

Estratta una carta nautica, l'uomo la spostò sotto la debole luce proveniente dalla console. « Ci stiamo immettendo nel mar Giallo, e ci troviamo quaranta miglia circa a nord-ovest di Seoul. Suppongo non v'interessi restare a bordo fino a Wellington », buttò là con un sogghigno, facendo scorrere il dito sulla carta. « Che ve ne pare di Inchon? » proseguì indicando un punto sulla carta. « Potrei scaricarvi là nel giro di otto ore circa. Credo vi sia una base aerea americana, da quelle parti. »

« Sarebbe fantastico. Va bene qualsiasi posto dove possiamo trovare un telefono per metterci in contatto con qualcuno alla sede della NUMA. »

« NUMA », ripeté Cussler, meditabondo. « Non siete per caso quelli della nave affondata a sud-ovest del Giappone? »

« La *Sea Rover*. Sì, siamo proprio noi. Come fa a saperlo? »

« Ne ha parlato la CNN. Ho visto l'intervista fatta al comandante, che ha spiegato come l'equipaggio sia stato salvato da una nave da carico giapponese, dopo un'esplosione in sala macchine. »

Dirk e Summer si scambiarono un'occhiata incredula.

« Il comandante Morgan e l'equipaggio sono vivi? » balbettò infine la ragazza.

« Sì, il nome è proprio quello. Mi sembra abbia affermato che tutti gli uomini sono stati messi in salvo. »

Summer gli raccontò la storia dell'assalto alla nave, del loro rapimento da parte degli uomini di Kang e dell'incertezza sulla sorte dei loro compagni.

« Sospetto che siano in parecchi a cercarvi, là fuori », commentò Cussler. « Per il momento, comunque, siete al sicuro. In cambusa ci sono dei panini e della birra. Perché non mangiate un boccone e vi riposate un poco? Vi sveglierò io, quando avremo raggiunto Inchon. »

« Grazie. La prendo in parola », mormorò Summer avviandosi sottocoperta.

Dirk si attardò un istante accanto alla battagliola a contemplare i primi bagliori dell'alba che tentavano di colorare l'orizzonte, a oriente. Ripensando agli avvenimenti degli ultimi tre giorni, fra lo sfinimento si fece strada con rinnovata forza un fermo proposito. Grazie a qualche miracolo, l'equipaggio della *Sea Rover* era sopravvissuto all'affondamento della nave da ricerca della NUMA, ma Kang continuava ad avere le mani insanguinate, e la posta in gioco era drammaticamente alta. Se le affermazioni dell'uomo corrispondevano a verità, milioni di vite erano in pericolo. Quel pazzo andava fermato, e subito.

PARTE TERZA

IL LANCIO

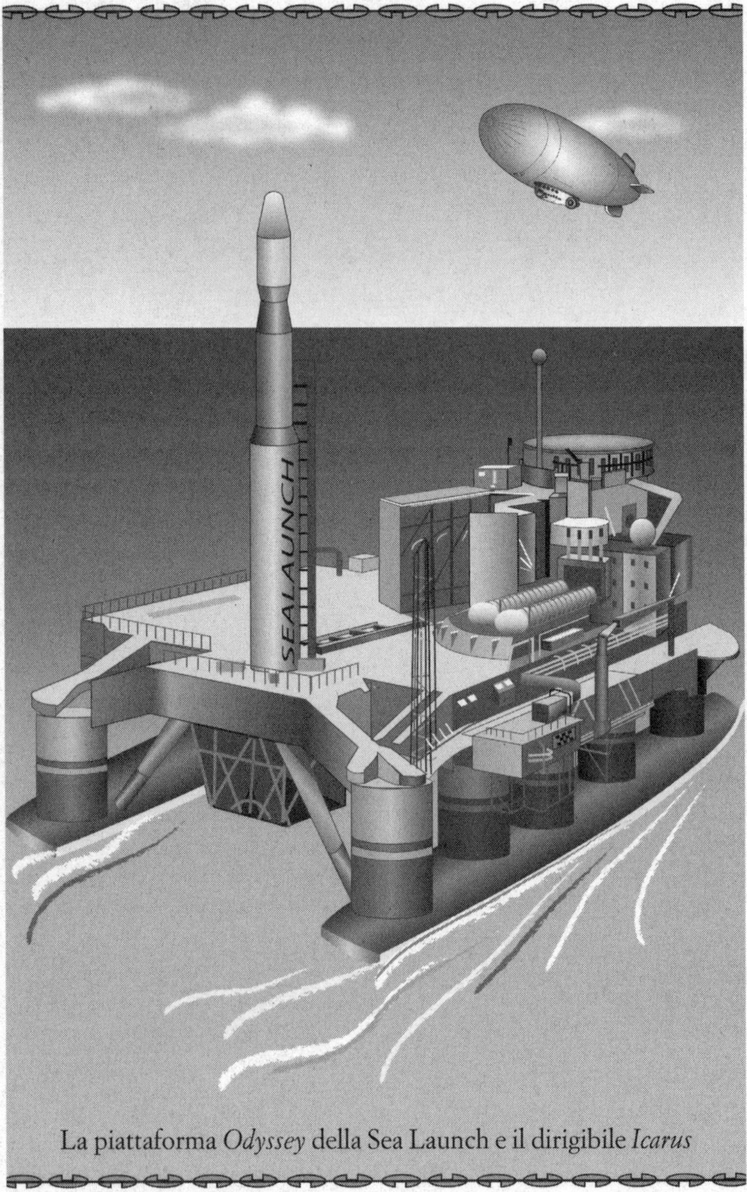

La piattaforma *Odyssey* della Sea Launch e il dirigibile *Icarus*

37

16 giugno
Long Beach, California

Nonostante la mattinata fredda e umida, Danny Stamp avvertiva il sudore che gli colava dalle ascelle. L'anziano tecnico era nervoso come un adolescente in vista del primo e tanto agognato rapporto sessuale, la notte del ballo studentesco. D'altro canto, come potevano testimoniare tutti coloro che lo conoscevano, si sentiva sempre in quel modo, quando doveva prendersi cura del suo bambino.

In realtà il «piccolo» non aveva nulla a che vedere con un neonato in fasce: si trattava di un razzo Zenit-3SL da sessantotto metri a combustibile liquido, sottoposto alla delicata fase del trasferimento sulla piattaforma di lancio. Paffuto e affetto da incipiente calvizie, il direttore delle operazioni teneva lo sguardo fisso oltre la battagliola della sovrastruttura della grande nave, sul razzo da novanta milioni di dollari del quale era responsabile e che si stava spostando lentamente ai suoi piedi, centimetro dopo centimetro. Mentre l'enorme cilindro bianco veniva estratto dalla sua cuccetta orizzontale per mezzo di un'invasatura che ricordava un millepiedi, lo sguardo di Stamp venne attirato dalle grosse lettere azzurre stampigliate sull'involucro del razzo a formare la scritta SEA LAUNCH.

Fondata negli anni '90, la Sea Launch era una multinazionale creata allo scopo di fornire servizi prevalentemente per gli operatori di telecomunicazioni via satellite. La Boeing, gigante americano nel settore aerospaziale, era stata la prima promotrice assumendosi l'impegno di gestione delle operazioni di lancio così come l'integrazione dei payload satellitari dei clienti. Approfittando dell'opportunità, due società russe avevano aderito al consorzio provvedendo alla fornitura dei razzi, o «veicoli vettori» come vengono comunemente definiti. Ex razzi militari un tempo dotati di testate nucleari, gli Zenit erano collaudati veicoli vettori perfetti per un utilizzo a fini commerciali. Ma era stata un'azienda norvegese, la Kvaerner, a dotare la società di uno strumento praticamente unico sul mercato: utilizzando una piattaforma petrolifera usata recuperata dal mare del Nord, la società di Oslo aveva costruito una rampa di lancio galleggiante semovente posizionabile nelle acque oceaniche di tutto il mondo.

La pratica insegna che esiste un'unica zona del globo adatta ai lanci: l'equatore. Per un satellite geosincrono, ovvero destinato a mantenere una posizione orbitale sincrona alla rotazione terrestre, non esiste via più diretta dell'equatore per la messa in orbita, senza trascurare il fatto che un minor consumo di carburante implica la possibilità di caricare a bordo un payload più pesante, consentendo ai proprietari dei satelliti di ottimizzare la rendita dei loro investimenti multimilionari dotando i loro mezzi di attrezzature aggiuntive o strumenti in grado di allungarne la vita. Nel rischioso e sofisticato gioco del commercio aerospaziale, l'idea di integrare i satelliti a bordo del veicolo vettore a Long Beach, effettuarne il trasporto via mare fino all'equatore e là procedere al relativo lancio era nata come un'ipotesi allettante per trasformarsi poi in un efficiente metodo operativo.

D'un tratto, la radio Motorola appesa alla cintura di Stamp prese a gracchiare. « Estrazione completata. Pronti ad agganciare », abbaiò una voce. Stamp si soffermò a contemplare lo Zenit, che si protendeva a poppa della nave come il pungiglione di una vespa. In un insolito slancio di disponibilità, lo staff della Sea Launch aveva assemblato il razzo e il payload nelle viscere di una nave costruita apposta, la *Sea Launch Commander*. Ufficialmente definito col termine « Assembly and Command Ship », il cargo da duecento metri ospitava nel ponte superiore una miriade di strumenti informatici e una postazione di comando in grado di dirigere l'intera operazione di lancio. Sul ponte inferiore, un'enorme sala di montaggio ospitava i componenti dello Zenit. Là sotto, un'armata di tecnici e ingegneri in tuta bianca aveva unito orizzontalmente le varie sezioni del razzo sovietico utilizzando un sistema a rotaia che si stendeva per quasi tutta la lunghezza della nave. Una volta completato l'assemblaggio del razzo, il satellite destinato al lancio era stato incapsulato nella sezione superiore della carenatura riservata al payload, quindi l'intero veicolo era stato estratto a passo di lumaca dalla poppa della *Sea Launch Commander*.

« Procedere con l'aggancio. Non appena pronti, effettuare il trasferimento », ordinò Stamp alla radio col suo leggero accento del Midwest, gettando un'occhiata all'enorme gru piazzata lungo il bordo dell'alta piattaforma di lancio. Da un'estremità della piattaforma sporgevano due tralicci a forma di M rovesciata, dai quali penzolavano alcuni spessi cavi. La piattaforma galleggiante, chiamata *Odyssey*, era stata piazzata appena a poppa della *Sea Launch Commander*, la cui gru si protendeva proprio sopra il razzo in posizione prona. I cavi dell'elevatore vennero silenziosamente calati fino al veicolo vettore, dove gruppi di tecnici con l'elmetto in testa cominciarono a fissarli a una serie di imbracature e prese di sollevamento distribuite lungo i fianchi del razzo.

« *Sea Launch Commander*, qui *Odyssey* », risuonò una voce nuova nella radio di Stamp. « Pronti a trasferire il veicolo. »

Stamp fece un cenno del capo a un tizio basso in attesa accanto a lui, un uomo barbuto di nome Christiano che aveva il comando della *Sea Launch Commander*. Christiano parlò attraverso la propria radio: « Qui *Commander*. Procedete pure a vostra discrezione. Buona fortuna, *Odyssey* ».

Qualche istante più tardi, i cavi si tesero e il razzo venne lentamente sollevato dalla slitta. Stamp trattenne il respiro nell'osservare lo Zenit che s'innalzava fino a restare sospeso nell'aria ben al di sopra dei ponti della *Commander*. Col razzo privo di carburante e quindi assai più leggero rispetto al momento del lancio, era come sollevare una lattina di birra vuota, ma Stamp non riusciva a trattenere il nervosismo nell'osservare l'enorme sigaro che oscillava a mezz'aria sopra la sua testa.

Dopo la lenta, esasperante risalita verso la cima della piattaforma di lancio, gli operatori della gru misero in azione il verricello mobile per infilare orizzontalmente il veicolo vettore in un hangar dall'ambiente controllato sul ponte superiore della

Odyssey. Una volta che l'ogiva del razzo ebbe oltrepassato i portelli dell'hangar, l'intero veicolo fu delicatamente deposto su una slitta dotata di ruote. Nel momento in cui la piattaforma galleggiante avesse raggiunto il luogo prestabilito, la slitta sarebbe servita per estrarre il razzo e sollevarlo in posizione verticale per il lancio.

«Veicolo assicurato. Ottimo lavoro, signori. Le birre le offro io, stasera. Passo e chiudo.»

Visibilmente rilassato, Stamp si concesse un ampio sorriso. «Un gioco da ragazzi», commentò rivolto a Christiano, come se non avesse mai dubitato dell'esito dell'operazione.

«A quanto sembra, riusciremo a effettuare il lancio entro i diciassette giorni previsti, dopotutto», replicò l'altro osservando l'invasatura vuota scorrere verso l'hangar sul ponte inferiore della nave. «Le previsioni meteorologiche a lungo termine sembrano mantenersi favorevoli. La *Odyssey* può partire nel giro di quattro giorni, una volta effettuati gli ultimi controlli e il rifornimento di carburante, ed entro quarantotto ore noi la seguiremo a bordo della *Commander*, dopo aver caricato le ulteriori provviste e i pezzi di ricambio. Non avremo difficoltà a raggiungerla prima del suo arrivo nella zona del lancio.»

«Perfetto», dichiarò Stamp, sollevato. «Nel contratto col cliente c'è una clausola capestro che fissa una penalità terrificante, in caso di ritardo.»

«Nessuno era in grado di prevedere che lo sciopero dei portuali avrebbe comportato un ritardo di quindici giorni nell'arrivo dei componenti dello Zenit», obiettò Christiano scotendo il capo.

«La squadra di lancio ha fatto l'impossibile per recuperare il tempo perduto. Non oso pensare a quanto spenderemo in straordinari, ma quei ragazzi devono aver stabilito un nuovo record, in fatto di assemblaggio e integrazione, nonostante l'ostinazione del nostro cliente paranoico a voler tenere nascosto a chiunque il payload della missione.»

«Che ci può essere di tanto misterioso, in un satellite per le telecomunicazioni?»

«Non chiederlo a me», replicò Stamp stringendosi nelle

spalle. « Tipica reticenza orientale, immagino. L'intera operazione mi sembra priva di senso. Il loro è un satellite relativamente leggero, che poteva essere lanciato in tutta tranquillità con un razzo Long March cinese risparmiando un paio di milioni di dollari sul nostro onorario. »

« La diffidenza verso i cinesi non è un sentimento insolito, in Estremo Oriente. »

« Vero, ma è un problema che di solito riescono a superare, quando si tratta di soldi. Forse, tutto dipende dal capo della ditta di telecomunicazioni. Sembra si tratti di un vero anticonformista. »

« La società è sua, vero? » s'informò Christiano, gli occhi puntati verso il cielo mentre si sforzava di ricordare.

« Già », confermò Stamp. « Dae-jong Kang è un uomo molto ricco e potente. »

Appoggiato allo schienale imbottito della poltrona di pelle nel suo studio in legno di ciliegio, Kang ascoltava con attenzione la relazione tecnica fornitagli da un paio di addetti della sua fabbrica di Inchon. Tongju sedeva in silenzio in un angolo della stanza, gli occhi neri puntati per abitudine sui due visitatori. Uno degli uomini, un tizio smilzo e scarmigliato con gli occhiali e l'attaccatura dei capelli molto alta, stava parlando a Kang con voce roca. « Come lei sa, il satellite Koreasat 2 è stato consegnato tre settimane fa circa all'impianto della società che ne curerà il lancio, per essere inserito nel guscio contenente il payload, ovvero nella sezione conica dello Zenit. Il veicolo vettore è stato in seguito caricato sulla piattaforma semovente, che si sta preparando a salpare in direzione dell'equatore. »

« Nessun problema di sicurezza? » s'informò Kang con un'occhiata gelida in direzione di Tongju.

Il tecnico scosse la testa. « Il satellite è stato protetto ventiquattr'ore su ventiquattro da personale nostro. La squadra della Sea Launch non sospetta nulla. Esteriormente, il satellite è identico a quelli realizzati per i servizi radiotelevisivi; ora che è stato racchiuso nel suo alloggiamento all'interno del razzo, non c'è motivo perché sorgano sospetti. » Nel bere una sorsata di caffè da una tazza colma fino all'orlo, l'uomo fece cadere alcune gocce del liquido bollente sulla manica del logoro giaccone a quadri che aveva addosso. La chiazza scura s'intonava perfettamente a una teoria di macchioline simili che spiccavano sulla sua cravatta.

« L'impianto per l'aerosol... ne è stata verificata la funzionalità? » chiese Kang.

« Sì. Come sa, abbiamo apportato una serie di modifiche rispetto al modello più piccolo testato nelle isole Aleutine. Non c'è più l'esigenza del doppio agente, visto che la missione non prevede più l'impiego della miscela al cianuro. Inoltre l'impianto è stato ridisegnato con ogive removibili che ci consentiranno di inserire e armare il payload col bioagente qualche ora soltanto prima del lancio. E, naturalmente, è molto più capiente. Il modello utilizzato per il test delle Aleutine, come forse ricorderà, poteva contenere meno di cinque chilogrammi di composto biochimico, mentre il veicolo satellitare è in grado di diffondere trecentoventicinque chili di agente chimera dopo l'idrogenazione. Prima di far incapsulare il satellite presso l'impianto della Sea Launch, abbiamo effettuato un ultimo test notturno in condizioni di sicurezza, con risultati impeccabili. Siamo fiduciosi che il sistema di diffusione funzionerà come previsto una volta sopra l'obiettivo. »

« Non mi aspetto nessuna sorpresa dalle nostre attrezzature », sentenziò Kang.

« L'operazione di lancio rappresenterà la fase più critica dell'intera missione », proseguì la voce roca del tecnico. « Abbiamo ottenuto le necessarie coordinate per procedere al lancio in modo indipendente, Lee-Wook? »

Il secondo tecnico, un tizio più giovane dai capelli unti e un naso prominente, era visibilmente intimidito dalla presenza di Kang. « Esistono due fattori essenziali, nel processo di lancio », replicò Lee-Wook con un lieve balbettio. « Il primo è rappresentato dal posizionamento e dalla stabilizzazione della piattaforma flottante, quindi dal rizzaggio, dal rifornimento e dalla preparazione del razzo al lancio. Abbiamo ottenuto dalla Sea

Launch le procedure operative per tali passaggi », proseguì l'uomo, omettendo di menzionare le mance in contanti sborsate per raggiungere lo scopo, « che il nostro personale ha esaminato e sperimentato con cura. Inoltre ci siamo assicurati i servizi di due specialisti ucraini precedentemente impiegati presso la Yuzhnoye, la società che ha costruito lo Zenit. Ci stanno dando una mano con i calcoli per il carburante e la traiettoria, e si terranno a disposizione per assisterci durante i preparativi di natura meccanica. »

« Già, so perfettamente quanto ci sono costati », replicò Kang con aria disgustata. « Credo che i russi potrebbero insegnare un paio di cosette agli occidentali, quanto a estorsioni capitalistiche. »

Lee-Wook ignorò il commento e riprese a parlare, il balbettio ormai sotto controllo. « Il secondo elemento critico è rappresentato dal lancio vero e proprio e dal controllo della traiettoria. Durante un normale lancio in mare, tali operazioni vengono eseguite dalla nave della Sea Launch. Nel nostro caso, il compito toccherà alla *Baekje*. Abbiamo riconfigurato la nave dotandola dei mezzi di comunicazione e dell'hardware informatico necessari all'esecuzione del lancio e al controllo in fase di volo. » La voce di Lee-Wook era ridotta a un bisbiglio, adesso. « L'ultima acquisizione è stata quella del software che serve a monitorare, seguire e dirigere il veicolo vettore. Il lancio vero e proprio dalla piattaforma flottante è un processo altamente automatizzato, nel quale il software gioca un ruolo determinante. Esistono milioni di stringhe e codici inerenti al lancio, alla telemetria e alle fasi di rilevamento. »

« Abbiamo provveduto a riprodurre il software necessario alla nostra missione? »

« Ci sarebbero voluti mesi e mesi di lavoro, per elaborare e testare un software tutto nostro. Per nostra fortuna, tutti questi programmi sono contenuti nei database della nave della Sea Launch. Grazie alla nostra veste di clienti fornitori del payload, nelle ultime tre settimane al nostro team è stato consentito un accesso praticamente illimitato alla nave, mentre il satellite Koreasat 2 veniva incapsulato nel veicolo vettore. Una volta a bordo, la nostra squadra informatica è riuscita con relativa facilità a penetrare negli elaboratori di bordo per impadronirsi del programma. Sotto il naso dei loro esperti, abbiamo scaricato copie del software e, nel giro di quattro giorni, le abbiamo trasmesse direttamente via satellite dalla nave della Sea Launch al nostro laboratorio di Inchon.»

«Ma mi era stato detto che la *Baekje*, o *Koguryo* come si chiama ora, ha lasciato il porto un giorno fa.»

«Abbiamo già trasferito una parte del programma ai computer di bordo, e il resto del software verrà inviato via satellite mentre la nave è in viaggio.»

«Avete stabilito la rotta ottimale per realizzare la massima dispersione dell'agente?»

«Teoricamente si potrebbe lanciare sull'obiettivo da una distanza di quattromila chilometri, ma le probabilità di colpire il bersaglio con precisione sono piuttosto scarse. Non essendo il payload suborbitale dotato di sistema direzionale, per raggiungere la zona designata dobbiamo sfruttare vento, forza propulsiva e posizione di lancio. Prendendo in considerazione le normali condizioni dei venti nel Pacifico, i nostri tecnici ucraini hanno stabilito che, posizionando la piattaforma a quattrocento chilometri circa dall'obiettivo, si ottimizzerà l'accuratezza del rilascio. Aggiornando i nostri calcoli alle condizioni atmosferiche esistenti al momento del lancio, possiamo aspettarci che il payload cada sul terreno entro un raggio di cinque chilometri dal punto previsto.»

«Anche se l'impianto di diffusione verrà attivato ben prima di quel momento», intervenne il primo tecnico.

«Esatto. L'aerosol, o payload, entrerà in funzione a un'altezza di seimila metri, poco dopo lo sganciamento in volo della carenatura dell'ogiva. Nella fase di abbassamento, il payload si diffonderà di circa otto chilometri per ogni chilometro di discesa, disperdendo l'agente attivato attraverso una scia di vapore, lungo un corridoio di quarantotto chilometri.»

«Avrei preferito effettuare il lancio a una distanza maggiore dalla terraferma nordamericana», bofonchiò accigliato Kang, «ma, se è necessario per l'accuratezza della missione, procediamo pure. La traiettoria di volo sarà controllata dalla combustione del carburante? »

« Precisamente. Lo Zenit-3SL è un vettore a tre stadi progettato per l'immissione di payload pesanti in orbita alta. Nel nostro caso tuttavia, essendo l'altitudine massima richiesta inferiore ai cinquanta chilometri, eviteremo di rifornire il secondo e il terzo stadio, limitandoci a immettere una quantità limitata di carburante nel primo. Abbiamo la possibilità di interrompere la combustione in qualsiasi momento, e progettiamo di farlo dopo un minuto circa dalla partenza. Mentre il veicolo vettore sorvola la costa est, daremo inizio al distacco dello stadio col payload dai booster, quindi sganceremo la testata. Il finto satellite azionerà automaticamente l'impianto di diffusione disperdendo l'agente nell'aria fino al momento dell'impatto. »

« Siamo sicuri che i sistemi di difesa americani non ci daranno problemi? »

« Il sistema antimissili balistici statunitense è puerile, tarato com'è su potenziali missili intercontinentali lanciati da migliaia di chilometri di distanza. Non avranno il tempo di reagire. Se pure lo facessero, i loro missili da intercettazione arriverebbero a separazione avvenuta, riuscendo al massimo a distruggere i booster senza provocarci nessun danno. No, signore: non c'è modo di arrestare la dispersione dell'agente, una volta effettuato il lancio. »

« Mi aspetto che il conto alla rovescia venga iniziato mentre i capi del G8 si trovano nella zona bersaglio », dichiarò secco Kang.

« Tempo permettendo, abbiamo programmato le cose in modo che il lancio coincida con la riunione prevertice di Los Angeles », replicò nervosamente il tecnico.

« Mi risulta che controllerete la situazione da Inchon, giusto? »

« Il laboratorio è in contatto costante con la *Koguryo* e monitorerà il lancio dal vivo. Ovviamente non mancheremo di fornire il nostro aiuto all'equipaggio durante i preparativi per il countdown. Spero che si unirà a noi per assistere all'evento. »

Kang annuì. « Se gli impegni me lo consentiranno, ci sarò.

Avete fatto un lavoro eccezionale. Portate al successo la missione, e il comitato centrale del Partito dei lavoratori vi tributerà grandi onori. »

Con un altro cenno del capo, Kang annunciò la fine dell'incontro. Dopo essersi scambiati un'occhiata, i due tecnici s'inchinarono e lasciarono silenziosamente lo studio. Tongju si alzò dalla sedia e si portò di fronte all'ampia scrivania in mogano.

« La tua squadra d'assalto è sul posto? » domandò Kang al silenzioso braccio destro.

« Sì, sono rimasti a bordo della nave, a Inchon. Col suo permesso, ho dato disposizioni affinché un aereo della compagnia mi trasporti fino a una pista d'atterraggio abbandonata dai giapponesi sulle isole Ogasawara, da dove raggiungerò la nave in tempo per partecipare alle operazioni. »

« Sì, mi aspetto che sia tu a condurre la fase dell'attacco. » Kang fece una pausa. « Abbiamo lavorato troppo per perfezionare il nostro piano di copertura, per rischiare il fallimento ora », aggiunse poi in tono severo. « Ti riterrò responsabile della segretezza dell'intera impresa. »

« I due americani... sono sicuramente annegati nel fiume », replicò Tongju in tono sommesso, cogliendo l'allusione di Kang.

« Se anche fossero riusciti a cavarsela in qualche modo, sapevano ben poco e non avevano nessuna prova. La difficoltà maggiore consisterà nel mantenere la copertura dopo il successo dell'operazione. La responsabilità deve ricadere sui giapponesi, senza alcuna possibilità di dubbio. »

« Una volta sferrato il colpo, l'unica prova materiale si troverà a bordo della *Koguryo*. »

« Esatto. Ecco perché, dopo il lancio, dovrai distruggere la nave », gli comunicò Kang, col tono di chi chiede un tovagliolo durante un cocktail party.

« Ci sarà a bordo la mia squadra d'assalto, senza contare i suoi numerosi esperti nelle telecomunicazioni », gli fece notare Tongju sollevando un sopracciglio.

« Bisognerà sacrificare i tuoi uomini, purtroppo. Quanto ai tecnici, ho già disposto che i migliori restino a Inchon durante l'azione. Non c'è altra soluzione, Tongju», aggiunse con un inconsueto accenno di comprensione nella voce.

«Sarà fatto.»

«Prendi queste coordinate», proseguì Kang, passandogli una busta. «Una mia nave da carico destinata in Cile vi aspetterà in quella posizione. Una volta effettuato il lancio, ordina al comandante della *Koguryo* di portarsi in vista del cargo, dopo di che dovrai affondare la sua nave. Prendi con te il comandante e due o tre uomini, se vuoi, e raggiungi il cargo. Per nessuna ragione la *Koguryo* dovrà essere catturata con l'equipaggio a bordo.»

Tongju annuì in silenzio, accettando senza discutere il peso di quella strage.

«Buona fortuna», gli augurò Kang scortandolo verso la porta. «La nostra patria conta su di te.»

Una volta solo, Kang tornò alla scrivania e rimase a fissare a lungo il soffitto. Le ruote erano in movimento, ormai. Non c'era altro che potesse fare, se non aspettare i risultati. Dopo un po', afferrata una cartelletta contenente dei rapporti finanziari, cominciò metodicamente a calcolare gli utili previsti per il trimestre successivo.

38

Il vertice del G8 è un forum che fu ideato nel 1975 dall'ex presidente francese Giscard d'Estaing. Strutturato come una conferenza nella quale i rappresentanti dei principali Paesi industrializzati possano riunirsi e discutere le questioni economiche internazionali d'attualità, è tradizionalmente ristretto ai soli capi dell'esecutivo, quindi i capi di Stato o i capi del governo. Consiglieri o membri dello staff non possono partecipare, sono ammessi soltanto i leader mondiali che si riuniscono una volta l'anno in veste privata e informale. Sebbene il meeting si riduca talvolta a poco più di un'occasione per farsi scattare qualche foto, nel corso degli anni l'agenda dell'evento si è allargata fino a includere argomenti quali la salute pubblica mondiale, l'ambiente, l'antiterrorismo.

Avendo recentemente approvato un importante pacchetto di leggi sul surriscaldamento del globo, il presidente degli Stati Uniti era ansioso di promuovere le proprie iniziative per la protezione dell'ambiente sul palcoscenico mondiale dell'imminente summit. Seguendo la tradizione instaurata dalle ultime nazioni ospitanti, il presidente Ward aveva scelto quale sede del G8 l'ambiente tranquillo e spettacolare del parco nazionale di Yosemite. L'isolamento del luogo, lo sapeva, avrebbe scoraggiato il consueto assembramento dei contestatori urbani. In un poco congeniale omaggio all'universale *amour* verso Hollywood, aveva acconsentito a tenere un ricevimento presso un elegante albergo di Beverly Hills il giorno precedente il summit, al quale avrebbe partecipato la solita sfilata di attori famosi e pezzi grossi dell'industria cinematografica. Com'era prevedibile, l'invito fu accettato dai leader di Giappone, Italia, Francia, Germania, Russia, Canada e Inghilterra, ovvero dal gruppo dei componenti il G8 al gran completo.

Ciò che il presidente e i suoi consiglieri per la sicurezza non potevano sapere era che il ricevimento di Beverly Hills rappresentava il punto zero per il payload del missile di Kang.

La tabella di marcia poteva saltare a causa del tempo avverso, di problemi meccanici imprevisti e di mille altri fattori, Kang ne era consapevole. Ma l'obiettivo era ormai fissato. Un attacco vincente ai principali leader del mondo libero riuniti avrebbe suscitato una reazione emotiva di valore incalcolabile. Se pure i capi del G8 non fossero rimasti uccisi, il terrore scatenato dall'attentato avrebbe scosso il mondo intero.

Programmato allo scopo, il diffusore si sarebbe attivato automaticamente mentre solcava il cielo dal punto di lancio segreto nell'oceano Pacifico. Dando inizio al rilascio sopra la spiaggia di Santa Monica, il payload avrebbe scaricato il suo carico mortale lungo una fascia che tagliava in due la zona nord di Los Angeles per allungarsi sopra le ville di Beverly Hills, gli studios di Hollywood e le esclusive tenute di Glendale e Pasadena. Sorvolato lo stadio Rose Bowl e prosciugati i serbatoi, il payload ormai vuoto sarebbe stato espulso affinché si andasse a sfracellare in qualche punto sui monti San Gabriel.

Il leggero pulviscolo sarebbe calato sulla gente lungo le strade senza conseguenze visibili, ma nel giro delle ventiquattro ore successive i virus dispersi sarebbero rimasti vivi e terribilmente contagiosi nonostante la dose a bassa concentrazione. In mezzo al frenetico andirivieni della zona di Los Angeles più frequentata dai turisti, gli invisibili agenti avrebbero aggredito vittime ignare senza alcuna discriminazione fra uomini, donne e bambini. Rigenerati dal trattamento subito, i virus avrebbero lanciato il loro silenzioso attacco all'interno delle cellule. Come bombe a orologeria, durante il successivo periodo d'incubazione di due settimane non avrebbero suscitato il minimo allarme né provocato sintomi d'infezione. Poi, d'un tratto, l'inferno.

Dapprima un flusso contenuto di persone si sarebbe presentato dal proprio medico curante lamentando febbre e dolori articolari. Il loro numero sarebbe salito rapidamente, giungendo ben presto a intasare i pronto soccorso di tutta la contea di Los Angeles. Trattandosi di un virus debellato da oltre trent'anni, la classe medica avrebbe avuto difficoltà a individuare la causa dei malesseri. Infine, una volta diagnosticato il vaiolo e realizzata l'estensione del fenomeno, sarebbe scoppiato il pandemonio. Mentre si scopriva un numero sempre maggiore di casi, i media si sarebbero scatenati alimentando l'isteria generale. Gli ospedali della contea sarebbero stati presi d'assalto dai soliti ipocondriaci, pronti a precipitarsi dal medico al minimo mal di testa o rialzo di temperatura. Il tutto non sarebbe stato che la punta dell'iceberg, per la classe medica. Con migliaia di nuovi casi per le mani in contemporanea, i centri ospedalieri si sarebbero rivelati deprecabilmente incapaci di fornire il principale rimedio per le vittime del vaiolo: la quarantena. Senza un'adeguata capienza per poter isolare i casi confermati, l'epidemia sarebbe dilagata in modo esponenziale.

Secondo le prudenziali valutazioni effettuate dagli scienziati di Kang, il 20 per cento della popolazione esposta all'irrorazione del virus sarebbe deceduto a causa dell'infezione. Con gli oltre diciotto milioni di presenze nell'area metropolitana di Los Angeles, la piccola scia rilasciata durante il volo del payload sarebbe bastata a esporre all'azione del virus duecentomila persone circa, infettandone almeno quarantamila. L'esplosione vera e propria, tuttavia, sarebbe avvenuta nel giro delle due settimane successive, dopo che gli infettati avessero inconsapevolmente provveduto a spargere i contagiosissimi germi durante i primi giorni di malattia. Gli esperti avevano valutato che, nelle epidemie di vaiolo, i casi originali si moltiplicavano fino a decuplicarsi. Entro un mese, quasi un milione di persone nella California del Sud si sarebbe ritrovato a combattere contro il micidiale flagello.

La paura sarebbe dilagata più velocemente del contagio vero e proprio, resa più devastante dallo spettacolo del presidente e degli altri leader mondiali del G8 che lottavano contro la malattia. Via via che l'epidemia si diffondeva, il governo federale sarebbe stato travolto dalle richieste d'aiuto da parte di cittadini, lavoratori nel settore della sanità, media. Le autorità avrebbero assicurato alla nazione che tutto era sotto controllo, considerato che erano disponibili quantità di vaccino sufficienti per coprire il fabbisogno dell'intera nazione. I centri per il controllo delle malattie avrebbero distribuito il siero alle autorità sanitarie locali onde contrastare il diffondersi del morbo. Per chi era già stato esposto al contagio, tuttavia, il rimedio sarebbe arrivato troppo tardi, senza considerare che in molti casi il vaccino si sarebbe rivelato inefficace.

Ben presto infatti, per l'orrore degli operatori sanitari, sarebbe balzata agli occhi di tutti la vera natura della chimera. Grazie alla forza degli agenti combinati, il virus si sarebbe dimostrato in gran parte immune ai vaccini disponibili in America contro il vaiolo. Mentre aumentava il numero dei decessi, scienziati e medici sempre più stressati avrebbero cercato di sviluppare un vaccino efficace e producibile in quantità industriali, ma ci sarebbero voluti mesi di lavoro. Nel frattempo, la piaga avrebbe cominciato a espandersi in tutto il Paese come una marea. Turisti e viaggiatori avrebbero inconsapevolmente sparso il virus da Los Angeles in ogni angolo della nazione, provocando nuovi focolai in innumerevoli altre città. Non appena il vaccino si fosse rivelato inefficace, le autorità sarebbero ricorse all'unico mezzo disponibile per arginare l'epidemia: la quarantena di massa. Nel disperato tentativo di bloccare la furia del virus, sarebbero stati chiusi aeroporti, metropolitane e autobus, bandite riunioni e assemblee pubbliche, imposte restrizioni su qualsiasi spostamento. Le aziende sarebbero state costrette a lasciare a casa i dipendenti, gli uffici governativi locali avrebbero dovuto limitare i servizi prestati per evitare di decimare la propria forza lavoro. Concerti rock, partite di baseball, persino le funzioni religiose avrebbero dovuto essere annullati nel timore di nuovi contagi. Chi avesse voluto avventurarsi fuori casa in cerca di cibo o medicine, non avrebbe potuto fare a meno d'indossare guanti di gomma e mascherina chirurgica.

L'impatto economico sul Paese sarebbe stato devastante. Le industrie commerciali sarebbero state costrette a chiudere i battenti dalla mattina alla sera. Operai sospesi o licenziati si sarebbero avventati sui sussidi di disoccupazione come ai tempi della Grande Depressione. Il governo avrebbe rischiato la bancarotta a causa delle mancate entrate, mentre sarebbe esplosa la richiesta di cibo, medicine e assistenza sociale. Nel giro di qualche settimana, la situazione economica del Paese sarebbe precipitata a livelli da Terzo Mondo.

Un'ulteriore crisi era prevedibile per quanto riguardava la difesa della sicurezza nazionale. Il contagioso virus non avrebbe risparmiato le forze armate, infettando migliaia di soldati confinati in ambienti ristretti. Intere divisioni, squadriglie aeree ed equipaggi della marina sarebbero stati decimati, riducendo la potenza militare americana a una tigre di carta. Per la prima volta in quasi due secoli, le capacità di autodifesa del Paese sarebbero state seriamente compromesse.

Quanto alla popolazione civile, ospedali e obitori si sarebbero saturati oltre il limite di rottura. Il numero dei malati e dei morti sarebbe salito in fretta a livelli critici, travolgendo le risorse disponibili. Pur operando ventiquattr'ore su ventiquattro, i forni crematori del Paese non sarebbero stati in grado di tenere il ritmo e si sarebbero ritrovati con mucchi di cadaveri sempre più alti, come in un quadro sulla conquista di Città di Messico da parte di Cortés. Si sarebbero dovuti allestire crematori di fortuna per uno smaltimento in massa dei corpi, in una riproduzione delle pire funerarie del passato.

Nelle case e negli appartamenti, i cittadini sarebbero stati costretti a vivere come reclusi, col terrore di avere contatti con i vicini, gli amici e persino i parenti più stretti per timore del contagio. Mentre gli abitanti della campagna se la sarebbero cavata meglio, nelle metropoli poche famiglie sarebbero state risparmiate. Con i malati in stretto isolamento, i parenti avrebbero dovuto bruciare lenzuola, asciugamani, abiti e mobilio: tutto ciò che poteva ospitare uno dei terribili germi.

Il virus letale avrebbe causato gravi perdite senza badare a età o razza, ma il colpo più duro lo avrebbe inferto a milioni di lavoratori adulti, costretti a esporsi a un rischio d'infezione maggiore pur di procurare il cibo alla propria famiglia; con la loro morte si sarebbe venuta a creare un'immensa categoria di piccoli orfani. In una spaventosa replica del dramma dell'Europa occidentale al termine della prima guerra mondiale, un'intera generazione sarebbe sparita, cancellata nel giro di qualche mese. Una volta messi sull'avviso dall'epidemia originata negli Stati Uniti, soltanto un isolamento dei viaggiatori infetti sul genere di quello attuato per la SARS sarebbe stato in grado d'impedire al morbo di decimare in egual misura altri Paesi.

Per i contagiati, la malattia avrebbe comportato una rapida e terrificante agonia. Dopo il periodo d'incubazione di due settimane e l'insorgere della febbre, sarebbero stati colpiti da un cocente esantema che, partendo dalla bocca, si sarebbe esteso al volto e al corpo. Si trattava di una fase altamente contagiosa, durante la quale un contatto viso a viso o il condividere il letto o un indumento bastava a scatenare il diffondersi del virus. Nel giro di tre o quattro giorni, l'eruzione si sarebbe propagata sviluppando dolorose pustole ulcerate e dure al tatto. Le molteplici lesioni cutanee dall'aspetto ributtante, che provocavano la sensazione di una torcia ardente contro la pelle, si sarebbero poi gradualmente seccate e ricoperte di croste. La lotta contro il terribile morbo si sarebbe protratta per altre due o tre settimane, fino alla caduta di tutte le croste e il termine del pericolo di trasmissione. Durante l'intero processo, il malato avrebbe dovuto combattere con le proprie sole forze poiché non esiste cura efficace, una volta che il virus ha invaso l'organismo.

Ai sopravvissuti più fortunati sarebbe rimasta la pelle cosparsa dalle caratteristiche cicatrici, a perpetuo memento della prova subita, mentre i meno fortunati si sarebbero ritrovati ciechi. Un terzo delle persone infettate era destinato a soccombere fra insopportabili sofferenze, con bronchi e polmoni che si contraevano sempre più sotto l'assalto del terribile virus.

Ma l'orrore non sarebbe finito lì: tra le pieghe dell'epidemia di vaiolo si celava lo spettro dell'HIV. Più lenti e meno evidenti ma non per quello meno micidiali, non solo i suoi agenti rendevano il virus della chimera resistente al vaccino antivaioloso, ma portavano avanti la propria opera di distruzione sui sopravvissuti. Dopo aver attaccato un sistema immunitario già indebolito, il virus si sarebbe sviluppato nell'organismo della vittima distruggendo e alterando le cellule in una sorta d'invasione barbarica. Mentre la maggior parte delle vittime dell'HIV soccombe ai suoi effetti debilitanti nel giro di una decade, la chimera sarebbe risultata letale in soli due o tre anni. Come su una demoniaca pista di montagne russe, una nuova ondata di morte avrebbe spazzato il Paese abbattendo i sopravvissuti all'iniziale attacco del vaiolo. E, se la pandemia vaiolosa era destinata a provocare un tasso di mortalità del 30 per cento, quello generato dall'HIV sarebbe lievitato fino al 90. Sfinita e sconvolta, la nazione si sarebbe trovata ad affrontare una ventata di morte mai sperimentata in passato.

Alla fine della sua corsa, la chimera si sarebbe lasciata alle spalle decine di milioni di vittime solo negli Stati Uniti, senza considerare il resto del mondo. Non una famiglia sarebbe rimasta immune al suo tocco di morte, non un'anima libera dal terrore di una minaccia biologica sulla soglia di casa. Nell'iniziale espandersi dell'epidemia, pochi avrebbero badato a qualche disordine di natura politica in giro per il mondo. E quando, dall'altra parte del globo, la vecchia alleata Corea del Sud fosse stata invasa dal totalitario vicino del Nord, la reazione della nazione devastata non sarebbe andata al di là di un debole grido di protesta.

39

Fra le moderne navi da carico e le portacontainer che affollavano il porto di Inchon, la giunca cinese aveva l'aria di una reliquia del passato. Cussler manovrò con cautela l'imbarcazione a vela dall'alta prua in mezzo al fitto traffico commerciale di metà mattinata, prima d'infilarsi in un minuscolo marina aperto al pubblico, annidato fra due ampie banchine riservate alle merci. Un curioso miscuglio di malconci sampan e costose barche a vela da weekend attorniava il marina mentre Cussler procedeva lentamente a motore portando la giunca fino a un molo per le barche in transito. Dopo aver ormeggiato, andò a bussare alla porta della seconda cabina per svegliare i due occupanti, quindi preparò un grosso bricco di caffè in cambusa mentre l'addetto al distributore riforniva la giunca di carburante.

Barcollante, Summer emerse nel sole che inondava il ponte di poppa reggendo fra le braccia il bassotto, seguita a pochi passi di distanza da Dirk che si sforzava di reprimere uno sbadiglio. Consegnata a ciascuno una tazza di caffè, Cussler s'infilò per un attimo sottocoperta per emergerne con una sega per metallo fra le mani. «Forse è meglio far sparire quelle manette, prima di scendere a terra», osservò con un sorriso.

«Sarà un vero piacere sbarazzarmi di questi braccialetti», convenne Summer massaggiandosi i polsi.

Dirk fece girare lo sguardo sulle barche vicine, quindi tornò a voltarsi verso l'uomo. «Qualcuno ci ha seguito?» s'informò.

«No, sono abbastanza sicuro che eravamo soli, all'arrivo. Ho tenuto gli occhi aperti, procedendo a zig-zag di quando in quando per accertarmene. Nessuno sembrava interessarsi a noi. Scommetto che quei ragazzi vi stanno ancora cercando su e giù per l'Han», rispose Cussler con una risata.

« Lo spero proprio », commentò con un brivido Summer, accarezzando le minuscole orecchie del cane in cerca di conforto.

Afferrata la sega, Dirk attaccò la manetta al polso sinistro di Summer. « Lei ci ha salvato la vita, laggiù. Possiamo fare qualcosa per ripagarla? » chiese mentre faceva scivolare dolcemente la lama contro il bordo metallico.

« Non mi dovete nulla », rispose l'uomo con calore. « Solo, state alla larga da altri guai e lasciate che siano le autorità a occuparsi di quei teppisti. »

« D'accordo. » Dopo aver liberato entrambi i polsi di Summer, si rilassò lasciando che Cussler e la sorella si occupassero a turno delle sue manette, poi si mise a sedere e bevve l'ultimo sorso di caffè.

« Nel ristorante del marina c'è un telefono che potete usare per chiamare l'ambasciata americana, se volete. Tenete, eccovi qualche won coreano; usateli per la telefonata e per una ciotola di *kimchi.* » L'uomo porse a Summer alcuni biglietti color porpora della valuta locale.

« Grazie, signor Cussler. E buona fortuna per il suo viaggio », mormorò Dirk stringendogli la mano.

Summer si sporse a deporre un bacio sulla guancia del vecchio marinaio. « La sua gentilezza è stata indescrivibile », dichiarò d'impeto, chinandosi poi a salutare il bassotto con una carezza.

« Abbiate cura di voi, ragazzi. Ci vediamo. »

Ritti sul molo, Dirk e Summer agitarono la mano verso la giunca che si allontanava e sorrisero nell'udire Mauser che li salutava abbaiando dal ponte di prua. Salita una fila di consunti gradini di cemento, entrarono in un edificio di un giallo sbiadito che fungeva da ufficio del porticciolo, magazzino e ristorante insieme. Le pareti erano decorate con le tradizionali nasse per aragoste e reti da pesca che adornano migliaia di trattorie in tutto il mondo. Quella, però, emanava un forte odore di pesce, poiché le reti erano state appese ancora gocciolanti acqua di mare.

Dirk scovò un telefono su una parete sul retro e, dopo parecchi tentativi infruttuosi, riuscì a collegarsi col quartier generale della NUMA di Washington. Nonostante l'ora tarda della costa orientale, all'operatore bastò poco per convincersi a passare la chiamata sulla linea di casa di Rudi Gunn, il quale era rientrato da poco e si era appena coricato. L'uomo rispose al secondo squillo, e quasi volò fuori del letto nell'udire la voce di Dirk. Dopo qualche minuto di animata conversazione, Dirk riappese il ricevitore.

« Dunque? » lo interrogò Summer.

Il fratello lanciò verso il locale puzzolente un'occhiata sorniona. « Secondo me, è arrivato il momento di bloccare il cameriere e farci portare un po' di *kimchi*, mentre aspettiamo che vengano a prenderci », replicò massaggiandosi lo stomaco con aria affamata.

La coppia divorò un tipico pranzo coreano composto da zuppa bollente, riso, *tofu* insaporito con alghe essiccate e dall'onnipresente piatto di verdure fermentate, il *kimchi*, che rischiò di fargli uscire il fumo dalle orecchie tanto era piccante. Stavano terminando il pasto quando un paio di corpulenti agenti della sicurezza dell'Air Force statunitense fecero il loro ingresso nel ristorante con passo rigido. Agitando la mano, Summer li invitò ad avvicinarsi.

Il più anziano si affrettò a presentarsi. « Sergente di prima classe Bimson, 51° stormo delle forze di sicurezza. Questo è il sergente Rodgers », proseguì, indicando il compagno con un cenno del capo. « Abbiamo l'ordine di scortarvi senza indugi alla base aerea di Osan. »

« Il piacere sarà tutto nostro », gli assicurò Summer. I due fratelli si alzarono e seguirono gli agenti fino a una berlina governativa parcheggiata all'esterno.

Seoul era più vicina a Inchon rispetto alla base aerea di Osan, ma Gunn aveva preferito non correre nessun rischio quanto alla sicurezza e aveva ordinato il loro trasferimento alla più vicina base militare. Abbandonata la cittadina, gli agenti si diressero verso sud lungo una strada che si snodava fra ondulate colline e campi di riso allagati prima di raggiungere il gigantesco complesso di Osan, nato come semplice campo di volo durante la guerra di Corea. La moderna base ospitava adesso un grosso contingente di jet da caccia F16 in stato di approntamento operativo e di A10 Thunderbolt II da attacco, destinati alla difesa avanzata della Corea del Sud.

Varcato il cancello principale, percorsero un breve tratto fino all'ospedale della base, dove un colonnello dalla parlantina veloce accolse Dirk e Summer accompagnandoli in uno degli studi medici. Dopo un breve controllo e la medicazione delle ferite di Dirk, furono lasciati liberi di rinfrescarsi e ricevettero un cambio di vestiti puliti. Summer contemplò ridendo la sformata tuta militare toccatale, che non metteva certo in risalto la sua figura.

« Qual è la situazione, per il nostro rientro? » chiese Dirk al colonnello.

« C'è un C-141 dell'Air Mobility Command in partenza fra poche ore per la base aerea di McChord, sul quale ho riservato un paio di posti di prima classe. All'arrivo, la vostra gente della NUMA ha già organizzato il trasferimento da McChord a Washington per mezzo di un aereo governativo. Nel frattempo vi suggerisco di fermarvi qui a riposare un poco. Poi sarò lieto di accompagnarvi al circolo ufficiali, dove potrete mangiare qualcosa di caldo prima di affrontare le ventiquattro ore di volo che vi aspettano. »

« Se c'è tempo, colonnello, vorrei mettermi in contatto con un'unità delle forze speciali presente sul posto, possibilmente della marina. E mi piacerebbe fare una telefonata a Washington. »

Udendo pronunciare la parola « marina », il colonnello alzò la testa con espressione indignata. « C'è una sola base navale nel Paese, una piccola struttura operativa di supporto situata a Chinhae, vicino a Pusan. Le manderò uno dei nostri capitani dell'Air Force. A quanto mi risulta, c'è un continuo andirivieni di uomini dei corpi speciali SEAL e UDT, la squadra di sabotaggio e demolizione terrestre e sottomarina, qui alla base; potrebbe aiutarvi a contattarne qualcuno. »

Due ore più tardi, Dirk e Summer salivano a bordo di un

grigio C-141B Starlifter dell'Air Force insieme con un'imponente squadra di soldati in uniforme. Nel sistemarsi sul sedile del velivolo da trasporto privo di finestrini, Dirk scovò nella tasca della poltrona di fronte una mascherina per gli occhi e un paio di tappi per le orecchie. Mentre li indossava, si girò verso Summer borbottando: « Per favore, non svegliarmi fino a che non saremo atterrati, possibilmente in un posto dove non servano alghe per colazione ».

Abbassata la maschera sugli occhi, si allungò sul sedile e cadde ben presto addormentato.

40

Per essere un incendio doloso, il fuoco era abbastanza modesto ed era stato possibile controllarlo in meno di venti minuti. Il conseguente danno, tuttavia, era stato accuratamente calcolato, con un obiettivo ben preciso in mente.

Erano le due del mattino quando a bordo della *Sea Launch Commander* era scattato l'allarme, destando di botto Christiano da un sonno profondo nella sua cabina. In un attimo si precipitò in plancia e prese a verificare rapidamente gli schermi di controllo. Un'immagine grafica della nave mostrava un'unica spia rossa, sul ponte inferiore.

« Cabina elettrica del ponte coperto, proprio davanti al centro di controllo lancio », riferì un marinaio dai capelli scuri di guardia in plancia. « È stato attivato l'impianto antincendio automatico a pioggia. »

« Togliete l'elettricità ovunque, in quella sezione della nave, tranne che ai sistemi d'emergenza », ordinò Christiano, « e comunicate al servizio antincendio portuale che ci serve aiuto. »

« Sì, signore. Ho mandato due uomini alla cabina elettrica, e sono in attesa del loro rapporto. »

Durante la permanenza in porto, a bordo della *Commander* era presente una piccola parte dell'equipaggio, e pochi uomini erano più o meno addestrati a intervenire in caso d'incendio. Un fuoco in rapida espansione poteva facilmente distruggere la nave prima dell'arrivo di adeguati soccorsi, e Christiano lo sapeva bene. Il comandante guardò attraverso uno degli oblò della plancia aspettandosi quasi di scorgere fumo e fiamme di fronte a sé, ma non fu così. Le uniche tracce dell'incendio erano il puzzo acre di componenti elettrici bruciati che arrivava alle sue narici e, in lontananza, la sirena di un camion dei vigili del fuoco che avanzava lungo la banchina. La sua attenzione si puntò sulla ricetrasmittente appesa alla cintura dell'uomo di guardia, dalla quale era scaturito un suono gracchiante. « Qui Briggs. L'incendio è scoppiato nella cabina elettrica, ma non sembra essersi propagato. Il settore con l'hardware è a posto, ed è stato azionato l'impianto a gas FM-200 per prevenire la combustione. Nella cabina non sembra essere entrato in funzione il dispositivo antincendio, ma se riusciamo a procurarci qualche estintore non dovremmo avere problemi a contenere le fiamme. »

Christiano afferrò la radio. « Fate quel che potete, Briggs. I soccorsi stanno arrivando. Passo e chiudo. »

Briggs e uno dei meccanici che aveva temporaneamente promosso a pompiere si erano trovati di fronte a una colonna di fumo che fuoriusciva rabbiosa dalla centrale elettrica. Non più grande di un'ampia cabina armadio, il locale ospitava i collegamenti elettrici fra il generatore della nave e la miriade di computer presenti a bordo, necessari a gestire il payload e a portare a termine le operazioni di lancio. Briggs si affacciò nella stanza vuotando due estintori, quindi si ritrasse un istante per controllare se il fumo tendeva a diminuire o no. Un'acre nube azzurrognola rotolò fuori del locale, i fumi nocivi subito filtrati dal respiratore dell'uomo. L'aiutante gli passò un terzo estintore, e questa volta Briggs balzò all'interno del locale, dirigendo il getto di biossido di carbonio sulle restanti fiamme che vedeva lampeggiare attraverso il muro di fumo nero. Vuotato il contenitore, si affrettò a lasciare saltellando la cabina e aspettò di aver ripreso fiato prima di fare nuovamente capolino. Nella stanza immersa nel buio, il fascio della sua torcia rivelava soltanto la presenza di fumo. Soddisfatto per aver domato le fiamme che non avevano l'aria di volersi riaccendere, si spostò in un corridoio laterale e chiamò via radio la plancia. « Fuoco estinto. Passo e chiudo. »

Sebbene le fiamme fossero state soffocate, il danno era ormai fatto. Ci sarebbero volute altre due ore prima che la massa liquefatta di cavi, fili e connettori smettesse di fumare, consentendo ai pompieri del porto di Long Beach di dichiarare sicura la nave. Il pungente puzzo di bruciato che aleggiava come una nuvola sulla *Commander* non si sarebbe diradato per giorni. Danny Stamp raggiunse la nave poco dopo la partenza dei pompieri, convocato da Christiano. Seduto accanto al comandante nell'adiacente centro di controllo, il direttore del lancio scosse la testa nell'ascoltare la relazione dei danni fatta dal responsabile informatico.

« Non si sarebbe potuto scegliere punto peggiore per un incendio », dichiarò l'uomo dei computer, rosso in viso per la frustrazione. « I cavi di ogni singola macchina collegata alle operazioni di lancio passano attraverso quel locale, così come la maggior parte dei monitor di controllo e di rotta. Dovremo cablare di nuovo l'intero impianto. Un vero incubo », soggiunse scotendo il capo.

« Che cosa può dirmi sullo stato dell'hardware? » volle sapere Stamp.

« Be', diciamo che questa è la buona notizia: nessuna delle nostre dotazioni hardware ha riportato danni. Ero molto preoccupato per le potenziali conseguenze dell'acqua, ma grazie al cielo il nostro equipaggio è riuscito a spegnere le fiamme prima che venisse azionata qualsiasi pompa a bordo. »

« Per essere operativi, quindi, sarà sufficiente sostituire i cavi dell'hardware. Quanto ci vorrà? »

« Oh, signore... Dovremo ricostruire la cabina elettrica, ordinare e ricevere qualche chilometro di cavi, alcuni dei quali prodotti appositamente, e cablare ex novo l'intero sistema. In condizioni normali, impiegheremmo tre o quattro settimane. »

« Invece ci troviamo nell'imminenza di un lancio che prevede pesanti penali in caso di ritardo. Ha a disposizione otto giorni », replicò Stamp in tono duro, fissando negli occhi il tecnico informatico.

Dopo aver annuito stancamente, l'uomo si alzò preparandosi a lasciare il locale. « Sarà meglio che tiri giù dal letto un po' di gente », borbottò nel varcare la soglia.

« Crede che ci riuscirà? » chiese Christiano non appena la porta si fu richiusa.

« Se è una cosa fattibile, senz'altro. »

« Che facciamo con la *Odyssey*? La teniamo in porto fino a che non avremo riparato i danni della *Commander*? »

« No », rispose Stamp dopo aver riflettuto. « Abbiamo già provveduto a caricare e assicurare lo Zenit, perciò la faremo partire come stabilito. La *Commander* è in grado di raggiungere l'equatore in metà tempo rispetto alla piattaforma e, se anche dovessimo tardare, la *Odyssey* potrebbe aspettarci per qualche giorno sul posto senza problemi. Sarebbe un'occasione in più per l'equipaggio di prepararsi al lancio. »

Dopo aver annuito, Christiano restò seduto in silenzio con aria pensierosa.

« Comunicherò al cliente il nostro programma aggiornato », proseguì Stamp. « Sono sicuro che mi toccherà esibirmi in uno spettacolo *kabuki* per tenerli calmi. Sappiamo già cos'ha provocato l'incendio? »

« L'ispettore dei vigili del fuoco darà un'occhiata domattina, come prima cosa. Tutto fa pensare a un corto circuito, probabilmente causato da qualche contatto difettoso. »

Stamp annuì senza dire nulla, chiedendosi che altro poteva accadere.

L'ispettore dei pompieri di Long Beach salì a bordo della *Sea Launch Commander* alle otto in punto del mattino. Dopo un sommario esame della cabina elettrica carbonizzata, provvide a interrogare i marinai addetti al servizio antincendio e gli altri uomini d'equipaggio in servizio al momento in cui era partito l'incendio. Tornato sul punto da dove erano scaturite le fiamme, prese a verificare con metodo i danni scattando fotografie del locale annerito e prendendo appunti. Una volta esaminati accuratamente i cavi bruciacchiati e gli interruttori fusi dal calore per quasi un'ora, concluse soddisfatto che non vi era nessuna evidenza che facesse pensare a un incendio doloso.

Ci sarebbe voluta un'ispezione ben più minuziosa per individuare la prova. Sotto i suoi stivali coperti di cenere c'erano i resti quasi invisibili di un contenitore di succo d'arancia congelato. Un'analisi chimica avrebbe rivelato che nel contenitore era stata celata una mistura esplosiva di benzina e frammenti di polistirene. Piazzata qualche giorno prima da uno degli uomini di Kang e attivata da un piccolo timer, la minuscola bomba incendiaria aveva sparso il proprio contenuto per la cabina in una pioggia di fuoco. Col dispositivo antincendio a pioggia sabotato in modo da sembrare difettoso, il danno era assicurato come da copione: abbastanza grave da ritardare la partenza della *Sea Launch Commander* di parecchi giorni, ma non tanto da sollevare il sospetto che potesse trattarsi di un evento non accidentale.

Oltrepassato il contenitore incenerito e irriconoscibile, l'ispettore sostò all'esterno del locale per completare le sue valutazioni. *Corto circuito elettrico causato da cablaggio difettoso o impropria messa a terra*, scrisse su un blocco, prima di riporre la penna nel taschino della camicia e lasciare la nave incrociando un gruppetto di operai che stavano salendo a bordo.

41

Una pioggerella monotona stava cadendo sulla base aerea di McChord, a sud di Tacoma, quando il C-141 si avvicinò rombando al termine del volo attraverso il Pacifico. Le ruote del grosso jet gemettero sulla pista bagnata prima di fermarsi davanti al terminal di transito, dove furono spenti i motori e venne abbassato il portellone posteriore.

Fedele alla parola data, Dirk aveva dormito per quasi tutto il viaggio. Scendendo lungo la scaletta, si sentiva riposato ma terribilmente affamato. Summer lo seguiva con un'aria più affaticata, non essendo riuscita a riposare granché a bordo del rumoroso aereo. Avvistati i due, un tenente della base li scortò al circolo ufficiali per un panino veloce prima di riaccompagnarli verso la pista. Scorgendo una cabina telefonica, Dirk si affrettò a comporre un numero locale.

« Dirk, stai bene! » esclamò Sarah con evidente sollievo.

« In ottima forma », confermò lui.

« Il comandante Burch mi ha detto che ti trovavi a bordo della nave della NUMA affondata nel mar della Cina. Mi sono preoccupata da morire per te. »

Raggiante, Dirk le fornì una versione concentrata dell'accaduto a partire dal viaggio in Giappone.

« Santo cielo, la stessa gente che ha sparso l'arsenico nelle Aleutine ha intenzione di lanciare un attacco in grande stile? »

« Così sembra. Speriamo di scoprire qualcosa di più al nostro arrivo a Washington. »

« Be', tenete informati i vostri amici dei CDC. Abbiamo in loco una squadra di pronto intervento antiterrorismo in grado di far fronte a improvvisi attacchi chimici o biologici. »

« Sarai la prima che chiamerò. A proposito, come va la gamba? »

« Bene, anche se sto ancora cercando di abituarmi a queste maledette stampelle. Quando verrai a mettere l'autografo sul gesso? »

D'un tratto, Dirk si accorse che la sorella lo stava invitando a raggiungerla accanto a un piccolo aereo fermo sulla pista. « Quando verrò a prenderti per portarti a cena. »

« Parto per Los Angeles domani per una conferenza di una settimana sulle tossine ambientali », replicò lei in tono deluso. « Bisognerà rimandare fino alla prossima settimana. »

« Consideralo un appuntamento. »

Dirk ebbe a malapena il tempo di correre fino al Gulfstream V che stava scaldando i motori a bordo pista. Arrampicatosi sul jet, scoprì con disappunto che la sorella si era accaparrata l'attenzione generale, circondata com'era dal gruppetto di colonnelli e generali del Pentagono che affollavano l'aereo in partenza per la base di Andrews.

Il grande jet executive sorvolò rombando il Jefferson Memorial alle sei del mattino successivo per puntare poi verso la base aerea che sorgeva a sud-est della capitale. Un furgone della NUMA aspettava i due fratelli per accompagnarli attraverso il leggero traffico mattutino fino al quartier generale della società, dove Rudi Gunn li fece accomodare nel proprio ufficio.

« Grazie a Dio siete salvi. Stavamo mettendo a soqquadro il Giappone in cerca di voi due e di quella maledetta posacavi. »

« Ottima idea, ma Paese sbagliato », commentò ironicamente Summer.

« C'è della gente, qui, che vorrebbe sentire il racconto della vostra avventura di prima mano », proseguì Gunn, senza neppure concedere ai due la possibilità di rilassarsi. « Venite, andiamo nell'ufficio dell'ammiraglio. »

Lo seguirono fino a una grande stanza d'angolo sovrastante il Potomac. Anche se l'ammiraglio Sandecker non era più il direttore della NUMA, Gunn rifiutava senza rendersene conto di accettare la cosa. Trovando la porta aperta, entrarono direttamente.

Su un divano d'angolo, due uomini discutevano di sicurezza portuale lungo le coste mentre l'assistente speciale della Sicurezza nazionale Webster, seduto su una sedia di fronte a loro, esaminava una pratica con aria diligente.

« Dirk, Summer, ricordate Jim Webster della Sicurezza nazionale? Questi sono gli agenti speciali Peterson e Burroughs, della divisione antiterrorismo dell'FBI. » Gunn indicò i due sul divano. « Hanno già incontrato Bob Morgan, e sono molto interessati a sapere cosa vi è accaduto dopo l'affondamento della *Sea Rover.* »

Dopo essersi sistemati su un paio di poltrone dallo schienale reclinabile, i due fratelli presero a riferire l'intera serie di eventi, a partire dalla loro reclusione sulla *Baekje* sino alla fuga a bordo della giunca cinese. Terminato il rapporto sulla loro avventura, Summer lanciò un'occhiata all'orologio a muro a forma di nave antica e si rese conto con sorpresa che erano trascorse ben tre ore. L'assistente speciale della Sicurezza nazionale, notò, era diventato sempre più pallido via via che si snodava il loro racconto.

« Non riesco a crederci. Tutte le tracce conducevano a una cospirazione dei giapponesi, e le nostre indagini erano concentrate sul Giappone », bofonchiò alla fine l'uomo, scotendo la testa.

« Un depistaggio ben ideato », commentò Dirk. « Kang è un uomo potente, con notevoli risorse a disposizione. Possiede capacità e mezzi che sarebbe bene non sottovalutare. »

« È sicuro che progetti di sferrare un attacco biologico contro gli Stati Uniti? » intervenne Peterson.

« È quanto ci ha lasciato capire, e non credo stesse bluffando. L'incidente delle Aleutine si direbbe un test pratico dei loro strumenti tecnologici per la dispersione dell'arma biologica nell'atmosfera. Solo, ora hanno potenziato il loro virus del vaiolo rendendolo molto più virulento. »

« È una storia non troppo dissimile da quelle che ho sentito raccontare a proposito dei russi, che negli anni '90 si diceva avessero realizzato un virus del vaiolo resistente al vaccino », commentò Gunn.

« Solo che questa è una chimera, una ferale combinazione di

virus che sfrutta gli elementi più micidiali di ciascuno», ribatté Summer.

«Se il composto è resistente ai nostri vaccini, un'epidemia potrebbe mietere milioni di vittime», borbottò Peterson, scotendo la testa. Il silenzio invase la stanza per un attimo, mentre gli occupanti prendevano in considerazione quella prospettiva terrificante.

«L'attacco delle Aleutine dimostra che possiedono i mezzi per diffondere il virus. La questione ora è la seguente: quale potrebbe essere il loro obiettivo?» riprese Gunn.

«Se riusciamo a fermarli prima che abbiano la possibilità di colpire, il particolare è irrilevante. Dovremmo effettuare un'incursione nel palazzo di Kang, presso il suo cantiere e gli altri impianti di copertura, e dovremmo farlo immediatamente», soggiunse Summer, colpendosi una coscia con la mano per dare enfasi alle proprie parole.

«Ha ragione», rincarò Dirk. «Per quanto ne sappiamo, le armi si trovano ancora a bordo della nave presso il cantiere di Inchon, e la storia potrebbe concludersi laggiù.»

«È indispensabile raccogliere ulteriori prove», affermò in tono piatto l'uomo della Sicurezza. «Bisognerà convincere le autorità coreane che il rischio è reale, prima di poter organizzare una squadra investigativa congiunta.»

Gunn si schiarì leggermente la voce. «Potremmo essere sul punto di ottenere tutte le prove necessarie», disse, attirando su di sé lo sguardo di tutti i presenti. «Dirk e Summer hanno avuto l'accortezza di contattare le forze speciali della marina prima di lasciare la Corea, segnalando loro il cantiere segreto di Kang a Inchon.»

«Non stava certo a noi autorizzarli ad agire, ma una telefonata ben piazzata di Rudi li ha per lo meno convinti ad ascoltare ciò che avevamo da raccontare», ridacchiò Summer girandosi verso Gunn.

«Le cose si sono spinte ben oltre, nel frattempo», affermò Rudi. «Dopo la vostra partenza da Osan, abbiamo avanzato formale richiesta affinché venisse organizzata una missione di ricognizione subacquea da parte delle forze speciali. Il vicepresidente Sandecker si è esposto di persona per ottenere le approvazioni necessarie, nella speranza di riuscire a prendere Kang con le mani nel sacco. Sfortunatamente, col putiferio sulla nostra presenza militare in Corea, è un momento delicato per andare a curiosare in casa del nostro alleato. »

« Non devono fare altro che scattare una foto alla *Baekje* ormeggiata al molo di Kang, e avremo la prova che ci serve. »

« Di sicuro aiuterebbe la nostra causa. Quando agiranno? » s'informò Webster.

Dopo aver lanciato un'occhiata all'orologio, Gunn calcolò mentalmente la differenza di quattordici ore esistente fra Washington e Seoul. « La squadra entrerà in azione fra due ore circa. Dovremmo sapere qualcosa in serata. »

Webster raccolse le proprie carte in silenzio, poi si alzò. « Sarò di ritorno dopo pranzo per un rapporto completo », borbottò dirigendosi verso la porta. Mentre lasciava la stanza e si avviava lungo il corridoio, gli altri lo udirono bofonchiare ripetutamente un'unica parola: « Corea ».

42

Contrariato, il comandante Bruce McCasland levò lo sguardo a osservare la nottata coreana. Un pesante banco di nuvole basse si era portato sopra Inchon, oscurando il cielo in precedenza più luminoso. La nuvolaglia aveva comportato un'illuminazione artificiale più intensa, e con essa il boomerang ottico di migliaia di luci provenienti dalle lampade stradali, dalle case e dalle insegne della cittadina portuale; rifrangendosi contro la cappa del cielo, tutte quelle fonti luminose accendevano la notte di uno sfocato chiarore. Per un uomo la cui sopravvivenza dipendeva dalla furtività, il buio era l'amico più fidato, l'arrivo delle nubi una maledizione. Forse arriverà la pioggia a darci maggiore copertura, si disse speranzoso, ma i neri cumuli scivolavano via in silenzio, conservando il loro carico con esasperante ostinazione.

L'operatore SEAL originario di Bend, nell'Oregon, si acquattò di nuovo nello sgangherato sampan e lanciò un'occhiata ai tre uomini accanto a lui, accucciati in modo da tenersi al di sotto del capo di banda. Come McCasland, erano equipaggiati di mute subacquee nere e relative pinne, maschera e zaino. Trattandosi di una missione ricognitiva, avevano con sé l'armamento minimo previsto per il combattimento ravvicinato, e ciascuno era dotato di una compatta pistola mitragliatrice Heckler & Koch MP5K da 9 mm. Agganciato alla muta c'era un assortimento di foto e cinecamere miniaturizzate, oltre a un paio di occhiali per la visione notturna.

Mentre oltrepassava i moli commerciali di Inchon, la vecchia barca si lasciava alle spalle una scia di fumo azzurrognolo emessa dallo sputacchiante motore fuoribordo. Agli occhi di un osservatore casuale, il sampan sarebbe apparso identico alle migliaia di imbarcazioni simili utilizzate da commercianti e uomini d'affari come comuni mezzi di trasporto lungo le acque costiere coreane. Sotto la sua apparenza corrosa dal tempo, invece, si nascondeva un mezzo d'assalto dallo scafo in fiberglass. Dotata di un potente motore entrobordo, l'imbarcazione camuffata era stata appositamente costruita per il trasporto e il recupero di piccole squadre subacquee appartenenti alle forze speciali.

Aggirandosi nel deserto settore nord del porto, il sampan si portò a duecento metri circa dall'imboccatura del canale di accesso all'impianto della Kang Marine Services. Nell'istante prefissato, il motore della barca da sette metri sputacchiò e tossì varie volte finendo per spegnersi. Due agenti travestiti da poveri pescatori presero a imprecare l'uno contro l'altro in coreano; mentre uno armeggiava col motore fingendo di volerlo riavviare, l'altro afferrò platealmente un remo e lo tuffò nell'acqua nel goffo tentativo di guadagnare la riva.

McCasland sbirciò oltre il parapetto puntando il binocolo a infrarossi sul posto di guardia all'imboccatura del canale. Due individui li stavano osservando dall'interno della baracca, senza tuttavia accennare a muoversi verso il motoscafo nero ormeggiato a pochi metri di distanza. Lieto che le sentinelle fossero troppo pigre per voler indagare oltre, si girò verso i compagni. « Nell'acqua », ordinò a voce bassa. « Ora. »

Con la grazia di un gatto persiano che balza a terra da un divano, i tre scivolarono oltre la murata calandosi nell'acqua senza il minimo rumore. Indossata la maschera, McCasland mostrò il pollice alzato ai due « pescatori » e seguì gli uomini rana oltre la falchetta. Dopo il caldo sofferto sulla barca a causa della muta impermeabile, sentì con piacere l'acqua fredda penetrare sotto la gomma e rinfrescargli la pelle. Compensando la pressione sulle orecchie, s'immerse a una profondità di venti piedi prima di fermarsi sforzandosi di forare le tenebre con lo sguardo. L'acqua stagnante e inquinata del porto consentiva una visibilità limitatissima, che di notte e senza una torcia a disposizione si avvicinava allo zero assoluto. Ignorando le proibitive condizioni d'immersione, McCasland prese a parlare in un sistema di comunicazione subacquea senza fili collegato alla sua maschera. « Controllo audio », abbaiò.

« Qui Bravo. Collegamento audio confermato. Chiudo », rispose una voce.

« Qui Charlie. Collegamento confermato. Chiudo », gli giunse una seconda voce, questa volta con una lieve cadenza della Georgia.

« Qui Delta. Confermato. Chiudo », si udì la voce del terzo sub.

« Ricevuto. Attendere istruzioni », fece McCasland.

Sopra di loro, i due operatori SEAL a bordo del sampan avevano fatto arenare la barca nelle vicinanze di una vecchia banchina abbandonata a portata d'occhio delle guardie di Kang. Facendo mostra di voler riparare il guasto, presero a sbattere gli attrezzi l'uno contro l'altro imprecando a gran voce e armeggiando nel motore, mentre i compagni portavano avanti la missione.

Sotto la superficie, McCasland attivò il suo ricevitore subacqueo miniaturizzato GPS (Miniature Underwater GPS Reveiver, cioè MUGR o *mugger*, « coccodrillo », com'era stato soprannominato). Non più grande di un palmare, il minuscolo congegno conteneva un sistema di navigazione calibrato sui segnali del GPS satellitare. McCasland risalì rapidamente a una profondità di dieci piedi, dove il ricevitore sarebbe riuscito a captare il segnale del GPS e a fare il punto. A un tratto si accese un display verde, sul quale comparve una linea animata che zigzagava in mezzo e intorno a una serie di ostacoli. Basandosi su fotografie aeree scattate da ricognitori e sulle descrizioni fornite da Dirk e Summer, McCasland aveva inserito nel coccodrillo un certo numero di punti di riferimento che, messi in fila, creavano una sorta di sentiero che avrebbero potuto seguire restando completamente sott'acqua fino all'entrata del cantiere coperto. Ognuno dei quattro sub era dotato del proprio strumento, sul quale un puntino lampeggiante indicava altresì la posizione dei compagni. Muovendosi nell'oscurità più totale, erano così in grado di procedere verso il bersaglio tenendosi a una distanza di pochi metri l'uno dall'altro.

« D'accordo, muoviamoci », ordinò McCasland dopo essere ridisceso alla profondità alla quale si trovavano gli altri.

Con un ampio colpo di pinne, si lanciò in avanti nell'acqua color inchiostro, gli occhi fissi sulla bussola elettronica e sul profondimetro, che non doveva mai scendere oltre la tacca dei venti piedi. Raggiunta l'imboccatura del canale privato, s'infilò nello stretto varco passando quasi esattamente sotto il motoscafo delle guardie di Kang che dondolava in superficie. Alle spalle di McCasland, gli altri tre operatori SEAL avanzavano in formazione triangolare mantenendosi a poca distanza l'uno dall'altro.

Sia di giorno sia di notte, i sub SEAL erano praticamente invisibili grazie all'uso di autorespiratori a circuito chiuso. Abbandonate le tradizionali bombole ad aria compressa che generano microbolle visibili in superficie, per rifornirsi di aria i sub della marina utilizzavano un apparecchio VIPER della Carleton Technologies. Alloggiato in un maneggevole zaino, il VIPER fornisce ossigeno puro che circola attraverso un filtro ad azione chimica in grado di eliminare il pericoloso biossido di carbonio, con un minimo rilascio di sostanza esausta. Il congegno a flusso costante consente ai sub di restare sott'acqua fino a quattro ore senza la necessità di effettuare risalite intermedie, e senza bollicine che potrebbero rivelarne la presenza a occhi indiscreti.

Seguendo l'immaginario sentiero disegnato dal coccodrillo, i quattro avanzarono lungo il serpeggiante canale agitando le pinne nell'acqua scura fino a raggiungere l'ingresso del cantiere coperto. La lunga nuotata avrebbe sfinito molti sportivi, ma grazie agli anni di duro allenamento i temprati operatori SEAL erano freschi come se si fossero limitati ad attraversare la strada; mentre si radunavano davanti alla massiccia porta, il loro battito cardiaco era appena al di sopra della fase di riposo. McCasland prese a muoversi in cerchio fino a che le sue mani non incontrarono un pilone che delimitava un lato dell'ingresso. Seguendo la colonna, risalì lentamente fino a trovare il bordo inferiore della porta scorrevole, a poco meno di tre piedi sotto la superficie dell'acqua. Fiducioso di trovarsi nel punto giusto, ridiscese alla profondità dei compagni.

« Procedere con ricognizione preliminare. Ci ritroviamo in questo punto fra tre minuti esatti. Via. »

Da quel momento in poi, ogni sub aveva un diverso percorso da seguire all'interno del cantiere coperto. Dirk e Summer avevano tracciato a memoria una mappa dettagliata del luogo, che era stata utilizzata per determinare un diverso obiettivo per ciascuno degli uomini. McCasland aveva il compito più arduo e pericoloso, dovendo nuotare fino all'altra estremità del cantiere per ottenere una veduta frontale dell'impianto. Altri due uomini avrebbero perlustrato il molo principale per controllare e filmare la *Baekje*, mentre il quarto sarebbe rimasto di sentinella accanto all'entrata.

Le scintillanti luci sospese nell'hangar illuminavano la superficie dell'acqua proiettandovi l'ombra cupa dei pali di sostegno in cemento. McCasland scoprì che, a una profondità di quindici piedi, riusciva a malapena a distinguere la sagoma scura dei pali davanti a sé. Si portò il coccodrillo contro il petto e mosse le pinne in modo più energico, utilizzando lo strumento per farsi guidare con maggior rapidità lungo la banchina. Dopo aver oltrepassato dozzine di pali, una solida parete di cemento gli si parò davanti, segnalandogli di aver raggiunto l'estremità del molo. Appoggiatosi contro uno dei sostegni, accese una telecamera digitale e si preparò a risalire, lottando contro una spiacevole sensazione di sconfitta. Nuotando sotto la banchina aveva avvertito uno strano vuoto, come presentendo l'assenza della massa che si era aspettato di percepire, pur essendo fuori portata del suo sguardo.

Emergendo silenziosamente in superficie sotto il bordo del molo, gli occhi gli confermarono ciò che lo stomaco gli aveva già comunicato. Il gigantesco cantiere coperto era vuoto. Nessuna nave posacavi da centotrentacinque metri era ormeggiata di fronte a lui. Il bacino principale, in realtà, era deserto. McCasland riprese silenziosamente l'impianto con la telecamera, trovando l'unica imbarcazione presente: un malconcio rimorchiatore in secca nel bacino di carenaggio. Lì accanto, un gruppetto di annoiati operai del turno di notte si rincorreva intorno a un muletto, unico segno di vita in tutta l'enorme struttura.

Terminate le riprese, McCasland tornò a immergersi dirigendosi nuovamente verso l'ingresso principale. Raggiunto il pilone di sostegno, sollevò il coccodrillo e vide che gli altri tre sub lo avevano preceduto e lo stavano aspettando a pochi metri di distanza.

« Missione terminata », annunciò secco prima d'imboccare il canale per rientrare.

Una volta raggiunto il sampan sulla riva, i quattro operatori SEAL strisciarono silenziosamente a bordo, mentre i finti pescatori riuscivano come per incanto a risolvere il loro problema e facevano ripartire il motore. Dopo aver percorso fra un'imprecazione e l'altra il canale di Kang, si allontanarono nella notte.

Una volta fuori tiro, McCasland si alzò a sedere e si sfilò la maschera, respirando una boccata di aria salmastra mentre osservava le luci tremolanti lungo la riva. Una goccia di pioggia gli colpì il viso, seguita da un'altra, e da un'altra ancora. Scotendo la testa, rimase seduto in silenzio sotto il diluvio che dal cielo infuriava sul demoralizzato commando.

43

Raggiunto il quartier generale della NUMA alle sei in punto, Webster, Peterson e Burroughs si presentarono nell'ufficio di Gunn dove si trovarono di fronte a una scena deprimente. Si era appena saputo l'esito della missione di ricognizione effettuata dalla squadra SEAL, e Gunn, Dirk e Summer stavano commentando il rapporto con aria cupa.

« Notizie deludenti, temo », li informò Gunn. « La posacavi non si trovava nel punto previsto. »

« Com'è potuta andare e venire senza essere vista? » si chiese Webster. « Abbiamo allertato Interpol e autorità doganali affinché cercassero quella nave in tutto il Pacifico orientale. »

« Qualcuno di loro potrebbe essere sul libro paga di Kang », suggerì Summer.

Webster spazzò via l'idea con un cenno della mano. « Siamo certi che la squadra di ricognizione non abbia compiuto errori d'identificazione? »

« A quanto pare, nel cantiere coperto non c'era nulla da vedere. Proprio in questo momento ci stanno inviando via satellite un video dell'incursione. Possiamo dare un'occhiata di persona sullo schermo dell'ammiraglio », replicò Gunn. Per la seconda volta nella giornata, li guidò in processione fino all'ufficio d'angolo in precedenza occupato da Sandecker. Avvicinandosi, udì con stupore una risata familiare levarsi nella stanza mentre una nuvola di fumo usciva fluttuando attraverso la porta aperta.

Varcata la soglia, rimase sbalordito nel vedere Al Giordino sul divano. Un ciuffo degli scuri capelli ondulati di traverso sugli occhi, il neonominato direttore di tecnologia subacquea della NUMA se ne stava abbandonato con le gambe appoggiate al tavolino, un grosso sigaro che gli penzolava dalle labbra. Con una consunta tuta della NUMA addosso, aveva l'aria di essere appena sceso da una barca.

« Rudi, ragazzo mio, mettiamo alla frusta la ciurma fino a tardi, oggi, giusto? » lo accolse Giordino, lanciando uno sbuffo di fumo verso il soffitto.

« Qualcuno deve pur badare alla bottega, mentre tu te ne stai a crogiolarti su una calda spiaggia tropicale. »

Entrando a loro volta nella stanza, Dirk e Summer sorrisero scorgendo Giordino, verso il quale nutrivano l'affetto che si prova per uno zio prediletto, e non videro subito il loro padre, in piedi all'estremità opposta dell'ufficio, intento a fissare le luci sull'altra riva del Potomac. Stagliato nel suo metro e novanta contro la finestra, aveva perso ben poco dell'agilità muscolare giovanile. Solo un tocco di grigio sulle tempie e qualche leggera ruga intorno agli occhi ricordavano la sua reale età. Il volto vissuto e abbronzato di Dirk Pitt, leggendario direttore dei progetti speciali e attuale capo della NUMA, si aprì in un largo sorriso alla vista dei figli.

« Dirk, Summer », esclamò, gli scintillanti occhi verdi traboccanti d'affetto, stringendoli fra le braccia.

« Papà, credevamo che tu e Al foste ancora nelle Filippine », mormorò Summer dopo averlo baciato sulla guancia.

« Stai scherzando? » intervenne Giordino. « Questo vecchio è tornato attraversando il Pacifico praticamente a nuoto, quando ha sentito che eravate scomparsi. »

Pitt senior si lasciò andare a un sorriso. « Ero soltanto geloso che aveste deciso di fare un viaggetto nell'Asia nordorientale senza di me », scherzò.

« Abbiamo compilato un elenco dei posti da evitare », ridacchiò Dirk per tutta risposta.

Pitt era visibilmente emozionato dalla presenza dei suoi due ragazzi. Il veterano ingegnere navale sprizzava serenità da tutti i pori da quando, di recente, il mondo era sembrato cambiare intorno a lui. La sua vita privata era stata del tutto rivoluzionata dall'improvvisa comparsa, pochi anni prima, di due figli adulti dei quali aveva sempre ignorato l'esistenza. I ragazzi, tuttavia, erano rapidamente diventati parte integrante di lui, affiancandolo nella sua attività subacquea, dividendo il loro tempo con lui e la sua nuova moglie; già, perché il subitaneo carico di responsabilità lo aveva indotto a riesaminare la propria vita, spingendolo a sposare finalmente colei che amava da anni: Loren Smith, rappresentante del Congresso per il Colorado. E i cambiamenti non erano finiti lì, visto che anche la sua vita professionale aveva subito uno sconvolgimento. Con l'inattesa decisione dell'ammiraglio Sandecker di passare alla vicepresidenza, Pitt si era ritrovato all'improvviso proiettato ai vertici della NUMA. Quale direttore dei progetti speciali, aveva affrontato avventure e rischi sufficienti per riempire parecchie esistenze, che lo avevano trascinato ai quattro angoli del globo. Segnato sia mentalmente sia fisicamente dai pericoli corsi, era stato ben lieto di cedere i compiti più massacranti. Quale direttore della NUMA, si trovava a svolgere incarichi politici e amministrativi che esulavano spesso dai suoi interessi, ma faceva in modo che lui e Al avessero comunque la possibilità di passare abbastanza tempo sul campo a testare nuove attrezzature, a esplorare possibili santuari marini, o semplicemente a sfidare i limiti della profondità. Se si trattava di esplorare l'ignoto o risolvere un antico mistero, la fiamma della curiosità continuava ad ardere con forza dentro di lui, così come non gli era mai venuto meno un senso della proprietà vecchio stile. Il rapimento dei suoi ragazzi e l'affondamento della *Sea Rover* avevano scatenato in lui una tale collera da risvegliare l'antico proposito di raddrizzare il mondo.

« Com'è la situazione della nave da carico giapponese nelle Filippine, papà? » chiese Dirk. « Ho saputo che erano delle munizioni che perdevano sostanze chimiche a causare la moria sul reef. »

« Esatto. Un miscuglio di iprite e lewisite, nel caso specifico. Altri residuati biochimici della seconda guerra mondiale. Per il momento, ci siamo limitati a bloccare la perdita. Visto che nessuno si è offerto di finanziare costose operazioni di scavo e rimozione delle munizioni, siamo ricorsi all'unica soluzione possibile: le abbiamo sepolte. »

« Fortuna che c'era un banco di sabbia sommerso proprio in

quel punto», intervenne Giordino. «È bastato azionare la pompa e riempire la stiva di sabbia, quindi sigillare il tutto. Se nessuno va a scavare là sotto non ci saranno altre dispersioni di sostanze tossiche, e nel giro di qualche anno il reef danneggiato potrà riprodursi.»

Un'assistente del reparto contabilità fece capolino dalla porta rivolgendosi a Gunn. «Il video fornito dal Pentagono è pronto per essere visionato ora, signore», annunciò, scomparendo subito dopo come un coniglio nella tana.

Gunn approfittò dell'interruzione per presentare a Pitt e a Giordino gli uomini della Sicurezza nazionale e dell'FBI, quindi guidò tutti i presenti verso un ampio schermo piatto celato da un pannello scorrevole. Dopo aver digitato alcuni rapidi comandi su una tastiera, lo schermo s'illuminò di colpo mostrando l'immagine di un vasto cantiere coperto. L'occhio della telecamera esplorò l'impianto inquadrando una serie di moli vuoti. A meno di un minuto dall'inizio, il video terminò e lo schermo si spense.

«È il cantiere di Kang, non ci sono dubbi, ma non c'è traccia della *Baekje*», borbottò Dirk.

«Secondo il rapporto della marina, un minuscolo rimorchiatore e un motoscafo sono le uniche imbarcazioni avvistate nella proprietà di Kang», osservò Gunn. «Evidentemente, come era solito dire Elvis per calmare i fan, la *Baekje* ha già lasciato l'edificio.»

Webster si schiarì la gola. «Interpol e polizia statale coreana confermano che il traffico portuale di Inchon è stato controllato ventiquattr'ore su ventiquattro, fin dal momento del recupero dell'equipaggio della *Sea Rover* e della diramazione del comunicato di allerta. Nessuna nave corrispondente alla descrizione della *Baekje* è stata vista entrare o uscire dal porto, da allora.»

«Qualcuno sta facendo il furbo», sbottò Giordino in tono sarcastico.

Webster replicò al commento con uno sguardo indignato. «Una possibilità remota e del tutto improbabile. Nonostante il traffico intenso, Inchon non è un porto particolarmente vasto; qualcuno avrebbe riferito di averla vista salpare.»

«Potrebbe essere sgattaiolata via subito dopo la partenza di Dirk e Summer», ipotizzò Gunn, «ovvero prima che l'Interpol diramasse il bollettino di allerta.»

«Oppure esiste un'altra possibilità», intervenne Pitt. «La nave potrebbe essere stata camuffata o trasformata in modo da sembrare diversa. In questo caso potrebbe aver lasciato il porto in pieno giorno, con l'aspetto di una carretta qualunque.»

«O della *Love Boat*», gli fece eco Giordino.

«Comunque stiano le cose, resta il fatto che senza la nave non abbiamo prove sufficienti per denunciare Kang alle autorità coreane», s'intromise Webster.

«E la testimonianza di Dirk e Summer, allora?» replicò Pitt con rabbia crescente. «Crede forse che siano spuntati sul suolo coreano a bordo della *Queen Mary*?»

«Le accuse contro Kang devono essere a prova di bomba», ribadì Webster, a disagio. «Stiamo affrontando un grave problema politico con la Corea del Sud, attualmente. Al nostro dipartimento di Stato stanno tremando le ginocchia, e persino al Pentagono sono nervosi come gatti. Esiste una concreta possibilità che si debba rinunciare alla nostra presenza militare in Corea, e nessuno è disposto a compromettere una situazione già tanto precaria in un momento così critico.»

«Perciò avete paura di chiedere alla Corea del Sud di svolgere indagini su Kang?»

«Sono ordini che vengono dall'alto. Dobbiamo tenerci alla larga dalla Corea fino a che l'Assemblea nazionale non avrà espresso il proprio voto sull'espulsione delle nostre forze militari.»

«Che cosa pensa l'ammiraglio, di tutto questo?» chiese Pitt rivolgendosi a Gunn.

L'altro scosse lentamente la testa. «L'ammiraglio, ehm, il vicepresidente Sandecker mi ha comunicato che il presidente sta deferendo al dipartimento di Stato il caso dell'affondamento della *Sea Rover*. Quanto alle accuse di Dirk e Summer contro Kang, si sono purtroppo scontrate con le disposizioni appena citate da Jim: dobbiamo mantenere un basso profilo tutti quanti, fino al voto dell'Assemblea nazionale. A quanto pare, i rapporti dei servizi segreti hanno rivelato trattative nascoste fra Kang e il presidente sudcoreano che andrebbero ben oltre la nota amicizia che li unisce. Quest'ultimo avrebbe paura di perdere il sostegno dell'altro nei confronti dell'Assemblea, se si dovesse avviare un'indagine potenzialmente imbarazzante.»

«Non si rende conto dell'entità del pericolo rappresentato dalle armi in possesso di Kang?» esclamò Summer, incredula.

Gunn annuì. «Il presidente ha assicurato che, una volta votata la risoluzione, chiederà alle autorità coreane un'immediata ed esauriente indagine sul coinvolgimento di Kang nell'affondamento della *Sea Rover* e sui suoi possibili collegamenti con la Corea del Nord. Nel frattempo ha autorizzato la Sicurezza nazionale ad alzare il livello di allerta, con particolare riferimento a velivoli o navi provenienti dal Giappone e dalla Corea del Sud.»

Pitt junior prese a passeggiare su e giù per la stanza in preda alla frustrazione. «Un po' tardi», si decise a borbottare a bassa voce. «Sostenere la rimozione delle forze americane dalla Corea del Sud fa parte della strategia di Kang, che intende sfruttare come diversivo la presunta minaccia terroristica giapponese. Non vedete? Se vuole veramente colpire gli Stati Uniti, lo farà prima della votazione dell'Assemblea nazionale.»

«Che avrà luogo fra dieci giorni», osservò Gunn.

«Pertanto non ci resta che anticipare la prossima mossa di Kang», intervenne Pitt in tono pacato e ragionevole. «Sappiamo che, gestendo una grossa compagnia di navigazione, possiede una vasta conoscenza delle strutture portuali americane. Sarebbe plausibile che tentasse d'introdurre le armi servendosi di una nave commerciale, con ogni probabilità sulla costa occidentale.»

«Molto più semplice che nasconderle a bordo di un aereo», convenne Giordino. «Potrebbe usare una nave battente bandiera giapponese.»

«O addirittura l'inafferrabile *Baekje*», suggerì Dirk.

«Yaeger ha scaricato del materiale sui possibili componenti

biologici e sul loro stivaggio», annunciò Gunn. «Vedrò che i funzionari doganali preposti alle ispezioni in porto ricevano adeguate istruzioni.»

«Potrebbe essere troppo tardi», obiettò Pitt. «Basterebbe rilasciare l'agente infettante durante l'avvicinamento al porto, e sarebbero in grado di contaminare l'intera regione ancor prima di aver ormeggiato. Pensate alla baia di San Francisco, per esempio.»

«O addirittura prima di entrare in porto, se il vento è a favore. A quanto pare, alle Aleutine l'agente è stato rilasciato da una barca al largo dell'isola di Yunaska, perciò è indubbio che potrebbero colpire senza neppure entrare in porto», rincarò Dirk.

«Il compito della sorveglianza portuale ricade sotto la giurisdizione della Sicurezza nazionale e spetta alla guardia costiera, che sta salendo a bordo a ispezionare ogni nave commerciale subito dopo il suo arrivo», precisò Webster.

«D'accordo, ma avvicinano e ispezionano anche le navi commerciali che non sono dirette in porto?» lo interrogò Dirk.

«Credo non abbiano risorse sufficienti per potersi occupare anche di questo aspetto della missione. Pur avendo potenziato il settore del pattugliamento marittimo, continuano ad avere un numero limitato di mezzi nautici a disposizione. Pretendere che estendano la copertura lungo l'intera costa occidentale sarebbe decisamente eccessivo, per le loro forze.»

«E la marina?» s'intromise Summer. «Non potrebbe mettere in servizio qualche nave della flotta del Pacifico? Con la sicurezza nazionale in pericolo, direi che sarebbe il caso di richiamare ogni nave militare disponibile per fare blocco.»

«Ottima domanda, con una risposta scomoda», replicò Gunn. «Si tratta di una zona grigia, nel settore di competenza della marina; nel ruolo di sostenitori della guardia costiera non sono mai stati granché. È probabile che finirebbero per ignorare la richiesta fino a che non convincessimo il segretario della Difesa o la Casa Bianca a spalleggiarci. Parlerò della cosa al vicepresidente, ma devo realisticamente avvertirvi che ci vorrà come minimo una settimana prima che possano intervenire. E a quel punto potrebbe essere troppo tardi.»

« Esiste un'altra possibilità », intervenne Pitt, aprendo il cassetto di una scrivania per estrarne un rapporto giornaliero sugli incarichi assegnati alle navi da ricerca della NUMA. « Vediamo un poco: la *Pacific Explorer* è appena arrivata a Vancouver, la *Blue Gill* sta effettuando un sopralluogo al largo della Drake's Bay, a nord di San Francisco, e la *Deep Endeavor* sta operando con un sommergibile a San Diego. Non è certo una flotta di navi da battaglia, ma in un paio di giorni potrei richiamare queste tre unità e posizionarle all'esterno dei principali porti metropolitani della costa occidentale col compito di fornire assistenza alla guardia costiera. »

« Sarebbe un bel miglioramento, rispetto alle risorse attuali. E sono certo che gli uomini della guardia costiera vi sarebbero grati per la collaborazione », dichiarò Webster.

« Possiamo considerarlo un prestito temporaneo, almeno fino a che Rudi non avrà escogitato il sistema di fatturare le spese a qualcuno. »

« Sono convinto che troveremo una sorta di compensazione per l'aiuto fornitovi durante lo stato di allarme », buttò lì Gunn, fissando Webster con espressione avida.

« È deciso, dunque. La flotta della NUMA inizierà subito le operazioni di caccia alla bomba sulla costa occidentale. A proposito, un'altra cosa », aggiunse secco Pitt, rivolgendosi a Webster. « Kang ha già affondato una delle mie navi, e non ho intenzione di perderne altre. Esigo la costante presenza di un cutter armato nelle vicinanze dei miei mezzi. »

« D'accordo. Allerteremo anche le squadre di interdizione sulla possibilità di una risposta armata. »

« Bene. I nostri uomini si coordineranno con i gruppi di sorveglianza regionali della guardia costiera. Ti toccherà staccarti dalla tua scrivania, Rudi. Vorrei che volassi a San Francisco per disporre quanto necessario con la guardia costiera locale per ciò che riguarda la *Blue Gill*, così come per la *Pacific Explorer* nella zona di Seattle/Vancouver. Quanto a voi, Dirk e Summer, mi piacerebbe che tornaste sulla *Deep Endeavor* a San Diego per partecipare alle operazioni di sorveglianza al largo della California meridionale », ordinò Pitt.

« E io, capo? » protestò Giordino fingendosi indignato. « Non avrò il mio tesserino da ispettore marittimo? »

« Oh, no », replicò Pitt con un sorriso malizioso. « Ho qualcosa di ben più prestigioso in serbo per te. »

44

Non ci furono squilli di fanfara, quando un paio di malconci rimorchiatori cominciarono lentamente ad allontanare dal molo la piattaforma *Odyssey* della Sea Launch. Col passare degli anni, l'eccitazione che circondava un nuovo lancio era svanita al punto che soltanto un pugno di familiari, amici e dirigenti della società si presentava ormai ad augurare buon viaggio all'equipaggio. Per una squadra ridotta come quella, poi, i presenti erano ancor meno numerosi del solito. A occuparsi della grande piattaforma c'erano quarantadue uomini, venti circa meno del consueto, poiché parecchi tecnici erano stati trattenuti da Stamp, il direttore del lancio, per dare una mano a rimediare ai danni causati dall'incendio sulla nave appoggio. Dal ponte della *Sea Launch Commander*, assorto nella contemplazione della piattaforma che si staccava adagio dalla banchina col razzo a bordo, il comandante Christiano salutò nave ed equipaggio con un prolungato fischio di sirena. Alcuni ponti sotto di lui, un esercito di elettricisti e tecnici informatici lavorava senza sosta e a ritmo febbrile per riparare i danni alla cabina di controllo, nella speranza di seguire in mare la piattaforma nel giro di tre o quattro giorni. La *Odyssey* rispose al saluto di Christiano con un fischio più breve, che parve scaturire dalle nubi. Il suo ponte principale torreggiava a una trentina di metri dall'acqua. In grado com'era di varcare l'oceano in modo autonomo, per le manovre di entrata e di uscita dal porto la piattaforma si affidava ai rimorchiatori. Pur dotata di grande manovrabilità, infatti, aveva la plancia posizionata talmente in alto da rendere precaria la visuale in presenza di minuscole imbarcazioni e vari ostacoli presenti nell'area portuale, mentre in acque congestionate i rimorchiatori assicuravano una navigazione più sicura.

La massiccia struttura prese ad avanzare lentamente oltre la diga che delimitava l'ingresso del porto, fendendo le acque tranquille come una gigantesca tarantola. La ex piattaforma petrolifera del mare del Nord modificata si reggeva su cinque massicce colonne di sostegno allineate su entrambi i lati, la cui base fendeva appena la superficie per poggiarsi su un paio di enormi pontoni sommersi, ognuno dei quali misurava centoventidue metri di lunghezza. Agli scafi di entrambi i pontoni erano fissate a poppa due eliche a quattro pale capaci di sospingere il goffo bastimento fra le onde a una velocità massima di 12 nodi. Con un dislocamento di oltre trentamila tonnellate, la *Odyssey* era il più grande catamarano semovente esistente al mondo e, con ogni probabilità, il più impressionante alla vista. Oltrepassato l'ingresso del porto di Long Beach, la piattaforma fu portata al largo per un altro paio di miglia prima che i rimorchiatori fermassero le macchine.

«Procedere al ritiro delle cime», abbaiò il comandante della *Odyssey*, Hennessey, un ex comandante di petroliere dall'aria sbrigativa.

I rimorchiatori mollarono i cavi di rimorchio, che vennero rapidamente recuperati dagli uomini della piattaforma. Accesi i motori a corrente alternata da tremila cavalli, non appena le altre navi si furono scostate dai lati la *Odyssey* prese ad avanzare in modo autonomo. Appollaiato in cima alla struttura sorretta dai pontoni galleggianti, l'equipaggio della piattaforma oscillava un po'. Il potente razzo Zenit, saldamente assicurato alla culla in posizione orizzontale, sembrava immune al lieve rollio. Sorretti dalla lunga esperienza, gli uomini si accinsero a dedicarsi alle proprie incombenze abbandonandosi alla consolidata routine del lento trasferimento sul luogo del lancio, mentre la costa bruna della California svaniva pian piano davanti ai loro occhi. Hennessey aumentò leggermente il gas fino a raggiungere i 9 nodi, quindi tracciò la rotta in direzione sud-ovest, verso l'equatore e il sito previsto per il lancio, millecinquecento miglia a sud delle Hawaii. Nessuno poteva sospettare che non sarebbero mai giunti a destinazione.

Millecinquecento miglia più a occidente, la *Koguryo* sfrecciava attraverso il Pacifico. Dopo la partenza da Inchon, solo una deviazione alle isole Ogasawara per recuperare Tongju aveva rallentato la sua corsa. Aggirato un fronte temporalesco a occidente delle Midway, la nave aveva incontrato mare calmo e un robusto vento in poppa che le aveva consentito di procedere verso est alla massima velocità. Alleggerita delle ingombranti sovrastrutture e dei chilometri di pesante cavo solitamente alloggiati sottocoperta, la *Koguryo* avanzava oltre due metri e mezzo sopra la consueta linea di galleggiamento. I suoi quattro motori diesel assicuravano allo scafo alleggerito una velocità di 21 nodi, sospingendola attraverso l'oceano a una media di seicento miglia giornaliere.

A bordo, il numeroso gruppo composto da tecnici e ingegneri si preparava all'imminente lancio dello Zenit. Su uno dei ponti inferiori della *Koguryo* era stata realizzata una postazione di comando praticamente identica a quella esistente sulla *Sea Launch Commander*, presso la quale ferveva un'attività incessante. Dal laboratorio di Inchon era giunta l'infornata finale di software, e la squadra di supporto aveva provveduto a caricare una serie di scenari di lanci simulati a beneficio della squadra operativa. Gli uomini si erano dedicati a ripetuti test quotidiani fino a ottenere, dopo una settimana di navigazione, simulazioni di livello impeccabile. Al corrente soltanto del fatto che avrebbero avuto il compito di controllare il lancio di uno dei satelliti di Kang da una piattaforma galleggiante, e completamente ignari dell'azione illecita alla quale stavano collaborando, aspettavano con impazienza il giorno del lancio vero e proprio.

Tongju, intanto, sfruttava il tempo a disposizione per affinare le sue tattiche d'assalto ai danni della *Odyssey*. Insieme con la sua squadra, aveva studiato gli schemi costruttivi della piattaforma, calcolando azioni e strategie di coordinamento fino a elaborare un piano di attacco dettagliato minuto per minuto. Mentre la nave si avvicinava sempre più all'obiettivo, gli uomini del commando si tenevano impegnati memorizzando le proprie mosse, pulendo le armi e cercando di tenersi il più possibile alla larga dal resto dell'equipaggio. Al termine di una cena con i suoi uomini, Tongju invitò Kim, il suo secondo, a seguirlo in cabina e nell'intimità del locale gli rivelò l'ordine di Kang di affondare la *Koguryo*.

« Ho fornito al comandante Lee le coordinate del punto in cui dovremo incontrare il cargo in attesa, senza tuttavia informarlo del piano di colare a picco la sua nave. Mi sono limitato a spiegargli che, per sicurezza, avremmo trasferito la squadra di lancio sull'altra nave. »

« Nutre dubbi sulla sua obbedienza verso Kang? » volle sapere Kim, apparentemente impassibile di fronte alla prospettiva di assassinare duecento dei suoi compagni.

« No, ma è più prudente in questo modo. A nessun comandante farebbe piacere veder affondare la propria nave insieme con l'equipaggio. Fuggiremo senza di lui. »

« In che modo verrà distrutta, la nave? »

Infilata una mano sotto la branda, Tongju ne estrasse una borsa che porse al suo secondo. « Esplosivo al plastico Semtex e detonatori con comando a distanza. Ho intenzione di attivare le cariche mentre la nave è in movimento. »

Si avvicinò a una paratia, e indicò uno schema della sezione trasversale della *Koguryo* che vi era appeso.

« Aprendo una serie di fori sotto la linea di galleggiamento a prua e nella parte anteriore dello scafo, lo slancio stesso della nave provocherà un rapido allagamento dei ponti inferiori. La *Koguryo* finirà in fondo al mare come un sommergibile, prima che l'equipaggio abbia la minima possibilità di reagire. »

« Qualcuno potrebbe riuscire a scappare a bordo delle lance », obiettò Kim.

Tongju scosse la testa con un sorrisetto. « Ho cosparso di collante tutte le gru di servizio; nessuna lancia di salvataggio è in grado di lasciare questa nave se non a costo di notevoli sforzi. »

« E noi? » chiese Kim, una nota d'incertezza che affiorava nella sua voce.

« Tu verrai insieme con me sul motoscafo d'assalto con altri due uomini. Convincerò Lee a farci allontanare per un'ispezione preventiva non appena il cargo sarà comparso nello schermo radar. Una volta che la *Koguryo* avrà ripreso velocità, faremo esplodere le cariche. »

Kim sospirò assentendo col capo. « Non sarà facile abbandonare la mia squadra d'assalto », mormorò.

« Tutta gente valida, ma sacrificabile. Lascerò a te scegliere i due da portare con noi. Prima, però, dobbiamo piazzare gli esplosivi. Prendi il tuo demolitore, Hyun, e fagli sistemare le cariche nei compartimenti prodieri E, F e G. Nessuno dell'equipaggio deve vedervi. »

Kim afferrò saldamente la borsa e annuì di nuovo. « Sarà fatto », dichiarò prima di lasciare la cabina.

Una volta solo, Tongju rimase a fissare per parecchi minuti lo schema della nave. Si trattava di una missione ardua, irta di difficoltà e di pericoli nascosti. Proprio come piaceva a lui.

45

Lasciata Long Beach, la sgraziata struttura della *Odyssey* avanzava a fatica verso il suo appuntamento con l'inferno macinando dieci miglia di schiuma l'ora. Dopo aver incrociato al largo di San Clemente, una delle Channel Islands, la piattaforma transitò a ovest di San Diego poco prima della mezzanotte per abbandonare subito dopo le acque territoriali statunitensi. Dall'orizzonte scomparvero gradualmente le barche da pesca e da diporto, mentre la *Odyssey* s'inoltrava in una zona desolata dell'oceano Pacifico a ovest di Baja California. Al termine del terzo giorno di navigazione, a settecento miglia circa dalla costa più vicina, la piattaforma divideva l'oceano con un solo, minuscolo puntino all'orizzonte, in direzione nord-est.

Mantenendo una rotta verso sud, il comandante Hennessey osservò con moderato interesse la macchiolina farsi via via più grande. Quando si fu portata entro le cinque miglia, le puntò contro il binocolo e rimase a contemplare la tozza nave azzurra con il fumaiolo giallo. Nella foschia dell'imbrunire, Hennessey ebbe l'impressione che si trattasse di una nave da ricerca o per altri scopi particolari, piuttosto che di un mezzo commerciale. Notò con curiosità mista a noia che si trovava in perfetta rotta di collisione con la *Odyssey*. Durante l'ora successiva rimase accanto al timone osservando l'altra nave avanzare fino a portarsi a un miglio dal suo fianco di dritta, per poi rallentare puntando verso sud-ovest.

« Ha rallentato per incrociare la nostra scia », borbottò Hennessey rivolto al timoniere, mentre staccava il binocolo dalla misteriosa nave azzurra. « Con l'intero oceano Pacifico a disposizione, fa di tutto per tagliarci la strada », aggiunse scotendo il capo.

Non lo sfiorò neppure l'idea che potesse non trattarsi di una mera coincidenza. E neppure avrebbe mai sospettato che un fidato membro dell'equipaggio, uno degli uomini di Kang presenti a bordo come tecnici del lancio, aveva fornito la loro esatta posizione all'altra nave utilizzando un semplice ricevitore GPS e un radiotrasmettitore portatile. Ventiquattr'ore prima, dopo aver solcato il Pacifico, la *Koguryo* aveva captato la trasmissione via radio e si era lanciata sulla scia della *Odyssey* come un piccione viaggiatore verso il suo posatoio.

Mentre le luci della nave sconosciuta tremolavano nel buio della sera oltre la poppa della *Odyssey*, Hennessey distolse la mente dalla nave per concentrarsi sulla vuota oscurità che aveva di fronte. Si trovavano a una decina di giorni di navigazione dall'equatore, ed era impossibile prevedere quali altri ostacoli si potessero parare sul loro cammino.

L'esperta squadra d'assalto arrivò all'improvviso, nel buio della notte, del tutto inattesa. Dopo aver seguito la *Odyssey* come un'ombra per la maggior parte della serata, la *Koguryo* aveva spento di colpo i motori lasciando che la sua preda si allontanasse verso l'orizzonte. In sala nautica, il pilota del turno di notte e l'ufficiale di guardia della piattaforma semovente tirarono un sospiro di sollievo vedendola rimpicciolire alle loro spalle. Col pilota automatico inserito, non dovevano badare ad altro che a tenere d'occhio lo schermo del radar e le previsioni meteo. Ma in un mare deserto, nel cuore della notte, sembravano esserci ben pochi motivi di preoccupazione; abbassata la guardia, anziché scrutare i monitor che avevano intorno, i due uomini presero a passeggiare sul ponte avviando un'interminabile discussione sulla Coppa del mondo di calcio. Se almeno uno dei due avesse osservato con maggiore attenzione il radar, avrebbe avuto sentore di quanto stava per accadere.

Lungi dall'aver cambiato rotta o dall'aver fatto una sosta per effettuare qualche riparazione, la *Koguryo* si era fermata per calare in acqua il suo velocissimo tender. Lungo dieci metri, non pontato, era un'imbarcazione ampia e lussuosa riservata a Tongju, Kim e alla dozzina di uomini in tuta da combattimento nera seduti sui divani di pelle con i fucili in pugno. Pur non passando inosservato, rappresentava un mezzo veloce e sicuro per solcare con una nutrita forza d'assalto il tratto di mare fino alla piattaforma da colpire.

Il tender sobbalzò sulle onde tumultuose, avventandosi nel buio sotto uno scintillante manto di stelle teso da orizzonte a orizzonte per divorare la distanza che lo separava dalla piattaforma semovente, illuminata contro il cielo notturno come uno dei padiglioni di Times Square. Nell'avvicinarsi all'imponente sagoma della *Odyssey*, il pilota del tender puntò al centro della struttura andando a infilarsi tra i suoi due pontoni. Senza rallentare, saettò sotto la piattaforma fra le massicce colonne di sostegno, sfiorando quasi i robusti supporti triangolari che s'intrecciavano orizzontalmente fra una colonna e l'altra a un'altezza di tre metri e sessantacinque dal pelo dell'acqua. Dopo aver rallentato per uniformarsi alla velocità della *Odyssey*, si avvicinò con cautela alla prima colonna di dritta, dove una scaletta d'acciaio incrostata dalla salsedine consentiva di issarsi sulla struttura. Quando si fu portato a pochi centimetri di distanza, uno degli uomini si sporse dalla prua reggendo una cima sottile che assicurò in fretta al montante della scala. Uno per volta, gli altri componenti del commando balzarono sugli scalini e iniziarono la lunga scalata verso la piattaforma sovrastante. Durante una sosta per riprendere fiato, la squadra si ricompattò, per poi rimettersi in marcia a un cenno di Tongju. La porta di sicurezza della scala era stata lasciata aperta da uno degli uomini di Kang che si trovavano già a bordo; il commando scivolò rapidamente oltre il battente per sparpagliarsi a ventaglio sul ponte.

Pur avendo studiato fotografie e disegni della *Odyssey*, Tongju rimase impressionato dalle dimensioni del ponte di lancio, che si protendeva in lunghezza ben oltre le dimensioni di un campo da football. All'estremità opposta era situata la torre di lancio, seguita da un lungo tratto di ponte scoperto che conduceva all'hangar. Sul fianco destro, leggermente arretrati, erano allineati i capienti serbatoi del carburante, che sarebbe stato immesso nel razzo poco prima del lancio. Su entrambi i lati dell'hangar sorgevano i due piccoli edifici ove erano sistemati gli alloggi dell'equipaggio, in grado di ospitare sessantotto uomini, una cambusa e un gabinetto medico. Quello sarebbe stato il primo obiettivo.

La squadra d'assalto era addestrata a colpire in modo simultaneo: cinque uomini all'hangar, tre sulla plancia e i rimanenti negli alloggi dell'equipaggio. Fino a che non avessero raggiunto il punto del lancio, la maggior parte dei quarantadue marinai presenti sulla *Odyssey* aveva ben poco da fare e ammazzava il tempo leggendo, giocando a carte o guardando qualche film. Alle tre di notte pochi erano ancora svegli, per lo più uomini assegnati a governare la piattaforma o a sorvegliare il veicolo vettore. Quando il commando sferrò l'attacco agli alloggi con un'abilità da manuale, tecnici e ingegneri rimasero troppo sbalorditi per reagire. Con un movimento della torcia e una spinta con la bocca degli AK-74, i marinai addormentati furono fatti rapidamente alzare sotto la minaccia delle armi. Due che giocavano a carte in cambusa pensarono a una sorta di scherzo equatoriale, prima che un colpo col calcio di un fucile ne spedisse uno sul pavimento. Alla vista degli uomini armati, un cuoco spaventato lasciò cadere una pila di tegami, collaborando a destare l'equipaggio incredulo.

Nell'hangar, intanto, si stava svolgendo una scena analoga. Il piccolo commando penetrò in un lampo nell'edificio refrigerato che ospitava lo Zenit e la sua culla, sopraffacendo un manipolo di tecnici senza il minimo accenno di lotta. Sulla plancia situata in cima all'hangar, i due uomini al timone non riuscivano a credere ai propri occhi, quando videro Tongju entrare e puntare con calma la sua Glock contro l'orecchio dell'ufficiale di guardia. In meno di dieci minuti, l'intera piattaforma era caduta nelle mani degli uomini di Tongju senza che fosse stato esploso un solo colpo, con l'equipaggio che ancora non riusciva a capacitarsi di essere stato sequestrato nel bel mezzo del Pacifico.

Gli assalitori notarono con sorpresa che la maggior parte dei marinai era filippina, mentre nella squadra addetta al lancio vi era un assortimento di tecnici americani, russi e ucraini. Il multietnico, abbattuto equipaggio venne condotto nella cambusa, dove tutti furono trattenuti sotto la minaccia delle armi con l'unica eccezione della dozzina di marinai e dipendenti della società proprietaria del satellite infiltrati da Kang, i quali assunsero il controllo operativo della piattaforma. Anche il comandante Hennessey, catturato e brutalmente spinto da uno degli uomini di Kim, si ritrovò sotto shock nella cambusa col resto del suo equipaggio.

In plancia, Tongju comunicò via radio alla *Koguryo* che la piattaforma era stata presa senza incontrare la minima resistenza. Dopo aver esaminato una carta nautica lasciata aperta su un tavolo lì accanto, abbaiò un ordine a uno degli uomini di Kang che aveva preso il timone. « Modifica la rotta a quindici gradi nord-nordest. Accostiamo verso un nuovo punto di lancio. »

All'avvicinarsi dell'alba, la *Koguryo* manovrò per accostarsi al fianco della *Odyssey*, in rotta verso nord, e rallentò per adeguarsi alla velocità della piattaforma fra onde alte un metro e mezzo. Arrivato a sei metri circa dall'altra nave, il comandante Lee allineò perfettamente la *Koguryo* al fianco destro dell'ondeggiante piattaforma, a bordo della quale un nervoso timoniere si stava accertando che il pilota automatico fosse inserito in modo corretto.

Sul ponte sovrastante l'hangar, Tongju stava osservando i movimenti di una grossa gru che veniva calata oltre il bordo destro della piattaforma. All'estremità del braccio vide un pesante bozzello e il relativo gancio oscillare selvaggiamente, prima di essere calati verso il ponte di poppa della *Koguryo*. A un segnale della radio di bordo, la gru prese a sollevare un contenitore metallico dalla forma quadrata e dalle dimensioni di un divano, che depositò sul ponte principale della piattaforma. Stivati al suo interno si trovavano gli speciali involucri contenenti le culture liofilizzate della chimera, pronte per essere inserite nel diffusore del razzo.

Mentre la gru trasferiva sulla piattaforma il virus letale, il tender della *Koguryo* fece altrettanto con una dozzina di specialisti i quali, una volta a bordo, sciamarono immediatamente nell'hangar per cominciare a smontare la sezione dello Zenit riservata al payload. Intanto, un ulteriore contingente di addetti alla sicurezza veniva portato a bordo affinché rilevasse gli uomini del commando che aveva portato a termine l'assalto.

Rientrato nella timoniera, Tongju lanciò un'occhiata oltre gli spessi vetri degli oblò, verso le onde che si rincorrevano sessanta metri sotto di lui. La piattaforma oscillava leggermente seguendo il movimento trasmesso dai pontoni sommersi, all'estremità delle colonne di sostegno. Guardando alla propria destra, vide la *Koguryo* che cominciava a staccarsi dalla *Odyssey*, avendo per il momento concluso le operazioni di trasbordo.

« Aumentare la velocità al massimo », ordinò al timoniere.

L'apprensivo filippino regolò i comandi delle eliche di entrambi i pontoni, quindi osservò l'indicatore digitale della velocità spostarsi lentamente verso l'alto.

« 12 nodi, signore. Velocità massima di crociera », dichiarò infine, lo sguardo sfuggente.

Annuendo soddisfatto, Tongju afferrò il microfono di una ricetrasmittente appesa alla paratia per contattare il comandante Lee della *Koguryo*. « Stiamo procedendo come da programma. Prego comunicare a Inchon che abbiamo il controllo della nave addetta al lancio e intendiamo dare inizio al countdown fra circa trenta ore. Passo e chiudo. »

Lo sguardo fisso davanti a sé, il nervoso timoniere continuava a evitare gli occhi dell'altro. Qualunque fosse il timore che suscitava in lui, era un'inezia in confronto al reale intento del leader del commando.

46

I tecnici impiegarono meno di ventiquattr'ore per convertire il payload del razzo in un'arma di distruzione di massa. Come chirurghi intenti a effettuare un trapianto, la squadra rimosse con cautela diverse sezioni della carenatura esterna per accedere ai congegni più interni del finto satellite. Falsi componenti, fabbricati in modo da avere l'aspetto di transponder per le comunicazioni, furono rimossi e sostituiti con le minuscole pompe elettriche dell'impianto di diffusione. Cavi e accessori vennero collegati ai finti pannelli solari, che si sarebbero spalancati durante il volo per diffondere il virus rigenerato disseminandolo a pioggia nei cieli della California.

Lavorando con tute protettive contro il rischio biologico, i tecnici effettuarono un test conclusivo sul sistema di erogazione per accertarsi che avrebbe funzionato a dovere durante il breve volo del razzo. Erano giunti così allo stadio finale dell'operazione: l'inserimento del virus chimera nel veicolo payload. Gli involucri provenienti da Inchon e contenenti i germi liofilizzati vennero assicurati con la massima cautela alla struttura del satellite, mentre i cavi rivestiti in acciaio che fuoriuscivano dai serbatoi d'idrogenazione furono collegati all'impianto di aerosol. Una volta attivato, un programma computerizzato avrebbe miscelato la sostanza polverizzata con acqua depurata, e trasferito quindi il fluido vivificato al vaporizzatore per la sua diffusione nell'atmosfera.

Caricato il cocktail mortale, si provvide a riassemblare l'involucro del payload intorno al satellite, inserendo cariche esplosive in alcuni punti chiave della struttura in modo che facessero saltare i portelli del payload a un momento prefissato del volo. Dopo aver sigillato l'ultima sezione dell'ogiva, gli stanchi tecnici si congratularono brevemente l'un l'altro e si diressero barcollando verso gli alloggi dell'equipaggio. Qualche preziosa ora di sonno era tutto ciò che potevano chiedere, prima che arrivasse il momento del countdown finale.

Senza annunciare pubblicamente l'innalzamento del livello di sicurezza nazionale, contraddistinto da diversi colori a seconda del grado di emergenza, il dipartimento della Sicurezza nazionale diramò senza clamore un elevato livello di allarme a porti e aeroporti, affinché si provvedesse a una sorveglianza più stretta e a controlli casuali su tutti gli aerei e le navi provenienti dall'Asia, con particolari ispezioni mirate a individuare eventuali agenti chimici o biologici. Dietro l'insistenza del vicepresidente Sandecker, la guardia costiera ricevette l'ordine di fermare, abbordare con un contingente armato e ispezionare tutte le navi in entrata battenti bandiera giapponese o coreana. Tutti i mezzi disponibili vennero messi in servizio lungo la costa occidentale e concentrati intorno ai centri commerciali di Seattle, San Francisco e Los Angeles.

A San Francisco, Rudi Gunn provvedeva al coordinamento delle forze di sbarramento messe a disposizione dalla NUMA in collaborazione col comandante della locale guardia costiera. All'arrivo da Monterey della nave da ricerca *Blue Gill*, Gunn la assegnò immediatamente al pattugliamento dieci miglia al largo del Golden Gate. Un salto a Seattle gli consentì di organizzare le locali risorse della NUMA nel controllo della costa, mentre a Vancouver istruì i mezzi di supporto alla guardia costiera canadese affinché ispezionassero tutte le navi dirette nel British Columbia.

Dirk e Summer, nel frattempo, avevano raggiunto in volo San Diego, dove erano stati accolti da una temperatura di ventidue gradi, classico esempio del mite clima cittadino. Con un breve tragitto in taxi si spostarono dall'aeroporto internazionale di Lindbergh Field alla Shelter Island, dove impiegarono pochi minuti soltanto per localizzare la *Deep Endeavor*, ormeggiata al termine di un lungo molo. Mentre si avvicinavano, Dirk scorse un sottomarino dalla forma curiosa, pitturato di un arancio brunito, sul ponte poppiero della nave.

« Ehi, ma quelli sono i prigionieri di Zenda », esclamò Jack Dahlgren dall'ala di plancia osservando la coppia che si accingeva a salire a bordo. Dopo essersi precipitato lungo una scaletta, il grande amico di Dirk corse incontro ai due sulla passerella. « Ho sentito dire che vi siete goduti una crociera lungo la penisola coreana », commentò ridendo mentre stringeva con forza la mano dell'amico e abbracciava Summer.

« Già, ma ci siamo lasciati sfuggire tutte le attrazioni citate dalla guida Michelin », replicò Summer con un sorriso.

« Be', non direi: la zona smilitarizzata, per esempio, non era affatto male », obiettò Dirk ostentando la massima serietà. Poi, rivolto a Dahlgren, domandò: « Tu e l'equipaggio siete pronti per un po' di caccia al ladro? »

« Sicuro. Un'ora fa siamo stati raggiunti da una squadra della guardia costiera, perciò possiamo salpare in qualsiasi momento. »

« Ottimo. Mettiamoci in marcia, allora. »

Dahlgren scortò i due in plancia, dove vennero accolti da Leo Delgado e dal comandante Burch, che li presentò a un ufficiale della guardia costiera in uniforme.

« Che tattica usate nelle intercettazioni, tenente di vascello Aimes? » s'informò Dirk, dopo aver notato i gradi sull'uniforme dell'uomo.

« Chiamatemi Bill », replicò l'altro. Capelli biondi a spazzola e aria zelante, Aimes prendeva sul serio il proprio lavoro ma detestava le inutili formalità. « Daremo una mano alle navi della guardia costiera regionale, se e quando il traffico commerciale dovesse farsi particolarmente intenso. Altrimenti ci limiteremo a specifici compiti di sorveglianza e identificazione. Parlando in termini legali, siamo autorizzati a intercettare e abbordare tutte le navi commerciali in entrata fino a una distanza di dodici miglia dalla costa. Quale rappresentante della guardia costiera, condurrò tutte le operazioni di ricerca e abbordaggio con la mia squadra, avvalendomi però della collaborazione di quegli uomini della NUMA che hanno frequentato un breve corso di addestramento.»

«Che probabilità abbiamo di localizzare realmente qualche arma o una bomba nascosta a bordo di una grossa portacontainer?» intervenne Summer.

«Più di quante possiate immaginare», replicò Aimes. «Come sapete, lavoriamo in stretta collaborazione col dipartimento delle Dogane, sotto la direzione della Sicurezza nazionale. Abbiamo funzionari doganali sparsi nei porti stranieri di tutto il globo, pronti a ispezionare e sigillare i contenitori carichi prima che le merci vengano fatte salire a bordo. All'arrivo nei porti americani, i doganieri verificano che i container non siano stati aperti o manomessi, dopo di che autorizzano l'ingresso nel nostro Paese. Quanto alla guardia costiera, effettua un controllo preventivo della nave e dei contenitori ancor prima che abbiano la possibilità di entrare in porto.»

«A parte i container, su una nave c'è una quantità di posti dove si potrebbe nascondere una bomba», commentò Dahlgren.

«Questo è un problema più complesso, ma è qui che entrano in gioco i cani», replicò Aimes, indicando con un cenno del capo l'altra estremità del ponte. Dirk notò per la prima volta un paio di Labrador dal pelo fulvo che, legati a un montante della battagliola, dormivano sdraiati sul tavolato; subito, Summer raggiunse i due animali e prese allegramente a grattarli dietro le orecchie.

«I cani sono addestrati a scoprire grazie all'olfatto una quantità di componenti chimici usati di solito nella fabbricazione delle bombe. E, cosa ancor più importante, possono perlustrare una nave rapidamente e senza trambusto. Ammesso che ci fosse una bomba biologica nascosta a bordo di una portacontainer, esistono ottime probabilità che quei ragazzi siano in grado di annusarne i componenti.»

«Proprio ciò di cui abbiamo bisogno», approvò Dirk. «Perciò opereremo al largo di San Diego?»

«No», rispose Aimes scotendo la testa. «Il traffico commerciale che fa capo a San Diego è scarso, e i mezzi della guardia costiera regionale sono più che sufficienti per occuparsene. A noi è stato affidato l'incarico di pattugliare un quadrante a sud-ovest del porto di Los Angeles, in appoggio all'LA-Long Beach Coast Guard Marine Safety Group. Una volta sul posto, coordineremo posizione e controlli tramite *Icarus.* »

« *Icarus?* » ripeté Dahlgren con aria interrogativa.

« Il nostro occhio che dal cielo tutto vede », spiegò Dirk con l'aria di chi la sa lunga.

Mentre la *Deep Endeavor* usciva in mare aperto oltrepassando la Coronado Island e una portaerei della marina di ritorno dall'oceano Indiano, Dirk e Summer si spostarono a poppa per esaminare lo strano mezzo subacqueo che faceva vagamente pensare a un lombrico gonfiato a furia di steroidi. La navicella a forma di proietto era cosparsa da una serie di propulsori a pale montati a intervalli irregolari sul corpo principale. Sotto la parte anteriore della prora affusolata era innestato un gigantesco congegno da carotaggio lungo tre metri, sporgente come la protuberanza di un unicorno. Avvolto nel suo sgargiante alone rosso-arancio dai riflessi metallici, il mezzo subacqueo ricordava loro il gigantesco insetto di un film dell'orrore degli anni '50.

« Che cosa dovrebbe rappresentare questo aggeggio? » chiese Summer, rivolgendosi a Dahlgren.

« Tuo padre non ti ha parlato del *Badger*? È un prototipo autorizzato da lui. Per questo ci troviamo qui, a San Diego. Alcuni dei nostri tecnici hanno collaborato con quelli dello Scripps Institute per realizzare questa carriola. Si tratta di un veicolo da profondità progettato per la raccolta di campioni sul fondo marino. La comunità scientifica è ansiosa di mettere le mani su sedimenti e organismi prelevati da sorgenti idrotermali, molti dei quali si trovano a diecimila piedi di profondità e oltre. »

« A che servono tutte quelle eliche? » volle sapere Dirk.

« Per raggiungere rapidamente il fondo. È un vero portento; anziché aspettare di essere spinto in basso dalla forza di gravità, è dotato di un impianto a celle alimentato a idrogeno che gli consente di calarsi sul fondo in men che non si dica. Con questo gioiellino puoi scendere, effettuare un carotaggio e tornare in superficie senza sprecare neppure un istante. Meno tempo si perde in immersioni e soste di decompressione, più campioni si possono mettere a disposizione dei geologi. »

« E i ragazzi dello Scripps si sono fidati a lasciarlo guidare a te? » chiese Summer ridendo.

« Visto che non si sono preoccupati di chiedermi quante multe ho collezionato sulla terraferma, non mi sono sentito in obbligo di comunicarglielo », replicò Dahlgren con aria innocente.

« Ne deduco », s'intromise Dirk, « che ignorano di aver affidato la loro fiammante Harley-Davidson a uno convinto di essere uno stuntman professionista. »

Dopo aver risalito la costa californiana per tre ore circa, appena prima del buio la *Deep Endeavor* accostò per portarsi in acque più profonde. In plancia, Dirk seguiva l'avanzata della nave consultando una carta su un monitor appeso alla paratia. Mentre la costa svaniva alle loro spalle, osservò l'isola di San Clemente che spiccava a ovest della rotta che stavano seguendo. Dopo aver contemplato la carta per un istante, si girò verso Aimes, intento a fissare uno schermo fluorescente lì accanto.

« Pensavo che foste autorizzati a operare solo entro dodici miglia dalla costa; siamo vicini all'isola di San Clemente, che si trova al largo di oltre cinquanta miglia. »

« Nello svolgimento delle normali attività costiere, ci atteniamo al limite delle dodici miglia dalla terraferma, ma le Channel Islands fanno tecnicamente parte del territorio californiano. Perciò, da un punto di vista legale, possiamo calcolare la distanza prendendo come base di partenza proprio le isole. Per questa missione, poi, siamo stati autorizzati a estendere la normale zona di competenza. Fisseremo la nostra base di monitoraggio dieci miglia a ovest di Santa Catalina. »

Due ore più tardi, oltrepassata la grande isola di Santa Catalina, rallentarono nell'avvicinarsi al punto prefissato. Ad andatura lenta, la *Deep Endeavor* iniziò il pattugliamento in un ampio settore ad anello a ovest dell'isola, servendosi del radar come strumento per la sorveglianza. Tutto ciò che riuscirono a captare fu la presenza di una manciata di imbarcazioni da diporto e barche da pesca, oltre al cutter della guardia costiera in servizio poco lontano, più a nord.

« Ci troviamo parecchio a sud, rispetto alla rotta commerciale per Los Angeles. Non credo che vedremo molto traffico notturno, in questo quadrante », dichiarò Aimes. « Verremo gettati nella mischia domani mattina, non appena *Icarus* si presenterà al lavoro. Nel frattempo, suggerirei di stabilire dei turni e riposare un po'. »

Accogliendo il consiglio, Dirk uscì sul ponte superiore e inspirò a fondo l'aria salmastra. La notte era immobile, il mare piatto come una tavola. Mentre se ne stava fermo nell'oscurità, la sua mente tornò all'incontro con Kang e all'esplicita minaccia rivolta a lui e a Summer dal magnate dell'industria. Ancora una settimana, poi la votazione dell'Assemblea nazionale della Corea del Sud sarebbe entrata a far parte della storia e le autorità avrebbero potuto procedere contro Kang senza ulteriori pastoie. Non avevano bisogno di altro: una settimana senza incidenti. Mentre contemplava il mare, una ventata gelida gli sferzò il viso all'improvviso per scomparire in modo altrettanto repentino, lasciando dietro di sé il silenzio e una calma apparente.

47

Entro le nove di sera, la *Odyssey* aveva percorso trecento miglia circa e si stava avvicinando al punto fissato da Inchon per il lancio. Mentre recuperava un po' del sonno perduto nella cabina del comandante, Tongju venne svegliato di soprassalto da un rapido martellare alla porta. Un uomo armato entrò nella stanza e s'inchinò davanti a lui, che intanto si era messo a sedere e si stava infilando gli stivali.

« Spiacente di disturbarla », esordì il membro del commando in tono di scusa. « Si tratta del comandante Lee. Chiede che lei faccia immediatamente ritorno alla *Koguryo*. È scoppiata una lite fra i tecnici russi. »

Tongju annuì, scosse la testa per allontanare gli ultimi residui di sonno e si diresse verso la timoniera, dove verificò che la piattaforma continuasse a procedere a 12 nodi in direzione nord-nordest. Dopo aver chiamato via radio il tender della *Koguryo*, percorse l'interminabile scala lungo il pilone di testa e balzò a bordo dell'imbarcazione in attesa. Con una breve corsa raggiunse la vicina nave appoggio dove lo attendeva il comandante Lee.

« Venga con me al centro di controllo. Tutta colpa di quei maledetti ucraini », imprecò il comandante. « Non riescono a mettersi d'accordo su dove posizionare la piattaforma per il lancio. Ho paura che finiranno per ammazzarsi a vicenda. »

I due uomini si avviarono lungo una scaletta e un corridoio interno per raggiungere il centro di controllo. Mentre Lee apriva una porta laterale, giunsero alle loro orecchie alte grida in una lingua straniera. Al centro della stanza, un gruppo di tecnici circondava i due specialisti ucraini che, l'uno di fronte all'altro, gesticolavano discutendo con violenza. La piccola folla si disperse all'avvicinarsi di Tongju e Lee, ma gli ucraini non fece-

ro una piega e continuarono la rissa. Levando gli occhi al cielo con espressione disgustata, Tongju si girò per afferrare una poltroncina imbottita, che sollevò sopra la testa e scagliò addosso ai litiganti. Gli spettatori trattennero il respiro nel vedere la sedia che piombava sui due, colpendoli alla testa e al torace prima di rimbalzare al suolo con un tonfo. Sbalorditi, gli ucraini smisero finalmente di discutere e si girarono verso i nuovi arrivati.
« Che sta succedendo, qui? » grugnì Tongju.

Uno degli ucraini, faccia da capra con pizzetto e ispidi capelli castani, si schiarì la gola prima di rispondere. « È per via del tempo. Il fronte di alta pressione sul Pacifico orientale, e più precisamente al largo del Nord America, è stato bloccato a causa di un fronte di bassa pressione nel Sud. »

« E questo cosa significa? »

« In pratica, i venti di levante di norma prevalenti in alta quota stanno spirando in senso contrario, e ci troviamo ora ad affrontare un forte vento di prua. Tutto ciò ha alterato in misura considerevole la fisionomia del lancio previsto dalla missione. » Sfogliando una pila di documenti, estrasse un fascio di fogli coperti di algoritmi, calcoli e proiezioni di rotta annotati a matita. « Il nostro piano base prevedeva il rifornimento del primo stadio dello Zenit al 50 per cento della capacità, il che avrebbe dato origine a una traiettoria di volo discendente stimata in trecentocinquanta chilometri. La zona dell'obiettivo, ovvero il punto in cui verrà attivato il payload, si trova circa cinquanta chilometri all'interno di tale traiettoria. Pertanto, la posizione di lancio era stata fissata trecento chilometri a ovest di Los Angeles, dando per scontate locali condizioni di tempo nella norma. Considerato l'attuale scenario atmosferico, abbiamo due possibilità: attendere che il fronte di bassa pressione ceda il passo ai venti prevalenti, o riposizionare la piattaforma di lancio più vicino all'obiettivo. »

« Esiste una terza opzione: possiamo aumentare il carico di combustibile nello Zenit, in modo da raggiungere l'obiettivo dalla posizione di lancio originaria », bofonchiò l'altro ucraino in tono irritato, mentre il suo oppositore scuoteva la testa in silenzio.

« Quale sarebbe il rischio? » chiese Tongju a quest'ultimo.

« Sergei ha ragione nell'affermare che si potrebbe regolare il combustibile per colpire l'obiettivo dalla posizione di lancio originale, ma ho grossi dubbi sulla precisione ottenibile. Non possiamo prevedere come si comporterà il vento durante l'intero volo; viste le insolite condizioni atmosferiche attuali, lungo la traiettoria la sua forza potrebbe variare in misura anche significativa rispetto alle misurazioni che siamo in grado di effettuare sopra la nostra testa. Il veicolo vettore potrebbe essere facilmente deviato a nord o a sud dell'obiettivo prefissato; rischiamo di oltrepassare il bersaglio di decine di chilometri o, in alternativa, di finire eccessivamente corti. Ci sono troppi fattori di potenziale variabilità nella rotta, da questa distanza. »

« Un rischio minimo, se affrontato con buonsenso », obiettò Sergei.

« Quanto ci vorrà perché il tempo torni alla normalità? » volle sapere Tongju.

« Il fronte di bassa pressione ha già mostrato segni d'indebolimento. Prevediamo che entro un giorno e mezzo cederà il passo al fronte di alta pressione, in arrivo entro le prossime settantadue ore circa. »

Dopo aver riflettuto un istante sulle diverse possibilità, Tongju prese la sua decisione senza ulteriori discussioni. « Abbiamo una tabella di marcia da rispettare. Non possiamo permetterci di stare ad aspettare che il tempo migliori, né rischiare di compromettere la missione. Avvicineremo la piattaforma all'obiettivo e inizieremo il countdown al più presto. Di quanto dobbiamo spostarci, per mitigare l'incertezza atmosferica? »

« Per minimizzare l'impatto dei venti avversi, dobbiamo accorciare la traiettoria. Sulla base delle nostre misurazioni più recenti, bisogna posizionarci qui », affermò l'ucraino barbuto, puntando il dito su una carta della costa nordamericana. « A centocinque chilometri dalla costa. »

Tongju studiò per un attimo la posizione, calcolando in silenzio la distanza in più da coprire. Il punto suggerito era pericolosamente vicino alla linea di costa, constatò, e c'erano un paio di isole nelle immediate vicinanze, ma potevano arrivare sul posto ed effettuare il lancio mantenendo la tabella di marcia voluta da Kang. Mentre gli occhi di tutti i presenti erano puntati su di lui in attesa di ordini, Tongju si volse e annuì verso Lee. « Modificare immediatamente la rotta. Sposteremo entrambi i mezzi nella nuova posizione prima dell'alba, e daremo inizio al countdown allo spuntar del giorno. »

48

« Mi stai prendendo in giro? Un pallone? » Giordino si grattò il mento, poi scosse la testa fissando Pitt. « Mi hai trascinato in giro per tutto il Paese solo per fare una gita in pallone? »

« Credo che il termine più corretto sia 'aeronave' », obiettò Pitt, lanciando al compagno un'occhiata di finta indignazione. « O, meglio ancora, 'sacco pieno di gas'. »

Giordino si era già chiesto cosa avesse in mente Pitt, al loro arrivo a Los Angeles dopo un volo notturno da Washington. Anziché puntare a sud, verso il porto di Los Angeles e l'adiacente comando regionale della Coast Guard Marine Safety, all'uscita dall'aeroporto l'amico aveva diretto l'auto a nolo verso nord. Mentre il direttore della NUMA oltrepassava al volante l'area metropolitana, Giordino si era prontamente addormentato sul sedile del passeggero per svegliarsi, più tardi, con le piantagioni di fragole che scorrevano oltre il finestrino. Si strofinò gli occhi mentre, varcata l'entrata del piccolo aeroporto di Oxnard, Pitt parcheggiava l'auto accanto a un grosso dirigibile ormeggiato a un pilone montato su un camion.

Sbirciando il dirigibile, Giordino esclamò con voce roca: « Credevo che al Super Bowl mancassero ancora un paio di mesi ».

Il Sentinel 1000 degli Airship Management Services lungo sessantasette metri era, in realtà, ben più grosso dei palloni pubblicitari che si vedevano fluttuare di solito sopra i campi da football e da golf. Versione maggiorata della popolare serie Skyship 600 prodotta dalla medesima società, il Sentinel 1000 era stato progettato per sollevare un carico utile di oltre duemilasettecento chili grazie a un involucro capace di contenere diecimila metri cubi di gas. A differenza dei dirigibili a struttura rigida degli anni '20 e '30, che utilizzavano una sostanza altamente infiammabile come l'idrogeno, il Sentinel 1000 era un tipico pallone floscio che per alzarsi da terra si serviva dell'elio, gas assai più sicuro.

« Sembra il nipotino dell'*Hindenburg* », borbottò Giordino fissando con aria stanca l'aeronave color argento.

« Sappi che stai ammirando l'ultimo ritrovato della tecnologia moderna nel campo della sorveglianza e dell'inseguimento », lo informò Pitt. « È dotato di un sistema a fibre ottiche LASH. La NUMA lo sta testando per un eventuale impiego nella sorveglianza del reef e nello studio delle maree. Il sistema è già stato utilizzato con successo per monitorare la migrazione delle balene. »

« Che cos'è un sistema LASH? »

« Sta per Littoral Airborne Sensor-Hyperspectral, un sistema di rilevamento iperspettrale che utilizza la scansione delle bande sequenziali per identificare e seguire obiettivi invisibili a occhio nudo. La Sicurezza nazionale sta prendendo in considerazione l'idea di utilizzarlo per la sorveglianza alle frontiere, e la marina come mezzo antisommergibili in caso di conflitto. »

« Se possiamo provarlo sulla spiaggia di Malibu, per me va benissimo. »

Mentre si avvicinavano all'aeronave, videro un tecnico di terra con un tesserino identificativo della NUMA scendere dalla navicella.

« Signor Pitt? Abbiamo installato la ricetrasmittente fornitaci dalla guardia costiera affinché possiate comunicare in modo sicuro con le loro navi. L'*Icarus* è stato tarato considerando un sovrappeso di cento chili per il carburante, che non deve scendere oltre il 5 per cento, perciò non riducetevi mai con i serbatoi vuoti. Il dirigibile è altresì fornito di zavorra ad acqua e di un sistema sperimentale di rilascio di carburante, nel caso dobbiate effettuare una risalita d'emergenza. »

« Quanto possiamo restare in aria? » chiese Giordino, squadrando un paio di eliche che sporgevano ai due lati della sezione posteriore della navicella.

« Da otto a dieci ore, se non esagerate con la velocità. Godetevi la passeggiata; è un vero piacere, guidarlo », concluse il tecnico con un leggero inchino.

Dopo essersi arrampicati oltre il portello della navicella, Pitt e Giordino si ritrovarono all'interno di un vano spazioso, arredato in modo da poter ospitare in modo confortevole otto passeggeri. Raggiunta attraverso un varco sul davanti la cabina di comando, Pitt si mise alla guida del dirigibile mentre Giordino si lasciava cadere nel sedile del copilota. Pitt avviò con un rombo soffocato la coppia di motori turbo Porsche 930 con raffreddamento ad aria montati sui fianchi posteriori della navicella, che fungevano da propulsori. Con i motori in folle, chiese l'autorizzazione alla torre di controllo dell'aeroporto, quindi si girò verso l'amico ed esclamò, scimmiottando i fratelli Wright: « Pronto per il decollo, Wilbur? »

« Quando vuoi, Orville. »

La partenza di un dirigibile non era una faccenda da poco gestibile solo dai piloti, bensì una manovra piuttosto complessa che andava orchestrata con attenzione e con l'aiuto di numerosi assistenti a terra. All'esterno della navicella, il personale di supporto dell'*Icarus*, in camicia rosso fiamma, prese posizione intorno all'aeronave. Sei uomini appostati ai lati del muso, tre per lato, tesero un paio di cavi collegati alla parte anteriore del dirigibile, mentre altri quattro si aggrappavano alle ringhiere che correvano lungo i fianchi della navicella. Attraverso l'ampia sfinestratura dell'abitacolo piazzata quasi all'altezza dei piedi, Pitt osservò il capotecnico, immobile alla base del pilone d'ormeggio. A un ordine di Dirk, l'uomo segnalò al collega appostato in cima all'asta di liberare il muso dell'*Icarus*. Contemporaneamente, l'equipaggio a terra sospinse il dirigibile privo di peso allontanandolo di parecchie decine di metri dalla torre, fino a una zona libera da ostacoli.

Dopo aver mostrato il pollice alzato al capotecnico, Pitt si protese ad abbassare un paio di leve che sporgevano dalla console centrale per dare gas ai due motori. Accertatosi che a terra avessero sganciato tutti i cavi e sgomberato l'area, azionò dolcemente un joystick posizionato di fronte al suo sedile che controllava i gruppi motopropulsori montati su supporti orientabili. Non appena ebbe sfiorato la leva, i supporti si sollevarono fornendo al velivolo la spinta addizionale delle eliche in rotazione; il dirigibile cominciò subito a salire e a scivolare dolcemente in avanti. Senza quasi che si avvertisse la sensazione del movimento, la grande aeronave si allontanò da terra puntando il muso verso il cielo. Giordino agitò allegramente una mano attraverso un finestrino laterale aperto per salutare gli uomini a terra, sempre più minuscoli via via che il dirigibile guadagnava quota.

Ignorando la richiesta dell'amico di effettuare un passaggio a bassa quota sopra Malibu, lasciato il suolo dell'aeroporto di Oxnard, Pitt puntò direttamente verso il mare regolando l'altitudine sui duemilacinquecento piedi. In mezzo all'azzurro intenso del Pacifico acceso dal sole, i due amici avvistarono senza difficoltà le settentrionali Channel Islands: Santa Cruz, Santa Rosa e San Miguel. Mentre fluttuavano verso est, Pitt notò della rugiada gocciolare lungo i fianchi del dirigibile scaldati dai raggi del sole mattutino. Lanciando un'occhiata al manometro dell'elio, notò che la lancetta si era alzata leggermente: la temperatura più calda e il cambio di altitudine dovevano aver provocato una lieve espansione del gas. Un impianto di ventilazione automatica avrebbe provveduto a scaricare il gas in eccesso se la pressione fosse salita troppo, ma Pitt badò a tenere il dirigibile ben al di sotto della pressione critica, in modo da non sprecare elio inutilmente.

Con le leve del Sentinel 1000 diventate più pesanti sotto le dita, si rese conto che pilotare il pallone era più come guidare uno yacht da corsa di venti metri che come condurre un aereo. Manovrare i grossi piani stabilizzatori e quelli di coda richiedeva una certa forza sul joystick, e comportava qualche istante di trepidazione in attesa che il muso del mezzo si decidesse a rispondere. Mentre correggeva la rotta, osservò distrattamente i cavi che penzolavano oscillando dalla parte anteriore del dirigibile. Sotto di loro vide sbucare una barca, che riconobbe per un'imbarcazione da pesca a nolo. A poppa, i minuscoli pescatori per un giorno li salutarono agitando le braccia con amichevole abbandono. C'era qualcosa, nei dirigibili, che sembrava toccare la corda della simpatia nell'animo della gente. Racchiudevano in sé il romanticismo dell'aria, si disse Pitt, riportando alla mente di ciascuno i tempi in cui il volo rappresentava ancora un'emozionante novità. Le mani sulle leve, si sentì assalire a sua volta dalla nostalgia. Scivolando sopra le onde senza fretta, lasciò vagare la mente agli anni '30, ai giorni in cui gigantesche aeronavi come il *Graf Zeppelin* e l'*Hindenburg* dividevano i cieli con i voluminosi dirigibili della marina *Akron* e *Macon*. Così come le opulente navi da crociera di quei tempi, offrivano una certa rilassata maestosità che era semplicemente introvabile nei mezzi di trasporto contemporanei.

Quando ebbero raggiunto una distanza di trenta miglia dalla costa, Pitt virò verso sud e prese a compiere un ampio, pigro arco al largo della metropoli di Los Angeles. Giordino azionò il sistema a fibre ottiche LASH collegato a un portatile, che gli consentiva di osservare le immagini delle navi di superficie in avvicinamento entro un raggio di trentacinque miglia. Navi da carico e portacontainer si dirigevano verso i porti di Los Angeles e di Long Beach a ritmo lento ma costante. Le grandi navi provenienti da una varietà di porti dai nomi esotici come Mumbai o Giacarta, salpate dalla Cina, dal Giappone o da Taiwan, erano quelle che apportavano la mole di merce più imponente. Più di tremila navi l'anno toccavano i porti di quell'area, dando origine a un costante flusso di traffico che attraversava il Pacifico verso i porti più affollati degli Stati Uniti come formiche a un picnic. Osservando lo schermo del computer portatile, Giordino riferì a Pitt di aver avvistato in lontananza due grosse navi con l'aria dei mezzi commerciali. Una rapida occhiata al finestrino consentì a Pitt di scorgere la prima delle due all'orizzonte.

«Andiamo a dare un'occhiata», propose, puntando il naso del dirigibile verso quella direzione. Poi, premuto un tasto sulla ricetrasmittente della guardia costiera appena installata, parlò nella cuffia. «Cutter *Halibut* della guardia costiera, qui aeronave *Icarus*. Siamo in posizione, e ci prepariamo a controllare due navi in arrivo, quarantacinque miglia circa a est di Long Beach. Passo.»

«Ricevuto, *Icarus*», rispose una voce profonda. «Lieti di avere i vostri occhi nel cielo sopra le nostre teste. Abbiamo tre navi a disposizione, e sono tutte impegnate in controlli. Aspettiamo il vostro rapporto sui nuovi avvistamenti. Passo e chiudo.»

«Occhi nel cielo», borbottò Giordino. «Preferirei avere lo stomaco sul divano», aggiunse, chiedendosi d'un tratto se qualcuno avesse pensato a caricare a bordo un po' di cibo.

Durante la notte, la *Odyssey* si era spostata verso ovest, avvicinandosi lentamente alla costa californiana dalla quale era partita solo pochi giorni prima. Risolta la discussione sulla località del lancio, Tongju era tornato alla piattaforma per rubare qualche ora di sonno nella cabina del comandante fino al momento della levataccia, sessanta minuti prima dell'alba. Quando iniziò a fare luce, il giorno seguente, mentre dalla plancia osservava la piattaforma avanzare sulla scia della *Koguryo*, notò la sagoma di una grossa isola in lontananza, a dritta di prua. Si trattava dell'isola di San Nicolas, la più lontana dalla costa fra tutte le Channel Islands: un arido ammasso di rocce spazzato dal vento di proprietà della marina che lo utilizzava per lo più come campo di esercitazioni con mezzi anfibi. Procedettero in direzione est per un'altra ora, prima di udire la voce gracchiante del comandante Lee alla radio. «Ci stiamo avvicinando al punto indicato dai tecnici ucraini. Preparatevi a fermare i motori; noi ci posizioneremo a sud-est rispetto a voi, e ci terremo pronti a iniziare il countdown al vostro via.»

«Affermativo. Facciamo il punto e provvediamo a zavorrare la piattaforma. Restate in attesa di istruzioni», ordinò Tongju, annuendo in direzione di uno degli infiltrati di Kang che stava pilotando la *Odyssey*. Con consumata abilità, l'uomo tolse gas ai motori e attivò i propulsori per l'autostazionamento. Utilizzando una coordinata del GPS quale punto fisso, fece entrare in funzione i propulsori anteriori, laterali e posteriori controllati dal computer, immobilizzando la piattaforma nella posizione prevista con precisione millimetrica.

«Controllo posizione attivato», abbaiò l'uomo in tono autoritario. «Iniziare il processo di allagamento», proseguì, premendo una sfilza di tasti su una console illuminata.

Sessanta metri al di sotto della timoniera, una serie di valvole a saracinesca si aprì automaticamente all'interno dei due pontoni gemelli, mentre mezza dozzina di pompe cominciava a risucchiare in fretta acqua salata di zavorra con un flusso tanto regolare da risultare impercettibile agli uomini che stazionavano sul ponte della piattaforma. In plancia, Tongju era intento a esaminare un'immagine computerizzata tridimensionale della *Odyssey* sul monitor, i pontoni e la parte inferiore delle colonne che si tingevano di un vivido color azzurro a mano a mano che venivano invasi dall'acqua. Come in un letargico tratto in ascensore, gli occhi degli astanti seguirono la lenta discesa della piattaforma fra le onde, che impiegò sessanta minuti per abbassarsi dolcemente di quattordici metri, il fondo dei pontoni gemelli sommerso a una profondità di settanta piedi per garantire stabilità all'intera struttura. D'un tratto, Tongju notò che la piattaforma non oscillava più come in precedenza. Con i pontoni e parte delle colonne allagati, la *Odyssey* era diventata stabile come una roccia, pronta a ospitare il lancio di un razzo da quasi cinquecento tonnellate.

Un ronzio segnalò l'ottenimento della profondità prevista per il lancio, non appena il livello dell'acqua turchese del grafico sul monitor ebbe raggiunto una linea rossa orizzontale. Il timoniere premette qualche altro pulsante, quindi si allontanò dalla console. «Allagamento completato. Piattaforma stabilizzata per il lancio», comunicò.

«Mettere in sicurezza la plancia», ordinò Tongju, indicando col capo un marinaio filippino fermo accanto al radar. Convocato con un gesto, un uomo di guardia alla porta si avvicinò rapidamente e scortò fuori il marinaio senza una parola. Tongju lasciò a sua volta la plancia dal retro, infilandosi in un minuscolo ascensore che lo portò al ponte dove si trovava l'hangar. Almeno una dozzina di tecnici era affaccendata intorno al grosso razzo sdraiato, intenti a esaminare una quantità di sistemi computerizzati collegati direttamente al veicolo vettore.

Tongju si avvicinò a Ling, un uomo con gli occhiali rotondi e una folta capigliatura che guidava il team operativo. Prima che potesse rivolgergli la parola, Ling si lanciò in un nervoso resoconto della situazione. « Abbiamo verificato i test finali sul payload con risultati positivi. Il veicolo vettore è in sicurezza, tutti i sistemi elettromeccanici controllati. »

« Bene. La piattaforma si trova sul punto previsto, già zavorrata. Il razzo è pronto per essere trasportato alla torre di lancio? »

Ling annuì con entusiasmo. « Aspettavamo solo il suo ordine per procedere. Possiamo iniziare il trasferimento e l'innalzamento sulla rampa in qualsiasi momento. »

« Inutile sprecare tempo. Procedete immediatamente, e avvertitemi non appena sarete pronti a evacuare la piattaforma. »

« Sì, certo », confermò Ling, precipitandosi subito dopo verso un gruppetto di tecnici che cominciò a bersagliare con frasi a raffica. Come una frotta di conigli spaventati, gli uomini scattarono verso le proprie postazioni. Allontanatosi di qualche passo, Tongju rimase a osservare i massicci portelli dell'hangar che si aprivano, rivelando una rotaia che attraversava il ponte fino alla torre di lancio, all'estremità opposta della piattaforma. D'un tratto venne avviata una serie di motori elettrici, il cui rombo oltrepassava le pareti dell'hangar per risuonare all'esterno. Tongju si spostò dietro una console e, sbirciando oltre la spalla di Ling, contemplò le dita del direttore del lancio danzare sulla tastiera. Non appena vide accendersi una fila di spie verdi, Ling fece un cenno a un altro tecnico, il quale attivò l'invasatura mobile.

Il razzo lungo oltre sessanta metri prese ad avanzare pigramente verso l'uscita dell'hangar, sdraiato sulla slitta che scivolava su una serie infinita di ruote, simili alle zampe di un millepiedi. Con i propulsori in avanti, il razzo oltrepassò le porte emergendo alla luce del giorno, la vernice bianca scintillante sotto i raggi del sole mattutino. Tongju camminava accanto al veicolo vettore ammirandone la linea e la potenza, stupito dalla circonferenza dell'enorme sigaro in posizione prona. A parecchie centinaia di metri di distanza, sul ponte di coperta della *Koguryo*, un gruppetto di marinai e di tecnici allungava il collo per cogliere un'immagine del maestoso razzo in movimento.

Attraversato il ponte scoperto, il trattore cingolato andò a fermarsi alla base della torre di lancio. L'ultimo stadio del razzo non era ancora uscito del tutto dall'hangar; un pannello scorrevole venne aperto sul cielo dell'edificio per sgomberargli la via. Dopo aver saldamente fissato al ponte la gru mobile, furono azionati i dispositivi di sollevamento con l'attivazione di pompe idrauliche che presero a esercitare una dolce pressione contro la slitta del razzo; il muso si sollevò oltre il cielo spalancato dell'hangar puntando verso l'alto. Pazientemente, con delicatezza, si continuò a procedere fino a portare il veicolo vettore in posizione verticale contro la torre di lancio. Una serie di tiranti e dispositivi di bloccaggio teneva agganciato il razzo alla piattaforma mentre si provvedeva a collegare e verificare una selva di tubi per il combustibile, il raffreddamento e la ventilazione. Sulla torre, diversi uomini stavano collegando una serie di cavi che avrebbero consentito ai tecnici a bordo della *Koguryo* di monitorare le dozzine di sensori elettronici impiantati sotto il rivestimento del razzo. Una volta raddrizzato lo Zenit, la slitta che era servita a sostenerlo era stata delicatamente allontanata lasciando il razzo agganciato alla sola torre di lancio. Con un gorgoglio idraulico, la slitta era stata pian piano riabbassata fino alla posizione originaria e riportata all'interno dell'hangar, dove sarebbe rimasta al sicuro durante le operazioni di lancio.

Dopo aver consultato ansiosamente via radio il centro di controllo sulla *Koguryo*, Ling si precipitò verso Tongju. «A parte qualche anomalia di scarsa rilevanza, signore, il lanciatore soddisfa tutti i principali parametri prelancio.»

Tongju sollevò lo sguardo verso il gigantesco razzo col suo carico di morte, pronto a inondare di virus letali milioni di innocenti. Sofferenza e morte non avevano nessun significato per lui, privo com'era da decenni di qualsiasi sentimento di umana pietà. Gli importava solo il potere che aveva di fronte a sé, un potere più grande di quanto ne avesse mai posseduto, che pregustava con avidità. Lentamente, i suoi occhi accarezzarono la sagoma del razzo dalla punta alla coda per poi scivolare con calma fino all'altra estremità della piattaforma, prima di spostarsi di nuovo su Ling, in ansiosa attesa di una risposta. Dopo averlo lasciato in preda all'imbarazzo per qualche istante ancora, si decise a rompere il silenzio con voce ferma e profonda. « Molto bene. Date inizio al countdown. »

49

L'equipaggio della *Deep Endeavor* aveva ben presto scoperto quanto fosse monotono il compito assegnato dal comando NUMA. In due giorni di appostamento, era stato chiesto loro di abbordare e perquisire una sola unità, una piccola nave da carico proveniente dalle Filippine che trasportava legname. Il traffico marittimo commerciale che da sud-ovest puntava verso Los Angeles era stato scarso e abilmente smistato dal vicino cutter *Narwhal* della guardia costiera. Il personale della NUMA avrebbe preferito di gran lunga avere del lavoro da svolgere, anziché gironzolare a vuoto in attesa di un minimo di azione, nella muta speranza che transitasse un po' di traffico anche nel loro quadrante.

In cambusa, mentre sorseggiava una tazza di caffè in compagnia di Summer, Dirk stava esaminando una relazione sulla mortalità del corallo nel reef della grande barriera, quando un marinaio si avvicinò per informarli che erano desiderati in plancia.

«Abbiamo ricevuto una chiamata dal *Narwhal*», riferì Delgado. «Sono nel bel mezzo di un'ispezione a bordo di una portacontainer, e ci chiedono di procedere all'identificazione e all'eventuale blocco di una nave in avvicinamento a ovest di Catalina.»

«Nessun preavviso dal nostro occhio nel cielo?» chiese Dirk.

«Tuo padre e Al sono decollati con l'*Icarus* questa mattina, procedendo verso di noi da nord. È probabile che sorvoleranno il nostro quadrante nel giro del prossimo paio d'ore.»

Lanciando un'occhiata oltre l'oblò in direzione nord, Summer scorse il *Narwhal* ballonzolare sulle onde a metà murata di una grossa portacontainer appesantita dal carico. Più lontano, verso ovest, vide sulla linea dell'orizzonte una macchiolina rossa in avvicinamento. Il pilota della *Deep Endeavor* stava già accostando per prepararsi a intercettarla.

« È quella? » chiese la ragazza, indicando il puntino col dito.

« Sì », confermò Delgado. « Il *Narwhal* le ha già ordinato l'alt via radio; ha tutto il tempo di rallentare, prima che la intercettiamo. Si è identificata come la *Santo Maru*, proveniente da Osaka. »

Un'ora più tardi, la *Deep Endeavor* si trovava accanto alla *Santo Maru*, una rugginosa nave adibita al carico di merci varie, di dimensioni piuttosto piccole rispetto agli standard dei mezzi che solcavano il Pacifico. La squadra di Aimes, della Sea Marshal, si unì a Summer, Dahlgren e altri tre marinai della NUMA a bordo di una piccola lancia che li trasportò fino al cargo ormeggiandosi con una cima alla biscaglina macchiata di ruggine che era stata calata lungo la murata. Avendo fatto subito amicizia con i cani addestrati alla caccia alle bombe, Summer si offrì di tenerne uno al guinzaglio. Mentre Aimes e Dahlgren andavano dal comandante per esaminare con lui il manifesto di carico, il resto della squadra cominciò a frugare la nave da cima a fondo. Con i retriever in testa, il gruppetto s'infilò nelle stive e controllò i sigilli dei contenitori nonché parecchie gabbie sciolte in cui c'erano calzature sportive e capi d'abbigliamento fabbricati a Taiwan. Un marinaio malese dall'aspetto ruvido osservò fra il divertito e l'annoiato i biondi Labrador attraversare naso a terra gli alloggiamenti semibui riservati all'equipaggio.

Rimasto sul ponte della *Deep Endeavor*, Dirk stava studiando la nave giapponese, mentre un paio di marinai con la divisa in disordine osservavano con pari curiosità la nave della NUMA dalla coperta del cargo. Dirk rivolse un cenno di saluto ai due che, appoggiati alla battagliola, si accesero una sigaretta mettendosi a scherzare fra loro con aria rilassata.

« Nessuna minaccia, da questa parte », commentò Dirk in tono sicuro, girandosi verso il comandante Burch.

« Come puoi esserne tanto sicuro? »

« L'equipaggio è troppo trasandato. Kang terrebbe a bordo dei professionisti inappuntabili, non certo una manica di allegri barboni come quelli. E, poi, vedremmo aggirarsi in coperta uno stuolo di tizi della sicurezza dall'aria paranoica», aggiunse, ripensando a Tongju e ai suoi uomini.

«Lo faremo presente a Aimes, quando torna. Se non altro, è stato un buon esercizio per i ragazzi. Senza contare che sono riuscito a togliermi dai piedi Dahlgren per un po'», replicò il comandante con un sorriso.

«Bisogna assolutamente che li scoviamo per primi», borbottò Dirk. «Ci sono troppi posti dove nascondersi, in mare.»

Mentre la squadra di ricerca faceva capolino per un istante sul ponte superiore, il comandante Burch sollevò il binocolo per scrutare l'orizzonte. Dopo aver osservato un paio di macchioline in lontananza, a sud-ovest, si volse a nord e vide il *Narwhal* in procinto di staccarsi dalla portacontainer. Stava per lasciar cadere il binocolo, quando uno scintillio improvviso lo spinse ad alzare lo sguardo verso l'alto. Regolata la messa a fuoco, si abbandonò a un ampio sorriso ed esclamò rivolto a Dirk: «Credo che i nascondigli a loro disposizione siano diminuiti parecchio, adesso che ci sono i nostri maghi delle profondità a tenere d'occhio la situazione dalla balconata».

Duemila piedi sopra le tranquille acque del Pacifico, l'argenteo *Icarus* fluttuava con grazia nel cielo a una velocità di 35 nodi. Mentre Pitt senior manovrava i controlli del dirigibile, Giordino regolò una serie di tasti alla base di un monitor a colori dallo schermo piatto. Una cinepresa WESCAM a campo lungo montata sul fianco della navicella a integrazione del sistema di telerilevamento LASH trasmetteva al monitor l'immagine ingrandita di oggetti situati a centinaia di metri di distanza. Pitt staccò lo sguardo dalle leve per lanciare un'occhiata allo schermo, che mostrava la sagoma ravvicinata della poppa di una piccola imbarcazione sulla quale due donne in bikini se ne stavano distese a prendere il sole.

«Spero che la tua amichetta non scopra mai le tue tendenze da voyeur», commentò Pitt ridendo.

«Sto solo regolando la risoluzione dell'immagine», replicò

con aria grave Giordino, zoomando allegramente sul didietro di una delle due signore.

« Meglio di Ansel Adams, il famoso fotografo. Ora, però, vediamo come funziona su un vero bersaglio », borbottò Pitt virando verso occidente, in direzione di una nave in allontanamento a qualche miglio di distanza. Dopo essere sceso leggermente di quota, puntò il muso dell'*Icarus* a dritta e accelerò, guadagnando via via terreno sulla sua preda.

Mentre si trovavano ancora a mezzo miglio di distanza, Giordino fece uno zoom sulla poppa del cargo dallo scafo nero e riuscì senza fatica a leggerne il nome: « *Jasmine Star*... Madras ». Facendo scorrere l'obiettivo della cinepresa lungo il ponte della nave, inquadrò dapprima una fila di container sovrapposti, quindi l'albero, in cima al quale sventolava una bandiera dell'India. « Funziona magnificamente », commentò in tono soddisfatto.

Pitt lanciò un'occhiata allo schermo del portatile, che mostrava un tratto di mare vuoto davanti al cargo indiano. « Niente in vista lungo la rotta principale, per il momento. Continuiamo a procedere verso sud, dove sembra esserci un po' più di movimento », propose, avendo notato diverse immagini sul bordo sinistro dello schermo.

Manovrando nella direzione stabilita, di lì a poco passarono sopra il *Narwhal* e la portacontainer che quello aveva appena ispezionato, per sorvolare poi una porzione dell'isola di Santa Catalina. Ritrovata l'acqua sotto di sé, Giordino puntò un dito contro il finestrino indicando una nave turchese in lontananza. « Quella è la *Deep Endeavor.* A quanto pare è entrata in azione anche lei », commentò, notando la nave da carico rossa ferma accanto a quella della NUMA.

Avvicinandosi, Pitt cercò di stabilire un contatto via radio. « *Icarus* a *Deep Endeavor.* Come va la pesca, là sotto? »

« Non si cava un ragno dal buco », rispose la voce di Burch. « E voi, signori, lassù, vi state godendo la gita panoramica? »

« Deliziosa, se non fosse per Al che continua a sgranocchiare caviale disturbandomi mentre guardo il film di bordo. Cercheremo di procurarvi un po' di lavoro. »

« Ricevuto, ve ne saremmo grati. »

Giordino regolò il LASH, quindi tenne d'occhio lo schermo in attesa di eventuali obiettivi.

« Sembrano esserci una nave in arrivo lungo la rotta principale, ventidue miglia circa a nord-ovest, e un paio di bersagli apparentemente immobili a diciotto miglia da noi, in direzione ovest », annunciò poco dopo, indicando alcune macchioline grigiastre sul monitor che spiccavano sullo sfondo azzurro dell'oceano.

Pitt osservò lo schermo, quindi lanciò un'occhiata all'orologio. « Dovremmo riuscire a beccare la nave a nord-ovest lungo il tragitto. Andiamo a vedere cosa c'è parcheggiato là sotto, prima », decise, orientando il pallone a ovest, verso le due chiazze stranamente immobili sullo schermo.

50

Il lancio di un razzo dalla piattaforma della Sea Launch era un avvenimento tradizionalmente preceduto da un countdown di settantadue ore. Durante i tre giorni di preparativi, si effettuavano dozzine di test per accertarsi che la strumentazione fosse funzionante e tutti i sistemi meccanizzati e computerizzati di bordo fossero in grado di resistere alle violente sollecitazioni del lancio. Quindici ore prima, i tecnici e tutti i presenti tranne un pugno di addetti venivano fatti allontanare dalla piattaforma mentre si procedeva alle fasi finali del conto alla rovescia. La nave appoggio, intanto, si spostava in un'area sicura a quattro miglia di distanza dalla piattaforma.

A cinque ore dal lancio, l'ultimo degli uomini lasciava la piattaforma a bordo di un elicottero, e le restanti fasi del conto alla rovescia erano gestite a distanza, dalla nave appoggio. Con meno di tre ore davanti, si effettuava automaticamente la pericolosa operazione del rifornimento di carburante, durante la quale il propellente a base di cherosene e ossigeno veniva aspirato dai grandi serbatoi alloggiati nella piattaforma e pompato nel razzo. Una volta completato il rifornimento, la decisione di procedere all'espulsione del razzo e la scelta del momento più opportuno toccava ai tecnici a bordo della nave appoggio.

Non avendo tempo a disposizione, la squadra di tecnici di Ling era stata costretta a concentrare le procedure riducendole al minimo. I test non essenziali erano stati accantonati, le lungaggini del lancio eliminate, la durata del rifornimento accorciata proporzionalmente al ridotto piano di volo. Di comune accordo, avevano calcolato di poter lanciare lo Zenit in sole otto ore dal momento in cui la *Odyssey* era stata zavorrata e stabilizzata.

Sulla piattaforma, non lontano dalla base della rampa di lancio, Tongju osservava un grosso orologio digitale montato sul cielo dell'hangar. Le rosse cifre luminose indicavano 03:32:17, con i secondi che scorrevano all'indietro senza sosta. Tre ore e trentadue minuti al lancio. A meno di una difficoltà tecnica insormontabile dell'ultimo istante, non ci sarebbero state interruzioni. Agli occhi di Tongju, tutto ciò che restava da fare era accendere i motori e lasciar partire il razzo.

Prima di poter premere il bottone, tuttavia, la *Koguryo* doveva assumere il completo controllo del processo di lancio. Ling e i suoi tecnici avevano stabilito un contatto radio col sistema di controllo automatizzato, che era stato testato dal centro di controllo della *Koguryo*. Poi si doveva trasferire il sistema di comando della stessa *Odyssey*, un congegno senza fili che consentiva di controllare a distanza la piattaforma dopo l'evacuazione di tutto il personale. Come un giocattolo telecomandato, la piattaforma poteva essere sollevata, abbassata o mossa sfiorando una tastiera a bordo della *Koguryo*.

Una volta trasferiti i controlli alla nave appoggio, Ling raggiunse Tongju sul ponte. « Il mio lavoro qui è terminato. I sistemi di controllo sono tutti sulla *Koguryo*, ora; la mia squadra e io dobbiamo tornare alla nave appoggio per riprendere le procedure del conto alla rovescia. »

Tongju tornò a lanciare un'occhiata al grande orologio digitale. « I miei complimenti. Siete in anticipo sulla tabella di marcia. Faccio chiamare il tender della *Koguryo* in modo che lei e i suoi uomini possiate lasciare immediatamente la piattaforma. »

« Non si unisce a noi? »

« Devo occuparmi dei prigionieri, prima. Poi vi seguirò con la mia squadra d'assalto. Desidero essere l'ultimo a lasciare la piattaforma prima del lancio. A parte, ovviamente, quelli che non la lasceranno affatto », aggiunse con un sorriso sinistro.

« Non risulta che ci sia una piattaforma petrolifera, in questo punto. » Lo sguardo di Giordino si spostò dalla grande forma quadrata sull'acqua davanti a loro a una voluminosa carta nautica che teneva aperta in grembo. « Nell'intera zona non è segnalata la presenza di nessuna diavoleria escogitata dall'uomo. Non credo che le associazioni ambientaliste accoglieranno con eccessivo favore una trivellazione clandestina così vicino alla costa. »

« Resterebbero ancor più turbate se sapessero che la piattaforma ha un razzo a bordo », replicò Pitt.

Giordino puntò lo sguardo oltre il finestrino, sulla struttura sempre più vicina. « Che mi prenda... Una caramella per quest'uomo dallo sguardo d'aquila. »

Mentre si avvicinavano, Pitt virò in un ampio cerchio sulla piattaforma e l'adiacente nave appoggio, badando a tenersi fuori del loro spazio aereo.

« Sea Launch? » suggerì Giordino.

« Direi di sì, anche se non sapevo che se ne andassero in giro con un missile puntato verso il cielo. »

« Sono parcheggiati, direi », obiettò Giordino, notando che la nave appoggio non lasciava scie dietro di sé. « Non avranno mica intenzione di effettuare il lancio da qui? »

« Impossibile. Fanno partire quegli aggeggi dall'equatore, di solito. Se avessero avuto intenzione di tentare un lancio da queste parti, si sarebbero quanto meno tenuti più a nord, al largo della base di Vandenberg. Staranno effettuando qualche test, ma vediamo di accertarcene. »

Dopo essersi sintonizzato su una banda radio nautica, Pitt chiamò la piattaforma attraverso la cuffia. « Aeronave *Icarus* a piattaforma *Sea Launch*. Passo. » Seguì una pausa di silenzio, poi Pitt ripeté l'appello.

Dopo un nuovo, lungo intervallo, si udì una voce con un forte accento. « Qui piattaforma *Odyssey* della Sea Launch. Passo. »

« Qual è il motivo della vostra presenza in loco, *Odyssey*? Avete bisogno di assistenza? Passo. »

Un'altra lunga pausa, poi: « Negativo ».

« Ripeto, per quale motivo vi trovate qui? »

Altro silenzio. « Chi vuole saperlo? »

« Cordiali da morire, vero? » fece Giordino a Pitt.

Scotendo leggermente la testa, l'amico riprese il colloquio alla radio. « Siamo l'aeronave *Icarus*, che collabora con la guardia costiera alla sorveglianza dei confini. Si prega chiarire attuale posizione. Passo.»

«Qui *Odyssey*. Stiamo conducendo dei test. State lontani. Passo e chiudo.»

«Questo tizio è un vero simpaticone», commentò Giordino. «Hai intenzione di trattenerti? Dobbiamo spostarci a nord, se vogliamo intercettare quella nave», disse indicando lo schermo radar.

«Suppongo che non si possa fare granché, da quassù. D'accordo, andiamo a giocare a chiapparello con la prossima nave in arrivo, ma diciamo a qualcuno dei ragazzi là sotto di venire a dare un'occhiata», replicò Pitt, virando in direzione nord.

Mentre lui si portava in rotta per intercettare la nave commerciale, Giordino si mise alla radio. «In questa zona operano la *Deep Endeavor* e il *Narwhal*. La prima sta ancora ispezionando un cargo giapponese, mentre il *Narwhal* è libero, ora, ma afferma che la piattaforma si trova oltre il proprio limite operativo di dodici miglia.»

«Non gli stiamo chiedendo un abbordaggio, ma una semplice ispezione visiva a distanza, e una verifica con la direzione della Sea Launch.»

Giordino tornò a parlare alla radio, poi si girò verso Pitt. «Il *Narwhal* conferma, e si sta portando in zona.»

«Ottimo», rispose Pitt, guardando la piattaforma allontanarsi sotto di loro. Ma si sentiva a disagio, con la fastidiosa sensazione di aver trascurato qualcosa durante il sorvolo. Qualcosa d'importante.

In piedi accanto a Tongju sul ponte della *Odyssey*, Kim osservò il dirigibile compiere una virata verso nord.

«Non si sono soffermati a lungo», osservò. «Pensa che sospettino qualcosa?»

«Non lo so», replicò Tongju, spostando lo sguardo dal dirigibile al cronometro a parete. «Il lancio avverrà fra poco più di due ore. Non c'è spazio per interferenze esterne, ora. Torna al *Koguryo*, Ki-Ri, e rimani accanto al comandante Lee. Se dall'esterno tentassero di intralciarci in qualsiasi modo, provvedi con la massima decisione. Mi hai capito? »

Kim fissò il suo comandante dritto negli occhi e annuì. « Perfettamente, signore. »

51

A bordo della *Deep Endeavor*, Dirk e il comandante Burch erano in ascolto sulla frequenza della guardia costiera mentre Giordino chiedeva al *Narwhal* di controllare la piattaforma della Sea Launch e la nave appoggio. Qualche minuto più tardi, il *Narwhal* si mise in contatto con la nave della NUMA.

« *Deep Endeavor*, abbiamo completato l'ispezione alla portacontainer *Stella Andaman* e ci stiamo avvicinando alla piattaforma per un controllo visivo. Nessun traffico in arrivo attualmente segnalato nel nostro quadrante, perciò potete accompagnarci, se volete. Passo. »

« Andiamo a dare un'occhiata? » propose a Dirk il comandante Burch.

« Perché no? Le operazioni vanno a rilento. Li seguiremo non appena finito qui. »

Burch lanciò un'occhiata al cargo giapponese e vide che Aimes e la squadra si stavano radunando presso la battagliola, segno che l'ispezione era praticamente conclusa.

« Affermativo, *Narwhal* », comunicò al cutter della guardia costiera. « Vi verremo dietro non appena concluso l'attuale controllo, fra cinque o dieci minuti. Chiudo. »

« Mi chiedo cos'abbia suscitato l'interesse del vecchio », mormorò fra sé Dirk, mentre lui e Burch fissavano l'orizzonte tentando di scorgere la sagoma della piattaforma galleggiante.

A tre miglia di distanza, il *Narwhal* aveva avviato i suoi motori diesel gemelli e volava sulle onde alla velocità massima di 25 nodi. Il cutter da ventotto metri era uno dei moderni pattugliatori della classe Barracuda impiegati dalla guardia costiera, progettati per operare all'esterno di porti minori. Con incarichi per lo più di sorveglianza e soccorso in mare, l'equipaggio di dieci elementi era dotato di armi leggere: un paio di mitragliere da 12,7 mm montate in coperta a prua.

Il tenente di vascello Bruce Carr Smith si appoggiò a una paratia sul ponte affollato, mentre il cutter bianco e arancio s'impennava su un'onda, la prua che schiaffeggiava il mare sollevando uno spruzzo di schiuma.

« Mi sono collegato via radio col quartier generale, tenente. Dicono che stanno contattando l'ufficio portuale della Sea Launch per stabilire che succede con la loro piattaforma », gli comunicò da un angolo l'addetto alle tecomunicazioni.

Smith annuì in risposta, poi si volse verso il marinaio dall'aspetto da adolescente che teneva il timone. « Avanti tutta », gli ordinò con voce ferma.

I due puntini all'orizzonte s'ingrandirono pian piano, fino a che non si delinearono chiaramente le sagome di una piattaforma petrolifera e di una nave appoggio. Quest'ultima non si trovava più di fianco alla piattaforma; Smith notò che si stava allontanando dalla struttura galleggiante, tuttora immobile. Con una rapida occhiata da sopra la spalla, verificò che la *Deep Endeavor* avesse concluso l'ispezione al cargo. Il battello turchese si era effettivamente staccato dalla fiancata della nave, e sembrava diretto dalla loro parte.

« Preferisce accostarsi alla piattaforma o alla nave, signore? » volle sapere il timoniere quando furono più vicini.

« Cominciamo con la piattaforma, poi andremo a dare un'occhiata anche alla nave. »

Il piccolo pattugliatore rallentò nell'avvicinarsi alla piattaforma, adesso più bassa di quattordici metri sull'acqua a causa della zavorra. Smith fissò sgomento l'enorme razzo Zenit ritto sulla rampa di lancio, vicino al bordo poppiero della struttura. Esaminò il ponte attraverso il binocolo senza scorgere nessun segno di vita. Passando a osservare la sezione di prua, scorse d'un tratto l'orologio del countdown, sul quale poté leggere le cifre: 01:32:00. Un'ora e trentadue minuti.

« Che diavolo? » mormorò contemplando i secondi scorrere all'indietro. Afferrata la ricetrasmittente, tentò immediatamente di mettersi in contatto con la *Odyssey.* « Piattaforma Sea Launch, qui cutter *Narwhal* della guardia costiera. Passo. » Dopo una pausa, ripeté il tentativo, al quale non rispose che il silenzio.

« Responsabile delle informazioni Sea Launch, come posso esserle utile? » rispose una morbida voce femminile.

« Undicesimo distretto della guardia costiera americana, Marine Safety Group di Los Angeles. Chiediamo di conoscere missione e posizione attuale dei vostri mezzi *Odyssey* e *Sea Launch Commander*, prego. »

« Un istante », mormorò esitante l'addetta alle informazioni, frugando tra alcuni fogli che aveva sulla scrivania. « Ecco qui », riprese. « La piattaforma *Odyssey* è in viaggio verso la località designata per il lancio nel Pacifico occidentale, in prossimità dell'equatore. L'ultima posizione riportata, alle otto di questa mattina, era la seguente: 18° N, 132° O, più o meno millesettecento miglia a est-sudest di Honolulu, Hawaii. La nave appoggio *Sea Launch Commander* si trova attualmente nel porto di Long Beach per riparazioni. Dovrebbe salpare domattina per raggiungere la *Odyssey* all'equatore, dove è previsto il lancio del Koreasat 2 entro i prossimi otto giorni. »

« Nessuna delle due si trova ora in mare di fronte alle coste della California meridionale? »

« Be', no... naturalmente no. »

« Grazie per l'informazione, signora. »

« Prego », rispose la donna prima di riagganciare, chiedendosi come mai la guardia costiera sembrava pensare che la piattaforma potesse trovarsi dalle parti della California.

Troppo agitato per perdere altro tempo in attesa di una risposta dalla guardia costiera di Los Angeles, Smith fece avvicinare ulteriormente il cutter alla piattaforma. Il tenente di vascello era preoccupato per la mancanza di risposte da parte della *Odyssey*, che aveva ignorato le sue ripetute chiamate via radio. Decise infine di rivolgere la propria attenzione alla nave appoggio, che si era ormai allontanata di un quarto di miglio; anche in quel caso, i numerosi tentativi di contatto via radio non diedero nessun risultato.

« Batte bandiera giapponese, signore », gli fece notare il timoniere, mentre guidava il *Narwhal* verso la nave.

« Non è una scusa per ignorare una chiamata via radio. Accostiamoci; cercherò di comunicare con loro attraverso l'altoparlante. »

Il *Narwhal* stava uscendo dall'ombra proiettata dalla piattaforma, quando all'improvviso scoppiò il pandemonio. La radio prese a gracchiare per l'arrivo di un messaggio della guardia costiera, che comunicava loro come la *Odyssey* risultasse lontana mille miglia dalla California, mentre la sua nave appoggio si trovava in cantiere a Long Beach. Contemporaneamente, a bordo della *Koguryo*, un pugno di uomini spinse da parte una paratia sul ponte inferiore, rivelando una fila di grossi tubi cilindrici puntati verso il mare.

Per quanto incredulo, Smith si lasciò guidare dall'istinto e, valutata correttamente la situazione, prese ad abbaiare ordini ancor prima di rendersi conto delle parole che gli stavano uscendo di bocca. « Tutto a sinistra! Avanti tutta! Prepararsi a manovre diversive! »

Ma era troppo tardi. Il timoniere era a malapena riuscito ad accostare lungo la murata della *Koguryo*, quando dal ponte inferiore della nave più grande si levò uno sbuffo candido. Il fumo sembrò gonfiarsi alla fonte per poi cedere il passo a un lampo accecante. D'un tratto, in mezzo alla nube bianca, si vide un missile superficie-superficie CSS-N-4 Sardine di fabbricazione cinese erompere dal tubo di lancio per staccarsi orizzontalmente dalla nave. Mentre contemplava la scena dal ponte come ipnotizzato, guardando il missile avanzare sull'acqua dritto verso la plancia, Smith ebbe la netta sensazione di stare per ricevere una freccia in piena fronte. L'ogiva del missile sembrò sorridergli per una frazione di secondo, prima di andare a schiantarsi contro il ponte a pochi metri di distanza da lui.

Con i suoi centosessantacinque chili di esplosivo, il missile cinese aveva tanta potenza da affondare un incrociatore. Colpito a distanza tanto ravvicinata, il cutter non aveva speranza. Il Sardine di quasi sei metri penetrò nel suo scafo ed esplose in una palla di fuoco, facendo a pezzi nave ed equipaggio. Un minuscolo fungo nero si levò dal mare come una sorta di macabra pietra tombale sulla devastazione, mentre le fiamme si estinguevano silenziose contro il pelo dell'acqua. Il bruciacchiato scafo bianco, in pratica l'unica parte del cutter a essere rimasta intera, sembrava aggrapparsi alle onde nel vano tentativo di restare a galla. Tutt'intorno, rottami in fiamme ardevano per qualche istante in superficie, prima di scendere lentamente verso il fondo. Lo scafo fumante riuscì a resistere per quasi un quarto d'ora, prima di arrendersi; poi gli ultimi resti del *Narwhal* scivolarono sotto le onde con uno sfrigolio e uno sbuffo di vapore.

52

«Mio Dio, hanno lanciato un missile contro il *Narwhal*!» gridò il comandante Burch contemplando il cutter della guardia costiera che scompariva in un turbinio di fumo e fiamme, due miglia più avanti. Delgado tentò immediatamente di contattare la nave via radio, mentre gli altri osservavano la scena dagli oblò della plancia. Summer afferrò un potente binocolo, ma del *Narwhal* era rimasto ben poco da vedere, e quel poco era coperto da un fitto velo bianco. Puntato il binocolo oltre la nube di fumo, la ragazza scrutò la piattaforma e la vicina nave appoggio, soffermandosi a lungo su quest'ultima.

«Nessuna risposta», mormorò Delgado dopo ripetuti tentativi caduti nel vuoto.

«Potrebbero esserci dei sopravvissuti in acqua», balbettò Aimes, sconvolto per la repentina scomparsa di una nave e di un equipaggio che conosceva bene.

«Non mi fido ad avvicinarmi oltre», replicò il comandante in tono angosciato. «Siamo completamente disarmati. Può darsi che stiano puntando un missile anche contro di noi, mentre ce ne stiamo qui a chiacchierare.» Rivolto al timoniere, Burch gli ordinò di fermare le macchine e di mantenere l'attuale posizione.

«Il comandante ha ragione», disse Delgado a Aimes. «Chiederemo aiuto, ma non possiamo mettere in pericolo il nostro equipaggio. Non sappiamo neppure chi o cosa abbiamo di fronte.»

«Sono gli uomini di Kang», s'intromise Summer, porgendo il binocolo al fratello.

«Ne sei sicura?» chiese Aimes.

Lei annuì rabbrividendo, mentre Dirk osservava le navi.

«Ha ragione», confermò lentamente. «La nave appoggio è

la stessa che ha affondato la *Sea Rover*, e anche questa batte bandiera giapponese. L'hanno ripitturata e trasformata, ma scommetto la prossima busta paga che si tratta di lei. »

« Ma perché se ne stanno qui al largo con la piattaforma? » chiese Aimes, confuso.

« Può esserci un'unica ragione: stanno preparandosi a sferrare l'attacco servendosi di un razzo della Sea Launch. »

Un silenzio d'angoscia cadde sugli astanti, mentre assimilavano la gravità della situazione.

Infine un Aimes ancora incredulo diede voce al pensiero di tutti. « Il *Narwhal*. Dobbiamo andare a vedere se qualcuno è ancora vivo. »

« Tu resta qui a chiedere rinforzi, Aimes, e chiedili subito », sbottò Dirk in tono brusco. « Vado a verificare io se ci sono sopravvissuti. »

Delgado lo fissò aggrottando le sopracciglia. « Non possiamo rischiare di avvicinarci oltre con la *Deep Endeavor* », lo mise in guardia.

« Non ho nessuna intenzione di farlo », replicò Dirk senza altre spiegazioni, lasciando in fretta la plancia.

Dal ponte della *Odyssey*, Tongju abbassò lo sguardo sui rottami fumanti del *Narwhal* e rimase a contemplarli in silenzio. Non c'era stata altra scelta. La *Koguryo* era stata costretta ad attaccare il mezzo della guardia costiera: era esattamente quanto aveva ordinato di fare a Kim. Eppure, lontani com'erano dalla costa, sarebbero dovuti passare inosservati. Era stato l'incontro col dirigibile, adesso lo sapeva, ad aver sollevato i primi sospetti. Maledisse dentro di sé i tecnici ucraini per averlo costretto a spostare la zona del lancio più vicino alla costa, senza considerare che la decisione finale era stata presa personalmente da lui.

Mentre passeggiava nervoso sul ponte della *Odyssey*, gli cadde lo sguardo sull'orologio che scandiva il conto alla rovescia: 01:10:00. Un'ora e dieci minuti.

Una chiamata via radio da parte della *Koguryo* lo strappò alle sue riflessioni. « Qui Lee. Abbiamo distrutto il mezzo nemico secondo gli ordini ricevuti. C'è un'altra nave ferma a un miglio di distanza. Vuole che ci sbarazziamo anche di quella? »

« Si tratta di un'altra nave militare? Passo. »

« Negativo. Si direbbe una nave da ricerca. »

« No. Risparmiate le armi, potremmo averne bisogno in seguito. »

« Come desidera. Ling riferisce che la sua squadra di lancio è regolarmente a bordo della *Koguryo.* Lei è pronto a evacuare la piattaforma? »

« Sì, mandami pure il tender. Il resto della mia squadra sarà pronto tra poco. Passo e chiudo. »

Chiusa la comunicazione, Tongju raggiunse uno dei suoi uomini in attesa all'altra estremità della plancia. « Trasferisci i prigionieri della Sea Launch nell'hangar a piccoli gruppi, e rinchiudili nella stiva interna. Poi raduna la squadra d'assalto per il trasbordo sulla *Koguryo.* »

« Non ha il timore che l'equipaggio della piattaforma possa sopravvivere al lancio, all'interno dell'hangar? » s'informò l'altro.

« Ci penseranno i gas esausti a finirli. In ogni caso, non m'importa se vivono o muoiono: basta che non abbiano la possibilità d'interferire col lancio. »

L'uomo annuì, prima di scivolare fuori passando dall'uscita posteriore. Tongju prese a gironzolare senza fretta per la timoniera, esaminando con attenzione la selva di strumenti elettronici montati sulla parte più bassa della paratia anteriore. Trovato un pannello che conteneva le leve per annullare manualmente gli ordini impartiti in automatico dal computer, estrasse un coltello da combattimento e ne infilò la lama in una fessura laterale per aprire il coperchio. Afferrata la massa di cavi all'interno, immerse la lama del coltello nella matassa rendendo inservibili i comandi. Poi, riprendendo la passeggiata, radunò una mezza dozzina di tastiere collegate a vari computer utilizzati per la navigazione e le lanciò da un oblò aperto, aspettando pazientemente che precipitassero nell'acqua sottostante, seguite subito dopo da un trio di computer portatili che subirono la stessa sorte. Per buona misura, estrasse la pistola, la sua amata Glock, ed esplose parecchi colpi contro un assembramento di terminali e schermi allineati di fronte a lui. Così come aveva ordinato di fare a Ling con gli strumenti per il controllo del lancio all'interno dell'hangar, rese inutilizzabili i computer per la navigazione presenti in plancia, eliminando qualsiasi possibilità di un intervento dell'ultimo minuto. A meno di un'ora dal lancio, il controllo della piattaforma e del razzo era completamente nelle mani della *Koguryo*, e così doveva rimanere.

« Lasciami venire con te », pregò Summer. « Sai bene che sono in grado di pilotare qualsiasi cosa, sotto la superficie del mare. »

« Ci sono solo due posti, e Jack è l'unico pratico di questo aggeggio. Meglio se andiamo lui e io », replicò Dirk, indicando con un cenno del capo Dahlgren, il quale stava approntando il veicolo subacqueo da profondità per la messa in acqua. Afferrata la mano della sorella, la fissò intensamente nei vellutati occhi grigi. « Mettiti in contatto con papà e spiegagli cos'è accaduto. Digli che abbiamo bisogno di aiuto immediato. » Stretta la sorella in un rapido abbraccio, aggiunse a bassa voce: « Assicurati che Burch tenga la *Deep Endeavor* a distanza di sicurezza, anche se dovesse accadere qualcosa a noi ».

« Fate attenzione », mormorò lei guardandolo introdursi nel veicolo e chiudere il portello dietro di sé.

Dopo essersi lasciato scivolare nel sedile accanto a Dahlgren, Dirk constatò che il sottomarino era già in moto e pronto a partire. « 30 nodi? » esclamò in tono scettico.

« Così è scritto sul manuale del costruttore », ribatté Jack Dahlgren prima di mostrare il pollice alzato a qualcuno oltre l'oblò. A poppa della *Deep Endeavor*, l'addetto alla gru annuì in risposta e sollevò il veicolo rosso squillante dal ponte e oltre la fiancata per poi calarlo frettolosamente in acqua. I due uomini all'interno ebbero una rapida visione di Summer che dal ponte li salutava con la mano, prima di essere tuffati nell'acqua color smeraldo. Essendo la *Deep Endeavor* rivolta con la prua verso la piattaforma, le sovrastrutture della nave avevano coperto il sottomarino, impedendone la vista durante la manovra. In acqua, un sub provvide a staccare il gancio, poi bussò sulla parete del mezzo per segnalare ai due occupanti che erano liberi.

« Vediamo come se la cava », disse Dirk, attivando i sei propulsori e aprendo al massimo le valvole.

Il mezzo a forma di sigaro si spinse in avanti con un balzo, fra il ruggito dei motori e il turbinio dell'acqua. Dopo aver regolato i timoni di profondità fino a portarsi a venti piedi, fece rotta verso il relitto del *Narwhal*.

Aveva la sensazione di guidare un aspirapolvere. Il veicolo sgusciava e saettava nella corrente con l'agilità di un delfino, ma il rombo dei propulsori nelle orecchie non lasciava dubbi sulla velocità diabolica che era in grado di sviluppare. Anche senza un indicatore all'interno dell'abitacolo, a Dirk sarebbe bastato vedere la furia con cui l'acqua si scagliava contro l'oblò per valutare il ritmo al quale stavano procedendo.

« Te l'avevo detto che è un vero purosangue », sogghignò Dahlgren controllando il tempo trascorso su un quadrante della console. Tornato serio, aggiunse: « Dovremmo raggiungere la posizione del *Narwhal* entro sessanta secondi circa ».

Di lì a un minuto, Dirk ridusse gradualmente la velocità mettendo i motori in folle così che il *Badger* esaurisse lo slancio in avanti. Mentre salivano verso la superficie, Dahlgren regolò la zavorra nelle casse per tenersi il più basso possibile nell'acqua e risultare meno visibile. Sotto il suo tocco esperto, il veicolo subacqueo ruppe a malapena la superficie finendo per sporgere dall'acqua di una trentina di centimetri scarsi.

A pochi metri da loro, scorsero lo scafo fumante del *Narwhal*, la poppa sollevata in un'angolazione assurda. Avevano fatto a malapena in tempo a lanciargli un'occhiata, quando lo scafo uscì ancor più dall'acqua per poi scivolare silenziosamente sotto le onde. Tutt'intorno, una manciata di rottami galleggianti, alcuni incandescenti, nessuno più grande di uno zerbino. Dirk guidò il *Badger* in uno stretto cerchio fra i rottami senza trovare in acqua nessun segno di vita. Con aria solenne, Dahlgren chiamò via radio Aimes sulla *Deep Endeavor* e gli comunicò che l'esplosione sembrava aver spazzato via ogni cosa.

« Il comandante Burch ci chiede di tornare subito alla nave », riferì poi a Dirk.

Come se non avesse udito le sue parole, l'amico guidò il sottomarino più vicino alla piattaforma. Dal loro punto di osservazione a pelo d'acqua riuscivano a scorgere ben poco, a parte la metà superiore dello Zenit e il tetto dell'hangar.

D'un tratto, tuttavia, Dirk fermò il *Badger* e puntò un dito verso il razzo. « Guarda, lassù. »

Dahlgren obbedì, ma non vide altro che il cielo dell'hangar e una piattaforma per elicotteri vuota. Strinse gli occhi guardando con più attenzione, e d'un tratto lo vide: il grosso orologio digitale con le cifre 00:52:00. Cinquantadue minuti.

« Quell'aggeggio decollerà fra meno di un'ora! » gridò, contemplando i secondi che scorrevano all'indietro.

« Dobbiamo fermarlo », dichiarò Dirk con una punta di collera nella voce.

« Bisognerà salire lassù, allora, e in fretta. Sebbene, almeno per quanto riguarda me, io non sappia un accidente di missili e di piattaforme di lancio. »

« Non può essere molto diverso da ciò che si fa nel modellismo », replicò con una smorfia Dirk, accelerando per far balzare il *Badger* verso la piattaforma.

53

Il sottomarino metallizzato riemerse a poppa della piattaforma, quasi perpendicolare alla torre di lancio e allo Zenit. Dirk e Dahlgren sollevarono lo sguardo verso una serie di pannelli che sporgeva dal sottopavimento della piattaforma, proprio sotto la base del razzo. Il rompifiamma era progettato per deviare e smorzare il getto incandescente del motore, orientandolo verso l'oceano sottostante. Pochi secondi prima del lancio, la trincea di lancio veniva irrorata con migliaia di litri d'acqua dolce allo scopo di raffreddare i settori della piattaforma esposti al getto incandescente durante lo sganciamento del razzo.

« Ricordami di non parcheggiare qui sotto, quando faranno partire quell'aggeggio », borbottò Dahlgren cercando d'immaginare il finimondo nel quale si sarebbero trovati immersi al momento dell'accensione.

« Lo farò, non dubitare », replicò Dirk.

Rivolsero la loro attenzione alle spesse colonne di supporto della piattaforma, in cerca di un mezzo per raggiungere il ponte principale. Dahlgren fu il primo ad avvistare il tender della *Koguryo*, ormeggiato sul lato opposto della piattaforma.

« Mi sembra di vedere una scaletta, sulla colonna alla quale è ormeggiata la barca, là davanti. »

Dopo una rapida occhiata, Dirk fece immergere il *Badger* e lo fece scivolare rapidamente fra i pontoni sommersi fino alla sezione di prua della piattaforma. Tornando verso la superficie, riemersero proprio accanto alla poppa del tender bianco, che si fermarono a osservare con circospezione.

« Credo non ci sia nessuno, in casa », commentò Dirk, vedendo che la barca era vuota. « Che ne dici, ormeggiamo qui? »

Prima che avesse finito di formulare la domanda, l'amico aveva già spalancato il portello superiore del veicolo e si era arrampicato fuori. Scaricata tutta l'acqua di mare dalle casse per ottenere la massima galleggiabilità, Dirk fece avanzare il sottomarino fino a sfiorare la poppa del tender. Subito Dahlgren balzò dal *Badger* alla barca e dalla barca alla piattaforma stringendo una cima fra le mani. Dopo aver rapidamente spento i motori, Dirk raggiunse l'amico che si stava occupando dell'ormeggio.

« Per l'attico, da questa parte », annunciò Dahlgren in tono compunto, compiendo un ampio gesto con la mano. I due uomini si avviarono in fretta lungo la scala metallica, divorando i gradini l'uno dopo l'altro a passo cadenzato, attenti a fare il meno rumore possibile. Raggiunta l'ultima rampa, si fermarono un istante per riprendere fiato, prima di salire sul ponte esterno della piattaforma.

Sbucando verso l'angolo anteriore, si trovarono davanti agli occhi due enormi serbatoi a forma di sigaro, circondati da una massa di tubi e condotti. Le grosse cisterne bianche contenevano l'infiammabile cibo del quale si nutriva lo Zenit: cherosene e ossigeno liquido. Oltre i serbatoi, verso la parte posteriore della piattaforma, videro il razzo ritto come un solitario monolite. S'immobilizzarono per un istante, affascinati dalle dimensioni e dall'impressione di potenza pura emanata dal missile, senza considerare il suo carico di morte. Poi Dirk sollevò lo sguardo verso l'hangar che torreggiava sopra di loro, una parte del cielo sul davanti occupata da una piattaforma per elicotteri.

« Sono abbastanza sicuro che la plancia si trovi là sopra; dobbiamo trovare il sistema per raggiungerla. »

Dahlgren studiò la struttura con attenzione. « Si direbbe che bisogna passare dall'hangar, per arrivare lassù. »

Senza aggiungere altro, i due si avviarono a passo sostenuto e, con la sensazione di essere osservati, raggiunsero rapidi l'hangar alto come un palazzo di cinque piani. Dopo essersi accostati alle porte spalancate, Dirk si protese cautamente per sbirciare dentro. L'enorme vano lungo e stretto aveva l'aspetto di una vasta caverna vuota, senza la sagoma orizzontale del razzo a riempirlo. Seguito da Dahlgren, il giovane scivolò all'interno riparandosi dietro un grosso generatore montato in prossimità della parete. D'un tratto, nella struttura vuota echeggiarono delle voci che fecero immobilizzare i due amici.

Verso la metà dell'hangar, una porta si spalancò facendo azzittire le voci. Tre tizi dall'aspetto macilento in tuta della Sea Launch oltrepassarono la soglia barcollando, seguiti da due uomini armati. Dirk riconobbe le loro divise e gli AK-74, identici a quelli del commando che aveva attaccato la *Deep Endeavor*. Lui e Dahlgren li guardarono sospingere i tre prigionieri sino a un prefabbricato utilizzato come deposito, situato all'altra estremità dell'hangar. Altri due ceffi di guardia lì accanto collaborarono a radunare gli operai della Sea Launch all'interno del locale, prima di chiudere a chiave la porta alle loro spalle.

« Se riusciamo ad arrivare all'equipaggio della Sea Launch, loro sapranno come fermare il lancio », bisbigliò Dirk.

« Giusto. Dovremmo farcela a sistemare Gianni e Pinotto, una volta che i loro amici se ne saranno andati », rispose Dahlgren, indicando i due di guardia.

Spostatisi senza far rumore in una posizione più favorevole, rimasero a osservare i primi due energumeni chiacchierare con i compagni per qualche istante prima di avviarsi verso la porta laterale. Scivolando e strisciando fra la selva di scaffalature e contenitori per gli attrezzi che ingombravano le pareti, Dirk e Dahlgren si avvicinarono furtivi al magazzino sorvegliato. Lungo il percorso, passarono accanto a una serie di mensole contrassegnate dalla scritta INGEGNERE IDRAULICO. Dopo un attimo di esitazione, Dirk afferrò un mazzuolo dal lungo manico di legno, mentre l'amico s'impossessava di una grossa chiave a tubo. Arrivati all'estremità della slitta utilizzata per trasportare il razzo, scattarono silenziosamente dietro un carrello distante una trentina di metri dal deposito.

« E ora, *maestro*? » mormorò Dahlgren, notando che fra loro e il magazzino non vi erano altri possibili nascondigli.

Accucciato contro una ruota del carrello, Dirk lanciò un'occhiata verso le guardie. Impegnati in un'animata conversazione, i due tizi armati sembravano non badare granché a ciò che accadeva intorno a loro. Passò quindi a esaminare attentamente il carrello dietro il quale erano nascosti. Si trattava di una piattaforma motorizzata che saliva e scendeva, consentendo di raggiungere la parte più alta del razzo del diametro di circa quattro metri.

Dirk batté la mano sulla ruota e sorrise all'amico con aria sorniona. « Dovrai dirigerti verso la porta anteriore, Jack, mentre io sgattaiolo verso quella posteriore. »

Qualche istante più tardi, Dirk prese ad avanzare silenziosamente lungo il fianco dell'hangar, attento a muoversi soltanto quando le guardie gli davano la schiena. Con alcuni brevi tratti di corsa si portò sul retro del tunnel, spostandosi sul lato non sorvegliato. Fino a che le guardie restavano accanto all'ingresso del deposito, lui aveva la possibilità di avvicinarsi dal retro senza essere visto.

Dahlgren, nel frattempo, era rimasto a occuparsi della parte più ardita dell'impresa. Dopo essersi arrampicato sulla piattaforma ed essersi impossessato del telecomando, si sdraiò lungo disteso sul pianale. In un angolo c'era un mezzo rotolo di tela cerata, che utilizzò per coprirsi. Controllando le guardie da una fessura, premette dolcemente il tasto SU del telecomando non appena i due uomini si girarono dall'altra parte. La piattaforma si alzò di una quindicina di centimetri con un impercettibile mormorio. Fuori portata d'orecchio, le guardie non si accorsero di nulla. Dahlgren attese che distogliessero nuovamente lo sguardo, poi tornò a premere il bottone, questa volta più a lungo. La piattaforma si sollevò in silenzio come una sorta di ascensore, il motore elettrico che ronzava appena. Trattenendo il respiro, Dahlgren aspettò di aver raggiunto un'altezza di quattro metri e mezzo prima di rilasciare il tasto. Una nuova occhiata alle guardie gli confermò che il movimento era passato inosservato.

« E, adesso, passiamo alla parte divertente », borbottò fra sé.

Azionando i comandi giusti, l'intero carrello si spostò avanzando lentamente sulle quattro ruote. Dahlgren regolò il meccanismo in modo da puntare dritto verso il deposito e le due guardie, quindi tornò ad accovacciarsi sotto il telo e rimase sdraiato, immobile.

La piattaforma rialzata avanzò fino a mezza strada come un robot, prima che uno dei due uomini notasse il suo movimento. Da sotto il telone, Dahlgren udì un vocio concitato in lingua orientale ma, grazie a Dio, nessuno sparo. Il grido « *Saw!*» fendette l'aria, ripetuto dopo qualche istante: le guardie sbalordite stavano intimando all'aggeggio di fermarsi. Dahlgren ignorò l'ordine e continuò la sua marcia. Sbirciando attraverso uno strappo del tessuto, vide avvicinarsi il tetto del deposito e comprese di essere ormai vicinissimo ai due uomini armati. Quando fu a un metro e mezzo dal prefabbricato, premette il pulsante STOP. Sempre più confuse, le guardie fissarono ammutolite la piattaforma rialzata che si arrestava davanti a loro.

La tensione era palpabile, e Dahlgren decise di sfruttarla al massimo. Sotto di lui, i due stavano ancora contemplando il misterioso carrello, le dita sudate sul grilletto. Dal loro punto di vista, la sconcertante piattaforma si era mossa da sola lungo l'hangar, completamente vuota se si escludevano un pezzo di tela e un rotolo di cavo. Forse era stato un semplice guasto a provocare il fenomeno. Si avvicinarono con cautela per esaminare il mezzo meccanico. Nascosto nel telone, Dahlgren trattenne il fiato per qualche istante, poi premette il tasto del telecomando.

La piattaforma prese ad abbassarsi per conto suo, come un fantasma metallico. I due balzarono all'indietro mentre il supporto a fisarmonica si contraeva lentamente e l'impalcatura scendeva verso il suolo. Giunta a un metro e ottanta dal ponte, la piattaforma si bloccò di colpo. Era più alta di quindici centimetri buoni rispetto a entrambe le guardie, che arretrarono di qualche passo nel tentativo di vedere chi o cosa la stesse manovrando. Alla fine, uno dei due si alzò in punta di piedi e prese a colpire il telone con la canna del fucile, mentre il compagno restava in disparte guardandosi intorno con aria sospettosa.

Consapevole di avere un'unica possibilità per mettere fuori combattimento l'avversario, Dahlgren allungò cautamente il braccio destro sopra la testa preparandosi a colpire. Attraverso la tela aggrovigliata, avvertiva la canna del fucile che frugava tra la stoffa farsi sempre più vicino fino a che non lo colpì alla coscia. Colta alla sprovvista, la guardia esitò un attimo prima di ritrarre l'arma per fare fuoco. A Dahlgren non serviva altro: sollevata la chiave a tubo, la riabbassò con mossa repentina sulla testa dell'uomo, colpendolo in pieno alla mascella col pesante arnese metallico. Si udì un tonfo sordo; fu un vero miracolo se l'osso non si fracassò, ma la violenta botta fu sufficiente a spedire nel mondo dei sogni la guardia, che si accasciò scompostamente al suolo priva di sensi senza riuscire a esplodere un solo colpo.

La mossa di Dahlgren aveva provocato lo spostamento del telo che gli era servito da riparo, lasciandolo inerme di fronte alla seconda guardia quando quella si girò di colpo dopo aver contemplato il compagno svenuto sul pavimento. Dahlgren lo fissò sconsolato, la chiave inglese insanguinata ancora stretta in pugno. Senza esitare, l'altro sollevò l'AK-74 e premette il grilletto. Simultaneamente, però, si udì un sibilo alle sue spalle e qualcosa fendette l'aria finendo la propria corsa contro la nuca del tizio, che crollò a terra mentre una raffica fuoriusciva dalla sua arma. La collisione era stata abbastanza violenta da alterarne la mira, tanto che i proiettili si conficcarono senza far danni nel pannello inferiore della piattaforma sulla quale si trovava Dahlgren. Dopo che il secondo avversario si fu accasciato al suolo, Dahlgren scorse l'alta sagoma dell'amico cinque o sei metri più in là, un'espressione risoluta dipinta sul viso. Nel disperato tentativo di salvargli la vita, aveva lanciato il mazzuolo come un'ascia a manico lungo, e l'attrezzo aveva roteato nell'aria fino a colpire con la parte anteriore la testa della guardia come una palla da croquet.

Il tizio, però, semplicemente stordito dalla botta, si era a fatica rialzato sulle ginocchia e stava tentando di recuperare il fucile. Dahlgren scese con un balzo dal carrello e stava prendendo lo slancio per menare un altro fendente con la chiave inglese, quando l'aria fu squarciata da una raffica di colpi; immobilizzatosi, vide un'ordinata serie di forellini aprirsi lungo il pianale della piattaforma a pochi centimetri dalla sua testa. Si udì il tintinnio dei bossoli vuoti contro il pavimento, mentre nell'hangar si andava spegnendo l'eco della sparatoria.

« Consiglierei anche a lei di restare immobile, signor Pitt », dichiarò in tono minaccioso la voce di Tongju, in piedi accanto alla porta laterale con una mitragliatrice in pugno.

54

Dirk e Dahlgren furono tenuti sotto la minaccia delle armi, mentre Tongju e il suo commando finivano di raggruppare gli ultimi membri dell'equipaggio della Sea Launch nel deposito.

Dopo aver scortato all'interno anche il comandante Christiano, una delle guardie si rivolse al proprio capo. « Anche questi due? » chiese, indicando con un cenno del capo i prigionieri appartenenti alla NUMA. Tongju scosse la testa con espressione leggermente compiaciuta. Il sottoposto si affrettò a chiudere la pesante porta metallica, assicurandone la maniglia con catena e lucchetto. All'interno di quella specie di scatola buia e priva di finestre, senza la minima possibilità di fuga, erano ammassati trenta uomini della Sea Launch.

Una volta sigillato il deposito, Tongju si avvicinò alla parete accanto alla quale Dirk e Dahlgren stavano contemplando un paio di fucili puntati alle loro costole. Il coreano fissò Dirk con un misto di rispetto e disprezzo nello sguardo. « Lei, signor Pitt, possiede una fastidiosa propensione alla sopravvivenza, superata soltanto da un'irritante inclinazione verso l'invadenza. »

« Le anime nere non muoiono mai », ribatté Dirk.

« Visto che ha dimostrato tanto interesse verso la nostra missione, forse gradirebbe un posto in prima fila durante il lancio », proseguì l'uomo, facendo un cenno a tre guardie.

Prima che Dirk potesse replicare, gli uomini puntarono i fucili contro la schiena dei due amici e li spinsero verso le porte spalancate dell'hangar. Una delle guardie si arrampicò sul carrello utilizzato da Dahlgren e afferrò il rotolo di cavo abbandonato accanto a quello di tela cerata. Tongju, che si era trattenuto per ordinare agli altri componenti del commando di raggiungere il tender, li seguì dopo qualche istante. Avanzando, i due prigionieri si scambiavano delle occhiate cercando di escogitare un piano di fuga, ma le possibilità erano decisamente scarse. Dirk sapeva bene che Tongju non avrebbe esitato a ucciderli all'istante, anzi avrebbe colto al volo la minima occasione.

Il coreano li raggiunse mentre lasciavano l'hangar e uscivano nel sole che inondava il ponte scoperto.

« Lei sa, ovviamente, che unità militari stanno convergendo verso la piattaforma in questo preciso istante », disse Dirk all'assassino, sperando di essere nel giusto. « Il lancio verrà bloccato, e lei catturato con tutti i suoi uomini, o addirittura ucciso. »

L'altro sollevò lo sguardo verso l'orologio che scandiva le fasi del countdown, quindi si girò verso il giovane scoprendo i denti ingialliti in un sorriso. « Non arriveranno in tempo. E, se anche ce la facessero, non cambierebbe nulla. I sensibili militari americani non attaccheranno mai la piattaforma per paura di uccidere i lavoratori innocenti presenti a bordo. Non è più possibile interrompere il countdown, ormai. Il lancio procederà comunque, signor Pitt, e metterà fine alle intriganti manovre sue e dei suoi connazionali. »

« Non ne uscirà vivo. »

« Neppure lei, temo. »

In silenzio, Dirk e Dahlgren attraversarono la piattaforma sentendosi come due condannati diretti al patibolo. Mentre si avvicinavano alla torre di lancio, nessuno poté fare a meno di sollevare lo sguardo verso lo scintillante razzo bianco che torreggiava sopra di loro. I prigionieri vennero condotti fino alla base del missile e spinti contro uno dei supporti della rampa, dopo di che fu ordinato loro di restare immobili mentre la guardia munita della cima cominciava a tagliarla in pezzi di diverse lunghezze con un coltello seghettato.

Tongju si alzò e, estratta la Glock con aria indifferente, la tenne puntata alla gola di Dirk mentre una guardia gli legava polsi e gomiti dietro la schiena e intorno a un montante della torre. Un altro pezzo di cima servì a imprigionargli le caviglie, dopo di che si passò a fare altrettanto con Dahlgren.

« Godetevi il lancio, signori », sibilò Tongju prima di girar loro la schiena per allontanarsi.

« Lo faremo, sapendo che esseri ignobili come lei non hanno più molto da vivere », lo investì Dirk.

I due amici restarono muti a contemplare Tongju e i suoi uomini che, attraversata la piattaforma, raggiungevano la colonna anteriore dalla quale partiva la scala metallica. Pochi minuti dopo, videro il tender sfrecciare via in direzione della *Koguryo*, che nel frattempo si era portata a due miglia dalla *Odyssey*. Dalla loro postazione avevano una visuale perfetta dell'orologio, sul quale campeggiavano le cifre 00:26:00. Ventisei minuti. Sollevando lo sguardo, Dirk studiò morbosamente i possenti propulsori appesi qualche metro al di sopra delle loro teste. Durante i primi istanti del lancio, un getto incandescente della potenza di oltre settecento tonnellate li avrebbe investiti come un uragano riducendo in cenere i loro corpi. Almeno sarebbe stata una morte rapida, si disse.

« È l'ultima volta che mi lascio convincere da te a presentarmi a una festa non invitato », borbottò Dahlgren per spezzare la tensione.

« Mi dispiace, probabilmente non avevamo il vestito adatto », replicò Dirk senza allegria. Aveva cominciato a tirare e torcere le corde che lo trattenevano in cerca di una via di fuga, ma erano talmente tese che riusciva a malapena a muovere le mani. « Qualche speranza che almeno tu riesca a liberarti? » chiese all'amico.

« Temo proprio di no. Quel tizio merita una medaglia per la sua abilità nel fare nodi », rispose Dahlgren saggiando a sua volta le corde.

D'un tratto, la piattaforma fu scossa da un forte clangore, seguito da un cupo rombo che si ripercosse sotto i loro piedi. Alle spalle e sopra la testa, lungo la serie di tubature che costellavano la torre di lancio, echeggiò un impetuoso gorgoglio. I tubi protestarono con gemiti e scricchiolii per il flusso gelido di ossigeno liquido e cherosene che le pompe avevano cominciato a immettere nello Zenit.

« Stanno caricando il combustibile », osservò Dirk. « Troppo pericoloso farlo con l'equipaggio a bordo, perciò aspettano sino alla fine, dopo l'evacuazione della piattaforma. »

«Questo mi fa sentire molto meglio. Spero solo che il tizio alla pompa non si distragga e riempia troppo il serbatoio.»

Lanciarono entrambi un'occhiata preoccupata al razzo, consapevoli che una sola goccia di ossigeno liquido sarebbe stata in grado di perforare la loro pelle. Il razzo parve rabbrividire e gemere nell'ingerire la sua razione di cibo, come una bestia rianimata dall'infusione di liquido. Pompe e motori ronzavano sulle loro teste immettendo il combustibile nel primo stadio del razzo. I due amici contemplarono in un silenzio cupo la bocca dei propulsori, in attesa dell'imminente esplosione che li avrebbe investiti in pieno. Pensando a Sarah, Dirk provò una fitta al cuore nel rendersi conto che non l'avrebbe rivista mai più. Fu anche peggio quando rammentò che la ragazza si trovava in visita a Los Angeles. Anche lei poteva restare vittima degli effetti del lancio, un lancio che lui non era stato in grado di evitare. D'un tratto gli balzò alla mente il pensiero della sorella e del padre, e con esso il rimpianto all'idea che non avrebbero mai saputo a cosa attribuire la sua scomparsa. Non sarebbero certo rimaste spoglie cui dare sepoltura, rifletté morbosamente. All'improvviso la sua attenzione fu attratta da un leggero sibilo, provocato da sbuffi di candido vapore provenienti da alcune valvole di sicurezza allineate lungo lo carenatura dello Zenit. Via via che l'ossigeno si scaldava al tepore del giorno, si espandeva generando vapore che veniva espulso dal razzo e finiva per accumularsi in nuvolette sopra le loro teste. Ironia di una sorte crudele, negli ultimi minuti prima della fine il cielo parve incupirsi sui due prigionieri, i raggi del sole oscurati dagli ammassi di vapore. D'un tratto, però, Dirk sentì balzargli il cuore in petto nel rendersi conto che l'ombra proiettata su di loro dall'alto si stava lentamente muovendo lungo il ponte della piattaforma.

Anche visti dall'alto, la piattaforma della Sea Launch e lo Zenit avevano un aspetto impressionante. Gli uomini a bordo dell'*Icarus*, tuttavia, non erano certo interessati al panorama.

Niente passeggiate nell'azzurro del cielo, questa volta: il dirigibile puntò dritto sulla *Odyssey.*

« Ecco il *Badger.* È ormeggiato alla colonna sul davanti », osservò Giordino, puntando il dito contro un angolo della piattaforma dove si vedeva il sottomarino rosso oscillare nell'acqua.

« Dirk e Jack sono saliti a bordo, evidentemente », replicò Pitt con una nota di preoccupazione nella voce.

Non appena ricevuta la chiamata via radio con la quale Summer, dalla *Deep Endeavor,* gli aveva riferito l'attacco al *Narwhal,* Pitt aveva immediatamente virato in direzione sud con una brusca accelerata. I due motori Porsche montati sulla navicella ruggirono salendo di giri, mentre l'aeronave raggiungeva il massimo di 50 nodi. All'orizzonte, Pitt e Giordino scorsero del fumo nero salire come un razzo da segnalazione dallo scafo bruciacchiato del *Narwhal,* prima che scivolasse sott'acqua. Pitt guidò il dirigibile verso il relitto alla massima velocità consentita dal goffo pallone, mentre Giordino puntava sulla zona la telecamera a lungo raggio. Nell'avvicinarsi, videro la *Koguryo* allontanarsi dalla piattaforma, mentre l'obiettivo inquadrava ciò che restava del cutter della guardia costiera.

« Forse sarebbe meglio non avvicinarsi troppo a quella nave appoggio », avvertì Giordino dopo che alcuni stretti passaggi sopra lo scafo del *Narwhal* non avevano rivelato nessun superstite.

« Temi che abbiano a bordo dei missili superficie-aria? »

« Per colpire il cutter ne hanno lanciato uno superficie-superficie, perciò non lo escluderei. »

« Farò in modo di tenere la piattaforma tra di noi; questo dovrebbe dissuaderli dallo spararci addosso e, si spera, alleviare i tuoi timori di un disastro tipo *Hindenburg.* »

Mentre si avvicinavano alla piattaforma, Dirk fece scendere il pallone a un'altitudine di cinquecento piedi e ridusse la potenza dei motori. Giordino, intanto, teneva la telecamera WESCAM puntata sulla *Koguryo* per scoprire eventuali intenzioni aggressive nei loro confronti. D'un tratto, sul monitor comparve il tender, in procinto di accostarsi alla murata della nave. Pitt e Giordino osservarono Tongju e il rimanente dei suoi uomini trasbordare sulla nave più grande. Pitt notò che Jack e suo figlio non si trovavano fra loro.

« Gli ultimi topi che abbandonano la piattaforma? » borbottò Giordino.

« Possibile. Non sembrano intenzionati a rimandare indietro la barca. Vediamo se hanno lasciato qualcuno a badare al negozio. »

Sorvolata la poppa della piattaforma, Pitt guidò il dirigibile lungo il fianco sinistro del ponte verso prua. La coperta sembrava deserta. Giordino gli indicò l'orologio sull'hangar, con le sue cifre rosse che indicavano 00:27:00. Ventisette minuti. Dopo aver oltrepassato il bordo anteriore della struttura, Pitt invertì la marcia e ripassò sulla prua della *Odyssey* e sulla timoniera abbarbicata sul tetto dell'hangar. Giordino manovrò la telecamera fino a puntarla contro i finestrini della plancia. Sul monitor si distingueva chiaramente l'interno della plancia, ma un'attenta perlustrazione non rivelò segni di vita.

« Sembra di essere sulla *Mary Celeste* », mormorò Giordino.

« Non ci sono dubbi: si stanno preparando a lanciare il razzo. »

Pitt azionò i comandi riportando il dirigibile lungo il fianco di dritta per compiere poi uno stretto cerchio intorno allo Zenit. Le valvole di scarico del razzo stavano espellendo degli sbuffi di vapore bianco, sui quali Giordino fece scorrere la telecamera. « Sembra già carico di combustibile e pronto a partire da un minuto all'altro. »

« Fra ventisei minuti, per la precisione », lo contraddisse Pitt osservando l'orologio che scandiva le fasi del countdown.

L'amico guardò a sua volta l'orologio, emettendo un fischio prolungato. Un impercettibile movimento sullo schermo lo spinse a riportare lo sguardo sulla sagoma del razzo, ma per un pelo non lo mancò. Mise a fuoco l'obiettivo facendolo scorrere lungo l'involucro dello Zenit, fino a che il monitor non si riempì dell'immagine di due uomini in piedi alla base della torre di lancio. « Sono Dirk e Jack! Li hanno legati alla rampa. »

Pitt fissò lo schermo per un istante e annuì socchiudendo gli occhi nel riconoscere i due. Senza una parola, prese a esaminare la piattaforma in cerca di un punto dove far scendere il dirigibile. Sebbene il ponte posteriore offrisse un vasto spiazzo libero fra l'hangar e la torre di lancio, c'era un'alta gru inclinata verso l'interno che ingombrava lo spazio aereo circostante; se fosse entrata in contatto con i fianchi di tela del dirigibile, avrebbe potuto squarciarli in un istante.

« Gentile, da parte loro, averci lasciato l'apriscatole a disposizione », commentò Giordino sbirciando la grossa gru.

« Nessun problema. Semplicemente faremo finta di essere su un elicottero. »

Abbassatosi rapido sull'hangar, Pitt fece scendere il pallone verso l'ampia piattaforma per elicotteri rotonda situata sul tetto della timoniera; con tocco delicato manovrò i comandi fino a che la navicella non si posò dolcemente al suolo.

« Vorrei che non te ne andassi a zonzo ad ammirare il panorama senza di me. Mi posso fidare? » fece Pitt alzandosi di scatto dal sedile del pilota.

« Croce sul cuore. »

« Concedimi dieci minuti. Se non sarò tornato, prendi questo aggeggio e vattene prima che la piattaforma salti in aria. »

« Lascerò il tassametro acceso », replicò Giordino, augurandogli buona fortuna con un cenno del capo.

In un lampo, Pitt uscì dalla navicella e attraversò di corsa la piattaforma. Mentre spariva lungo una scaletta, Giordino lanciò un'occhiata all'orologio e cominciò a scandire ansiosamente i secondi.

55

Salito a bordo della *Koguryo*, Tongju raggiunse immediatamente la plancia, dalla quale il comandante Lee e Kim tenevano d'occhio la *Odyssey*.

« Si è attardato parecchio », lo accolse Lee in tono severo. « Hanno già cominciato a caricare il carburante. »

« Un piccolo contrattempo, dovuto a un'interruzione imprevista », replicò Tongju. Scrutando l'orizzonte, notò il dirigibile scivolare pian piano verso la piattaforma. « Avete avvistato altre navi in avvicinamento? »

Il comandante scosse la testa. « No, ancora nessuna. A parte il dirigibile, si è vista soltanto una nave da ricerca isolata, evidentemente al seguito della vedetta della guardia costiera », spiegò indicando un segnale luminoso sul radar, in posizione opposta alla piattaforma. « È rimasta ferma nell'attuale posizione, due miglia a nord-est della *Odyssey*. »

« E ha di sicuro chiesto rinforzi via radio. Tutta colpa di quei dannati ucraini », imprecò. « Ci hanno portato troppo vicino alla costa, mettendo in pericolo l'intera missione. Dobbiamo partire immediatamente dopo il lancio, comandante. Si prepari a far rotta a sud, a tutta velocità verso le acque del Messico, per poi raggiungere il punto fissato per il rendez-vous. »

« Che facciamo col dirigibile? » s'intromise Kim. « Bisognerà distruggere anche quello, o c'inseguirà durante la fuga. »

Tongju osservò il dirigibile argenteo, appollaiato sulla piattaforma per gli elicotteri della *Odyssey*. « Non possiamo spararagli mentre si trova nelle vicinanze della piattaforma. Tanto, è troppo tardi perché possano fare danni. Magari finiranno anche loro stupidamente in fiamme durante il lancio. Vieni, andiamo a goderci la partenza; penseremo a loro più tardi. »

Seguito da Kim, Tongju lasciò la plancia per dirigersi a passo rapido verso il centro di controllo del lancio. Lo spazio vividamente illuminato era affollato di tecnici in camice bianco seduti davanti a postazioni disposte a ferro di cavallo. Al centro della paratia di fronte era attaccato un largo schermo piatto che mostrava l'intera sagoma dello Zenit sulla torre di lancio, con sbuffi di vapore che fuoriuscivano dai fianchi.

Scorgendo Ling chino su un monitor e intento a conversare con uno dei tecnici, Tongju gli si avvicinò. « A che punto è, il lancio, Ling? »

Il tecnico dal volto rotondo lo fissò attraverso gli occhiali. « Il rifornimento di carburante sarà completato entro due minuti. Uno dei computer di supporto non risponde, c'è una segnalazione di bassa pressione in uno dei condotti di raffreddamento, e la spia della turbina ausiliaria numero due indica una dispersione di liquido. »

« Che cosa comporta, tutto questo, per il lancio? » volle sapere Tongju, una vampata di rossore sul viso in genere inespressivo.

« Nessuno degli inconvenienti, da solo o nell'insieme, può risultare critico per la missione. Tutto il resto è perfettamente a norma. Il lancio procederà come da programma. » Gettò un'occhiata a un orologio digitale montato sotto il pannello, poi proseguì: « Per la precisione, fra ventitré minuti e quarantasette secondi ».

Ventitré minuti e quarantasei secondi prima del lancio, Jack Dahlgren distolse lo sguardo dall'orologio ticchettante della *Odyssey* per sollevarlo verso l'*Icarus*, che pareva ormeggiato sopra la timoniera. Sapeva che non c'erano speranze di essere visti dalla torreggiante navicella del mezzo, ma si chiedeva se Pitt o Giordino fossero in grado di trovare un sistema per bloccare il lancio. Cercò di girarsi verso Dirk, accanto a lui, aspettandosi che anche l'amico stesse osservando il dirigibile con cauto ottimismo. Al contrario, Dirk era completamente concentrato nel tentativo di spezzare le corde che lo immobilizzavano. Le parole d'incoraggiamento che stava per rivolgergli gli si gelarono sulle labbra nell'intravedere un movimento all'interno dell'hangar. Sbatté le palpebre e tornò ad aguzzare gli occhi. Sicuro come l'oro, qualcuno stava attraversando di corsa la rimessa puntando verso di loro.

« Dirk, c'è qualcuno che sta venendo dalla nostra parte. Si tratta di chi credo io? »

Lanciando un'occhiata verso l'hangar senza smettere di lottare per liberarsi mani e piedi, Dirk scorse una figura solitaria sbucare di corsa sul ponte reggendo quello che sembrava un lungo bastone. Il nuovo arrivato era alto e asciutto, con i capelli scuri; non appena ne riconobbe l'andatura, Dirk smise di colpo di armeggiare con le funi.

« Non ricordo di aver mai visto mio padre muoversi con tanta rapidità, prima d'ora », confidò a Dahlgren mentre un largo sorriso gli illuminava il volto.

Quando fu più vicino, videro che ciò che stringeva nella destra non era un bastone, bensì un'ascia da fuoco. Dopo essersi precipitato verso la torre, Pitt senior sorrise sollevato nel constatare che erano incolumi. « Pensavo di avervi detto di non accettare passaggi dagli sconosciuti, ragazzi », ansimò battendo una mano sulla spalla del figlio mentre esaminava i legacci.

« Spiacente, papà, ma ci avevano promesso mari e monti », sogghignò Dirk, aggiungendo: « Grazie per essere venuto a prenderci ».

« C'è un taxi che ci aspetta. Andiamocene da qui prima che diano fuoco a questo aggeggio. »

Appoggiata la lama al centro della fune, liberò i gomiti del figlio. Un altro colpo d'ascia recise i lacci intorno ai polsi, il metallo che tintinnava contro il montante della rampa. Mentre Dirk si dava da fare per liberarsi le caviglie, Pitt ripeté la sequenza da bravo boscaiolo su Dahlgren. Non appena i due giovani si furono liberati, lanciò l'ascia in un angolo.

« La squadra della Sea Launch è rinchiusa all'interno dell'hangar, papà. Bisogna tirarli fuori. »

Pitt annuì. « Mi era sembrato di aver udito dei colpi, là dentro. Fammi strada. »

Come un sol uomo, i tre si lanciarono attraverso il ponte,

consapevoli del valore di ogni secondo. Mentre correvano, Dirk lanciò un'occhiata all'orologio sopra la sua testa. Non restavano che ventun minuti e trentasei secondi, prima che la piattaforma si trasformasse in un inferno di fuoco. Come se quella non fosse stata una spinta sufficiente ad affrettarsi, dall'hangar si levò uno sferragliare improvviso. A un ordine partito dal software per il controllo del lancio a bordo della *Koguryo*, le grosse porte scorrevoli dell'hangar cominciarono a chiudersi in preparazione del lancio.

« Le porte si stanno chiudendo », ansimò Dahlgren. « Dobbiamo muoverci. »

Come un terzetto di velocisti olimpionici proiettati verso il nastro d'arrivo, si lanciarono fianco a fianco verso il varco sempre più stretto. Pur avendo ancora energia da vendere, Pitt rallentò il passo e si volse per un istante, lasciando i due giovani balzare per primi all'interno. Poi, da solo, s'infilò fra i due battenti un istante prima che si serrassero.

Verso la metà dell'hangar, udirono voci soffocate e tonfi, mentre gli uomini all'interno della baracca di metallo lottavano nel tentativo di liberarsi. Raggiunto il deposito, Dirk, Dahlgren e Pitt esaminarono la porta chiusa con catena e lucchetto cercando di riprendere fiato.

« La catena non ha l'aria di voler cedere, ma si potrebbe provare a scardinare la porta... ammesso di riuscire a trovare un piede di porco », bofonchiò Dahlgren, guardandosi intorno in cerca di un attrezzo che potesse servire allo scopo.

Lanciata un'occhiata al carrello a motore usato da Jack, Pitt si avvicinò e afferrò il telecomando che penzolava dal bordo della piattaforma mobile.

« Eccolo qui, il nostro piede di porco », esclamò, facendo scendere la piattaforma di qualche centimetro per poi guidarla verso la paratia anteriore del deposito. Sotto lo sguardo di Dirk e Dahlgren, afferrò un'estremità della catena che chiudeva la porta della baracca e l'avvolse ben stretta intorno al bordo della piattaforma, poi gridò agli uomini imprigionati: « Allontanatevi dalla porta ».

Dopo aver atteso un istante, premette il bottone SU e rimase a osservare la piattaforma che saliva lentamente, tendendo sempre più la catena. Il meccanismo di sollevamento gemette per lo sforzo, le ruote del carrello raschiarono contro il pagliolato, ma dopo qualche attimo si udì un forte schiocco. La porta della baracca saltò dai cardini e, fendendo l'aria, andò a schiantarsi contro il carrello per poi restare penzoloni trattenuta dalla catena. Mentre Pitt faceva rapidamente arretrare il carrello per toglierlo di torno, l'equipaggio della Sea Launch si affrettò ad abbandonare il soffocante deposito.

La scarsità di cibo imposta loro dal momento dell'abbordaggio della *Odyssey* aveva indebolito gli uomini, già provati dallo stress della prigionia. Pure, una collera repressa serpeggiava in tutti loro, professionisti esperti che non avevano affatto gradito di essere stati depredati del loro razzo e della loro piattaforma.

« Il comandante e il direttore di lancio si trovano fra voi? » gridò Pitt per sovrastare il coro di ringraziamenti da parte dei marinai liberati.

Un malconcio comandante Christiano si fece largo a spallate fra i compagni, seguito da un ometto magro dalla barbetta a punta e dall'aria distinta. « Io sono Christiano, il comandante della *Odyssey*, e questo è Larry Ohlrogge, il direttore del lancio », soggiunse, indicando l'uomo accanto a lui con un cenno del capo.

« Avete ripulito la piattaforma da quella feccia? » chiese quest'ultimo con aria sprezzante.

Pitt scosse la testa. « Hanno evacuato la struttura in previsione del lancio. Non ci resta molto tempo. »

Ohlrogge notò la slitta dello Zenit all'interno dell'hangar e le porte chiuse. « Stiamo parlando di minuti », concluse in tono allarmato.

« Circa diciotto, per l'esattezza. Comandante, porti subito l'equipaggio alla piattaforma per gli elicotteri. Troverà un dirigibile in grado di portare in salvo tutti quanti, se ci sbrighiamo. » Poi, rivolgendosi a Ohlrogge, aggiunse: « C'è qualche sistema per poter fermare il lancio? »

« La sequenza è del tutto automatizzata e controllata dalla

nave appoggio. È presumibile che questi terroristi abbiano riprodotto le varie funzioni a bordo della loro nave. »

« Possiamo interrompere meccanicamente il rifornimento di carburante », propose Christiano.

« Troppo tardi », lo contraddisse l'altro scrollando il capo. « La nostra unica speranza, in una fase tanto avanzata, sarebbe un comando d'emergenza che si trova in plancia. »

« Possiamo usare l'ascensore sul retro dell'hangar. La piattaforma per gli elicotteri si trova esattamente sopra la plancia », replicò il comandante.

« Muoviamoci, allora », li sollecitò Pitt.

In fretta, il gruppo raggiunse in massa la parte posteriore dell'hangar per affollarsi intorno a un elevatore di dimensioni medie.

« Non c'è posto per tutti », constatò Christiano, riacquistata la veste di comandante. « Ci vorranno tre viaggi. Voi otto per primi, poi questo gruppo, e infine voi dieci laggiù », ordinò, dividendo in tre squadre l'equipaggio.

« Jack », intervenne Pitt, « vai col primo gruppo, e aiutalo a salire a bordo dell'*Icarus.* Informa Al di quello che sta per succedere. Tu, Dirk, porta su l'ultima infornata, e assicurati che non rimanga nessuno. Quanto a noi, comandante, è ora di fare un salto in plancia. »

Christiano, Ohlrogge, Dahlgren e Pitt si ammassarono nell'ascensore con otto uomini e attesero con impazienza di essere trasportati al livello della plancia. Lì giunti, Dahlgren localizzò immediatamente una scaletta laterale che conduceva alla piattaforma per gli elicotteri e vi guidò i marinai.

Come promesso, trovarono ad attenderli il dirigibile argenteo sospeso a una certa distanza dal ponte, con Giordino intento a gustarsi un grosso sigaro davanti ai comandi. Azionate le superfici di governo, portò subito la navicella sul ponte per accogliere Jack.

« Ehi, navigatore, ti andrebbe di dare un passaggio alle mie ragazze? » esclamò Dahlgren sporgendo la testa all'interno della navicella.

« Ma sicuro! Quante ne hai? »

« Una trentina, a occhio e croce. » Nel rispondere, Dahlgren lanciò un'occhiata preoccupata alla sezione passeggeri della navicella.

« Falle salire, le sistemeremo. Meglio sbarazzarci di tutto il peso superfluo, però, se vogliamo sollevarci da terra. Solo, facciamo in fretta perché detesto l'idea di essere arrostito vivo. »

« Siamo in due, amico », replicò Dahlgren facendo salire a bordo il primo dei marinai.

Oltre ai due sedili della cabina, il reparto passeggeri della navicella era dotato di otto accoglienti poltrone in pelle simili a quelle degli aerei. Dahlgren studiò l'ambiente circostante, preoccupato di dover stipare tanta gente all'interno col rischio che il dirigibile non riuscisse a staccarsi dal ponte. Mentre gli uomini salivano a bordo, verificò la struttura delle poltrone e scoprì che erano dotate di un meccanismo di sganciamento rapido per consentirne la temporanea rimozione. Smontati in fretta cinque dei sedili, li gettò fuori della navicella con l'aiuto di un tecnico russo.

« Tutti sul fondo del pullman », abbaiò poi. « Ci saranno solo posti in piedi. »

Non appena l'ultimo degli uomini si fu infilato nella cabina passeggeri, Dahlgren si rivolse ad Al. « Quanto tempo ci resta? »

« Quindici minuti circa, stando ai miei calcoli. »

Nel frattempo, videro il gruppo successivo emergere dalle scale e attraversare di corsa la piattaforma. Dahlgren si lasciò sfuggire un sospiro. C'era tempo, se non spazio, per recuperare tutti quanti prima dell'esplosione. Ma chissà se avrebbero fatto in tempo a fermare il lancio, si chiese osservando lo Zenit pieno di combustibile e pronto al decollo, all'altra estremità della piattaforma.

56

Sulla plancia della *Odyssey*, il comandante Christiano impallidì e scosse in silenzio la testa mentre contemplava i terminali crivellati di proiettili e i frammenti di vetro sparsi sul pavimento. Avvicinatosi alla zona computer, notò incuriosito un mouse che penzolava solitario attaccato al suo filo, mentre della tastiera non c'era traccia. Ohlrogge gli fece osservare che il drive del relativo computer non sembrava danneggiato.

« Ho decine di portatili, di sotto. Potremmo collegarne uno e attivare i controlli », propose.

« Li avranno certamente bloccati sull'automatico », obiettò Christiano in tono disgustato, puntando il pollice oltre la spalla, verso l'oblò. Seguendo la sua indicazione, Pitt scorse la *Koguryo* che, immobile, li sfidava da lontano. Mentre tornava con lo sguardo sul comandante vide il *Badger*, sempre ormeggiato alla colonna di dritta.

« Non c'è tempo. Potrebbero volerci ore di lavoro », riprese Christiano in tono sconsolato, spostandosi verso la console centrale.

« Ha detto che in plancia c'è un controllo d'emergenza manuale? » chiese Pitt.

Ancor prima che posasse gli occhi sulla console, si poteva leggere la risposta sul viso del comandante. Quei tizi la sapevano troppo lunga: come manovrare e zavorrare la piattaforma, rifornire lo Zenit, controllare e lanciare il razzo dalla loro stessa nave appoggio. I terroristi possedevano una conoscenza troppo approfondita della materia per sperare che non avessero sabotato il comando manuale.

Sicuro suo malgrado delle proprie intuizioni, Christiano abbassò lo sguardo sull'intrico di fili recisi e comandi fracassati che avrebbe dovuto rappresentare la loro ultima speranza di bloccare il lancio. « Eccolo, il suo controllo manuale », sbottò lanciando lontano da sé una manciata di cavi e interruttori. I tre uomini rimasero a osservare ammutoliti la massa di fili elettrici rimbalzare sul ponte prima di andare a fermarsi contro una paratia.

D'un tratto, la porta della plancia si spalancò e Dirk infilò la testa nel locale. Dall'espressione degli altri, comprese subito che il tentativo di bloccare il lancio era fallito. « L'equipaggio è tutto a bordo. Suggerisco rispettosamente di abbandonare la piattaforma, e subito. »

Mentre gli ultimi quattro presenti a bordo della piattaforma si arrampicavano lungo la scaletta verso il dirigibile in attesa, Pitt si fermò e afferrò il figlio per una spalla. « Fai salire il comandante sul dirigibile e ordina ad Al di decollare senza di me. Assicurati che si alzi quanto basta per essere fuori portata al momento dell'esplosione. »

« Ma ti hanno spiegato che non c'è modo di bypassare i comandi automatici », protestò Pitt junior.

« Anche se non dovessi riuscire a impedire il lancio, posso sempre tentare di deviarne la traiettoria. »

« Non puoi restare a bordo della piattaforma, papà. È troppo pericoloso. »

« Non preoccuparti per me, non ho nessuna intenzione di trattenermi oltre il necessario », replicò Pitt, scotendolo leggermente per la spalla. « Muoviamoci, ora. »

Dirk fissò il padre dritto negli occhi. Aveva sentito innumerevoli racconti su come fosse solito anteporre la salvezza altrui alla propria, e adesso ne aveva una dimostrazione in diretta. Ma c'era qualcosa di più, nel suo sguardo: una pacata, solida sicurezza. Dopo aver mosso un passo verso la scaletta, Dirk si girò verso il padre per augurargli buona fortuna, ma vide che era già scomparso all'interno dell'ascensore.

Salite di corsa le scale due gradini alla volta, Pitt junior balzò sulla piattaforma e sollevò lo sguardo sbalordito verso il dirigibile in attesa. La navicella sembrava una scatola di sardine munita di finestre, con esseri umani al posto dei pesci. L'intero equipaggio della Sea Launch era riuscito ad ammassarsi nel settore passeggeri, occupando ogni centimetro quadrato disponibile. Ai più deboli erano stati riservati i tre sedili che Dahlgren non aveva rimosso, mentre gli altri se ne stavano in piedi, spalla a spalla, nello spazio rimanente. Decine di uomini sporgevano la testa fuori dei finestrini laterali; un paio si erano addirittura infilati nel minuscolo bagno nella parte posteriore della navicella. Una carrozza della metropolitana newyorkese nell'ora di punta sarebbe sembrata spaziosa, in confronto.

Raggiunta di corsa la porta e incuneatosi all'interno, Dirk udì la voce di Dahlgren, da qualche parte nella massa, gridargli che il sedile accanto al pilota era libero. Fendendo la ressa si fece strada verso la cabina e occupò il posto vicino a Giordino, il quale si era messo ai comandi sulla poltroncina di sinistra.

« Dov'è finito tuo padre? Dobbiamo andarcene da questo barbecue senza perdere un istante. »

« Ha deciso di trattenersi; credo abbia un ultimo asso nella manica. Ti manda a dire di portare fuori tiro il dirigibile, e ti dà appuntamento per una tequila on the rocks al termine dello spettacolo. »

« Mi auguro che sia lui a pagare », replicò Giordino, prima di regolare i condotti dei propulsori a un'angolazione di quaranta gradi e aprire le valvole. La navicella fece un balzo in avanti, trascinando con sé l'involucro pieno di elio, ma, anziché sollevarsi dolcemente nell'aria come in precedenza, rimase attaccata al ponte e prese a strisciare raschiando contro la piattaforma.

« Troppo peso », commentò Dirk.

« Sali, bambina, forza », incitò Giordino.

La navicella continuò a scivolare sulla piattaforma dirigendosi verso il bordo anteriore, oltre il quale li aspettava un balzo di sessanta metri prima di finire direttamente in mare. Mentre si avvicinavano sempre più all'orlo del precipizio, Giordino aumentò l'inclinazione dei condotti e aprì le valvole al massimo, senza risultato. In un silenzio irreale, tutti trattennero il respiro osservando la navicella superare il bordo della piattaforma.

Con un'improvvisa sensazione di vuoto alla bocca dello stomaco sentirono precipitare la navicella di tre metri circa per poi bloccarsi. Gli occupanti dell'*Icarus* furono bruscamente proiettati in avanti mentre la coda del dirigibile rivestita di tela rimbalzava contro il bordo della piattaforma, spingendo verso il basso il naso del mezzo in un'angolazione innaturale. Dopo una serie di oscillazioni, la coda oltrepassò finalmente l'orlo della piattaforma e l'intero dirigibile precipitò muso in avanti verso il mare.

Giordino non aveva che un secondo a disposizione per decidere come tentare di salvare l'aeronave. Poteva orientare i condotti dei propulsori all'indietro, con un'inclinazione di novanta gradi, e sperare che la forza di propulsione dei motori riuscisse a compensare il peso in eccesso portando in quota il velivolo, oppure fare l'esatto contrario: orientare i condotti tutti in avanti, cercando di aumentare la spinta del dirigibile che, se avesse raggiunto una velocità sufficiente, si sarebbe automaticamente sollevato verso l'alto. Fissando l'oceano sotto di sé, lasciò all'impeto del dirigibile di decidere al posto suo, e spinse con calma il joystick sino in fondo, accelerando la loro corsa verso il basso.

Grida di allarme si levarono dai passeggeri, ormai convinti che Giordino stesse deliberatamente cercando di schiantarsi in mare. Ignorando le loro suppliche, l'uomo si rivolse a Dirk, seduto al posto del copilota. « Sopra la tua testa c'è un comando per il rilascio della zavorra. Al mio segnale, premi il pulsante. »

Mentre Dirk localizzava il tasto sulla console sovrastante, Giordino puntò lo sguardo sull'altimetro. Dai duecento piedi, l'ago stava precipitando rapidamente verso il basso insieme con loro. Giordino attese fino a che non ebbe raggiunto i sessanta piedi, poi abbaiò: « Ora! »

All'unisono, Giordino tirò indietro il joystick mentre Dirk azionava il sistema di rilascio della zavorra, scaricando la mezza tonnellata d'acqua stivata nella sezione inferiore della navicella. Nonostante le manovre febbrili, non vi fu una risposta immediata da parte del dirigibile; il voluminoso pallone si muoveva seguendo un ritmo tutto suo. Per un istante, Giordino pensò di aver aspettato troppo. Mentre l'oceano, oltre il parabrezza della cabina, pareva correre loro incontro a precipizio, il naso dell'aeronave prese a inclinarsi verso l'alto con insopportabile lentezza. Con un sobbalzo improvviso, la base della navicella colpì la superficie del mare; il pallone si deformò un po' a causa dell'impatto, ma rimbalzò subito verso l'alto staccandosi dall'acqua. Mentre tutti trattenevano il respiro, il dirigibile caracollò in avanti per qualche metro, poi si sollevò leggermente e si stabilizzò senza più muoversi. Col passare dei secondi, diventò evidente a tutti che Giordino era riuscito a evitare l'affondamento. Pur a rischio di un impatto violento, l'accelerazione e lo sganciamento della zavorra all'ultimo istante erano bastati a tenerli in aria.

Fra le acclamazioni e i sospiri di sollievo dei passeggeri, Giordino portò cautamente l'aeronave a un'altitudine di cento piedi, sentendo il grande dirigibile farsi sempre più stabile sotto la sua mano ferma.

« Hai voluto dimostrarci chi è che comanda, a quanto pare », si complimentò Dirk.

« Già, per poco non sono diventato il comandante di un sommergibile », replicò l'altro puntando il muso del dirigibile verso est, lontano dalla piattaforma. « In alto e lontano dalla costa non è esattamente la direzione che sceglierei, in una situazione come questa », aggiunse, lanciando un'occhiata preoccupata alla *Koguryo*, sulla sinistra oltre il parabrezza. « Ho comunicato via radio alla *Deep Endeavor* di tenersi lontani dalla traiettoria del razzo, perciò suppongo stiano compiendo un ampio arco per portarsi a nord. Sarebbe bene non perderli di vista, nel caso dovessimo fare un ammaraggio forzato. »

Dirk scrutò l'orizzonte, pur senza perdere d'occhio la piattaforma di lancio. In lontananza, a sud-ovest, gli apparve la sagoma dell'isola di San Nicolas. Verso nord-est, vide una macchiolina azzurra che sapeva essere la *Deep Endeavor*. D'un tratto, appena a nord della nave della NUMA, notò una minuscola massa bruna che emergeva dal mare.

« Vedi quella sporgenza là davanti? È Santa Barbara, una delle Channel Islands; rammento di averla notata sulla carta nautica. Perché non ci dirigiamo da quella parte? Possiamo depositare là l'equipaggio, e farlo recuperare dalla *Deep Endeavor* prima di ficcarci in qualche altro pasticcio. »

« Prima di tornare a cercare tuo padre, vuoi dire? » intervenne Giordino, completando il pensiero del giovane.

Dirk tornò a scrutare la piattaforma, esitante. « Non deve mancare molto », mormorò.

« Una decina di minuti », rispose l'altro, chiedendosi come Dirk in che modo sarebbe potuto fuggire Pitt, con così poco tempo a disposizione.

57

Sopravvivere fisicamente a un lancio rimanendo a bordo della *Odyssey* non era impossibile. Una volta acceso il razzo, la maggior parte della potenza di spinta si scaricava al di sotto della piattaforma. La *Odyssey* era stata progettata in modo da essere riutilizzabile e, in effetti, aveva già superato oltre una dozzina di lanci. Ponte, hangar, alloggi dell'equipaggio e timoniera erano stati tutti costruiti per sopportare il feroce calore e il vapore generati dai decolli. Il fattore cui un essere umano difficilmente sarebbe sopravvissuto, invece, erano i gas nocivi che invadevano la struttura alla partenza. Dopo il lancio, la *Odyssey* sarebbe stata avvolta da una densa nube di fumo prodotta dai gas di scarico del cherosene e dell'ossigeno liquido, che avrebbe reso irrespirabile l'aria in prossimità della piattaforma.

Quella, tuttavia, era l'ultima delle preoccupazioni di Pitt mentre balzava fuori dell'ascensore per correre verso la porta posteriore dell'hangar: non aveva la minima intenzione di attardarsi da quelle parti, al momento dell'accensione dello Zenit. Il suo programma, piuttosto, era raggiungere il sottomarino rosso fiamma che aveva visto galleggiare in acqua dall'oblò della timoniera. Come il concorrente di una gara a ostacoli, Pitt corse, saltò e si fece largo attraverso la piattaforma sino alla colonna d'angolo, dove si lanciò lungo i gradini della scala metallica. Nella fretta di evacuare la struttura, Tongju e i suoi non avevano ritenuto necessario mandare alla deriva il sottomarino della NUMA; arrivato alla base della scala, Pitt fu felice di trovarlo ancora ormeggiato alla colonna.

Dopo aver mollato la cima, balzò a bordo e si calò attraverso il portello del *Badger* richiudendoselo alle spalle. Nel giro di qualche secondo, aveva già acceso il mezzo e aperto la cassa di zavorra per l'immersione. Con una rapida manovra si staccò dalla colonna della *Odyssey* per portarsi lungo il perimetro interno della piattaforma, dove si mise in posizione per il compito che lo attendeva. Mantenendo fermo il *Badger*, azionò i comandi del congegno per il prelievo di campioni montato in punta e, con pochi minuti soltanto a disposizione, pregò che il suo assurdo piano potesse funzionare.

La squadra di lancio coreana a bordo della *Koguryo* osservò incuriosita sul monitor il dirigibile color argento posarsi sulla piattaforma per gli elicotteri della *Odyssey* e l'equipaggio della Sea Launch ammassarsi nella navicella. Kim si accigliò, ma vide che Tongju non aveva perso la calma.

«Avremmo fatto bene a uccidere l'equipaggio e distruggere quel pallone quando ne abbiamo avuto la possibilità», sibilò Kim guardando l'*Icarus* vacillare sul bordo della piattaforma. Una telecamera aggiuntiva seguì la lotta del dirigibile per guadagnare quota prima di allontanarsi sul mare.

Tongju annuì verso il video con aria sicura di sé. «È lento e sovraccarico», commentò tranquillamente, rivolto a Kim. «Lo riacciufferemo senza problemi dopo il lancio.»

La sua attenzione tornò a concentrarsi sull'orologio che scandiva il countdown e sul chiacchiericcio dei tecnici all'interno del centro di controllo. Mentre scorrevano gli ultimi minuti, nella stanza era tutto un fervere di attività e di tensione. Ling, lì accanto, stava esaminando un tabulato con una serie di dati sul veicolo vettore; nonostante la temperatura fresca del locale dotato di aria condizionata, era teso ed eccitato al punto che gli colavano gocce di sudore dalla fronte.

Ling aveva tutte le ragioni per essere nervoso. Nel mondo dei lanci di veicoli spaziali c'era un tasso di mortalità incredibilmente alto. Sapeva fin troppo bene come un lancio satellitare su dieci si concludesse con un fallimento per una quantità incredibile di possibili cause. L'esplosione del razzo al momento del lancio non era un avvenimento insolito, anche se la maggior parte dei fiaschi si traduceva nella perdita del payload a causa di un'orbita errata. La breve traiettoria suborbitale prevista dalla missione in corso eliminava gran parte delle problematiche associate al lancio di un razzo, ma il rischio di una catastrofe non si poteva mai escludere.

Ling respirò un po' meglio dopo aver assimilato gli ultimi aggiornamenti. Tutti i sistemi critici risultavano funzionare a dovere. Nulla sembrava indicare che l'affidabile Zenit non sarebbe decollato con la consueta regolarità. Con meno di cinque minuti davanti a sé, si rivolse a Tongju azzardando un barlume di sicurezza. « Non ci saranno impedimenti. Il conto alla rovescia sta procedendo senza ostacoli. »

La loro attenzione si rivolse alla sagoma del razzo sullo schermo, nei suoi ultimi minuti prima del decollo. Nonostante la moltitudine di sguardi concentrati sull'immagine dello Zenit e della *Odyssey*, nessuno dei presenti scorse il leggero movimento alla periferia del video. Soltanto la telecamera registrò la presenza dell'uomo dai capelli neri che correva fino al bordo della piattaforma e scompariva lungo la scala della colonna d'angolo.

Senza perdere tempo, Pitt aveva acceso tutti i propulsori di cui era dotato il *Badger*. Pur sapendo di trovarsi nel luogo peggiore possibile, diresse in fretta il sottomarino sotto il ventre della piattaforma, arrestandosi accanto al pilone posteriore di destra. Direttamente sopra di lui c'era il deflettore di fiamma che, al momento del decollo, avrebbe convogliato il poderoso getto dello Zenit verso il mare.

Dopo aver accostato fino a posizionare la prora del mezzo in direzione della colonna, arretrò un po' e scese a una profondità di quindici piedi. Azionando una serie di manopole, abbassò la grossa sonda da carotaggio fino a portarla in posizione perfettamente orizzontale sulla prora del veicolo, sporgente come una sorta di lancia da torneo medievale. Puntati i piedi contro la paratia metallica del sottomarino, Pitt borbottò: « Bene, *Badger*, vediamo se sei capace di mordere », e mise la potenza al massimo.

Lo scintillante veicolo rosso avanzò nell'acqua guadagnando rapidamente velocità durante la breve corsa verso la colonna.

Sfruttando il peso e la forza dell'intero mezzo, la sonda investì con un tonfo il fianco del grosso pilone d'acciaio. Pitt trattenne il respiro mentre veniva scagliato in avanti, e si fermò soltanto quando la prora del veicolo andò a sbattere contro la colonna. A quel punto invertì la marcia dei propulsori e arretrò controllando i movimenti della navicella attraverso una nuvola di bollicine. Un suono raschiante e metallico echeggiò fino a lui mentre la sonda si staccava dal pilastro; attraverso la fanghiglia e il turbinio dell'acqua, ebbe una fugace visione dell'attrezzo intatto nonostante l'urto e tirò un respiro di sollievo. Come aveva sperato, lo slancio del veloce veicolo aveva fatto penetrare la punta della sonda nel fianco della colonna, aprendovi un foro del diametro di una ventina di centimetri.

Pitt si sentiva un po' come Ezra Lee a bordo del *Turtle*. Su un minuscolo sommergibile di legno progettato da David Bushnell, il volontario della guerra d'indipendenza americana aveva tentato di affondare una nave da guerra inglese, scavando un foro nella sua murata e piazzandovi una carica esplosiva. Benché il tentativo fosse fallito, il *Turtle* sarebbe passato alla storia come il primo sommergibile mai usato in azioni di guerra. Per sfruttare al meglio la forza di spinta, Pitt fece arretrare il *Badger* di sei metri e regolò leggermente la profondità, poi invertì la marcia dei propulsori e tornò alla carica contro il pilone. Di nuovo, la sonda penetrò nella parete esterna della colonna scavandovi un buco rotondo, subito colmato dall'acqua salata.

Per quanto misero e improvvisato, il pazzesco piano di Pitt aveva in sé una componente di pura genialità. Aveva calcolato che, se proprio non c'era modo di impedire al razzo di decollare, magari era possibile modificare la sua destinazione. Sbilanciando la piattaforma, poteva quanto meno cambiare l'inclinazione originaria e la conseguente rotta; il volo era talmente breve che il sistema di guida non avrebbe avuto il tempo di correggere appieno la deviazione, ed era possibile che mancasse il bersaglio di chilometri. Senza dubbio il tallone d'Achille della piattaforma in fase di lancio era rappresentato dai piloni di sostegno posteriori. Col razzo in posizione verticale lungo il bordo estremo a poppa del ponte, la *Odyssey* doveva mantenere un equilibrio perfetto se voleva compensare la distribuzione irregolare del peso sull'intera piattaforma, e per ottenere lo scopo ricorreva a un sistema di equilibratura mediante casse di zavorra piazzate nelle colonne e nei pontoni e regolate da sei grosse pompe. Allagando i piloni posteriori, c'era la speranza di togliere stabilità al ponte di lancio, ma Pitt aveva di fronte a sé una corsa disperata contro le pompe di zavorra per ottenere il suo scopo.

Come su un carro di carnevale impazzito, Pitt veniva violentemente sballottato all'interno del *Badger* ogni volta che si scagliava a tutta velocità contro la colonna. A ogni impatto, qualche strumento elettronico si staccava dai sostegni per volare in pezzi ai suoi piedi. Dopo un certo numero di collisioni, la prora del sottomarino era piuttosto ammaccata, e rivoletti di acqua salata cominciavano a penetrare all'interno del veicolo attraverso le giunture danneggiate, ma Pitt non vi badò. I possibili rischi per sé o per il sottomarino erano la minore delle sue preoccupazioni, mentre i secondi del conto alla rovescia scorrevano inesorabili. Ancora una volta investì il pilone con tutta la potenza del veicolo subacqueo producendo sulla sua superficie un foro come quello di una zanzara, il pungiglione che, anziché succhiare sangue, lasciava penetrare un fiotto di acqua salata.

Dopo una dozzina di colpi alla colonna di dritta, fece accostare il malconcio *Badger* e lo diresse verso il pilone posteriore di sinistra. Lanciata un'occhiata all'inseparabile Doxa che aveva al polso, calcolò che restavano meno di due minuti prima del lancio. Con uno schianto colpì la seconda colonna, infilando la sonda nella sua base e ammaccando ulteriormente la prora del mezzo. Altra acqua filtrò nell'abitacolo, ma Pitt la ignorò. I piedi ormai a mollo, invertì con calma la marcia e arretrò per prendere la rincorsa. Nel prepararsi a un nuovo assalto, si chiese se il suo non fosse l'inutile gesto di una sorta di Don Chisciotte sottomarino contro i mulini a vento.

A sua insaputa, il primissimo colpo sferrato al pilone di dritta aveva attivato una delle pompe di zavorra. Con l'aumentare dei fori e della quantità di acqua che affluiva all'interno, presero a funzionarne altre, fino a che tutte e sei non furono impegnate. Le pompe agivano alla base delle colonne, già immerse nell'acqua a una profondità di quaranta piedi circa. Mentre lo stabilizzatore automatico non aveva difficoltà a mantenere i pontoni appaiati l'uno accanto all'altro al medesimo livello, era decisamente più problematico preservare l'equilibrio delle sezioni anteriori e posteriori. Con l'acqua che saliva in fretta nelle colonne di sostegno di coda, non ci volle molto perché i fori praticati da Pitt avessero la meglio sulle pompe di zavorra posteriori. La poppa affossata della piattaforma creò un dilemma al sistema automatizzato: in condizioni normali, lo stabilizzatore avrebbe compensato l'inclinazione posteriore allagando i comparti anteriori e riducendo di conseguenza la profondità. Essendo in piena fase critica, tuttavia, la piattaforma era stata già posizionata alla profondità richiesta per il lancio. Il computer sapeva che, aumentando la zavorra, avrebbe rischiato di compromettere l'intera operazione. In una manciata di nanosecondi il programma rielaborò con la sua logica sintetica le possibili alternative, fornendo una risposta inequivocabile: durante un conto alla rovescia, la priorità assoluta per il sistema stabilizzatore era quella di mantenere la profondità di lancio prevista. L'affondamento dei piloni posteriori andava ignorato.

58

A bordo della *Koguryo*, una spia rossa prese a lampeggiare in sala controllo a meno di due minuti dal lancio. Un tecnico occhialuto valutò per un istante il segnale d'allarme relativo alla stabilizzazione della piattaforma, prese qualche annotazione e si avviò a passo rapido verso Ling. « Abbiamo un allarme per quanto riguarda la stabilizzazione della struttura, signor Ling », riferì.

« Di quanto è lo spostamento? »

« Un'inclinazione posteriore di tre gradi. »

« Irrilevante », lo liquidò Ling. Poi, rivolgendosi a Tongju che gli era accanto, precisò: « Fino a cinque gradi non c'è di che preoccuparsi ».

Tongju assaporava già i risultati dell'operazione. Non c'era più spazio per i ripensamenti, ormai. « Non fermate il lancio per nessuna ragione », sibilò a bassa voce fissando Ling.

Il capotecnico annuì a denti stretti, poi si girò a fissare nervosamente la sagoma del razzo in attesa sullo schermo.

L'interno del *Badger* era un guazzabuglio di attrezzi, pezzi di computer e frammenti vari che galleggiavano qui e là sul fondo a ogni impennata del mezzo. Indifferente a quel disastro, Pitt lanciò per l'ennesima volta il veicolo contro la colonna. Poi, con l'acqua ai polpacci, si preparò al colpo successivo, tendendo l'orecchio al preoccupante schianto prodotto dalla sonda mentre investiva il fianco del pilone. Proiettato bruscamente in avanti dal contraccolpo, sentì puzza di cavi bruciati mentre un altro componente elettrico saltava venendo a contatto con l'acqua salata. Il martellamento aveva ridotto il sottomarino a una carcassa piena di ammaccature. La prua arrotondata era diventata quasi piatta, il rivestimento di scintillante pittura rossa era tutto graffiato a causa delle ripetute collisioni. La sonda per i carotaggi, piegata e contorta come una stecca di liquirizia, era tenuta attaccata al *Badger* da un paio di bracci metallici mezzi divelti. All'interno, le luci vacillavano, il livello dell'acqua continuava a salire e i propulsori si stavano spegnendo a uno a uno. Pitt poteva quasi sentire la vita abbandonare il sottomarino mentre ascoltava i gemiti e i gorgoglii che si levavano dalla malconcia struttura. Stava cercando d'invertire la marcia per allontanarsi dalla colonna, quando un rumore nuovo gli colpì le orecchie: un forte scroscio in lontananza, sopra la sua testa.

Agli occhi di un osservatore casuale, il primo segno di un lancio imminente dalla piattaforma della Sea Launch è il rombo dell'acqua dolce che viene pompata nella vasca di allagamento. A cinque secondi dal lancio, un getto d'acqua viene scaricato nel pozzo ai piedi della rampa. L'effetto del massiccio impiego di acqua è quello di contenere gli effetti del rilascio di gas esausti sulla piattaforma e, ancor più importante, di minimizzare il potenziale danno acustico causato al payload dal frastuono del lancio.

A meno tre secondi, lo Zenit comincia a gemere e vibrare mentre i meccanismi interni si attivano risvegliando alla vita il potente razzo. All'interno della sua epidermide metallica, una turbopompa ad alta velocità inizia l'alimentazione forzata del volatile propellente liquido nelle quattro camere di combustione del motore attraverso un iniettore. Dentro ogni camera di combustione, entra in funzione un accenditore che incendia il propellente in un'esplosione controllata. I gas esausti derivanti dalla detonazione, seguendo la via che oppone la minor resistenza, vengono espulsi da un ugello alla base del razzo. La forza di spinta è generata proprio da tali gas esausti, che consentono al razzo di sfidare la forza di gravità e di staccarsi dalla piattaforma.

Ma i tre secondi finali del countdown sono i più critici in assoluto. In quei pochi istanti, i sistemi di bordo verificano rapidamente l'avvio del motore, la miscela di carburante, i flussi, le temperature e un'infinità di altri dati. Nel caso in cui vengano rilevate discrepanze degne di nota in uno qualsiasi dei parametri, subentra il sistema di controllo automatizzato, che spegne i motori e annulla il lancio. A quel punto si rende necessario riprendere dall'inizio la procedura, che può richiedere fino a cinque giorni prima di un eventuale nuovo tentativo.

Ignorando l'immagine dello Zenit e della torre di lancio sullo schermo, Ling fissò invece una schermata di dati critici mentre venivano scanditi i secondi finali del conto alla rovescia. A meno un secondo, quando sullo schermo comparve una fila di lucine verdi, l'uomo si concesse un piccolo respiro di sollievo. «Motore principale in funzione!» gridò, mentre i dati sullo schermo gli confermavano che i computer stavano spingendo il motore RD-171 alla massima potenza. Gli occhi di tutti i presenti si girarono verso il video, mentre si aprivano le valvole e il propellente cominciava ad affluire come un torrente al motore del razzo. Per un lungo istante, lo Zenit rimase immobile sulla rampa mentre il getto incandescente fuoriusciva dagli ugelli, le fiamme che lambivano l'acqua della vasca di allagamento, spruzzando una spessa nube di fumo bianco al di sotto della piattaforma. Poi, finalmente, lo Zenit si staccò dalla torre di lancio. Saltati i supporti di sostegno, il candido razzo volò con incredibile potenza oltre la rampa e nel cielo con un bagliore accecante e un assordante boato.

Nel centro di controllo, fra scoppi di allegria, i tecnici osservarono lo Zenit sollevarsi con successo dalla piattaforma. Mentre il razzo saliva sempre più in alto, Ling si concesse un ampio sorriso e rivolse una smorfia di contentezza a Tongju. Lo scagnozzo di Kang espresse la propria soddisfazione con un semplice cenno della testa.

All'altra estremità del locale, il tecnico con gli occhiali intento a monitorare la piattaforma continuò a fissare come ipnotizzato l'immagine del razzo che sfrecciava nel cielo azzurro, completamente dimentico dei dati che gli stavano pervenendo dal suo computer: l'inclinazione della piattaforma aveva continuato a crescere, scivolando oltre i quindici gradi negli ultimi istanti prima del lancio.

A quindici piedi di profondità, a Pitt sanguinarono le orecchie a causa dell'impatto acustico. Ciò che era cominciato come il lontano sferragliare di un treno si era trasformato nel frastuono martellante di mille vulcani in eruzione non appena il motore dello Zenit aveva raggiunto il massimo della potenza. Il fracasso assordante, Pitt lo sapeva, non era che un'anticipazione del delirio che stava per seguire. La forza in espansione dei gas di scarico del razzo venne convogliata nel pozzo dove migliaia di litri d'acqua avevano il compito di attenuare quell'inferno. La forza esplosiva tuttavia si ridusse di poco, trasformandosi in una rabbiosa nube di fumo che, superati i rompifiamma, si scagliò verso il basso colpendo la superficie del mare con la forza di un maglio.

Posizionato quasi esattamente al di sotto della piattaforma, il *Badger* sobbalzò come un giocattolo, affondando di venti piedi fra una nuvola di vapore e di bollicine. Sballottato con violenza in tutte le direzioni, Pitt aveva la sensazione di trovarsi imprigionato in una lavatrice. Le saldature del veicolo subacqueo gemevano e si contorcevano, le luci interne tremolavano sotto la violenza del colpo. Una batteria non fissata gli cadde sulla testa ferendolo alla tempia, mentre il sottomarino rischiava di capovolgersi nel turbinio. Stava cercando di riprendersi quando scoprì un nuovo motivo di preoccupazione nell'appoggiare una mano alla paratia durante una rollata. La paratia, si rese conto con sorpresa, era bollente. Ritrasse rapidamente la mano e, imprecando, l'agitò nell'aria in cerca di refrigerio. Un pensiero terribile gli attraversò la mente all'improvviso, non appena prese coscienza del pesante velo di sudore che gli copriva la fronte e dell'acqua sempre più calda che sciabordava ai suoi piedi. I gas di scarico del razzo stavano facendo salire la temperatura intorno a lui in modo insopportabile; rischiava di finire lessato vivo ancor prima che il razzo lasciasse la piattaforma.

Un secondo, più potente getto investì il sottomarino mentre

il motore del razzo raggiungeva la massima potenza. La forza della corrente spinse il *Badger* nell'acqua con un'inclinazione innaturale, quasi girato su un fianco. Pitt si aggrappò ai comandi per non perdere l'equilibrio, accecato dalla turbolenza dell'acqua che gli impediva la visuale. Se avesse avuto il minimo indizio sulla direzione che stava prendendo il veicolo, si sarebbe preparato all'impatto. Invece l'urto lo colse completamente alla sprovvista.

Trascinato dalla corrente come una zattera lungo il fiume Colorado, il *Badger* fu sbattuto con la prora in avanti contro il fianco del pilone sinistro ormai allagato della *Odyssey*. Un frastuono metallico echeggiò nell'acqua mentre il *Badger* si schiantava contro l'inamovibile colonna. Strappato dal sedile di guida, Pitt volò contro la paratia di fronte tra una pioggia di frammenti e pezzi di strumentazione; le luci interne si spensero, e una serie di sibili invase l'intero abitacolo. Un suono raschiante fece capire a Pitt che il *Badger* stava scivolando contro uno dei due pontoni, fino a che non udì un nuovo tonfo e il sottomarino s'inclinò su un fianco fermandosi di botto. Mentre cercava di recuperare le forze, Pitt si rese conto che la corrente teneva il sottomarino inchiodato alla piattaforma, forse impigliato in una delle eliche del pontone. Col *Badger* adagiato sul fianco e premuto contro la struttura metallica, se pure Pitt avesse deciso di fare un tentativo, era impensabile riuscire ad aprire il portello per allagare l'abitacolo e raggiungere la superficie. Sgomento e in preda alla nausea, si rese conto che, se non fosse finito lessato vivo nel giro di qualche minuto, lo aspettava una morte per annegamento, intrappolato all'interno dell'abitacolo che andava riempiendosi d'acqua.

59

Tongju osservò intento lo Zenit sollevarsi oltre la torre di lancio con un rombo talmente assordante da echeggiare anche nelle viscere del centro di controllo della *Koguryo*. Un applauso prolungato si levò dai tecnici giubilanti per festeggiare la salita del razzo. Ling si concesse un ampio sorriso nel leggere sul video la conferma che il motore dello Zenit stava funzionando a pieno regime. Si volse verso Tongju, che gli restituì l'occhiata annuendo a labbra strette in segno di approvazione.

« La missione è lungi dall'essere conclusa », commentò Ling, visibilmente sollevato per la riuscita del decollo. La fase più rischiosa della missione era ormai alle loro spalle, lo sapeva; una volta acceso il razzo, il controllo sull'esito della missione da parte sua era minimo, se non nullo. Come un semplice spettatore, senza riuscire a sopprimere la consueta sensazione di disagio, sedette in silenzio davanti allo schermo per monitorare la traiettoria del volo.

A seimila miglia di distanza, Kang fece un sorrisetto nel ricevere via satellite l'immagine del razzo che si staccava dalla rampa di lancio della *Odyssey*.

« Abbiamo strofinato la lampada di Aladino », disse in tono pacato a Kwan, seduto all'altro lato della scrivania. « Speriamo che il genio esaudisca i desideri del suo padrone. »

Dalla cabina dell'*Icarus*, Al, Dirk e Jack ascoltarono orripilati l'esplosione echeggiare sul mare aperto. Pochi istanti prima, Giordino aveva fatto scendere il riottoso dirigibile su uno spiazzo privo di asperità in cima all'isola di Santa Barbara, dove il sollevato equipaggio della Sea Launch si era affrettato a balzare a terra dalla navicella sovraffollata.

Il comandante Christiano era rimasto esitante sulla soglia della cabina, desideroso di stringere la mano ai suoi soccorritori. « Grazie per aver salvato la vita ai miei uomini », aveva esclamato con aria cupa, rabbioso contro chi gli aveva strappato il comando della *Odyssey*.

« Ora che siamo in grado di rialzarci in volo, ci assicureremo che non la facciano franca », lo aveva rassicurato Dirk, condividendo la sua collera. Poi aveva indicato oltre il parabrezza una macchiolina azzurra che si avvicinava all'orizzonte. « Ecco la *Deep Endeavor*. Raggiunga la spiaggia con i suoi uomini, e tenetevi pronti a salire a bordo. »

Christiano aveva annuito prima di scendere dalla navicella, lasciandola a completa disposizione di Jack.

« Sono scesi tutti », aveva annunciato quest'ultimo ai due in cabina.

« E, allora, sbrighiamoci a riportare in aria questo sacco di gas », aveva grugnito Giordino, preparandosi a decollare. Con più di tre tonnellate e mezzo di carico umano eliminate di botto, il dirigibile si era librato nel cielo in un istante. Mentre Giordino puntava nuovamente il muso del mezzo verso la *Odyssey*, gli occhi di tutti avevano colto i primi sbuffi di fumo segnalare che il lancio aveva avuto inizio.

Adesso i gas di scarico incandescenti prodotti dalla combustione del cherosene e dell'ossigeno liquido, finendo nel pozzo di allagamento, crearono un'enorme nube di vapore che avvolse rapidamente l'intera piattaforma e il tratto di mare circostante. Per quelli che parvero minuti interminabili, lo Zenit rimase immobile sulla rampa di lancio. Gli uomini a bordo del dirigibile sperarono per un istante che il razzo non sarebbe decollato, ma alla fine il bianco sigaro cominciò a sollevarsi, lasciando dietro di sé una scia di fuoco. Anche a quella distanza potevano udire il secco scoppiettio del carburante in fiamme mentre il getto ardente schiaffeggiava l'aria fredda circostante, generando un'eco simile a quella di un'ascia che penetra nel tronco di un pino.

Nonostante la maestosità, il fascino di quello spettacolo, Dirk contemplò l'ascesa del razzo con un nodo allo stomaco. Il candido sigaro bianco racchiudeva in sé l'attacco terroristico più selvaggio che il mondo avesse mai visto, destinato a condannare milioni di persone a una morte orrenda. E lui non era riuscito a fermarlo. Come se non bastasse, sapeva che Sarah era da qualche parte a Los Angeles, proprio nella zona presa come obiettivo, e poteva essere una delle prime vittime. E, poi, c'era suo padre. Lanciando un'occhiata disperata a Giordino, lesse sul volto dell'anziano collega di origine italiana un'espressione mai vista prima: non collera verso i terroristi, ma piuttosto una profonda preoccupazione per l'amico di una vita intera. Anche se rifiutava di accettare l'idea, Dirk sapeva che suo padre si trovava in qualche angolo della piattaforma, avvolto dai gas nocivi di quell'inferno, lottando per sopravvivere o peggio.

A bordo della *Deep Endeavor*, Summer si sentiva percorrere il corpo dalle stesse fitte d'angoscia. Dirk aveva comunicato via radio alla nave il salvataggio dell'equipaggio della Sea Launch, ma anche il fatto che il padre si trovava ancora a bordo della piattaforma. All'osservazione di Delgado che il razzo stava per decollare, sentì le gambe farsi molli come la gomma. Aggrappata alla poltrona del comandante, restò a guardare stoicamente la *Odyssey* mentre gli occhi le si riempivano di lacrime. Intorno a lei, la plancia era immersa nel silenzio; tutti osservavano increduli il razzo levarsi dalla rampa di lancio. Il pensiero di tutti era rivolto alla sorte del direttore della NUMA, disperso da qualche parte in mezzo a tutto quel fumo bianco.

« Non è possibile », mormorò Burch, sconvolto. « Non è assolutamente possibile. »

60

All'interno del *Badger*, la temperatura si era fatta insopportabile. A contatto con l'acqua sempre più alta presente nell'abitacolo, il rivestimento metallico surriscaldato creava un vero e proprio effetto sauna. Sul punto di svenire per il calore, Pitt si aggrappò a ogni appiglio disponibile nel tentativo di tornare al sedile semicapovolto del pilota. Una manciata di spie continuava a lampeggiare sul pannello di controllo, indicando che il sistema d'emergenza era ancora in funzione, mentre i propulsori si erano esauriti da tempo. Pur avendo il corpo intorpidito dal caldo, la sua mente riuscì a stabilire in fretta che aveva un'unica possibilità di liberarsi dalla morsa del pontone. Con gli occhi inondati dalle gocce di sudore, si sporse a premere un pulsante con la descrizione POMPA DI ZAVORRA. Poi, afferrato il joystick, si buttò all'indietro nell'acqua sempre più alta, sfruttando tutto il proprio peso e la forza che gli restava per spostare il timone del veicolo contro la corrente vorticosa. La pala del timone protestò dapprima, poi si mosse piano contrastando l'impeto dell'acqua e i movimenti di Pitt.

Disperatamente aggrappato ai comandi, con i muscoli doloranti e chiazze scure che gli comparivano davanti agli occhi, Pitt lottava per non perdere i sensi. Per un istante non accadde nulla. Udiva soltanto l'acqua frangersi con violenza contro lo scafo, mentre la temperatura interna continuava a salire. Poi, quasi impercettibilmente, gli giunse alle orecchie un suono raschiante che si andò facendo sempre più alto, simile a quello che aveva udito nel momento in cui si era incagliato contro il pontone. Con un sorrisetto sulle labbra, continuò a lottare per non perdere conoscenza. Tieni duro, si disse. Non mollare.

Un tecnico di volo dalla vista d'aquila, ritto su un promontorio roccioso dell'isola di Santa Barbara in mezzo ai suoi sfiniti colleghi della Sea Launch, fu il primo a scorgerlo. Un leggero, quasi impercettibile scodinzolio in coda al razzo, mentre si staccava dalla torre di lancio.

« Sta oscillando », esclamò.

Esausti e frastornati dallo sforzo compiuto, i compagni intorno ignorarono le sue parole e rimasero a osservare con rabbia e incredulità qualcun altro che spediva in cielo il loro razzo dalla piattaforma. A mano a mano che lo Zenit saliva sempre più in alto, tuttavia, molti dei veterani notarono qualcosa di sbagliato nella traiettoria. Dapprima non fu che un leggero mormorio fra l'equipaggio riunito, sfociato poi in un brivido d'eccitazione che percorse gli uomini come una scossa elettrica. Uno di loro lanciò una maledizione al razzo augurandogli di scoppiare, gli altri gli fecero subito eco. Di lì a poco, l'intero gruppo saltellava su e giù urlando in direzione del missile, incitando la bestia meccanica come uno scommettitore ormai al verde incoraggia il suo outsider al traguardo dell'ippodromo di Pimlico.

A bordo della *Koguryo*, l'eccitazione scatenata dal lancio non si era ancora placata quando un tecnico di volo seduto davanti a una console si girò verso Ling per comunicargli: « Il motore del primo stadio indica un'oscillazione attiva che eccede i parametri nominali di volo ».

Come la maggior parte dei razzi di ultima generazione, lo Zenit-3SL era orientabile in volo mediante un'oscillazione del motore del veicolo vettore, con conseguenti correzioni di rotta che consentivano di mantenere la traiettoria. Come Ling sapeva bene, la sequenza di lancio iniziale non richiedeva nessuna regolazione fino a che il razzo si trovava in salita controllata, poi il sistema di navigazione avrebbe cominciato ad apportare leggeri aggiustamenti per guidarlo verso il bersaglio. Soltanto uno sbilanciamento non rilevato avrebbe potuto provocare una correzione tanto prematura.

Ling si avvicinò alla postazione del tecnico e lanciò un'occhiata al suo monitor. Nel vedere che il motore del razzo si era inclinato al massimo grado, restò a bocca spalancata. Un secondo più tardi, osservò in silenzio il motore posizionarsi di nuovo come all'origine, per poi piegarsi completamente nella direzione opposta. Quasi subito l'intero ciclo riprese daccapo. Ling immaginò subito la causa.

« Qual era la deviazione orizzontale della piattaforma a T-0, Choi? »

Sollevando su di lui uno sguardo confuso, il tecnico rispose piano: « Sedici gradi ».

« No! » ansimò Ling con voce roca, gli occhi serrati in un accesso d'incredulità. Il volto cereo, si aggrappò al monitor per reggersi sulle gambe all'improvviso deboli. In preda a un orribile presentimento, riaprì lentamente gli occhi e rimase a fissare il razzo sullo schermo, in attesa dell'inevitabile.

Pitt non aveva modo di conoscere i risultati del suo frenetico lavoro di perforazione, ma le dozzine di fori prodotti sui fianchi delle colonne di sostegno avevano aperto la via a una quantità di acqua salata, che aveva ben presto avuto la meglio sulle pompe di zavorra della *Odyssey*. Con i comandi automatizzati programmati in modo da mantenere la profondità di lancio prevista, l'acqua continuava ad accumularsi nei piloni posteriori costringendo la piattaforma a inclinarsi. Al momento del decollo, il razzo si era ritrovato con una deviazione di oltre quindici gradi dall'asse verticale e aveva immediatamente tentato di correggere lo scostamento dal piano di volo prescritto. La bassa velocità di decollo, tuttavia, aveva diminuito l'efficacia del comando iniziale costringendo il sistema ad apportare una nuova, sostanziale correzione. Intanto, però, la velocità del veicolo vettore era aumentata al punto da far risultare esagerata la rettifica, che era stata pertanto controbilanciata da un'oscillazione nella direzione opposta. In condizioni normali, il razzo sarebbe stato in grado di stabilizzarsi autonomamente con una serie di piccoli aggiustamenti. In occasione di quel lancio, tuttavia, i serbatoi di combustibile dello Zenit pieni solo a metà consentivano al propellente liquido di ondeggiare avanti e indietro durante le correzioni disposte dal calcolatore, generando tutta una serie di nuove dinamiche di bilanciamento. Con i suoi continui tentativi di normalizzare il volo, il sovraccarico sistema stabilizzatore aveva finito per esacerbare la situazione facendo perdere stabilità al razzo.

Incollati ai monitor o fissi sui dati trasmessi via satellite, dal parabrezza della cabina di un dirigibile o da un'isoletta rocciosa dell'oceano Pacifico, mille occhi contemplarono ipnotizzati il filante razzo bianco cominciare a rallentare abbandonandosi a un perverso movimento a spirale attraverso il cielo. Ciò che era partito come una leggera vibrazione al momento del decollo si era trasformato in un dondolio sempre più accentuato durante l'ascesa. Lo Zenit vibrava ormai fra le nubi in modo incontrollato, come una danzatrice del ventre. Se il lancio fosse stato gestito dalla Sea Launch, un congegno di sicurezza automatizzato avrebbe provveduto a far esplodere il razzo non appena verificato lo scostamento dai parametri prescritti; essendo stato il comando di autodistruzione eliminato dal software di volo dagli uomini di Kang, invece, non si poteva far altro che abbandonare lo Zenit alla sua tortuosa danza di morte.

Sotto gli occhi increduli degli spettatori, l'enorme razzo roteò con violenza prima di esplodere dall'interno spaccandosi letteralmente in due tronconi. Il primo stadio si disintegrò in una palla di fuoco non appena i serbatoi del combustibile s'incendiarono divorando ogni cosa intorno a sé. I rottami e i pezzi di strumentazione che non si erano dissolti tra le fiamme piovvero sul nudo tratto di mare sottostante, mentre la nube a forma di fungo prodotta dall'esplosione rimase ad aleggiare ad alta quota, come dipinta sul cielo azzurro.

Incredibilmente indenni, il muso e lo stadio superiore dello Zenit proseguirono la loro corsa fra le nuvole come proietti, spinti soltanto dalla forza d'inerzia. Via via che perdeva potenza, il payload dalla coda fumante compì un aggraziato arco parabolico puntando il naso verso il Pacifico, e finì per colpire la superficie del mare scagliando un geyser di acqua e rottami per miglia e miglia dal punto dell'esplosione iniziale. Mentre un improvviso silenzio calava sul mare, gli osservatori storditi fissarono con meraviglia il candido arcobaleno di fumo fuoriuscito dal razzo della morte stendersi in un arco da orizzonte a orizzonte.

61

Su una rocciosa spiaggia dell'isola di Santa Barbara, un elefante marino si destò da un pigro sonnellino e aguzzò le orecchie verso l'interno dell'isola. L'insolito suono di risate giungeva fino a lui dal fianco della collina, in cima alla quale era radunata una trentina di esseri umani. L'animale osservò il malconcio gruppetto con aria perplessa, poi si sdraiò per riprendere il sonno interrotto.

Per la prima volta nella loro vita, i membri dell'equipaggio della Sea Launch erano felici di aver assistito al fallimento di un lancio. Alcuni si abbandonavano a risa e fischi, altri agitavano i pugni in aria in segno di vittoria. Osservando il veicolo vettore che esplodeva sopra le loro teste, persino Christiano si lasciò andare a una smorfia di sollievo mentre il direttore di lancio Ohlrogge gli assestava una manata sulla schiena.

« Per una volta, la fortuna è con noi », commentò quest'ultimo.

« Grazie a Dio. Qualsiasi cosa stessero cercando di lanciare quei bastardi, non era certo qualcosa di buono. »

« Uno dei miei tecnici di volo ha notato un'oscillazione subito dopo il lancio. Dev'essersi trattato del cattivo funzionamento di uno degli ugelli o del sistema di stabilizzazione. »

Christiano pensò a Pitt e a quanto gli aveva detto prima che lasciasse la *Odyssey.* « Quel tipo della NUMA potrebbe davvero aver fatto un miracolo. »

« Se è così, gli dobbiamo molto. »

« Già, e qualcuno deve parecchio anche a me », replicò Christiano.

Ohlrogge lo guardò con aria interrogativa.

« Avevamo un veicolo da novanta milioni di dollari che è appena finito in fiamme. Chissà quanti soldi ci saranno da tirar fuori, quando chiederemo il risarcimento all'assicurazione», gli spiegò il comandante, abbandonandosi finalmente a una risata.

Kang trasalì nell'osservare l'immagine dello Zenit disintegrarsi davanti ai suoi occhi. Mentre sul video si vedevano precipitare pezzi di rottami, allungò in silenzio la mano verso il pulsante e spense il monitor.

«Anche se l'attacco è fallito, lo spettro dell'attentato rappresenterà comunque una grave provocazione per l'opinione pubblica americana», tentò di rassicurarlo Kwan. «S'infurierà, e ci saranno pesanti ripercussioni contro il Giappone.»

«Già, le notizie sulla sicurezza fatte trapelare attraverso i media dovrebbero raggiungere lo scopo», mormorò Kang, soffocando la rabbia per l'insuccesso. «Ma resta da verificare la scomparsa della *Koguryo* e della squadra di lancio. Una loro cattura comprometterebbe gran parte del duro lavoro svolto fin qui.»

«Tongju farà il suo dovere. Non ci ha mai deluso.»

Kang fissò lo schermo spento per un istante, poi annuì lentamente.

Nel centro di controllo della *Koguryo*, l'umore era passato in fretta dall'euforia alla sorpresa per stabilizzarsi su un cupo disappunto. In un istante, abbandonate le mansioni inerenti alla missione, i tecnici si ritrovarono a fissare in silenzio lo schermo dei computer che non fornivano più nessun dato. Senza sapere che fare, si limitavano a bisbigliare fra loro.

Dopo aver lanciato una lunga, gelida occhiata a Ling, Tongju lasciò il centro di controllo senza una parola. Mentre si dirigeva verso la plancia, chiamò Kim su una radio portatile e gli parlò brevemente sottovoce. In plancia trovò il comandante Lee intento a fissare dall'oblò di dritta la pioggia di rottami fumanti che costellava il cielo, lasciando dietro di sé bianche strisce di vapore.

« È esploso », esclamò sbalordito, girandosi poi a fissare gli occhi inespressivi di Tongju.

« Un problema con la piattaforma. Dobbiamo evacuare subito la zona. Possiamo muoverci immediatamente? »

« Siamo pronti a partire. Dobbiamo soltanto recuperare il tender, e si può andare. »

« Non c'è tempo », sibilò Tongju in fretta. « La guardia costiera e la marina americana ci staranno già cercando. Dobbiamo partire immediatamente, a tutta velocità. Penso io a mollare la cima del tender. »

Lee gli rivolse un'occhiata stanca, poi annuì. « Come vuole. La rotta è già fissata. Ci porteremo in acque messicane, per poi deviare verso il punto dell'incontro col favore delle tenebre. »

Sul punto di lasciare la plancia, Tongju si bloccò di colpo. Oltre l'oblò di prua, lo sguardo gli era caduto sulla piattaforma della Sea Launch avvolta dal fumo. Il dirigibile color argento le si stava avvicinando da nord-ovest, viaggiando adesso a parecchie centinaia di piedi dal pelo dell'acqua. Puntò rabbiosamente il braccio in direzione dell'*Icarus*. « Allertare la squadra missili superficie-aria. Quell'aeronave dev'essere abbattuta all'istante », ordinò in tono secco, prima di scomparire oltre la soglia.

Mentre le due eliche gemelle a quattro pale della *Koguryo* cominciavano a schiaffeggiare l'acqua sotto lo scafo, Tongju imboccò la scaletta mobile che scendeva lungo il fianco sinistro della nave. In fondo alla scala dondolava il tender bianco, assicurato con una cima al corrimano. Dal fumo che si levava a poppa si rese conto che la barca aveva la marcia disinserita. Mollata rapidamente la cima, l'arrotolò intorno alla mano e aspettò che l'onda successiva spingesse l'imbarcazione contro la nave. Con un passo balzò a bordo del tender e si affrettò verso la cabina, lanciando la cima arrotolata in una cesta vuota sul ponte. In cabina trovò Kim e due dei suoi uomini accanto al timone.

« Tutto a bordo? » chiese.

Kim annuì. « Abbiamo approfittato della confusione del lancio per trasferire a bordo armi e provviste, e anche del carburante di scorta, senza alcuna interferenza.» Kim fece un cenno col capo verso il ponte scoperto di poppa, dove c'erano quattro fusti di benzina da quarantacinque galloni contro il parapetto.

«Aspettiamo di staccarci dalla loro poppa, poi punteremo su Ensenada. Quando esploderanno le cariche?»

Kim lanciò un'occhiata all'orologio. «Fra venticinque minuti.»

«La squadra missili ha tutto il tempo di abbattere il dirigibile.»

La *Koguryo* si allontanò in fretta lasciando una scia di spuma, mentre la barca rimaneva a galleggiare fra le onde. Quando vide che la ex posacavi si era portata a un quarto di miglio da loro, Kim spostò i comandi su LENTO e prese ad avanzare piano in direzione sud-est. Da quel momento in poi, si disse, chiunque avesse avvistato il tender lo avrebbe preso per una delle tante barche da pesca a nolo sulla via del rientro a San Diego.

Parecchio tempo dopo l'esplosione dello Zenit, una spessa coltre bianca aleggiava ancora sopra la *Odyssey* come un grosso banco di nebbia. Pian piano, tuttavia, la brezza marina cominciava a scavare qualche buco nella parete di fumo lasciando intravedere qua e là brevi scorci della piattaforma.

«Non si vede un accidente, quaggiù», borbottò Giordino fermando l'*Icarus* al di sopra della struttura. Mentre lui e Dahlgren scrutavano il ponte a occhio nudo in cerca di tracce di Pitt, Dirk azionò il LASH a caccia di una qualsiasi anomalia ottica che indicasse la presenza di un essere umano.

«Non prendetemi alla lettera, ma credo che la piccola stia affondando», esclamò Dahlgren quando, scivolando oltre l'estremità posteriore della piattaforma, si trovarono davanti agli occhi una porzione della struttura laterale che scendeva fino all'acqua. Gli uomini nella navicella videro in modo chiaro che le colonne di sostegno posteriori erano più corte, rispetto a quelle anteriori.

« Sta decisamente imbarcando acqua di poppa », confermò Dirk.

« Mi chiedo se sia opera del tuo vecchio. Potrebbe ritrovarsi a dover comprare un razzo nuovo a qualcuno. »

« E anche una nuova piattaforma di lancio, magari », rincarò Dahlgren.

« Ma dove sarà? » esclamò Dirk a voce alta. Tutti loro avevano già constatato che non c'erano tracce di vita, sulla struttura.

« Il fumo sta cominciando a diradarsi. Non appena la piattaforma sarà agibile, scenderemo a dare un'occhiata più da vicino », dichiarò Giordino.

Mentre scivolavano di nuovo verso il davanti della piattaforma, Dahlgren lanciò uno sguardo in basso e fece una smorfia.

« Dannazione. Anche il *Badger* è andato. Dev'essere affondato durante il lancio. »

Il terzetto piombò nel silenzio; la scomparsa del sottomarino, pensarono tutti, era la più trascurabile delle loro perdite.

Tre miglia più a sud, un servente della *Koguryo* stava trasferendo le coordinate del dirigibile rilevate dal radar nel sistema di guida di un missile superficie-aria cinese CSA-4. Il lento dirigibile era l'obiettivo più facile che il servente potesse sognare: così grande e vicino che le probabilità di un errore erano praticamente zero.

In un piccolo locale adiacente, davanti a una console, un esperto balistico era impegnato a trasferire la sequenza di guida mediante un link di comando del missile. Una serie di spie verdi prese a lampeggiare non appena il radar integrato nel missile confermò di aver agganciato l'obiettivo. L'uomo sollevò subito la cornetta di un telefono vicino, che collegava direttamente il locale alla plancia.

« Bersaglio acquisito, missile armato », annunciò con voce monotona al comandante Lee. « Attendiamo ordine di lancio. »

Da un oblò laterale, Lee lanciò un'occhiata al dirigibile che galleggiava sopra la piattaforma, in lontananza. Vedere il potente missile colpire il pallone sarebbe stato uno spettacolo fantastico, pensò con infantile entusiasmo. Forse avrebbero fatto bene a distruggere anche la nave color turchese che aveva indugiato a lungo ai bordi del loro schermo radar per poi sparire. Ma prima le cose più urgenti. Stava portandosi il microfono alla bocca per dare l'ordine di lanciare, quando le parole gli morirono sulle labbra. I suoi occhi avevano scorto un paio di minuscoli oggetti scuri emergere alle spalle del dirigibile. Impietrito, osservò i puntini neri trasformarsi in un paio di aerei a bassa quota.

I due caccia F-16D Falcon erano decollati da una base della guardia aerea nazionale di Fresno pochi minuti dopo che un satellite NORAD aveva segnalato il lancio dello Zenit. Mentre stavano raggiungendo il luogo del lancio, i piloti erano stati dirottati sulla *Koguryo* dall'allarme lanciato dalla guardia costiera, a sua volta avvertita dalla *Deep Endeavor*. Procedendo bassi sull'acqua, gli snelli velivoli grigi raggiunsero la *Koguryo* passando vicinissimi al suo ponte di prua. L'assordante rombo dei motori investì la nave un istante dopo che le due ombre l'avevano sorvolata come frecce, facendo tintinnare i vetri della plancia dove Lee se ne stava immobile con un'espressione disgustata sul volto.

« Ferma tutto! Ferma tutto immediatamente! » abbaiò al microfono.

Mentre il missile superficie-aria veniva occultato, Lee osservò i due caccia riprendere quota e cominciare a girare in cerchio sopra la nave.

« Tu! » gridò a un marinaio fermo poco lontano. « Trova Tongju e fallo venire in plancia... subito. »

Gli uomini a bordo del dirigibile sorrisero sollevati nel vedere i jet della guardia aerea nazionale volare in tondo sopra la *Koguryo*, senza sapere quanto erano stati vicini a essere spazzati via dalla batteria superficie-aria della nave. Consapevoli del fatto che era in arrivo un'orda di mezzi della marina, e che una fuga della *Koguryo*, a quel punto, era altamente improbabile, tornarono a rivolgere l'attenzione alla sottostante piattaforma coperta di fumo.

«La foschia sulla piattaforma degli elicotteri si sta diradando», osservò Giordino. «Lo porto giù, se voi ragazzi volete scendere a dare un'occhiata intorno.»

«Ci puoi giurare», rispose Dirk. «Possiamo cominciare dalla plancia, Jack, e poi andare nell'hangar, se l'aria è respirabile.»

«Io cercherei prima in quadrato», s'intromise Giordino tentando di esorcizzare i pensieri tristi. «Se è sano e salvo, scommetto che lo trovate con un martini davanti, intento a divorare le riserve di salatini dell'equipaggio.»

Dopo aver guidato il dirigibile in un ampio giro sopra la piattaforma, muso al vento, Giordino lo allineò e cominciò a perdere quota. Facendo capolino in cabina, Dahlgren indicò qualcosa oltre il finestrino laterale.

«Guardate là», esclamò.

A qualche centinaio di metri dal lato della piattaforma, aveva avvistato sull'acqua un improvviso gorgogliare di bollicine. Dopo qualche istante, in superficie eruppe un oggetto a chiazze grigie.

«Un rottame del lancio?» azzardò Dahlgren.

«No, è il *Badger*!» gridò Giordino.

Avvicinato il dirigibile all'oggetto, i tre constatarono che si trattava effettivamente del sottomarino della NUMA, che oscillava stando basso fra le onde. La scintillante pittura metallica si era staccata a causa del calore generato dal razzo, lasciando il nudo metallo e qualche rimasuglio della mano di fondo. La prua era ammaccata e contorta, come reduce da un incidente stradale. Come quell'aggeggio fosse ancora in grado di stare a galla era un mistero per tutti, ma si trattava innegabilmente del veicolo subacqueo sperimentale che Dirk e Dahlgren avevano ormeggiato alla piattaforma.

Giordino si era appena abbassato per guardare meglio, quando i tre videro il portello superiore ruotare e spalancarsi di colpo. Una nuvola di vapore uscì dall'apertura sotto il loro sguardo incredulo. Per alcuni, angosciosi istanti restarono con gli occhi incollati al portello, continuando a sperare nonostante tutto. Finalmente videro un paio di piedi coperti da calzini sbucare dal passaggio. Non appena, un attimo dopo, scorsero un ciuffo di capelli neri, compresero che quelli che avevano avvistato per primi non erano piedi, bensì mani infilate in un paio di calze perché non si ustionassero contro il metallo surriscaldato, nell'atto di estrarre lo snello e torturato corpo del proprietario da quel forno rovente.

« È papà! Sta bene! » esclamò Dirk, raggiante e sollevato.

Alzatosi in piedi, Pitt rimase ritto sul sottomarino ondeggiante respirando a grandi boccate la fresca aria salmastra dell'oceano. Era stravolto, coperto di sangue e di sudore, con i vestiti appiccicati addosso come se fossero stati incollati alla pelle, ma i suoi occhi scintillavano quando levò il viso verso il cielo per lanciare un saluto spavaldo ai tre nella navicella.

« Si scende », annunciò Giordino facendo abbassare il dirigibile fino a portare la navicella a pochi centimetri dalla superficie. Con abile manovra, accostò quindi il dirigibile al sottomarino. Dopo essersi chinato a richiudere il portello del *Badger*, in pochi passi Pitt raggiunse barcollando l'entrata della navicella, dove Dirk e Dahlgren lo afferrarono per le braccia e lo tirarono a bordo.

« Credo », disse Pitt a Giordino con voce roca, « che accetterò qualcosa da bere, adesso. »

Lasciatosi scivolare nel sedile del copilota, Pitt trangugiò una bottiglia di acqua minerale mentre gli altri gli descrivevano la devastante esplosione che aveva annientato lo Zenit, pochi minuti prima. Mentre osservava le chiazze di vapore che striavano il cielo e la *Koguryo* sempre più lontana, Pitt ricambiò col racconto della sua opera di perforazione ai danni dei piloni di sostegno della *Odyssey* e della ferocia con cui lo aveva investito il getto incandescente al momento del decollo.

« E io che avevo scommesso che ti avremmo trovato a ciondolare in quadrato a sorseggiare un martini », bofonchiò Giordino.

« E invece era me che stavano shakerando », rise Pitt. « Sarei stato lessato vivo, quando il *Badger* si è incastrato contro il pilone laterale, se non fossi riuscito a spostarmi in un punto dove l'acqua era meno calda, manovrando manualmente il timone contro la forza della corrente. Benché avessi scaricato la zavorra, ho avuto difficoltà a risalire in superficie fino a che non ho azionato la pompa di sentina. C'è ancora parecchia acqua, nell'abitacolo, ma dovrebbe restare a galla per un altro po'. »

« Avverto la *Deep Endeavor* di venire a ripescare il *Badger* non appena avranno recuperato l'equipaggio della piattaforma dall'isola di Santa Barbara. »

« Dovrò vedermela con una sorella furibonda, se prima non le fai sapere che sei sano e salvo », s'intromise Dirk, rivolto al padre.

Summer fu sul punto di svenire quando udì la voce del padre uscire gracchiando dalla radio di bordo per ordinare allegramente una birra e un panino col burro di arachidi.

« Abbiamo temuto il peggio », gridò sprizzando gioia da tutti i pori. « Che diavolo ti è successo? »

« È una lunga storia. Per il momento, ti basti sapere che quelli dello Scripps Institute non saranno entusiasti della mia abilità nel guidare i veicoli subacquei », tagliò corto lui, lasciando tutti i presenti sulla plancia della *Deep Endeavor* a chiedersi che avesse voluto intendere.

Mentre Giordino faceva salire di quota il dirigibile, Pitt vide gli F-16 sopra la *Koguryo* in fuga.

« È finalmente arrivata la cavalleria? »

« Sì, pochi minuti fa. Anche la marina sta inviando una quantità di mezzi nella zona. Non riusciranno a scappare. »

« Il loro tender sembra avere una fretta del diavolo », soggiunse Pitt, indicando con un cenno del capo una macchiolina bianca all'orizzonte.

Approfittando della confusione generale, il tender della *Koguryo* si era allontanato dalla nave madre senza farsi notare, e stava adesso filando in direzione sud ad altissima velocità.

« Come sai che è il loro tender? » chiese Giordino, scrutando il mare sottostante.

« Grazie a questo », gli spiegò Pitt, dando un colpetto allo schermo della WESCAM. Chiacchierando, aveva giocherellato con lo zoom catturando per caso l'immagine della barca in fuga. Lo schermo mostrava chiaramente che si trattava del tender della *Koguryo* che avevano già avuto modo di osservare in precedenza.

« I caccia non hanno proprio intenzione d'inseguirlo, a quanto pare », commentò Dirk alle loro spalle, notando che entrambi gli F-16 continuavano a volare in cerchio sopra la *Koguryo*, sempre diretta verso ovest.

« Pensiamoci noi », propose Pitt.

« Non ha nessuna probabilità di cavarsela, contro un mezzo snello e scattante come questo », scherzò con aria di finta ferocia Giordino, spingendo al massimo i motori e osservando l'indicatore della velocità spostarsi lentamente verso i 50 nodi.

62

« Perché non hanno abbattuto i caccia o quel dannato dirigibile? » imprecò Tongju fissando la *Koguryo* attraverso il binocolo. I sobbalzi del tender spinto a tutta velocità sulle onde rendevano impossibile fissare qualsiasi cosa, tanto che alla fine si decise a deporre il binocolo con mossa brusca.

« Gli aerei devono aver spaventato Lee », commentò Kim da sopra la spalla, reggendo saldamente il timone. « Pagherà con la vita, fra due minuti circa. »

La *Koguryo* si andava facendo sempre più piccola all'orizzonte, mentre il tender procedeva verso sud. Quando le cariche esplosero, tuttavia, riuscirono a distinguere con chiarezza colonne d'acqua levarsi dallo scafo della nave verso il cielo.

Ritto al centro della plancia, il comandante Lee pensò dapprima che gli F-16 avessero fatto fuoco contro di loro. Ma i due aerei da guerra stavano ancora volando pigramente in cerchio sopra la nave, e non sembravano aver lanciato nessun missile. Non appena gli fu comunicato, dopo una prima valutazione dei danni, che la sezione inferiore dello scafo era rimasta danneggiata in parecchi punti, seppe chi era il colpevole. Solo pochi minuti prima, uno dei marinai gli aveva riferito di aver notato Kim e Tongju a bordo del tender, che era stato visto allontanarsi verso sud a tutta velocità. Con una sensazione di nausea, Lee comprese di essere stato tradito, giudicato sacrificabile insieme con la sua nave.

Fu un errore di valutazione a salvarli. La squadra di demolizione di Kim aveva piazzato cariche più che sufficienti a squarciare il ventre di una normale nave delle dimensioni della *Koguryo*, ma non aveva preso in considerazione un fattore decisivo: la ex posacavi era dotata di doppio scafo. L'esplosivo aveva lacerato facilmente il guscio interno, mentre le lamiere che formavano quello esterno avevano resistito limitandosi a deformarsi. Quando l'acqua di mare penetrò nelle stive inferiori, lo fece senza la travolgente violenza che, secondo le previsioni di Tongju, avrebbe dovuto causare l'affondamento della nave in corsa. Lee ordinò di fermare immediatamente le macchine, fece azionare pompe ausiliarie nelle stive danneggiate e isolare le zone più a rischio dietro le porte stagne. La nave avrebbe perso assetto e velocità, ma sarebbe rimasta a galla.

Una volta bloccato l'allagamento, Lee osservò attraverso un binocolo da campo il velocissimo tender fuggire sempre più lontano. Era consapevole di avere poche ragioni per vivere, ormai. Quale comandante della nave da cui era partito il fallito attacco missilistico contro gli Stati Uniti, in caso di cattura sarebbe stato il principale capro espiatorio. E se fosse invece riuscito a non farsi prendere, o a farsi rilasciare in seguito, non aveva dubbi sull'accoglienza che gli sarebbe stata riservata da Kang. Soddisfatto di aver stabilizzato la nave, si ritirò dalla plancia per rifugiarsi in cabina. Recuperata una Makarov 9 mm di fabbricazione cinese in fondo a un cassetto pieno zeppo di camicie, si adagiò compostamente sul letto, avvicinò la canna all'orecchio e premette il grilletto.

Mentre inseguivano il tender in fuga, gli uomini a bordo dell'*Icarus* notarono una serie di esplosioni lungo lo scafo della *Koguryo*.

«Possibile che quei pazzi stiano cercando di farla colare a picco con tutto l'equipaggio?» mormorò Dahlgren.

Continuarono per parecchi minuti a tenere d'occhio la nave che, pur rallentando, non sembrava in procinto di affondare. Pitt non vide nessuno correre verso le imbarcazioni di salvataggio; numerosi marinai, notò, oziavano accanto alla battagliola osservando i caccia sopra la loro testa. Scrutò la linea di galleggiamento in cerca di qualche indizio significativo, ma non rilevò che un lieve sbandamento.

«Non sembrano in procinto di sparire sott'acqua», annunciò agli altri. «Inseguiamo il tender, piuttosto.»

Controllando sul portatile le rilevazioni effettuate dal sistema LASH, scoprì alcune sagome grigie a sud-est, a una trentina di miglia di distanza.

« Non rimarranno soli a lungo », comunicò indicando lo schermo. « Stanno arrivando i nostri amici della marina. »

Con un vantaggio di quasi venti nodi, il dirigibile stava guadagnando agevolmente terreno sulla barca bianca. L'*Icarus* aveva raggiunto a malapena i cinquecento piedi di altitudine, quando Giordino diede inizio alla caccia senza sprecare altra potenza in ulteriori ascensioni. Il dirigibile scivolò dolcemente sulla scia della barca, rapido, basso sulle onde. Mentre si avvicinavano, Pitt puntò la telecamera di sorveglianza sul pozzetto di poppa e sulla cabina della barca. Attraverso i finestrini, riuscì a scorgere solo qualche sagoma indistinta dietro il timone.

« Conto solo quattro persone, sopracoperta », osservò.

« È gente che ama le fughe per pochi intimi, a quanto pare », fu il commento di Giordino.

Pitt fece scorrere l'obiettivo sul ponte, sollevato nel constatare l'assenza di armi pesanti. Verso poppa, vide i fusti del carburante di scorta.

« Hanno abbastanza benzina da arrivare in Messico. »

« Secondo me, i nostri amici della guardia costiera di San Diego avranno qualcosa da dire in proposito. »

L'attenzione di Tongju e dei suoi uomini era concentrata sulla *Koguryo*, ma a un certo punto uno di loro si accorse finalmente del dirigibile in avvicinamento. Lasciando Kim al timone, gli altri tre si spostarono d'istinto sul pozzetto di poppa per osservare meglio l'aeronave. Pitt regolò lo zoom su di loro fino a che non riuscì a distinguerne i volti con chiarezza.

« Riconoscete qualcuno di questi uomini? » chiese da sopra la spalla, rivolto a Dirk e a Dahlgren.

Pitt junior guardò lo schermo per un solo istante, prima di digrignare i denti con rabbia. L'accesso d'ira, tuttavia, lasciò rapidamente il posto a un sorriso soddisfatto. « L'orientale al centro; si chiama Tongju. È il maestro di cerimonie di Kang nel settore torture e omicidi. Sembrava essere lui a tirare le fila, prima, sulla *Odyssey*. »

« Un tipo talmente simpatico che mi vergogno quasi a rovinargli la vacanza messicana », fece Giordino.

Parlando, fece abbassare il muso del dirigibile puntandolo verso l'acqua. Quando sembrò che stesse per finire con la prua fra le onde, azionò dolcemente i comandi bloccando la navicella cinquanta piedi sopra la superficie. Durante la discesa, l'*Icarus* aveva colmato la distanza fra i due mezzi; adesso Giordino guidò il dirigibile lungo il fianco sinistro del tender fino a che la navicella non si trovò sospesa lateralmente alla barca.

« Hai intenzione di scendere a bere una birra con questa gente? » gli chiese Dirk, senza perdere d'occhio gli uomini a poche decine di metri da loro.

« No, voglio solo fargli capire che non possono battere Al il Pazzo e il suo magico Sacco di Gas », rise Giordino, regolando la velocità su quella del sobbalzante tender, interamente coperto dall'ombra proiettata dalla grande aeronave. D'un tratto, oltre il frastuono dei due entrobordo della barca e quello delle eliche del dirigibile, gli uomini a bordo dell'*Icarus* distinsero un rumore poco edificante. A Pitt bastò un'occhiata per scoprire Tongju e i suoi due scagnozzi che, armi automatiche in pugno, sparavano raffiche contro il pallone dal pozzetto di poppa.

« Detesto dovertelo dire, Al il Pazzo, ma stanno facendo dei buchi nel tuo Sacco di Gas. »

« Meschini e invidiosi », bofonchiò l'altro afferrando i comandi.

Prima di partire da Oxnard, erano stati informati che il dirigibile poteva sopportare una certa quantità di fori e squarci al rivestimento senza perdere quota. Tongju e i suoi avrebbero dovuto dar fondo a una cassa di munizioni, prima di rappresentare una reale minaccia per il pallone pieno di elio. La sicurezza della navicella, invece, era meno scontata. Dopo una momentanea pausa, gli spari ripresero e dal pavimento della cabina principale si sollevò un diluvio di schegge; evidentemente gli uomini armati avevano abbassato la mira.

« Tutti giù! » gridò Pitt mentre una raffica colpiva il vetro laterale dell'abitacolo e i proiettili sibilavano a pochi centimetri dalla sua testa. Una pioggia di colpi continuò a investire la navicella, nella quale risuonava il tintinnio di vetri infranti. Dirk e Dahlgren erano sdraiati piatti sul fondo, circondati dai colpi che andavano a infilarsi nel soffitto sovrastante. Giordino azionò i comandi e, in ansiosa attesa che il pallone si sollevasse, spinse il joystick tutto a sinistra per scostarsi dal tender.

« No », gli gridò Pitt. « Vira e volagli sopra. »

Giordino non metteva mai in discussione il giudizio di Pitt. Senza esitare, spostò il timone nella direzione opposta e guidò di nuovo l'*Icarus* verso la barca. Lanciando un'occhiata a Pitt, lo scoprì intento a studiare il tender sottostante con un sopracciglio alzato. Il fuoco martellante investì la navicella ancora per un momento, poi cessò di colpo non appena Giordino si fu posizionato sopra la barca un po' avanti rispetto alla cabina, oscurando così temporaneamente il loro campo visivo.

« Tutti a posto? » s'informò Pitt.

« Tutti bene, qui dietro », rispose Dirk, « ma uno dei motori non sembra troppo in forma. »

Mentre svaniva il rumore delle raffiche, udirono il motore di destra della navicella tossire e sputacchiare. Giordino guardò gli indicatori sulla console e scosse la testa. « Pressione dell'olio in calo, temperatura in rialzo. Sarà dura andarsene da qui su una gamba sola. »

Pitt abbassò lo sguardo sul pozzetto del tender, dove vide Tongju e i due uomini armati che si stavano spostando verso poppa ricaricando le armi.

« Mantieni la posizione, Al, e prestami il tuo sigaro. »

« È uno dei migliori di Sandecker », protestò Giordino, esitando prima di porgergli il mozzicone verde umido di saliva.

« Te ne regalerò una scatola. Stai fermo per dieci secondi, poi vira tutto a sinistra e allontanati da quella barca alla velocità del vento. »

« Non starai per fare quello che penso? »

Pitt gli rispose con un'occhiata sorniona, sporgendosi ad afferrare con una mano una cordicella che pendeva sopra la sua testa, mentre con l'altra spostava sulla posizione di APERTO una manopola con la scritta ZAVORRA CARBURANTE. Dopo aver tirato la cordicella contò mentalmente fino a otto, poi la mollò e richiuse la manopola. A poppa della navicella, una valvola di scarico d'emergenza si aprì, facendo sgorgare un getto di benzina dal fondo del serbatoio.

Lo sganciamento rapido effettuato da Pitt fece fuoriuscire oltre trecentoquaranta litri di carburante, che sgorgarono direttamente sul ponte poppiero del tender. Abbassando lo sguardo, Pitt vide la parte posteriore della barca inondata dalla benzina, che prese a colare lungo il fianco. Tongju e i due uomini del commando si coprirono il viso e scattarono verso la cabina per mettersi al riparo, riprendendo i propri posti non appena cessato il diluvio per dare il colpo di grazia al dirigibile. Pitt osservò con curiosità la benzina raccogliersi in una pozza ai loro piedi, schizzare su alcune sedie, un panchetto e i quattro serbatoi da quarantacinque galloni dati volta alla murata. Tirò un paio di boccate per ravvivare il mozzicone di sigaro, quindi sporse la testa dal finestrino frantumato della cabina. A pochi metri di distanza, vide Tongju sorridere puntandogli contro il fucile. Le gambe gli trasmisero il movimento del dirigibile, che Giordino stava facendo virare come gli aveva ordinato. Con calma indifferenza, tirò un'ultima boccata al sigaro prima di lanciarlo noncurante verso la poppa del tender.

Appoggiandosi alla battagliola per resistere alle onde che facevano oscillare la barca, Tongju portò alla spalla il calcio del suo AK-74 e mirò alla testa di Pitt, senza notare il mozzicone verdognolo che fluttuava verso il basso finendo sul ponte accanto a lui. Il suo dito stava per premere il grilletto quando udì un sonoro sbuffo ai suoi piedi.

La punta incandescente del sigaro aveva incendiato i vapori della benzina ancor prima che il mozzicone ne colpisse la superficie. Il carburante aveva inzuppato ogni cosa: nel giro di pochi istanti, l'intera poppa della barca fu in balia delle fiamme. Investito in pieno dalla doccia inaspettata, uno degli uomini accanto a Tongju sentì il fuoco azzannargli le gambe e il torace; mollato il fucile, prese a danzare freneticamente per il ponte in preda al panico, agitando le braccia come un pazzo nel tentativo di spegnere le fiamme sui vestiti. Alla fine, urlando per il dolore, corse verso la battagliola e si lanciò oltre la murata, nelle acque dell'oceano che avvolsero quella torcia umana con uno sbuffo di fumo. Al timone, Kim aveva visto l'uomo gettarsi dalla barca, ma non accennò minimamente ad accostare per recuperare il bruciacchiato compagno.

Anche Tongju era circondato dalle fiamme; abbassato con rabbia il fucile senza essere riuscito a far fuoco, scivolò in cabina dove si affrettò a spegnere le fiamme che gli avevano attaccato le scarpe e i pantaloni. Da dietro il timone, Kim gli rivolse un'occhiata allarmata.

« Continua ad andare », gli gridò il capo, « le fiamme si estingueranno da sole. »

Il vento e la schiuma sollevati dalla velocità della barca, in effetti, avevano spento in parte l'incendio, ma pozze di benzina in fiamme costellavano ancora il ponte, mentre minacciosi sbuffi di fumo nero facevano presagire che il peggio doveva ancora arrivare.

« Le taniche di carburante! » gridò Kim, guardando le fiamme lambire i fusti di benzina.

Tongju si era completamente scordato delle taniche sul ponte posteriore invaso dal fuoco. Le fiamme si erano dapprima concentrate in un punto alle spalle dei fusti, ma il movimento della barca le aveva estese fino alla base dei contenitori. Tongju percorse con lo sguardo la console alle spalle del timone, dove vide un piccolo estintore fissato alla paratia; afferratolo di scatto, tolse lo spinotto di sicurezza e corse sul pozzetto di poppa per cercare di proteggere le taniche di benzina. Ma era troppo tardi.

Uno dei tappi non era stato chiuso perfettamente e aveva lasciato fuoriuscire un sottile filo di vapore. Le continue sollecitazioni della barca avevano generato all'interno del fusto una pressione anomala, aumentata dal calore delle fiamme lì accanto. Non appena il fuoco si fu avvicinato tanto da incendiare i vapori, la prima tanica esplose come un barile di polvere da sparo contagiando in rapida successione le altre tre, con effetti devastanti.

Mentre il dirigibile scivolava lontano, Pitt e gli altri contemplarono sgomenti la prima tanica esplodere proprio addosso a Tongju. Un pezzo di metallo infuocato trapassò il corpo dell'uomo, scavandogli nel petto un foro oblungo grande quanto un pallone da softball. Un'espressione sbalordita si dipinse sul volto dell'assassino, che cadde in ginocchio. Nell'ultimo istante di vita, sollevò lo sguardo verso il cielo con una smorfia di sfida, prima di essere inghiottito dalle fiamme.

Le esplosioni successive fecero saltare tutte le sovrastrutture della barca in un vortice di schegge e rottami. Una grossa palla di fuoco si levò verso il cielo mentre la poppa dell'imbarcazione si alzava brevemente, le eliche ancora vorticanti che mordevano l'aria. L'esplosione scavò una voragine nello scafo, che venne risucchiato sotto le onde in un ribollire di fumo e schiuma, portando con sé sul fondo i corpi di Tongju, di Kim e del terzo uomo del commando.

Anche se Giordino aveva rapidamente allontanato l'*Icarus* dalla barca in fiamme, schegge e rottami riuscirono comunque a colpire l'involucro del dirigibile aprendovi un'altra serie di fori. La superficie del pallone era cosparsa di oltre un centinaio di strappi, lacerazioni e fori di proiettile che lasciavano fuoriuscire l'elio. Per quanto ferito e danneggiato, il dirigibile rifiutava di arrendersi e continuava a starsene aggrappato all'aria con tutte le sue forze.

All'interno della navicella, i tre amici contemplavano la scena irreale che li circondava. Nel cielo sopra di loro aleggiava ancora una nube di fumo candido, a contrassegnare il punto in cui era esploso lo Zenit. Sulla superficie del mare, potevano scorgere una fregata e un cacciatorpediniere della marina in procinto di piombare sulla *Koguryo*, sopra la quale girava in cerchio un nugolo di caccia. Ai loro piedi, una distesa di rottami e di tizzoni ardenti che sfrigolavano nell'acqua marcava il punto in cui si trovava la tomba di Tongju e del tender sommerso.

« Gli abbiamo fatto vedere i sorci verdi, al tuo amico, vero? » esclamò Giordino non appena Dirk infilò la testa nella cabina di pilotaggio.

« Ho l'impressione che brucerà all'inferno per parecchio. »

« Be', gli abbiamo dato una mano ad abituarsi alle fiamme, direi », s'intromise Pitt. « Tu e Jack tutto bene, là dietro? »

« Solo quale graffio. Abbiamo cercato di ballare seguendo la musica. »

« Ma guardate cos'hanno fatto al mio pallone », borbottò Giordino fingendosi addolorato.

« Per lo meno, i nostri segni vitali risultano tutti soddisfacenti. Nonostante i colpi contro l'involucro, la pressione dell'elio sta tenendo e abbiamo ancora oltre duecento litri di carburante per tornare a terra », replicò Pitt con un'occhiata alla console, prima di spegnere il motore danneggiato. « Coraggio, Al il Pazzo: portaci a casa. »

« Come desiderate », replicò Giordino, puntando il muso dell'*Icarus* in direzione est. Mentre guidava il malconcio dirigibile verso terra sfruttando l'unico motore funzionante, tornò a girarsi verso Pitt. « Dunque, a proposito di quei sigari... »

63

La sola vista della fregata e del cacciatorpediniere della marina fu sufficiente a indurre l'equipaggio della *Koguryo* privo di comandante a gettare la spugna. A mano a mano che i caccia sopra di loro si facevano più numerosi, divenne evidente a tutti, a bordo della nave, che un tentativo di fuga sarebbe equivalso a un suicidio. Con lo scafo in quelle condizioni, poi, seminare gli inseguitori non era neppure ipotizzabile. Vedendo avvicinarsi i mezzi della marina, l'ufficiale in comando decise saggiamente di comunicare loro la resa via radio. Nel giro di pochi minuti, un gruppetto di militari provenienti dal cacciatorpediniere USS *Benfold* salì sulla *Koguryo* per prenderla in custodia. Dopo l'arrivo a bordo di una squadra di riparazione incaricata di collaborare nel restituire stabilità allo scafo danneggiato, la nave battente bandiera giapponese si diresse lentamente verso San Diego.

All'arrivo in porto, il mattino seguente di buon'ora, furono travolti dalla carica dei media scatenati. Non appena si era sparsa voce del tentato attacco missilistico su Los Angeles, decine di piccole imbarcazioni piene di cronisti e cameraman avevano cominciato ad aggirarsi in porto nel tentativo di dare un'occhiata da vicino alla nave dei terroristi e all'equipaggio. Quanto a loro, i marinai e i tecnici della *Koguryo* osservavano il brulichio di giornalisti con divertita incredulità. L'accoglienza presso il centro militare navale di San Diego fu decisamente meno calorosa: drappelli di agenti della sicurezza e dell'intelligence fecero salire in fretta gli uomini a bordo di autobus dotati di scorta pesante, con i quali furono subito condotti in un luogo sicuro per essere interrogati a fondo.

In porto, intanto, gli investigatori avevano cominciato a passare al setaccio l'intera nave, prelevando per prima cosa i dati di controllo del lancio e mettendo in sicurezza i missili superficie-terra e superficie-aria. Tecnici della marina esaminarono i danni subiti dallo scafo, ottenendo la prova certa che erano stati causati da cariche esplosive piazzate all'interno. Gli analisti dell'intelligence avrebbero impiegato parecchi giorni prima di scoprire che tutti i dati informatici inerenti al profilo di volo della missione e al payload del razzo erano stati sistematicamente distrutti prima della cattura della nave.

Gli interrogatori dell'equipaggio si rivelarono altrettanto frustranti. La maggior parte dei marinai e dei tecnici era convinta di aver davvero partecipato al lancio di un satellite commerciale, e non aveva neppure idea di dove si trovasse. I pochi che sapevano si rifiutavano di parlare. Gli investigatori, tuttavia, riuscirono rapidamente a identificare Ling e i due tecnici ucraini come personaggi chiave della missione, nonostante i loro veementi dinieghi.

Nell'opinione pubblica, il lancio aveva sollevato un'ondata di sdegno che si era gonfiata a dismisura non appena era trapelata la notizia che a bordo c'era il virus del vaiolo. Dietro l'attacco c'era l'Armata Rossa giapponese, strombazzavano giornali e TV, fomentati in parte dalle fughe di notizie studiate a tavolino dai collaboratori di Kang. Nel frattempo il governo, intento a raccogliere prove e informazioni, taceva e non forniva smentite di sorta, fomentando così l'odio della gente verso il Giappone. Per quanto fallito, il tentato attacco sembrava aver comunque raggiunto lo scopo che Kang si era prefisso. I media si ostinavano a puntare tutte le proprie risorse informative sul singolo incidente. Nel riportare indagini e ipotesi, la stampa non faceva che strombazzare la possibilità di ritorsioni contro il fantomatico gruppo terrorista giapponese. In mezzo a quella marea di notizie, il tema « Corea » con l'imminente voto dell'Assemblea nazionale sull'allontanamento delle truppe americane dalla penisola sudcoreana passava praticamente inosservato.

Una volta rimasti a corto di fatti nuovi sul fallito lancio missilistico, i media si dedicarono all'arte di creare degli eroi. Allo sbarco dalla *Deep Endeavor* a Long Beach, l'equipaggio della piattaforma Sea Launch venne in pratica aggredito dai cronisti.

Dopo qualche ora di riposo, molti degli esausti marinai erano stati riportati in elicottero a bordo della *Odyssey* per riparare i fori scavati nella struttura da Pitt e ricondurre quindi la piattaforma in porto. Coloro che erano riusciti a schivare l'incarico, si erano ritrovati esposti alla tortura di interminabili interviste sulla loro cattura, sulla prigionia a bordo della piattaforma, sul successivo salvataggio in dirigibile da parte di Pitt e Giordino. Celebrati come eroi, gli agenti della NUMA erano stati fatti oggetto di una vera e propria caccia all'uomo, ma nessuno era riuscito a scovarli.

Dopo aver depositato il dirigibile ridotto a un colabrodo su una pista inutilizzata di Los Angeles, i quattro avevano tagliato la corda verso Long Beach, dov'era ormeggiata la *Deep Endeavor.* Scivolati a bordo di nascosto dopo lo sbarco degli uomini della Sea Launch, erano stati accolti trionfalmente da una sollevata Summer e dall'equipaggio. Dahlgren fu felice di rivedere il malconcio *Badger* sul ponte poppiero.

« Ehi, Kermit, abbiamo una nuova ricerca che ci aspetta », fece Pitt, rivolto a Burch. « Quando possiamo partire? »

« Non appena Dirk e Summer saranno scesi a terra. Spiacente, figliolo », aggiunse, rivolto a Pitt junior, « ma ha chiamato Rudi. Sono due ore che tenta di mettersi in contatto con voi quattro. Dice che il grande capo vuole parlare con te e Summer. Hanno bisogno del vostro intuito per sistemare i cattivi, e subito. »

« C'è gente che ha tutte le fortune », commentò Giordino, prendendo in giro Dirk.

« A quanto pare, non riusciamo mai a stare un po' insieme », protestò Summer, rivolgendosi al padre.

« La prossima immersione la faremo insieme », dichiarò lui circondando le spalle dei figli con le braccia. « Promesso. »

« Ci conto », rispose Summer, dandogli un bacio sulla guancia.

« Anch'io », le fece eco Dirk. « E grazie per il giro in dirigibile, Al il Pazzo, ma la prossima volta prenderò l'autobus. »

« Un tipo snob, eh? » fece Giordino scotendo la testa.

Dirk e Summer salutarono rapidamente Dahlgren e gli altri

raccolti in plancia, quindi balzarono a terra mentre la nave già manovrava per staccarsi dalla banchina. Avrebbero dovuto sentirsi soddisfatti, e invece Dirk non riusciva a liberarsi di una sorda sensazione di rabbia. L'attacco col virus mortale era stato scongiurato, la *Koguryo* catturata, Tongju addirittura morto. Egoisticamente parlando, poi, Sarah era sana e salva. All'altro capo del mondo, però, Kang respirava ancora. Mentre avanzavano lungo la banchina, Dirk sentì la sorella esitare al suo fianco, fermarsi e poi girarsi per salutare con affetto la nave con la mano. La imitò, ma la sua mente era altrove. Rimasero a contemplare a lungo la nave turchese della NUMA che, lasciato il porto, si allontanava lentamente verso la linea dell'orizzonte in direzione ovest.

Ben prima che la squadra investigativa della Sicurezza interna avesse pensato a radunare i mezzi da ricerca disponibili per organizzare il recupero dei resti del razzo affondato, la *Deep Endeavor* aveva già calato in acqua il sensore del suo sonar, e aveva cominciato a perlustrare le profondità marine. Avendo previsto di dover effettuare quella ricerca, il comandante Burch sapeva con esattezza in che punto iniziare. Subito dopo aver osservato dal ponte della *Deep Endeavor* lo Zenit che si disintegrava nel cielo, aveva accuratamente seguito la traiettoria dei rottami marcando sulla carta nautica la zona d'impatto entro la quale riteneva che il muso del razzo avesse colpito la superficie.

«Se il payload è rimasto intatto, dovrebbe trovarsi da qualche parte all'interno di questo quadrato», disse a Pitt mentre fendevano le onde, indicandogli una griglia di nove miglia quadrate disegnata sulla carta. «Anche se, con ogni probabilità, si tratta di rottami sparsi.»

«Qualsiasi cosa sia rimasta, è lì da poche ore soltanto, perciò dovremmo per lo meno avere un profilo del fondo intatto», replicò Pitt studiando la carta.

Burch posizionò la nave su un angolo della griglia, dove cominciarono a percorrere una corsia di ricerca da nord a sud. A due ore dall'inizio dell'operazione, Pitt identificò i primi rottami che spiccavano contro il fondo. Indicando lo schermo del sonar, puntò il dito su una fila di oggetti sporgenti dai bordi acuminati.

« Abbiamo una serie di manufatti grosso modo allineati in direzione est. »

« O una barca locale ha scaricato la spazzatura in mare, o abbiamo trovato un mucchietto di parti di razzo », convenne Giordino, dando un'occhiata allo schermo.

« E se uscissimo dalla corsia con una deviazione a est, Kermit? Seguiamo i rottami e vediamo dove ci portano. »

Burch si affrettò a obbedire, seguendo per parecchi minuti la scia di rottami, che si fecero più numerosi per poi diminuire gradatamente. Nessuno dei frammenti sembrava più lungo di un metro o due.

« Qualcuno avrà un bel daffare a mettere insieme questo maledetto puzzle », commentò Burch quando l'ultimo dei rottami fu scomparso dallo schermo. « Torniamo alla corsia di ricerca? » chiese poi.

Pitt rifletté un attimo. « No, procediamo in questa direzione. Devono esserci dei resti più consistenti. »

Anni di esplorazioni subacquee avevano affinato i suoi sensi al punto da conferirgli poteri quasi medianici. Come un segugio dei mari, riusciva in pratica ad avvertire l'odore degli oggetti persi o celati sul fondo. La presenza dello Zenit era molto più concreta, in quella zona, lo sentiva.

Il monitor del sonar non rivelava altro che piatti tratti di fondo, e gli uomini in plancia cominciavano a nutrire qualche dubbio. Ma, un quarto di miglio più avanti, ecco comparire sul video qualche frammento dai bordi contorti. Poi, d'un tratto, la sagoma di un grosso oggetto rettangolare riempì lo schermo, in posizione perpendicolare rispetto agli altri rottami: l'ombra di un grosso, alto cilindro.

« Direi che hai appena trovato il resto della torta, capo », sogghignò Giordino.

Studiata l'immagine, Pitt annuì. « Andiamo a dargli un morso. »

Qualche minuto più tardi, la *Deep Endeavor* fece il punto

nave, accese gli stabilizzatori laterali, quindi sollevò oltre la battagliola di poppa un ROV e lo calò in acqua. Un potente argano rilasciò pian piano il cavo elettrico del ROV mentre il veicolo scendeva verso il fondo, novecento piedi sotto la superficie. Seduto in un'ampia poltrona in una zona fiocamente illuminata al di sotto della timoniera, Pitt controllava i propulsori del veicolo sottomarino privo di equipaggio per mezzo di un paio di leve. Lungo la parete di fronte, una fila di monitor mostrava immagini diverse del fondo sabbioso, catturate da una mezza dozzina di telecamere digitali montate sul ROV.

Regolati i propulsori in modo che il ROV restasse sospeso a poca distanza dal fondo, Pitt guidò delicatamente il veicolo verso un paio di oggetti scuri poco distanti. Dalla sabbia del fondo, rivelarono le telecamere, sporgevano due pezzi contorti di metallo bianco piuttosto lunghi: pezzi del rivestimento dello Zenit. Pitt fece proseguire il ROV fino a che nell'acqua color inchiostro non si materializzarono i due bersagli originari del sonar, due inconfondibili sezioni del veicolo vettore che s'innalzavano dal fondo. Via via che il ROV si avvicinava, Pitt e Giordino videro che il primo pezzo era lungo quattro metri e mezzo circa, alto quasi altrettanto, ma appoggiato di piatto su un lato. La sezione di razzo aveva perso l'assetto prima dell'impatto, colpendo l'acqua orizzontalmente con una violenza tale da assumere la forma rettangolare segnalata dal sonar. Avvicinato il ROV a una delle due estremità, le telecamere mostrarono un grosso ugello sporgente da una massa di tubi e metallo.

« Un motore dello stadio superiore? » suggerì Giordino, osservando l'immagine.

« Il motore del terzo stadio dello Zenit, con ogni probabilità, l'unità propulsiva destinata a guidare il payload nella sua orbita finale. »

La sezione priva di combustibile sembrava essersi staccata di netto dallo stadio inferiore, il numero due, durante l'esplosione. Ma la sezione contenente il payload, situata immediatamente sopra, sembrava essersi staccata a sua volta. Qualche metro più avanti, le lenti della telecamera catturarono un grosso oggetto bianco allungato nella fanghiglia.

« Basta con i preliminari. Fammi dare un'occhiata a quel giovanotto », esclamò Giordino, puntando il dito contro il bordo di uno dei monitor.

Pitt guidò il ROV dove gli era stato indicato, e subito gli schermi vennero invasi dal bianco dell'oggetto inquadrato. Si trattava chiaramente di un altro pezzo del razzo, in condizioni migliori rispetto al terzo stadio appena rinvenuto. Pitt stimò una lunghezza di sei metri circa, e notò che il diametro sembrava maggiore di poco. L'estremità più vicina era una massa di rottami. Porzioni di metallo contorte e ammaccate erano piegate all'interno, come colpite da un gigantesco maglio. Pitt manovrò il ROV per riuscire a sbirciare all'interno, ma non si vedeva che metallo deformato.

« Questo doveva essere il payload. Direi che ha colpito l'acqua di coda. »

« Forse si vede qualcosa sull'altro lato. »

Rapidamente Pitt condusse il ROV lungo la sagoma allungata fino a raggiungere l'estremità opposta, quindi fece compiere al veicolo un'ampia curva a U. Dopo aver proiettato sull'oggetto i fari di cui era dotato il ROV, i due amici allungarono il collo per guardare più da vicino. Il primo particolare che Pitt notò fu un anello che si allargava verso l'interno del bordo; evidentemente era servito a tener agganciato lo stadio tre, di diametro di poco inferiore. Avvicinando di più il ROV, videro che un pezzo di rivestimento si era strappato lungo la fiancata superiore del razzo adagiato sul fondo. Sollevato il veicolo subacqueo in modo da tenerlo sospeso sopra la sezione danneggiata, Pitt lo guidò lungo la fessura con le telecamere puntate verso l'interno. Dopo una serie di tubi e cavi, Pitt fermò l'immagine su una superficie piatta che scintillò sotto le potenti luci del ROV. Un largo sorriso illuminò il viso di Pitt.

« Credo che quell'aggeggio che riflette la luce sia un pannello solare », dichiarò.

« Ben fatto, dottor von Braun. »

Mentre il ROV avanzava lentamente, distinsero con chiarezza attraverso la fenditura i bordi ripiegati dei pannelli solari e il corpo cilindrico del finto satellite. Sebbene l'ogiva del razzo si fosse accartocciata nell'impatto, all'interno il payload era rimasto intatto e, con esso, il ferale carico di virus.

Dopo aver esaminato con cura l'integrità dell'intera sezione contenente il payload con le telecamere a distanza, Pitt fece rientrare il ROV e predispose la nave all'azione di recupero. Pur essendo la *Deep Endeavor* una nave preminentemente destinata alle esplorazioni, era equipaggiata in modo da poter effettuare recuperi di modesta entità con l'aiuto dei mezzi subacquei che aveva a bordo. Non potendo utilizzare il *Badger*, Pitt e Giordino si servirono di un veicolo ausiliario per far passare una cinghia di sostegno intorno al payload, e fecero quindi salire lentamente in superficie la sezione di razzo con l'aiuto di voluminosi palloni da sollevamento. Grazie al buio e lontano dagli occhi curiosi dei giornalisti, il payload fu estratto dall'acqua e issato a bordo della *Deep Endeavor*. Pitt e Giordino rimasero a guardare mentre ciò che restava dello Zenit veniva assicurato e coperto con un telone.

« I ragazzi dell'intelligence avranno qualcosa con cui divertirsi, per un po' », osservò Giordino.

« Servirà a provare che l'attacco non era stato organizzato da un presunto gruppo di terroristi dilettanti. Una volta rivelata al pubblico la pericolosità del carico, l'ignobile signor Kang desidererà di non essere mai nato. »

Giordino agitò un braccio verso un alone luminoso all'orizzonte, in direzione est. « Tutto considerato, e visto che abbiamo protetto la loro bella città, direi che la brava gente di Los Angeles ci debba una birra... e magari le chiavi della villa di *Playboy.* »

« Devono ringraziare Dirk e Summer. »

« Peccato che non siano qui a vedere il recupero del bambino. »

« Non ho ancora avuto notizie dei ragazzi, da quando li abbiamo lasciati sul molo. »

« Staranno facendo ciò che avrebbe fatto il loro vecchio », sogghignò Giordino. « Scommetto che hanno schivato quelli dell'intelligence e le loro domande, e sono andati a fare un po' di surf sulla spiaggia di Manhattan. »

Pitt scoppiò in una risata, poi, fattosi pensieroso, lasciò vagare lo sguardo sul mare buio. No, lo sapeva, non era ancora il momento di concedersi certi lussi.

64

Quarantaduemila piedi al di sopra del Pacifico, seduto nello scomodo sedile di un jet governativo diretto in Corea del Sud, Dirk cercava di recuperare un po' di sonno, ma l'adrenalina che gli scorreva ancora in corpo gli impediva di chiudere occhio. Era trascorsa solo qualche ora da quando a lui e a Summer era stato ordinato di lasciare la *Deep Endeavor* per relazionare l'FBI e il dipartimento della Difesa sul loro incontro con Kang, fornendo dettagli sulla residenza fortificata del magnate dell'industria.

Avevano saputo che Sandecker era finalmente riuscito a convincere il presidente; dalla Casa Bianca era partito l'ordine di prendere Kang in modo rapido e silenzioso, senza informare il governo sudcoreano. Si era provveduto a formulare un piano d'attacco prendendo in considerazione le varie proprietà del magnate, incluso il cantiere di Inchon. Inoltre, dal momento che il misterioso leader non era stato visto in pubblico da giorni, la sua residenza privata era stata posta in cima alla lista dei possibili obiettivi dell'incursione; gli occidentali invitati a visitarla si contavano sulle dita di una mano, perciò i suggerimenti di Dirk e Summer erano fondamentali.

« Saremo felici di fornirvi una piantina completa del luogo, punti d'accesso e tunnel compresi, e persino la dislocazione degli agenti e delle telecamere di sicurezza », propose Dirk per la delizia dei funzionari dell'intelligence. « In cambio mi aspetto un'unica cosa: un biglietto per lo spettacolo. »

Dirk aveva sorriso tra sé vedendo il colore abbandonare i loro volti. Dopo qualche discussione, brontolii e un paio di telefonate a Washington, aveva capito di aver vinto. La sua presenza sul campo insieme con le forze d'assalto sarebbe stata preziosa, e lo sapevano tutti.

Quanto a Summer, gli aveva dato del pazzo. « Vuoi davvero tornare in quella stanza degli orrori? » aveva chiesto incredula, non appena gli agenti li avevano lasciati soli.

« Ci puoi scommettere. Voglio una poltrona di prima fila per il momento in cui metteranno il cappio intorno al collo di Kang. »

« Una volta è stata più che sufficiente, per me. Ti prego, stai attento, Dirk. Lascia il lavoro duro agli specialisti. Ho rischiato di perdere sia te sia papà, oggi. »

« Non preoccuparti. Me ne starò buono e tranquillo nelle retrovie, tenendo giù la testa. »

Dopo due intense ore di briefing, era stato spedito a Los Angeles, e di là in Corea.

Poco dopo l'atterraggio alla base aerea di Osan, al termine della lunga trasvolata del Pacifico, era di nuovo in riunione, questa volta con le forze operative speciali che avrebbero portato a termine l'assalto. Con grande accuratezza, fornì loro tutti i particolari sulla residenza di Kang che gli riuscì di ricordare, poi rimase ad ascoltare attentamente mentre venivano esposti in dettaglio i piani tattici dell'incursione. Due squadre delle forze operative speciali avevano il compito di penetrare nel cantiere e nel vicino centro di telecomunicazioni di Inchon, di proprietà di Kang, mentre una squadra SEAL si sarebbe occupata della sua residenza. Le operazioni sarebbero state simultanee, con team di supporto pronti a colpire le altre proprietà del coreano, nel caso in cui l'enigmatico leader non fosse stato trovato presso gli obiettivi primari. Al termine del briefing, Dirk venne avvicinato da un comandante della marina dall'aria sbrigativa, responsabile del coordinamento dei SEAL.

« Ha cinque ore a disposizione per riposare, prima della partenza. Si aggregherà alla squadra del comandante Gutierrez. Vedrò che Paul le faccia avere l'equipaggiamento per tempo. Spiacente, ma non possiamo fornirle armi. Ordini. »

« Capisco. Non importa, vi sono grato per avermi lasciato partecipare alla festa. »

Dopo un rapido pasto e un pisolino presso gli alloggi riservati agli ufficiali in transito, Dirk raggiunse la squadra SEAL.

Gli consegnarono una tuta nera, una mimetica e un paio di occhiali per la visione notturna. Dopo un briefing finale, gli uomini furono caricati su un paio di camion coperti per essere condotti a un piccolo molo a sud di Inchon. Protetti dal buio, i ventiquattro operatori salirono a bordo di una barca di supporto priva di contrassegni che salpò rapidamente dirigendosi a nord nel mar Giallo, verso l'isola di Kyodongdo. Mentre l'imbarcazione filava spedita in mare aperto, i superaddestrati membri del commando controllarono le armi alla fioca luce della cabina. Il comandante Paul Gutierrez, un uomo basso ma robusto con un paio di baffetti, si avvicinò a Dirk mentre stavano per raggiungere la foce dell'Han.

« Lei verrà con la mia squadra, nella barca numero due. Non appena tocchiamo terra, si limiti a starmi vicino e segua le mie istruzioni. Con un po' di fortuna, porteremo a termine l'operazione senza sparare neppure un colpo, ma visto che non si sa mai... » Dopo una pausa, gli porse una borsa.

Aperta la cerniera, Dirk ne estrasse un'automatica SIG Sauer P226 da 9 mm e alcuni caricatori di scorta. « Molto obbligato. Speravo di non dover partecipare disarmato a un eventuale scontro. »

« Il giubbotto antiproiettile la proteggerà, ma con questa sarà anche più tranquillo. Solo, non dica a nessuno dove l'ha trovata. » Dopo una strizzatina d'occhio, uscì dalla cabina per controllare la situazione.

Mezz'ora più tardi, la barca sfrecciò oltre l'ingresso della baia adiacente alla residenza di Kang, e proseguì lungo il fiume per altre due miglia prima di spegnere i motori. Mentre l'imbarcazione arrestava la sua corsa per essere poi sospinta a valle dalla corrente, furono rapidamente calati in acqua tre gommoni Zodiac neri. Otto SEAL salirono con silenziosa efficienza a bordo di ciascun canotto e si allontanarono dalla barca appoggio a colpi di remo; Dirk si unì agli uomini della seconda imbarcazione. Quasi invisibili nella notte buia, i tre gommoni scivolarono dolcemente a valle con la corrente prima di svoltare in silenzio nel canale che conduceva alla tana di Kang.

Le luci del complesso venivano riflesse dal cielo nuvoloso;

superata l'ultima ansa del sinuoso canale, i gommoni si ritrovarono nell'ampia baia sottostante la residenza. Afferrato un remo, Dirk prese a vogare in silenzio insieme con i SEAL, armati fino ai denti. I postumi del jet lag e lo sfinimento rimastogli addosso dopo il fallito attacco missilistico erano svaniti di botto alla vista della fortezza di pietra di Kang.

Raggiunto il centro della baia, le imbarcazioni si separarono: due proseguirono verso sinistra per raggiungere la spiaggia sabbiosa adiacente al molo, mentre la terza accostò a dritta. Gli occupanti di quest'ultimo gommone, paludati in mute subacquee, avrebbero raggiunto la riva a nuoto per primi, costeggiando il tratto roccioso sul lato opposto del molo. A bordo di una delle imbarcazioni dirette alla spiaggia, Dirk vogava chiedendosi se la squadra in avanscoperta avesse per caso dimenticato di neutralizzare qualcuna delle videocamere di sorveglianza piazzate da Kang lungo il percorso.

Avvicinandosi alla riva, vide ormeggiate al molo le stesse barche del giorno in cui era fuggito insieme con Summer, nelle medesime posizioni. Il grosso Benetti di Kang e il veloce catamarano blu ormeggiati l'uno all'altro, il piccolo motoscafo piazzato fra gli altri due. Immediatamente l'attenzione dei compagni di Dirk si concentrò sulle due imbarcazioni più grosse, che rappresentavano l'obiettivo della loro missione, mentre le altre squadre si dovevano occupare del resto. Dopo aver osservato il molo e la zona circostante, Dirk sorrise fra sé notando l'assenza della barca a remi.

I due gommoni si tennero al largo per parecchi minuti, in attesa che la squadra di sub raggiungesse la riva sul lato opposto della banchina. Dal suo punto di osservazione, Dirk scorse una manciata di sagome scure scivolare silenziosamente fuori dell'acqua e lungo le rocce della spiaggia. Due ombre nere si avvicinarono di corsa al gabbiotto e sistemarono in fretta la solita guardia col naso infilato in un giornale.

A prua del gommone di Dirk, il comandante Paul Gutierrez sollevò la mano senza parlare. Immediatamente i suoi uomini immersero i remi in acqua e con pochi colpi ben assestati portarono a riva l'imbarcazione. Lo scafo aveva a malapena sfiorato la sabbia quando gli occupanti balzarono a terra e scattarono verso il molo. Intorno, tutto sembrava tranquillo, mentre l'equipaggio dell'altro gommone si precipitava verso l'ingresso sul fianco della scogliera, coperto dai compagni arrivati in avanscoperta a nuoto.

Dirk seguì gli otto della sua barca lungo la banchina, dove la squadra si divise in due: quattro uomini scivolarono a bordo del catamarano, mentre il comandante Gutierrez e altri tre proseguirono lungo il molo verso il Benetti. Dirk superò di corsa il catamarano, scegliendo di unirsi agli operatori diretti all'imbarcazione più grossa. A meno di venti metri dallo yacht, tuttavia, si bloccò di colpo vedendo un lampo di luce giallognola levarsi dal ponte di poppa. Un nanosecondo più tardi, il crepitio di un AK-74 fendette l'aria notturna, seguito da una raccapricciante serie di tonfi quando i proiettili colpirono i due uomini che lo precedevano. Tuffandosi dietro un barile in cerca di riparo, Dirk estrasse la SIG Sauer dalla fondina ed esplose dieci colpi in rapida successione verso il punto dal quale era partita la raffica. Pochi metri più avanti, anche Gutierrez stava rispondendo al fuoco, spazzando il ponte poppiero dello yacht con una pistola mitragliatrice Heckler & Koch MP5K. Il loro fuoco combinato ridusse al silenzio l'invisibile cecchino fra una pioggia di schegge e vetri infranti.

Gli improvvisi colpi d'arma da fuoco parvero destare l'intera isola. Ovunque si udivano spari di armi leggere; dalla porta di una cabina del catamarano, due uomini uscirono sparando all'impazzata, ma vennero immediatamente abbattuti dai SEAL già appostati a bordo. Nella stazione di sorveglianza principale, una delle guardie vide attraverso una telecamera il cadavere del collega ucciso nella baracca, e diede immediatamente l'allarme alle forze di sicurezza appostate all'interno della residenza. La squadra dei SEAL in avvicinamento si trovò circondata dal fuoco di una mezza dozzina di uomini armati.

Sul molo, Dirk si chinò sui due uomini a terra davanti a lui. Scoprì con orrore che il primo era morto, trafitto da una serie di proiettili al collo e sulla clavicola. Il secondo si stava contorcendo in preda al dolore. Grazie al giubbotto antiproiettile si era salvato dalla raffica diretta allo stomaco, mentre le anche e le cosce prive di protezione erano state colpite in pieno.

« Sto bene », grugnì il coriaceo SEAL, mentre Dirk tentava di valutare le sue ferite. « Pensa alla missione. »

Mentre parlava, si udì il rombo dei potenti motori del Benetti. Sollevando lo sguardo, Dirk vide altre fiammate levarsi dal fianco dello yacht più vicino al molo, e un paio di marinai correre lungo il ponte. Uno stava tagliando i cavi d'ormeggio, l'altro lo copriva sparando all'impazzata.

« Li prenderemo », mormorò rivolto all'uomo a terra, dandogli un colpetto d'incoraggiamento sulla spalla. Lasciato con riluttanza l'operatore ferito, si rialzò e corse verso lo yacht. Il ruggito dei motori si fece più forte; un torrente di schiuma sgorgò dallo specchio di poppa non appena le eliche presero a mordere l'acqua.

Accovacciato a pochi metri da lui, Gutierrez esplose una raffica verso il barcarizzo di dritta, poi si alzò in piedi e gridò: « Tutti a bordo! »

Dirk superò di corsa il comandante e i suoi due uomini che si precipitavano verso lo yacht. Da qualche parte sopra di lui, un'automatica abbaiò tre volte e i proiettili sibilarono a pochi centimetri dalla sua testa. Sul molo alle sue spalle risuonò un tonfo, e udì una voce urlare: « Mi hanno beccato », proprio mentre stava spiccando il balzo.

Lo yacht in fuga si era appena staccato dalla banchina quando Dirk saltò riuscendo senza fatica ad aggrapparsi alla murata e a issarsi a bordo in un unico, fluido movimento, per lasciarsi poi cadere e restare immobile sul ponte di poppa immerso nel buio. Un istante più tardi, un rumore sordo si levò dal fianco della barca mentre un altro corpo balzava a bordo del Benetti in movimento. Dirk scorse la sagoma di un uomo vestito di nero scivolare oltre la battagliola e lasciarsi cadere sul ponte, mezzo metro dietro di lui.

« Sono Pitt », bisbigliò all'ombra, per evitare di essere colpito per errore. « Lì chi c'è? »

« Gutierrez », rispose la voce roca del comandante dei SEAL. « Bisogna raggiungere la timoniera e fermare la barca. »

L'uomo aveva cominciato a strisciare in avanti, quando Dirk lo bloccò con un gesto della mano. Entrambi rimasero immobili, mentre il giovane tendeva l'orecchio verso il lato sinistro del ponte. All'altra estremità, riuscì a distinguere gli ultimi gradini di una scaletta che collegava il ponte sul quale si trovavano a una coffa sopra le loro teste. Mentre lo yacht avanzava nella baia, le luci della banchina si rifletterono sulla poppa consentendogli di percepire un leggero movimento nell'ombra che avvolgeva la scala. Estratta lentamente la pistola, la puntò da quella parte e attese. Non appena vide l'ombra abbassarsi sullo scalino inferiore, premette due volte il grilletto della SIG Sauer.

Sul ponte risuonò il rumore metallico di un'arma che cadeva a terra, mentre la lunga ombra si accartocciava ai piedi della scaletta trasformandosi nel corpo rattrappito di un uomo in tuta nera.

« Ottimo colpo », bofonchiò Gutierrez. « E, adesso, muoviamoci. »

L'uomo balzò in avanti seguito dappresso da Dirk, che a un certo punto perse l'equilibrio e rischiò di scivolare lungo disteso. Abbassato lo sguardo, vide a terra una pozza di sangue. Il corpo dell'uomo cui Gutierrez aveva sparato dal molo giaceva a faccia in giù lì accanto, una sigaretta spezzata ancora serrata fra le labbra.

Staccatosi rombando dal molo vividamente illuminato, lo yacht procedeva adesso a tutta velocità, avvolto dal buio, attraverso la baia. Quasi tutte le luci di bordo erano state spente tranne qualche tenue faretto interno da pavimento. I due uomini avanzarono a tentoni sul retro del vano principale, che ospitava la sala da pranzo e costeggiava il passaggio di dritta. D'un tratto Gutierrez alzò una mano e si bloccò, indietreggiando di un passo verso il salone.

« Lungo i passaggi laterali saremo praticamente allo scoperto; meglio dividersi. Prenda il passaggio di sinistra e cerchi di avanzare fino a prua. Io vado a dritta », bisbigliò Gutierrez, consapevole che un altro cecchino lo stava probabilmente aspettando dietro l'angolo. « Sarà bene muoversi, prima di arrivare sulla sponda sbagliata della zona smilitarizzata. »

Dirk annuì. «Ci vediamo in plancia», mormorò prima di lanciarsi attraverso il ponte. Con tutti i sensi all'erta, aggirò l'angolo di sinistra e balzò sul passaggio che lo avrebbe condotto a prua. Il pulsare dei motori dello yacht fu sovrastato per un istante dal tamburellare di raffiche provenienti da terra, ma l'attenzione di Dirk era concentrata sui rumori a bordo dello yacht. Avanzando silenziosamente, scivolò in avanti sino alla fine del passaggio, dove c'era una scaletta. La plancia era a portata di mano, ormai: bastava salire di un livello e fare un'altra trentina di passi. Stava sbirciando i gradini della scala, quando l'aria fu squarciata da una raffica. Gli salì il cuore in gola, ma poi si rese conto che era sull'altro lato dello yacht.

Gutierrez si era aspettato la raffica. Era sgattaiolato lungo il passaggio di dritta tenendosi basso, proprio in previsione di un invisibile cecchino. Raggiunta la scaletta, vi si era arrampicato come un gatto, bilanciandosi sui talloni in vista di un possibile ostacolo, che non si era fatto attendere a lungo. Aveva appena posato il piede sul tavolato quando aveva sentito la raffica fischiare sopra la sua testa. Nascosto dietro la plancia, un tizio vestito di nero gli stava sparando con un AK-74.

Evitò i primi colpi per un pelo. La raffica era stata esplosa verso l'alto, proprio nell'istante in cui lo yacht aveva rallentato per imboccare lo stretto passaggio che collegava la baia al fiume. Tuffatosi di nuovo verso la scaletta, Gutierrez era sceso di alcuni gradini prima di girarsi con la sua MP5K in pugno. Il SEAL aspettò con calma che l'avversario facesse nuovamente fuoco; la nuova scarica addentò il ponte a pochi centimetri dal suo capo, spruzzandogli il viso di schegge. Aggiustata senza fretta la mira, Gutierrez sparò con la sua Heckler & Koch verso l'oscurità, dalla quale si levarono un grido soffocato e una nuova gragnola di colpi. Questa volta, però, la raffica si perse verso il cielo, mentre il tiratore crollava privo di vita sul ponte.

Sull'altro lato dello yacht, Dirk sentì calare il silenzio e si chiese se Gutierrez fosse sopravvissuto alla sparatoria. Si era appena avviato lungo la scaletta, quando si bloccò di botto udendo un leggero *clic* alle proprie spalle. Girando leggermente la testa, si rese conto che il rumore era giunto dalla porta di una cabina laterale alla base della scala. In silenzio, ridiscese i gradini fino a trovarsi di fronte alla soglia. La SIG Sauer stretta nella destra, afferrò la maniglia di ottone con la sinistra e la ruotò sino in fondo, trasse un profondo respiro, quindi spinse il battente e balzò in avanti.

Si era aspettato che la porta si spalancasse del tutto. Invece la sua corsa fu bloccata da un corpo. Leggermente sbilanciato dal contraccolpo, Dirk si ritrovò ad arretrare davanti a un tizio corpulento, fermo sulla soglia con un'espressione sorpresa dipinta sul volto. Da una distanza di pochi centimetri, notò che lo sconosciuto aveva una profonda cicatrice a forma di L sul mento e il naso deformato da una precedente frattura. Stringeva in pugno un AK-74 che stava tentando di ricaricare tenendo la canna puntata in basso, ma reagì immediatamente colpendolo al fianco destro col calcio dell'arma mentre indietreggiava di un passo per riuscire a spianare la SIG Sauer. Senza poter mirare, Dirk mancò l'avversario ma, anziché assorbire passivo la botta, si girò verso destra assecondando il colpo e facendo contemporaneamente roteare la gamba sinistra. Nel girare su se stesso strinse il pugno e sferrò un secco uppercut, che atterrò contro la mascella del nemico. Il tizio barcollò all'indietro, inciampò in un cesto di biancheria e rovinò a terra.

Per la prima volta, Dirk notò che la cabina era adibita a lavanderia. Sulla paratia di fronte erano allineate una lavatrice di piccole dimensioni e un'asciugatrice, mentre vicino alla porta c'era un'asse da stiro aperta. Riguadagnato l'equilibrio, puntò rapidamente la SIG Sauer al petto dell'uomo a terra e premette il grilletto.

Non vi fu nessuna esplosione, nessun contraccolpo lungo il braccio. Solo un *clic* quando il percussore colpì la camera vuota. Con una smorfia, Dirk si rese conto di aver utilizzato tutti e tredici i colpi a sua disposizione. Sorridendo all'arma ormai innocua, la guardia di Kang si sollevò sulle ginocchia. Nella mano destra stringeva ancora il caricatore del suo AK-74, che infilò con mossa esperta nella cassa del fucile. Consapevole di non avere il tempo di ricaricare la SIG Sauer, Dirk stava già elaborando un piano alternativo. Dopo averlo intravisto con la coda dell'occhio, allungò di scatto una mano per afferrare il lucido oggetto che rappresentava la sua ultima possibilità di difesa.

Il ferro da stiro cromato appoggiato all'asse non era caldo, non aveva neppure la spina inserita. Ma poteva trasformarsi in una pericolosa arma contundente. Con uno scatto che avrebbe fatto onore a John Elway, l'asso del football americano, Dirk s'impadronì del ferro e lo scagliò contro la guardia. Intento com'era a prendere di mira l'avversario col suo AK-74, l'uomo non si prese neppure la briga di chinarsi. Il lato appiattito del ferro gli colpì la testa come un'incudine, spaccandogli il cranio con uno scricchiolio. Il fucile fu il primo a finire sul pagliolato, subito seguito dal proprietario con gli occhi rovesciati all'indietro.

D'un tratto, Dirk sentì sotto i piedi la vibrazione dei motori farsi più forte. Evidentemente lo yacht aveva superato il canale e stava per immettersi nell'Han, sfuggendo così alla barca appoggio delle forze speciali appostata all'imboccatura del passaggio. Se volevano fermarlo, lui e Gutierrez dovevano agire in fretta. Ma quanti altri uomini armati c'erano, a bordo? E, particolare ancor più importante, dove accidenti era finito Gutierrez?

65

Inginocchiato in cima alla scaletta di dritta, Gutierrez scrutava il camminamento sotto di sé in cerca di ombre. La sagoma scura dell'uomo che aveva colpito giaceva immobile sul ponte accanto alla plancia. Nessun movimento né spari, lì intorno, almeno per il momento. Aspettare l'arrivo dei rinforzi non aveva senso, si disse. Allontanatosi con un balzo dalla scaletta, corse attraverso il passaggio scoperto superando il cadavere del cecchino per precipitarsi in plancia attraverso la porta spalancata.

Se temeva di essere accolto da un'orda di guardie armate con i fucili fumanti puntati su di lui, si era sbagliato. Nell'ampio locale c'erano soltanto tre uomini, che lo fissarono con aria sprezzante. Al timone c'era un tizio tarchiato con l'aria da vecchio lupo di mare: il comandante, evidentemente, intento a condurre lo yacht verso il centro dell'Han. Accanto alla porta a scuderia sulla sinistra, una guardia dall'aspetto truce giocherellava col fucile fissando il SEAL come pregustando il piacere di fare fuoco. E sul retro della plancia, seduto in un'alta poltrona di pelle con un'espressione di disprezzo dipinta sul viso, c'era niente meno che Kang in persona. L'orientale, che Gutierrez riconobbe da una foto proiettata durante un briefing, indossava una vestaglia di seta color Borgogna, avendo dormito sullo yacht in previsione di una fuga all'ultimo minuto.

Mentre le quattro paia di occhi si studiavano a vicenda, i riflessi di Gutierrez si erano già messi in movimento. L'addestrato SEAL puntò fulmineo la propria arma contro la guardia e premette il grilletto, un secondo prima che l'altro fosse in grado di reagire. Tre proiettili andarono a conficcarsi in rapida successione nel petto dell'energumeno, che fu proiettato contro la paratia con un'espressione sbalordita dipinta sul volto, il dito istintivamente premuto sul grilletto. Dal suo fucile partì una raffica selvaggia che spazzò il ponte in direzione di Gutierrez. Impotente, l'uomo restò a contemplare la pioggia di piombo volare verso di lui mentre il suo avversario crollava a terra, morto.

A Gutierrez bastò un istante per valutare la situazione. Era stato colpito da un unico proiettile, che lo aveva raggiunto alla coscia. Sentiva un rivolo caldo di sangue colare dalla ferita lungo la gamba per raccogliersi nello stivale. Un altro proiettile che stava per colpirlo all'addome era stato deviato dalla sua pistola mitragliatrice; si era conficcato nell'otturatore, constatò, rendendo l'arma inservibile.

Anche gli altri occupanti della plancia se n'erano accorti. Il corpulento comandante, a pochi passi da Gutierrez, lasciò il timone per scagliarsi su di lui. Indebolito dalla ferita alla gamba sinistra, il SEAL rimase inerte mentre l'altro approfittava della propria mole per stringerlo fra le braccia in una morsa e scagliarlo contro il timone. Stritolato dalla forza dell'avversario, Gutierrez sentì il fiato mozzarglisi in gola e le costole che gli dolevano come se stessero per spezzarsi. Nella mano destra, tuttavia, stringeva ancora la solida MP5K; sollevandola verso l'alto, la calò con violenza contro la nuca del comandante. Sbalordito, si rese conto che non era servito a nulla. Sentiva il tizio stritolarlo con più forza che mai, mentre un caleidoscopio di luci cominciava a danzargli davanti agli occhi a causa della carenza di ossigeno nel sangue. Fitte lancinanti salivano dalla ferita alla gamba, un martellare incessante gli percuoteva le tempie. Calò nuovamente il calcio della pistola mitragliatrice contro il cranio dell'uomo, il quale parve rinforzare ancor più la stretta. Ormai in preda alla disperazione e sul punto di svenire, il SEAL colpì più e più volte l'avversario alla testa. Sentendosi attirare a terra, Gutierrez comprese che stava perdendo i sensi, ma si riprese di botto sentendo qualcosa cadergli addosso.

I ripetuti colpi avevano finalmente vinto la resistenza del coriaceo comandante; i due si abbatterono sul ponte, Gutierrez ancora imprigionato nella morsa delle braccia dell'avversario. Non appena sentì allentarsi la stretta, si sollevò in ginocchio inalando profondamente per riprendere fiato.

«Un'esibizione davvero impressionante, ma temo sarà l'ultima.» Kang sputò le parole in tono velenoso. Durante il corpo a corpo col comandante dello yacht, l'uomo si era avvicinato puntando una Glock automatica alla testa di Gutierrez. L'operatore cercò un modo per difendersi, ma invano. L'AK-74 della guardia era rimasto fra le mani del morto all'altra estremità del ponte, mentre l'arma che ancora stringeva nella destra era inutilizzabile. In ginocchio, indebolito dalle ferite e dalla lotta appena conclusa, non c'era nulla che potesse fare. Con uno sguardo di sfida negli occhi, alzò il capo verso Kang e la Glock puntata a pochi centimetri dal suo viso.

Lo sparo isolato esplose attraverso la plancia come lo schianto di un tuono. Gutierrez non sentì nulla; solo, notò con sorpresa un'improvvisa espressione di sbalordimento negli occhi di Kang. Poi si rese conto che la mano del coreano, quella che reggeva la Glock, era scomparsa insieme con l'arma in una pioggia di sangue. Altre due detonazioni fendettero l'aria, facendo sgorgare fiotti vermigli dal ginocchio sinistro e dalla coscia destra di Kang. L'uomo cadde sul ponte con un grido strozzato, stringendo ciò che restava della sua mano e contorcendosi per il dolore. Gutierrez, intanto, si girò verso la direzione dalla quale erano provenuti gli spari.

Ritto sulla soglia all'altro lato del ponte, Dirk aveva un AK-74 appoggiato alla spalla, la canna fumante ancora puntata sul corpo prono di Kang. Un'espressione di sollievo gli illuminò il viso non appena ebbe constatato che il SEAL era ancora vivo.

Mentre attraversava la plancia, Dirk si rese conto che lo yacht privo di guida stava ancora correndo lungo l'Han a una velocità di quasi 40 nodi. Oltre il fianco di dritta, la barca appoggio dei SEAL lottava per non essere staccata dallo yacht più veloce. Sull'altra sponda del fiume, proprio di fronte a loro, una nave draga vividamente illuminata che Dirk aveva già notato in precedenza stava pian piano ripulendo un tratto di fondo vicino all'argine opposto. Dirk rimase fermo per un istante, ripensando al SEAL ucciso sul molo poco prima, agli uomini della guardia costiera morti in Alaska. Poi si girò verso Kang e si avvicinò all'orientale che sanguinava copiosamente sdraiato sul ponte.

« La tua corsa è terminata, Kang. Goditi la permanenza all'inferno. »

L'uomo levò verso di lui uno sguardo feroce e grugnì un'oscenità, ma Dirk si era già allontanato. Raggiunto il timone, si era chinato per aiutare Gutierrez a rialzarsi.

« Ottimo lavoro, socio, ma come mai ci ha messo tanto? » lo interrogò il ferito con voce roca.

« Avevo qualcosa da stirare, prima », replicò Dirk, sostenendolo mentre lo accompagnava verso la battagliola.

« Meglio fermare questa bagnarola, ora », grugnì Gutierrez. « Non mi aspettavo di trovare a bordo il gran capo in persona. I nostri amici dell'intelligence saranno ansiosi di metterlo sotto il torchio. »

« Temo che Kang abbia un appuntamento con la mietitrice di anime », obiettò Dirk prelevando un giubbotto di salvataggio dalla paratia per infilarlo al compagno.

« I miei ordini sono di riportarlo vivo », protestò Gutierrez. Ma, prima che potesse aggiungere altro, Dirk lo afferrò saldamente e si lanciò insieme con lui oltre la murata tenendo il ferito sopra di sé per ripararlo col proprio corpo. Quando piombarono a tutta velocità contro l'acqua, l'impatto gli tolse quasi il respiro. Dopo una breve immersione, risalirono in superficie mentre lo yacht proseguiva la sua corsa.

Dietro di loro, l'equipaggio della barca appoggio che li aveva visti lanciarsi in acqua interruppe l'inseguimento per recuperarli. Ma gli occhi di Dirk e di Gutierrez non si staccarono dallo yacht che, attraversato il fiume senza deviare dalla sua rotta, stava piombando sulla nave draga. A mano a mano che si avvicinava all'altra sponda, fu evidente a tutti gli osservatori che si stava dirigendo proprio addosso a quella nave. Vedendo il Benetti volargli addosso, il pilota lanciò un lungo fischio di avvertimento, ma invano.

Con un tremendo boato, lo scintillante yacht bianco investì la draga come un toro infuriato, infilandosi di prua a metà murata dello scafo coperto di ruggine. In seguito alla forza con cui si era verificato l'impatto, il Benetti si disintegrò in una nube di fumo, seguito da una fiammata che si levò nell'aria non appena le taniche di carburante presero fuoco. Fra schegge di legno e rottami, ciò che restava dell'imbarcazione si staccò dalla draga per scivolare verso il fondo. Quando fumo e fiamme si furono placati, non rimase granché a ricordare la presenza, fino a pochi istanti prima, dello yacht da cinquantacinque metri.

Galleggiando sul fiume, Dirk e Gutierrez rimasero a contemplare lo spettacolo macabro e affascinante allo stesso tempo, in attesa della lancia inviata a recuperarli dal battello appoggio.

« Potrebbero farcela pagare cara, la scelta di non riportarlo vivo », osservò Gutierrez.

Dirk scosse la testa con aria cupa. « Perché potesse passare il resto della vita in un carcere confortevole come un country club? No, grazie tante. »

« Non sarò io a sollevare obiezioni. Secondo me, abbiamo appena fatto un enorme favore all'umanità. Ma la sua morte potrebbe avere pesanti ripercussioni; se provochiamo un incidente internazionale con la Corea, i miei capi non ne saranno felici. »

« Non appena si saprà come stanno realmente le cose, nessuno spargerà lacrime per Kang e la sua banda di assassini. Inoltre, quando abbiamo abbandonato lo yacht era ancora vivo. Secondo me, si è trattato di un incidente fra due navi. »

Gutierrez rifletté per un istante. « Un incidente di barca », ripeté, cercando di autoconvincersi. « Sicuro, potrebbe funzionare. »

Dirk contemplò le ultime tracce di fumo provocate dalla collisione svanire sull'acqua, poi rivolse uno stanco sorriso al compagno mentre la lancia si avvicinava per ripescarli.

REFERENDUM

66

1° luglio

Dopo la scomparsa di Kang, anche il suo impero crollò di colpo. Le forze SEAL penetrate nella tenuta riuscirono a catturare vivo il suo assistente Kwan mentre tentava di distruggere una quantità di documenti incriminanti nell'ufficio privato del capo. A Inchon, intanto, altre squadre delle forze speciali invasero il cantiere e l'adiacente ditta di telecomunicazioni. Insospettiti dall'accanita resistenza incontrata presso la fabbrica, i responsabili inviarono a perquisire l'edificio una nutrita squadra di agenti dell'intelligence, che scoprì ben presto il laboratorio di ricerche biologiche celato nei sotterranei, così come i legami dello staff con la Corea del Nord. Di fronte all'ammucchiarsi delle prove e alla morte del suo capo, Kwan abbandonò ogni resistenza e confessò tutti i peccati di Kang nell'egoistico tentativo di salvarsi il collo.

Negli Stati Uniti, la notizia della « morte accidentale di Kang mentre tentava di sfuggire alla cattura » suscitò una reazione molto simile in Ling e nei suoi tecnici più fidati. Sotto la minaccia di un'accusa di strage di massa, si mostrarono ansiosi di collaborare dichiarando di aver semplicemente eseguito degli ordini. Gli unici a rifiutarsi di tradire Kang furono i tecnici ucraini, che si assicurarono così un lungo soggiorno in un penitenziario federale.

Le autorità governative, nel frattempo, tentavano di tenere il tutto sotto silenzio fino a che non fossero riuscite a raccogliere anche l'ultimo, dannato straccio di prova. I resti del payload recuperato da Pitt e Giordino vennero trasferiti in gran segreto alla base aerea di Vandenberg, a nord di Los Angeles. In un hangar sorvegliato a vista, una squadra di tecnici spaziali smontò con cautela il payload rivelando il falso satellite che celava i contenitori con i virus e l'impianto vaporizzatore. Epidemiologi dell'esercito e dei CDC rimossero i contenitori col virus liofilizzato per poi scoprire con orrore che contenevano la letale chimera composta da vaiolo e HIV. Un confronto in tutta segretezza con alcuni campioni prelevati da Inchon non fece che confermare la spaventosa scoperta. Nonostante l'interesse dimostrato dall'esercito nel voler conservare alcuni campioni, i virus recuperati furono distrutti dal primo all'ultimo su espresso ordine del presidente. Qualcuno avanzò il dubbio che qualche ulteriore campione potesse essere sfuggito all'eliminazione, ma la chimera realizzata dagli scienziati di Kang fu in realtà estirpata totalmente dalla faccia della terra.

Una volta collegati la *Koguryo* e il suo equipaggio alla Kang Enterprises, e dimostrati senza possibilità di dubbio i legami fra Kang e la Corea del Nord, il dipartimento della Sicurezza nazionale uscì finalmente allo scoperto, scatenando nei media una bufera di livello mondiale non appena furono resi pubblici i particolari sul più cruento tentativo di attacco terroristico mai verificatosi sul suolo americano. La stampa di tutto il mondo trasferì il proprio biasimo dal Giappone alla Corea del Nord, attribuendo a Kang anche la morte dei diplomatici assassinati. La fallita aggressione missilistica attirò sul regime totalitario nordcoreano la condanna del mondo intero, benché il Partito coreano dei lavoratori negasse ogni coinvolgimento. I pochi partner in affari che la Corea del Nord aveva coltivato prima dell'incidente reagirono con restrizioni ancor più rigide sulle importazioni e sulle esportazioni. Persino la Cina si unì alle sanzioni bloccando i commerci col regime fuorilegge. Ancora una volta, l'affamato popolo del Nord si trovò a interrogarsi sottovoce sul ruolo del loro nepotistico leader.

Nella Corea del Sud, le schiaccianti prove contro Kang e i suoi complici si abbatterono su Seoul come una bomba nucleare. Qualunque atteggiamento negativo il governo sudcoreano avesse mostrato in un primo momento nei confronti dell'unilaterale intervento militare americano fu prontamente messo da parte, travolto dal clamore generale. I sentimenti della Corea del Sud passarono dallo shock e dall'incredulità alla collera e al risentimento per l'inganno architettato da Kang, per il suo asservimento alla Corea del Nord. Il crollo fu istantaneo: uomini politici e industriali che avevano sostenuto Kang furono smascherati pubblicamente, un'ondata di dimissioni si abbatté sull'Assemblea nazionale arrivando sino agli uffici della presidenza. La rivelazione degli stretti legami personali esistenti con Kang costrinsero perfino il leader sudcoreano a dimettersi dal proprio incarico.

L'imbarazzo e la collera scatenatisi a livello nazionale spinsero il governo a nazionalizzare rapidamente le proprietà della Kang Enterprises. Yacht ed elicotteri furono i primi a essere liquidati, seguiti dal palazzo-fortezza in cui si era tentato di sancire a ogni costo il potere supremo della Corea del Sud. Il nome di Kang fu fatto sparire da tutte le associazioni e società a lui collegate, in seguito sciolte o vendute alla concorrenza. Ben presto, non restò nulla a testimoniare la sua esistenza. Come per un tacito accordo, il nome di Kang fu epurato dal lessico sudcoreano.

Le conseguenze dei legami di Kang col Nord si ripercossero a ogni livello. Le dimostrazioni giovanili a sostegno della riunificazione svanirono, mentre la diffidenza nei confronti del vicino tornava ad affacciarsi nella psiche della nazione. Le massicce forze militari del Nord lungo la frontiera non passavano più inosservate come in passato. La riunificazione restava un obiettivo nazionale, ma si sarebbe dovuta realizzare alle condizioni della Corea del Sud; quando si sarebbe verificata, circa diciotto anni più tardi, sarebbe stata motivata da una crescente spinta verso il capitalismo da parte del Partito coreano dei lavoratori. Aprendosi al gusto della libertà personale che ne sarebbe conseguito, il partito si sarebbe finalmente affrancato dalla tendenza al totalitarismo per convertire il grosso delle proprie forze militari in una forza lavoro attiva in campo civile ed economico.

Prima che tutto ciò potesse realizzarsi, tuttavia, l'Assemblea nazionale della Corea del Sud doveva esprimere il proprio voto sulla delibera numero 188256, la misura legislativa che prevedeva l'espulsione delle forze militari statunitensi dalle frontiere nazionali. In una rara esibizione di accordo bipartisan, la delibera fu respinta all'unanimità.

A Kunsan City, in Corea, il sergente maggiore Keith Catana dell'Air Force venne segretamente fatto uscire da una tetra cella del carcere municipale poco prima dell'alba, e fu consegnato a un colonnello dell'Air Force addetto all'ambasciata americana. A Catana non venne detto nulla sul motivo del rilascio; non avrebbe mai saputo che il suo arresto per l'assassinio di una prostituta minorenne aveva fatto parte di un complotto per influenzare l'opinione pubblica contro la presenza militare americana in Corea. Né avrebbe saputo che era stato proprio Kwan, l'assistente di Kang, a rivelare i dettagli del simulato omicidio. Assicurandosi che la colpa di tutto ricadesse sul defunto Tongju, aveva prontamente confessato l'intera faccenda, oltre alle uccisioni dei politici portate a termine in Giappone. Niente di tutto ciò aveva importanza per lo stupefatto militare, mentre veniva fatto salire a bordo di un jet in partenza per gli Stati Uniti. Una cosa soltanto sapeva: che sarebbe stato felice di obbedire all'ordine del colonnello di non mettere mai più piede in Corea finché campava.

A Washington, la NUMA fu lodata per il ruolo rivestito nel dirottare il razzo prevenendo la diffusione del virus letale su Los Angeles. Dopo la morte di Kang e le pubbliche rivelazioni sulla sua responsabilità circa l'attacco, tuttavia, le imprese di Pitt e di Giordino caddero rapidamente nel dimenticatoio. All'ordine del giorno c'erano le udienze del Congresso, le indagini sul fallito attentato e le novità su un possibile conflitto con la Corea del Nord. Alla fine, placate le reazioni a caldo e messi a tacere i diplomatici, si concentrò l'attenzione sulle risorse della Sicurezza interna alle frontiere per accertarsi che una situazione simile non potesse più ripetersi.

Scegliendo astutamente il momento, il nuovo capo della NUMA si rivolse al Congresso con la richiesta di speciali stanziamenti aggiuntivi in favore della propria organizzazione per finanziare il rimpiazzo di un elicottero, una nave da ricerca e due veicoli subacquei danneggiati o distrutti dagli uomini di Kang. In un'ondata di gratitudine e patriottismo, il Congresso approvò di buon grado lo stanziamento, che nel giro di qualche giorno ottenne il via libera sia dalla Camera sia dal Senato.

Sollevando l'incredulità di Giordino, Pitt riuscì addirittura a infilare una voce in più nella richiesta di fondi per l'acquisto di una piattaforma mobile di sorveglianza atmosferica e marina che l'agenzia avrebbe utilizzato per le ricerche lungo le coste. Un veicolo noto anche col nome di « dirigibile ».

67

A Seattle, il pomeriggio era fresco e luminoso, il tipo di giornata che ti riconcilia col mondo. Il sole al tramonto proiettava sul terreno le lunghe ombre dei pini che costellavano il Fircrest Campus, quando Sarah uscì zoppicando dal portone principale del laboratorio per la salute pubblica dello Stato di Washington. Aveva la gamba destra imprigionata in un pesante blocco di gesso, che fortunatamente sarebbe stato rimosso di lì a qualche giorno.

Si appoggiò con una smorfia alle grucce di alluminio, i polsi e gli avambracci indolenziti per aver sostenuto il peso del suo corpo nelle ultime settimane. Fatto qualche passo, abbassò gli occhi e si concentrò per superare una breve rampa di scale. Presa com'era a scegliere i punti in cui appoggiare le stampelle, non si accorse dell'auto parcheggiata indebitamente lungo il marciapiede e rischiò di finirle addosso. Quando alzò lo sguardo, rimase a bocca aperta per la sorpresa.

Ferma davanti a lei c'era la Chrysler 300-D del 1958 decappottabile di Dirk. La vettura sembrava in fase di ristrutturazione: i sedili di pelle bucherellati erano stati temporaneamente riparati con nastro adesivo, mentre i fori di proiettile nella carrozzeria erano stati tappati col mastice. Una serie di chiazze grigie sull'originaria vernice turchese dava all'auto l'aspetto di una grossa manta.

« Prometto di non romperti l'altra gamba. »

Al suono della voce profonda dietro di lei, Sarah si volse e vide Dirk in piedi alle sue spalle con un mazzo di gigli bianchi in mano e un sorriso malizioso sulle labbra. Travolta dall'emozione, lasciò cadere le stampelle e gli gettò le braccia al collo.

« Stavo cominciando a preoccuparmi. Non avevo tue notizie dal giorno del fallito attacco. »

« Sono stato invitato a una gita gratis in Corea: una crociera d'addio sullo yacht di Dae-jong Kang. »

« Quel virus che avevano realizzato... che pazzia! » esclamò la ragazza scotendo la testa.

« Ormai è inutile preoccuparsene. Siamo praticamente sicuri che tutti i campioni sono stati recuperati e distrutti. Si spera che la chimera non ricompaia mai più sulla faccia della terra. »

« C'è sempre un folle al lavoro su qualche nuovo vaso di Pandora, a caccia di fama o di denaro. »

« A proposito di matti, come sta Irv? »

Sarah scoppiò a ridere a quella similitudine. « Sarà l'unico contemporaneo sopravvissuto al vaiolo. Si sta riprendendo in fretta. »

« Ne sono felice. È una brava persona. »

« Anche la tua auto, a quanto pare, è sulla via della guarigione », commentò lei, indicando la Chrysler con un cenno del capo.

« È un tipo tosto. Ho fatto sistemare le parti meccaniche durante la mia assenza, ma mancano ancora gli interni e la carrozzeria. » Dirk si girò verso di lei e la guardò con tenerezza. « Ti devo ancora quella cena a base di granchio. »

Sarah fissò i suoi occhi verdi e annuì. Senza perdere un istante, Dirk si chinò, la prese fra le braccia e la depose con delicatezza sul sedile del passeggero insieme con i gigli, baciandola leggermente sulla guancia. Poi, lanciate le stampelle sul sedile posteriore, balzò al volante e avviò il motore che rispose subito con un morbido ronzio.

« Niente traghetti? » chiese Sarah accoccolandosi al suo fianco.

« Niente traghetti », confermò lui con una risata, circondandole le spalle con un braccio. Il piede sull'acceleratore della vecchia decappottabile, si avviò fra i prati lussureggianti nel crepuscolo tinto di rosa.

RINGRAZIAMENTI

Con riconoscenza e stima ringrazio Scott Danneker, Mike Fitzpatrick, Mike Hance, e George Spyrou degli Airship Management Services per avermi introdotto nel meraviglioso mondo del volo in dirigibile.

Un grazie anche a Sheldon Harris, il cui libro *Factories of Death* ha contribuito a rivelare gli orrori delle armi chimiche e biologiche utilizzate nel corso della seconda guerra mondiale e le migliaia di vittime dimenticate.

INDICE

Clive Cussler e e Russel Blake
La leggenda dell'Azteco

I coniugi Sam e Remi Fargo sono sull'isola di Baffin, Canada, impegnati in una spedizione di ricerca ambientale, quando diventano testimoni di un ritrovamento sensazionale: una nave vichinga sepolta nei ghiacci, in perfette condizioni e carica di artefatti precolombiani provenienti dal Sudamerica. Sembrerebbe impossibile, ma nel corso delle ricerche emergono indizi sempre più evidenti che legano i vichinghi al culto del dio tolteco Quetzalcoatl e a un oggetto leggendario noto come l'Occhio del Cielo. Ma il ritrovamento della nave ha destato l'attenzione di persone dalla dubbia morale...
I Fargo dovranno così fuggire attraverso giungle, templi e antiche sepolture inesplorate inseguiti da cacciatori di tesori, criminali e vecchie conoscenze. Riusciranno a giungere alla risoluzione del mistero che li avvolge prima che sia troppo tardi?

LONGANESI

Finito di stampare nel mese di agosto 2018
per conto della TEA S.r.l.
da Grafica Veneta S.p.A.
di Trebaseleghe (PD)
Printed in Italy